2017 中国中篇小说年选

谢有顺　编选

南方出版传媒
花城出版社
中国·广州

图书在版编目（CIP）数据

2017中国中篇小说年选 / 谢有顺编选. -- 广州：花城出版社，2018.1
（花城年选系列）
ISBN 978-7-5360-8583-1

Ⅰ. ①2… Ⅱ. ①谢… Ⅲ. ①中篇小说－小说集－中国－当代 Ⅳ. ①I247.5

中国版本图书馆CIP数据核字(2017)第327617号

出 版 人：詹秀敏
责任编辑：欧阳蘅　李珊珊　蔡　安
技术编辑：薛伟民　凌春梅
封面设计：庄海萌

丛书篆刻：朱　涛
书名题字：陈以泰
封 面 图：宋　佚名　明皇丢球图

书　　名	2017中国中篇小说年选
	2017 ZHONGGUO ZHONGPIAN XIAOSHUO NIANXUAN
出版发行	花城出版社
	（广州市环市东路水荫路11号）
经　　销	全国新华书店
印　　刷	广东新华印刷有限公司
	（广东省佛山市南海区盐步河东中心路23号）
开　　本	787毫米×1092毫米　16开
印　　张	22.25　1插页
字　　数	400,000字
版　　次	2018年1月第1版　2018年1月第1次印刷
定　　价	58.00元

如发现印装质量问题，请直接与印刷厂联系调换。
购书热线：020 - 37604658　37602954
花城出版社网站：http://www.fcph.com.cn

目录 contents

谢有顺　　　代序 / 001

彭　扬　　　故事星球 / 001
张悦然　　　天鹅旅馆 / 048
蔡　骏　　　猫王乔丹 / 083
叶　舟　　　雄鸡一唱 / 125
李宏伟　　　欲望说明书 / 164
林那北　　　双十一 / 201
普　玄　　　老孩子 / 226
雷杰龙　　　战象 / 272
郝景芳　　　长生塔 / 287
鬼　金　　　啊，荒野 / 319

从密室到旷野的写作

（代序）

谢有顺

近年来，随着消费文化的影响和社会语境的变化，文学的面貌正在发生根本的变化。以小说为例，重视内心勘探的作家越来越少，大多数作家都热衷于讲一个好看的故事，以取悦这个时代的阅读口味。于是，小说的情节越来越紧张，悬念一个接着一个，但叙事明显缺少舒缓的节奏和写作的耐心。湍急的小溪喧闹，宽阔的大海平静。一部好的小说，应该既有小溪般的热闹，也有大海般的平静，有急的地方，也有舒缓的地方。中国传统小说的叙事有个特点，注重闲笔，也就是说，在"正笔"之外，还要有"陪笔"，这样，整部小说的叙事风格有张有弛，才显得从容、优雅而大气。比如，传统小说常常穿插进来写一桌酒菜的丰盛，一个人穿着的贵气，一个地方的风俗，这看似和情节的发展没有多大的关系，但在这些描写的背后，我们会发现作家的心是宽广的，叙事是有耐心的，他不急于把结果告诉人，而是引导读者留意周围的一切，这种由闲笔而来的叙事耐心，往往极大地丰富了作品的想象空间。

中国当代小说中，几乎找不到好的、传神的风景描写，跟这种叙事耐心的失去有很大的关系。风景描写看起来是很小的问题，它的背后，其实关乎作家的胸襟和感受力。二十世纪以来，风景写得最好的作家，我以为有两个：一个是鲁迅，一个是沈从文。在鲁迅的小说里，寥寥数笔，一幅惆怅、苍凉的风景画就展现在了我们面前，像《社戏》《故乡》这样的篇章，已经看不到鲁迅惯有的悲愤，而是充满了柔情和悲伤。沈从文的小说也注重风景的刻画，他花的笔墨多，写得也详细，那些景物，都是在别人笔下读不到的，他是用自己的眼睛在看，在发现。像他的《长河》，写了农民的灵魂如何被时代压扁和扭曲，原本是可以写得很沉痛的，但因为沈从文在小说中写了不少"牧歌的谐趣"，痛苦中就多了一种凄凉的美。他们的写作不仅是在讲故事，而是贯注着作家的写作情怀，所以，他们的小说具有一种不多见的抒情风格。我非常喜欢鲁迅和沈从文小说中的抒情性，苍凉、优美而感伤，这表明在他们的笔下，一直有一个活跃的感官世界，他们写作的时候，眼睛是睁着的，鼻子是灵敏的，耳朵是竖起来的，舌头也是生动的，所以，我们能在他们的作品中，看到田野的颜色，听到鸟的鸣叫，甚至能够闻到气息，尝到味道。当代的小说为何单调？很大的原因是作家对物质世界、感官世界越来越没有兴趣，他们忙于讲故事，却忽略了世界的另一种丰富性——没有了声音、色彩、气味的世界，不正是心灵世界日渐贫乏的象征么？

今天的作家，普遍耽于幻想，热衷虚构，他们已经习惯了用头脑和阅读经验写作，也只记得自己有头脑，没想到自己有心肠，有眼睛、鼻子、耳朵、舌头。作家的感官一旦向外面的世界关闭，写作成为脱离生活实践的观念写作，他们笔下的世界，就一定是静默的、单调的。中国小说跟着潮流、市场走了多年，到今天，可能又得回到一些基本问题上来寻找出路。比如，感觉的活跃、感官的解放，对于恢复一个生动的小说世界来说，就有不可替代的意义。

但凡好的小说，都是有很多实在、具体、准确的细节的。这些细节，如果没有感官世界的参与，就不容易写得有实感。很多人喜欢《红楼梦》，不单是喜欢《红楼梦》里那种感情理想，那种寻求爱情知己的决心和信念，也喜欢《红楼梦》所写的实感层面的生活。食物的香味，人物的神采，器物的光泽，场面的气息，曹雪芹都写得活色生香。作者那高远的精神，并不是悬空在小说中的，哪怕是吃茶、喝酒、洗手、换衣服这样琐碎的事情，曹雪芹写起来也都有不同的情趣，不同的细节表现。在《红楼梦》的感官王国里，简直可以按照声音、颜色、气味、形状、光泽等分类，对小说中的事象做专门的研究，也可以根据茶、酒、饭食、点心、钱物、器具等分类，对小说中的物质进行分析——没有眼睛、鼻子、耳朵、舌头、手和脚、头脑和心肠的参与，怎能成就《红楼梦》这种百科全书式的写作？

有时候，一个实感意义上的传神细节，就能够将作家要表达的甚至没有说出来的东西，刻在读者的心里。鲁迅的小说不多，为何大多能让人记住？就在于鲁迅有很强的刻写细节的能力。他描写了很多底层的被损害者的形象，他对这些人物和他们的生活，有观察，也有感受。他写祥林嫂的出场，"脸上瘦削不堪，黄中带黑，而且消尽了先前悲哀的神色，仿佛是木刻似的；只有那眼珠间或一轮，还可以表示她是一个活物。"一个被生活摧残到毫无生气的人，就活画在了我们面前。她一手提着竹篮，内中有一个破碗，但鲁迅要强调是"空的"；她一手拄着一支比她更长的竹竿，但鲁迅要强调"下端开了裂"。通过这些细节，这个"已经纯乎是一个乞丐了"的人就呼之欲出了。鲁迅写孔乙己，也是充满这些有力量的细节的，他说孔乙己"从破衣袋里摸出四文大钱，放在我手里"时，不忘加一句，"他满手是泥"，这就表明孔乙己是"用这手走来的"，又在旁人的说笑声中，坐着"用这手慢慢走去了"。因着鲁迅的感官在写作时是苏醒的，他笔下的人物，寥寥数笔，就活了。这就是一个大作家的笔墨。相比之下，当代中国的很多小说，都是消费文化影响下的产物，在实感生活的层面越来越缺乏生机勃勃的感受，在细节的雕刻上，有个人风格的东西也越来越少。

风景描写、细节刻画方面的匮乏，是指着小说的物质外壳而言的，它表明作家的感官视野需要进一步打开；此外，从内在的精神建构上说，当代小说的灵魂视野也需要有一次根本的扩展。

在经验的层面上，中国小说迷恋凡俗人生、小事时代多年了，这种写作潮流，最初起源于对一种宏大叙事的反抗，然而，反抗的同时，伴随而生的也是一种精神的溃败——小说被日益简化为欲望的旗帜、缩小为一己之私，它的直接代价是把人格的光辉抹平，人生开始匍匐在地面上，并逐渐失去了站立起来的精神脊梁。所以，这些年来，尖刻的、黑暗的、心狠手辣的写作很多，但我们却很难看到一种宽大、温暖并带着希望的写作，可见，作家的灵魂视野存在着很大的残缺。

只看到生活的阴暗面，只挖掘人的欲望和隐私，而不能以公正的眼光对待人、对待历史，并试图在理解中出示自己的同情心，这样的写作很难在精神上说服读者。因为没有整全的历史感，不懂得以宽广的眼界看世界，作家的精神就很容易陷于偏狭、执拗，难有温润之心。这令我想起钱穆先生在《国史大纲》一书的开头，劝告我们要对本国的历史略有所知，"所谓对其本国已往历史略有所知者，尤必附随一种对本国已往历史之温情与敬意""所谓对其本国已往历史有一种温情与敬意者，至少不会对其本国已往历史抱一种偏激的虚无主义，……而将我们当身种种罪恶与弱点，一切诿卸于古人。"[①]钱穆所提倡的对历史要持一种"温情与敬意"的态度，这既是他的自况之语，也是他研究历史的一片苦心。文学写作何尝不是如此？作家对生活既要描绘、批判，也要怀有温情和敬意，这样才能获得公正的理解人和世界的立场。可是，"偏激的虚无主义"在作家那里一直大有市场，所以，很多作家把现代生活普遍简化为欲望的场景，或者在写作中单一地描写精神的屈服感，无法写出一种让人性得以站立起来的力量，写作的路子就越走越窄，灵魂的面貌也

---

① 钱穆：《国史大纲（修订本）》上册，商务印书馆，1996年版，第1页。

越来越阴沉，慢慢地，文学就失去了影响人心的正面力量。

　　精神视野的残缺，很容易使作家沉于自己的一己之私，而无法在作品中出示更广阔的人生、更高远的想象。而好的小说，不仅要写人世，它还要写人世里有天道，有高远的心灵，有渴望实现的希望和梦想。有了这些，人世才堪称是可珍重的人世。中国当代小说惯于写黑暗的心，写欲望的景观，写速朽的物质快乐，唯独写不出那种值得珍重的人世——为何写不出"可珍重的人世"？因为在作家们的视野里，早已没有多少值得珍重的事物了。他们可以把恶写得尖锐，把黑暗写得惊心动魄，把欲望写得炽热而狂放，但我们何曾见到有几个作家能写出一颗善的、温暖的、充满力量的心灵？那些读起来令人心惊肉跳的欲望故事中，有几个是写到了灵魂深处不可和解的冲突？为现代人的灵魂破败所震动、被寻找灵魂的出路问题所折磨的作家，那就更少了。

　　很多的小说，都成了无关痛痒的窃窃私语，或者成了一种供人娱乐的肤浅读物，它不仅不探究存在的可能性，甚至拒绝说出任何一种有痛感的经验。作家们只要一开始讲故事，马上就被欲望叙事所扼住，他根本无法挣脱出来关心欲望背后的心灵跋涉，或者探索人类灵魂中那些不可动摇的困境。欲望叙事的特征是，一切的问题最后都可以获得解决的方案，也就是获得俗世意义上的和解；唯独灵魂叙事，它是没有答案的，或者说它在俗世层面是没有答案的——文学就是探究那些过去未能解答、今日不能解答、以后或许也永远不能解答的疑难，因为这些是灵魂的荒原，是每一个人的生存都无法回避的根本提问。只有勇敢面对这样的根本提问，人才有可能成为内在的人，文学才能称之为是找灵魂的文学。木心说："五四以来，许多文学作品之所以不成熟，原因是作者的'人'没有成熟。"① 确实，作家如果没有完成精神成人，文学所刻画出来的灵魂就肯定是单薄的。

　　在这个一切价值都被颠倒、践踏的时代，展示欲望细节、书写身体经验、玩味一种窃窃私语的人生，早已不再是写作勇气的象征；相反，那些能在废墟中将溃败的人性重新建立起来的写作，才是有灵魂的、值得敬重的写作。我相信后者才是文学精神流转的大势。

　　因此，当代小说要发展，我以为要着力解决以上这两方面的问题：一是如何通过恢复一种感受力，接通一个更广大的物质视野；二是如何从一己之私里走出来，面对一个更宽阔的灵魂视野。我把这两个问题，用一种比喻的方式，把它归结为是从密室写作到旷野写作的精神变迁。所谓密室写作，它

---

① 木心：《琼美卡随想录》，广西师范大学出版社，2006年，第77页。

喻指的是作家对世界的观察尺度是有限的、内向的、细碎的，它书写的是以个人经验为中心的人事和生活，代表的是一种私人的、自我的眼界；而旷野写作呢，是指在自我的尺度之外，承认这个世界还有天空和大地，人不仅在闺房、密室里生活，他还在大地上行走，还要接受天道人心的规约和审问。

这也是张爱玲的写作和鲁迅的写作之间的重要区别。张爱玲对世俗生活细节的偏爱（她说，"我喜欢听市声"，如她喜欢听胡琴的声音，"远兜远转，依然回到人间"），以及她对苍茫人生的个人叹息（她说，"这世上没有一样感情不是千疮百孔的""短的是生命，长的是磨难"），都可以看作是她的密室写作的经典意象，她确是一个能在细微处发现奇迹的出色作家。但比起张爱玲来，鲁迅所看到的世界，显然是要宽阔、深透得多。尤其是在《野草》里，鲁迅把人放逐在存在的荒原，让人在天地间思考、行动、追问，即便知道前面可能没有路，也不愿停下迸发的步伐——这样一个存在的勘探者的姿态，正是旷野写作的核心意象。二十世纪的中国文学一直以鲁迅为顶峰，而非由张爱玲来代表，我想大家所推崇的正是鲁迅身上这种宽广和重量。

从细小到精致，终归是不如从宽阔到沉重。关于这点，王安忆有一段精到的论述，她说："张爱玲的人生观是走在了两个极端之上，一头是现时现刻中的具体可感，另一头则是人生奈何的虚无。在此之间，其实还有着漫长的过程，就是现实的理想与争取。而张爱玲就如那骑车在菜场脏地上的小孩，'放松了扶手，摇摆着，轻倩地掠过。'这一'掠过'，自然是轻松的了。当她略一眺望到人生的虚无，便回缩到俗世之中，而终于放过了人生的更宽阔和深厚的蕴含。从俗世的细致描绘，直接跳入一个苍茫的结论，到底是简单了。于是，很容易地，又回落到了低俗无聊之中。所以，我更加尊敬现实主义的鲁迅，因他是从现实的步骤上，结结实实地走来，所以，他就有了走向虚无的立足点，也有了勇敢。就如那个'过客'，一直向前走，并不知道要到哪里去，并不知道前边是什么。孩子说是鲜花，老人说是坟墓，可他依然要向前去看个明白，带着孩子给他裹伤的布片，人世的好意，走向不知名的前面。"[①]中国小说推崇张爱玲多年，从她身上一度获得了很好的个人写作的资源，但相比之下，鲁迅所开创的在天地间、在旷野里、在现实中关怀人的道路，如今却有逐渐被忽视的倾向。这也是很多人对当代小说感到不满的原因之一。

从密室写作到旷野写作的精神变迁，其实就是要提醒中国作家：除了写身体的悲欢，还要关注灵魂的衰退；除了写私人经验，还要注视"他人的痛苦"；除了写欲望的细节，还要承认存在一种欲望的升华机制。也就是说，一

---

① 王安忆：《世俗的张爱玲》，《解放日报》2000年11月29日，第4版。

个作家，在一己之私以外，还要看到有一个更广大的世界值得关注。

这或许就是中国当代小说的真实现状：一方面，细节的虚假、感受力的僵化，正在瓦解小说的真实感——所谓的虚构，正在演变成一种语言的造假，而虚假导致文学成了无关痛痒的纸上游戏日益退出公众生活，文学的影响力不断衰微；另一方面，不少作家还沉迷于密室里的欲望图景，无法完整地写出人类灵魂的宽度、厚度，写作也无法为一种有力量的人生、一种雄浑的精神做证，相反，它成了现代人精神颓废的象征。

要突破这两方面的困境，我想，当代小说需要有感官视野和精神视野上的双重扩展。作家们的感觉力在钝化，心智不活跃，文学世界就会变得苍白、单调，因此，韩少功说："恢复感觉力就是政治，恢复同情和理解就是文学的大政治。"[1] 另外，从密室走向旷野，表征的是作家灵魂眼界的开放，它是文学重新发出直白的心声、重新面对现实发言的精神契机。中国小说经过了这十几年欲望话语的激进实践之后，现在正向灵魂叙事转身——这是一个值得期许的变化，而文学正是在这种变化中不断前行的。

---

[1] 张彦武：《韩少功：恢复同情和理解就是文学的大政治》，《中国青年报》2006年12月11日，第12版。

故 事 星 球

彭 扬

阿信仆街了。他是真的仆倒在大街上，两眼跳星星，下巴磕出声，手里抱着的劣质纸箱在空中翻滚，里面的文件纸像白羽，纷纷扬扬地下个不停。他痛恨脚下——雪豹公司高而蠢的台阶。入职第一天，他就在让人奔赴法场、接受审判般的台阶上摔了个跟跄，就好像注定他会以这样的姿势离开这里。

在瞬间爆炸的黑暗里，神秘的一生记忆并没有闪电回放，六个半小时以后女朋友的分手电话也没有丝毫预警。此时此刻，阿信甚至懒得动弹，面朝黄土背朝天，昏死似的趴在地上，脑海里浮现的是一张被岁月的海浪冲击得肥胖松垮的脸。

正是这张脸，笑容可掬地将阿信迎进雪豹公司的工位上；也是这张脸，在他凌晨加班偶尔闭目养神的时刻吐沫横飞、厉声呵斥；当他彻夜撰写的提案上交以后，当然也是这张脸，当仁不让地把作者名换成了自己去向 CEO 邀功领赏。然后，这张脸回到了它的居所，像一只穿西装的牛蛙，瞪着圆得不可思议的眼睛，坐在办公桌前窥视着玻璃窗外的办公区，门口挂着牌子：新媒体部总监。

面试时，阿信被考官形容为年轻的创新者，可一年后，他发现自己其实只是一颗生锈的螺丝钉。当他真正地写出一份创新策划时，部门的小姑娘们拍手叫好，可执行日一到，她们的双手顿时像是从电脑键盘里长出来，双眼与屏幕保持着毫不间断的电流交汇，空格键的敲击声一个比一个大、一个比一个猛；每周的例会上，面对旧迹斑斑的选题方案，他一如既往慷慨陈词，换来的却是部门小伙子们潜伏的敌意，特别是身为某位高管七大姑侄子的提案者，因为阿信的新方案比旧方案需要的工作量更多、更重；一个新的项目启动了，阿信觉得可以大显身手了。需求决定形态，他想。于是他走街串巷调研市场，却在上班时间迟到五分钟，引来"牛蛙出洞"，总监的嘴巴火舌四蹿："现成的项目模板不知道用啊，罚钱！"周围的寂静中，阿信却听到了人群中心花怒放的声音。

阿信有一个理论：他并不觉得自己是世界上的聪明人，但如果这个世界是由一群比自己还笨的人创造出来的呢？他站在选择的路口，站在一块"别总想着去打破规则"的霓虹标语牌下踯躅良久。然后，阿信对那句亘古忠言比了比手指,说了句:"去他妈的!"昂首阔步地走过了脚边的黑洞——这个黑洞在遥远的天际曾经美丽得让他向往,当他靠近一瞥,才发现这是吞噬一切精力和想象的危险墓场。

辞呈就是在这个时候出现在总监邮箱里的。

拍拍裤腿,让尘归尘土归土。阿信直了直身板,把零散的杂物捡起来。他回望了一眼雪豹公司的LOGO,它闪烁着刺眼的叹息。未来就像一张没有底面的纸牌,他转身迈步,向路的尽头走去。

回到合租公寓,阿信在房间角落的沙发上伸展四肢。巨大的疲劳一拳将他打到梦境的谷底,直到日落大街,阿枝的电话才敲开现实的大门。他们在一起两年。一半的时间,他们是大四毕业生,另一半则是社会新鲜人。只不过,阿枝一心想着去美国读研,毕业了仍在一所语言学校读书。雅思考了两次,这次八九不离十,她决定回家去见见父母,小住几日。和以前的任何一次一样,阿枝没有对父母提过阿信哪怕只言片语。

电话照例从异乡一段徒有其表的关怀开始,但这一刻,阿信有些当真了。他告诉了阿枝辞职的事。停顿只持续了几秒钟。

"下一家公司找好了吗?"阿枝问。

"没有。"阿信答。

"简历已经投了吧?"

"没有。"

"想好下一步要做什么了吗?"

"没有。"

听筒鸦雀无声。

更久的停顿后,阿枝的声音高扬,像是蘸了芥末,说:"你这是裸辞!"

"是。"阿信答。

"有时候我真不知道你是怎么想的。你没考虑过房租,没考虑过存钱,也没考虑到我们的未来吗?我想,我们需要分开一段时间了。"

电话挂断了。

阿信想起来,有一次下班早,他提前去语言学校接阿枝的时候,看见她在教室的后排把头靠在了旁边一个高个男生的肩膀上。后来他每次去,总能看见他们站在一起,并保持着生硬的距离。如果未来是指用愚蠢蒙上自己的眼睛,然后挥舞手臂,假装兴高采烈地去欢送阿枝和她即将赴任的后备男友共度美国的恋爱时光,那么,阿信确实没有考虑过。

他明白,任何一个理由都可以是分手的原因。

花了点时间,他把不多的衣物归置到行李箱。他紧握拉杆,在房间里站了很久。

离开前，阿信看到木桌上放着一面金色的化妆镜。第一次见到她，她就是拿着这面镜子，精致地坐着，镜面里只有各个角度的自己。一个晚上，当时的前男友胡搅蛮缠，冲到阿枝的宿舍楼下大吵大闹，阿信二话没说就冲了上去。阿信狠狠地揍了对方，也被一个啤酒瓶砸出了一脸血。此刻，他嗅到了那些暗红色的炙热气味，又打开背包，把一张存了一万块钱的借记卡放在了化妆镜的旁边。

"这是要出远门啊？"隔壁的室友贴着黑泥面膜，在阿信锁门的时候伸出头来询问。

阿信没言语。他拼凑出一个转瞬即逝的微笑，然后关门离开。

大体上，阿信是个能做计划的人。但裸辞和裸分这两件事，确实在他的计划表之外。他并没有想好接下来要去哪里，只是提着旅行箱穿过熙熙攘攘的人潮。他只是想，在第二天阿枝回来的时候，他还能维持独处的状态。

走进一家二十四小时营业的"7-11"便利店，他打开钱包，里面仅有七块五。他扫了眼琳琅满目的货架，然后买了三块关东煮里的炸豆腐。他坐在窗前的简易餐桌旁，一口一口，等太阳悄无踪影。

街道的夜灯亮起不久，老妈来了电话。

"最近都挺好的吧？"

"挺好的。"阿信答。

"工作也挺好的吧？"

"挺好的。"

"阿枝也挺好的吧？"

"挺好的。"

"没钱就跟家里说，别磨不开面子，要把自己照顾好，听到没有？"

"嗯。"

阿信找了个赶报告的理由，赶紧挂了电话。因为眼泪已经顺着下巴，滴落在豆腐汤里了。

他觉得困，便趴在桌子上。黑夜就在他身旁走开了。

阿信去敲大福房门的时候，是早晨五点半。大福睡眼惺忪、光着肉膀、裤衩下垂地开门迎客。见阿信提着箱子，他一激灵，醒了。

"这是演哪出啊？"

"分了。"阿信说完，拉着大箱子进屋了。

大福愣了一下，关上门，提裤衩，赶紧跑到阿信前头，把他带到自己房间。

"不是挺好的嘛，怎么分了？"大福把双人沙发上的电玩手办和编程教材移

故事星球　003

到地板上，回头瞥了阿信一眼，闪电般地转头继续收拾着："这几天你就睡这儿吧。"

"今天不行。"阿信把箱子推到墙角，倒在散发着余热的凌乱木床上，说了句，"我得睡床。"

说完，他就闭上了眼睛。

阿信做了一个凌乱混杂的梦。这个梦交织着他和阿枝的闪亮时光。他也梦见了大福。大福并没有愧对大学好兄弟的头衔，带他上天下海，在游戏世界里横扫群魔。他还梦见了老妈，但她只是看了他一眼，就转身消失了。

上午十一点刚过，阿信就被迫醒来了。一阵浮夸的说话声从隔壁房间传来，像坏掉的机器人在看不见的角落里重复着即将爆炸的话语。

大福上班去了。枕边有张字条，字迹横七竖八："冰箱里有吃的！"

阿信坐起身，揉揉眼，环视着一个软件工程师的房间。到处散落着书和光盘。电脑没有关，屏幕凶神恶煞的怪物屏保正在盯着自己。他想想白白胖胖的大福，实习和就业都是在非著名电商——小豆公司当码农，虽然早出晚归，但日子也还算风和日丽，不像自己这么"作"。

下了床，阿信要去厨房找吃的。他穿过这套三居室的走廊，路过淘淘的房间。

"宝宝们，礼物刷起来！么么哒。"

就是这个声音反反复复，凿穿了墙壁，一次又一次挤进了阿信的耳膜。淘淘带着仿制的印第安鹰羽冠，肩上披了一件五颜六色的方格毯，脸上画着红黄蓝三道横杠，鬼哭神嚎地在手机摄像头前唱着《捉泥鳅》。他的房间被怪异装点着，离奇的道具随处可见：美国队长的盾牌、吸血鬼的尖牙、水手服、长兔耳和鸵鸟毛一样的神秘坨状物。但在手机能拍到的背景里，他精心布置了挂画和假花，仿佛一片奇葩丛生的南美山林。

"嗨。"阿信无精打采地打了招呼，"忙着呢？"

淘淘转过头，摇头晃脑地说："知道你睡着，都不敢去吵你，晚上咱兄弟一起撸啊撸！"

阿信苦笑了一下，随即往厨房走去。

打开冰箱，一股夹杂着酸臭腥和淡果香的气味扑面熏来，让阿信一屁股坐在了地上。他拨开长毛的香蕉、湿漉漉的胶卷和一盘发黑的面，终于找到了几个冰冷的生煎包子。他拿出来闻了闻，感觉气息相对正常，便接二连三塞进嘴里，又灌了几口冰牛奶，阿信的胃终于好受一点了。

坐在地上，背靠白墙，阿信想起最初见到淘淘的样子。那时阿信还没有领略淘淘内心的狂野和奇特，怎么看他都是一个清秀高挑的大四毕业生的样子。虽然他念的是另一所大学，但这个陌生的合租室友很快就在英雄联盟的组队打怪中，和阿信与大福建立了革命战友的情谊。

淘淘学的是市场营销，但并没有找工作。他的脑子很灵光，知道未来世界的中心是手机，就当了网络主播。他的直播风格看起来就像一部用力过猛的邪典电影，但还是有不少忠实的粉丝。他会去热搜榜上搜刮最新的热点，融入他话痨一般的表达中，用这些话题当原料，驱动粉丝的笑点。一个月下来，虽说人气不及一线主播，但大几千块还是能挣到的。

除了时不时和突然冒出的黑粉在虚拟的角斗场激烈掐架，日子也算是自足舒坦的。他就一直这样没心没肺地在人生的道路上兴高采烈地跑。

整个下午，阿信就斜躺在客厅的沙发上。平淡的日光让他觉得恍若隔世。一夜之间，他就从职场小鲜肉变成了一个社会闲散人员，一个没工作、没女友、没住处的"三无人员"。他并不适应，这并不是失恋的肝肠寸断——或者说他早已透支了这种痛苦，疼得只剩下静静的凝视——而是一种奇异的虚空。过去的一切以光速远离自己，此刻他正站在宇宙尽头一个谁也不知道的废弃的加油站里。

阿信拿出手机，看看工资卡上的余额，算上未结的酬劳，还够撑上两个月。白吃白住向来不是他的作风。不过，至少他可以找找未来到底藏在哪里。

叹了口气，他随手抓起一个棉枕，下意识地抱在怀里，用遥控器打开了电视机。

"这是一个激动人心的时代，一个大众创业、万众创新的时代，一个又一个草根创业的奇迹在我们的身边出现……"一位女主持人站在一个大型活动的开幕仪式现场，眉飞色舞地介绍着："我们的黑马创业大赛，就是为了挖掘未来的商业骄子。凡是最终进入前十名的创业项目，都可以获得三百万的天使启动资金，冠军还可以……"

阿信关上电视机。

整个时代都这么激动人心，怎么就他感到疲乏和无力呢？

傍晚时分，大福提早下班，和阿飞一起回来了。

"知道你来了，我们得好好喝一杯呀！"阿飞拎起手中的热菜和啤酒晃了晃。

阿信伸出一只手，有气无力地朝阿飞挥了挥，然后又深陷进沙发。

大福瞧见，稍微清清嗓子，说："晚上阿飞请客！这小子今天一口气卖了八台净化器！"

阿飞瞄了一眼沙发，以一种谄笑的声调说："该我请，该我请！"

听到啤酒，阿信的兴致稍稍浓了。他想到人的缘分也真是奇妙。他跟大福在文理两个学院，依然雷打不动地变为最好的朋友。阿飞家在南方的岛村，照样住进了这里，成了最后一个房客，也成了阿信LOL的革命战友。

其实刚见到阿飞时，阿信并不觉得他们之间会有什么化学反应。因为他浑身散发出一种贼灵灵的感觉，如同一条漆黑油滑的黄鳝。但相处以后，阿信发现，这种贼灵灵，放在别人身上就是鸡贼，可在他身上却变得越来越得体，越来越恰当，甚至与他的朴实笑容浑然一体，让他只记得阿飞是个机灵健谈的人。

何况，阿飞还极会卖东西。他一边读着自考的人力资源专升本，一边在瑞士空气净化器的直营店当销售。他洞悉这座城市PM2.5天天爆表的数据，钻营着顾客的心思，还卖力地去学习各种售卖技巧，于是机器卖得飞快，他的提成也节节高升。

阿信想，两个人最终成为朋友，有时跟性格心理学根本不沾边，就是一种自然现象。

"什么菜这么香？"淘淘从房间里蹿过来，鬼符般的彩脸凑在餐盒旁，把一片蒜泥肘子吸进嘴巴，情深意切地说："过瘾！"

"啪！"摆着饭菜的大福抽了淘淘一下，说："洗手了吗？"

这个夜晚，从海阔天空的交谈起航，很快就驶入了酒的海底。阿信隐约记得有谁提过"英雄联盟"，还有谁嚷嚷着"我们都是单身狗"，但那两句话稍纵即逝，像水中的回声一样难以辨认。他记得的，是整个房间都飘浮着橘色的酒液，所有人的身边都围绕着美丽的泡泡。

之后的几天，陪伴阿信的都是科幻小说。他把旅行箱里的衣服移开，把压在箱底的五本科幻小说全都拿出来。他窝在沙发上翻着书，像个时空跳跃者，从一本书的情节翻到另一本书的情节。对他来说，每个故事他都能如数家珍。而阅读，也总能带给他慰藉。

上小学时，阿信就是个科幻迷。科幻殿堂里仙逝的大师们看着他一点点长大。他有种能力，能在眼花缭乱的科幻故事里准确地挑出最好看的，然后在课间的时候，讲给围在身旁的男孩子们听。还有几个女孩在不远处，不想远离，也不愿靠近，眼神里闪烁着矜持的好奇。

无论是阿西莫夫、凡尔纳、海因莱因，还是克拉克、威尔斯和田中芳树，阿信总能感觉到他们书写的光辉照亮了自己，让他觉得身处穹顶之下并不孤单。更重要的是，科幻故事中，总有一种对已知人类文明的新的想象和扩展，革新者的形象常常站在故事的大地上，这让阿信着迷不已。带来革新的角色就是以惊叹的身姿和卓越的智慧，升级人的认知，并将其带向一个更加辽远和深邃的区域。他觉得自己的创新意识就是从这里启蒙的。

慰藉之余，阿信也在找未来。可未来既不在下一份求职简历上，也不在老家父母可以托关系的那间旅游局科室的茶杯里，更不像逃进了宁谧的大学校园中。

未来怎么就不能现在就来呢？阿信纳了闷。

一天下午，阿信百无聊赖地在客厅找橘子吃，却只找到了一张橘子皮。旁边，散着几张销售名师演讲的光盘。他朝自己冷笑一下，把光盘放进机器，用遥控器打开电视，心想：也许他就是去路边摆个小摊的命。

光盘开始转动了。果不其然，演讲者滔滔不绝、口若悬河，嘴巴里的套路让空气里大放阵阵信息的礼炮，硝烟滚滚。阿信窝在沙发上，看了两眼，就转过身去。他觉得此刻也许能在烟雾缭绕的催眠中打个小盹。

但没过一会儿，他就坐了起来。

"什么是生意？"演讲者癫狂地喊出，"有需求就有生意，有需求就有能卖的产品，每个公司都是为了解决某个需求而诞生的……"

"需求"这个词，在阿信的脑袋里亮了起来。

阿信记起，有次雪豹公司组织的酒会上，一位影视公司的来宾向他的同事们抱怨，好故事是如何如何少，他们的项目部门天天都为此绞尽脑汁。而就在那个月，一部根据豆芽网站上的小说改编的轻喜剧电影，却取得了六个亿的票房，尽管电影的男女主角当时都是没名气的新人。这篇小说的作者还在读大四，是第一次在网上写小说。

这就是好故事的力量，阿信想。

他的脑袋在这一刻被彗星撞了一下。他猛然想到，这几年中国的影视行业开始慢慢崛起，大大小小的影视公司遍地都是，而这一切的欣欣向荣，都可以用两个字概括：需求。

好故事为什么就不能成为创造性的产品呢？好故事为什么就不能成就一门解决需求的创新生意呢？可生意能一个人做吗？阿信不断反问自己。

有次中国企业家领袖马侯去阿信的学校演讲。讲到办企业时，他提到的最重要的词之一，就是团队。

他盯着电视机，耳畔回荡着淘淘在房间里龇牙咧嘴的笑声。他灵光忽而一闪——

一个善于营销的三线主播。一个慈悲为怀的白胖码农。一个贼不溜秋的金牌销售。

扑哧一声，阿信被自己的联想能力逗乐了。可细想一下，这难道不是最好的组合吗？

他环顾着乱得有些瘆人的客厅，心想，这哪是一群单身狗的狗窝啊，这分明就是一个伟大公司的摇篮呀！

阿信看到，眼前是一片未知的大陆，无数的新事物在地面上奔涌、碰撞和融合。他觉得心有哪吒，风卷火起。在更深的地方，还有一个声音回应着，那就是他还活着。思想就这样一直无声地狂舞着，熬到了大福回来。

他花了整个晚上,把他脑袋里的新文明向挚友和盘托出。文化是造梦的产业,为日渐兴起的梦工场提供好故事,这是热点;行业公司里的一声声求知若渴的呐喊,就是痛点;帮助一个故事发光发亮,对它的创造者来说,则是G点。

在想象中飞舞着,阿信继续侃侃而谈:"中国在长高。人的温饱问题解决了,应该抬头看看星空。为什么科幻不能是颗启明星呢?看看电影票房,前十名中有一大半都是科幻片!"

大福没顾着吃晚饭,一夜都在倾听。除了偶尔发出几声干咳,他一句话也没打断阿信。

这种沉默不语的认真,阿信知道,是另一种激情澎湃的表现。

天亮了,大福说话了:"我们一起干吧!"

他又说:"但是这个模式需要有个载体,我觉得可以先做个微信公众号,时机成熟,再转成app。这符合移动互联网的发展趋势。技术上不难,我来做。"

"挑故事我行。这就像一个手机里的故事精品商店!"阿信说,"名字我也想好了,就叫'故事星球'!"

阿信随后将前几日看到的比赛信息告诉大福。大福拍拍肚子站起来,说:"钱的事情你不用太着急。我可以兼职做。能拿到天使投资再说,反正这事儿我想干!"

随后,大福去厨房啃了几口面包,就上班去了。

阿信没有察觉到丝毫困意,他反而去到淘淘的房间,摇醒了梦中人。淘淘穿着COS火影卡卡西的衣服,脸上的妆也没卸,半睁着眼睛左摇右摆。阿信开始讲述他自己的梦。淘淘迷迷糊糊,却听得如痴如醉。新奇的事情总能在最短的时间吸引他的注意力。阿信讲到一大半时,淘淘大喊了一声:"停!"

"怎么了?"阿信以为淘淘痉挛了。

"算我一个!"淘淘眯着眼睛躺下,拖长音调,"但是能不能让我再睡会儿!"

阿信点点头,起身走到门口。但他想了想,又转身问:"你确定?"

"确……定……"淘淘闭着眼睛,一动不动地回答道。

"为什么?"

淘淘睁开一只眼,说:"因为,你是一只开山怪!"

阿信笑了。

晚饭以后,阿信和大福一起去找阿飞,但劈头盖脸地收获了一个"NO"。

"我听过卖鞋、卖车、卖房子,没听说过卖故事的!"阿飞的脸半懵着。

尽管阿信又耐心地解释着故事的起源和未来,但阿飞的目光里还是装满了狐疑。他卖空气净化器,卖着踏实。可故事,看不见,摸不着,仿佛是卖团空气给别人。

"你当销售,应该什么都能卖!"大福开口了,"现在你卖净化器,最好的结果就是到头来想想,在这城里去哪儿买套房子。但如果公司做好了,你以后琢磨的,可是去哪几个城市都买房子!"

阿飞思量着。大福和阿信离开了。

晚上九点一过,客厅变得热闹起来。

阿信站沙发前,比画着创业大赛的参赛方案。大福和淘淘坐着听,时不时提出建议。阿信觉得这些建议的视角各有不同,都很有用。讨论的气氛越来越热烈。每个人都享受着自己的表达,好像他们不是在讨论如何创立一家公司,而是商量着如何组队去魔兽世界里打怪。

阿飞在房间里待着,有点不是滋味。他惊讶自己居然有种被遗弃的错觉。一晚上,他都在床上翻来覆去。他心中其实充满了新奇的感觉,但从小的教育让他对新奇充满了古老的敌意,因为中庸才是生财之道。他又想想大福的话,半睡半醒着撑到了天光初现。

等阿信醒了,阿飞轻敲他的房门。

"现在答应还不晚吧?"阿飞尴尬地笑笑说。

阿信也笑了。

接下来的日子,阿信一心准备着几周后的比赛。他学习写商业策划书,跟淘淘一起制作展示用的PPT,并反复组织语言,尽可能精练地表达他们的商业模式。这段时间,阿信觉得能全神贯注地去做一件事情很好,可以知道很多事情,也可以不知道了很多事情。

他元气饱满,心比天高,心想,银光闪闪的巅峰时刻很快就要到来了。

阿信又仆街了。在意识到这点的三个小时前,他仍觉得自己是世界之王。他按照约定的时间,提着金点子,鼓起士气,走过国际展览中心偌大的黑马创业大赛的横幅。在路演大厅,映入眼帘的是汹涌的人潮和扩音器的混响。选手在交谈,观众骚动着,他觉得自己站在了一片迷幻闪光的树林里。他跟接待人员说了几句话,就被带到等候区——冠军的必经之路。

选手们按照所属的创业类型加以分类。候场区五人一组,按序号分别进场。阿信被分到文创组,在这组人里最后一个出场。

候场时,为了缓解紧张气氛,一个戴黑框眼镜的选手提议,大家应该先自我介绍、互相认识一下。他看到了其他人赞许的眼神后,起了头:"我们是做手机游戏的。"

"定格动画,这是我们的项目。"另一个选手说。

"我在一个NGO组织上班,想做一个残疾人的交友软件。"

"我还在上大学,想看看学校课桌上能不能植入广告……"

阿信听着一个个振振有词的发言,觉得很新奇。有些领域是他之前并不了解的。

"这位兄弟呢，你是做什么的？"有人问阿信。

"卖故事的。"阿信答。

其余四个人齐刷刷地转头盯着阿信，这让他很不自在，他毕竟不是一只红毛猩猩。

"卖故事的？"一个人没忍住，笑出了声，"故事怎么卖？你确定不是来说相声的？"

笑声四起。

阿信想争辩，却没言语。他要证明的人并不是他们。他想把力气省着，一会儿再用，但心里却游弋出几丝不良的预感。那时候，他并不知道，"IP"在几年以后会成为一个全民热词，故事的生意会遍地开花。此刻，他只想冷静一会儿，挨到进场时间。

走进赛场的时候，阿信被白炽的灯光照得头晕眼花。场地内外是一对同心圆。小圆里坐镇三位评委，大圆里挤满了好奇观众的目光。由于是海选，评委并非决赛时那样的行业大佬，而是知名风投的总监、大学金融专业的教授和创业媒体的副主编构成了本场的评审阵容。

阿信定定神，打开制作精良的PPT，尽量把稚嫩表现为谨慎，把紧张表达为流畅中的停顿。他谈了创业故事，讲了商业模式，分析了行业，展示了团队。当他把该说的都说完时，三位评委送给他的，是面面相觑的沉默。

人群中传来窃窃私语。

"我来说两句吧。"投资总监问，"卖故事，我还是第一次听说，可别人为什么要来你这儿买故事，我找家出版社的编辑也能买呀？"

"您说的是垂直的出版领域，我们做的是故事的平台，两个概念不太一样。"阿信答。

总监继续发问："我明白了，你是一个故事的市集，量多。但怎么展现抽象的故事？"

"我想，这是一个产品的细节问题。虽然我们还在探索成熟的方式，但……"

"不好意思，"总监打断了阿信，"我不认为这是无关紧要的细节，如果没有看到具体形式，我会把它看成空想，是一个极有可能失败的生意。"

阿信想进一步解释有关故事形式的展现，但副主编很快说话了。

"你选择科幻小说，我觉得不是一个很明智的选择。"他说，"我的阅读量还算是比较广的，可是恕我冒昧，我都不知道我们民族有哪些科幻巨著能够比肩《魔戒》。这是一个多么小众的市场啊。"

"您可能有些误解。《魔戒》并不是科幻小说，它应该算是奇幻文学。"阿信有些急了，这些问题都挺尖锐的，他有点措手不及，忙着解释，"科幻文学是小众的，但它的开发前景是广阔的。我们看看电影票房和游戏销售的近况就可以知道。"

教授发言了："你怎么解决版权保护问题？你把故事放到公众平台，不怕别人抄袭剽窃吗？你是得靠这个赚钱的。"

哄堂大笑。

这句话让阿信彻底懵了。他确实没有考虑过这个实际问题。但他觉得，教授所说的是一个技术问题，而不是商业模式是否成立的问题。他的耳畔嗡嗡响，脑际乱糟糟。尽管阿信还想做最后的争取，却看到总监摇着头，把他的资料往手边一扔，极快地喊出了"下一位"。

阿信眼神空荡荡的，回到场外的选手预留座。比赛结束后，主持人宣布了复赛名单，果然没有他的名字。他觉得这趟过山车坐得已经让他找不着北了。

散场时，周围的人走了，阿信还坐着。

这时，他的后肩却被人轻拍了一下。

"听了你那场比赛，"一个清脆的声音响起，"真敢想呀！"

阿信回过头，一张名片递过来。他拿起看：银杉资本投资经理——鹿蓓。

抬起头，他打量着前方闪烁着一双大眼睛的年轻女孩。海浪般的卷发荡漾在一颗卵石脸的周围。细眉挂在晴天。桃红色的嘴唇像是一条载满香料的小船，让她散发出一种柑橘混合着葡萄柚的气味。两颊浅淡的婴儿肥并没有影响她浑身上下散发出的一种机灵和精明。

"你好。"阿信干脆站起身。他这样做，并不是因为他知道银杉资本是一家赫赫有名的国际投资机构，而是感受到了上帝的公平。让一位身穿精致花卉图案衬衫和干练黑窄裙的投资美女，在他撕裂干枯的斗志上灌溉一些心灵鸡汤，他觉得不亏。

"你想得挺好，但是讲得有问题。"鹿蓓也站起来，她从美国斯坦福大学留学回来，已经习惯开门见山的表达，"你的创业项目里没有突出你对核心竞争力的信心，也没有让人留下深刻印象的故事。"

我的天，这哪是上帝派来慰藉自己的仙女，阿信想，这是看着他伤痕累累地躺在人生的谷底，然后站在山峰向他撒盐的魔女呀。他像是吃了口没洗干净的水蜜桃，嘴唇甜出了血。

鹿蓓站在阶梯的高处，看着阿信说："投资人喜欢听故事，但更喜欢听的，其实就是三件事：第一，你怎么赚钱；第二，你怎么持续赚钱；第三，怎么能做到一件事只有你能赚钱，别人赚不了。你应该在这三个方面拿出相应的方案。"

平日里，阿信应该会对这样实在实用的建议心悦诚服，但此刻，他只感觉到愤怒。特别是一个弥漫着智性光辉、初次相识的姑娘，竟然居高临下地去解

故事星球　　011

剖他的失败。出局的结果已经让阿信心灰意冷,在这个时候雪上加霜,阿信没忍住脾气。

"鹿小姐,您一句话里用了四个'你',说明您大概是一个常常以自我为中心教育别人的人。"阿信呛声道,"我做的是科幻小说的开发,我不知道您看过多少本科幻小说或者有多了解我的团队,我对团队的核心竞争很有信心,暂时不需要人来指导。"

"你一句话里用了四个'我',难道你也是一个常常以自我为中心的人?"鹿蓓觉得阿信有些不知好歹,笑容一收,"创始人要善于听取各方意见,如果固执己见,再好的项目也做不起来!"

阿信背上电脑包,说:"那公司举办开业酒会时,我一定要请鹿小姐参加了!"

说完,他转身走下观众席的台阶。

"给我一张名片吧!"鹿蓓轻轻喊了一声。

"做不起来的公司没名片。"阿信头也不回地走了。

望着阿信消失的方向,鹿蓓嘀咕:"嘀,脾气还不小。"

阿信把比赛的消息捎回家时,滚滚而来的兄弟情谊和铿锵鼓励让他有些不知所措。他感觉得出来,包括阿福在内,大家都小心翼翼地,尽量避开他受挫的自尊心。可能阿信的运气近来已经到了惨绝人寰的地步,没人忍心再让他多喝点苦水了。

吃过晚饭,阿信就栽倒在沙发上。他隐约想起鹿蓓的话,觉得似乎也挺有道理,当时他怎么就表现得那么刺儿头呢?但没容他多想,上千吨的疲惫就让他的眼皮合上了。

直到早晨化身为一个疯子,附着在手机的郭德纲铃声中,狠命地一把将阿信推起来。

"喂……"阿信揉眼睛,睡意在脑中结满了网。

"你好。"一个粗犷却冷静的中年男声,"你是阿信吗?"

"嗯。"

"我是金石创投的钱正义。"电话那头的声音热情洋溢,"我看过你昨天的比赛,你有一个伟大的想法,我很感兴趣。我就在你家楼下,我们就近聊聊?"

阿信醒了。

半小时后,阿信在小区门口的"快咖啡"找到了钱正义。

"你喝什么?"钱正义问。

"水就可以。"阿信答。

钱正义笑笑,对服务员说:"两杯蓝山咖啡。"随后,他递出自己的名片。

阿信在上面看到了"董事长"的字眼。"董事长"是一种什么样的生物？阿信在心中默默地想。他抬起头，注视着眼前这个四十五六岁的中年男人。微胖的身体上焊接着一颗炯炯有神的脑袋。他的目光很聚焦，像一台科学仪器扫视着物理世界的结构和原理。他穿着一件川久保玲设计的机器人图案的短袖白T。在见到钱正义以前，阿信无论如何也不会把这个潮牌跟四十岁以前的人联系在一起，更不会觉得它跟印象中西装革履的投资家有交集。

"您是怎么找到我的？"阿信对面前风格混搭的董事长有些好奇。

"金石是黑豹大赛的赞助商之一。你的报名信息他们都转给我了。"

阿信点点头。

"中国现在的热钱太多了！热得让人昏头昏脑的。"钱正义用训练有加的沉着语速表达着愤怒，"你知道最后入围决赛的都是些什么企业吗？"

阿信摇摇头。

"闪速送餐的、上门洗脚的、手机借贷的、同志约炮的……"钱正义咂嘴，又说，"烧着钱，在融资的接力赛道上跑，像飞蛾一样扑向上市那团大火。那些所谓的创业导师呢，也就对那些能跑得快的才摇旗呐喊。"

这番话让阿信有些意外。此刻的钱正义并不像一个商人，而像一个愤怒的艺术家。他嘲讽着投资的热火，也重燃了阿信心中的冷火。

"你看看硅谷！脸书也好，谷歌也好，没有一个创始人不在热衷创造新奇的事儿。他们才是真正的geek！你说对吗？"钱正义问。

"能够发现需求，解决问题，然后把产品做到极致。这是我理解的geek。"阿信答。

钱正义打了一个响指，露出赞许的表情，说："这就是我为什么来找你的原因！我觉得你正在做这样的事。你看看周围——"

阿信环视四周，每个桌子上都放着一台笔记本，男男女女对着屏幕滔滔不绝。

"快咖啡是很多影视行业的人会来的地方。"钱正义瞟了眼嘈杂的厅堂说，"每个人的项目里都有大明星和大导演，你觉得可能吗？这不是在谈投资，这是空手套白狼！"

阿信点点头。

"你知道快咖啡'四大神兽'吗？"

阿信摇摇头。

"来这里忽悠投资的人，逢人便提的明星里，有四个是提及最多的。这就是传说中的'四大神兽'。"钱正义说着说着，自己也乐了，"其中黄晓明排第一，是四大神兽之首！"

阿信也乐了。

故事星球　　013

这是一种奇特的气氛。阿信时而觉得钱正义的年轻状态让他像一位性情豪爽、机智戏谑的兄长；时而又觉得他像一个卓越的探险家，让自己像遥远火山下的一堆钻石重新璀璨起来；有几个瞬间，阿信甚至觉得钱正义是自己的另一个分身，区别就在于另一个可以用金币书写自由。

阿信很放松，他对"故事星球"的创业项目侃侃而谈。听者目不转睛，也很尽兴。钱正义在阿信停顿的间隙会问些问题。这些问题机智且得体，帮助阿信描绘出了一个更广阔的商业图景。

三个小时就在充满能量的对话中溜走了。

阿信站在咖啡馆门口，与钱正义握手告别。

"后天我去看看你们的团队。"钱正义笑容灿烂。

"非常欢迎。"

随后，钱正义的司机拉开车门，他坐进了一辆黑色的宾利。

阿信目送着。当轿车消失在路的尽头时，他才喊出一声长长的"耶"。

两天后，钱正义如约而至。他像个大龄潮童，迈着轻快的步伐，坐在了客厅的沙发上。

阿信向钱正义介绍他的"梦之队"。钱正义边听边看，目光在等候多时的大福和阿飞身上有节奏地跳跃。他的眼睛中放着一台高速运转的计算机，正在用数据标注着每一个像素。望向淘淘时，他多停留了几秒。淘淘搭着墨西哥披风，不自然地端坐在一旁，笑起来像个神婆。阿信知道，他们第一次见投资人，多少有点紧张。

钱正义似乎并没在乎这点，他反而对阿信的团队不吝溢美之词。在科幻故事的商业探讨中，他称赞阿信是个灵感的天才；在对互联网新技术的畅想中，他把大福当成一个将会引领内容电商潮流的潜力股；在分析国内外移动互联网的成功销售案例中，他用期待和热切的眼光，授予了阿飞故事大卖场"销售将军"的称号；即使是淘淘，他也用"营销大师多怪才"这句话装点了其泛着油光的额头。

"技术的商业，命都不长，它总有更先进的继承者。"钱正义看着大福，"而且会越来越快！"

大福很赞同。

"但故事是永恒的。"钱正义望向阿飞，"每个时代的人都会为好故事掏钱。"

阿飞觉得在理。

"你们聚焦在科幻这个细分跑道，很聪明。"钱正义瞅瞅淘淘，"只要在自己的跑道上做到最好，就会有巨大的价值。"

淘淘点着头，眨着眼。

"现在的人都想摘桃，不想种树，故事哪能说来就来呢，得养！"钱正义的视线落在阿信脸上，"我们要做的，应该是个百年品牌。"

阿信心想，怎么有人这么懂自己呢！

钱正义告辞时，阿信一直把他送到小区门口。

"我们一起干吧！"钱正义上车前，敏捷地收敛笑容，精准地将一种隐形的权威投向阿信的瞳孔，"钱我来出，事情你们干。股份嘛，咱们都好说。"

阿信有点犹豫。

"对了，我投资了一个孵化器，你们就去哪儿干吧。这样房租也省了。"钱正义拍拍阿信的肩膀，"好好考虑下，不急。"

可阿信想得肝肠寸断。

他把兴奋和迟疑搅和在一起，想法像白日焰火，入梦也喋喋不休。阿信也知道，这种虚张声势的煎熬只是为了给内心深处那个早已做出的回答一份合法的出生证明罢了。这个回答，来自钱正义用金光闪闪的承诺在梦的星际为他绘制的第一张地图；也源于一辆装载着各种福音——场地直供、房租减免以及被钱正义列入"日后详谈"名单中的更多支持——为创业险境披荆斩棘的坦克已经点火启动，轰轰作响；说到底，是钱正义对"故事星球"富有温度的致敬，它及时地在一片暴风雪肆虐的战火中，照亮了自我价值的天光，点燃了死灰般的渴望。

在昏天黑地的自我角力中，阿信还想起鹿蓓。但是，当她傲慢的说教在潜意识里猝不及防地浮出水面时，他总是有股无名的火气。

也正是股怒火，让他最终在股权协议上签名时，写得刚劲、利索。

当阿信背着旧旧的双肩包站在丰收孵化器的院门前，日子已经过了一个月。

这些天，他忙得咬牙切齿，白天焦头烂额地穿梭于工商局、银行和地税局之间，晚上则睡眼惺忪地跟大福推敲公司的年度和季度规划。他在新事物的密林里眼花缭乱，匍匐前行，跟自己的离奇短处打着交道——电脑屏幕上出现制作预算的 Excel 表格时他心乱如麻几度差点晕厥过去——好在文书高手淘淘帮了不少忙，他才终于跌跌撞撞把准备工作就绪。

"我觉得我胖了。"阿信某天躺着抱怨。

"哪儿胖？没见着啊。"大福用目光搜了几遍，愣是没找到一块肥肉。

"脑子。"阿信笑呵呵。他觉得智商放血太多，连笑起来也是傻的。

阿信的脑袋里上传了数不清的事，但他想得最多的一件事，就是得对得起兄弟。他在预算中毫不吝啬，留下了三个充满诚意的位子，来表达他对人和公司关系的理解。他跟钱正义通了几个小时的电话，为的是前往未来，建造一个股权和期权的激励基地。这甚至让他觉得有点怠慢了自己——他为自己开了有限的工资，仅仅用于支付房租和衣食的开销。但他相信这是对的。也因此，大福和阿飞的辞职也办得干净利落。

此刻，阿信站在大福身旁，和淘淘、阿飞一起环望着孵化器的大厅，心情激荡澎湃。这里大得没有规矩，只有格局，仿佛十几个大车间推墙破壁融进彼此，连接成一个星际的航母。在开放式的办公空间，长长短短的桌椅以色彩分区，大大小小的团队人头攒动，密集的键盘敲击声被广阔稀释成一种空灵的音乐。这是一个时代的码头，一个千帆竞技的资本大航海时代，这种感觉撞击着阿信。他看到一艘艘火热的、金光闪闪的船只停在眼前，船长、水手、木匠、机工在各自的甲板忙忙碌碌，一个看不见的声音以指挥家的姿态领喊着号子，粗壮的缆绳飞快地卷起以便能够早日扬帆起航。

入住办公的手续阿信办得很轻快。上午十点半，他拿着一堆表格，跟着人力资源部的卷发姑娘，开启了环游孵化器的闪电之旅。

"这里是会议区。如果你们需要开会，通过 OA 系统向行政部提前预约就行。"卷发姑娘站在一条二层东面的长廊尽头，指向大大小小、风格迥异的十几个房间。有的像是海盗的船舱，有的宛如童话中的木屋，还有的点缀着星球和微光，仿佛在宇宙间漫步……

淘淘的眼睛变成了闪光灯。

卷发姑娘走到西面，推开一扇玻璃门："休闲区到啦，有健身房、游戏室和按摩间，都是福利。"燃烧的生命气息扑面而来。一些人在跑步和打沙袋，另一些人在 Xbox 的世界里屠魔。几个隔间里，长满老茧却极为灵巧的大手们正在疲劳的肩颈和腰盘上弹跳。

阿飞的笑意化到地上了。

在一楼，他们还见识了伟大的食堂。"每天有五餐，"卷发姑娘站在一个飘散着奇味妙香和充溢着琳琅满目食物的巨大空间的入口，解释道，"早中晚三餐，外加下午茶和夜宵。"

大福面对幸福，咽了咽口水。

不知为什么，阿信却没有瞬间与这种集体的喜悦联网。他的脑中闪过一个画面：电影《千与千寻》里奢华汤屋旁的那个养猪场。他对自己大煞风景的念头感到惭愧，于是强力把它从洋溢着激情和期待的画卷上抹去。

立即、马上。

阿信和卷发姑娘在一楼的东门告别。那里离他们即将耕耘的"故事星球"只有十几米。

"很抱歉，孵化器几乎满了，只剩那边几个座位。先将就着用，有合适的机会再调整！"卷发姑娘与四人握手，"希望你们的故事……公司能成功！"

她标准地莞尔一笑，转身带走了眼神里的好奇和怀疑。

在东边的角落，阿信找到仅剩的一组办公桌，挤一挤可以坐七八个人。

当他们刚把背包放在桌子上时，旁边有人说话了。

"这儿有人了。"一个穿着黄色体恤的瘦高个从挡板后面站起来。他的头发梳得油光贼亮，戴着一个黑框眼镜，胡茬若隐若现地环绕着厚厚的嘴唇——那里振荡出尖细的音频，但却混入了一种不容置疑。

"这没人呀？"阿信看看空荡荡的座位。

"这将会有人。"瘦高个回得斩钉截铁。阿信看到他的T恤上有个蛋的LOGO。

"'将会'是什么鬼呀？"淘淘气不打一处来，"霸占空位子有意思吗？"

这时，又有几个穿黄色T恤的人站起来了。他们尽管高矮胖瘦，但都戴着眼镜，胸前也都有一只蛋。

"怎么说话呢？"站在瘦高个旁的一个矮男孩开口道，"懂什么叫先来后到吗？"

瘦高个略微昂起头，以一种领袖人物的身姿双臂插在胸前，脸上凝固起一种没有表情的表情。

淘淘准备再找他们理论，但阿信拦住了他："行。但人力资源部让我们坐这儿的。不坐这边的位子，那坐哪边？"

瘦高个把头往左偏了偏，扫了一眼靠墙的地方。

那里是四个大鸟笼似的球形办公区，每个球体里都有两张办公桌。

"那些原本是用来做冥想室的，二楼放不下，就废物再利用了。"瘦高个说，"听说你们公司不是叫'故事球'吗？挺应景的呀。"

笑声炸开了花。

大福和阿飞实在忍不住了，但刚冲半步，又被阿信拉回来了：

"今天是第一天，走吧。"

淘淘翻了个白眼，耳朵都快冒青烟了，一把拽过包，没好气地嘟囔了一句："真倒霉，第一天就碰到一群作恶的小黄人！"

后来阿信知道，瘦高个本名胡力，他领导的团队并不叫"小黄人"，而是叫"黄蛋"。这是一个以解决儿童不爱读书的问题为使命的九人公司，他们的产品是一款游戏型阅读app。当孩子开始阅读文章的时候，一个超级玛丽般的小黄人会疯狂地在不同位置的句子和词语间跳跃。小朋友必须用鼠标跟随小黄人去阅读，如果跟随中断，游戏就会重新开始或结束。

阿信庆幸自己已经长大成人了。

淘淘用目光仔细勘探着并排的"鸟笼"，然后丢给阿信一句话："交给我吧。"

恪守着"万物皆淘宝"的自然法则,淘淘用十根手指完成了精准的比价任务,向光纤密林发送缪斯的装潢信号,一堆堆价廉质优的包裹便接二连三地放在了他们的办公桌上。

当阿信两周以后走到这里,他觉得自己来到了真正的星球,四个球形区域被装点成风格迥异的领地——热带雨林在野蛮生长,海底世界会闪闪发亮,超级英雄正酣畅交锋,未来的城市凝视着每一个坐在这片幻梦中的人。

当他走到这里,他没有时间去注意"小黄人"们坏掉的下巴,因为他的脑袋瓜塞满了热忱和渴望,并顺着一条耀动着钻石光亮的河床流向远方。

科幻凝结着人类的天真,阿信觉得,淘淘的妙手奇思很好地勾勒出"故事星球"的文化:天真而不幼稚。这种不幼稚在于,四个大男孩驾驭着火热的马车,在理性的计划表格中所向披靡、飞速前进,创造着属于他们的奔腾年代。阿信也认为,这种组合是能产生化学反应的,而且是黄金配比——大福为app搭建坚固的技术骨骼,淘淘的鬼马神通让产品外衣光彩夺目,阿飞正把即将爆发的能量投向一份故事版权销售市场的调研报告中,而阿信,他会尽力去赋予这个迷人的组织与之相匹配的灵魂。

尽管如此,在第一次全员会议中,他们仍觉得人少了。大福的技术研发团队至少还需要两个帮手,公司也得有个处理繁杂事务的行政人员。这个数字已经是百般推敲后的产物,而且得益于钱正义——他指派自己投资公司的一名秘书兼任"故事星球"的财务,所有令人抓耳挠腮的票据整理、资金申请和记账报税都有了外援。

一个深夜,阿信坐在办公室,敲出一份规矩周正的招聘信息,其中包括职位描述、任职条件和薪酬福利。但他对着电脑屏幕盯了良久,随即将其一笔勾销,转而写成一篇"英雄帖"。他在开头这样写道:"有一天,你是否害怕自己会无可挽回地走向庸俗,变成一个激情丧失殆尽的人;有一天,你是否在钢铁丛林里看见了远方的暮光,它让微冷的心重新跳动;有一天,你是否已经想到要去经历另一种现实,而不仅仅是成为一块机器母体中的电池……"

阿信没有想到,他把求职的严肃化为纸间的谈笑,却引来了互联网上阵阵热情的回响。特别是网生一代的年轻人,他们对新事物的理解有着独特的想象力。招聘信息中的嬉笑怒骂像病毒一样被复制着,出现在了各大高校的论坛、科幻爱好者的微博以及知名职场达人的公众号里。公司的电子邮箱每天都被几十封邮件敲拍着房门。淘淘帮阿信一起处理着五湖四海的心愿,一边眨着眼睛筛选简历,一边嘟嘴说:"好内容果然力大无穷呀!"

在成堆的简历中,刨除科幻狂野爱好者的情怀支持,激情万丈却离要求南辕北辙的年轻问候以及大龄无业人士的无奈试探之后,阿信手里却只剩下寥寥的希望。他勉强把几份符合公司文化和任职要求的简历摆在桌前，而大福更是唉声叹气，连连摇头，最终颗粒无收。

"程序员和工程师都比较被动、比较闷骚的。"大福对阿信苦笑着说。

大福的话，阿信觉得在理。闷骚的程序员都像黑松露，需要他这只猪鼻子去拱一拱。

接下来的几天，他把大福的要求揣在目光里，去大咖聚集的专业论坛和专业牛人的微博四处闻嗅，主动出击，竟然也猎来一些简历。这些简历大多质量优良，虽然量少，但大都合乎大福的心意。几轮面试下来，大福挑中了一人。此人长得极黑，故得名"小黑"。小黑推荐了一个哥们儿，大福觉得也不错。这哥们又长得极白，顺理成章就是"小白"。

按常理，行政专员应是好找的，但阿信却觉得候选名单不温不火，谈不上欣赏有加，更别说眼前一亮了。就在"选择障碍症"发作期间，一封简历悄然降至他的邮箱，至今都让他觉得这是自己人品积分累计换取的礼物——一个箍着银色牙套，戴着深色的黑框眼镜，扎着小辫的女孩引起了他的注意。不仅是因为这笑容够惊悚，更多的，是他看见了她内心的小宇宙。

她简历上的名字叫"茅毛"，双修中文和工商管理，是即将毕业的大四生。她的简历附件包括一份在学校科幻协会担任副会长时的就职演说和工作总结，一篇阿西莫夫"基地"系列小说的书评以及对"故事星球"商业模式的建议，总字数超过一万字。

凌晨时分，阿信仔细看完所有材料，当即就给茅毛回复了邮件。

两天后，他在会议室看到了一位穿着碎花连衣裙，留着清新短发的纤细女孩。虽然谈不上漂亮，却洋溢着别致的青春风味。但无论如何，阿信也没法相信这是他在照片上见过的人。

"你是……茅毛？"阿信顿了下，谨慎地问。

"我是。"她笑得天真烂漫，酒窝掩盖了几丝羞涩。随后，她瞥了眼阿信面前的简历，又说，"照片是几年前的样子。百分百牙套妹。现在牙套摘了，眼镜也换隐形的了。"

"换得到位。"阿信点点头。

随后，阿信用问题搭建了舞台，变成了一个观众。他看到在茅毛谈论到科幻小说和电影时无法抑制的激动，领略到她在校园里Cosplay《魔法少女小圆》时的着迷与喜悦，感受到她用向往编织的未来，那里闪烁着信念的花火。

面试结束时，阿信注意到，茅毛把拉开的座椅推回了原位。她是所有的面试者中唯一这么做的人。当她起身离开，阿信忽然叫住了她。

"有个问题很俗，但我还是想问问你。"阿信说，"为什么想来'故事星球'？"

"因为……"茅毛想了一会儿,答道,"有种酷酷的萌。"

阿信笑了。

他对这个回答很满意。望着茅毛的背影,他在心里笃定地想:就是她了。

人都齐了,阿信心里的窟窿也消失了,写起汇报邮件来也更有劲道。CEO的肩上有座山,这座山就是找钱、找人、找方向,他觉得自己正在尽职的路上。钱正义收到邮件后,当天下午就给阿信发来微信:"我一会儿过去坐坐。"

晚上八点半,钱正义终于来到会议室。这与他事先约定的时间相差了三个小时。阿信和伙伴们纷纷起身。茅毛把中央的皮转椅拉出来。

"堵得寸步难移呀,都坐下吧!"钱正义边摆手边落座,幅度稍大,就像一个撞进皮面然后陷落的钟摆,他问,"都没吃饭吧?"

阿信摇摇头。

"抱歉啊,让你们空着肚子等我。"钱正义说,"那边吃边聊吧?"

"没事的,钱总。"阿信答。

"就是跟大家聊聊天,咱们随性一些。"钱正义说,"反正我也饿了。"

阿信想想,问:"比萨可以吗?"

钱正义弹出一个 OK 的手势。

茅毛为钱正义倒好茶,马上就去必胜客下订单了。

虽然靠着皮椅,钱正义却饱满有神。他环视着所有人,在致出欢迎辞后开始讲述他对于公司画卷长图般的愿景,当然,他用的主语是"我和阿信"。但阿信觉得,坐在身旁的钱正义和他以往印象中的稍有不同。这些差异表现在他的表情和语调,甚至他的身姿和手势,没了先前的肆意不羁,多了几分权威和庄重,像是一把渐渐收拢的古伞。唯一没有变化的,是由亿万零件精准运行着的目光。

这也许就是"董事长"这种生物该有的样子吧,他推测着。同时,他也在内心的镜子里瞄了眼自己,那是一个穿着牛仔裤和衬衫,无论坐在哪里都像个不起眼的毛头小子的家伙。

钱正义在轻快的语调中收放自如。他询问着团队近况,分析着商业策略,讨论着行业热点,偶尔还谈谈历史沉浮。他在谈话中透露出对三位新人有分寸的好奇,试图以最短的句子一眺对方的概貌。

"你最喜欢的一本书是什么?"

"凯文·凯利的《失控》。"小黑答。

"你最讨厌的事情是什么?"

"有人写代码时敲 Tab 键,我是空格党派的。"小白答。

"你谈过几个男朋友?"

"一个半。"茅毛答,"一个是刚分手的,半个是宋仲基。"

钱正义乐了:"是呀,他现在是所有小姑娘的半个男朋友!"

在欢声笑语中,比萨到了。

钱正义挑了蔬菜和水果居多的两片,简单吃了几口,然后把边缘的面饼轻轻扔在了餐盒的角落。其余的人尽管吃得有些拘谨,但饥肠辘辘依稀可见,连面渣都没剩下。淘淘还吸吮了几次沾满酱汁的拇指。

简餐结束,大伙收拾着桌面的狼藉,钱正义也起身告辞了。阿信顺手把他面前的餐盒盖好,递给正在收集的茅毛。钱正义扫了眼,然后看着一个哪里也不是的方向,忽然对阿信说了句:"这些事情还需要你亲自做吗?"

这些事情难道不可以亲自做吗?阿信纳闷了,难道就是因为自己是 CEO,所以连帮同伴递个餐盒都成了不恰当的事情了吗?

阿信没言语,只是送钱正义出门。他站在大门口,直到董事长的车消失在一个漆黑无解的问号里。

每周一次的"故事会"是阿信最为欣喜神悦的光景。这是例会之外,公司全员齐聚的场合。茅毛和淘淘搜集了中国科幻小说版图上的珍珠,有的已经光芒万丈,有的还须潜入更隐秘的疆域,去剥开不知名的泥浆,把一抹新亮陈列在大伙的眼前。这些初筛的小说是他们的精选劳作,将由其简述和推荐后供众人讨论,形成短名单。阿信觉得,虽然最终拍板的是自己,但了解每个人的不同观点对他来说很重要,思想的过招也能带来共同的成长。

讨论通常是没有时间尽头的忘我之作。每个人都自觉地开启自己的虫洞,成为时间旅行者的同伴,在不同的维度和空间,去讲述各自经历的太空告别、人机战争、瘟疫危机和星际入侵。这些时刻,阿信看到了所有人正坐在高中社团的活动教室里风华正茂的样子。

列好胜出者的名单,阿信和淘淘兵分两路,按照公司规划,提着合同去约见作者。科幻产业尚处蛮荒之时,他们签得快、准、狠,尤其是还未成名的年轻作者——当他们得知有人愿意推广自己的作品并仔细听取方案后往往欣喜有加,几乎都签了"独家代理"合约。

茅毛的悟性也高,一经点拨,便跟公司外聘的法律顾问成了绝佳搭档,合同草拟和处理得风生水起。他们在很短时间里,就迎来了内容储备的丰收季。

大福带领小黑小白一边研发着 app,一边捣鼓出一个技术精良的微信公众号。阿信将故事分门别类,有次序地放进手机的阅读空间。他不想只是堆叠文字,而是想让每个读到故事肉身的人都能感受它的魂魄。所以,他让茅毛找插画家给故事配图,访谈作家,或收集评论,甚至还找艺术家用漫画的形式来添上几笔。

"用网上的图吧,省钱。"茅毛建议。

阿信摇摇头,说:"请插画师来画,开稿费,小说作者也要给。"

茅毛竖起大拇指:"壕!"

"壕个鬼!"阿信乐了下,坐正说,"要做个干净的公司。不该花的钱,一分钱都不能多花;该花的钱,勒紧裤腰带也不能少花。"

茅毛鬼马精灵地吐了下舌头。

匠心带来了好运气。来自科幻迷的人气被好故事极速地网罗起来。在淘淘独创的"花式推广"下,公众号成了科幻圈的新宠,转发量和粉丝数每天都在螺旋式攀升。但阿信也发现了一个问题,由于他们代理的作者大都是新人,故而常常圈内叫好、圈外无声。如果要获得更大的影响力,吸引他们的潜在客户,就得请来掷地有声的人物。

阿信心中的第一人选就是蔚星。他是中国最有名望的科幻作家之一,也是学养颇深的大学物理系教授,媒体曝光量很高,代表作被圈里圈外的读者奉为"科幻圣经"。阿信找到了他的微博和邮箱,连发几通私信,却无一回响。

也是,阿信明白,云车过海,谁会正眼去瞧一只虾兵蟹将呢?但他不肯放弃,干脆跑到蔚星教授办公室的门口等。好不容易一睹尊容,教授听了阿信几句话,就收下名片匆匆离开,理由是"该上课了"。第二次,教授仍以相同的理由挥袖而去。之后,阿信就再也没见过他了。有天下午,高温翻烤着他,困意左右夹击,他大汗淋漓地坐在教学楼的台阶旁睡去了。醒来的时候,面前竟躺着一枚五角钱的硬币。

叹了口气,阿信想,他总算有点同情犯罪题材美剧里跟踪偷窥狂的角色了,原来一刻的偷欢背后居然隐藏着如此漫长的疲劳。

转机出现在四天后。当阿信无意中发现蔚星周末会在著名的城市人文书店"安东尼奥"举办一个讲座时,他决定再闯虎穴。他当天到得最早,但由于没抢到一票难求的预订座位,只能站在人声鼎沸中煎熬。散场时,他得使着蛮劲,冲锋陷阵,才能穿过书迷坚固的爱,衣衫微乱地来到蔚星面前。

"蔚教授,又见面了。"阿信被挤撞着,避免笑出尴尬,"上次的事您考虑得怎么样了?"

"又是你呀。"蔚星像是见着一颗带刺的毛栗子,语气中潜藏着厌烦和无奈,应道,"得再想想。"

"能不能约个时……"阿信还没说完,就被一只手持书本的胳膊推搡到一边。一条瘦弱的缝隙瞬间就被重新填满了。

当阿信正准备再次冲破人影的藩篱时,他听到了鹿蓓的声音——

"找蔚教授有事呀?"她穿着黄白相间的套裙,双手自然地交错于身前,靠在一片布满落藤绿叶的墙角,目光清新明亮。

"你怎么在这儿？"阿信转过身，拽拽衣角，心中有意外，有期待，还有种隐隐的痛。

鹿蓓领略到了这种故作干脆的弦外之音，一笑化之："蔚教授是我们控股公司的独立董事，我受委托来接他去开会，不可以吗？"

说完，她轻盈地正正身姿，在店员的协助下，就带着蔚星坐进停在门口的奔驰商务车里去了。

隔着玻璃墙，阿信看到在半开的车窗里，鹿蓓和蔚星并排坐在一起。他们似乎在谈着某件重要的事情，视线还时不时在阿信身上蜻蜓点水地弹移，让他又愣，又冷。

他回想起与鹿蓓初见时的粗莽，心想，看来迟早还是得还的，代理蔚星作品的计划现在真的要被甩到卫星上去了。

入夜时分，阿信的手机响了。

是蔚星打来的。尽管他的声音疲惫低沉，但阿信听起来却恍如天籁。

"我的作品很多，会给你一个表格，"教授说，"你们选一到两部，我们先试试看吧。"

惊喜像暴雨一般冲刷下来，阿信觉得眼睛和嘴巴都张不开了。

"怎么不说话，有问题吗？"对方问。

"没问题，这是我们的荣幸。"阿信答。

"本来我是不大有兴趣的，这是实话。"蔚星清清嗓子，"可鹿蓓说了不少你们的好话，耳边风吹个不停，说你们的商业模式代表未来。我看，她是你们派来的救兵吧？"

电话在爽朗的笑声中挂断了。

阿信站在狂喜的旋涡中。但他高兴得并不彻底。因为这喜悦携带着同样剂量的羞愧。他如同一个乳臭未干的小屁孩，曾经拨弄着手中几颗彩色的弹子球，让廉价的自尊心噼啪作响，竟忘了抬头去看远处，伫立着的原来是一座光辉女神的雕像。

"嗨，是我。"阿信挠了一晚上头发，第二天才翻出名片，拨通鹿蓓的电话。

"打得够晚的呀？"鹿蓓语带笑意。

"……谢谢你啊，昨天。"阿信把羞惭硬吞进嗓子，鼓起气势，说，"一起吃顿饭吧！"

鹿蓓回得却很轻快："好呀，我定地方，你请客。"

周末日落枝头时，阿信来到约定的餐厅。这是一家位于天文馆旁边的机器人餐厅，在深蓝色和暗粉色的霓虹灯光中，透露着蒸汽朋克时代的迷幻。他走过玻璃地板闪烁的点点白光，就像走在一片星尘中。白色机身的滑轮机器人端着餐盘，带着笑脸的符号，在桌位间穿梭自如，尽管举止有几许僵硬，但不妨碍它们赢得好评连连。他坐在预订的座位上，凝视窗外，那里是桃红和黄金般的霞光所托举的球形剧场的晕影。

鹿蓓姗姗来迟了，但阿信觉得眼前的美景值得等候——她穿着玫瑰红的真丝针织连衣裙，黑色的拼料边饰勾勒出细柳腰身，高跟鞋踩在星星上，风吹发浪，空中就开满了兰花和茉莉。她把手包放在桌边，利落地点完餐，在太空音乐中露出歉意的笑容。

"抱歉，路上堵成粥了。"鹿蓓喝了口柠檬水，说，"这顿饭我可是等得很久了。"

"是我该说抱歉，上次的事你别介意。"阿信目光微微下潜，盯着对面杯中的柠檬片。

鹿蓓摆摆手："创业怪咖我见得多了，你的指数不算高。况且我觉得，有性格的人才能过有性格的人生嘛。"

在银色餐盘和金色酒杯组成的世界里，阿信和鹿蓓的话题从"故事星球"启程。他们从创业维艰聊到商业蓝海，在科学怪人和个人怪癖之间笑得人仰马翻，几杯酒水下肚，索性追捕起彼此本该仓皇而逃的人生窘境——鹿蓓说，大学时前男友约她去看电影《哥斯拉》时，她还以为是拉丁美洲某个西班牙语天后的演唱会。

"我承认，我是科幻界的外星人，你女朋友肯定都比我懂，但这并不妨碍我对你们公司的浓厚兴趣呀。"鹿蓓笑得坦然。

阿信却笑得苦涩，他喝了口闷酒，声音干瘪："刚分了，她有更好的人照顾。"

鹿蓓放下酒杯。阿信在她的眼睛里看见了惊讶，也看到了善意。

"说一个你的大梦想吧。"鹿蓓剪辑掉时光的叹息，眨着眼问。

"我呀，特别想在美国的科幻杂志上开一个中国专栏。"阿信又喝了口酒，说，"这梦想够大吗？"

"为什么呀？"

"好小说读太多，就不由自主地想，为啥在世界科幻的中心就没咱的身影呢？"

"你这梦想确实挺大，但是我看呀，大得刚好可以实现。"鹿蓓一脸认真，"这样做，可不仅仅是一个大梦想家在国际舞台上为中国科幻摇旗呐喊。对作者来说，是多了一个输出端口；对你们来说，是增加了一个竞争优势，也许还能吸引国外的合作伙伴呢！"

"但我英文不太好，沟通起来怕是不太方便。"

"免费翻译就坐在你面前呀。"鹿蓓觉得热情过了头，随即补充道，"当然，你如果信任我的话。"

与鹿蓓打过几次交道，阿信对她的为人是有了解的，但翻译毕竟是件零碎的差事，他怎么好去劳烦一个有工作的人白干呢？

鹿蓓看出了阿信的心思。她想了想，说："其实比赛那天，我也有不对的地方，话说得直了点，你就当我将功补过吧。美国人我多少还是了解一些的。而且，对心仪的团队，我也需要一个常常沟通的机会。以后呀，你多多'饭偿'就好啦。"

阿信笑着，跟鹿蓓碰了碰杯。

夜幕低垂，天缀宝石，球形剧场的墙体亮起星光般的灯泡，微薄的雾霭萦绕着一个月升的王国。他们站在天文台的广场分别。晚风吹拂衣角，阿信觉得鹿蓓站在了一片星云里。

"做公司的人有两种，一种是商人，还有一种是企业家。"鹿蓓临别时对阿信说，"我觉得你很有潜力哟！"说完，她挥挥手，走向了停在路边的滴滴专车。

鹿蓓消失在幽蓝色的雾气中，阿信则转身向地铁走。他走在林荫道的斑驳光影上，觉得脚下的路是一条深夜的彩虹。

蔚星的作品来了，有名的作者也就多了。从圈内到圈外，"故事星球"的关注度一路水涨船高，这就是阿信如愿以偿的"流量"。主动出击变得更加从容，被动收获又惊喜连连，面对富饶的故事矿区，阿信还是常常把"必须要有我们的标准"挂在嘴边。

有一天，阿飞把一份厚重的市场调研报告摆在阿信面前。

"版权销售的事儿，我摸得差不多了。"阿飞用手指弹弹桌角航海王的手办，说，"可以出海了！"

"等等，看看这个。"阿信拉开抽屉，抽出一本宜家的促销画册。

阿飞接过来，一头雾水地翻着，没法把北欧家具和科幻小说联系起来。

"一份写满字的说明书和赏心悦目的画册，你觉得哪本更好理解？"阿信问。

"当然是画册。"

"对，故事是抽象的，画册却能给人一种直接有效的印象。"阿信说，"不能直接把原料丢给客户，成分再浑然天成，它也是产品，也需要设计。"

阿飞眼前一亮："好主意呀。以前我总觉得，卖故事就只能背着一箩筐文字行走江湖呢。"

"这就是体验。"阿信想了想，接着说，"让淘淘去写最牛逼的文案，去请最酷的设计师，另外，我们是个跟科幻沾边的公司，应该有未来感的信息传播理念。"

他指了指电脑屏幕上一个打开的 PDF 文档。

"无纸化，对吗？"阿飞贼笑，"省钱，还能提倡大家都做一个绿色的地球人!"

阿信在尝试着建立自己的标准。在他看来,这些做事的基本,也是盛放公司性格的魂器。

不久,五彩缤纷的电子故事画册就在阿飞的拓展销售渠道中翩翩起舞了。阿飞的电话开始多了。阿信看见来自影视行业的客户蠢蠢欲动起来,都拿起了各自的捕蝶网。对于其中带着迟疑、忧心忡忡的目光,阿信往往会和阿飞一起,带着淘淘出挑的PPT上门拜访,在对故事开发尽可能丰富的讲解中,驱赶对方心中的阴霾。

某日,当阿飞兴高采烈地告诉自己,蔚星的小说版权以令人满意的价格卖给一个影视巨头时,阿信确信,他坚持的标准和风格已经与商业市场产生了奇妙的反应。接二连三的好消息仿佛是水到渠成的事情,他在一份份版权合作协议上签字,递出一个个旧名字,迎来一个个新名字。虽然合同屈指可数,但他意识到,"故事星球"开始有持续的收入了。

在工作汇报的电邮回复中,阿信收到了钱正义热情洋溢的祝福,也听到了激情燃烧的声音。一个下午,钱正义传来微信:"晚上见见,我有个好消息。"当时,阿信还不知道,这个"好消息"对他来说,却是晴日里的一声闷雷。

晚餐后,阿信如约来到附近的星巴克。在他的印象中,星巴克是人满为患的另一种说法,但此刻的咖啡厅人影稀疏,阿信想,这大概是在给钱正义即将带来的大好消息让位吧。

钱正义一如既往地迟到了。他端来一杯榛果拿铁,拍拍身上的疲惫,精神抖擞地坐在阿信对面。他的表情似乎能够随时扬起笑容,有种好事将近的样子。

"最近你们干得不错,进展挺快。"钱正义略微眯起双眼,说,"但我想,可以更快!所以,我给'故事星球'拉了一单极好的生意。"

阿信洗耳恭听。

"文创产协有个大型原创漫画赛事,今年的主题是'幻想纪元',会有不少科幻漫画。"钱正义笑意盈盈地说,"我跟协会秘书长是兄弟,所以帮你们争取了一个赞助名额。"

"您的意思是,通过赞助,去拿版权?"阿信问。

"就是这个意思。你想啊,我们的故事越多,将来的价值也就越大!"钱正义答。

阿信明白,对方口中的"价值"是戴在"估值"脸上的艺术面罩,也是堆放在融资机会上的塑料筹码。但他又分明记得,对面坐着的,不应该是一位种桃养树的人吗?

"我们的商业模式,应该建立在文学转化的基础之上,这样成本和风险都是可控的。"阿信感觉航道在偏移，试图拉正船帆，"但漫画是另一种艺术创作形式，创作的工序更为复杂，判断故事优劣的时间成本和人力成本更高，风险也更大。"

"人不够，可以招；时间长点，就等一等。模式这种东西，也是探索出来的嘛。"钱正义语气轻松又笃定，"这回比赛排场大、关注高，这兄弟说了，科幻单元的获奖作品，版权都归咱们。而且他还会重点推荐几个漫画家，赛前你就可以跟他们联络联络。"

"您是指提前介入漫画家的创作？"阿信反问，"可隔行如隔山呀？"

"不去打打山那头的牛，你怎么知道自己的能量有多大呢？"钱正义笑笑。

"可这样一来，我们的模式会变得含混不清……"

钱正义将笑容收敛了不少，只剩下一种礼仪性的装点。阿信看得出，这是一种对方始料未及的不悦。董事长接着说："别轻易就说模式模式的，年轻人要学会拥抱新事物，你不是总提创新吗？就像你提的国际杂志合作方案，其实我也不太赞同，因为创造的价值很难估量，但我还是觉得你该试试。"

"这两件事不太一样……"

"好了！"阿信终于在对方的脸上看见了乌云，钱正义打断不领情的句子，胸有成竹地说，"我也有个文化梦，想为'故事星球'做点贡献，是不会帮倒忙的。事情我已经谈定了，这是个绝佳的机会，一定要好好把握！"

几天后，一张数目不菲的支付申请单被茅毛放在了阿信手边。

他会在这张没有事先商量的"文化梦"上签字，除了暗示感谢，也愿意去相信一次，相信钱正义对文化的自信。这种自信常常笼罩在他的周围。虽然他对这种来路不明的自信也有过疑虑，但好歹他们正在搭伙，有时信任比事儿更重要。

阿信写了一份漫画产品经理的职位要求，给茅毛发了邮件。

"要个全职的吗？"茅毛问。

阿信想想，答："先找个兼职的吧。"

过了几周，阿信带着几经筛选的漫画业务大拿老金一起去见文创产协的熊秘书长。老金是当年中国漫画"四大台柱"之一《卡漫大王》的资深编辑，也算见证了国家漫画崛起的一半历史。老金人很先锋，浑身落满刺青。当阿信带着他站在秘书长的办公室门口，秃顶的领导吓了一跳，以为是来寻仇的。

熊秘书长呷口大红袍，压了压惊，请阿信和老金入座。秘书提着暖水瓶前来上茶。秘书长简短寒暄几句，就打电话叫来了牛主任和马主任。即使坐了五个人，房间也显得绰绰有余。

"赞助金已经收到了，钱总真是天生一双慧眼呀。"秘书长笑眯眯的，"这次的漫画比赛规格之高、规模之大，历年罕见，你们可算是押对宝了。"

牛主任头点个不停，马主任顺势递来一份印有赞助商的海报打样。阿信一看，差点一屁股滑到地上，密密交织的赞助商至少有三十家，他一时半会儿都找不到"故事星球"的LOGO。

"这次我们主打幻想概念，分成魔幻、玄幻、奇幻、梦幻、科幻这五大领域。"熊秘书长端着茶杯，脸前气雾环绕，说，"你们能选科幻这个小众领域，说明你们眼光独到。"

谈聊少顷，秘书长就以开会为由，将其余的对接工作交给了下属。

两位主任带着他们来到一间狭小的办公室。牛主任从文件夹里抽出一份名单，马主任则解释道："这十个漫画家都是协会长年考察和培养的行业精英，也是这次比赛的夺奖热门，我都打过招呼了，你们有什么想法，赛前可以直接找他们沟通。"

接下来的几天，阿信和老金拿着这份名单和两人商量的创作要求，马不停蹄地挨个拜访。有的登门多次，真身难见，在各国参加艺术活动，却托工作室转达，作品会按时按质完成。老金嘴一撇："环游世界还能'按时按质'，是有'任意门'还是有其他的手？"有的热情宴请，活力四射，记下所有要求，但最终传来样稿中的机器人却是山东大妞的样子；还有的桀骜高冷，当老金针对分镜和线稿提出几番修改意见后，便没了然后，阿信着急地打电话去问，助理回复：老师玻璃心一颗，精神崩溃，已经晕倒在工作台前了。

这段时间，阿信过得焦头烂额。白天跟漫画家斗智斗勇，晚上披星戴月，一个人扛着成筐的委屈瘫在"鸟笼"里。每当他坐在转椅上，相隔十几米远的地方，总有一束更强的光源让他觉得安慰——大福与小黑小白的六双手在键盘上跑个不停，几个月后，终点将有一款理念革新的app在等着他。

大福每隔一会儿，就要咳嗽几声，但是这丝毫没有削弱他的专注。

"咳好几天了，没事吧？"阿信拿了几包姜茶过去。

"能有什么事儿？结实着呢。"阿福停下来，拍拍胸脯，把茶包扔给小黑小白，说，"这雾霾天太猖狂，气管这是在抗议呢！"

阿信笑笑，拍拍他的肩膀走开了。

夜晚的温暖，还来自于鹿蓓的邮件。自从阿信选定了美国极具影响力的科幻杂志《SF WORLD》作为合作目标以后，他们隔三岔五就得通个信。他的中文意图被鹿蓓调配成地道的美式腔调，挥发着理想主义的醇香，一封封地躺在了主编杰克曼的邮箱里。

阿信的合作提案大胆却不冒进——他希望在这片老牌的科幻沃土上，架起一个每月一次的中国专栏，由"故事星球"推荐短篇小说，翻译费用和作者稿费双方各担一半。出乎阿信意料的是，杰克曼很快就回复了邮件，表达了自己对东方国家的好奇和对中国小说的兴趣，但阿信感觉得到，他的目光是下垂的，语气也是刁钻的。

他们就合作细节反复斟酌、商议、推翻和重建。虽然两人是站在巴别塔的脚下隔空对话，但是至少专业专情，如同行驶在一条畅行无阻的高速公路上，尽管路途遥远，阿信的耐心却加满了油箱。而漫画大赛与此恰好相反——像是身处小街两头，明明知道对方近在咫尺，却硬是被无厘头地堵了个水泄不通。

在往来七十七封邮件之后，阿信收到了从美国寄来的签字合同。在杰克曼的协助下，几位精通中英双语、才华卓越的华裔科幻作家成为推荐小说的第一批译者。他还被告知，这些发表后的小说，还会被推荐参评让科幻作家如雷贯耳的"雨果奖"和"星云奖"。在专栏首发那期的卷首语中，杰克曼这样写道："我们做的这件事，在美国的科幻期刊史，甚至是文学期刊史上，都是从未有过的尝试。我们期待，在这次意义深远的文学对话中，能够看到一个文明古国的科幻荣光……"

当期杂志出版后，消息很快传到了国内。行业社交媒体的评论说，这可能暗示着中国科幻即将迎来新的时代。很快，一个又一个带着远大理想的故事叩响了阿信的门扉，"故事星球"的名字也被越来越多的科幻作家和科幻迷记住了。

在这件事上，鹿蓓说，她看到了优秀和卓越的区别。

一个晚上，阿信请大家喝酒。这是组队创业以来，他们的第一次聚会。他也邀请了鹿蓓。在人影交织的小酒吧，阿信把这位幕后功臣介绍给大伙，惊叹连连的目光聚焦着曼妙有致的投行女郎。鹿蓓落落大方，风趣友善，很快就让陌生的环境热络起来了。

茅毛和阿飞拿来成打的啤酒，阿信对任何热情的碰撞都来者不拒。过了一会儿，世界就成了一个左摇右摆的跷跷板。他仿佛踩在颜色迷幻的球池海洋里，一路跌跌撞撞地摸到洗手间的把手。当他艰难地站在洗手池旁时，他的脑袋被一股力量撞醒了——阿枝和她的新任护花使者正在用复杂的目光打量着自己。

"也太倒霉了吧，难得出来玩一次，还要被泼一身狗血。"淘淘看到此情此景，推了推特别为聚会准备的造型夸张的平光眼镜，说，"今晚主题成劈腿前女友之夜了，扫兴！"

鹿蓓听见了，稍坐了会儿，就放下酒杯，侧穿人群，走向阿信。她打断了一场尴尬的对话，然后搂起阿信的脖子，对阿枝说："谢谢你把他让给我呀，追他追了好久，人家看都没看我一眼。"然后，她故作亲密地转向阿信说："亲爱的，以后你只许爱我一个，不许再招惹其他的小蝴蝶了，听到没有？"

阿枝尴尬地笑笑，拉着新男友走了。

"谢……谢啊。"阿信惊魂未定却又心满意足,晕眩仍然紧紧箍在额头。望着鹿蓓的幻影,他在她精致的外表下看到了一个跑马溜溜的汉子。

"兄弟有难,要拔刀相助嘛!"鹿蓓把手放下来,笑得春风满面。

阿信的心里落了一地冰碴,但胸中的火焰是炽烈的,酷热很快就把它们烧得一干二净。他依稀在火光中看到了未来。他觉得,"故事星球"的春天应该就在不远处等待着。

阿信再次仆街了。

在漫画大赛颁奖前,他收到了所有拜访过的漫画家的成稿,但其成色、品相都让他大跌眼镜。他本以为,"协会推荐"是某种坚实的光环,却不知到头来只是一堆参差不齐的赝品:有的一味炫技情节苍白;有的画风诡谲漏洞百出;还有的,空想得令人挠墙,让一架太空飞船冲进了玉皇大帝的天宫。阿信滑动着鼠标滚轴,飞扫着雷声滚滚的屏幕,哭笑不得地看着一艘艘载满希望的货轮触礁沉亡,心情跌落山崖。

老金认认真真地看完所有画稿,对阿信说:"对不起,尽力了,工资我就不要了吧。"

"拿着吧。"阿信回道,"两码事。"

在收到颁奖典礼请柬时,阿信向协会的牛主任要来了所有的获奖作品。"协会漫画家"占据了大半江山。在其他作者的作品中,也只有一部勉强能够符合标准。但为了一部中规中矩的漫画,这么兴师动众地过日子,阿信想,怎么说也是不合理的。

颁奖的当天,阿信坐在一堆赞助商里。他们是三十多个密密麻麻的LOGO的代言人。远远看去,陌生的人头在攒动,人数与后几排的观众不分伯仲。高昂的运动场音乐响起,颁奖开始了,他忽然有种感觉,好像自己正坐在一部喜剧电影里——他看到大领导、中领导和小领导依次上台吐纳空空荡荡的辞藻,等待"协会漫画家"们去排排坐、吃果果,听见主持人时不时传来言不由衷的笑语。

然后,纸醉金迷的时刻来到了——

颁奖典礼结束,纷纷扬扬的彩屑还未落定,赞助商们被集体请上舞台,在刺眼的闪光中,与领导们合影。阿信站在人群中一个不起眼的位置,头上挂着彩条。嘈杂的声浪推涌着彼此,整齐划一的笑容僵硬地扬起,"咔嚓""咔嚓",摄影师按下快门,阿信听到了心碎的声音。他觉得这更像一个毕业典礼,因为此时此刻,他终于以高分从失败大学中毕业了。

场子散得很快。大领导提走了政绩,中领导荷包鼓鼓,小领导笑成了一碗杨枝甘露,紧紧握着阿信的手,上下摇摆:"明年会做得更大,到时给你们预留名额。"

下台时,阿信的两条腿硬邦邦的。这学费,他琢磨着,也算是惊为天人了。

接下来的几天,阿信心事重重地等待着周一例会。人都到齐时,他先起身向大家深鞠一躬,说:"对不起,辜负各位的信任了。"

淘淘心明眼亮,一皱眉:"这事儿怎么能赖你呢?"

茅毛接着话茬,带着批判的口吻,说:"对呀,明明就是项目不靠谱!"

"合同上的字是我签的,责任就该我来担。"阿信回答得毫不含糊,"这是制度。"

"你也别太自责了。该做的事,你都做了。"大福递来安慰的眼神,"就当积累了经验,探索了模式,以后再遇到官僚做派的合作方,谨慎行事就是了。"

阿信叹口气:"你说得对,模式要守,边界也得心中有数。应该分清什么能做,什么不能做。不然到头来,只能吃个哑巴亏。"

"好啦,气氛跟追悼会似的。我们的乔布斯可不能熄火呀!"淘淘挤眉弄眼,半念半唱道,"留得一帮妖精在,不怕吃不到唐僧肉!"

"哎哎,我们这也就你是只千年老妖吧!"阿飞笑着回应。

大家都笑了,阿信也笑了。

"说正经的,销售这边最近有点慢,我在想,能不能用更好的形式推介我们的故事。"阿飞把笔记本电脑打开,转向阿信,"这种电子故事手册很新颖,但它是基于我们来向潜在客户逐个投递,如果能把客户会聚起来集中展示,也许命中率会更高。"

"故事怎么集中展示呀?"茅毛有点懵,"又不是时装发布会?"

听到这个词,阿信的灯泡亮了。

"可以做故事发布会。"他想了想,挺直腰板,兴奋地说,"时装品牌可以做发布会,苹果手机可以做发布会,科幻故事为什么就不行?不仅可以做,还可以更好玩!"

"故事发布会?"茅毛两眼放光,"我的脑洞给你开光了!"

"如果我们一年两次,春夏和秋冬各选定一个主题,请作家亲自介绍故事,名人赏析故事,有生动演讲,有趣味论坛。再办个 after party,让请来的客户可以跟作者嘉宾深度交流,你们觉得怎么样?"阿信问。

阿福点点头,说:"文创产业本来就应该是好玩的,我看可行!"

"可以做成我们标志性的品牌活动,有料、有型、有趣,"阿信解释道,"客户多维度地来体验,也许会对故事的成交率有提升,对于形成公司的品牌调性也有助益。"

淘淘眨着大眼睛,听得血脉贲张:"我的调性小宇宙现在已经爆发了!策划案交给我吧,我会还给世界一个惊艳!"

"悠着点啊,别成惊吓就行!"阿飞边笑边记着方案。一个揉压的纸团闪电般地砸向他的鼻梁。"对了,还有个问题。"阿飞像是被偷袭唤醒了记忆,抬起头说,"很多买了版权的客户都问,咱们能不能推荐好的编剧人才。你们说奇怪吗?影视公司怎么会没编剧?"

"我觉得不奇怪。"阿信考虑片刻,答道,"故事是文艺创作,剧本是工业产品,从小说到电影,是一条漫长的路。对现在的中国影视而言,科幻是蛮荒之地,能写其他的故事的编剧不一定写得了科幻。他缺的可能不仅是专业知识,更多的应该是一种思维方式和想象力。"

"要是我们既有故事,又有编剧,那竞争力就会成倍提升的。"阿飞说。

阿信若有所思地托着下巴,手中转着的笔忽然停下来,说:"细分领域竞争的必杀技之一就是专业。越专业,防火墙也就越高。所以我们应该要有自己的编剧队伍。先从一个有意思的编剧征集活动开始怎么样?"

例会之后,阿信和淘淘就跨上想象的机车,开足马力,驰骋在狂野的星际。阿飞将顾客对编剧的需求装进创意的后备厢,他们将会以此去建造想入非非的游乐场。淘淘的脑袋变成了翻动不止的老虎机,时不时掉下来一个个让人惊喜的方案。阿信把这些神奇大陆上的彩色蘑菇收集到一起,扔掉有毒的,筛出安全的,再依据心中的图纸仔细测量,规整着施工计划。

在基石的选择上,他们眼光一致——互联网是这次活动的温床,新生代是他们深度开垦的对象,自由和公平是心照不宣的法门,而高额的奖金,这几乎是一个充分必要条件。一篇想象奇崛、撼人心魄的蔚星小说将会成为一块被立起的标语牌,他们将在牌子的光环巨影下,等待剧本改编者中的夺宝奇兵。在一次次小会中,阿信和淘淘研磨着文书的表达,修葺着赛制的漏洞,每次结束,茅毛都晃动着几张字迹密杂的会议记录。

"够拼的。"她合上本子,语调俏皮。

阿信笑得轻松,胸中却有重物。自责仍在黑暗的角落里大摇大摆,他一心想打个翻身仗。

深夜里,他反复看着淘淘的终极策划案,总觉得少了点什么。思量了几个小时,他找到了遗失的成分:有趣。之前,他特意去看了些大大小小的文稿赛事,它们长得如同蛋糕模具上的亲兄弟,你中有我,我中有你。在阿信看起来,这未免有些索然无味。

他忽然想起一位"纽约客"作家伍迪·艾伦。前不久,他刚看过这位"风格导演"自导自演的一部系列短剧《六场危事》。这时,灵感波光粼粼地在脚下铺展开来了。

"迷你剧也许是个好创意。"他拨通了淘淘的电话,"征集这个类型的改编剧本，一共四五集，每集八分钟。再找个合作的影视公司，低成本拍出来。觉得如何？"

淘淘那边传来了拍案叫好的声音："这样一来，剧本就变成了本剧，参与者有了成就感，也帮公司吸引了眼球，制造了话题。一箭放出，雕雕落地呀！"

"名作品、高奖金、文影互动，"阿信接着说，"这样更好玩，赢面也更大。"

几天后，淘淘重改的编剧活动策划案被公司全票通过了。阿信便给钱正义正式写了邮件。自从漫画比赛之后，他们的沟通少了些，他能明显感受到，对方在字里行间的不自在。阿信不确定这种不自在更多的是来自不满和失望，还是良心在叮当作响。事实上，阿信并没有达到钱正义的要求——董事长的希望是发现既能当作科幻国礼，又能赢得亿万点击的惊世之作，而这却被老金视为痴人说梦——更没有达到自己的要求。

当阿信为可能即将到来的拉锯战做好充足的准备时，钱正义却出乎意料打出一张阔绰的手牌。他在回复邮件中写道："在这个项目中，我看到了你们商业才略的成长，同时，也具有事件营销的意义，能让公司收获更多的关注。我只有一个建议，应该把原来的五十万奖金提升至一百万……"

阿信看得眼冒金星。他和钱正义通了次长话，传回耳膜的却只有坚不可摧。

在邮件的结尾处，钱正义还写道："在现代企业中，没有人是全才，也没有人能是全才，培养左膀右臂是个重大工程，我推荐一个运营高手，叫肖仁，你值得见见。"阿信知道，这是对自己在漫画比赛中的"杰出表现"的评语，又像是编剧活动起飞前的航空险。

阿信的心里五味杂陈，但创业者又是求贤若渴的，无论如何，他都觉得该找个时间，会会这位高人。

肖仁的面试日是在一个细雨绵绵的周三。阿信理了理简历，从座椅起身。路过茅毛的座位时，他说："过来听听吧。"

在会议室，阿信见到了一位西装革履、面容精致的男人。

"你好，我是肖仁。"他干练地伸出手，与阿信轻握了一下。

茅毛把水杯放在他面前："请喝茶。"

肖仁没有回应，也没有看她，只是似有似无地点了点头。

简历阿信是早就看了几遍的。肖仁比他年长，毕业后走南闯北，从快消品公司的项目经理到影视公司的项目总监，他成长的速度很惊人，不苟言笑的瘦削面孔上写满了老到的经验。

在与肖仁的谈话中，阿信发现他精明、机警又圆融。在那双眼睛里，阿信还看到了钱正义打量世界的样子。任何问题，他都答得尽量滴水不漏，即使是在需要肆意畅想未来的时刻。他的脸像是工业园区里一片缄默的深湖，专业的高墙围绕，却无法给人以泛舟其上的欲望。黑纹领带和爽朗热情一起，被紧紧

故事星球 033

塞进了衣扣里。在他离开的时候，那种精确无误的告别所产生的咫尺天涯的距离，也让他如同一片谜样的乌云，无法让人推测其中潜伏着怎样的灵魂。

"请慢走。"茅毛拉开门，恭送肖仁离开。

他仍然目视他方，并无回答，只是与阿信再次握手，依旧很轻。

肖仁的背影渐行渐远时，阿信很犹豫。肖仁几乎是一块职场的能力模板，挑不出什么硬伤，但他唯一缺少的就是天真。这是他跟"故事星球"上的土著居民们最明显的不同。与肖仁相比，他们简直就像一群疯子。但正如钱正义所说，组合的力量也许更强大，毕竟阿信希望建造的是一个开放的星球。况且，他唯恐错过，在行为经济学上，这叫"结果偏见"，用他自己的话来说，就是捉到老鼠的猫不一定是好猫，但也不一定是坏猫。

"怎么样，觉得？"阿信问茅毛。

茅毛只是笑得清静。

爆点来了。

淘淘将征集编剧的消息公示后，它就如同一场自我酝酿的风暴，所向披靡地席卷着遇到的一切注意力，冲撞着惊讶和激昂的风沙遮天蔽日。公众号的留言区排起热情的长队，微博没隔几分钟就会响起转发的提醒。茅毛在电脑前埋着头，痛苦却又享受，她的身份变成了一个分拣着海量信件的邮递员。

淘淘看了几天资料，乐了："大神和小鬼都来了，这次该淘出几块大金子了！"

一天，鹿蓓转来一个微信。财经圈一向以尖刻和戏谑著称、粉丝百万的自媒体大号"青狮汇"刊登了时评，为"故事星球"的这次创想打出了罕见的专业级高分。

"火烧得够旺的。"语音中，她笑得欢喜，"我认识几个媒体朋友，再给你们添把柴！"

谢过鹿蓓，阿信在心中暗自盼祷，希望这条新路可以走得长久。

踌躇了几日，他决定给肖仁一张通行证。有的人的天真是能一眼能望穿的，还有的可能埋在泥土里，他希望浇浇即将上任的COO，看看能够种出什么瓜，结出什么豆。

入职那天，肖仁到得最早。在鸟笼的风格中，他显得很庄严，坐得像个雕像。他问茅毛要来了财报和月报，把一张两个专员的招聘需求单放在了阿信的桌子上，一切事情，他都做得行云流水。只是，他把办公桌上的手办和绿植统统移到了文件柜里，仅放一台笔记本电脑，仿佛无尽荒原中的一座孤独基地。

与钱正义紧密联络的频道似乎也重新开通了。一个下午，他传来信息："来喝杯咖啡吧，带上肖仁。"一如过往，他们坐在星巴克的沙发音乐中勾画着"故事星球"的蓝图。不知为什么，如今每次见到钱正义，阿信仿佛在看一张不断褪色的照片，照片中的人像被时间的巨流反复浸洗和吞噬，清晰数和饱和度落荒而逃，只剩下一些没有弹性的特征和线条。

"肖仁原来在我投资标的的公司高就，是位不可多得的人才呀。"钱正义望着阿信，眼中闪动着他似曾相识的光泽。

"钱总过奖了。"肖仁略微扬起嘴角，说，"'故事星球'的商业前景也非常可观，能加入这个团队，说明我和阿信有缘，也有分。"

"说说，关于商业前景，你怎么看？"钱正义问。

"以目前故事版权的储备量和即将开发的 app 来看，我觉得明年底就可以启动 A 轮，估值不会低于三个亿，三年以后就可以运作新三板了。"

"好！"钱正义语带快意，又问，"那再说说，现在有什么问题？"

肖仁停顿少顷，看了阿信一眼，很快又将目光弹落在钱正义的肩头，答，"只要不出大方向的偏移，问题应该不会太大。只是，有的项目，略显多余，又耗时耗力，应该慎重。"

"但说无妨。"钱正义喝了口咖啡，拿杯子的手停在半空。

"团队的业务核心，应该放在版权和运营上。找编剧和拍短片的事情，不应该是这个阶段干的事情。尤其还需要高预算和高人力，从运营的角度，这不够理智。"

钱正义沉浸在思考中。

"肖仁，你刚来，这个项目的前世今生，你可能还不太了解……"阿信试图让事情回到正轨，提醒道。他没想到，这个钱正义亲点、团队全票通过的项目，竟然被新来的"自己人"反对了。

"阿信呀，海纳百川，有容乃大，肖仁的话也是经验之谈，建议你也想想。策略嘛，本来就是一件需要 CEO 与时俱进的事儿。"钱正义打断了他。

然而，阿信此刻并没有觉得自己像个 CEO，倒是看起来句句不离"估值""上市""新三板"的肖仁更能担此重任；而他，只是位一心只想打磨掌心梦的产品经理。

自从三人会面之后，阿信感觉到了钱正义的犹疑——已经获批的项目预算迟迟没有到账，而往常这个流程不会超过两周。征集活动进展得如火如荼，但他却如坐针毡，不由得忐忑起来，耳畔仿佛隐动着阵阵雷鸣。

阿信果真仆街了。

在耐心爆表之后，他拨通了钱正义的电话。听筒那头，是一个略带遗憾的未来学家的声音。他看见塑料质地的真知灼见铺就的台阶，而钱正义正在站在高处演讲。他表演着权衡利弊，声调仿佛振警愚顽却又楚楚动人。他将一些含混不清的原因排兵布阵，然后丢出一句代表终结的将军令："这项目，我琢磨，确实干得不合时宜呀。"

"钱总，项目批了，宣传发了，现在停了，不好吧？"阿信喉中有种炸裂感。

"现在就停，为时不晚哪。我也是反复掂量，才想清肖仁邮件里的观点。两种损失，总要选取最小的一种。何况现在也没有什么实际损失。"

"是没花什么钱，但我们损失的东西，比钱更贵。"阿信话中亮剑。

"夸大了，要会做减法。哪个公司没遇到过忍痛割爱的事情？正确的风向在哪儿，舵就要往哪儿驶，哪怕开始走错了。"

对破浪和探求的船只来说，存在所谓绝对正确的风向吗？放下手机，阿信想，新大陆的坐标未知，航行最大的庇佑，应该就是船长之心呀。据理力争的失败让愧意嗡嗡作响，他手脚紧贴转椅，久久不愿起身。他害怕视线一旦越过电脑屏幕，就会被一群理想者激昂而辛劳的画面撞击得支离破碎。当理智占了上风，他硬着头皮把三个人请到了会议室。

当他把窘境和无奈再摆在桌面，淘淘和阿飞面若惊魂，肖仁却静如止水。

"怎么善后，都谈谈吧。"阿信问。

"我先说吧。"肖仁转头，却始终没有与阿信对视，目光像一只蝇虫，只是幽灵般地落在他的耳边："应该马上停，征集才刚开始，解释权又在我们手里，一张声明就能搞定了。"

"新来的，你说停就停啊？！"淘淘站起来，火气烧焦了言语。自从肖仁来了，淘淘的策划案被其一次次压下，又在工作习惯上与之摩擦不断，他终于点燃了这座积郁已久的火山。

"我是在用专业和经验提供解决问题的方案。"肖仁抬起头，冷对道，"另外，我不叫'新来的'，我是你的汇报上级，请注意你说话的语气。"

阿信瞥了淘淘一眼，他觉得火山就要爆发了。

"你先出去冷静一下。"阿信说。

"需要冷静的是我啊！"淘淘瞪圆了眼睛，窦娥附体般，声音里面撒满了玻璃碴。他咽了几口恶气，头也不回地闯入了走廊的宁静。

阿信看看阿飞，偏了下头，说："灭火去。"

阿飞起身走了出去。

虽然肖仁坐得镇静，但耳根却渗出了暗暗的赤红。

"为什么这么反对这个项目？"阿信问。

"我只是在做我该做的事。我加入，就是为了给公司增加价值。对于无法带来价值的事情，我有提醒的义务。"

"什么是价值？"阿信又问。

肖仁轻笑一下，但转瞬即逝："你肯定明白我说的价值是什么。举个例子，我已经了解过，我们公司符合不少政府扶持资金的申请条件。如果把花在这件事情上的精力去申报那些资金，对我们来说意味着什么，对投资人又意味着什么？这就是价值。"

阿信沉默了。

此刻，他意识到，肖仁真的是一个不再天真的人了。

少顷，他只是回了一句话："以后写工作邮件，都要给我抄送一份。"

几天后，茅毛上传了一封阿信署名的致歉信。此起彼伏的热情瞬间熄灭了。四面八方传来了叹惋声、抱怨声、抚慰声。尽管他写得情真意切，但这些音区中，面积最大的，还是激愤声。投诉邮件一封接一封，负面评论一条接一条，甚至还有对此抱有春秋大梦却在一夜之间梦碎而归的参与者联合起来，在微博发起了"故事星球，请滚出我们的星球"的话题接龙。

"昨天还是香饽饽，今天就成臭鸡蛋了。"茅毛边叹气边摇头。

看着"故事星球"的公信力正岌岌可危，往日辛勤栽培的良心口碑在土崩瓦解，阿信的心中也是一片狼藉。

又过了几天，他问茅毛："'故事星球'吉祥物的设计定稿出来了吗？"

"出来了。"茅毛答，"我们星球娃娃的萌蠢度能跟熊本熊比肩呢，客户一定会喜欢的。"

"先别送客户了。"阿信说，"你去统计一下，给每个参赛者都送一个星球娃娃。"

日子不断地往前跑，吉祥物也带来了吉祥。咒骂声渐渐偃旗息鼓了，但是阿信看到，送出去的可爱娃娃却连成了一道丑陋深刻的伤疤。

阿信坐在夜晚的宫殿里。他的周围空空荡荡，理想的肉身仿佛已经被飓风般的粒子分解，只剩下现实枯白的骨架斜交乱生，闪烁着铁青色的月光。他的目光停靠在办公桌上，却感觉到海流汹涌，一只被风雨和冰霜刺破的船帆正在飘摇。

他打开电脑中的一份策划案。这是几经团队打磨的"故事星球"首次故事发布会的创想。其中激荡的奇思妙想安慰着他，鼓舞着他，如同杂音万象中的一盏明灯。鼠标滑动着，他的心获得了片刻的安宁，他思量着，晦暗的当下也许能被期待中的未来更正。

思绪淡去时，大福的咳嗽声此起彼伏地传来。阿信站起身，走到令人担忧的声源旁。

"咳了得有一个月了吧？"阿信边问边环顾四周，他在大福脚边的垃圾桶里看到一些沾着浅血的纸巾团。

大福眼不离屏，双手敲打着键盘："没什么事儿，老毛病，慢性咽炎。"

故事星球

阿信看着不是滋味儿。他抓起大福的一只胳膊，用力一拉，说："走，去看看。"

"哎……这代码还没写完呢！"大福没回神，就被跌跌撞撞地拽走了。

在急诊输液区，吊瓶里的药水滴滴答答。阿信看到大福打起盹，就起身去找医生。

他敲门走进办公室，问："没事吧，大夫？"

"先吊几天水，看看效果吧。"戴棕框眼镜的医生答，"即使好点了，最好也能做个全面检查。身体是革命的本钱，你们年轻人干事业，得重视起来。身体没了，革命也就跟着没了。"

阿信点点头。

当护士把针头从大福的血管中拔出来时，阿信对大福说："你回家休息几天吧，有我呢。"

"不用，没那么娇贵。"大福按着止血棉球，憨笑。

"我没在跟你商量啊，这是公司给你的红头文件！"阿信一脸严肃。

大福愣了下，笑了："行，行，大老板。"

把大福送上出租车，阿信回到办公室。他靠在转椅上，微闭着眼睛，想了半响，给茅毛发了条微信留言："安排一个时间，该体检了。"

不到一分钟，阿信就听到了嘀嗒的回复提醒声——

"小伙伴们都在血槽满满地筹备发布会呢！忙完这段儿，马上安排！"

阿信看看时间，又问："还没睡呢？"

茅毛回："血烧得咕嘟咕嘟直响，活干得根本停不下来呀！"

"别贫了，赶紧睡！"

"遵旨。"

阿信笑了，但很快就被冷峻的夜色抚平了嘴角，他才发现自己其实倦得很。他趴在桌边，在银色蛛网一样无限延伸的睡意中闭上了眼睛。

阿信走进了一个长梦里。

在晶莹剔透的梦境里，他在闪烁的光波中看见了无数个橱窗。橱窗里面是活起来的故事——戴着红色贝雷帽的优雅少女睁开了第三只眼睛，一台黑色的打字机正在白色的书桌上自动写作，长着鱼尾的鲜花聚集在一起吞云吐雾，以及数不清的星星像大雨一样从窗玻璃中落下……这些橱窗被悬挂在破旧的运输缆绳上，缆线沿着地球的经线和纬线纵横交织。在弥漫的蒸汽中，他的耳畔依稀能够听见机器的轰鸣，看见月球的暗影。

他的头顶，一条条长着翅膀的银蛇在盘旋和飞升。他看见阿枝和她的男朋友坐在一条银蛇上，飞向月光所不能抵达的黑暗中。而鹿蓓，正坐在停于半空的蛇头上对自己微笑。当他疾步上前,想去打个招呼,忽然发现大福被装在一个橱窗中,像是来自另一个世界的使者,在平静地望着自己。他们隔着玻璃,视线交错,擦身而过。大福沿着缆线上升,渐行渐远,月影星星点点地吞噬了他。

在追逐大福的脚步中,阿信醒了。

日光像一把火,融化了他心中的一块冰。他知道在清晨片刻的混乱中,愧疚、怀疑、恐惧都会在冰水中,像狼群的眼睛一样盯着自己。如同往常,他从这次的交锋中险胜,抖擞了精神,去面对新的日子。他拿出一张纸,把梦记了下来。

几周后,他用梦的材料去建造了一座城邦。这座城邦里,他们举办着筹备已久的"故事发布会"。发布会的主题最终被定义为"复古的未来"。受邀的合作伙伴和媒体记者走进国家会议中心偌大的展厅中,穿梭在一个个"故事橱窗"间。在鹿蓓的建议下,每个科幻故事的布置都交由一位艺术家打理,经典的艺术基调中装点着五光十色的未来。

淘淘为每个重点展示的故事制作了电影般的预告大片。每当一段短片结束,作者就会被邀请上台,在一个环形的舞台中心讲述这个故事的往事和未来。在长鸣的掌声和接连的喝彩中,阿信知道,事儿做成了。

参会者人手一个印着公司标志的宣传气球,这是茅毛的主意,待到会议曲终人散,一地的五彩斑斓。在散落的气球中间,阿信松了松领带,解开颗扣子,陷在座位里。没过一会儿,阿飞兴高采烈地拍了拍他的肩膀,一张打着蓝钩的长名单滑落在眼前。

"想来合作的,开始排起长队了!"阿飞兴奋得手抖。

阿信春风满面,心里却静若止水。这种静,也吓了他自己一跳。他原本以为,如果"故事星球"能够立传,此刻的光辉应该是浓墨重彩的一笔,却不料自己的胸中竟然如此云淡风轻,仿佛特朗斯特罗姆的一句短诗。

山爬久了,一路磕磕碰碰、摸爬滚打,翻过山丘时,大抵都是如此吧,阿信心想。但他也明白,还有个原因藏在山中密林的深处,那就是对于创业公司来说,这个时刻,只能说明生存下去还有希望,但离活得很好,还远得很。

过了几天,从淘淘收集的新闻中,阿信更加确定,事情没有偏离预想,"故事星球"又开始耀眼地旋转起来了。可他心里想的,却是另外一件事。他浏览了一会儿茅毛整理的体检方案,准备叫她过来商定。这时候,肖仁来了。

"有事?"阿信问。

"看看这个。"肖仁把一沓文件放在桌子上,眉目掺着笑意,说,"这个创新资金扶持的申请马上要截止了,公司条件都符合,可别错过了。"

阿信翻动着纸张,他看到了一笔不大也不小的数字和密密麻麻的申请细则。

"符合吗？"阿信看到其中一条细则，又问，"研发经费我们有花这么多吗？"

肖仁笑得有些尴尬，但很快便义正词严："就差一点点，我已经找了些发票，不打紧的。"

"这些事情你还一直挺上心的。"阿信把文件放回桌面。

"公司现在正是需要钱的时候嘛。"肖仁在对面坐下，跷起腿，说，"我有个做动画的朋友，他们公司每年大大小小的资金申请下来，不但能养活所有人，还赚了一大票。"

阿信以沉默作答。

"这笔资金数目虽然不大，但多少是笔钱呀。"肖仁又用手轻轻敲了敲桌沿。

阿信望了望忙碌中的其他人，对肖仁若有所思地笑了笑。

又过了几天，阿信带着肖仁准备的资料去文资办参加项目评审会的经营者面试。在他步入机关大院的审核楼层时，一些大学生模样的男孩正在匆匆向外走。他们的脸上，被涂满了挫败。虽然阿信并不知道他们正在做的项目是什么，但他从心底喜欢这群孩子，因为这样的表情他再也熟悉不过，这是一种纯挚的理想被现实的拳头狠狠揍过的样子。

时近黄昏，斜阳映照着等候的走廊，地面闪烁着深沉的金色。阿信坐在阴影中的座位里。光区中，两个候场的男人正在轻谈——

"申报几个了？"

"不多，才四个。"

"你们万得集团还缺钱呀？"

"白给的钱不要干吗？"

"这话我爱听。"

"你看人家保拉集团，每年子公司、孙公司上百家，不都轮番上嘛。"

这些话，像耳膜中的一群闯入者，让阿信心中宁静的大海翻腾起来。他想起刚刚那群男孩子的脸，这些脸在时间的回光中渐渐重叠融合，变成了一张脸。这是他自己的脸。这如火如炬的目光中，充满了对创新的渴望。但此时，他的双手却拿着一堆注水的数据，和四面八方的同党一起，蠕动着，准备钻入体制的漏洞。

低下头，他看到手上长满了令人生厌的黑癣，这肮脏的赘生物让他心痛。

条条大路通罗马，但他想选的，是一条会让自己尊敬自己的路。

创新是需要一种仪式感的，在有些时候，它甚至应该是桀骜不驯的，如果用一种错误的姿势去做正确的事情，如果把一个正确的人放在一个错误的队列里，那只能离初心越来越遥远。初心，阿信暗自想，不是你该成为的一个人，而是你想成为的那个人。

在等待的中途，阿信站起身，收拾好资料。他把自己当成一个洁癖症的患者，离开了病菌肆虐的现场。在黄昏的尾光中，他走出建筑的阴影，走向了太阳的国度。

阿信是后来才知道的，钱正义很生气。

钱正义是怎么知道的？他的脑海只闪现了一张面孔——在他们孤小却美丽的星球上，只有肖仁的瞳孔中能看见钱正义的影子。但阿信无暇他顾，心里只惦记着大福。他起了个大早，瘪着肚子，跟着带队的茅毛体检去了。

他按照流程挨到最后，抽完了几管血，棉球都没按紧，就去找大福。

"都好着呢吧。"他问得平淡，心里却迫急。

"没什么大事。"大福咳了几声，一声比一声凶。水吊了几个疗程，情况却没好转。他眯着眼睛，红血丝泛滥，"就是拍胸片的时候，医生说有些阴影看不清，让去大医院查查。我觉得是小题大做了。"

"去，必须得去！"阿信回得斩钉截铁，没发现胳膊上的出血口还在冒红。

阿信彻底仆街了。

在陪大福去医院拿复查结果的那天，医生把一份"肺癌"的诊断书放在他们面前。大福当场懵了，一句话也说不出来。阿信只当听了天书，不相信自己的耳朵，翻来覆去地去看诊断书。

"别翻了，赶紧住院治疗吧。"医生有些不耐烦。

"会不会搞错了？"阿信固执地问。

医生白了他一眼："你觉得这种事情，我们三甲医院能随便搞错吗？"

"这……太突然了。"阿信也懵了。

"小伙子，没什么突然不突然的。"医生抬起头，眼神中投射出一种职业化的同情，"恶性肿瘤的发病跟很多因素有关，有遗传，有环境，有不良习惯，有的病人查出来的年龄更小。你们当下该做的，是跟医院好好配合，积极治疗。"

大福面容仍旧呆滞着，仿佛灵魂暂时离开了。

医生理了理病历，问阿信："你是病人家属吗？"

阿信摇摇头。

"那请你出去一下，我要跟病人单独谈一谈。"医生示意大福坐下。

阿信点点头，关门出去了。

他步履蹒跚，像个老人。走廊嘈杂，但他什么也听不见。他一直走到楼梯间。楼下有群人在抽烟，浓雾般的白烟涌动着。他靠着墙壁，慢慢地向下滑，一直滑到世界的最深处，那里有无数双手指着他的鼻梁。黑暗中有个声音在问：如果没有创业的灵光，如果没有拼搏的昼夜，如果没有含苞的理想，是不是就没有像假的一样的今天？有一种力量，撕裂着他身上的原子，分解着现实的像素，在云山雾海中闪烁着一种叫作泪光的东西。这力量几乎将他打垮在地。他花了很久很久，才从地上站起。

"要不要通知叔叔阿姨？"大福从医生办公室出来时，阿信问。

大福说："先别。"

过了几天，钱正义约阿信喝茶长谈。

在杯壶之间，阿信两眼却隐隐放空，耳边回荡着钱正义镶金画框中的生命观。这场钱氏安慰就像浮光掠影，并没有激起阿信心中的涟漪。

告别时，钱正义对阿信说："人是咱们的人，人病了，不能不管，医药费的事儿，有需要就开口。"

这句话让阿信冷了许久的心回暖了些。

但很快，零星的火光就又被扑灭了。

钱正义又说："人有天命，我们尽人事就好了。但你要知道，无论你做什么，有时结果都一样。调整好心态，公司还得向前看呢。"

阿信终于明白了，钱正义口中的"人"和"公司"一样，都是一个复数的词。但对他来说，大福是一条活生生的命，不是对方口中对生命泛泛而谈的冷漠。然而，他转念一想，即使这句话让他感到愤怒，他又有什么理由去反驳它呢？在人的生老病死面前，他瘦小的身躯又显得何等的无能和无力呀。

手机响起了新邮件的提醒。阿信知道，这是阿飞将这一季亮眼的销售数据发来的信号，但是他却感到自己从来没有像此刻这样失败过。

钱正义没食言。当大福做完 EGFR 基因检测，医生建议其服用与之匹配的靶向药物特罗凯时，钱正义掏了腰包，付了第一个月的药钱。虽然效果良好，但大福仍须定期住院化疗。阿信的生活分成了两半，只要不在公司，他就陪着大福——无论是在病房还是在公寓。他跟大伙商量了下，把年度旅游的经费省了，给大福找了一个护工阿姨。

可大福似乎并不甘心去扮演一个病号的角色，只要不说话不睡觉，他就噼里啪啦地敲打着小床桌上的电脑。

"别敲了，你比工作精贵！"有时，阿信会踢踢床腿。

"我还没辞职呢，别剥夺我作为一个员工的权利！"大福没看阿信，手依旧敲个不停，回道，"也别剥夺我最后一点乐趣。"

阿信看到了大福目光中的倔强，只能轻轻地叹口气。

化疗的那周，鹿蓓来了两次。第一次，她说自己路过，放下一本《西藏生死书》和一篮水果就走了；第二次，她陪大福说说话，几个小时就过去了。在与鹿蓓那次共进晚餐之后,他们常常在一个摆满了各色动物玩偶的咖啡馆碰头。其实阿信觉得很诧异,两个易燃易爆元素在一起放久了,不但能彼此相安无事,而且还能互通有无、心心相印。

有时候,阿信甚至发现鹿蓓仿佛比自己还要了解自己,就像一块拼图碎片找到了连接它的伙伴。这段时间,鹿蓓更像是"故事星球"的驻外居民,对母星上的重大变故了如指掌,并时常侠骨柔情、出手相助。当阿信敬以谢语,她却总是摆摆手,说:"谁让你们公司是我的头号目标呢。"

临走前,鹿蓓对阿信说:"我们在天津投了一个抗癌药物的研发公司,有个新药,还在临床阶段,目前来看,效果特好。试试吗?"

阿信喜出望外:"试,一定得试。"

"OK。"鹿蓓笑笑,她已经好久没看到阿信这样高兴过了,"可能还得做一个基因突变点的检测,回头联系你。"

在大福睡去的时候,阿信才会打开笔记本工作。但有时候,他只是翻翻鹿蓓带来的书,或者什么也不做。他坐在窗边,凝视窗外,似看非看地面对着远处一片荒废的古园。园内人迹罕见,蔓藤盘绕。在交错的枯枝间,他才发现,已到隆冬时节。冷风清扫着地面,一片枯叶在阴云下回旋。这凋敝的园子渐渐蔓延成一片没有尽头的荒原。只有这片叶子,在萧瑟的大地上跳着天空之舞,仿佛一位飞向时间深处的旅人。他觉得这片叶子带着宇宙的秘密,很想去问问它,生命与逝去该作何解答,欢喜和恐惧又该如何度化。然而,叶子沉默着,倏地就消失在天边的云影中了。

在大福服药两周的时候,钱正义的秘书给阿信打来电话。

"想问问您,靶向药物的效果怎么样?"秘书问,"如果效果不好,希望能尽快告诉我。"

"你什么意思?"阿信回道,"这才吃了多久,怎么知道究竟好不好?"

这时,他忽然意识到大福正在看着自己。他停顿了几秒,走出门外。

"您别误会,我就是问问。"秘书解释说,"就是这药挺贵的,要是真的效果不好,不就浪费了嘛。"

挂了电话,阿信一肚子闷气。他知道秘书是不会对鲜少打过交道的大福关心备至的。看来,信誓旦旦的慈善宣言原来终究只是一副空心的人肉皮囊。

阿信想了想,拨通了钱正义的电话。

"钱总,有件事想跟您商量。"

"我方便,你说吧。大福的治疗还顺利吗?"

"就是想跟您说这事。想来想去,拿您的钱去买药也不太合适,我想让出我的一部分股权给您,这样我心里会平衡点。"

"说这话就见外了,咱都是自己人。"钱正义话声大了,语气却没起伏。

"我已经决定了,希望您尊重我的意愿。"

"那行。就按你说的办吧。"

回到病房,大福又看着阿信。

"我没让你为难吧?"大福问。

"怎么会?"阿信尽力嬉皮笑脸,"都顺得很。"

又过了几天,钱正义发来微信:"在公司吗?"

当天,阿信正好要陪大福去做核磁共振,就回道:"在医院。"

"没事,我过去看看。肖仁在也行。"信息回复得极快。

阿信有些纳闷,钱正义从来没有在自己不在的时候去过公司,是什么风此刻会把他吹来了呢?阿信的心里布满疑云,但很快,他就把这种敏感归结为杞人忧天,用阳光驱散了阴霾,帮大福去排队和预约检查了。

然而,阿信还是仆街了。

第二天,淘淘带着茅毛来看大福。寒暖问候之间,他看见茅毛微微湿了眼眶,淘淘也没了往日的神叨,冷肃的表情中还混杂着一种古怪的氛围。

和大福聊了会儿,淘淘对阿信说:"出去抽根烟吧。"

阿信点点头,跟他离开了病房。

在住院楼的草坪旁,淘淘掏出烟盒,倒出一根香烟,给自己点上。他没递给阿信,因为他知道对方从不抽烟。

"说吧,什么事儿?"阿信问。

淘淘露出一副火山脸,直勾勾地看了会儿阿信,终于爆发了:"真他妈受不了这孙子了。"他猛吸几口烟,又把烟扔了,一脚踩灭。

"有话好好说,别随便咬人。"

"昨天肖仁把钱总请来视察工作,其实就是个鸿门宴。"淘淘翻了个白眼,"他给自己歌功颂德一番,说错过上次的扶持资金没关系,自己还能再找几个。"

"不挺好的嘛!"阿信觉得淘淘翻白眼的样子很逗,"给公司创收啊。"

"你还有心情开玩笑呀!"淘淘脸上着火,"钱总问起公司的经营状况,他就猴子称霸王,乱点江山一通,说经营应该更上一个台阶,但现在之所以没有更好,就因为……"

阿信看看淘淘欲言又止的窘迫,索性帮他填了空:"因为我,对吧?"

"他说的是公司的规划有问题,你又时常不在,"淘淘话说得跟子弹似的,"他那群人,你方唱罢我登场,附和得都没人形了,就等着钱总说出那句话了。"

"那群人"是谁?阿信再也清楚不过了。这些人是肖仁亲选的两个运营专员和两个实习生，但在阿信看来，他们的风格与"故事星球"迥异，更像是从内部吞噬纯真的肿瘤。虽然阿信当时有些异议，但肖仁还是说服了钱正义留下了他们。

阿信记得由于座位有限，肖仁离开"鸟笼"的那天，他带着自己部门的人坐在了对面的格子桌区。他开玩笑般地对阿信说："我要带出一支精兵部队，去建我们的罗马城！"

想起这句话，阿信突然笑了。随后，他问淘淘："钱总什么意思？"

"还能有什么意思？你明知故问吧。"淘淘答，"一丘之貉。"

肖仁是要去建他的罗马城了。阿信也知道，罗马城也并不是一两天就能建成的，他对钱正义的反应一点也不意外。只是，他觉得肖仁在这个时候攻城略地，让他感到对方不仅不是同道之人，还是个掉价的人。

"我们昨晚商量过了。"淘淘对阿信说，"要是钱总换人，哥几个就集体辞职！"

"别这么冲动。"阿信拍了下淘淘的后脑勺，但他的心海却激荡着暖流——老年人的智慧是幽深的，年轻的人勇气却是澄澈的。

在自己的历史博物馆中，他对失败这把吉他再也熟悉不过了。虽然心中失落成沙，但他一点也不介意背起乐器，去辽阔的天地放声歌唱。他只是希望，这歌声能让亡使的脚步停留，迟迟不再迈起。

药物并没有让大福双膝跪地。他能忍受变着花样的副作用，除了掉头发。无论是醒来时枕头上杂乱交织的线条，还是突然从眼前像黑色的羽毛一样缓慢地飘向不知何处的深渊的片影。

有次，他吃着苹果，无意中发现果肉中混合着黏腻的几丝发迹，他便狠狠地把它们砸向身旁的垃圾桶。这是一种看到什么活生生的东西正在从自己身上逃窜的感觉，他说。

大部分时间，大福仍然默默无闻地待在程序的帝国中。那双盯着屏幕的眼神里，有些坚硬退去的伤痕，剩下的，是种暴戾的温柔。这些密集的敲打声，如同千万僧侣共处庞然古庙，木质法器浩瀚齐鸣，如同祷告，也似等待，等待着来自苍穹的回答。

一个下午，大福敲键盘的手停下来了。他让护工去买些葡萄，然后对阿信笑了笑。

"你说，人没了，葬礼是不是都特无趣？"大福问。

"瞎想什么呢！"阿信答，"这事儿跟你没关系。"

大福轻叹口气，说："人走了，他的过往就成了一个谜，说过什么，做过什么，也就都不在了。火一灭，谁会想去记起一堆土灰呢。"

"你烧得正旺呢！"阿信走到大福的床边坐下，说，"明天还会更旺的。"

"这话你说了可不算。"大福把笔记本屏幕转了个面儿，朝向阿信。

阿信盯着满屏的字符，愣了。

"我不想葬礼上介绍自己的时候，被人念成一个假模假样的流水账人生。我正在做一件牛逼的事情，走了，也要走得牛逼。就算是一堆火灰，也要烫他们一下。"大福笑得轻盈。

扶着电脑，阿信没言语。

"练练吧。"大福用胳膊肘碰碰阿信，说，"趁我还能给你指导指导。"

沉默良久，阿信才慢慢张开嘴唇："大福，曾在世界上最牛逼的公司'故事星球'担任技术大拿。这是他这辈子最骄傲的名号。现在念悼词的，是他战壕里的挚友。他们和其他的小伙伴一起，都是芸芸众生中最平凡的一分子。只不过这个世界太好了，所以他们要发起一场坏坏的'战争'……"

阿信才念了几句，哽咽就紧紧地勒住了他的脖子。

此后的几天，阿信的心中像被撕去了一块什么，空得发慌。他看到什么，听到什么，都如风过柳林，几乎什么也没留下。他唯一记得的，是天地间茫茫一片雪白，纷纷扬扬了好几天。

一个冰雪弥漫着的上午，大福忽然对阿信说："去买几罐啤酒来。"

"反了你！"阿信动都没动。

大福把一个枕头砸过来："快去！"

当阿信提着沾满雪水的啤酒袋子，风尘仆仆地回到房间时，大福扔给他一个手机。

"星球建好了！"大福的双眼炯炯有神，喜上眉梢。他打开一罐啤酒，喝着大口的痛快。

阿信滑动着手机屏，仿佛走进了迪士尼电影中的"明日世界"，激动像花种一样，开满了掌心的花园，一颗神采奕奕的星球正在他的眼前闪着光亮——故事的展示以一种富含逻辑的队列向诗意招手，虚拟预告片的功能仿佛一面未来的魔镜让人魂牵梦萦，星球的创立者还在高声鼓励来到此地的访客们拿起扔在生活角落中的灵感，书写专门为其准备的《故事创业书》，通过特定的展示渠道让世界看到他们心中的奇梦……

幻想中的罗马城被大福用科技实现了。但让阿信心跳不已的，不仅仅是他来到了一座金色的城市，还在于他看见了一双天真无邪的眼睛。这双眼睛在风雪呼啸的时刻，在这个新生儿的脸上眨动着，将力量和热量注入心的缺口，让其愈合成了无畏和刚忍。这所有新焕发的能量只有一个目的，就是像父亲一样将这个孩子呵护在怀。

每个人都应该有属于自己的伟大生活，阿信想。他从犹疑的列车上走下，站在理想的站台上，尽管脆弱的汽笛不断嘶鸣，但他仍然紧紧握着这生活的手提箱。他很笃定，没有什么会让他退缩了，他走向眼前的漫漫长路，哪怕全世界都与他为敌，悲观和等待像荒草一样长满脚下的土地。

雪最大的那天，鹿蓓来了。她穿着红色的羽绒服，穿过雪原般的停车广场。在空荡的走廊，他们坐在结满冰霜的窗边，喝着鹿蓓带来的冷掉的咖啡，心里的火炉在熊熊燃烧。

"结果出来了，很匹配。"迷蒙的白雾没有遮住鹿蓓的灿烂，"那边还答应，可以帮忙去申请免费的临床实验用药。"

阿信站了起来，并没有注意到咖啡溅在了衣角。

"先坐着吧，"鹿蓓笑得很神秘，"还有个事儿要告诉你呢。"

阿信摇摇头："坐不了了，你说吧。"

"银杉想投你们，能给张门票吗？"鹿蓓抬起头。

"什么？"阿信还沉浸在方才的喜悦中，没大回过神。

"虽然还没做正式的尽调，但作为迷妹，我对你们还是了解的。"鹿蓓看着阿信，摇了下手机里"故事星球"内测 app 的界面，说，"我们都觉得非常棒，也谢谢你的信任。"

"挺好。"阿信笑中有些尴尬。

鹿蓓眼明心慧，又说："为了让你们更快、更强、更野蛮地成长，我们还准备收购金石的原始股份，相信价钱会让他们满意的。"

阿信站在寂静的走廊上，觉得整个冬天都在注视着他。

他能感受到，它正在用一种远古的雪语递送着神谕。虽然待到日头高照，人们将会轻易忘记天苍地白中自己的渺小身影，忘记这凛冽的世间覆盖着公正的律令，忘记生命如梭而我们只能被万物的和谐所拥有。阿信看到，风霜将王冠放在了大福的头顶，因为他的脑海里荡漾着银河般的梦想，闪烁着一个失败者才有的美丽。

（原载《人民文学》2017 年第 4 期）

作者简介：

彭扬，生于 1984 年，中国作家协会会员，鲁迅文学院第三十届中青年作家高级研讨班学员。作品散见于《人民文学》《当代》等杂志，已出版长篇小说、中短篇小说集、散文集、哲学随笔集、纪实采访录、童话等多部作品，曾获"春天文学奖""老舍文学奖优秀长篇小说提名奖""紫金·人民文学之星""Prada 费尔特里内利文学奖"等。

天 鹅 旅 馆

张悦然

一

那是一个晴朗的早晨，院子里最后几朵玉兰花落下了，树上长满了浓密的椭圆形树叶。男孩一睁开眼，就看到保姆余玲坐在床边。她掀开被子说，快起床，春游去了！男孩一骨碌爬起来，冲进洗手间刷牙。客厅里播放着肖邦的《革命》，是男孩爸爸喜欢的曲目。余玲出现在门口，手里拿着一件灰色毛衣。男孩摇摇头说，我要穿黄色胸前有小汽车的那件。余玲说，爬山，那个容易脏。男孩噘起了嘴。但是余玲没有理会他。裤子也是灰色的，黑色球鞋很旧，还没爬山，他看起来已经脏兮兮的。带个玩具吗？余玲问他。泰德，男孩回答。那个会说话的熊吗？余玲摇摇头，太吵了。一只米色小象被塞进了背包。余玲说，你从前很喜欢它的，还记得吗？她说话的时候眼睛越过男孩，看着他背后的某个地方。她有一点斜眼，不算严重。

男孩来到客厅。桌上的保鲜盒盛着切片的木瓜和去了蒂的草莓，还有男孩喜欢的黄桃。这些不过是餐后零食。涂着蜜汁的鸡翅和满肚子鱼子的多春鱼插在木签上，还有腌好的牛肉和阿拉斯加雪蟹腿。余玲承诺男孩，要吃一次像样的烧烤。男孩的爸爸从二楼走下来，身上穿着运动服，看来一会儿要去健身房。他问余玲瓦斯瓶带上了吗。余玲说，备用的都带了两个。男主人已经习惯了保姆从来不看他的眼睛，说话的口气也有点傲慢。他说，带一个便携音箱吧，达达路上能听音乐。他显然过分夸大了男孩的音乐天赋，一心想把他培养成钢琴家。为了练琴，两人没少吵架。就在两天前，因为不肯去上钢琴课，他把男孩最心爱的城堡旅馆踢烂了。那是外公上次来的时候陪男孩用乐高积木搭的。男孩的梦想是长大了开一间旅馆，收留和他一样没有朋友的小孩。现在，他的旅馆变成了一堆五颜六色的瓦砾，他发誓绝对不会原谅他爸爸。所以这会儿他爸爸在身后喊了他好几声，他连头也没有抬，背起书包走出了大门。

余玲把食物和烧烤架搬到一个折叠推车上，一手牵着男孩，一手拉着推车向前走。你最好把拉链拉上,她对男孩说,咱们得走一段。男孩挣开她的手去推推车。旅行包里的玻璃器皿碰撞,发出叮叮咣咣的声音。路边的草坪上,喷水器喷洒着伞状的水雾,被阳光照出一小条彩虹。男孩停下脚步,举起指头数了数,问余玲:为什么彩虹只有四种颜色?余玲回答,不是所有的彩虹都完整。男孩问,那什么时候能看到完整的彩虹?余玲说,等下了雨。男孩问,那什么时候下雨啊?余玲冷冷地说,我哪知道啊。男孩吐了吐舌头,推着推车往前跑了。

出了大门,余玲带着男孩又往前走了一段,一辆白色面包车停在路口的一棵大树旁边。最近男孩家里的另一套房子在装修,司机小董忙着跑建材市场,余玲就说可以让她的一个同乡载他们去。面包车的车门打开了,司机跳下来。男孩眨眨眼睛看着他,你就是冬瓜叔叔吗?你的头不像冬瓜啊。男人咧嘴笑起来,回头我把头发一剃,你就知道我的头有多圆了。男孩拉开车门爬了上去。余玲说,我坐前面吧,冬瓜叔叔不认路。冬瓜叔叔立刻抗议,我来北京的年头可比你久!他扭开发动机,车子抖了几下,摇摇晃晃地动了起来。

冬瓜叔叔拿出一罐口香糖,问男孩吃吗。余玲瞪了他一眼,他那么小怎么能吃这个。冬瓜叔叔说,我六岁的时候都跟着哥哥出门打架了。男孩说,我没有哥哥。哈哈,冬瓜叔叔笑了两声说,这倒也是个理由。车子开得很快,一路驶向了高速。

余玲看了看手机,把它塞到挎包最里面。她摸到了那只便携音响,把它拿了出来。银色的圆形表面,被阳光镀了一层金漆,明晃晃的。冬瓜叔叔说,带这个干吗,车上不是有收音机吗?余玲说,音质不一样。这个是用蓝牙和手机连的,你手机里有歌吗?冬瓜叔叔说,我手机只有相声。男孩在后座拍手,我要听相声,我没听过相声。冬瓜叔叔说,不会吧?余玲说,他妈妈觉得那些东西俗气。冬瓜叔叔冷笑了一声,鼓捣了几下手机,音响里传出一个男人怪里怪气的声音,男孩还没听清楚,里面就迸发出一阵笑声。男孩也跟着笑起来。余玲回头看看他,转过身埋下了头。冬瓜叔叔看了她一眼,问怎么了。她没好气地说,你管我干什么。冬瓜叔叔冲着达达指了指她说,我一直纳闷,她脾气这么怪,你平时是怎么受得了的?男孩吐了吐舌头,听到音响里又有人笑了,他连忙又跟着笑了起来。

相声播完了,男孩意犹未尽地朝车窗外看去。田地里开满金黄色的小花。男孩不认识它们。他认识的花,都是插在花瓶里的,送花的人每个星期一会送过来。他妈妈喜欢百合,但那股香味总让他头疼。他妈妈身上的香水味也让他不停地打喷嚏。现在她去了香港,每隔一段时间她就要去一次,买买东西,打打美容针,有时候忽然想吃一顿米其林法餐,就会在第二天飞过去。反正是坐高叔叔的私人飞机,而且他们家在中环半山有一套自己的房子。昨天她在电话里说，后天就回来了。余玲对男孩说，你要是还想春游，那只能是明天了。他们都知道，他妈妈回来就去不成了。她会皱着眉头说，外面多乱啊，到处都是坏人。在他妈妈眼里，这个世界上好人的数量恐怕比大熊猫还要少。

　　冬瓜叔叔打开了车上的收音机，说收起你们那个高级玩意儿吧，这个不也能听歌吗？他话音刚落，广播里传来嗡嗡的噪音，歌声越来越小，像一只飘远了的氢气球。过了一会儿噪音小了，歌声又回来了。他们刚想松一口气，一阵更强劲的噪音传来。他们不约而同地压低了身子，好像头顶有一架战斗机经过。关上，余玲命令冬瓜叔叔。可是他不死心地换着台，最后总算找到了一个清楚的频道。有个女人正在念新闻，说一条新的高铁线路年底将要开通。

　　男孩拉开窗户，把头探了出去。进来！余玲冲着他喊。男孩把整个上身都探了出去，高兴地喊了一声。声音像扯碎的布条，朝后面飘去。他又喊了一声。余玲见他不听，就让冬瓜叔叔快点停车。冬瓜叔叔慢悠悠地说，干吗大惊小怪的，我看着呢，旁边又没有车。余玲生气地说，我不管了！冬瓜叔叔望了她一眼，别烦躁，遇到什么事都得沉住气。

　　男孩把头伸了进来。他向前探身，透过挡风玻璃看着正前方的卡车。后车斗上有一个巨大的铁笼。男孩问余玲，那里面关着什么？余玲没有理他。那里面关着什么？男孩又问了一遍。冬瓜叔叔说，鸡或者鸭子。男孩问，它们要去哪里呀？菜市场，冬瓜叔叔说，等着被宰。男孩不说话了，过了一会儿他拍拍冬瓜叔叔的肩膀，说能让那个车停下吗，我想看看它们。冬瓜叔叔没理会，等到他变到旁边的车道，打算超过卡车的时候，男孩又把头伸出去，冲着它喊，喂——停一下。卡车一个急刹车，停住了。男孩去拉车门，余玲连忙喊停车，车子拐向应急车道，停下来。冬瓜叔叔冲着男孩吼了一句，你要干什么！

　　余玲答应带男孩过去看看，但不准他在公路上乱跑。她领着他的手走过去。冬瓜叔叔也跟了过去，手里夹着一支烟。司机正蹲在地上查后车胎。男孩问，叔叔，你的笼子里关着的是什么？我想看一看。鹅，司机气呼呼地说，我当是车胎爆了呢。男孩已经跑到后车斗的底下，朝上面张望。余玲对司机说，师傅帮个忙吧。冬瓜叔叔掏出烟，给司机点了一根。司机皱着眉头吸了两口，走过去打开后车斗。冬瓜叔叔把男孩举起来，让他爬上去。男孩蹲下端详着铁笼。里面是一些白色的肚子鼓鼓的鹅，缩着脖子挤在一起，爪子几乎无法着地。是天鹅！男孩激动地说，去年我跟爸爸妈妈在维也纳见过。谁也懒得去纠正他。冬瓜叔叔问，你看完了吗？男孩说，我们能把它们带走吗？冬瓜叔叔嚷起来，我们不是来买鹅的……余玲板起脸，要是买了鹅就没法去春游了。你自己选吧。

　　男孩噘起嘴，一屁股坐在车斗里说，不春游就不春游了。余玲说，好，我们现在就回家。冬瓜叔叔急了，冲着她说，你们这是闹得哪一出？余玲咬着嘴唇不说话。司机说，买两只呗，炖着吃可香了。冬瓜叔叔叹了口气，扔掉烟蒂问司机，多少钱一只啊？司机说两百块。冬瓜叔叔瞪大了眼睛，打劫啊。司机笑了笑，好多大饭店的鹅都是我供的。冬瓜叔叔摆了摆手，从口袋里掏出一把钱，抽了两百递给司机。他对男孩说，没那么多钱，你只能选一只。男孩说，剩下的天鹅怎么办？冬瓜叔叔不耐烦地说，快选吧，还得赶路呢。男孩终于答应了，但是又因为该选哪只拿不定主意。那些鹅都闭着眼睛，好像一点也不在意是否被选中。只有一只离他很远的睁着眼睛，眼珠乌亮。我要这只，男孩指着它说。哪只，司机爬上车斗打开笼子。男孩再看过去的时候，所有的鹅都把眼睛睁开了，正惊慌地躲开司机伸进去的大手。司机说，我给你选只瓷实的……男孩摇了摇头，一定要自己找。他逐个盯着那些鹅，目光落在最角落里的一只，眼睛最亮，没错，男孩相信它就是刚才那一只。司机把它拽出来，用绳子绑住脚，交给冬瓜叔叔。男孩跟在他身后，一蹦一跳地回到面包车里。

鹅被放在了他旁边的座位上。到这时，余玲才开口说，别摸，小心叨你。车子又继续开起来。男孩悄悄把手伸向鹅，先是摸了摸它的背，见它没有反对，就又摸了两下。鹅脖子底下的毛很软，暖烘烘的，蹭在手背上很舒服。

一阵铃声响起来。余玲握着手机，又响了几声，她才把电话接起来。出什么事了，余玲问，然后说了句好吧，就把电话挂了。是达达爸爸，她转过头去对冬瓜叔叔说，让马上回去。冬瓜叔叔问，怎么了？余玲说，没说，挺着急的。男孩大声说，我不回去！冬瓜叔叔一手握着方向盘，把叨着的烟点着了。余玲说，可能是达达的妈妈回来了。男孩站起来，凑到车座边对余玲说，我不回去，我不回去！余玲说，知道了，坐下！

男孩回到座位上，车子还在往前开，而且没有减速。他放心了，把手重新插到鹅的脖子里。广播里在说，一波寒流来了，明天要降温，然后是整点报时，十二点了。车子拐到了一个加油站，余玲拉开车门对他说，去上厕所吧。男孩看了一眼鹅。余玲说，我看着呢，跑不了。男孩跳了下去。绕过面包车的时候，他发现车屁股上沾满了泥，而且好像有哪里和别的车不一样。厕所臭烘烘的，门没有插，冬瓜叔叔在里面。男孩站在那里等着，他想到这辆车有什么地方不一样了。没有车牌。冬瓜叔叔一手提着拉链从里面走出来，看了男孩一眼，就往车那边去了。

余玲靠着车门，仰起头咕咚咕咚地喝水。看到男人走过来，就对他说，不知道出了什么事，要真是达达妈妈回来，他爸爸会说的。男人问余玲，你的手机关了吗？余玲点点头。他说，卡也得扔了。余玲说，等过了收费站。她还想说什么，张了一下嘴又闭上了。

车子又开上了公路。男孩说，我饿了。余玲说，再等会儿就到了。车里变得很安静。新闻里一个女人的声音说，新华社消息，陈新征同志因涉嫌严重违纪，目前正接受组织调查……陈新征，1950 年出生，1980 年 7 月加入共产党，曾任……男孩嚷起来，外公，外公……安静！余玲冲着他喊了一声。广播的音量被调大了，她和冬瓜叔叔不约而同把头凑向喇叭。广播里的女人说：这是今年第一位接受调查的省部级官员……男孩问，接受组织调查是什么意思？没有人回答。过了一会儿，冬瓜叔叔的手砸了两下方向盘，一个急刹，把车停在了公路边。鹅从座位上掉下去，惊慌地扑棱着翅膀。男孩去抱它，手指被它的长嘴戳了一下。他连忙把手藏进口袋，又问，接受组织调查是什么意思？他望着前车座那两个沉默的后脑勺。过了一会儿，余玲才回过头来说，没事，外公被叫去开会了。就他一个人吗，男孩问，他往常听到外公的名字，总是和很多人挨在一起，而且没有加"同志"两个字。余玲说，车胎好像出问题了，我下去看看。冬瓜叔叔也跟着下了车。他冲着余玲大声嚷嚷：你他妈就是不听我的话……男孩跳下车，蹲下来看车轮。看完前面的，又看后面的，绕着车走了一圈。余玲告诉他轮子没事，然后扭过头去跟冬瓜叔叔说，你现在就打电话吧，去那边打。

她把男孩抱上车，自己也回到车里。他们看着车窗外，冬瓜叔叔皱着眉头听着手机，拿下来按了几下又放在耳边。他回到车里，说手机打不通。余玲问，座机打了吗？没人接，他说。他们沉默了一会儿，余玲说，我用我的打一下。冬瓜叔叔拦住她，先别。余玲说，有人接我就挂了。她装上电话卡，打开手机拨号，"您所拨打的电话暂时无法接通……"男孩问，是给我爸爸打吗？没有人回答他。余玲问冬瓜叔叔，要不我给他妈妈打一个，她拨通了电话。那边传来一个女声：您所拨打的电话已关机……她放下手机，看着冬瓜叔叔。车里只有广播里的声音，又在预报天气。男孩忽然大喊了一声，我不要回家！余玲没理他，说我打司机的试一试。她拨过去，关机的声音再度响起。还有个打扫卫生的保姆，余玲说，我没她电话。冬瓜叔叔哼了一声，没准连她也带走了。他把头重重地靠在椅背上，手里揉搓着空烟盒，冷笑了一声，这下可好了。男孩问：谁把小惠阿姨带走了？带哪里去了？余玲往窗外看了看，先下高速吧，她说，找个地方等一等再说。

车子继续开起来，而且没有掉头，男孩总算松了一口气，拿出手来看了看，指头有个红印。他把手又放回了口袋，对着鹅小声说，我不怪你，我知道你的心情也不好。车子驶下高架桥，前面是一片土路，沙土弥漫在空中。余玲问，前面是什么地方？冬瓜叔叔说，我哪知道，不是你让我开下来的吗？车子继续往前开，颠簸得很厉害。鹅撑着翅膀跳起来，头撞在车窗上。好像撞晕了，在车上转了好几圈。男孩问，我们迷路了吗？余玲不耐烦地说，你睡一会儿行吗？她又拨了几遍电话。直到听到广播里开始播报新闻，才把手机放下：新华社消息，陈新征同志因涉嫌严重违纪，目前正接受组织调查。陈新征，1950年出生……等到那条新闻播完，余玲看着冬瓜叔叔，和刚才播的一样，没说什么新的。冬瓜叔叔说，废话，你当是连续剧呢，还告诉你后头怎么了。

车子终于驶出那片土路，来到一条很窄的柏油路上。瀑布！瀑布！男孩叫起来。余玲朝窗外看去，右边是一片水库，正开闸，有一截水流朝低处冲去，但也就半米高。在这里停吧，她对冬瓜叔叔说。男孩趴在窗户上问，我们到森林公园了吗？冬瓜叔叔说路中间没法停，就又往前开了一段，绕了个弯，来到水库的另一侧。那里有片树林，背后是一座低矮的小山。冬瓜叔叔拎起手刹看着余玲，说吧，现在怎么办。余玲拉开后面的门对男孩说，你就在这里玩，别到水边去，知道吗？男孩看了一眼鹅，恋恋不舍地跳下去。

余玲一回到车里，男人就冲她叫起来：我让你早点行动，你一直拖，拖到现在满意了吗！跟你说了多少遍，这些当官的说抓就抓起来了……这时电话响了，一个陌生号码。余玲看了一眼男人，接了起来。那边喂了几声，喊了句余姐。她听出来是小惠，那个负责打扫卫生的保姆。小惠说，达达爸爸被两个男的带走了，他让你给孩子的奶奶打个电话，叫她把孩子接走。余玲问，达达妈妈呢，他们有没有说？小惠说，不知道，你们走了没多久，达达爸爸就从健身房回来了。他给达达妈妈打了好几个电话，都关机。当时我还说，陈雯姐这会儿还没醒呢。他说，不对，她肯定听到消息了，然后叫我给达达收拾箱子。我问去哪里，他也不说，就开始给你打电话，让你赶快回来。我刚把箱子收拾好，那俩人就来了……她问余玲，你知道到底出什么事了吗？余玲说不知道。小惠又问，你快到家了吗？余玲说，还没有。小惠说，嗯，我就是跟你说一声，我走了。要是他们回来，你告诉他们，这个月的工钱我不要了。她说着就要挂电话，余玲喊住了她说，小惠，过去几个月你也没少顺东西，走的时候就少拿点吧。小惠在那边笑起来，说，姐，你都也要走了，干吗还管这些呢？

电话挂了。男人一直在旁边听着，手里的烟灭了，一截烟灰落在大腿上。他说，看来孩子妈妈还没被抓，咱们得想办法联系上她，告诉她孩子在咱们手上。余玲说，现在连警察都找不到她。男人说，警察想找就能找到，他们会跟她谈判，让她回来，她在香港有什么朋友吗？快想想，咱们得赶在警察之前。余玲说，她没有朋友。男人的嗓门又高起来，说你这是什么态度，难道就这么算了吗？余玲看向窗外，男孩正蹲在草丛里，盯着手心里的一个绿乎乎的东西看。那东西在动，好像是只虫子。

余玲拉开车门走到后面，打开后备厢，把旅行包拖出来。男人追过去问，你干什么？她拉开拉锁，拿出烧烤架。男人说，你现在还有心情吃烧烤？余玲说，我饿了，脑袋不转了。吃饱了才有力气想事。她搬着烧烤架，走到一棵大树底下，把瓦斯瓶装上，从编织袋里拿出保鲜盒。男人双手叉腰看着她，然后走到草丛边抽烟去了。余玲喊了两声达达，男孩慢吞吞地走过来，双手拢在一起。余玲正在往铁架上刷油，抬起头看了男孩一眼，那是什么？蚂蚱，男孩不

天鹅旅馆　　053

太确定地说。余玲说，把它放回去吧，一会儿鸡翅就烤好了。男孩问，蚂蚱吃鸡翅吗？余玲说，不吃。那——男孩刚要再问，余玲说，鹅也不吃，但是鹅没准吃蚂蚱，你可以去试试。男孩连忙把手缩到胸前，摇了摇头。余玲说，你就一直捧着它吧，什么都别吃了。男孩走到草丛那边去了，他蹲下又站起来，还是扣着双手没松开。他走到冬瓜叔叔跟前，神秘地将双手打开一条缝，让他看看自己的蚂蚱。冬瓜叔叔没好气地说，我最喜欢吃这玩意儿，去，给我多逮几只，一会儿烤着吃。男孩吓得合起手，转身跑了。

  余玲拿着硬纸片扇了几下，火蹿高了，肉的香味散开了。你们俩吃吗？余玲喊了一句。一大一小两个男人各自站在一边，背朝着她。她不再理会他们，拿着一根鸡翅坐在了地上。太阳在正中，把头发烤得热烘烘的，她眯起眼睛看着前面的河。她想到陈雯，那个总是自以为是的女主人，她现在在做什么呢？应该没法继续待在他们在香港半山上的公寓里了，也许会搬去某个隐蔽的酒店，但是不管住到哪里去，一定都没心思吃午饭。而我还能坐在太阳底下吃鸡翅，她想，吮掉了鸡翅上的蜜汁。

  男孩的胳膊酸了，终于松开手，看着蚂蚱跳回草丛。他走到烧烤架旁边，过了一会儿，男人也过来了。他们三个坐在地上吃了起来。男人把鸡翅整个放进嘴里，咀嚼了几下，拽出骨头扔到地上。男孩也学着他的样子，把鸡翅从签子上撸下来。余玲从地上爬起来烤雪蟹腿。男人说，这玩意能好吃吗，那么红，肯定是染的颜色。余玲把芝士片放在剖开的雪蟹腿上面，上回他们去日本餐厅吃铁板烧，她看到戴着高帽子的厨师就是这么做的。男人问，你没带孜然吗，还有辣椒面。余玲说，你就配吃个路边烧烤摊。芝士已经融化，淌下来裹住了蟹腿，散发出浓郁的乳香。她捏着钳子把它们移到边上。男人伸手拿走了一根，塞进嘴里，烫得嗷嗷叫起来。余玲瞥了他一眼，好吃吗？他没吭声，又拿走了一根。男孩等蟹腿凉一些，才小口抿着上面的芝士。他对蟹肉不感兴趣，吮光芝士就还给了余玲。余玲把剩下的吃掉了。男人剜了她一眼，好像在嘲笑她拣男孩吃剩的东西。不过他很高兴没人跟他抢蟹腿，剩下的都被他吃掉了。到了牛肉的时候，他已经吃得鼻翼上冒着油。他舔了舔嘴上的黑胡椒粒问，这就是那个听着音乐做着按摩长大的神牛？余玲说，是神户牛。男人说，总是吃得这么好，确实是会有报应的。他打了个嗝，抱怨道，怎么没带点酒呢？余玲说，怕你喝了给交警拦住。办大事可不能有半点马虎，这不是你教我的吗？男人说，行，你总是有理。他吃得太饱了，决定站起来走走。男孩说，我想上厕所。余玲说，这里没厕所，你跟着冬瓜叔叔去那边吧。

  男孩追上冬瓜叔叔的脚步，和他站成一排对着草丛撒尿。刚要往回走，冬瓜叔叔一把抓住了他，蹲下来低声问，你妈妈在香港有什么朋友吗？男孩说，她有好多好多朋友，每次开派对，屋子里都站不下。冬瓜叔叔问，有没有总来的，不开派对也来的那种？男孩想了想说，丽敏阿姨总是来找妈妈，还有一个高个子阿姨，妈妈叫她葛瑞丝。冬瓜叔叔问，你知道她们的电话和地址吗？男孩摇了摇头。冬瓜叔叔带着他往回走。他仰起头问，叔叔，人必须得有朋友吗？冬瓜叔叔说，我就没朋友，什么事都是靠自己。男孩跑了几步，赶上冬瓜叔叔问，那余玲阿姨不是你的朋友吗？冬瓜叔叔没回答，径直走回去，一屁股坐在地上，又拿起一块牛肉。余玲还烤了蘑菇和玉米。她问男孩，是我做的烧烤好吃，还是上次你们在那个法国人家里吃的好吃？哪个法国人，男孩说，我不记得了。余玲说，有大金毛的那家，院子里安了个秋千，你和他家的小女孩还坐上荡了一会儿。男孩说，那次我们没有吃玉米，也没有吃扇贝，但是我们吃了披萨。余玲说，我就问你哪一次更好吃。男孩眨了眨眼睛，你做的好吃。余玲点点头，又给了他一只蘑菇。冬瓜叔叔冷笑了一声说，做得再好怎么样，以后你连神牛的毛也见不着啦。余玲说，你能闭上嘴吗？我就想好好吃一顿饭。冬瓜叔叔点上烟，吐了一团白雾说，饭已经吃完了，该谈正事了，小孩，你自己去旁边玩会儿。余玲说，让他把饭吃完。男孩说，我去看天鹅啦。他拿着几片卷心菜跑掉了。

　　男人说，我问你，陈雯是不是有个叫丽敏的朋友，你有她的电话吗？余玲说，李丽敏是美容中心的，陈雯嫌店里的床硬，都是让她到家里来。男人又问，那个叫什么瑞丝的呢？余玲说，什么瑞丝，我不知道，香港我总共没去过几趟。男人说，你在他们家干了四年，不可能一个陈雯的朋友都不认识。余玲说，我跟你说了，她没有朋友。旁边是围着很多人，陪她滑雪的，陪她喝红酒的，帮她买单的，那些人在一起就是吃喝玩乐。而且她那副臭脾气，动不动翻脸，身边的人不知道换了多少拨，没几个交情深的。男人说，行，咱们就扣着孩子，陈雯找不着他，总得和你联系吧。余玲说，扣到什么时候？除非案子结了，否则陈雯是不会露面的。男人说，亲生儿子她能不管？余玲说，以前有个什么大官被抓，女儿从加拿大回来，也被带去调查了。陈雯当时笑她是傻瓜，说这时候回来自己也坐牢不说，还得把钱都吐出来。男人说，那就眼睁睁地看着老爸和老公去坐牢吗？这娘们也太狠了。他看看余玲，没准你也得给带去审问。余玲说，审吧。她塌下背，把头靠在膝盖上。昨晚一夜没睡，之前几天也是，一直担心事情败露、计划失败。现在那根弦断了，她感到强烈的困意，只想什么都不管，好好睡上一觉。

　　男人把头凑过来问，你有孩子他奶奶的电话吗？咱们现在把孩子送过去，问她要钱。余玲说，电话都记在一个本子上，回去才能查，好像在广西什么地方。广西？男人重复了一遍。余玲说，达达奶奶和陈雯处不来，早就不来往了，你从那边要不到钱。男人问，奶奶也这么绝？余玲说，她没钱，就一退休工人。男人盯着她，好像不大相信。她没有再解释，从地上爬起来开始收东西。

达达,她喊,孩子在很远的地方应了一声,但没跑过来。男人往后挪了挪,靠在一块石头上,腆起肚子准备打个盹。他吃饱了就爱这么找个地方一歪,有时候看着那副模样,余玲觉得自己这辈子都望到头了。她把烧烤架折起来,朝车那边走去。旅行袋里塞了太多东西,用力一拉,拉锁掉了下来,包合不拢了。后备厢里垫着一个白色毯子,上面沾了好多泥巴,只能用它裹一下了。余玲把它拽出来,发现它比想得要大,而且有个角被什么东西压住了。她用力一扯,毯子出来了。下面露出一个黑色的尼龙背包,缩在角落里。余玲把它够出来,很沉,拉锁封得严严实实。她打开了它。里面有一把锤子,一把弹簧刀,一卷很粗的麻绳。还有个玻璃瓶,她剥掉外面缠着的毛巾,是乙醚溶液。她把东西塞回包里,推进那个角落。尼龙包好像碰到了什么东西,咯噔响了一下,她低头朝车座底下看,那里横着一把铁锹。她打了个寒战,从昏沉的睡意中醒了过来。

她意识到事情跟自己想的完全不一样。她以为只是在她离开的时候,问这家人要一笔钱。毕竟她知道他们不少事,要是跑去举报,调查下来也会麻烦。陈雯有所忌惮,拿出一点封口费很正常。可是陈冬亮提出还要把孩子扣住,一开始她坚决反对。陈冬亮说这不过是多加一个砝码,也能让他们的钱掏得更痛快一点。最后她勉强答应了,也是想快点跟这家人做个了断。但是说好孩子只扣半天,到了第二天早上,不管拿没拿到钱都把他送回去。孩子什么也不会知道,只当是他们迷路了,在外面过了一夜。陈冬亮答应得很好,其实已经做好了撕票的准备,甚至可能就没打算让男孩活着回去。想到这个,她脊背一阵发凉。

余玲关上后备厢,朝树林里走去,达达刚才是在那边应她的。她踩着泥路,脚有点发软。达达,达达,她喊了两声,没有回答。她朝远处的水库望了望,心头一紧。前面的树越来越密,她险些被一根折断的树枝绊倒,站稳了刚要往前走,瞥见斜前方树后面露出男孩的半边身子。她跑过去,男孩蹲在地上,脚的前方有一只死猫。白的,眼睛已经空了,蚂蚁正从眼窝里爬出来。她叫了好几声,男孩一动不动,好像被某种东西震慑住了。她从地上捡起两片树叶,盖在猫脸上。要是平常,她会拽起男孩的手把他拖走。但她没有那么做,而是一个人朝着来的方向走了。她回到车边,从后备厢里拿出铁锹。握住木柄的时候,她的手抖得厉害。男人还睡着,张开的嘴冲向天空,好像等着接住从树上掉下来的果子。

她返回树林,走到男孩旁边,开始用铁锹挖土。男孩没有表现出惊讶,神情肃穆地看着她。铁锹戗在干土上,每一下都很刺耳,揪得余玲头皮生疼。但她还是抡得很用力,像是想让自己记住这种声音。坑挖好了,她用树叶盖住猫,把它放到里面,男孩帮她一起把土推进去。多出来的盖在上面,拢成小山的形状。他们在小山面前站了一会儿，余玲拉起男孩的手说，走吧。

他们回到车边，男人已经醒了，看到余玲手上拿着铁锹，无赖地笑了一下。余玲把铁锹往后备厢一丢，拉着男孩上了车，她没回到副驾驶座，而是跟男孩坐在了后面。鹅扑闪了几下翅膀，向角落里挪了挪。男人也上了车，余玲说，往回开吧。男人皱起眉头问，怎么个意思？余玲冷冷地说，电话号码在家里的本子上。男人看了她一眼，回过头去发动了汽车。

天色已经开始变暗。汽车在高速路上飞驰。有一点不起眼的水滴打在挡风玻璃上，像是雨，但很快就没了。车子的大灯亮了起来，光线无情地照在前面的车上。广播里再一次播报了陈新征接受调查的消息。男孩拉住余玲的手轻声说，我刚才跟猫说了好多话。黑暗中他抬起头看着余玲，眼睛很亮。他说，我告诉它没有朋友也不要紧，我们可以和自己玩。男孩伸手摸了一下鹅，似乎想问它听到自己的话了吗。鹅没有动，好像睡着了。快到家的时候男孩也睡着了。他把头靠在余玲身上，环过手去搂住了她的胳膊。汽车开过一段正在修路的地方，把他颠开了，他没睁眼睛，在黑暗里摸到她的胳膊，又抱紧了。

二

进了家门，灯一打开，男孩就叫了起来：画没了！从前玄关的位置挂了一幅巨大的油画，上面是一片黑沉沉的海，据说是个很有名的画家画的，余玲看不出有什么好，只是感到很压抑，本能地屏住呼吸，然后就想起自己仍旧不会游泳这回事来。

余玲走进客厅，环视了一圈，墙上所有的画都不见了，屋子看上去大了许多。桌上放着男主人用过的茶杯，烟灰缸上横着一根几近完整的雪茄。男主人从来不在上午抽雪茄。余玲对男孩说，爸爸有急事，要出差几天。她正思忖该讲他去了哪里，男孩高兴地说，太好了，没人逼我练琴了。男人抱着鹅走到余玲身后，低声说，抄家了。余玲抓着挎包奔上了楼。男人在后面喊，鹅放哪里？男孩指了指沙发，喏，让天鹅坐在这里吧。男人把鹅一丢，也跑上了楼。

保险柜敞着门，陈雯梳妆台抽屉里的珠宝不见了，还有男主人的那些昂贵的相机。男人站在走廊里问，他们家还有什么别的储藏室吗？余玲回答，酒窖，她看了男人一眼，你去过。男人不耐烦地说，谁他妈的要酒啊。还有什么值钱的东西吗？余玲说，这屋里每样东西都值钱。男人盯着天花板上的水晶灯，好像在研究如何把它卸下来，然后叹了口气，买这些贵玩意儿有什么用呢，一样也带不走。

男人下楼转悠了一圈，拿起桌上的那根雪茄嘬起来。男孩看着他说，这个胖烟比你那个瘦烟好闻。男人眯起眼睛，这玩意我老早之前就抽过了，不就是后劲有点大嘛。男孩吐了一下舌头,又去追鹅了。男人蹙起眉头对余玲说,快去给他奶奶打电话吧。余玲说,太晚了。男人说,这么大的事,老太太就是中风也能从床上跳起来。

  余玲上楼,到男主人的书房去找电话本。男主人平时不怎么看书,只是喜欢翻翻拍卖会的图录,但每天还是会在这个房间待一会儿,鼓捣一下他那些昂贵的照相机。余玲打开写字台的抽屉,拿出一个棕色皮面笔记本。本子里记的是一些电话号码和地址。有一页上的地址,是甘肃礼县的一所福利院。余玲想起两年前她敛过一些男孩的旧衣服寄去那个地方。男主人还会定期汇钱过去。刚来的时候,余玲曾被他的善良打动过。但是有时候,好人的软弱也是一种罪过。后来他身上的光芒消失了,她只是有点同情他。

  达达奶奶的电话在最后一页,一个座机号码。电话拨通了,长长的等待音。男人走进来,一脸不高兴地说,你为什么要躲起来打呢?余玲告诉他没有人接,男人说,没准老太太也被抓了。余玲说,我跟你说了,她早就跟他们不来往了。男人问,胡亚飞不会给她一些钱?余玲说,都是陈雯的钱,老太太不要。男人踹了一脚沙发,一屁股坐下来说,太背了,谋划了那么久,最后一个子也没有!余玲沉了沉肩膀,打起精神说,明早我再给他奶奶打电话,不行就给别的亲戚打,反正通知到一个人来领孩子,然后咱们就走。还是去广州吧,不是跟你表哥合伙做生意吗?……男人笑起来,说没钱谁跟你合伙?去了广州还不是一样打工?余玲说,你辛苦几年,让我先把孩子生了……男人说,你就知道生孩子,没钱拿什么养他?余玲说,我存了点钱,等孩子上了托儿所就能出来找活。男人说,那点钱管个屁用,你啊,这辈子就是给别人当老妈子的命。余玲的脸抽搐了一下,走到他跟前说,冬亮,钱的事慢慢想办法,我都快四十了,不能等了……男人吼了一声,你现在知道着急了!他瞪着余玲,余玲用左眼看了他一下,飞快地把目光移开了。她从来都不敢看别人的眼睛,除了几个最亲的人。母亲、弟弟和小舅舅。冬亮还不行,她总觉得是因为不够熟悉。可是一天天过去,熟悉没熟悉起来,反倒越来越陌生。冬亮变了。这里面也有她的责任,给他讲了太多有钱人的生活。讲得他心痒眼热,终于提出要从陈家弄点钱。起初她不肯,后来他说想去深圳给人开车,这是要跟她一拍两散的意思,为了把他留在身边,她才终于答应下来。当然,也是因为她心里对陈雯有恨。

  冬亮忽然站起来说,这里不会装了监控吧?他环视了一圈,低声说,我还是先走了,明天等你打了电话再说。他走到楼梯口停住了,说你先下去,我再找找有什么值钱的东西。

  男孩不知道从什么地方找到了一只绿色露营帐篷,正把它拖向客厅的中央。

  见到余玲就说,这是我的新旅馆,它的名字叫天鹅旅馆。今晚我要和天鹅睡在里面。余玲说,别闹了,快去洗脸刷牙。男孩说,我不想一个人睡……余玲好像没有听见，走到窗前去拉窗帘。漆黑的玻璃映出她的脸，眼皮松弛，嘴角向下垂耷着。她35岁了，虽然只比冬亮大三岁，可他看上去还是个小伙子。她一阵心慌，抓起窗帘用力一拉。冬亮两手空空地走下来。余玲到门口送他，男孩跑过来，拽着男人的手臂把他的肩膀拉低，凑到他耳边说，冬瓜叔叔，你以后不要再吃蚂蚱了好吗？男人甩开他的手，走出了大门。

外面起风了。树叶被吹得哗啦哗啦响。男人没有上车，站在门外抽了一支烟。然后他说，你去拿一下酒窖的钥匙，见余玲没动，他不耐烦地说，快去啊。

酒窖是后来挖的，门开在房子的侧面，走下楼梯就感觉到凉丝丝的水汽。里面静悄悄的，那扇因为担心灌进雨水而安装的铁门，把整个世界都挡在了外面。幽暗的射灯照在红酒瓶的瓶颈上，漾着深褐色的光点。男人逐个拿起红酒瓶看，想判断哪个更贵。余玲站在后面，望着他宽大的肩膀。他们刚谈恋爱的时候，没有地方可以去，有天夜里她带他回来，悄悄潜入酒窖。他们在冰凉的地板上做爱。做完之后她躺在地上，想象着精子正游向子宫的深处。孩子，一个属于她的孩子，她会把自己全部的温柔和爱都给他。那已经是前年夏天的事了，当时她心里漾满了希望，感觉好日子正在前面朝她招手。

男人找到一只空木箱，把从架子上取下的红酒装进去。箱子塞满了，他又拿了两瓶，揣进夹克的口袋里，然后拍拍手上的灰。他让余玲帮他搬箱子，余玲站在那里没动。她说，陈冬亮，你早就想好了要绑架达达，是吧？男人不耐烦地扬了扬手，叫她让开，但她仍旧站在那里。她说，你答应过我不会骗我。男人说，我骗你？是你自己骗自己。别装无辜了，你跟我压根就是一种人！他绕过她，搬起箱子走上楼梯。

男人把箱子放进后车厢，用那只白色毯子盖上。他拉开车门坐上去，朝余玲招了招手说，你在这里等一下，万一门卫不让我出去，你就过去跟他说，酒是胡亚飞让我运的。车子开远了。路的尽头是浓密的树影，还有两盏静立的路灯。余玲站在风里等了一会儿，然后抱着肩膀慢慢朝房子走去。

男孩正满屋子追鹅，要把它赶到帐篷里去。余玲拽住他的胳膊往楼上拖。男孩发出一阵刺耳的尖叫。他用尽浑身的力气，憋得脸蛋通红。每回他用这样的方式表示抗议，都会被陈雯关进洗衣房。他就在那里尖叫，直到精疲力竭，嗓子哑了。陈雯说要是他认错就放他出来，但他宁可永远待在洗衣房也不认错。最终都是余玲等陈雯上楼了，偷偷把男孩抱出来。

余玲冲进儿童房，把男孩扔到床上。男孩扯着床单翻腾，尖叫了好久才停下来。他哭着说，你跟他们一样坏！余玲没有安慰他，既然她很快要走了，不如干脆一点，别让他对自己太过依恋。她拉过被子给他盖上，关掉灯走了出去。

她知道自己应该下楼，把鹅关进厨房，以免它在地毯上拉屎。那两块西藏地毯，在过去几年里一直令她提心吊胆，每时每刻都要提防男孩把奶油蛋糕或是饼干屑掉到上面。那么旧的地毯，竟然要二十几万，送来的人透露价格的时候，她想他肯定在撒谎。随着时间的推移，她渐渐意识到那是真的。没有谁敢带着几千块钱的礼物，走进这家人的大门。她渐渐有点看出了地毯的美，那些变得模糊的花纹，参差的穗头都流露出某种不凡的气息。这房子里的很多东西，都是在知晓了价值以后，一天天在她眼中高贵起来。但在今晚，她实在没力气再为了一块地毯牵肠挂肚。她直接回到自己的小屋，没脱衣服就躺了下来。

　　本以为昨晚是在这里睡的最后一个晚上，没想到又回到了这张床上。这张床她睡了四年，先是在儿童房里，等达达满三岁，陈雯不顾他的抗议，让余玲搬出来，说是要锻炼孩子的独立能力。睡到半夜达达常常跑进余玲的小屋，摸黑跳上床，钻到她的怀里。那时候他睡前还要喝奶，身上带着一股乳香味。他喜欢抓着她的耳朵，枕着她散开的头发。天亮的时候，她悄悄把他抱回儿童房，跟他说这是咱俩之间的秘密，别让你妈妈知道。男孩点点头。可是过了几个月，他晚上不再来了，好像忽然长大了，也断掉了奶。但她还是总在凌晨三点醒来，竖起耳朵听着外面的动静。在那些漫长的夜晚，她不断提醒自己，她迟早要离开，而且什么也带不走。男孩并不真的需要她，没有她，他一样过得很好，吃着当天采摘的有机蔬菜，穿着和英国王子同一牌子的衬衫。身边永远有人陪着，想要什么就能有什么。

　　凌晨三点她又醒了，但是忍住没有去看男孩。直到外面的天空亮起来，她才下床，推开儿童房的门，床上是空的。她一阵心悸，跑下楼撩开帐篷，看到他静静地躺在那里，周围簇拥着他的泰迪熊、小象和斑马。她在房子里转了好几圈，都没有找到那只鹅，也没有找到它留下的粪便。她走进厨房煮好牛奶，做了两个鸡蛋饼，然后拿着手机上楼去了。

　　她拨通了广西的电话，就在准备挂断的时候，那边接了起来。一个低沉的女人声音，好像很久没有说过话。在确认对方是胡亚飞的母亲以后，余玲说了事情的经过。那边没听她讲完就说，我早知道有这一天，陈雯做了那么多缺德的事，迟早会有报应的……她咳嗽起来，好一会儿才平息，说亚飞没事的，我知道他，胆子小，干不了什么大事。余玲说，很多事由不得他。老太太说，他什么都不知道，就是给陈雯牵着鼻子走，我早知道有这么一天，不要紧的，没他什么事……余玲问，达达怎么办？那边重复了一遍，达达？哦，达达。她说，长得老大了吧。余玲说，胡亚飞让你把他领走。老太太问，去北京？过年的时候我把腿摔折了，床都下不了。余玲有点不相信，问那谁在照顾你？我二弟家的闺女每天来做饭，老太太咕哝道，我给她钱的。达达，她又念了一遍名字，你把他送来，车票的钱我出，别坐高铁，太贵。余玲问，那谁照顾他？老太太说，不就是吃饭添双筷子嘛，都那么大了。余玲没再说什么，记下地址挂断了电话。她仿佛看到在广西某个昏暗的小屋里，男孩正坐在床边的板凳上，捧着一碗黑乎乎的米线。他睡在什么地方，生病了谁送他去医院，这些都不是她应该操心的事了。天忽然变暗了，她望了望窗外，不像霾，可能是沙尘暴要来了。刚来北京的那年春天，漫天的黄沙把她吓坏了，好像到了世界末日一般。她想，给我再多的钱我也不想再在这里多待一天。

她在这里待了十年。

男孩在楼下喊她。她揣起手机走下楼，看到他可怜巴巴地从帐篷里探出头来。我发烧了，他说，不能去幼儿园了。墙上的钟指向八点，往常这个时候，余玲早就带着他出门了。她摸了摸他的额头。他连忙说，我是说我很快就要发烧了。你能给艾米老师打个电话吗？告诉她我的牙很疼，嗓子哑了，不能说话……余玲看了他一眼，说那你别说话了。男孩双手捂住嘴跑开了。

外面已经扬起了黄沙，余玲关上所有的窗户，走进厨房开始洗碗。平时这些事都是小惠做的。小惠已经干了四个月，要是没出事，恐怕很快也会被辞掉。余玲记得自己干到半年的时候，有一天吃过晚饭，陈雯把她叫到书房，说我们觉得你不太合适，这个月的工资照给，明天早上司机会送你走。余玲很惊讶，因为她原本在陈雯的一个朋友家看孩子，陈雯去做客，回来就向朋友提出要她。余玲不想来，女主人劝了很久。离开的时候，那家的小孩抱着余玲哭。那么费劲把她要过来，很快又让她走，余玲想不通。她知道自己的性格有点怪，眼睛不看人，总是沉着脸，还从来都不跟雇主聊天。但是要论照顾孩子，没有几个保姆能跟她比，她心细，手脚麻利，而且总有办法让孩子听她的话。她忍不住问，我什么地方做得不好？陈雯耸耸眉毛，不太符合我的标准吧。余玲问，你的标准是什么？陈雯说，文化水平再高一些吧。余玲点点头，掏出钥匙放在桌上。给达达洗完澡，等他上床睡了，她就拎着包走出了大门。

原来的女主人已经找了新保姆，看到她回来，就把新的打发走了。余玲住下的第三天，陈雯给她打电话，让她马上回来。她表示不可能，挂了电话。胡亚飞又打过去，说男孩不吃东西，把自己关在房间里，他谁都不要，只要余阿姨。女主人又来劝她，这一次余玲说什么也不肯。女主人叹了口气，说如果是这样，我也不能留你了。余玲问，为什么？女主人没有回答。过了一会儿才说，不是你有什么不好，她是怕保姆待久了知道太多家里的事。余玲笑了，说谁稀罕知道她家的事。她对女主人说，我不会为难你，明天一早我就回家政公司。第二天早上，陈雯家的车已经等在门口。男孩从车上下来，走到她跟前，伸出一只手去够她。阿姨，他口齿不清地喊了一声，低着头，好像在承认错误。余玲任他牵着手坐上车，又回到了这幢房子里。一干就是四年，确实知道了这个家里的很多事。她情愿什么也不知道，情愿自己根本没有回来。

她擦干双手，掏出手机。冬亮没有打来电话。以他的性格，应该一大早就来问她有没有跟孩子的奶奶联系。她依稀听到客厅里传来陈新征的名字。男孩把电视打开了,握着遥控器站在跟前。仍旧是陈新征接受调查的消息,后面多了一段,一个什么主任说,得知陈新征同志接受调查,感到很震惊、很痛心,但会坚决拥护党的决定……新闻结束了。男孩回过头望着余玲。他指指屏幕,露出迷惑的表情,双手比画了几下,好像在打哑语。余玲说,去画会儿画,要么弹会儿琴,不然你还是去幼儿园吧。男孩吐了吐舌头,扔掉遥控器跑了。余玲关掉电视,拨通了冬亮的电话。她只是想告诉他,这两天她会动身去广西,把孩子送到那里。冬亮听说要钱的事彻底没戏了,也许会说那就分手吧。他以前也总把这句话挂在嘴上。但是这一次她不会再忍让,她会回答,好。

  冬亮的电话关机。她站在那里愣了一会儿,搁下电话,到厨房拿了一个牛角面包吃起来。然后她点着炉子,把牛奶倒进小锅,等着它沸上来。这一天有点像往常的周末,达达在上钢琴课,陈雯和胡亚飞还没有醒,她可以待在厨房里慢慢吃早餐。但今天是星期一,没有琴声,隔天的面包已经硬了。她喝光牛奶,扫起地上的面包屑,又拨了一遍电话。那个机械的女音流利地重复着同一句话,听起来有点幸灾乐祸。她走到客厅,男孩不在,把一楼都看了一遍,最后在阳光房找到了他,正挥动手臂,对那只鹅打哑语。鹅已经被逼到了墙角上,小心地挪着步子。外面的风沙如同海浪,猛烈地撞向四面的窗户,好像顷刻之间就能将它们击碎,摔成一地粉末。头顶上传来咔嗒的声响,一截折断的树枝落在了玻璃屋顶上,像只垂死的老鼠,抖动着纤细的爪子。余玲想起刚和冬亮恋爱的夏天,男孩睡觉以后,她常常躲到玻璃房子来打电话。打到手臂发麻,好像也没说什么,无非是各自讲讲白天做了什么,她带着孩子去了公园,池塘里开了好大一片荷花。他在西边的一座别墅里粉刷墙壁,回来的时候走错路,一直开到了香山脚下。冬亮的老婆跟别人跑了,他才离开家乡来到北京。她能感觉到冬亮对那个女人仍有牵挂,但是她从来不会问。一如他也不会问她过去的事。他们说着说着,就陷入了沉默。沉默的时候,她就抬起头望着天空。晴朗的夜晚会有很多星星。隔着玻璃变得朦朦胧胧,不像是看见,倒像是梦见的,仿佛回到了小时候,躺在家后面的山坡上。冬亮的老家离她那里几十里地,口音不完全一样,但隔着听筒,望着夜空,就像是家里人在耳边讲话。他的声音又宽又亮,让她想起她的小舅舅。每逢初一十五,大清早小舅舅总是会站在院子里喊她,用那辆很破的摩托车载着她去县城赶集。他们一路唱歌,歌声给崎岖不平的土路颠得断断续续。那时候,她是一个多么喜欢笑的姑娘,也许冬亮永远无法想象。

  手机响了。余玲心紧了一下。是个座机号码,她接起来。那边一个甜美的女人声音说,我是艾米老师,达达今天怎么没有来呢?余玲说,他发烧了。男孩立刻扭过头,紧张地看着她。艾米老师说,哦,可怜的达达,希望他快点好。她顿了顿,说达达爸爸关机了,他在家吗,可不可以让他听电话?余玲说他不在。艾米老师说，请他回来以后给我打个电话好吗？我们幼儿园有规定，必须是父母给孩子请假才可以哦。她的那种礼貌里流露出一种傲慢。要不是上次达达参加钢琴演奏会得和余玲联系，她恐怕不会记一个保姆的电话。这个姑娘据说是从美国回来的，一副非要把中文说得不太流利的模样，笑起来显得很假。有一次，余玲听到她和另外一个家长聊天，说我以后不打算生小孩，我想把所有的爱都给这里的孩子们。余玲觉得一个真心喜欢孩子的人绝对不会那么说。归根结底还是太自私，不舍得奉献，没有男人会愿意娶一个这样的女人，余玲想。过了两个月，她去接达达的时候，看到艾米老师的无名指戴上了戒指。

  余玲又打了一遍冬亮的电话。她疑心是自己的电话被限制了，只能接听无法拨打，还给从前在成都的朋友春枝打了个电话。春枝在坐月子，那边传来婴儿的哭声。她寒暄了几句，把电话挂了。

  午饭吃的是打卤面，男孩吃了几口就想跑。余玲不让，他拍拍肚子，比画着表示已经饱了。余玲按住他，让他把碗里的都吃完。吃东西是为了填饱肚子，不想吃也得吃，知道吗？她觉得让男孩明白这个道理对他有好处。男孩在桌边坐了一个小时，吃进去的还没有涨出来的多。他做出握着杯子的姿势，仰起头，表示想喝水。余玲说，自己去倒，你长大了，这些事以后都得自己做。男孩听到她宣布自己长大了，很高兴，冲进厨房倒水去了。

  门铃响了，是老周，他每天这个时间送来新鲜的蔬菜和水果。他说昨天中午来的时候，家里没有人，就放在门口了。余玲撩开塑料薄膜看了看筐子里的菜，说明天不要再送生菜和芝麻菜了。老周问，陈姐不吃沙拉了吗？余玲说，你帮我换点土豆和朝天椒，豆芽有吗？老周说，没有豆芽，客户都觉得是毒药水泡出来的，你可以要点草莓，再过些天樱桃也下来了。余玲望着老周骑着摩托车远去，心里生出一丝敬意，他也是有机菜园的股东之一，却一直自己送菜，和每个客户沟通，了解他们的喜好。她有点想念家乡的菜地了。种点东西，看天收成，那种简单的生活，已经离她很远了。

  她回到客厅的时候，男孩趴在桌上睡着了，面条还是那么一大碗。她把男孩抱回房间，男孩躺在床上，迷迷糊糊地睁开眼睛，还不忘用双手比画。余玲下楼，把筐子里的蔬菜拾进冰箱。在隔层的最里面，腐烂的猕猴桃散发出难闻的气味。小惠活干得一直很马虎，却胜在懂得讨好人。有一天陈雯的鞋跟断了，膝盖磕破了，小惠给她敷药的时候眼圈都红了，仰起脸看着陈雯说，姐，肯定疼死了吧。刚来的时候，她也挺巴结余玲，晚上总是到她门口看看，好像想找她聊会儿天。余玲每次都说我要睡了，达达起得早。小惠渐渐不再来了。过了些天，有次家里来客人，余玲也去厨房帮忙，小惠一边煎鱼一边抱怨，今天从起床到现在都没喘口气，怎么也该给两倍的工资。她冲着余玲笑了笑，我跟你不一样，你一个人吃饱了不愁，我家里还有俩儿子要养呢。余玲没说话，拿着碗走了。小惠怎么知道她是一个人的呢？显然是陈雯告诉她的。可是陈雯凭什么把她的事说给别人听呢？后来，余玲看到过小惠躲在厨房里偷吃车厘子，把陈雯不怎么穿的鞋子揣进自己的旅行包——她的脚比陈雯大一个号，恐怕得削掉脚后跟才能塞进去。这些余玲都没有跟陈雯讲，她不喜欢告状。每个人有每个人的活法，她不管别人的事，也希望别人不要管她的。可是就在一个月之前，有天晚上小惠又出现在她的门口，先是问她颐和园好不好玩，说有个老乡约她周末一起去，但那个老乡特别小气，估计门票钱都要让她出。说完小惠忽然刹住脸上的笑，用一种怪异的眼神看着余玲，说姐，你的孩子是怎么死的啊？余玲怔了几秒，用那只左边的眼睛盯着她，握紧了床头柜上的玻璃杯，好像在做投掷前的瞄准。但是她的手抖得太厉害，以至于无法拿起杯子。她低吼了一句，你出去。小惠说，哎呀姐，我是关心你啊。听说是你不小心……余玲倏地站起来，把她推出去，合上了门。

　　那天晚上，所有人都睡了以后，余玲一个人出去，在别墅区中央的湖边坐了半宿。她盯着被风吹得拢起来的水面，好像在等待什么东西从底下钻出来。她没跟人说过自己从前的事。刚来的时候陈雯问，她说她不想说，希望陈雯能尊重她。可陈雯还是派人去查了——只要她想查，就没有查不到的，这到底是为了了解她的人品，还是一种攫取别人不幸的好奇？余玲能想象陈雯眉飞色舞跟小惠讲那些事的模样。天亮的时候，她给冬亮打了个电话，说想离开这里。冬亮说，我已经借好了面包车，就等你那边的信了。

　　余玲把冰箱擦了一遍，扔掉了两块硬邦邦的奶酪。外面传来嬉笑声，有人在敲窗户。梳着两条小辫子的女孩露出半个脸，保姆站在旁边冲里面挥手。是"蔷薇街"的那户，这个保姆喜欢穿紧身裤，粗壮的短腿勒出好多道，像两根大象鼻子。余玲有时候带孩子去那里玩，就会遇到她。小女孩肩膀窄，脖子倒是出奇地长，像只长颈鹿，不知道为什么，她对达达好像挺感兴趣，总是缠着他问这问那——你早饭吃的什么，你为什么不爱吃芹菜。余玲想到达达去幼儿园两年了，没交到一个朋友，就觉得应该多让他和"长颈鹿"一起玩。可是没过多久，有一天她们在门口遇到，"象鼻子"拉住她说话，陈雯刚好从外面回来，看了她们一眼，径直走进大门。等余玲进屋她就说，这家人怎么能允许保姆穿得那么俗气，别让达达跟他们家的孩子一块玩。

　　余玲走过去打开窗户。"象鼻子"伸进头来问，达达的爸爸妈妈回来了吗？余玲回答，还没有。"象鼻子"点点头，说艾米老师非让我来看一眼……我跟她说，咱们都是老实人，孩子爸妈在不在，对孩子都是一个样，你说对吧？见余玲没应声，她说，唉，我们隔壁那个空房子，今天搬进来人了，带了老大一条狗，见着我就扑过来，可把我吓死了。她摆摆手，领着小女孩走了。

　　昨天小惠收拾的箱子还立在客厅里。余玲打开它，里面只有一些春秋季的衣服。余玲不了解广西的天气，冬天有多冷，但是几件棉衣总是需要的。还有暖和的鞋子和帽子。是不是应该把睡袋也带上，男孩喜欢蹬被子。余玲拖出一只最大号的箱子，把衣服叠好放进去，又拿了些常用的药。箱子塞得太满，余玲用手肘压着，才拉上了拉锁。她坐在箱子上，喘着气掏出手机，又拨了一遍电话。免提打开了：您所拨打的电话已关机……那个女人的声音像是从笼子里放出来的鸟，在屋子里乱撞。天好像一下黑了，家具的轮廓模糊起来。只有手机屏幕发出一簇一簇的光亮。

她从联系人里找到了吕南。这个人跟冬亮合租一个三居室当中的一间，有一次余玲买了床新被子送去，冬亮不在家，让余玲给吕南打电话。余玲也不知道出于什么原因，把他的号码存了下来。电话接通了，吕南告诉她冬亮前天一早就搬走了。她说，昨天晚上没回来吗？吕南说，回来了一趟，说是急着赶火车，让我把他借的面包车还了。余玲问，他坐火车去哪里？吕南说，我哪知道啊，没跟你说吗，是不是把你的肚子搞大啦？那边发出咔咔的笑声。余玲按掉了电话，在黑暗里坐着，身上阵阵发冷。男孩噔噔噔跑下楼，啪的一下把灯打开了，站在她面前，头发乱蓬蓬的。他伸出手指，戳了戳余玲的肩膀，等她抬起头，他指了指箱子，瞪大了眼睛。余玲命令他道：说话。男孩摆摆手，指了指嘴巴，做出把它缝起来的手势。余玲一把将箱子上的手机拂到地上，冲着男孩大喊，说话，你给我说话！男孩惊愕地退了两步，转身跑掉了。余玲埋下头，用手心来回搓着冰凉的脚背，然后她停住了。她从地上爬起来，跺了跺发麻的脚，跑上楼去。

她来到小屋，拿起她的那只挎包。银行卡不见了。她的身体轻微晃了晃，同时发出了一声冷笑。这张卡是两年前冬亮陪她一起去办的，他非让她把密码设成他们两个人的生日。她当时还笑着问，谁的生日在前面啊？

余玲丢开包，坐在床上。冬亮这么做她没有太意外，只是不愿意相信。她拖到刚才才给吕南打电话，似乎是想给冬亮一个回心转意的机会。

这些年，除了寄给父亲和弟弟的钱，剩下的积蓄都在那张卡里。现在，她身无分文，跟来北京的时候一模一样。接下来该怎么办呢？她问自己。脑海中浮现的却是橱窗里搭成宝塔形状的马卡龙饼干。有一回陈雯买了一盒，达达不爱吃，最后让她吃掉了。那东西甜到不容商量的地步，糊在嗓子里，她大口喝了一杯热茶才把甜味疏散，可是不知道为什么，留下的余味让她感到一种不可言喻的幸福。从那以后，她走到橱窗前总是忍不住停下来，心心念念想把所有颜色都吃一遍。早知道这样，她应该每星期给自己买一盒。一个保姆用辛苦赚来的钱去买马卡龙饼干，听起来多少有些罪恶。可是既然她孑然一身，无牵无挂，为什么不能活得潇洒一点？她总觉得自己跟别的保姆不一样，十年过去了，她活出不一样来了吗？天快亮的时候，刮了一夜的风停了。蒙蒙的晨光里，传来清脆的鸟叫声。窗外的阳光照进来，看起来今天会是个好天。她决定把孩子送回广西以后，换个城市打工。上海或者杭州，不管是在哪里，以后每个月拿到工钱，她都要给自己买一件心爱的东西。

男孩又睡在了帐篷里。余玲下楼去的时候，他已经醒了，坐在帐篷门口，把杂志一页页撕下来，折成飞机。在一个纸飞机的翅膀上，她看到了陈雯的半张脸，眼睛比真人大很多，涂着艳丽的口红，露出名媛式的微笑。那是一个介绍国内收藏家的专题。有几张照片拍的是这房子里的家具和画。现在，它们也都变成了飞机，在空中打了一个转，栽到地上。男孩低着头，调整着不大对称的翅膀。余玲问，你打算继续不说话是吗？男孩鼓起腮帮说，昨天是你说让我一天都不要说话了。余玲不理他，走进了厨房。男孩跟过去，小心翼翼地问，今天要去幼儿园吗？余玲说，不去，你待在家里，我要出去办点事。男孩眨眨眼睛，我想吃蓝莓芝士蛋糕。余玲说，不顺路。男孩问，小董叔叔呢？余玲回答，休假了。小惠阿姨呢，男孩又问。余玲回答，她家里有事。男孩说，别骗我，我知道是怎么回事，他们肯定是看我爸爸不在，就都跑出去玩啦。

吃过早饭，余玲把收废品的人喊来了，指给他看储藏室里的两台旧电视。其实没有用过几天，后来有人送来了更好的，它们就闲置了。收废品的人看出她着急出手，说什么也不肯提价。余玲帮他把电视机搬出去，拿着换来的两千块钱去售票点买了两张火车票。傍晚出发，要坐一整天。她回到家，把男孩叫到跟前，说你爸爸回老家了，让我把你也送过去。男孩问，我爸爸老家在哪里？余玲说，广西。男孩说，我不去。余玲说，在这里会饿死的。男孩说，不会的，我看到那个拿走电视机的叔叔给你钱了。有钱什么都能买。余玲说，广西可比这里漂亮多了，到处都有山有水，每天都是大晴天。男孩转了转眼珠问，每天都能春游吗？余玲说，能。男孩问，你陪着我吗？余玲说，嗯。男孩勉强答应了，但是坚持要带鹅一起去。余玲又花了一些口舌，才说服他把鹅留在后院，并保证他们过几天就回来。鹅被赶到院子里，忽然振奋起来，绕着玉兰树转圈。男孩追着它道别：喂喂，没有朋友也没关系，你可以和自己玩。余玲在屋檐下放了充足的菜叶，还有一盆清水，偷偷把后院的门打开了一条缝。鹅从这里可以出去，至于它到了外面怎么活，余玲就没空去想了。

他们很早就到了火车站。男孩要吃肯德基，余玲买了炸鸡和薯条，这种垃圾食品陈雯从来不许他碰。他们坐在候车大厅，男孩靠在她的腿上，不时地扭过身来，往她的嘴里塞薯条。你自己吃吧，余玲说，伸手到口袋去掏纸巾，把一个手绢包着的布团带了出来。男孩用油汪汪的手握住了。余玲说，还给我。男孩跑开了，绕到椅子后面打开了手绢。里面是一个白瓷做的娃娃，空心的身子里有个铃铛。男孩摇了几下，它发出清脆的响声。余玲奔过去，一把推开他，将那个娃娃攥在手中。男孩差点摔倒，怔怔地看着她。她把娃娃重新包好揣进口袋，才走过来拉男孩。男孩掰开她的手，退了两步。她再去拉他，男孩发出了尖叫。她捂住他的嘴，把他拖回到座位上。周围的人都在看他们。余玲把他箍在怀里，任他乱挥手臂，直到力气用尽，停了下来。两人都出了一身汗，男孩咻咻喘着粗气。

　　这个瓷娃娃一直放在床头的饼干盒里，前两天收拾行李才被她拿出来，随身带在身边。冬亮消失之后，她首先想到的是，幸好没把瓷娃娃放在行李包里，不然就连它也没有了。那是她儿子康康的东西。康康三岁多的时候，有一天他们去夜市，他看到这个娃娃很想要。其实也没几个钱，但她就是不想让他的愿望太容易实现。那时候，她真是个严苛的母亲。他们走出去好远，她一低头发现康康不见了。一路找回去，就看到他蹲在那个卖娃娃的摊子前面。卖主说，这叫晴天娃娃，把它挂在门上，可以招来好运气。也许是希望运气能好一点，她买了一个。可是回到家一直没能挂在门上，康康非要握着它睡觉，冰冰凉凉的，也不知道有什么好。有几回余玲趁他睡着拿走了，挂在了门上。半夜她醒来，发现他赤脚靠在门边。娃娃太高，够不着，但他不哭也不闹，就这样站在底下跟它做伴。黑暗中余玲唤他，他站在门口静静地注视着她，圆眼睛亮晶晶的，像是从很远的地方赶回来看她。那个画面到底是梦还是真的发生过，她已经弄不清。是梦更好，她一直把那个晴天娃娃带在身边，就是为了能多梦上几回。

　　余玲回过神来望着达达。达达把头扭向一边不看她。余玲说，我知道你现在挺恨我，没事，再过一年半载，你就把我忘了。她笑了一下，说我跟谁的缘分都不深。

　　开始检票了，她带男孩去厕所。她洗了把脸，站在外面等他。入站的队伍不断缩短，男孩一直没有出来。她喊住一个男人，让他帮她进去看看。男人告诉她，里面没有小孩。她跑回检票口，所有的人都进去了，只有两个检票员还站在那里。她跑遍了全部检票口，又去了肯德基和别的餐厅，然后来到广播站。达达的名字响彻候车大厅。她在那里等了很久，车站的警卫又陪她找了一遍。然后她到地铁的进站口张望，询问工作人员。没有人看到过一个六岁的男孩。她去广播站取回行李箱，播报消息的女人用嫌弃的目光望着她，说赶快告诉孩子的爸妈，让他们报警吧。余玲拖着箱子走回候车大厅。高处的大钟指向九点。她的眼睛发花，头一阵阵晕眩，慢慢挪到墙边坐下。这些年，她一直担心把达达弄丢，总是战战兢兢，一分钟也不让他离开自己的视线。大厅的人开始变少，她从地上爬起来，穿过一个黑漆漆的过道，来到等出租车的地方。去派出所，她对司机说。司机问，哪个派出所？她一脸茫然，然后说去龙庭庄园。

　　车子停在别墅区门口。她走进大门。门卫小周叫住了她，低声说你怎么让孩子一个人打车回来呢，要是让他爸妈知道，你还想干吗？她怔了一下，飞快地拉起箱子往家跑。小周在后面喊，车费是我垫的，明天记得还给我！她一路急奔,打开门,里面灯火通明。她走到帐篷跟前,男孩蜷缩着躺在里面,睡得很熟。她把他拽起来,愤怒地说,你怎么能这么干呢?……男孩一头钻进她的怀里。你骗我,他轻声说,我知道你把我送过去就走了。

说起是如何回家的,男孩显得很轻松:跟着人流一直走,就来到了打车的地方。上了车,告诉司机地址,然后说那是他的家。司机一路上问了很多问题,但他只是说,我要回家。至于进入家门,那可难不倒他,他早就熟背了密码。余玲问,你想过吗,我要是不回来了你怎么办?男孩惊讶地看着她,说你不回来能去哪里呢?余玲说,我也有我自己的家啊。男孩摇摇头说,这里就是你的家。

那天晚上,余玲也睡在了帐篷里。男孩在她旁边不停地翻身,很久都没有睡着。他告诉余玲,他担心会再梦见那只猫。余玲问,什么猫?他说,就是我们在树林里看到的那只白猫,我每天都梦见它,好多虫子在吃它的眼睛,而且那些土压在它身上太沉了,想翻个身都不行。余玲说,它睡着了,感觉不到沉。男孩说,它不是睡着了,它死了。余玲没说话,轻轻拍着他的背。男孩把头抵在她的胸口,捏着她的耳垂睡过去。

第二天早上,男孩一睁眼就跟她说,自己不去广西,把他送去他也会再跑的。余玲想到他奶奶躺在床上不能动弹,恐怕真的看不住他。还有别的什么亲戚吗?陈雯和胡亚飞都是独生子女。有个表妹总找他们办事,后来陈雯和她吵翻了。余玲想了一圈,最终又给男孩的奶奶打了电话,问她能不能找人来北京照顾孩子。老太太说,我就一个外甥女,走了谁给我做饭?她坚持让余玲把孩子送来,见她很多顾虑,就叹了一口气说,亚飞没事的,很快能回家,你再等一等吧。

那天下午,余玲把屋子打扫了一遍,扔掉了花瓶里蔫萎的百合,给达达换上新床单。隔着二楼的窗户,她看到达达正在院子里追鹅,想把它赶回屋子里去。那只鹅竟然没走,是蠢到不知道那条门缝能出去,还是聪明到知道出去了很难生存呢。她站在那里看了一会儿,男孩和鹅都不见了,然后她听到阳台门关上的声音。看来鹅又进屋来了。

干完活,她出了一身汗,才想起三天没换衣服了。所有的衣服前一天就打包运到陈冬亮那里去了,不知道他会怎么处理它们。朝某个服务站的垃圾桶边一扔,还是卖给收破烂的人?在最像样的那件外套口袋里,有去年春节胡亚飞给她的200美金,不知道最后谁会发现。那不是她应该操心的事了,现在她需要找件干净的衣服换上。

她在陈雯的衣柜里寻找。晚宴礼服占据了一大半。她抽出一件紫色抹胸裙,吸着气把自己塞了进去,然后踮起脚尖,在镜子前面走了两圈。她的肩膀一高一低,两只手臂拘谨地夹着胸,像一只刚从水里爬上岸的企鹅。不知道为什么,陈雯不好看，也不瘦，可是这种礼服穿在她身上还是有一种高贵的气质。她找到一身闲置的深蓝色运动服，走进主卧的洗手间，在那里转了一圈，决定试一下有按摩功能的圆形浴缸。水满了，她坐进去，把周围的按钮挨个按了一遍。身子底下的水搅动起来，令她想起湍急的河，她啪的一下摁掉了。她端详着架子上的沐浴液和洗发水，想找到那种能变出很多泡泡的东西。她倒了好几种，撩了半天水，勉强弄出一层薄薄的泡沫。她沉下去，把头靠在浴缸边，就像陈雯从前躺在里面的样子。陈雯现在在哪里呢？香港不也是中国的地盘吗，那里的警察不抓她吗？她是不是得东躲西藏，每天换个住处？得找个偏僻的地方，西贡的渔村？余玲跟他们去那里吃过海鲜。附近没什么高楼，空气里荡着一股腥味。她想象陈雯躲在一间破旧的平房里，在折叠拉门的淋浴间站着洗澡。用廉价的肥皂在身上搓半天，一个泡泡也没有。陈雯哪里受过这种罪呢？可是人的不幸都是咎由自取。想到这里，余玲打了个激灵。该如何解释她自己的不幸呢？为什么冬亮会这样对自己呢？临睡前她对着陈冬亮的名字看了一会儿，按下了删除键。

三

达达真的发烧了。也许是前两天那趟出门太累了，或者是睡在帐篷里着了凉。但肯定还是她的疏忽，此前余玲保持着整整一年没让男孩生病的记录。她给他吃了退烧药，但温度没有下降。男孩的精神倒是不错，一直拉着她的手跟她讲他的梦：下雨了，土松了，白猫从里面钻出来了，一路跟着他回家了。他介绍它跟天鹅认识，让它们一起住进了新建成的天鹅旅馆。他还告诉白猫，你想住多久住多久，可以随便吃随便喝，随便玩我的玩具。这里的所有东西都是免费的。他睡着了，没过一会儿又醒了，说小董叔叔什么时候回来，我想吃芝士蛋糕。余玲说，你好好睡一觉就有了。男孩又问，我妈妈知道我病了吗，她为什么没给我打电话？余玲问，你想她了？男孩说，我感觉她想我了。他的眼眶发黑，眼睛看起来更大了，衬得小脸尖尖的。余玲把被子披严，让他继续发汗。男孩又问，外公开完会了吗？他都好久没来看我了。

男孩很喜欢外公，每次他来，男孩都要把他拉到自己的房间，拿出新玩具和他一起玩。外公浓粗的眉毛垂挂着，一副善相，说话和气，穿着朴素的汗衫，像一个很普通的老干部。余玲见过他和陈雯争吵，不止一次，都是因为陈雯又收了别人的钱，要他去办什么事。他训斥陈雯说，这样下去早晚出事。但最终也都是由着她，妻子过世早，他对这个独生女格外娇宠。外公什么时候退休啊，男孩把手从被子底下伸出来摇了摇她的胳膊说，他说等他退休了每天都来陪我玩。快了，余玲回答，又给他试了一次表。39.8℃。她决定下楼拿些冰块给他敷一下。

冰块冻得很结实,她站在水池边用力磕打冰盒,一扭头,看到窗户上贴着一张脸,白得像鬼,一双眼睛直勾勾地盯着她。她吓了一跳,扔了冰盒跑出厨房。在门口站了一会儿,隐约听到脚步声,余玲打开了门。一个穿着花裙子的女人站在外面,她高大逼人,完全把余玲笼罩在了她的影子里。这个约莫有一米八的女巨人,脸上抹着厚厚的粉,口红漫出唇线,盖住了半个人中。她大步走进来,一屁股坐在沙发上问,胡亚飞是住这里吧?余玲说他不在家。女人说,我知道,他给带走了。她打量着余玲,两只眼球向外凸,好像掉出来又给安上去的,说你就是那个带孩子的保姆吧,孩子呢?余玲说,睡了。她点点头说,给我倒杯水吧,晚饭吃的那个火锅太辣了。余玲问,你是哪一位?我呀,女人眨了一下眼睛,我叫黄晓敏,是胡亚飞的女朋友。见余玲愣在那里,她说,有什么可大惊小怪的,结了婚就不能有女朋友吗?她站起来走了几步,四处看了看,然后停在客厅正中,望着从二楼悬挂下来的水晶吊灯赞叹道,房子就应该这么高,人住在里面才舒服啊,你说是吧?

余玲去厨房倒水,她跟到了门口,说我看你刚才在敲冰块,给我放几个吧。

她站在那里等着,不知道是因为烦躁还是无聊,竟然跳起来,伸手够了两下头顶上的门框。她接过冰水,仰起头咕咚咕咚喝了下去,鼻翼一颤一颤的样子,让余玲想到了马。余玲说,你来有什么事吗?孩子发烧了,我得去照顾他。黄晓敏放下杯子,达达病了?他在哪里?她噔噔噔冲上楼去。余玲拿着冰包和脸盆走进去的时候,她正把什么东西塞进男孩的嘴里。余玲跑上去问,你给他吃什么?黄晓敏说,从火锅店拿的薄荷糖。余玲沉着脸说,达达,吐出来。男孩已经醒了,抿了抿嘴唇说,挺甜的。是吧,黄晓敏说,还能降火。余玲瞪了她一眼,把达达扶起来,解开睡衣的扣子,拿湿毛巾去擦他的后背。黄晓敏拉过一把椅子坐下,凑到男孩跟前说,我是你爸爸的女朋友,常听他提起你,他说你钢琴弹得很好。男孩有点虚弱地说,我讨厌练琴。女人说,我也讨厌的,小时候我妈每天逼着我练,后来我把琴扔马桶里了。哇,男孩惊呼了一声,怎么扔进去的?黄晓敏抬起手,漫不经心地看着斑驳的红指甲,哦,那是个电子琴,但也是名牌啊,雅马哈。余玲拿着毛巾,扭过头说,你能让开一点吗?黄晓敏往后挪了挪椅子,对男孩说,前些日子你爸爸去香港,是不是给你买了个遥控飞机,那是我挑的。飞机……男孩伸起胳膊,让余玲去擦胳肢窝,说我妈不让玩,怕砸坏了她的花瓶。黄晓敏叹了口气,不就是个花瓶吗,这样的女人一点也不可爱。男孩问余玲,飞机在哪里呢?余玲把男孩摁下,拿起冰块放在他的额头上,说快睡觉,病好了就让你玩。黄晓敏捏了捏他的手心,睡吧,可怜虫。男孩翻腾了几下,哼哼着闭上了眼睛。

黄晓敏跟着余玲走进厨房,看着她洗了一把米丢进锅里。黄晓敏问,没吃晚饭？多放把米，我也想喝碗粥。她打开冰箱门，把头探进去看了一遍，拿出一罐苏打水，抠掉拉环喝起来。她一边喝一边蹬掉了脚上皮鞋，活动着脚腕。那双脚又长又宽，没有穿丝袜，小腿肚子突出来，上面都是硬邦邦的肌肉。胳膊也很粗壮，宽厚的大手上涂着鲜红的指甲油，看起来非常古怪。余玲有点不理解胡亚飞的审美，他自己是个很瘦弱的男人，和这样一个女人站在一起，看起来简直有点滑稽。不过陈雯经常嫌他缺乏男子气概，也许正因为如此，他才很想找一个强壮的女人。

余玲问，你今天来有什么事吗？黄晓敏说，接下来孩子怎么办？余玲说，亲戚过些天会把他接走。黄晓敏问，什么亲戚？余玲随口说，一个表舅。黄晓敏若有所思地点点头，这亲戚也挺远的，靠得住吗？余玲问，你想怎么办？黄晓敏说，我是他女朋友，他出事了，我当然不能不管他的孩子啊。

余玲把粥端到桌上，用小碟子盛了点腐乳和咸菜。黄晓敏坐在对面吃了起来。她问，胡亚飞在家做饭吗？余玲回答，不做。黄晓敏说，他给我做，味道还行，就是有点咸。余玲说，你用不着跟我炫耀，我就是一个看孩子的。黄晓敏忽然想起了什么，拍了一下手，哎，你说我怎么没把豌豆领来呢，达达看到了它没准马上就好了。然后她告诉余玲，那是她和胡亚飞一起养的狗。陈雯狗毛过敏，不让他养。这样的女人一点都不可爱，她嘟囔道。余玲夹了一点咸菜，低下头喝粥。黄晓敏歪着头看她，你没什么问题要问我吗？余玲说，问什么？黄晓敏说，我和胡亚飞的事啊，你不想知道吗？余玲说，不想。黄晓敏说，保姆不都喜欢打听这个打听那个吗？余玲说，我不知道保姆应该怎么样，反正我不关心。黄晓敏耸了耸肩膀，说其实也没什么，反正我们在一块儿特别合适，他早就想跟陈雯离婚了，唉，要是早提出来，他也不会被牵连了……余玲打断她，说你们的事我不了解，不过他是肯定不会离婚的。离开陈雯，他就什么都没了。黄晓敏说，他说有我就够了。余玲笑了笑，有点同情这个女人。她问，离了婚，达达怎么办？黄晓敏坚定地说，当然是跟我们，陈雯又不爱孩子，这个你最清楚了。我会对他很好的，真的，我跟胡亚飞说了，我们以后不再要孩子了。余玲问，你现在有什么打算？黄晓敏说，我等他回来，然后跟陈雯离婚。余玲问，他多久能回来？黄晓敏说，我找人打听了，他的事不严重，最多判个三五年。余玲有点吃惊，可能是相信了老太太的话，她还以为胡亚飞会没事。那陈雯呢，她问，他们能找到她吗？黄晓敏脸一绷，当然，你没听过那句话吗？法网恢恢，疏而不漏。她可是重犯，至少得判二十年。见余玲不说话了，她问，怎么了，你和陈雯处得不错？余玲没回答，起身上楼，说要去看达达。我也去，黄晓敏说。

男孩还在睡，张大了嘴巴，呼吸得很吃力。余玲又试了体温，还是没下39℃。她接来水给他擦身。黄晓敏支棱着手臂，站在一旁问，为什么不给他吃退烧药呀？余玲说，你没生过病吗？退烧药隔六个小时才能再吃。黄晓敏说，我从来都不生病啊。余玲又拿了些冰块给男孩敷上，看一眼床头桌上的表，还有一个小时就该吃退烧药了，她在床边坐下来等。黄晓敏也不肯走，打开桌上的一个饼干盒，拿了几块，靠在沙发上吃了起来。余玲说，你倒是挺想得开，吃喝都不耽误。黄晓敏说，有什么可想不开的，他又没变心。余玲说，可是他在里面遭罪，你就一点也不担心吗？黄晓敏拍拍手上的饼干末说，我想得很明白，人活着都有旦夕祸福，我只把握我能把握的部分。在黑暗中，她对着余玲笑了笑，你说是吧？

吃完退烧药，余玲又让达达喝了一大杯水。他躺在床上来回翻腾，把被子踢开。余玲一手拉着被子，一手按着他额头上的冰袋。男孩慢慢安静下来。余玲扭头再看，黄晓敏已经歪在沙发上睡着了。一只腿搭在扶手上，大脚伸向天花板，半张的嘴巴里像是含了个哨子，发出低沉的鸣响。

余玲靠在椅背上，揉着酸疼的肩膀。刚才的困意已经消散了，这会儿她忽然特别清醒。她先前也知道陈雯的罪不轻，但是20年这个数字说出来，才感觉有多沉重。幸好绑架的事没成，不然她也犯下了重罪。她想，我现在坐在这里，虽然一无所有，可至少还是清白的。冬亮的话或许是对的，扣留达达意味着什么，她并不是完全不知道，只是有意在蒙蔽自己。她也不清楚为什么会这么做。但是只凭她还在试图掩饰自己的恶念，就说明和冬亮不是一种人。冬亮的恶，是没有退路的。要是真的跟着他绑架了达达，她的一生就毁了。这么说起来，陈家出事反倒救了她。当然，老天爷也并非有意眷顾，她只是一个微不足道的小人物，就像一只虫子，在地壳被掀翻的时候，不经意地滑到了缝隙里。可是这种忽视，未尝不是来自命运的一种善意。她动了动僵木的腿，把脚伸进地上的一小片月光里。人活着总有旦夕祸福，我只把握我能把握的部分。她想起黄晓敏说的那句话来。

黄晓敏睡到快中午才醒，从二楼跑下来，脸上的妆花得乱七八糟，眼睛底下都是睫毛膏。她嚷着，达达呢，达达怎么样了？我在这儿呢，达达说。他精神萎靡地坐在桌边，用勺子搅动着碗里的麦片粥。黄晓敏拍拍他的头，我是你爸爸的女朋友，记得吗？达达点点头，飞机，咱们玩飞机吧。黄晓敏说，好啊，我得先吃点东西，饿得心慌。余玲端出来一碗粥递给她。黄晓敏哀叫起来，你们每天都喝粥？冰箱里有挺多吃的，就不能做点别的吗？余玲说，我只管看孩子，不管伺候吃饭。你要是想吃好的，可以自己雇个厨子来。好了好了，黄晓敏摆摆手，捧着粥喝起来。

余玲说，你帮我个忙，去买两块芝士蛋糕，达达想吃，我给你那家店的地址。黄晓敏说，你为什么不能去呢，我还得陪达达玩飞机呢。余玲说，我得看着他。你要是不想去，就跟达达商量吧。黄晓敏摸摸达达的头，乖，先不吃蛋糕了，咱们玩飞机好不好？达达坚定地说，先吃蛋糕，再玩飞机。黄晓敏说，不是我不愿意去买，可是你爸爸不让你生病的时候乱吃东西，他会生气的。达达说，我还生他的气呢。他把我的城堡踢烂了，我不会原谅他的。黄晓敏叹了口气，对余玲说，给我找双旅游鞋吧，那双皮鞋把我的脚磨出两个大水泡。

黄晓敏的脚有42码，不仅是余玲和陈雯的鞋，就连胡亚飞的也穿不下。最后余玲找了一双别人送给胡亚飞的新鞋。黄晓敏一踩，正合适。她挺得意地说，胡亚飞跟我说过，有人送了一双鞋太大，还说要送给我呢。

到了下午三点，黄晓敏才回来。达达已经去睡午觉了。除了蛋糕，她还带来一个旅行袋，往地上一丢，气呼呼地说，我坐过站了，有什么吃的吗？余玲说，我还以为你不回来了。黄晓敏问，什么意思？余玲说，你可能也没想到照顾孩子有那么麻烦。黄晓敏瞪大了眼睛，这点困难就能把我吓跑吗？你太小看我了。我是不会弄孩子，但是可以学。胡亚飞10年不出来，我就管这孩子10年；他一辈子不出来，我就管他一辈子。余玲说，你不用跟我表决心。我就是个保姆，管不了这些。有这个喊口号的工夫，不如学点实际的。黄晓敏捂着肚子说，我先去找点吃的再学行吗？她在厨房里煮面条，弄得锅碗瓢盆乱响，青菜的根上还带着泥，就要往锅里丢。余玲走上去拉开她，说你别弄了，看你干活我心里缭乱。

余玲必须承认，看着黄晓敏吃饭有一种满足感。她有一种能力，让你相信碗里的面条是全世界最好吃的东西。黄晓敏嚼着一棵油菜说，什么破蛋糕啊，那么贵，一块就要将近一百块钱。余玲说，陈雯只买那家的，说鸡蛋是从日本空运来的。黄晓敏说，这样的女人一点都不可爱。人家美国的有钱人就不这样，一分钱也不给孩子，让他们自己去打工赚学费。余玲忽然想到什么，问黄晓敏：达达是在美国生的，算美国人吗？当然，女人斩钉截铁地说。余玲问，你和胡亚飞以后打算去美国？女人说，嗯，有这个计划。余玲心想，这么说起来倒是有可能。她听过胡亚飞表达移民美国的愿望，但是陈雯不想，说现在正是她爸爸的好时候，机会很多，等他退休了再去。余玲问黄晓敏，学校的孩子不会歧视中国人吗？黄晓敏说，奥巴马还是黑人呢，照样当总统，只要你有本事就行。我去过美国，人都特别讲礼貌，不认识的人老远走过来也冲着你笑。余玲问，你跟胡亚飞一起去的？黄晓敏摇摇头，垂下眼睛说，我是好久以前去的了，不知道美国现在变成什么样了。余玲望了一眼地上的旅行包问，你打算住过来？黄晓敏说，对啊。你工期到了就先走，我陪他等那个表舅来。要我说，他根本就不用来了，这里有我就行了。余玲问，你不用上班？黄晓敏说，我辞职了。余玲问，就为了这事？黄晓敏说，有什么比心上人的事更重要的呢？余玲心想，这姑娘傻乎乎的，倒有一股侠气。

像是为了表达内心的感动，余玲去厨房拿出一块牛排解冻，想到男孩爱吃鱼，又取出一条深海虹鳟鱼。冰盒被世界各地运来的水产和肉类塞得满满当当，但总归有一天会吃完的。她也总归要走的。她没有告诉黄晓敏，工资是月底才付，这意味着她已经白干了一个月。黄晓敏的付出总归有个理由，她留在这里又是为了什么呢？

达达醒了，吃完蛋糕，嚷着要玩飞机。黄晓敏已经装好了电池，把遥控交到他手上，说今天咱们专门砸花瓶，喏，看你能不能打中。达达兴奋地接过遥控器，冲着条案上的那只雕花瓷瓶开过去。可是飞机一点也不听话，打了个转又朝他们这边驶过来。达达试了好几次，高一点，低一点，飞机都兜着圈子绕开了。黄晓敏说，这有什么难的，她从地上捡起飞机，一只手把它抛到空中，另一只手敏捷地一拍。飞机划过一条弧线，头插在花瓶里。花瓶摇晃了一下，掉在地上，变成了一堆碎片。哇，太厉害了，达达嚷道，转身跑进洗衣房，拉着余玲的手叫她出来看。余玲目测了一下距离，确实有点难度。达达又让黄晓敏砸另一个花瓶。余玲说，你砸吧，我不管，但是什么东西弄坏了，我都会记下来。以后有人问起来，就去管你要钱。黄晓敏说，大管家，他们一个月给你多少工资啊，你这么忠诚。她从男孩手里接过飞机，退后几米，手腕一扣，机头直冲向花瓶的脖子，随即传来落地的声响。达达高兴地直拍手，让她继续砸别的东西。黄晓敏问，有皮球吗？给我个圆的东西。余玲找来一个充气的西瓜球，让他们到院子里玩。

黄晓敏掂了掂球，嫌它太轻。但她随意一抛一扔，球就擦着高高的玉兰树的树梢飞出去，一直落到墙根底下。男孩高兴地问黄晓敏，你能把球扔到墙外面去吗？黄晓敏说，这有什么难的，我是怕把你的球打丢了。男孩说，我有很多球！然后他奔回屋子里，一趟趟把大的小的球都运出来。他跑得满头大汗，小脸绯红。余玲警告他，你要是再发烧，我可不管了。可他好像根本没听见，撒了欢似的从二楼冲下来。她不再管他，走进厨房做饭。

做完饭余玲喊了几声，没有人响应。她穿过客厅走到阳台边。外面的天已经黑了，廊灯昏暗的光线下，男孩正像只小猫似的偎在黄晓敏的腿边，恳求她把扔球的本事交给他。黄晓敏说，那你得多吃饭，早上还得跟我去跑步。好！男孩响亮地答应，他拽着黄晓敏的手，让她蹲下，然后在她的脸颊上亲了一口。黄晓敏用手背蹭了一下说，你弄了我一脸口水。男孩咯咯笑起来，抱住她又去亲另一边的脸。黄晓敏仰起头来躲闪。余玲站在玻璃窗前，静静地看着他们。

吃饭的时候，男孩让黄晓敏坐在他妈妈的座位上。家里每个人都有固定的位置，从来不准坐乱。余玲照旧坐着原来的座位，离他们有点远。男孩胃口大增，吃了半块牛排。黄晓敏大概很后悔刚才说让他多吃饭，不然还能多剩一点牛排给自己。吃完以后，她好半天回不过神来。我在美国吃的牛排都没这个好吃，她对余玲说，你真应该到西餐厅当大厨。余玲说，你别拣好听的说，我不信。其实她心里也觉得自己在这方面有点天赋，只要看别人做一回就能学得像模像样。没准真的可以在餐厅的后厨找份工作。反正以后她再也不想当保姆了。

达达问她，今晚我可以跟晓敏阿姨一起睡在天鹅旅馆里吗？余玲说，你爱跟谁跟谁睡，别问我。达达眨眨眼睛问，你生气了吗？余玲说，我为什么生气？只要你吃饱了不生病，别的我不管。临睡前，她给黄晓敏送过去一个枕头，提醒她孩子爱蹬被子，当心别让他着凉。她拉上帐篷，听到里面男孩跟黄晓敏嬉闹的声音，黄晓敏说，别亲我，别亲我，口水大王……

走上楼梯前，余玲看到那只失踪了一天的鹅。它伏在钢琴旁边，用那双漆黑的小眼睛盯着她。她关掉了灯，走回自己的小房间。过了一会儿，她听到有人敲门。黄晓敏探进头来说，达达老是捏我的耳朵，还踢我。余玲说，习惯了就好了。黄晓敏说，帐篷太小了，还放了好多乱七八糟的东西，我都伸不开腿。他已经睡着了，我能到床上去睡吗？余玲说，别和我商量，这又不是我家。黄晓敏推开一点门，靠在门框上问，你怎么了这是？余玲抬起头看着她问，你以前处过几个男朋友？两个，不对，三个，黄晓敏说，问这个干吗……余玲问，堕过胎吗？黄晓敏抗议道，查户口都不问这个。余玲问，有没有过？黄晓敏说，没有。余玲盯着她的眼睛，真没有？女人说，真的没有。余玲问，你家里的人不催你结婚吗？黄晓敏说，我爸妈都在老家，连我在北京还是天津都闹不清——到底为什么问这些啊？余玲说，要是胡亚飞三年五年出不来，你也不会找别人吗？黄晓敏说，不会，我等他。余玲说，万一遇到个动点心的，不当心怀上了孩子，你舍得不要吗？黄晓敏笑了，哎，管得真宽啊，你是担心达达以后跟着我受欺负吧。她活动着手腕，左三圈，右三圈，动作灵活而有节律。那双手也显得没有那么粗笨了。她停住，耸了耸肩说，我不能生孩子。余玲愣了一下问，为什么不能？黄晓敏说，别问了，反正就是不能。余玲问，胡亚飞知道吗？女人说，知道啊，我们有达达就够了。她的表情很坦然，看样子不像在撒谎。她继续绕起了手腕，过了一会儿停下来，眨了眨眼睛说，所以没有什么表舅，对吧，都是你编的。余玲说，也许有别的亲戚。黄晓敏说，都过去好几天了，要来早就来了。余玲问，你是不是盼着我快点走？黄晓敏笑了，说没有啊，你走了谁给我们做好吃的，不过，你总归有你自己的打算吧。余玲说，嗯，我这两天就走。

第二天一大早，黄晓敏就带着达达出门跑步去了。余玲做完早饭，等了好久，也不见他们回来。她出了门，绕着院子走了一圈，快到湖边的时候，听到黄晓敏的笑声。余玲走过去，看到她和男孩正站在岸边，往湖中心扔面包。几只鸭子把头扎到水里争抢。黄晓敏把面包团成小球，轻巧地一丢，正好砸在鸭子的头上。鸭子惊慌地打开翅膀，在水面上扑棱了几下。男孩笑起来，也学着她的样子，甩起胳膊投掷。他没站稳，跟跄几步，脚踩到了岸的边缘。余玲奔过去抓住达达说，走，回家。黄晓敏说，你怎么了，脸煞白的。余玲不理她，冲着达达大声说，我怎么跟你说的，不准到水边玩。黄晓敏说，水这么浅，有什么关系呢？余玲捏着达达的胳膊说，你向我保证，以后不管什么情况，都不准到水边玩。达达不吭声，用力甩脱，余玲扳过他的肩膀，让他看着自己，你向我保证。黄晓敏说，你这是干吗？别吓着孩子……达达忽然开口说，是你自己害怕水，你的儿子掉在水里淹死了。男孩静静地看着她，傲慢的神情和他的妈妈一模一样。黄晓敏问，你们那里的人都不会游泳吗？怎么没人下水去救他呀？余玲松开达达的肩膀，转过身去，头也不回地走了。

她越走越快，随即跑了起来，好像有什么东西在后面追她。那个下午，也是同样的季节，她带着康康到河边玩，然后接了一个电话。她恋爱了，对方还不知道她有孩子，所以当康康追着一只黄色蝴蝶兴奋地喊她快看时，她把食指放在嘴唇上，示意他别出声。康康懂事地点点头。她拢着手机，说了一些让自己脸红的情话，不知不觉走进了树丛里。远处传来呼喊声，有个女人嚷着快救人哪。她过了一会儿才反应过来，朝那边跑过去。有个会游泳的男人已经跳了下去。她呼喊着康康的名字，扔掉手机跪在水边，膝盖抖得厉害。一只黄色的蝴蝶，从她身旁的花丛飞了起来。

余玲进了门，才想起自己已经没有什么行李，身上那件衣服还是陈雯的。她把它脱掉，拿起自己的外套往外走。达达站在门口看着她。余玲说，我要走了，以后你爱去哪里就去哪里。达达盯着她的眼睛说，你说过你不会走的。余玲说，我得为我自己的以后打算。达达一动不动地站在那里，重复道，你说过你不会走的。余玲绕过他，头也不回地走了。

太阳移走了，正午的天色变得很暗，乌云在空中翻滚。余玲走到公车站。仅有的一辆公车，半小时才来一趟。她在长椅上坐下，身上的汗消了，衣服塌在身上，凉丝丝的。她一直很怕别人提起那段往事，是因为她始终无法原谅自己的过错。可她不是还在犯同样的错误吗？她对达达所做的事，也可能会害他送命。她有什么资格生他的气呢？现在再想冬亮的话，她觉得在某方面他们确实是同一种人。都因为受到的伤害而变得扭曲了。为什么她会答应绑架的事，也许是想把某种自己领受过的痛苦加注给陈雯吧。而冬亮为什么会骗她，也是因为他曾被骗。她此前从未想过，冬亮也许并非生来就是现在这副样子。他的戾气和恶意与她的古怪、闷闷不乐有着同样的源头。命运无常，正如现在降临在达达身上的变故——他长大以后会变成什么样呢？余玲想到他望着自己时的纯真眼神，心里一阵疼。她不能就这么走，黄晓敏笨手笨脚，什么也不会，至少应该等她学会怎么照顾孩子。车来了，她没有上，沿着小路慢慢往回走。

余玲一推开门，就看到黄晓敏趴在桌子上，把头埋在胳膊里。她问，达达呢？没有回答。她正要上楼去看，黄晓敏在背后低声说，胡亚飞自杀了，昨天的事，刚才警察和居委会主任都来了，让直系亲属跟他们联系。余玲愣了一会儿，走到桌边，在黄晓敏旁边坐下。黄晓敏抬起头，困惑地看着她，你说他们有没有可能弄错了？余玲没回答，咬了咬嘴唇问，达达呢？黄晓敏说，楼上睡觉呢，他没看见他们。

外面传来隆隆的雷声，没过一会儿，大雨哗啦哗啦地下了起来。余玲想去关窗户，但她没有动。她想起刚来的那天，胡亚飞在门口等她。那天有好大的太阳，他身后是这座漂亮的房子。圆形落地窗户那么大，好像把所有的阳光都聚拢过来，形成一面金茫茫的拱墙。胡亚飞站在拱墙底下，微笑着看她走过来。当天她一大早就出门了，下了地铁再倒公车，弄反了方向又往回坐，到这里已经是下午了。她满身尘土，还憋着尿，看到那个微笑，顿时松弛下来。快进来吧，胡亚飞说，从她手里接过箱子，大步朝屋里走去。后来他告诉她，第一眼看到她，就觉得这回找对了人。然后他说，把孩子交给你，我很放心。此刻那句话像一只大手按住了她的心。雨更大了，屋子里变得很昏暗。那只白色的鹅蹲在琴凳后面，露出一截白晃晃的脖子，静静地注视着她们。

她走过去关窗。站在窗台前，她想起上个月的一个晚上，陈雯不在，胡亚飞和几个朋友在客厅里喝酒。余玲起来上厕所，从二楼望下来，胡亚飞就站在她现在站的位置，穿着灰色西装坎肩，一手握着雪茄，一手拿着威士忌酒杯。他摇晃着头，转动着手上的戒指，忽然笑起来，对那几个朋友说，人生就那么回事，该有的都有了，也觉得没什么意思。他举起手中的杯子一饮而尽。余玲想起那个悲壮的动作，眼睛一热。他自杀可能是想担下所有的罪。但是或许，对他来说，人世也没有太多值得留恋的。甚至爱情也不能挽留他——余玲望了黄晓敏一眼。黄晓敏看着她喃喃地说，怎么会这样啊，不是说很快就能放出来吗……她的嘴一撇哭了起来。余玲把手搭在她的手上，轻轻拍着。

达达醒了，从二楼走下来，揉了揉眼睛看着余玲说，你回来了，我就知道你会回来的！余玲眼睛一酸，把头转开了。达达咧嘴笑了，跑到钢琴前坐下，弹起一首曲子。是余玲最喜欢的《伦敦大桥》。这是她唯一会唱的一首英文歌，还专门查过歌词的意思。

London Bridge is falling down,

Falling down falling down,

London Bridge is falling down my fair lady……

为什么那些外国孩子会欢快地唱一首桥塌了的歌呢？她不知道，却想起在杂志上看到的两句诗词：眼见他起高楼，眼见他宴宾客，眼见他楼塌了。

男孩又弹了一首别的曲子。他闭着双眼，那只小小的肩膀压向键盘，用铿锵有力的琴声把大雨挡在了外面。

黄晓敏似乎从悲伤中苏醒了。她坐起来愤愤地说，胡亚飞太没种了，这世上有什么过不去的坎？余玲瞪了她一眼，说达达在这里。黄晓敏一拍桌子，达达，他想过达达吗？他就是一个懦夫，一个自私自利的胆小鬼……她嚷着，越说越激动。余玲见制止不住，走到钢琴前对达达说，别弹了，咱们到外面走一走。她不顾达达的反对，拉起他拎上雨伞出了门。

外面的雨小了一点。达达仰起脸问，咱们去哪里啊？她也不知道，就只是牵着他往前走。达达说，我这两天都没有梦到白猫，不知道它好不好。他拽了拽余玲的手，死了是不是就没有家了，家人也不会再找它？余玲说，家人会去看它的，也会一直想着它。达达点点头，我也会一直想着它的。它还会来我的天鹅旅馆找我玩吗？余玲摸摸他的头，说会的。男孩说，余阿姨，你跟平时不大一样了。余玲问，怎么不一样？达达说，你有点温柔。余玲说，我平时都很凶，是吧？达达说，也不是，不过只有我生病的时候，你才会这么摸我的头。

不知不觉，他们走到了幼儿园。达达站在门口往里面张望。星期六不上课，院子里静悄悄的。有个女人从教室里走出来倒垃圾，看到他们就朝这边招手。达达叫起来，艾米老师！他挥着手跑了过去。艾米蹲下来问达达，听说你发烧了，现在好了吗？达达说，我早就好啦。艾米望了余玲一眼说，进来坐会儿吧，雨停了再走。

教室里空荡荡的。桌子上摊着混在一起的数字和字母卡片。艾米正在把它们分开，装进不同的盒子里。她拿出几罐橡皮泥对达达说，昨天每个小朋友都捏了一只小动物。你也捏一个，星期一跟大家的摆在一起展览，好不好？达达点了点头。艾米问，你想好捏什么了吗？达达说，我要捏一只天鹅，我家的天鹅。艾米说，你养了一只天鹅？达达说，对啊，等我的天鹅旅馆建好了，它就能住进去了。

艾米给余玲倒了一杯水，在对面坐下。她低声说，我在电视里看到新闻了。余玲警惕地看着她，可是她没有再说什么。过了一会儿她问余玲，你是四川人？余玲问，你怎么知道？艾米说，你有点口音，不明显，但我能听出来。余玲问，你也是四川人？艾米摇摇头，我去四川支教过一年。她说起去的那个村子，离余玲家只有二十里地，余玲小时候，还跟着小舅舅去那里买过一辆旧拖拉机。艾米描述着在那里吃到的奇怪食物。回忆起节日里搭起来的戏台子，还有声势浩大的送葬。余玲没想到离家那么多年，第一次说起这些事，竟然是跟一个从美国回来的北京姑娘。她一直不愿意讲起家乡，那也是个伤心地。母亲死于洪水，初恋爱人变了心。可是此刻，往日的画面在脑海中闪过，像是发生在另外一个人身上的事。她发觉自己已经和从前的她分开了。如同斩断了根系的水草，没有方向地漂着，等待着生出新的根。这种感觉令她恐慌，同时又有一点兴奋。不管怎么说，她很感激艾米能聊起这些，把她暂时从噩耗的阴影里拉了出来。

雨停了，艾米打开窗户，湿漉漉的空气涌进来。她说，我当时年轻气盛，在乡下学生面前还是会有优越感，好像自己是来拯救他们的，现在想想挺可笑的。在痛苦面前，所有人都一样弱小，对吧？她笑了笑，撩去额前的一绺头发。余玲注意到，戴在她无名指上的戒指不见了。

余玲对达达说，我们该回家了。艾米指着他手里的橡皮泥说，你这哪里是天鹅，分明是一条蛇。达达不服气说，我的天鹅就是这样的，不信你去看呀。艾米笑着把他们送到门口。走出一段路，余玲停下来说，你去叫艾米老师到我们家吃晚饭吧。达达说，好啊，欢快地跑去了。余玲站在门口，看着教室的灯熄灭，达达拉着艾米的手走出来。

走到家门口，刚好遇到来送菜的老周。余玲选了几种青菜，又要了蘑菇和新下来的笋。老周说，送菜卡上的钱明天就用完了，该续费了。余玲说，先不续了。以后用的时候，再给你打电话吧。老周没说什么，绕到车后面，又拿出一把青蒜和半个冬瓜塞给她。

黄晓敏在沙发上睡着了，身上穿着她刚来时的那件花裙子。听到他们进来，一骨碌爬了起来问，你们怎么才回来啊？余玲担心她跟艾米乱说，就让她到厨房来帮忙。达达迫不及待地拉着艾米去参观他的天鹅旅馆了。

余玲从冰盒里拿出鱼和牛排，放进解冻柜。她回头看了一眼黄晓敏，她靠在门边又绕起了手腕。余玲说，别在达达面前提他爸爸，现在不能让他知道。黄晓敏点点头说，你脾气虽然怪，其实心地特别善良，达达遇到你，真的挺幸运……她又跳起来摸了两下头顶的门框，吐出一口气说，我恐怕要走了……我没有钱了，得去找工作，现在工作很难找……余玲怔了一下问，达达怎么办？黄晓敏说，不是有你嘛，你再坚持一阵子，陈雯肯定会找人来接他的。余玲不说话，从塑料袋里取出冬瓜，剜去中间的瓜瓤，拧开水龙头冲了几下，砰的一下丢到菜板上。她背着身，发出一声冷笑：人才刚走，尸骨未寒，你就变了脸，良心上能过得去吗？黄晓敏摸了摸胳膊说，别说得那么瘆得慌行吗？余玲说，从前你们好的时候，他的好处你也没少沾。现在他的孩子有难，你就眼睁睁地看着他受苦。黄晓敏嚷道，哎呀，我真的一分钱也没有！她烦躁地抓了抓头发，长嘘了一口气说，我就跟你说实话吧，我根本不是胡亚飞的情人，我和他一点关系也没有！余玲看着她：那你是谁呢？黄晓敏说，我是个健身教练，给胡亚飞上了三个月私教课。那天上午他知道陈新征出事的时候，我刚好在旁边，看到他给人打电话，说自己可能也会被带去调查，私教课也没上完，就匆匆忙忙地走了……她躲开余玲的目光说，我是真的挺喜欢他的，他很有修养，还总为别人着想，有一回我上课崴了脚，他还叫司机给我送了红花油……我知道他婚姻不幸福，家里一出事，他就成了替罪羊。我想要是我帮他照顾孩子，等他出来了一定很感动，然后我们可以一起去美国生活……余玲说，我明白了，你是想通过胡亚飞去美国。黄晓敏说，我们在美国会过得很开心的。你没去过不知道,她扬了扬眉毛,我可是代表国家队去参加过比赛的,在那里住了半个月。马路上一点灰尘都没有,孩子特别快乐,老人都穿得很精神,挂着拐棍腰板也是挺直的。余玲问,你是个运动员?什么项目?女人说,排球。我家里有一面墙都是奖牌。余玲点点头说,难怪。你说的还有什么是真的?黄晓敏说,我现在确实没工作了。这两天没去,健身房把我开了。余玲说,你的牺牲也挺大的。黄晓敏说,他们嫌我胖,又嫌我笨,不懂怎么糊弄会员买课程。只有胡亚飞一个人买了我的私教课。要不是他,我早就被撵走了。余玲问,你想过后果吗?真把达达带走了,就等于是拐卖儿童。黄晓敏说,他都没人管了,我帮忙照顾他也犯法?余玲说,照顾他?我看你是想把他关起来。黄晓敏急了,说怎么会呢,我真的很喜欢达达。我以前从来都不喜欢小孩的……她垂下头,又绕了几下手腕,耸了耸肩膀说,还有一件事是真的,我确实生不了孩子。余玲问,为什么?黄晓敏说,激素吃多了,当时为了比赛,大家不都这么干吗?余玲摇摇头,说就为了拿奖牌,连身体都不要了?黄晓敏说,我们可是为了国家荣誉而战。有一回去日本比赛没拿到名次,在回来的飞机上,我哭得天昏地暗,觉得再也没有脸回祖国了。哎,那时候我多大?19岁吧,真是个傻姑娘啊。

余玲有点难过,转过身去,拿起抹布擦了擦案台上的水。你接下来什么打算,她问。黄晓敏说,先找份工作干着,再想别的办法去美国吧。余玲没说什么,有个奔头总是好的,她想。沉默了一会儿,黄晓敏低声说,你说我是不是应该去跟达达说声再见?我本来想趁你们不在的时候走的,可总觉得还是应该说一声,别让你们担心。余玲说,我是不会担心的。黄晓敏吐了吐舌头,噢,那我现在就去收拾东西。余玲背过身去说,吃了晚饭再走吧。黄晓敏笑了,凑过去指了指解冻柜:这是上次那个好吃的神户牛排吗?

达达跑到厨房门口,叫黄晓敏快来帮忙。艾米和达达往帐篷里运了小茶几和凳子。黄晓敏帮他们搬来灯,又把接线板插上。余玲把菜端出去的时候,达达很郑重地向她宣布,现在天鹅旅馆通上电了!

余玲做了酱烧鲳鱼、红焖牛尾和虾仁豆腐羹,把冬笋和莴笋一起炒,然后开始用黄油煎牛排。等到她再走出去的时候,客厅里静悄悄的。三个人在帐篷前面站成一排。她问,怎么了?达达把食指放在嘴边,示意她不要出声,然后冲她招了招手。她走过去,站在他们的身后,看到被橘红色灯光照亮的帐篷门口,挂着"welcome"的木牌。里面的小茶几上摆着茶壶和四个杯子。旁边的床铺上,整整齐齐地叠放着被子。而那只鹅站在当中,好奇地伸长脖子打量四周。余玲不相信地问,它自己进去的?达达点点头,压低声音说,它是天鹅旅馆的第一位客人!黄晓敏咕哝道,咱们是不是应该去吃饭,让客人自己待一会儿?

黄晓敏一到桌边就叫起来,太丰盛了!余玲到酒窖取了两瓶红酒。在艾米的提议下,三个女人举起了酒杯碰了一下。艾米笑着对余玲说,在英国,碰杯的时候必须看着对方的眼睛。黄晓敏问，不看会怎么样？艾米说，呃……七年性生活不顺利。黄晓敏碰碰余玲的胳膊，哎，那你还是再跟我们碰一下吧。余玲说，不顺就不顺，我就是不爱盯着别人的眼睛看。达达说，余玲阿姨的眼睛跟天鹅一样，是朝两边看的。说完他捂住嘴，咯咯咯笑起来。黄晓敏说，太形象了！余玲板着脸敲敲桌子，快吃饭！黄晓敏说，等一下，我能拍张照片吗……就是想留个纪念。她后退几步，给他们三个人拍了合影，看了看手机上的照片，说重拍吧，达达闭眼了。艾米凑过去看了一眼，笑了，说他是故意的。前两天幼儿园教了他们手指操，这个动作的意思是，我感到很幸福。余玲捧着手机，照片上达达闭着双眼，双手掌心抵住下巴，头微微向上扬起，像是在寻找一簇从高处照下来的光。黄晓敏对艾米说，你也帮我们拍一张吧，达达，你就还做刚才那个动作。任凭艾米喊了好几遍，让余玲看镜头，她仍是低着头。她的眼泪顺着脸颊淌下来。大家开始吃饭，屋子里很静，余玲听到自己抽泣的声音，站起来跑进了厨房。

　　炉子上炖的冬瓜汤冒着热气。她抹掉眼泪，蹲下来把火旋小。达达走了进来，站在她的身后，把头贴在她的背上。他小声说，余阿姨，我答应你，再也不去水边玩了。她一动不动地蹲在那里，感觉到从他嘴巴里冒出的一丛一丛热气。他将身体的全部重量交托给了她。她不知道明天还会发生什么，但有一件事她非常确定，那就是现在他需要她。不是像需要一个保姆一样的需要。也不是像她需要一个男人一样的需要。那是一种什么样的需要，她也说不清楚。但是被这样需要着，她感到幸福。艾米说，在痛苦面前，人都是一样弱小，她觉得，在幸福面前人也都是一样强大的。在这样的时刻，一股热流灌满她的全身，她觉得自己好像可以举起整个世界。

　　余玲跟着达达回到客厅，在座位上坐下。吃饭吧，她说，谁都不许剩。她拿起筷子，望着碗里的白米，抬起头来向大家宣布：下个星期六我还做好吃的，你们再来吃饭吧。

　　一个星期以后，余玲在别墅区的院子里找到一份钟点工的工作。"象鼻子"给她介绍的，就是那户蔷薇街新搬来的人。家里只有一个中年男人和一条拉布拉多犬。每天早上，余玲把达达送到幼儿园，就到他家干活。干到下午两点，她去买菜，然后把达达接回家。保安借给她一辆旧自行车，座位有点高，伸长胳膊才能够到车把。不过有了它，她就能到那个三公里外的集贸市场买菜了。

　　有天早晨，他们正要出门，电话铃响了起来。她吓了一跳，随即才想起这屋子里还有那么一台座机。是陈雯，她想，或者是某个才得到消息的亲戚。她怔了一下，只是一刹那，然后抬起达达的另一只腿，继续绑鞋带。达达轻声说，电话响了。余玲说，是啊，这些房屋中介真烦人，大早上的也不让人安宁。她拍拍达达的背，快走吧，要迟到了。把门带上的时候，她又望了一眼那台电话——它已经不响了，端然坐在桌子上，又成了一件安详的静物。

星期六，幼儿园放假，余玲把达达带去了那户干活的人家。达达帮着洗了狗的饭盆，又给它换上了新的水。那只拉布拉多凑过来，用鼻子顶了顶达达的手以示感激。达达拍拍它的头，嘿，皮特，振作点，没有朋友也没有关系啊。余玲从洗衣机里拿出衣服，扭过头对他说，今天皮特可以跟我们回家待一天。达达睁大眼睛叫起来，真的吗？他张开双臂抱住拉布拉多，说欢迎你来天鹅旅馆做客！余玲拿了一小包狗粮，告诉达达他们可以走了。达达仰起脸问，晓敏阿姨也来吗？余玲点点头。达达说，那咱们可得多买点菜。余玲说，不怕，我烙几块饼就能把她喂饱。

男主人从二楼的栏杆上探出头来说，皮特就拜托你们了。达达拍拍胸脯，放心吧，天鹅旅馆什么都有。男人饶有兴味地看着他，问余玲，这是你儿子吗？余玲笑了笑，一手拉着达达，一手牵着狗走出了大门。

外面刚下过雨，空气中蓄满了水汽。男孩向前奔跑，狗跟在他身后欢快地甩着尾巴。跑到路的尽头，男孩停住了，气喘吁吁地转过身问，你说今晚白猫也会来吗？余玲看着他，目光越过他窄小的肩膀，望着他身后的天空。有一截短短的彩虹，架在远处的楼房之间。她想让男孩赶快回头看，但是可能已经来不及了。很多美好的事，都是在一个人心头掠过的秘密。她想，也许那不是真的。

（原载《收获》2017 年第 5 期）

作者简介：

张悦然，著有长篇小说《樱桃之远》《水仙已乘鲤鱼去》《誓鸟》《茧》，短篇小说集《葵花走失在1890》《十爱》。作品被翻译成英文、西班牙语、意大利语、日语、韩语、德语等多国文字。曾获得"华语文学传媒大奖"年度小说家奖、《南方人物周刊》2016 年青年领袖，《茧》被《亚洲周刊》《南方周末》、"豆瓣网"等媒体和网站评为"2016 年十大好书"，英文版《十爱》入围"弗兰克·奥康纳"国际短篇小说奖。2008年创办了文学主题书《鲤》系列，担任主编。

猫王乔丹

蔡 骏

一

六百年前，永乐帝都北迁。一户姓曹举人，自杭州行到吴淞江，稻花香里，结庐而居。隆庆、万历间，曹氏在南岸三官堂庙，北岸长生庵间修义渡，得名曹家渡。甲申惊变，嘉定三屠，陈子龙与夏完淳殉难，男人剃头留辫易服。两百年田园旧光景，到约翰牛在黄浦江边圈地。太平天国烽烟起，忠王李秀成过曹家渡，战上海败于严寒。慈禧太后垂帘听政，帝国风雨飘摇快翻船，苏州河樯橹络绎不绝。湖州人的生丝栈，无锡人的面粉厂，苏州人的小商店，宁波人的裁缝铺，苏北人的贫民窟，各自到曹家渡上岸。五色旗取代黄龙旗，小汽车随洋人越界修路而来。极司菲尔路（万航渡路）、白利南路（长宁路）、康脑脱路（康定路）、劳勃生路（长寿路）如同几根麻绳，迎头撞上打了个结，至今仍未解开。

2016年，我搬回了曹家渡。一个潮汐涌动的傍晚，我难得换了西服，出门赴宴。车库门口正对苏州河。忘记昨晚停车在哪了？我掏出钥匙，意外地看到那只猫。

它盘踞在白色车前盖上，背靠挡风玻璃，犹如主人。它看到我，但不逃，辄然静止，像古墓里随葬的陶瓷猫。一只大猫，纯粹骨架大，从头到尾披黑，四只爪子与肚皮雪白。猫耳朵向前竖，这是某种示好。猫眼直勾勾跟着我移动，仿佛我爆出一颗令它垂涎的粉刺。每次身处幽闭空间，我会不自觉躲避别人目光，对猫也不例外。对了，它就坐在我的车上。大猫吐出舌头，舔了舔粉色鼻头，两下低沉的"喵呜"。我打赌这是一只公猫。按下钥匙，大猫跳下来，引擎盖留下猫爪印子。挡风玻璃有两根猫毛，一根黑，一根白，宛如飘浮半空的符号。点火。发动机像口煮沸的锅。开出车库，我放下车窗找那只猫。苏州河的水泥堤上，有它的漆黑剪影，慢慢行着，顾盼自雄。月光下，双目幽绿，再消失。

你听过猫的交配声吗？春秋两季，我坐在夜深人静的书房发呆，流浪猫们的淫欲与欢愉，此起彼伏来敲响玻璃窗。此种声音有幽怨的穿透力，撕心裂肺，如丧考妣，并绵延不绝，有时又像多声部合唱团，磕了伟哥的交响乐。曹家渡的流浪猫口众多，自从在车库邂逅那只大猫，我就想从中分辨它的声音。

上海一天天变冷，鲍勃·迪伦得了诺贝尔文学奖，我梦见阿多尼斯的孤独是一座花园，其中只有一棵树，每根树枝上都挂着一只猫。这个梦，像某种不祥之兆。我走到车库，弯腰检查轮胎和底盘。它不在。秋冬时节，有些猫爱躲车底下，轮胎旁，甚至排气孔，用发动机的余温取暖。一不留神，它可能被轧死，甚至活活烫死。你们务必要小心。

打开车门，我被惊吓到了。大猫坐在驾驶位，直起上半身，前爪在方向盘上，像个非洲来的小孩。我后退两步。它跳下我的车，潜入隔壁底盘。我抓狂地检查车窗，关得比监狱还紧。每次我下车锁门，都会强迫症般拉车门确认。那只猫怎会在我车里？它有崂山道士之术？活着等到我开门？一只成精的大猫？它认识我，我想这不是错觉。

又隔几日。我步行到曹家渡芳汇广场。某朋友从南方飞来看我，约在星巴克，说起他在非洲创业与旅行的经历，炫耀了一场埃塞俄比亚艳遇，以及在马达加斯加的牢狱之灾，顺便捎来充满赤道气味的海货。

聊完散了。我看到一只流浪猫在街边翻滚挣扎，猫嘴喷血，多半被车撞了。肇事者逃之夭夭，有人看热闹，有人掩面绕行，但没人帮忙。这只猫活不久了，哪怕送去宠物医院，无疑一针安乐死。这是只体形娇小的花猫，多半未成年。我跑到水果店，买了个纸板箱，将垂死的猫套进去，挪到花坛，以免影响人们进出。

老头来了。他比我高很多，像一根行走的电线杆。没有驼背，也不秃发，板寸雪白，老年斑像装饰女人的豹纹。他跨入花坛，抱起纸板箱就往外走。我不敢阻拦，尾随在后。老头对我视而不见，步频几乎跟我一样块，再加一对长腿，跟上他有些吃力。

对面有个天主教堂，门前的小广场，直冲曹家渡的十字路口。沿着绘满圣经故事的彩色玻璃和红砖墙，老头走到教堂后院的绿地。三角形小草坪，四周竹林掩映，中间有三棵樱花树。

他从墙角取出一支铁锹，在樱花树下挖坑。我往纸板箱里看一眼，可怜的花猫已往生，六道轮回之中，它必不愿再回畜生道。老头把死猫放进坑里，熟练地填土埋葬。我一回头，四周竟全是流浪猫，有的蹲坐草坪，有的藏身灌木，有的爬上挂满黄叶的树枝，还有的陆续赶来途中。这些猫发出喵呜的哀鸣，也有用沉默为同伴送葬。无法目测统计数量，三位数毫无疑义。

中国人的盛大葬礼过后，都有一场饕餮聚餐，规格可比照婚礼宴席打3.5

折。办完猫的葬礼，紧接路边野餐。老头解开布袋，掏出几大盒猫粮以及火腿肠，掰碎了扔到草坪上。流浪猫们一拥而上，但并未争抢打斗，而是井然有序，各自享用晚餐。这些猫大多健康灵活，只有个别瘦骨嶙峋，还有母猫带着小猫。教堂背后的樱花树下，老头把两根小手指放到嘴里，喷出刺耳的呼哨，粗鲁地吼一嗓子："乔丹！"

大猫钻出草丛。路灯下，黑色背毛油亮反光，如同冰海中潜浮上来的海豹。白色爪子，像踩着四个雪团，连带腹下白毛，穿过绿草坪，仿佛约旦王国的黑白绿三色旗。所有猫自动让路，散到数十米开外，毕恭毕敬蹲下。大猫不屑于猫粮，飞身爬上一棵樱花树，劈出个黑色闪电。

"它叫乔丹？"

我在心里自言自语。不晓得为什么？老头却听到了，转头回答——

"乔丹是曹家渡所有流浪猫的猫王。"

这是我们的第一次对话。我看到温柔地唱着《Love Me Tender》的球王飞向芝加哥联合中心球馆的篮筐……

猫王乔丹。

二

我刚搬到曹家渡那年，王菲还叫王靖雯，小虎队正青春年少，小马哥在录像带里出生入死。宜乔迁的黄道吉日，风和日丽，万里无云，多半是复活节。我爸蹬着三轮车，载着全家，穿过火车站前广场和大自鸣钟，碾过整条长寿路，途经我未来的小学和中学，直达五条马路汇聚的曹家渡。路口右转，沪西电影院的新片海报徐徐展开。苏州河畔，有栋孤零零的六层楼房。我天真地以为会在这里住一辈子。

二十多年后的万圣节，农历十月初一寒衣节。天气糟糕，阴冷，夹杂冰冷雨点。我后悔没穿秋裤，驾车经过曹家渡，方向盘右转到万航渡后路。天主教堂对面，沪西电影院被压在"香辣蟹"招牌下。车轮往前滚了五十米，我看到童年住过的房子，孤零零幸存在这世上。长大后重返故地，像格列夫告别巨人国。车开不进小区，冒险停在路边。穿过小型迷宫的入口，记忆像条散开的绒线绳，牵着我回到昏暗的楼道，底楼 103 室。

没有防盗门与猫眼。背后是楼梯，有人扛着自行车上楼，尘埃与时光一齐从头顶倾泻。我在门口犹豫的空当，就像我离开曹家渡的岁月一样漫长。我没找到门铃，只能用右手食指与中指关节叩响门板。我会被当作推销员或快递员吗？我想逃跑。

门开了。我看到他的雪白短发，乌黑马夹，头顶几乎碰到门框，像具四肢拉伸的骷髅。我认出了这张脸。

"你有什么事?"樱花树下埋葬死猫的老头,就像一块门板,声音沉闷粗哑。我把脸藏入楼梯下的阴影,伪装自己从未来过。几只毛茸茸的猫,挤到他的两腿间,探出脑袋来审问我。老头的态度不算恶劣,我却支支吾吾不知所云,从人口普查到猫的绝孕绝育,直到这扇门对我关上。

我以为我回不去了。走出门洞,一阵风卷着落叶而来。十二岁,我在这条巷子里练自行车却没学会。现在我的车停在路边,车窗贴着一张违章停车罚单。我没埋怨警察,兀自撕下黄色罚单,背后响起老头的声音:"你以前在这里住过?"

他站在风口,还穿着黑马夹,露出棉毛衫包裹的胳膊。我没想到他会追出来。

"嗯。"

"你要进来看看吗?"他的表情严肃,但我听出了言语里的友好,"如果不嫌脏的话。"

我摇头,又点头。首先不嫌脏,并且愿意进去看看。跟着老头的背影,我只够到他的后脖子,近距离目测他的身高有一米九。

103室,记忆折叠成莫比乌斯环,像暗室中渐渐显影的底片……进门左手边厨房,右手边卫生间,正面是爸爸妈妈的卧室,搬家新做了全套家具,席梦思床垫,日本牌子的彩电,贴满浅紫色墙纸,还有个柜子装满旧书,打发过我至少四个暑假。

我听到一声猫叫。卧室不见天日,浓烈的猫味像堵透明的墙。谈不上残垣断壁,但也离废墟不远。客厅有沙发和折叠餐桌,墙角里猫粮和猫罐头堆积如山。可进博物馆的显像管彩电,正重播昨晚的NBA,休斯敦火箭vs波士顿凯尔特人,哈登暴力扣篮,现场音震耳欲聋,流浪猫们四处乱窜。这里原本是我家最古老的五斗橱,还有几个樟木箱子,书橱摆满我的连环画小人书。窗边有个方形餐桌,靠墙是张棕棚大床,我和外公各睡床铺一头,在他死去以前。

老头打开底楼天井。我先迈出左脚脚尖,接着脚后跟踩中猫屎。我用餐巾纸擦干净鞋底,抬起头,仿佛看见一只全身纯白的猫,尾巴尖烧成火红斑点,撩人地踱过墙头。

九零年代的第一年,我在曹家渡农贸市场门口捡到一只流浪猫。年轻的公猫,骨头很轻,又圆又滑,手指穿过它的胯骨,搂住苗条腰身。它不惊慌,鼻孔里热气与男孩呼吸混杂。它的两只前脚搭住我的肩头,收缩爪子,让我抚摸脚掌心软软的肉垫。我给它起名小白。我家小小的院落,曾种满花花草草。爸爸用铁丝网搭起顶棚,缠绕遮天蔽日的葡萄藤。记得夏天夜来香的味道,春天的月季与蔷薇,冬天搬到室内的君子兰,每年短暂开放一瞬的昙花。小白就养在这些植物中间，偶尔在墙纸上留下猫爪印子，惹得我爸勃然大怒。我晚上抱着它睡觉，抚遍它全身三匝，从两只薄薄的耳朵到脖子再到肋骨，变化多端最不顺从的火红尾巴，扫到小腿肚子毛茸茸的，又热又痒。我妈和老师都警告我，猫身上有跳蚤，但我无法与小白分开。

有一天，它失踪了。妈妈告诉我，小白出去谈恋爱了，跟马路对面的黑色母猫。我专门去那片老房子找过小白，甚至想赶走母猫，但一无所获。流浪猫不是宠物，你不能指望它陪伴你一辈子，或者相反。两星期后，小白突然回家。我惊喜地抱起它，但它的眼神有些怪，甚至让人害怕。这只猫不再跟我亲密，变得神出鬼没，一两天不见踪影，时不时叼只老鼠回来，整栋楼都能听到我妈的尖叫。直到它被卡车撞死的那天。

我没有目睹车祸的过程，就在门口的街上。当我看到小白，它已在柏油路面打滚，脑袋压扁，血溅一地，没几分钟就断气了。妈妈蒙住我的眼睛拖回家。我哭了一个礼拜，并在曹家渡的每个角落，寻觅这只尾巴尖上有火红斑点的年轻公猫。我一度相信猫是一种会死而复生的动物，某个夜晚，它将目光幽幽地趴在窗外看我。我记得外婆葬礼后，她无数次出现在我梦中。我幻想外婆还能复活回家，每晚抱着我抚摸后背，后来才知道那叫托梦。但我再没看到过任何一只与小白相同的猫，也没有梦到过小白。

二十多年后，我冷得牙齿打战。荒芜的天井上空，飘过一朵灰色的云。老头让我回屋坐下。我不慎坐在一只大花猫上，它发出厌恶的叫声跳开。我真诚地向它道歉，尽管它的皮毛颜色跟沙发布太像了。老头挥拳砸了大花猫一下："巴克利！不准你上沙发！"

"查尔斯·巴克利？"我居然记得这名字，中学时有个同学超级崇拜他。

"嗯，'84黄金一代'的巴克利，他在'76人'、'太阳'还有'火箭'都打过球。"

在如同难民营的房间里，我如坐针毡。流浪猫们窜来窜去，不时有尾巴扫到我脸上。想必老头是一个人独居。

"快点滚！"他暴怒地喝道，我以为收到逐客令，但他按住我的肩膀。他在对猫说话，它们是自己翻墙进来的，"都是些打家劫舍的强盗。"

老头对流浪猫的评价不堪。但他不会对猫动用武力，除了口头警告与严正抗议，别无他法，屋里的猫气只会愈加旺盛。

"我该走了。"毕竟早已不是我的家，哪怕还能从墙壁缝隙里闻到发育第一年的荷尔蒙。

"别走。"阴沉的秋日下午，老头禁止我离开沙发。底楼采光本就不好，玻璃窗蒙着厚厚的尘埃，经年累月的猫毛，屋子变得分外昏暗。我看不清他的眼睛，只听到喉咙里含着痰的低沉声音，"我原来住在马路对面的老房子里。我记得你们家，还认识你外公，跟他在苏州河边走过象棋。"

"当我还是小学生，你就认识我了？"

"是的。我养过一只全身黑色的母猫。有一天，它带着一只白色公猫回家，尾巴尖有红色斑点，就是你的小白。它在我家只待过两个礼拜就走了。后来，它在街上被卡车撞死。我替它收了尸，埋在三棵樱花树下。"

我才确信无疑，小白真的死了，并且没有复活。

"它害死了我的猫。"老头说。小白死后，黑色母猫怀孕了。隔了两个月，母猫难产而死。唯独一只猫崽存活下来，超乎寻常地强壮，比普通小猫大了两圈。大概是它在娘胎里挤占了过多空间，杀死了自己的母亲和同胞兄弟姐妹。老头用羊奶一滴滴把它喂大。这只精力充沛的小公猫，即便没有母猫示范，三个月就会抓老鼠，六个月跟成年猫一样大。它的头部、身体以及尾巴，继承了妈妈纯黑的毛色，腹部与四肢却像它爹雪白，延伸到脖子底下。古人说这种毛色叫"乌云盖雪"，若肚子也是黑的，就叫"四蹄踏雪"。

"我给它起了个名字——乔丹。"

"猫王乔丹？"

坐在充满猫味的沙发里，我感到浑身燥热，大概被猫的体温传染上了。想起坐在我汽车前盖上的大猫，黑亮的皮肤犹如迈克尔·乔丹，这片"乌云"盖住的"雪"，来自我的小白。要相信人的第一感觉，它果然认得我。

"是，它是小白的儿子，也是曹家渡的猫王。"老头回答。

我很感激他，今天让我走进这道门，坐在我睡过四年的房间里，告诉我小白和乔丹的故事。

"猫王叫乔丹，刚才那只叫巴克利，其他的猫呢？"

"皮蓬！"老头向院子里吼，一只瘦长的黑猫窜进来，原来是乔丹在公牛王朝的战友，他摸摸"皮蓬"的脖子，看到窗外有只大猫，"大梦！"

"奥拉朱旺？"

"对，在火箭拿过两枚总冠军戒指。你再看那只花猫，活络得不得了，它叫魔术师约翰逊。"老头认识每一只流浪猫，全都用NBA球员命名，有的还有外号"大虫罗德曼""狼王加内特""石佛邓肯"。我的眼前，顽固地盘踞着两只白猫，一只叫姚明，一只叫诺维茨基。

"前几天撞死的猫呢？被你埋到樱花树下。"

"它叫埃迪·格里芬，2007年酒驾死于火车事故。"老头的世界里，流浪猫与NBA球员已合为一体，共赴生死。人们能记住的球员不过数百，但在曹家渡停留过的流浪猫，一拨拨出生，一拨拨死去，前赴后继来世间走一遭。若是人和猫同时出生，等到我们谈恋爱，猫早已五世同堂儿孙绕膝了。有些名字难免重复，比如邮差卡尔·马龙，被老头亲手埋葬过三次，分别是黑猫、花猫还有黄猫。最近有只斑点母猫怀孕，老头准备给小猫再起这名字。

唯独乔丹，老头只用过一次。在曹家渡，永远不会有第二个迈克尔·乔丹。

"乔丹刚满一岁，就从我家逃跑了。"老头说，这只猫有个癖好，每次奔跑行动，都会伸出舌头，跟乔丹扣篮吐舌头一样，也是小白遗传下来的基因。猫王乔丹始终与人类保持距离，从不亲密接触。哪怕饥寒交迫的冬天，它也拒绝任何猫粮或猫罐头，更不会像同类翻垃圾桶，宁愿自己捕食老鼠与麻雀。

小白死后，1992 年，比尔·克林顿携全家住进白宫，我家搬出了曹家渡。1998 年，克林顿与莱温斯基偷情被弹劾，三官堂桥下的老房子拆迁。恰好国家住房改革，街对面有套底楼房子，换过两任主人后刚空出来。他决定留在曹家渡，放弃分配在彭浦新村的 120 平方米新房，用区区十万块拆迁补偿款，买下 103 室的产权。他再没离开过这里，尽管房价已翻 50 倍，只剩四十年期限。2000 年后，比尔·克林顿搬出白宫，小布什与奥巴马先后接踵而至，希拉里·克林顿惜败于唐纳德·特朗普，未能重返丈夫偷情过的椭圆形办公室，我却重返曹家渡，孤零零的六层楼房，带天井的 103 室，不请自来的客人。

"曹家渡的猫王乔丹，它是小白的儿子，算起来，它至少有二十五岁了？"

"嗯，猫的平均寿命是十五岁。"老头摸了摸自己的白发，铜钱似的老人斑，"乔丹其实比我还老，留给它的时间不多了。"

三

猫王失踪了。

曹家渡的三家商场升起巨幅的双十一打折广告。最近每次出门，我会检查整个车库，蹲下来看所有底盘，有人以为我是小偷或变态。我发现很多流浪猫，有的被排气管烫伤过，但再没见到乔丹。

天主教堂背后的三棵樱花树下，老头打开猫粮袋子，依次给大鲨鱼奥尼尔、滑翔机德莱克斯勒、小皇帝詹姆斯喂食。夕阳与落叶之间，他的面色灰暗阴沉，老人斑比上次多了一倍，原本挺拔的后背驼了，双手犹如罚篮的慢动作。风吹过草坪背后的小竹林，海浪般的沙沙声，他听得出神，袋子里的猫粮都被 NBA 巨星们抢光了。

"它会不会死了？"我说了句不合时宜的话，并为不经大脑思考而愧疚。当小动物预感死亡将近，通常会躲到一个阴暗角落，静悄悄离开世界，如同年迈色衰的老妓女，羞于让别人看到自己死后悲惨而丑陋的模样。

老头最后一次见到猫王，在七天前。他经过曹家渡花鸟市场，看到乔丹走在苏州河边，叼着一只老鼠。那只老鼠的个头硕大，细长尾巴猛烈甩动，在猫口中挣扎。这说明乔丹的身体状况良好，哪里是病入膏肓等死的样子？

"不管黑猫白猫，捉到老鼠就是好猫。"老头的口头禅，不管说起流浪猫还是NBA，都以此作为终极评判标准。

"它会不会离开曹家渡，去了其他地方？中山公园？静安寺？更远的徐家汇？对啊，那里也有一座天主教堂。"我仰望教堂背后山墙顶上的十字架，夕阳打上去如水花金光闪闪。

"不会，只要猫王乔丹还活着，它就不会离开曹家渡。只要我还活着，我也不会离开。"

老头确信由于不为人知的秘密，乔丹正隐藏在曹家渡的某个角落。离开小草坪和三棵樱花树，抛下一大堆以'96黄金一代'命名的流浪猫，其中多半是乔丹的孙子或重孙。我们绕到教堂门口的小广场，正对着曹家渡的十字路口。

二十年前，这是个五岔路口。长寿路到此为止，往西是长宁路，南面射出万航渡路，直通静安寺，北面分出两条路，万航渡支路与万航渡后路——我家就在这条路与横跨苏州河的三官堂桥（现在叫曹杨路桥）的交会点。五岔路口之南，有块三角形孤岛，被万航渡路、长宁路、长宁支路包围，密集数十家商店、餐馆、理发店、照相馆、银行、邮局和新华书店，甚至有个胖嘟嘟的交警岗亭，如拥挤的曼哈顿岛（请原谅我如此不恰当的比喻）。五条马路与三角形孤岛，无数根电线在天空纵横交错，13路电车拖着小辫子开过。当我戴着小学生的红领巾，站在曹家渡的中心路口，想象这是个神秘的五芒星，仿佛正大剧场在播的美国科幻剧《时间隧道》，辐射往五个地质纪元与三维时空。

这辈子我搬过很多次家，沿着苏州河东西两端颠沛流离。曹家渡是我住过的最诡异之处。东接静安，西临长宁，北倚普陀，沪西三区交界。对于躲避城管的排档和小贩而言，则是三不管的法外之地。我的小学和初中都在长寿路，所有人出校门往左走，唯独我往右走。坐13路电车，小学两站，初中一站。13路终点站，一头曹家渡，一头提篮桥监狱。我常被教育，若犯错误，从曹家渡上车一站到底。而今我温良听话的性格，可能就是如此养成的。每天早高峰，自行车铺天盖地，但因路窄，偶尔也会堵车。妈妈送我出门，终点站还要排队，分坐队与站队。我们选站队，反正一两站就到。公交站旁有个画像摊，给死人画遗像，不是对着尸体画，而是依照生前照片，我奶奶就有过这样一幅画。对面是沪西状元楼，糟卤老字号。隔壁的邮局，我此生写的第一封信，便是在这买了信封信纸邮票，寄给小学语文老师。她是来我们学校实习的漂亮姑娘，我才小学四年级，大概是喜欢她，至今记得她的回信。边上是新华书店，小学毕业前，我进去买了本《世界地图册》，看过不下五十遍，以至于我的初中地理成绩是全校第一。地图册还藏在我的抽屉里，早已彻底翻烂。还有游戏机房，长年有人打街头霸王或三国志，反正我从没挤进去过。

许多黑夜，我跟外公睡在一张床上，听苏州河的航船汽笛声，运来上游的农产品，春天的竹笋，夏天的西瓜，秋天的茄子，冬天的什么忘了，还有船上的老鼠。暑假的清晨，外公带我走过桥下的农贸市场，水桶里的活鱼用哀求的目光看你，宁可被流浪猫叼去化作猫屎。沿苏州河边走十分钟，就到中山公园后门，对面是华东政法学院。还有个精神病院。在我的童年，曹家渡是个无所不有的国度，既有圣人，也有疯子。

此刻，站在教堂门口的小广场。华灯初上，车流如梭。新月被高楼顶施工的塔吊吞没。右边是后现代的玻璃幕墙商场，左边隔着万航渡后路是沪西电影院，背后藏着曹家渡花市。左斜对面是人气兴旺的悦达889广场。右斜对面三角形的街心花园，正是当年商店鳞次栉比的孤岛。状元楼、邮局和新华书店奇迹般地幸存下来，原地搬迁一百米，热闹市口不再，"泯然众人矣"。对面烧烤排档开张，曹家渡的黑夜烟雾腾腾。

四

猫王乔丹失踪的第二周，我在梦中跟小白重逢。它在我的潜意识之外，无主孤魂般流浪了二十年。缠满葡萄藤的院子，阳光像剪碎的玻璃纸。小白趴在我肩上，细长而坚硬的猫髭，刺破脸颊与颌骨，让我如一支冰激凌融化。

手机响了，打碎这梦，小白比我更早融化，变成黑魆魆的天花板。忘了睡前关机，凌晨四点，哪个要投胎的来电？房产中介已加班敬业到如此程度？我选择接听，想知道电话那头是谁？

"这里是派出所，你是蔡骏吗？"

"对不起，警方提示这是电话诈骗，公安局没有所谓的安全账户。"我挂掉电话，重新蒙头睡下。根据我的经验，如果惊醒时间不长，被打断的梦是可以续上的。一分钟后，小白没有回到梦中，派出所的电话又来了，让我现在就去领人。

凌晨五点，派出所，我见到鼻青脸肿的老头。我怒不可遏，刚要向市局投诉，老头说："他们没有打我。谢谢你过来看我。"

他坐在走廊的长椅上，用毛巾擦着额头的瘀青，像只等待宰杀的长颈鹿。

"谁？"

"花鸟市场。"

"天一亮，我就去找他们算账。"我虚张声势地撸起袖子管，老头指向对面——好几个头缠绷带的男人，鼻孔塞着棉花球，可怜兮兮地缩在墙角。

白天，老头去了曹家渡花鸟市场。那是个固若金汤的要塞，绝对可以防御重武器进攻。除了有个夜总会，底楼是几十家花店，价格比外面便宜很多，楼上是批发小商品的。花市靠苏州河的一边，有着鸟贩子的隔间，挂着成百上千的鸟笼子，从画眉到八哥、鹩哥、鹦鹉一应俱全——小时候我家里都养过，至今还有只会说人话的鹩哥。

此地是流浪猫的乐园，无它，有鸟尔。许多晚上关在笼子的画眉，早上只剩羽毛和爪子。猫是鸟贩子们的公敌，他们想尽办法驱赶流浪猫，比如养狗、投毒等等。老头怀疑是这帮人害死了猫王，大闹花鸟市场，在多家鸟店翻箱倒柜，不慎踩死几只画眉。他被鸟贩子团团围住，一言不合，拳脚相加。老头的身板超过所有人，并不惧怕打架这件事，撂倒一大片人后，鸟贩子准备抄家伙，有人打110，警察及时赶到，不然就要吃亏。

老头和七个鸟贩子，一齐被派出所关了一宿。审讯确认鸟贩子最近没伤害过流浪猫，老头签字认错，双方都写了谅解书，彼此两不相欠。警察要求家属来领人，老头却报了我的电话。

"你没有子女？"

"嗯，我没结过婚。"

"也没亲戚？"

"有五个兄弟姐妹，但他们都死了，其他人几十年不来往了。"

"朋友？同事？"

"我的朋友都死了。"老头像吃枪药一样回答，"除了乔丹。"

我提前中止这段对话，走到隔壁房间，向给我打电话的警察道歉，抓紧时间聊几句。他问我是不是老头的亲戚？我说不是，我们是老邻居（我没说谎）。我看到老头的身份证，才知道他的真实年龄：79岁。本以为他顶多70岁。登记的身高有192公分，年老后可能缩了一点。在他出生的年代是名副其实的巨人。

老头不是第一次来派出所。曾有居民报警，说他在公共绿地埋葬动物尸体，破坏环境传染疾病。派出所传唤过他几次，老头说这三棵樱花树原本就在他家门口，他有权在树下埋任何东西。三棵树长得格外旺盛，每逢复活节到清明节间，开满灿烂的樱花。许多人专程来拍照留念，作为曹家渡的一大景点。殊不知每片粉色花瓣里，都埋着一只猫魂。当樱花掉落成泥腐烂，大概就是猫儿们六道轮回时刻。

我交了三千元保证金，将老头领出派出所。天蒙蒙亮，曹家渡上空闪着深蓝色的光。他吐掉嘴唇裂开的死皮："这帮鸟人，猫能吃掉几个雀儿？还不是关在笼子里闷死和挤死的？他们每弄来一百只鸟，路上就要死掉一大半。"

街边的早点摊开张，我给他买了豆浆和蛋饼。老头饿了一晚，接连吃掉四个蛋饼，才能补充巨大身体的热量。太冷了，我系紧纽扣，竖起衣领，煎蛋饼的地沟油烟，熏得我双眼模糊。

天彻底亮了，天主教堂的门打开。童年记忆里它并不存在。这两年搬回曹家渡，发现多了个教堂，但从未进去看过。

"从前这里有座庙,叫三官堂庙。"老头说。

"三官?"

"天官、地官、水官。"他给我解释。那时候香火旺盛,善男信女都来排队,"文化大革命"时被拆了。苏州河上的三官堂桥,也是因这座庙而得名。眼前的天主教堂,原本缩在长宁路的弄堂里,最早是一户姓曹的虔诚信徒捐献的房子,一般人路过看不到。

我们穿过小广场,踏上教堂门口的台阶。门不起眼,里面大厅却很气派,配着哥特式穹顶,纵深直达东罗马式祭坛,交错装饰着生命树、牛膝草、掌形花等圣经时代的植物。弥撒时间未到,已有教众陆续进来,多是白发老人。门后有个小小的告解室。有个老太过来,用上海话向我说明告解由来,电影里神父假借忏悔传递情报全是瞎编的,以及我们所有人都是有罪的。老头不准我说话,拽着我坐到教堂中心的长椅。仰望墙上的彩色玻璃,画着圣经故事,比如偷食禁果的亚当夏娃,耶稣在约旦河受洗,在三棵樱花树下的流浪猫公墓就能看到。

"喂,老高!"有个大妈坐到对面,她穿着一身素净,打量老头的脸,"哎呀,你怎么了?"

"我没事。"老头粗暴地拒绝大妈的关心,他对我耳语,"我家隔壁邻居,烦死了!"

"又跟人打架了?还是为了猫?你看你都几岁了?"大妈喋喋不休,钻进旁边小房间,拿出药膏和药水,直接搽到他受伤的部位。

"弟弟配合一下。"大妈下了命令。我抓住老头双手,不让他犟头倔脑。大妈是他的克星,手势颇为专业,退休前是地段医院护士,关照每天抹三次药膏,很快就会痊愈。

"你第一次进教堂吧?老高。"大妈给我们拿了两瓶水,看得出她年轻时是一枝花,口齿也伶俐,"看到你这副样子进来,我蛮心疼的。不过嘛,我又很高兴,只要进了这扇门,就离主又进了一步。"

老头白了她一眼,嘴上却言不由衷:"蛮好,蛮好。"

"在这里要庄重!你看祭坛上那幅画——喂,不准对圣像拍照片!"大妈教训起来,我被迫收起手机,听她用字正腔圆的普通话布道,"大天使弥额尔,上帝指定的伊甸园守护者。你看他是个金头发的男小孩,手握大天使之剑,在跟撒旦的七日战争中,将撒旦踩在脚下。"

画像上面有一行字母 Quisut Deus——我估计是拉丁文,问了句:"阿姨,那是什么意思?"

"谁如天主。"

十年前,大妈的老公生癌症死了。第二年,她受洗进了教门,那时教堂还没搬来。她成了义工,坚持每天做弥撒,发展了好多新教友。而她最想发展的对象,就是住在隔壁的老头。有时大妈还陪老头一起喂猫,对于他把教堂背后的三棵樱花树当作流浪猫公墓也不反对,本来欧洲的教堂就有墓地功能嘛。只不过,老头顽固地拒绝教化,更不肯踏入教堂大门一步。

"老高,你终于相信自己有罪了?"

"不,我是来找猫王乔丹的,它会不会藏在这里?"

这个回答让大妈很不高兴,但她笑笑:"没关系,信仰的大门永远为你敞开,就算你信了其他教门,也欢迎进来坐坐。"

弥撒开始。我和老头是异教徒,识相地告退。走下台阶,背对钟楼,面对曹家渡的十字路口。老头把手指放到嘴里,打了个呼哨,一伙流浪猫窜出来,聚在教堂门口的小广场。他摸了摸它们每一个,依次叫出皮蓬、罗德曼、库科奇、朗利等最后一届公牛王朝的名字。唯独缺了乔丹。我的脑子里却闪过另一个人:"嗨,我能叫你禅师吗?"

"芝加哥公牛的主教练菲尔·杰克逊?"

公牛王朝让人难忘的,除了乔丹,还有绰号"禅师"的主教练菲尔·杰克逊。2000年后,杰克逊又打造了科比的湖人王朝。"禅师"是球员出身,身高两米以上,最有名的动作,就是把双手小指,伸到嘴里打呼哨指挥球队。

老头欣然接受"禅师"这个绰号,打了第二个呼哨,流浪猫闻风散去。曹家渡的太阳照常升起,从长寿路沿着13路电车的天线而来,金灿灿地照亮哥特式尖顶的十字架。

五

我决心帮助"禅师"找到猫王乔丹。

寻找一只猫,可能是一只成精的猫,就像破一桩离奇的杀人案。为这只猫,我都进过派出所了,我必须如名侦探那样小心翼翼,像女人笔下的小胡子波罗或马普尔大娘,又如男人笔下的私家侦探菲利普·马洛或酒鬼马修·史卡德,他们更似冷酷好斗的公狼。不过,单靠"禅师"的鲁莽(这可跟他的外号很不相称)往往适得其反,他绝不能再出去闯祸了。我想到一条柔软的线索——女人。推理小说在这种关键时刻,侦探往往会跟女当事人或女证人上床,但我不是这个意思。

我楼下就有一窝猫,有人支援硬纸板和破棉布,加上猫自己叼来的树枝。一只黄色母猫,带着三只小黄猫,其中一只腹部雪白。公猫早已始乱终弃。小猫刚断奶,深夜在猫窝外喵呜地叫着,长到三个月,母猫就会把它们赶走,以便自己再找公猫交配。小区最深的角落,有个物业废弃的小屋,挂着牌子:"请勿将小动物遗弃在此！没有遗弃就没有伤害！望各位勿爱心绑架！也请勿随意糟蹋爱心人士放置的猫粮及用具，请不要再有此种失德之行。"此地总是堆着猫粮，几十个猫屋里有旧衣服和被褥，常有小猫在这出生和过冬。管理这个秘密基地的，是居民中的爱猫者，全是三十岁以上的女人。

秋风飒飒，天上有六十八年来最大的超级月亮。我带着一大包猫粮，来到秘密基地，遇到三个家庭主妇。一个脸上化妆，一个穿着拖鞋和棉袄，还有个叼着女士烟。跟"禅师"相处久了，我认出这些猫是拉里伯德、萨博尼斯、哈达威、麦克格雷迪。我有轻度自闭症，跟女人说话会脸红，但为了猫王乔丹，我觍着脸跟她们交换微信，每人送一本签名书。有个大姐热情地把我拉进"曹家渡流浪猫爱心群"。这个群有五十多人，我是唯一的男性。我发红包求转，张贴寻找猫王的启事。大家七嘴八舌提供线索，有的明显扯淡，有的自相矛盾，也有故意添乱的。

其实，我从不认为自己是爱猫人士。我想念的是陪伴过我的小白，而非猫整个物种。就像我也养过狗，养过兔子，养过乌龟和鸟。"禅师"拒绝参与聚餐，他跟那些喂猫的女人完全不是一路人。此人天生独来独往，如果我不是二十多年前的老邻居，也不是小白曾经的小主人，他不会跟我多说一句话。

我召集了爱猫人士的聚餐，挑了悦达889广场四楼的寿司店，玻璃墙对准曹家渡的十字路口，斜对面是天主教堂。这家店不贵，但符合她们口味。这些女人都比我有钱，老公不是当官的就是搞金融的，孩子也都不小了，才有闲工夫每晚出来喂猫。总共来了七个，全都精心打扮，各自暗暗较劲。其中一个日本主妇，小眼睛，高鼻梁，雪白的皮肤，会说简单的中国话，跟老公在我们小区租房住。我知道这些女人很寂寞，但我让她们失望了。她们的嘴唇如加特林机关枪不停，但我没聊任何猫以外的话题。

说到猫王乔丹，她们只知道猫王，不知道乔丹。NBA巨星们是专属于"禅师"的秘密。但她们都知道"乌云盖雪"，还有黑猫白尾的"墨里藏针"、白猫黑尾的"雪里送炭"、黑猫白尾稍的"墨玉重珠"、白猫背上有黑斑的"将军挂印"以及全然纯色没有一根杂毛的"四时好"。但没人说起过白猫尾巴尖上有一朵火红，也许我的小白就是独一无二。于是，我给它也起了个雅号"飞雪封喉"。

这些女人说起猫来如数家珍。猫的黑夜视力是人类的六到八倍。我们双眼视野180度，猫则有200度。但猫不善于看远，只对眼前东西敏感。猫几乎是色盲，只能分辨蓝色和黄色——猫眼里的世界，我们都长着阿凡达的脸吗？猫能准确捕捉快动作，擅长抓老鼠捕鸟，但你要是给它做慢动作，它就不知所措了。

曹家渡的流浪猫，分为两类：一类是自然繁殖的结果，多是猫王的直系后代；另一类则是被遗弃的宠物猫，因为拆迁和旧区改造，有的纯属主人不负责任,少数是自己逃出来的。野外出生长大的猫,抵抗力和生存力都比较强,能自行寻找食物,也懂得如何躲风避雨度过寒冬。被遗弃的就很可怜,往往在饥寒交迫中死去,只能依赖爱心人士投放食物维生。

出乎意料,这一桌子女人都不喜欢猫王。她们常把流浪猫送去做绝育手术,这也是老头讨厌她们的原因之一。猫王攻击过一个女人,因为她抓了一麻袋猫去结扎——都是猫王的后代,它如魔王从树梢上跳下来,几乎抓破她的面孔。不过嘛,这件事仅限于口耳相传,无人亲眼见证,谁知道是猫王还是小三干的?

正说这段话的女人,一边吃着三文鱼刺身,芥末加多了,泪流满面。我请她们喝了贺鹤茂一滴入魂清酒,但我只喝玄米茶。掉眼泪的女人有四十了,留着日式大卷发,苍白脸上长着雀斑,据说年轻时做过T台模特,不知有多少男人为她打破过头,如今围绕她的异性只剩下一堆被阉割的公猫。我避开她的目光眺望窗外,新月挂在对面工地楼顶,夜总会门口停满跑车。女人们酒酣耳热之际,忘了是谁起的头,聊起了"禅师"老头。

这个"长脚老棺材"啊!还会打呼哨召集流浪猫,像有法术耶。他会帮助怀孕难产的母猫,收养被遗弃的孤儿猫,但身上那味道重的啊,简直就是流动的毒气室!哎哟,有时我们喂猫,只要他走过来,大家就提前散了。对啊,我亲眼看到过,他像个骷髅一样,抱着死猫去教堂背后的三棵樱花树下埋葬,我是再也不敢去那个地方了。好邪恶!他什么底细?只知道他在曹家渡住了很多年,一辈子都没结过婚,怪得不得了……

一堆女人七嘴八舌,她们早就给老头起了"长脚老棺材"的外号。我插不进话,坐在寿司店的阴影中,打量她们放肆大笑的鱼尾纹,谈到恐怖传说时翻出的眼白,还有牙齿缝间来不及清理的米粒。但我知道,她们今晚都很快活,哪怕偶尔落泪。

晚上九点,我负责买单。日本女人喝了好多清酒,微醺中,被人扶到门口,却提供了一条线索——悦达889广场B1层有个宠物诊所,她们经常带流浪猫去做结扎。两天前,她看到有人带一只老猫来看病,同样是"乌云盖雪"的毛色,很像猫王乔丹。

我背她到宠物诊所。医生正收拾打烊,他被我们这群人吓到,以为日本女人犯了什么急毛病,抓紧时间请他这兽医来处理。他说很遗憾,老猫已病入膏肓,年龄估计在二十岁以上,当天就不治身亡了。

"死了?尸体呢?"

"第二天就处理掉了,集中运送到宠物焚尸炉,如果是有主人的话,还会提供骨灰。"

"流浪猫呢?"

"下水道。"

听到焚尸炉三个字,我想,绝大多数动物,更愿意埋在教堂背后,三棵樱花树下,而非奥斯维辛。

医生打开电脑,从文件里挑出一张照片说:"我有个习惯,每只在我手里死去的宠物,都会给拍照留念——喏,就是这张,是不是你们要找的猫?"

我盯着电脑屏幕,躺在托盘里的死猫,既瘦而大,纯黑身体与尾巴,雪白肚子和四肢,眼角有白色液体,可能是死亡时流出的脏东西。

真的很像猫王乔丹。

六

数日后,上海的气温再降。曹家渡的许多树叶,犹如城郊结合部洗剪吹染发的乡村少年,颜色从翠绿到金黄到咖啡色不等。"禅师"病了。他不认为病因是上回跟人打架,也拒绝承认年纪大了难以抵挡风寒,自称是为寻找猫王乔丹而急火攻心。

我陪他去过一次曹家渡街道医院,从他家抽屉最底下掏出发霉的医保卡和病历卡,发现他已有七年没去过医院。挂号和收费窗口排着长队,大部分人年龄并不比他大,乐此不疲地取着药。我帮他排队挂号,带他找到门诊医生。我看到女医生露出不快的眼神。她打开原本紧闭的窗户,一句话都没问,也没做任何身体检查,戴上一副大口罩,就在病历卡上龙飞凤舞。突然,老头从医生手中抢过病历卡。女医生猝不及防,但手指头抓紧病例卡的一角,直接撕掉半页纸。灰白的大口罩后面,惊恐的双眼闪烁,爆出一句愤怒的上海话"侬啊是有毛病啊?老棺材!"

老头已摔门而去,穿过狭窄曲折的走廊和楼梯,冲出街道医院。深秋街头,遍地落叶,犹如烤糊了的煎蛋。我在后面追问他啥事体?老头像只参毛的老公猫说,那个女医生嫌鄙他有一身猫味。我苦口婆心劝他回去,徒劳而已。

"禅师"固执地不去医院,在家里煎了好几包中药。次日,我去找他,刚走进楼道,鼻子里全是苦兮兮的味道,令人回想起住在这栋楼里的旧时光,疾病缠身如药罐头的外公。我在门口碰到隔壁的大妈,天主教堂义工,也是居委会成员。大妈说,邻居们投诉过无数遍,说老头儿家里太臭,总有流浪猫翻墙进出,有时跑错到别人家。但老头儿屡教不改,宁愿跟整栋楼的全体邻居为敌。有些楼上的家伙不怀好意,把脏东西直接扔到底楼天井。她让我劝劝老头儿,喂流浪猫不是不行,但要掌握分寸。我看着大妈胸口晃着的十字架,摇摇头说我尽力吧。

一进门,"禅师"问我:"隔壁的寡妇又说了什么?"

"哦,让你注意身体,有病一定要去看病,不要关在家里煮中药,邻居们又要投诉103室的怪味道啦。"

"放屁！"他绝对是在门后偷听呢，"不要把她的话当回事。"

"她喜欢你吧？"我想我说出了真相。

老头关掉煤气灶的火，从铝锅里倒出一碗中药，味道像发霉了七天的猫屎。他把我引到客厅，故意把电视机的音量调大，低声说："我早就知道。"

两只流浪猫从我脚下窜过，看起来有气无力，大概被中药味熏的。他正在看NBA，洛杉矶湖人vs金州勇士，杜兰特又一个暴扣，斯台普斯球场鸦雀无声。第三节休息，大胸妹子啦啦队上来跳舞，我放下一筐水果，抱起名叫帕克的花狸猫。"禅师"非但不谢，反怪我没带猫粮。

老头掏出个铁皮罐头，黄色与红色包装，印着"乐口福"三字。他用指甲撬开盖子，倒出黄色粉末，用热开水冲进搪瓷杯。屋里除了中药和流浪猫的气味，多了浓浓的奶粉与可可味，麦乳精？他说放心喝吧，没变质，现在超市里还有卖。我啜了一小口，果然是童年味道，极甜而腻，尤其黏稠，现在没人受得了。时光在此折叠，而我上次喝麦乳精，也是在这个房间，外公亲手给我冲的，而他已没了二十多年。

我家还在曹家渡的时光，外公住过多次医院，未能逃脱最后一次。有一晚，我从医院探望出来，独自走了好久回家，沿着江苏路到三官堂桥，眺望整个曹家渡。也许年轻气盛的猫王乔丹，就藏在某个屋顶的瓦片间。一抬起，意外发现满天星斗，那是在上海能用肉眼看清猎户座三颗星星的最后一年。那年深秋，外公没了，我家从曹家渡搬走。小白死后，我爸养了几十只鸽子。我还有两只长毛兔，一只小乌龟，一对虎皮鹦鹉，家里一度挂满圆的方的各种鸟笼。更别说蟋蟀、金铃子、叫蝈蝈……爸爸被迫杀死鸽子和兔子，煮了一冰箱的鸽子汤与兔头，精心修理的花园变成荒芜的圆明园。

当我说起悦达889广场宠物诊所提供的线索，"禅师"吐出一口痰："猫有九条命，猫王就有九十九条命，它不会轻易死的，除非见到尸体。"

1995年，乔丹成为方圆一公里内的猫王，统治核心在苏州河边的菜市场，连续让三十六只母猫怀孕生了上百只小猫。流浪猫家族风调雨顺，公猫荷尔蒙旺盛，母猫春心荡漾，老猫身体健康，该交配的都交配了，绝无剩男剩女，几乎每一窝小猫都存活了。大量居民投诉，流浪猫发情叫春扰民，影响准备高考的孩子复习。许多人家过年把咸鱼、风鹅吊在阳台上，常常半夜被飞檐走壁的贼猫掠去。秋冬季，马尔萨斯理论应验，恰逢严重的通货膨胀，菜市场价格暴涨，肉食供应紧张，水产尤其金贵。僧多粥少，要贴秋膘的猫，饿得皮包骨头。往年是鼠患猖獗，而这一年的老鼠被猫吃光了，曹家渡猫满为患，大街上有成群结队的猫族出没，根本不惧怕路人，犹如打家劫舍的强盗，看到好吃的就蜂拥而上，引起街道党委的高度重视。曹家渡分属三区，干部们隔一条街老死不相往来，此番打破行政界线，坐在沪西状元楼开现场办公会。一众人酒足饭饱，糟溜黄鱼和醉鸡在胃里发酵，联合发起规模空前绝后的"灭猫运动"。各居委会大妈带头，在主要路口张贴横幅"严格执行计划生育，严厉管控野猫数量"。计生委传授各种绝招，大量投放含有毒药和避孕药的猫食；联防队员彻夜巡逻，看到流浪猫就用网兜捕获，送去猫肉煲批发市场；他们在流浪猫最喜欢出没的地方，放置危险的捕兽夹，夹伤了一个男孩的腿才撤掉。每天早上，都有几十只猫横尸街头，更不用说在阴沟里饿死与冻死的，死猫腐烂的臭气熏天。1995年是中国乙亥年，"禅师"将之记录为"乙亥之乱"。猫王为保护家族，跟三个街道的干部，进行持久而惨烈的对抗，无数次偷袭联防队员，许多人被它抓伤咬伤。它甚至夜闯街道办公室，在主任的桌上留下猫屎，撕烂"灭猫运动"的红头文件。街道办恼羞成怒，贴出告示，悬赏两百块，捉拿"恶猫"，打死也给钱。每天都有"乌云盖雪"的死猫送到街道办，无法确认是否猫王，一律给两百块打发了。冬至过后，"禅师"给电视台写了封信，晚间新闻报道了"灭猫运动"，市领导刚出国考察归来，有感于猫狗在国外地位崇高，亲自写了条子，批示这种"运动"劳民伤财，破坏投资环境，有违国际大都市形象。"灭猫运动"无疾而终。经此一役，到了1996年春节，猫王家族的种群数量降到不及五十只，处于灭绝边缘。第二年，曹家渡的老鼠泛滥成灾，街道办再次动员居委会大妈张贴横幅，开展了一场声势浩大的灭鼠运动。

说话之间，有那么几秒钟，"禅师"变得一动不动，仿佛一具骷髅，或一尊化石。我不太相信如此戏剧性的故事，1995年的"灭猫运动"，更像天方夜谭。不知不觉，麦乳精已见底，我的胃里装满奶粉、可可豆、小麦粉。这个布沙发有热烘烘的猫味，让我像个小男孩昏昏欲睡，我随口说了句："禅师，你这个故事足够拍一部电影了！"

"电影？"老头像个侏罗纪公园的长颈龙起来，"我想起一个地方——沪西电影院，放映厅楼上有很多猫窝。有一年，猫王乔丹是在那里过冬的。"

七

第一次到沪西电影院，约是1990年的暑假。我记得是部美国科幻片，最后是座海岛，有戴草帽的巨大石像，多半是复活节岛，发现史前的地外文明。放映厅黑漆漆的，冷气开得很足，银幕上的画面让我害怕。走出电影院，回到烈日下，双眼被晒得睁不开，只觉得生活在社会主义中国真幸福，至少外星人不敢入侵我们神圣的祖国，不是吗？那时候，沪西电影院有个巨大的圆弧形门面，不可一世地坐落在曹家渡五岔路口的东北角。大门两边的海报，画着最新的美国或香港电影。直到搬家离开曹家渡，才知道那些片子早已过时。

夜深后，我把车停在花鸟市场，出门右拐，一楼东北饺子馆，二楼香辣蟹，三楼才是电影院。顶上有栋30多层的高楼，停业施工了整整五年。楼顶伸出个巨大的塔吊，宛若《星球大战》的飞船，永远悬挂在曹家渡中心的十字路口上空。沿街有个不起眼的售票窗口。午夜有三场电影：郭敬明老师的《小时代》、卡梅隆老师的《阿凡达》与《泰坦尼克号》。

三选一，我勾3D修复版《泰坦尼克号》。

坐电梯上三楼。早已不是童年的电影院，墙上贴着过期的海报，从《重庆森林》《大话西游》《黑客帝国》再到《暮光之城》。我看了眼电影院的介绍——始建于1926年。共产党与国民党还在"蜜月期"，北伐军刚从广州启程。曹家渡属于北洋军阀地盘，但不妨碍歌舞升平，阮玲玉甚至还没出道，人们只能看无声电影。90年后，我独自坐进幽暗的午夜场，怀疑是否再次看到黑白默片。按照那个时代的习惯，影院里有一支管弦乐队，为银幕上的无声对白配乐，在大西洋的落日里响起《My Heart Will Go On》。

戴上3D眼镜，艨艟巨轮驶离英格兰海岸，茫茫无边的大西洋上，嫩得出水的莱昂纳多·迪卡普里奥面向镜头，救下将要轻生的露丝。放映窗里射出一束白光，银幕时而昏暗时而刺眼。整个厅里只有两名观众。她与我相隔三排座位，清汤挂面的长发间，脸庞被黑色眼镜遮挡。

一个半钟头后，巨轮撞上冰山。3D效果让我产生一种错觉，仿佛被冰刀刺破肚子。紧张时刻，背后传来什么声音，会不会是猫王乔丹？我一回头，看到长发妹正哭得稀里哗啦。犹豫两秒，我坐到她的身边，掏出餐巾纸给她。恰好银幕上灯火通明，她摘掉眼镜，看来与船上的露丝年纪相仿。

"我吓到你了吧？"她擤着鼻涕，泪水反射朦胧的光，像黑夜里流浪猫的眼球，"这部电影我看过十二遍，每次看到这里都会哭。"

"没关系，谢谢你，让我没一个人看电影。"黑漆漆的电影院，只有我们两个人，我担心被当作骚扰的痴汉，"请问，你有没有看到过一只猫？"

她在黑暗中注视我的双眼，开出一张不是变态的鉴定证书："你的猫长什么样？"

"不是我的猫，它是曹家渡的猫王。"我越是显得一本正经，就越是显得有精神病。然后，我用了漫长的三分钟，详细描述猫王乔丹的所有特征。

她戴回3D眼镜，不想漏过泰坦尼克号的沉没："我记得这只猫，在我楼下看到过两次。"

突然，她尖叫。我没有占人便宜，打开手机光束照着地下，座位尽头窜过一条黑乎乎的尾巴。不是猫，是老鼠。她没逃跑，只是换了个座位。她说常来这里看午夜场电影，但没遇到过老鼠，真是见了鬼。泰坦尼克号彻底沉了。如果，船上有只叫乔丹的流浪猫，是从冰海中逃生还是伴随成千上万只耗子沉没？

电梯停了，只能走楼梯下去，我没有发现猫王的踪影。

影院门口是露天排档，白帽子的穆斯林在烤羊肉、板筋和鸡翅。惨白路灯下，烟雾浓重如灰色的云，被寒风糅杂上夜空，横亘在天主教堂的十字架上空。食客们坐在小板凳上，多是刚从附近各家娱乐场所下班。撸串的还有两个老外，斯拉夫人长相的金发美女，身材甩了露丝不知几条街。子夜后，秋风甚紧，我们坐在小方桌边。这边厢寒露逼人，我的鼻涕与眼泪同时掉落，用光了一包餐巾纸。她倒不怕冷，风吹得发丝乱飘，露出一截子雪白头颈。

"我叫小鱼。"她补充一句，"我姓鱼，你知道鱼玄机吗？"

"嗯。"我知道那个唐朝女人，有人说她是荡妇，但我不能这么跟她说。

她又说，猫爱吃鱼，她天生怕猫。小时候，碰到猫毛就全身过敏，医生说严重点会要她的命。烤鱼来了。我隔着烟尘看她，像看一条刚被猫逮住，还没被刮鳞的活鱼："那你不适合住在曹家渡。你来这里多久了？"

"不到一年。"小鱼是北方人，眼睛细长，薄嘴唇，高而直的鼻子，像只白猫，"你呢？"

看着空旷的十字路口，我想了想说："20多年。"

"哇。"她吐出烤鱼里的小刺问，"你为什么要找那只猫？"

"为什么？"这个问题难倒了我，"不知道。"

我啃着烤串，转头看马路对面，哥特式的教堂钟楼下，有只通体雪白的大猫走过。我在"禅师"家里看到过它，名叫保罗·加索尔。

小鱼的话不多，但比我多一些。拉拉杂杂说了几回合，像剪碎了的电影蒙太奇。我大致听出，她在曹家渡的写字楼上班，住在旁边的高层小区，租的单身公寓，养了两只仓鼠。

"喂，我家楼梯走道里，有一窝被母猫遗弃的小猫。但我不能养猫。既然你喜欢猫，求求你把它们抱走吧。"她咬着我的耳朵说。我在群里听说，偶尔会有母猫遗弃小猫，多半是初次怀胎，相当于我们的少女妈妈，毫无经验，自己也被生孩子吓坏了。

离开排档，走几步就到她的公寓楼。小鱼在前面，头发丝几乎飘到我眼里，带着烧烤的烟熏味，让我忐忑不安。这块地皮当年是上海绢纺厂，初中时，老师带我们来这个厂实践劳动过，不知哪一年关门拆了？她按了电梯的19楼。幽闭空间，带着两个人扶摇直上。也许不存在被遗弃的小猫，只是个露水姻缘的借口。我很想随便按个楼层逃跑，但为时已晚。我们出了电梯，走廊很长，全是小户型单元，出租给外来人员，租金在四千到六千元。

"小猫在哪里？"我煞有介事地问了句。没想到，她领我到逃生通道，推开一扇防火门，果然有个纸板箱的猫窝。我看到被褥，还有猫粮和猫砂，最后是四只小猫。

然后，我听到了小鱼的尖叫。

它们都死了。一窝小猫，总共四只，血肉模糊，墙壁和楼梯上，沾满血污，就像《德州电锯杀人狂》的拍摄现场。我能闻到空气里刚飞溅过血珠子的味道，在半封闭的逃生通道中挥之不去。我的鼻子颇为恐惧地连打七个震耳欲聋的喷嚏，恐怕惊醒了整层楼里熟睡的人们。我强迫自己靠近猫窝，像个勘察现场的刑侦人员。这些猫都被开膛破肚了，内脏和脑浆四溢。猫窝还有余热，说明惨案刚发生不久，我在隔壁电影院看《泰坦尼克号》同时？

我把小鱼送到家门口，然后说再见，没有交换联系方式。

<h2 style="text-align:center">八</h2>

虐猫？

以前不是没发生过，比如杀流浪猫冒充羊肉串。"禅师"说曹家渡的地下有股戾气。七十年前，当他光着屁股在苏州河里游泳，此地尽是妓院、赌场与鸦片馆，或三者合一。曹家渡既是贫民窟，也是销金窟，更是亡命窟。解放后，三官堂桥下的咸肉碎尸案，死者身上有副带小孔的扑克牌，公安局遂据此破案，凶手是变扑克牌戏法卖圆珠笔的小贩。

教堂背后的三棵樱花树，"禅师"代替法医，检查被虐杀的三只小猫。伤口不是被刀切开的，而是某种锯齿状的工具，异常残忍。若是人类所为，绝对畜生不如。我问会不会是公猫干的？偶尔公猫会杀死小猫，为了提前与母猫交配。这种事一旦出现，猫王乔丹便会立即干预，犯事的公猫会遭严惩，轻则终身驱逐出曹家渡，重则横尸街头以儆效尤。我用铁锹挖开树下泥土，随处可见猫的碎骨头。个别头骨还很完整，跟活猫的形状完全不同，像某种史前怪物。

"1999年，我在这里埋葬了至少三百只流浪猫。"老头回忆，那年夏天，三角形小草坪光秃秃的，四周竹林低矮。如今的教堂还没影子，曹家渡依然是五岔路口，沪西电影院刚被改造。

公元后第二个千年结尾，传说世界末日将临，8月13日英仙座流星雨的一夜。虽然，全人类平安过渡到了新世纪，但对曹家渡的流浪猫来说，1999年是个不折不扣的世界末日。老头将之命名为"流星之疫"。中世纪的鼠疫，杀死过一半的欧洲人，从1347年一艘来自黑海的帆船里的老鼠开始的。1999年的"流星之疫"，也来自苏州河的樯橹。那艘运鲜肉的船上，窜出几千只老鼠。港务部门禁止该船靠岸，但老鼠都是游泳健将，化整为零，密密麻麻爬上堤岸。猫王乔丹率领它的家族，守候在河边各个角落，逮住老鼠们大快朵颐，吃不下也得弄死。曹家渡鼠尸遍野，环卫局打扫了整整一昼夜。

七天后，瘟疫爆发。老鼠对猫的报复。轮到流浪猫横尸街头，皮肉溃烂，口吐白沫，眼珠弹出，从长宁路到长寿路臭气熏天。环卫工不敢再来处理尸体，因为有老鼠的前车之鉴，害怕传染上什么毛病。只有"禅师"亲手埋葬了三百只死猫，公墓就是那三棵樱花树。不仅草坪，还有旁边的竹林和绿地，全被他用铁铲耕耘了一遍。接触过那么多死猫，人们都认为老头必死无疑，看到他就远远躲开。隔壁邻居简直用消毒药水在洗澡。然而，老头活得好好的，曹家渡的流浪狗也安然无恙，更无任何人染病。据说这是某种潜伏多年死灰复燃的病毒，但只传染猫和老鼠这两个物种，对人类和其他动物完全无害。原来，猫鼠才是同生共死的关系。

猫王乔丹捕鼠最多，当然没能逃过病毒，尽管身强体壮，这次也病得奄奄一息。为了救猫王的命，"禅师"骑着自行车，把它放在网兜里去找医生。那时宠物诊所很少，他跨过三官堂桥，沿着曹杨路往下骑了四十公里，找到乡下的兽医站。猫王吊了一星期药水，老头就住在乡下，白天一刻不离地盯着，晚上睡在它身边。他知道乔丹的脾气，哪能安分守己接受输液？

终于，猫王起死回生，老头又骑着自行车把它带回曹家渡。染上瘟疫的流浪猫，差不多都死了，幸存下来如猫王的不过寥寥数只。四年后，当非典来袭，曹家渡街头人迹罕至，倒是成群结队的流浪猫们，放心大胆地躺在大好春光下晒太阳。

天冷后，黑得早，教堂尖顶化入天空。三棵樱花树下，我代替"禅师"挥舞铁铲，埋上最后几抔黄土。这窝不幸的小猫，很快会变成一堆骨头。我是斯蒂芬·金的脑残粉，他的《宠物公墓》写一只被阉割的猫，被公路上的车撞死。它被男主人埋入宠物公墓，当晚就活着回来了。虽然还是那只猫的身体，灵魂却早已被替换……这是我读过的恐怖大师最恐怖的小说。如果，这三棵樱花树就是宠物公墓，我的小白是否早已复活？

葬礼毕，围观默哀的流浪猫散去，就像殡仪馆散场的人群彼此寒暄，互相给个眼神或蹭一蹭痒，想想身后事，也是猫间十五年，与天地长久相较，如梦又似幻；一度得生者，岂有不灭者乎？织田信长若是只流浪猫，作为尾张的猫王，前往桶狭间奇袭来犯的骏河猫王今川义元，大概也会如此高歌一曲。那么猫王乔丹，在整个上海西区的流浪猫战国中，究竟是怎样的一个角色呢？至少不是老乌龟德川家康。鉴于猫的平均体重只有人类的1/15，在猫的眼中，人类的一切都要放大十五倍。我们的住房就是宫殿，小区和商场都相当于小型城镇。曹家渡，则是布满高耸入云的钢筋山峰，内里连接无数层复杂如迷宫的宽阔山洞，平畴阡陌由沥青浇灌，白线与黄线纵横之间，飞奔着危险的钢铁巨兽，再不济也是突突突的助动车铁马，其间点缀着山川密林、丘陵沟壑，真是个阿西莫夫笔下的未来国度。面积远远大于梵蒂冈，介于新加坡与马耳他之间。人类是这个国家在白天的主人，猫王乔丹就是黑夜的帝王。

"禅师"抬头看着对面的高楼，他猜那个虐猫的变态，很可能住在那栋楼的某个窗户里，说不定正躲在窗帘背后，拿望远镜窥视我俩呢。我有些担心，猫王乔丹虽有九十九条命，但碰到这样一个魔鬼，恐怕也难以侥幸逃脱。但我没有放弃，发动了我微博上的280万粉丝，还有微信公众号、今日头条、知乎专栏，以及一切可以动用的资源，甚至惊动了静安区团委，帮助我发布寻猫启事。

但我知道，最终能找到猫王乔丹的人，唯"禅师"一人。

九

不知从何时起，曹家渡成了风月地，密集盘踞着几家有名的夜总会。我有个小学同学，外号"麻皮"，当年家住大自鸣钟，这几年还有联系。他约我吃了顿饭，胡扯些半真半假的风流韵事。他说附近有家夜总会，以前经常请客户玩，但最近不能去了。我问他原因，麻皮掏出块手帕，耐心地叠成小老鼠形状："鼠灾。"

"带我去看看吧。"我低头摸了摸皮夹子，"我请客。"

夜总会就在隔壁，却已门庭冷落，原来的豪车都不见，倒是停满了助动车。小弟殷勤地把我们引入大厅，红地毯两边布满老鼠夹与粘鼠板，正好有只灰老鼠被粘住，发出吱吱的惨叫声，被小弟丢进滚烫的开水桶，扑腾几下发出嗞嗞的火锅涮肉声后安静了。装饰着LV、迪奥与爱马仕LOGO的包房，悬挂拿破仑在奥斯特里茨战役的油画，皇帝的左颊有道伤口，乍看是被库图佐夫的士兵用燧发枪狙击的，其实是被老鼠咬破的。沙发角落里散落大大小小的糖丸，若是警察来了必当作摇头丸的证据，旁边却压着文字警告"老鼠药，请勿食用"。

麻皮说，原本这家店一只老鼠都没有，但在短短两个礼拜，老鼠从厨房、厕所发展到包房。夜总会想尽各种办法，无法解决鼠患，客人与漂亮姑娘们一个个被吓走。

"养猫呢？"

"早就试过了，那些宠物店买来的猫，看到老鼠就吓得屁滚尿流。"他拍拍我的肩膀，吩咐妈咪把姑娘带出来，"现在剩下没逃走的，都是些歪瓜裂枣的，你可别看恶心了哦。"

妈咪只带进来四个姑娘，前面三个确实吓到我了，但我认出了最后一个。

"小鱼？"

她戴着沉甸甸的假睫毛，脸上抹着厚厚的艳丽妆容，我依旧喊出她的名字，就像一只猫看到出水扑腾的鱼。跟我在沪西电影院看过《泰坦尼克号》的姑娘，仿佛在灌满冰冷海水的宴会厅中，她认出了我，低下面孔，转身就走。

麻皮却说："等等！这姑娘不错啊！"她被拽回来。麻皮把她让给了我，毕竟今晚我买单，而他挑了个《葫芦兄弟》里蛇精脸的姑娘。麻皮开心地喝着小酒，催我点歌。而我沉默是金，不敢看身边的小鱼。她倒是唱了首歌席琳迪翁的《My Heart Will Go On》。妈的，她唱得真好。麻皮完全听呆了。MV 画面是电影原版。纵然一只老鼠从墙角窜过，也打不断这良辰美景。

一曲终了，麻皮起身鼓掌，敬了小鱼一杯。她不推辞，豪爽地一饮而尽。麻皮的兴致来了，点了首《黑猫警长》，抓起话筒高歌："眼睛瞪得像铜铃，射出闪电般的机灵。耳朵竖得像天线，听着一切可疑的声音。你磨快了尖利的爪，到处巡行。你给我们带来了生活安宁，啊哈哈啊啊啊！黑猫警长！啊哈哈啊啊啊！黑猫警长……"

酒过三巡，麻皮夸我的歌也唱得好。我笨拙地面对点歌屏幕，按照歌手点歌的菜单里，看到个熟悉的名字。当我还住在曹家渡，一天在学校早操前排队，有个同学突然说陈百强死了。于是，我点了《一生何求》。这是个 TVB 剧的主题曲，唱到副歌，仰头发出高音，天花板的贴脚线，爬过七八只黑色的大老鼠。它们真有音乐细胞。

但我听到了姑娘的尖叫。我继续唱，直到把高音唱破，地板上钻出几十只老鼠。也许是我唱得太过投入，仿佛被歌手灵魂附体，引来整个夜店的鼠类，汹涌的灰色洪流。麻皮还没喝醉，他也逃遁无踪。小鱼夺过我的话筒，低声问："你走吗？"我抓着她的胳膊，冲出老鼠们的包围，跳梅花桩似的踮着脚尖，以免踩死这些小动物。

一路狂奔，逃出夜总会。我深呼吸，寒夜里的空气，带着浅浅的雾霾。望向曹家渡的中心，永远施工中的高楼，彻夜响着机器轰鸣。"你还会来吗？"我问小鱼。但她摇头，金黄色的路灯光束，笼罩脸上半寸厚的粉底，宛如敦煌洞窟里的画像。她卸掉假睫毛，拎着 LV 包走入黑夜。不晓得是去看一场午夜电影，还是去哪个男人身边？我独自走到十字路口，凝视头顶高耸入云的施工塔吊，仿佛一根刺入星空的巨大阳具。

十

"你谈过恋爱吗？"

"谈过。"

"嗨！什么时候？在哪里？她是谁？漂亮吗？个子很高吧？"我的脑子抽筋，莫名向"禅师"提出这一连串问题。这不符合我的性格。对于七十九岁的老头，一辈子没结过婚，我不可能得到真实的答案，我想。

"在部队里，你猜得没错，她差不多跟我一样高，也是打篮球的。"

"跟你很配啊，为什么没结婚？"

"她死了。"老头放开双手,怀里一只叫基里连科的大白猫,喵呜一声跳走。

不知是中药起了作用,还是身体底子太好,他的病基本痊愈,但后背再也不能挺直,像只阿拉伯的老单峰驼。"禅师"说出去找找猫王乔丹。我陪他走出孤零零的六层楼房,回望我住过四年的旧地,像一座关门歇业的博物馆。种着玻璃碴儿的墙顶,走过一黑一白两只流浪猫,也许是对刚打得火热的情侣,明天又会各奔东西。猫就是这样的物种,淫荡滥情并且天亮说分手,很适合为约炮软件代言。

爬上横跨苏州河的桥面,对面有个地铁站,过桥步行几分钟就到曹家渡的中心。这条河的两岸布满高楼,偶尔点缀几块绿地,包括天主教堂背后的三棵樱花树。曹家渡花鸟市场,坚固而硕大的四层楼房,仿佛扼守着河岸的巴士底狱堡垒。武宁路桥被改造成山寨版的巴黎亚历山大桥,每夜灯火通明地照亮可笑的欧式雕塑,大概为了跟家乐福的法国外墙保持一致。

河面上卷来刺骨的风,老头穿着羽绒服,白发被吹得像只毛茸茸的猫,高得就像桥上的路灯。他盯着桥栏下面,静水深流的苏州河:"1949年夏天,我在这条河里游过泳,就是从这个位置跳下去的。"

刹那间,我几乎要搂住他的腰。"禅师"放声大笑,骑助动车路过的快递员异样地看他。

"不要怕,找不到猫王乔丹,我是不会死的。"老头说。

他生在三官堂桥下的老房子里。那一年,曹家渡的太平岁月终被打破,太阳旗飘扬在上海天空,数万难民从闸北虹口逃亡而来。老娘被炮声吓得没了奶水,只能用米汤把他喂大。他爹是英商电车公司的司机,每天威风地驾驶有轨电车在曹家渡与南京路间来回。不知何故,爹娘与兄弟姐妹都是中等个头,他却比别的孩子大一圈,被叫作"长脚"。对面工厂有个日本工程师,他的小女儿带来一只叫小雪的白猫,他在马路边种了三棵樱花树,据说是从京都带来的种子。天皇在广播里宣读投降诏书那天,工程师仓皇逃回日本。一年前,他的女儿就得白喉死了,小雪被遗弃成了流浪猫。七岁的"禅师"把它捡回家,在第二次世界大战的胜利日,展开七十年的养猫史。据说,我的小白就有这只猫的血统。

四年后,小雪病死,他又养了三只流浪猫。解放军进上海,一支炮兵过曹家渡,他抱着三只猫,挤在箪食壶浆的人群里,盯着乌黑发亮的炮管,发誓这辈子要当炮兵。十七岁,他如愿以偿成为炮兵团最高大的士兵,连长说他是填弹手的好料子。恰逢军区组建篮球队,教练看中他一米九的个头,立刻挑进体工队。他对篮球一窍不通,对连一次开炮机会都没有过耿耿于怀。

隔壁的女篮队里,有个叫小雪的姑娘。哈尔滨人,皮肤白得吓人,据说有一点点白俄血统。她的弹跳力出众,既可在内线单打,也能拉出来投三分,最强是篮板。多年后,"禅师"还记得小雪半夜打开球场,单独训练他上篮和罚篮的基本功。矫正投篮手形时,不可避免身体接触,他的心脏怦怦乱跳,像只死里逃生的猫。他们谈了七年恋爱,但有一个约定,必须进国家队才考虑结婚。三年自然灾害后,她入选了国家队,他因基本功太差而落选。1966年夏天,军区篮球队的最后一场比赛,小雪突然摔倒在球场上。当他背着她跑到医院,她的心脏安静下来,在他的背上渐渐变凉,像那只叫小雪的猫。

小雪死于马凡氏综合征。这是一种先天疾病,患者身材高瘦,手脚细长,容易心脏病发猝死。很多NBA的巨星,都在现役或退役后死于马凡氏综合征。

"但我没这种病。"老头补充一句,伸出巨大的手掌,抓紧桥栏杆,"你满意了吗?"

"对不起。"我为好奇心向他道歉。

那年夏天,他从部队退役,回到原籍的上钢八厂,做了一辈子机器修理工。钢铁厂在曹家渡隔壁的武宁路桥下,紧挨我念过的五一中学,每次路过大门,都能望见整堵墙上豪迈的标语"全世界无产者,联合起来!",仿佛从切·格拉瓦到加西亚·马尔克斯还有菲德尔·卡斯特罗纷纷遥相呼应。曹家渡、大自鸣钟还有曹杨新村,住这一区的多是工人阶级,我也是工人的儿子。中学毕业后第二年,我们学校就被拆了,原址造起金碧辉煌气象万千的夜总会,与斜对面的天上人间并称魔都夜生活"双璧"。唇亡齿寒的上钢八厂,在"禅师"退休前一年,联合了"全世界无产者"一并化为废墟。至于他回上海以后的五十年,有没有再谈过恋爱,我没问下去。

夕阳洒在苏州河深灰色波纹上,像一整块打碎了的玻璃。我幻想看到猫王乔丹走过屋顶瓦片。乌云盖雪的皮毛,洒上一层金黄光芒,如油香四溢的焦糖布丁。我们下桥。遍地法国梧桐的枯叶,被狂乱的西风召唤,如一大群黄皮老鼠狂奔而来。

十一

我陪"禅师"在苏州河上吹风的第二天,隔壁的大妈传来消息:教堂出大事了。

天蒙蒙亮,我和老头赶到教堂。好几个义工守在门口,更多的流浪猫蹲守在台阶前。它们的耳朵都往后竖,眼睛细眯起来,焦躁不安地来回走动。"禅师"说,猫的每种动作都有不同的含义,这个就说明看到了某种猎物。大妈给我们开门,教堂地板上铺满老鼠。不,是老鼠的尸体。我有些害怕。弥撒已经取消。"禅师"蹲下来琢磨,甚至抓起一只老鼠尾巴,倒吊起来观察。老鼠的喉咙都被咬断,血被放光——教堂里这么说很是亵渎,但这确是猫王的风格。他能闻到乔丹的气味,在千万只猫中绝无重复,就跟老头自己一样,钢种锅里煮了几十年的老荷尔蒙,不甜不腻,浓稠绵密。

猫王乔丹并非嗜杀的冷血动物,吃饱喝足的前提下,不会随意捕杀老鼠,除非被逼到绝路。十五年前的冬天,它让一只年轻的母猫怀孕,小猫出生没几天,母猫出去觅食的空当,整窝小猫被大老鼠咬死了。猫王开始对老鼠疯狂报复,捉住的每只老鼠都不吃,而是咬断喉咙放血而死。这么做并不残忍,甚至是最人道的一种死刑,至少痛苦的时间极短。而一只顽皮的公猫,有九十九种既残忍且漫长的方法虐杀猎物。

本堂神父也来了,是个中国人,穿着便装,对我们和颜悦色。我想起《悲惨世界》开头放走冉阿让的米里哀主教。大妈介绍我们是灭鼠高手,我没表示反对意见,对"禅师"来说也不为过。神父带着我们走进地下室,没有发现宝藏或秘密,却看到一窝小猫的尸体——跟我在对面公寓楼上发现的小猫一样,开膛破肚,血肉模糊,必是同一作案凶手。

昨天晚上,本堂神父听到有小猫惨叫,就下来看了一眼,结果发现了恶魔。

"恶魔?"我对于此类话题,尤其是教堂地下室,总是深感兴趣。

那家伙难以详细描述,总之就是个怪物。从未见过的物种,体形差不多比猫还大,但绝对不是猫或近似动物。更不可能是狗。本堂神父背了《圣经》里一段话——

> 我又看见一个兽从海中上来,有十角七头,在十角上戴着十个冠冕,七头上有亵渎的名号。
>
> 我所看见的兽,形状像豹,脚像熊的脚,口像狮子的口;那龙将自己的能力、座位和大权柄,都给了它。
>
> 兽的七头中,有一头似乎被杀至死,但那死伤却医好了。全地的人都希奇,就跟从那兽,又拜那龙,因为它将权柄给了兽;也拜兽说,谁能比这兽?谁能与它争战?

苏州河爬上来的水怪?想想苏州河流到黄浦江,黄浦江又从吴淞口潜进长江入海口,转个弯就摸到浊浪滔天的东海,穿过琉球群岛便是几千米深的太平洋,天知道藏了什么史前巨兽?比如日本人的哥斯拉,犹太人的利维坦,抑或福岛核电站?

不管是老鼠,还是虐杀猫的变态者?还是圣经里的恶魔?有一点确凿无疑,猫王乔丹还活着,它在进行一场殊死搏斗,而且没离开曹家渡。这个发现让"禅师"略感欣慰,他很快就会再见到乔丹。为不辜负灭鼠高手之名号,我们帮助教堂里的大妈们,戴上口罩和手套清除死老鼠。"禅师"动作娴熟,看来精于此道。而我没敢吃午饭，害怕会呕吐一地，果然连晚饭都没吃上一口。

在天主教堂忙了一整天，直到黄昏走出这扇门，我俩依然是一对异教徒。教堂门口的小广场，隔壁商场的灯光照在"禅师"身上，投射出骷髅般的高大背影。我回头看自己的影子，怀疑多了一根尾巴。正对曹家渡中心的路口，有个长头发的流浪歌手抱着吉他，慢慢地唱一首英文歌："Love me tender, love me sweet; Never let me go. You have made my life complete. And I love you so."

猫王正分身在曹家渡的无数个角落悄悄凝视我们，我这么温柔地想着。

十二

第一次看乔丹打球，是我搬家离开曹家渡的那年。迈克尔·乔丹第六次加冕得分王，第三次成为常规赛MVP，芝加哥公牛在"禅师"率领下创纪录的67胜。季后赛，公牛三比零淘汰迈阿密热火，七局大战险胜纽约尼克斯，东部决赛六场击败克利夫兰骑士，总决赛对手是"滑翔机"德雷克斯勒领衔的波特兰开拓者，乔丹戴上第二枚总冠军戒指。以上，我是分别通过报纸体育版，晚七点体育新闻，以及周末的电视录播目睹的。第二年，我家搬到静安区的昌平路，芝加哥公牛拿到第一个三连冠，总决赛击败菲尼克斯太阳和巴克利。三十岁的乔丹退役，打了个不成功的棒球赛季，翌年归来。95—96、96—97、97—98，芝加哥公牛拿下第二个三连冠。世纪末，乔丹第二次退役。

第一次知道乔丹，却不是打篮球的23号，而是《丧钟为谁而鸣》的罗伯特·乔丹。这本书我艰难地看了半个暑假。海明威笔下的白人乔丹，在西班牙内战中想起《圣经》时代的约旦河，因为他叫Jordan。耶稣就是在这条河里，接受施洗者约翰的浸礼，后来才有Jordan这个姓氏。无论美国或英国，约旦与巴勒斯坦，世界上有无数个乔丹。它是一条古老河流，来自黑门山的雪峰，穿越戈兰高地与加利利海，奔向沙漠中沸腾的死海。他也是一个身高6英尺6英寸，站立摸高8英尺10英寸，助跑单脚起跳最高48英寸，地球上极少数可以在罚球线起跳扣篮的男人。而我正在寻找中的曹家渡的猫王乔丹，恐怕不会是我最后一个认识的乔丹。

2016年初冬的曹家渡，在我住过四年的房间里，"禅师"充满流浪猫气味的家，剥落的墙上贴着乔丹吐舌头扣篮的海报，对手穿着犹他爵士的战袍，当是1998年总决赛，也是乔丹和芝加哥公牛的最后一个总冠军。"禅师"又给我泡了杯麦乳精，我渐渐喜欢上了这种味道，而我过去最讨厌甜腻甚至牛奶。我想雇个钟点工来打扫房间，但被老头拒绝。十二月，持续降温，徘徊在五摄氏度左右，房间里没有空调，阴冷如西伯利亚的松针刺入每个毛孔。我缩在"禅师"的布沙发里发抖。一只肥大的流浪猫蹭过来，钻到我的脚下取暖，发出拉风箱般的呼噜声。

"这只母猫喜欢上你了。你看到它的大肚子了吗？怀孕了。"

"又不是我干的。"我难得开了句荤玩笑。

"它叫哈登。"

老头把母猫赶走，我忍不住狂笑出来："怀孕的大胡子哈登？火箭球迷知道吗？"

"你是哪支球队的球迷？"

"阿根廷。"

"吉诺·比利？"老头说出一个人名，长期在圣安东尼奥马刺打球，代表阿根廷击败美国拿到过雅典奥运会金牌，那届赛事 MVP。在曹家渡，它是一只活泼好动的年轻母猫，盘踞在原来三角形孤岛的街心花园。

"不，我是迭戈·马拉多纳的球迷。"我怯生生地回答。

"他是谁？来过 NBA 打球吗？"

"他在巴塞罗那和那不勒斯踢过球，拿过 1986 年的世界杯冠军，1990 年世界杯的亚军。"

"足球？"

"嗯，其实，我更喜欢足球。对不起。"我冻得牙齿哆嗦，"我的俱乐部主队是上海申花。"

"那群矮子！"老头说起中国男子足球，就像吃了一口成年累月的猫屎，"你念的是五一中学吧？就在我们上钢八厂隔壁，你们学校出过很多篮球运动员。"

"嗯，好像是篮球特色学校，但跟我没关系。有一次，学校里出现个巨人，绝对有两米多高，校长还出来迎接他，说是男篮国家队的优秀校友回来了。我挤在人群中看热闹，就像看一只长颈鹿或擎天柱。那时我还住在这间屋子里。"

"你就没喜欢过篮球？"

"喜欢过，1995 年的暑假，每天傍晚，电视台都在播《灌篮高手》。"我还记得樱木花道、流川枫、三井寿、赤木大猩猩以及安西教练，也能哼出主题曲《直到世界尽头》。两年前，我在电脑里听这首歌同时写了篇关于足球的小说，"咳，不说这个了。禅师，你是哪个球队的球迷？芝加哥公牛？"

"我是华盛顿奇才的球迷。"

"这……"我认识火箭的球迷，湖人的球迷，甚至马刺的球迷，但从未碰到过奇才的球迷。

"晚上慢慢说。"老头穿上长裤和外套，"出发时间到了吧？"

我请"禅师"看一场 CBA 的比赛。今年上海球市火爆，姚明的队伍战绩不错，球票要么售罄要么归了黄牛党，我托关系才搞到两张后排的票。冬天黑得早，教堂尖顶下的路灯刺眼。冲过曹家渡的绿灯，横穿晚高峰的上海，我不停地刹车、起步再刹车，像一场与困兽的搏斗，经过黄浦江下的隧道，直达位于浦东的体育馆。

人声鼎沸的球场内，"禅师"全程站在最后一排。我有五六年没在现场看过球了，耳朵与心脏有些受不了。双方都有前NBA球星，主队的外线大神三分雨，客队的黑人内线暴扣，大胸美女啦啦队表演过后，漫长的比赛结束。人们如泄洪的流水退场，球场灯光依次熄灭，空出大片座位，老头儿反而坐下。清洁工在打扫垃圾。我着急地催他，但他不动不响，有那么几秒钟，我以为他是不是猝死了？

"我第一次看NBA，是在1979年的夏天。"老头突如其来一句话，我被吓到几分。我陪他坐下，盯着空旷的球场上的篮网。

"哇，你那么早就去过美国？"

"我从没出过国。"他低头看自己长满肉刺的粗大手指，"中美建交，华盛顿子弹队访问中国，在万体馆跟上海队比了一场。"

那年夏天，万体馆的18000个座位全满，灰色、蓝色与绿色衣服的海洋里，四十二岁的他头发乌黑，穿着钢铁厂的工作服，在看台上鹤立鸡群。他记住了埃尔文·海耶斯的封盖，忘不了凯文·波特的助攻，动若脱兔的黑色巨人们，轻轻松松赢了主队20分。那天起，他不会再放过任何NBA的消息，收集所有报纸的体育版，早早买了电视机看央视的比赛录播。1990—1998年，他目睹了公牛的两个三连冠。1997—1998赛季，华盛顿子弹改名华盛顿奇才。2001年，迈克尔·乔丹复出，在奇才度过职业生涯的最后两年，彼时姚明已披上火箭战袍。

"你是华盛顿奇才的球迷，因为是你第一次看到的NBA球队？"

篮球馆差不多全暗了，保安打着手电来赶我们走。回到十二月的夜空下，气温降到接近零摄氏度，雨点冰冷细密。深夜十点，上海不再堵车。雨刷划过挡风玻璃，陆家嘴摩天楼顶的灯光，仿佛蹦极或自杀者从天而降，在引擎盖上稀里哗啦碎一地。车灯照亮浦东回浦西的隧道，电台放着今晚比赛的评论。我打开电吹风消除蒙上玻璃的雾气："我听说，以前冬天最冷的时候，黄浦江就会结冰。那流浪猫该怎么办？"

副驾驶座上的"禅师"闭着眼，半梦半醒地说："2008年，曹家渡后面的苏州河结过冰。"

二十一世纪，对流浪猫最大的威胁，不再是街道办、饥饿以及疾病。2008年，除了北京奥运会和汶川地震，"禅师"的编年史上标记为"五环寒灾"。1月起，南中国大雪纷飞，我飞去印度与尼泊尔，躲过了最冷的几天。每晚新闻联播，尽是京广线大雪封山，上百万人滞留火车站过夜；高压电线被冰封阻断，几万平方公里停电抢险救灾。气温降到零度以下，三棵樱花树冻得光秃秃的，花鸟市场的鲜花都蔫了，鸟贩子损失惨重，每天冻死上百只画眉八哥，唯独夜总会门庭若市。苏州河面结上一层薄冰,灰乎乎的半透明,能看到冰面下汹涌流水。不断有流浪猫冻死在屋檐下,幸存者逃难到居民家门口,有空调的商场和电影院,还有汽车排气管,又被碾死和烫死好多。每天早上,"禅师"都要拖着一麻袋死猫埋葬,公墓的泥土冻得硬邦邦,必须十二分力气才能挖开。

最可怕的,曹家渡来了另一群流浪猫。入侵者来自苏州河北岸,原本在沪西工人文化宫(我们从小叫它"西宫"),偶尔会流窜到南岸觅食,多数时井水不犯河水。那年西宫改造,流浪猫流离失所,便如入侵罗马帝国的匈奴人,推倒民族大迁徙的多米诺骨牌。夜黑风高,数百只猫窜过三官堂桥,浩浩荡荡杀奔江南岸而来,开始第一次流浪猫世界大战。入侵者的战斗力更强,它们是纯然的野猫,过惯了苦寒生活。曹家渡流浪猫的生活优越,此地房价更高,有闲钱喂养流浪猫的女人也多。好多猫原本是娇生惯养的宠物,后来才被遗弃街头,远非蛮族对手。眼看就要做了亡国奴,藏身于沪西电影院的猫王乔丹,决定出山拯救子民。

对方派出三只大猫迎战,"三英战吕布"片刻成"温酒斩华雄"。胜利者乔丹找到西宫的猫王——是只肥硕的黄猫,怪不得属下都饿得瘦骨嶙峋。双方约定一对一单挑,展开上海西区流浪猫编年史上最惨烈的"双王合战"。决战地在三棵樱花树下,大有成王败寇,输者就地埋葬的气势。"禅师"从不介入流浪猫间纷争,躲在楼顶用望远镜观察。战斗从喉咙深处滚动的低沉嚎叫开始,黄猫如愤怒的金毛狮王冲向乔丹。这场殊死搏斗,从清晨打到日暮,从晴空万里到大雪纷飞,从达安花园的羽毛球馆,绵延至花鸟市场的屋顶,最后是苏州河边的荒野,堪称曹家渡的凡尔登或斯大林格勒。

乔丹赢了。西宫猫王俯首称臣。当晚,几百只入侵的流浪猫,逃回苏州河北岸故国。一只西宫阵营的小猫,不知何故坠落桥下。冰面刚化开,小猫在水里扑腾,眼看要被淹没。母猫在桥栏杆便哀嚎,同伴们只能惊恐地乱叫。突然,一只乌云盖雪的大猫,扑通一声跳入水中。

"猫王乔丹?"我正好开过苏州河上一座桥,从天目西路进入长寿路,方向盘微微一颤,仿佛连人带车坠入冰冷的河水。

三十年来最冷的傍晚,猫王乔丹跳进苏州河。而落水的小猫属于入侵者,曹家渡流浪猫的仇敌。乔丹在水里游了十几米,终于叼起小猫。人们都觉得猫怕水,因为猫的身体小,落水会体温过低冻死,就像泰坦尼克号绝大多数遇难者都不是淹死的。但猫会游泳。2008年的乔丹,已是十几岁的老猫,加上与西宫猫王一整天血战,早已筋疲力尽。在苏州河的零摄氏度水温里,猫王乔丹游得如此艰难,眼看要跟小猫同归于尽。那一刻,"禅师"飞奔到桥上,想起十五六岁少年郎时,经常从桥栏杆最高点跳水。但他从未尝试过冬泳。犹豫之际,奇迹发生了。猫王乔丹叼着小猫上岸,爬上对它来说悬崖般陡峭的河堤,就像飞人乔丹从罚球线起跳扣篮。小猫虽然得救,回到母猫身边,但瞬间冻死了。猫王乔丹浑身发抖,每个毛孔都能挤出水来。"禅师"用毛巾和电吹风帮它弄干净,又敷上兽医配来的药,在家里给它留出个温暖的窝。天亮前,乔丹偷偷溜走,躲藏回电影院自行疗伤。

猫王乔丹,跳下苏州河里救起小猫的情景,被人用手机拍摄传到网上,引起不大不小的轰动。这年冬天,曹家渡多了不少爱猫人士,比如我家小区里那些女人,送来大量被褥和猫粮,修建了九处流浪猫过冬营地。约有两百只猫幸存到天气转暖,鼠年春节以后。

"苏州河就是猫王乔丹的约旦河。"冰冷雨夜,我在曹家渡十字路口右转,自言自语。"禅师"问我什么意思?我笑笑,无从解释。

停在六层楼房前,我看到一只黑斑狸花猫,蹲在屋檐下避雨。这只公猫叫库里,它是乔丹的第七代后裔,体形不算大,但动作尤其灵活,眼神咄咄逼人。

"如果,乔丹真的死了,谁将成为下一任猫王。"我问"禅师"。

"乔丹将是曹家渡最后一任猫王。"

十三

"猫王是个传奇,乔丹也是。"老头说着放下筷子。毕竟是老了,中碗牛肉拉面,还吃剩下几根,他说当年在军区篮球队时能连吃三碗。

这家面店在曹家渡东南角。装修和餐桌都是方方正正,门面是两块大落地玻璃。店内灯光反射玻璃窗,像镜子照出两个食客。一个形容枯槁,喝得汗流浃背;一个落落寡欢,吃得思考人生。玻璃外紧挨一棵行道树,法国梧桐剥落的树干,仿佛布满乳黄色雪花。刚过晚高峰,开夜路的车很快,助动车也像赶着要去投胎。万航渡路对面的公交车站,灯箱广告是小鲜肉代言的品牌,LED屏放着张艺谋新片预告,几个明星正热火朝天地保卫神圣祖国。

十二月最冷的一天,我穿上了羽绒服,"禅师"加了翻毛羊皮背心。拉面店的玻璃门推开,进来个清汤挂面的姑娘。她没化妆,坐在我们对桌,要了一碗干拌面。我认出了这张脸。她是小鱼。面还没吃完,我要买单离开。"禅师"命令我坐下,他说浪费粮食是最大的犯罪。他的声音很响,体格巨大,自然引得小鱼抬头。我看到她的眼里飘过什么,对我摇头,继续吃面。我装作看手机,打开"曹家渡流浪猫爱心群"微信群,却发现被人刷屏炸锅:海底捞出事了。

那家海底捞,我吃过几次,这个点生意最火,平常有上百人排队等位,男女老幼如同纪委门口上访的群众,各自喝茶聊天嗑瓜子下五子棋等待叫号。我拉上"禅师",扔下一百块钱不用找了,冲出兰州拉面店。我能用后脑勺感到小鱼盯着我的目光。

闯过长寿路的红灯,直奔商场大门。一大堆人尖叫着冲下来,其间我还看到一张熟悉的脸,居然是麻皮。我一把拽住他问什么事?他慌乱地张口结舌,连东北话都跑出来了:"粗……粗大四了!"说罢他挣脱了我,逃之夭夭。

我和"禅师"走逃生通道上去。海底捞门口没剩多少人,几个喂猫的女人在等我。她们今晚在此聚餐,为即将归国的日本主妇送行,没想到一只老鼠从天而降,活活烫死在沸腾的鸳鸯锅里。天花板响起雨点般的撞击声,不断有黑色的小东西窜来窜去,纷纷落入火锅,挣扎翻滚后阵亡。猫王终于出现,就像1995年乔丹从职业棒球联盟回归NBA,正在管线裸露的挑空区域捕猎老鼠。她们逃出来的同时,不忘拍照片发到群里,告诉我猫王乔丹回来了。

海底捞门口拉起警戒线,不准任何人进入,说怕传染疾病。我说老头是那只大猫的主人,依然无济于事,除非拿出养猫证,但派出所好像只发养狗证。我扒着门口缝隙往里看,火锅电源都已掐断,每口锅里飘着至少一只煮熟了的老鼠。火锅店是各种气味的大杂烩,就算鼻子再灵敏的猫狗都会转向,但"禅师"嗅出了猫王的气味。我们都没看到它,只听到瓶瓶罐罐砸碎之音,还有老鼠掉下火锅的惨叫声和嗞嗞的烤熟声。空山不见人,但闻人语响。我和"禅师"就像守在电话机边等候攻克柏林与希特勒死讯的斯大林同志。

深夜十点,一群黑乎乎的东西陡然蹿出,密密麻麻冲向楼梯。电光火石间,我看到了猫王乔丹。乌云盖雪的大猫兼老猫,垂着尾巴追出海底捞,嘴里咬着一对老鼠飞奔下楼。"禅师"大喊它的名字,乔丹毫无反应。幸亏老鼠慌不择路没走直线,猫王跟着转了好几圈,我们才得以在商场门口追上。我搀扶老头,跌跌撞撞来到人行道,眼看就要追不上了,"禅师"把双手小拇指放到嘴里,打了个菲尔·杰克逊式的呼哨。

乔丹停住,像在芝加哥公牛的主场,回望黑夜里护法金刚般的"禅师"。而我上次看到这只猫,已过去整整四十五天。它瘦了。肩胛骨几乎要顶破皮毛,几圈肋骨清晰可辨,原本乌黑的后背满是污垢,四肢与腹部不再雪白,沾满老鼠的血污与灰毛。乔丹吐出长长的猫舌头,抛下两只被嚼烂的老鼠尸体,唯一没有改变的是眼神。曹家渡十字路口的灯光下,我看到"禅师"的眼眶里有泪水打转。

猫王乔丹并没有回头,它选择"宜将剩勇追穷寇,不可沽名学霸王",继续向逃窜的敌寇扑去。老鼠们躲入最近的建筑工地,那是座三十多层的高楼,历经折腾后早已面目全非。当年沪西电影院改建,原本的门面造起商场和酒店。也许是定位问题,卖的都是高端奢侈品,生意越做越差,很快被隔壁的芳汇广场、对面的悦达889超过,关门大吉,如同烂尾楼荒废数年。

我们打开手电照明，整个工地骤然安静。地上躺着几十只死老鼠，刚被乔丹追上咬死，但猫王去哪里了？"禅师"鼻子猛嗅，耳朵贴着地下，屏息静气，不像炮兵，更像工兵。

"乔丹在地下！"老头发现一个地下室。但找不到大门，只有个通风口，直径约十厘米，刚好容得下猫王。洞很深，手电只能照出一点点，宛如《肖申克的救赎》挖了十九年越狱的洞。

我也把耳朵贴下去，听到轰隆隆的动静，就像女人肚子里的胎动——要真是个子宫，怕是要生出一窝的怪胎。我找来铁锹，用力凿开水泥板，搞得火星四溅，却连个青春痘般的坑都没砸出来。上夜班的建筑工人过来，劝我们不要白费力气，除非用炸药。

"难道是银行？"老头猜得没错。十多年前，这里就是银行，地下室就是金库。后来银行撤走，金库搬空后封闭，成为铜墙铁壁，唯独通风口没被封死。按照改造工程的计划，这里将变成地下车库的厕所。建筑工人说，一个多月前，工地上出现大量老鼠，多是从这个洞爬出来的。大家不是没想过灭鼠的方法，但全部失败了，这个洞里的老鼠很厉害，有人说那不是老鼠，而是个怪物。"禅师"确信，最近莫名出现在曹家渡的鼠患，全部源自这个地下金库。

考虑到猫王随时会出来，我决定彻夜守在通风口外。看一地的死老鼠，我的心里还是发虚，半夜的工地狂风乱窜，我缩在角落发抖。老头拍我肩膀说："你回家去吧，我一个人留在这里。"

"乔丹值得我等待。"这是我的回答。

后半夜，我在微博直播寻找（或者说是营救）猫王乔丹的过程，全中国保护流浪猫的人士们成群结队而来，同时在线人数超过了十万。有个叫"夜游神"的网友，建议使用"管道内窥摄像机"，建筑工地可能会有。我问值夜班的工人，恰好这两天在做管道施工，他们打开工具箱，找到一副管道内窥摄像机——由一体化主控制器、柔性推杆电缆盘、摄像头三部分组成，推杆把摄像头送入管道深处，加上 LED 照明灯，有视频预览和录像等功能。

工人们也好奇地下室有什么？几十亿现金，还是价值连城的艺术品或珠宝？"禅师"知道这是痴人说梦，但不阻止大伙的劲头。摄像头被推杆送入通风口，像个微型机器人。电缆线另一头接上电脑，屏幕跳出管道内的画面——居然是彩色的，镜头突破幽暗狭窄的隧道，伪纪录片风格的恐怖电影。看得我头晕，就像自己也变成一只老鼠，钻入肮脏未知的地洞。绕过七八个油腻潮湿的弯道，我看到雨果在《悲惨世界》中所说的"利维坦的肚肠"……

昔日金库，LED 灯洒出幽暗的光，一厘米一厘米地啃掉黑暗，捉住乌黑的猫尾巴。我看到黑色猫臀，一双白色后腿。推杆绕过猫的身体，我和"禅师"屏住呼吸。猫王乔丹的侧脸清晰可辨，双眼发出绿色的光，像《生化危机》或

《行尸走肉》里的动物。它被光线刺激到了，龇牙咧嘴地恐吓，摄像头无所畏惧地靠近，唯独被吓到的是屏幕前的我。猫王的牙齿里都是血，分不清是老鼠的还是自己的？核桃仁似的猫眼收缩。它的耳朵竖立，脊背拱起，毛发像刺猬似的奓起。"禅师"说过，这都是猫内心焦虑的标志。它在后退，它在咆哮，宛如表情夸张的哑剧演员。九十年前这地方是放映无声片的电影院。我什么都听不到，但能透过模糊的画面，感到猫眼里的恐惧。

"乔丹这辈子从没有害怕过。"老头补充了一句，他的右手也在发抖，不断触碰我的后背。他说，哪怕1999年的"流星之疫"，猫王乔丹感染病毒奄奄一息，也不曾有过这样的眼神。

它为何而恐惧？

推杆让摄像机转移，镜头晃得我想呕吐。光影交错之间，我的身体好像跟着眼睛钻进屏幕，直接坐电梯下到地狱。我看到它了。看到本堂神父所说的"恶魔"。看到那从海中上来的兽，看到它的"十角七头"，看到豹子、熊、狮子，还有地下的龙。不，何止"十角七头"。LED照明灯的幽光，直接从死海与约旦河深处射来，正面对准这头不可名状的怪物，才会让猫王乔丹也瑟瑟发抖。我的胃里好像钻进一千只老鼠。于是，我真的呕吐了。

谁能比这兽？谁能与它争战？

十四

在我养猫之前，我先养过老鼠。

六岁，我住在外滩的背面，建于1921年的大楼里的一间斗室。爸爸带回来一对豚鼠，黑白双色与黄白双色，我管它俩叫豚鼠先生与豚鼠太太。记不清养了多久？一年？两个月？还是十天？小孩子眼里，一天也很漫长啊，哪像现在白驹过隙。它们的结局，是被我爸煮成豚鼠汤——在原产地南美洲是道传统美食。我忘了有没有吃过它们的肉？据说加西亚·马尔克斯、巴勃罗·聂鲁达、巴尔加斯·略萨们都吃过，老天啊。当时，我不知道它们死了，我还问妈妈，豚鼠先生和豚鼠太太去了哪里？妈妈说，它们去了动物之家，有宽敞的客厅、卧室、卫生间、厨房与小院子，再也不用跟我们挤在一起。而这样的居住条件，对当时大多数上海居民来说，都只是美好的梦想。

搬到曹家渡，我们才住进宽敞的客厅、卧室、卫生间、厨房与小院子。我收养了流浪猫小白。它在死亡前两天，叼回来一只死老鼠。那是小白第一次让我感到害怕。后来，家里的老鼠多了。外公没了之后，每晚我独自睡在棕棚大床上，常被窸窸窣窣的声音惊醒。有时老鼠会蹿到被子上，我只能保持缄默，等它自行离开。后半夜，我睁开眼睛，看到一只小老鼠从窗户上蹿过，月光下小小的剪影和轨迹。我很怕老鼠这种动物，长大后偶尔会在噩梦中见到。

三年前，我路过德国的阿尔滕堡。这是座萧条的古城，曾是有名的诸侯国，三十年前是社会主义东德的一部分。城堡中的自然科学博物馆门可罗雀。我独自在空旷的走廊徜徉，注视稀奇古怪的藏品，直到发现噩梦里的东西……硕大的玻璃柜子，海洋般的酒精溶液中，漂浮着一堆怪物。

何止"七角十头"，它有二十到三十个头，四十到六十个耳朵，八十到一百二十只爪子，无法统计的尾巴。但它不是史前生物，也不是基因变异的怪物，而是老鼠。或者说，是复数的"老鼠们"。博物馆标签上写着：Rattenkönig。

我查了字典，这个德语词的意思是"鼠王"。

这是一只硕大无朋，长着无数个脑袋和爪子的老鼠，还是无数个老鼠纠缠在一起？1828年，一个磨坊主在壁炉后面的缝隙，发现了这堆怪物，已成为烟熏的干尸，送到阿尔滕堡的博物馆。1845年，科学著作《哺乳动物》将它们标记为27只成年大鼠。但在1963年，民主德国的科学家打开玻璃柜精确计算，确认总共有32只老鼠，有5只因为残缺而被忽略。这些老鼠的牙齿长而尖锐，说明生前很久没有磨牙，困在墙壁缝隙里数月后才死亡的。它们如何又存活了那么久？也许是其他老鼠送来食物，鬼知道。

鼠王，英语rat king，法语roi des rats，德语Rattenkönig。以上都是单数。本意并非老鼠，而是人。马丁·路德说过："那就是教皇，老鼠的国王，站在最高的地方。"众所周知，路德一生都与罗马教廷作对，因此口出不敬。十六世纪的《动物志》认为有些老鼠年老后由年轻老鼠喂养才形成鼠王。也有人认为鼠王是一只拥有许多身体的老鼠，而"王"用来形容巨大。传说鼠王是坐在打结的尾巴王座上的国王。

其实，鼠王并非一个特别的物种，而是许多老鼠的尾巴缠绕在一起，无法分开而被迫形成的共生关系。通常在管道和地洞，众多老鼠狭路相逢，难以转弯使彼此尾巴打结，加上鲜血、污垢、粪便甚至冰冻，这些老鼠越是逃跑撕扯，尾巴就越盘根错节，一团乱麻似的死结。

鼠王是极罕见的自然现象，甚至比白老虎或狮虎兽更稀有。欧洲人传说，一旦某地发现鼠王，便是大瘟疫或大战乱的噩兆。鼠王记录最多的是德国，至今在汉堡、哥廷根以及斯图加特的博物馆，都有酒精保存的鼠王标本。为什么是德国？我想起花衣笛手与鼠疫的故事，还有纳粹党卫军与奥斯维辛的焚尸炉，鼠王戴着万字王冠，盘踞在狼穴地堡的王座上，妄图成为整个地球的王者。也有人怀疑大多数所谓的鼠王，都是德国人把死老鼠尾巴打结伪造的。最近一次记录，是2013年的加拿大，六只活松鼠缠绕在一起被人发现，后来兽医给它们做手术分开，也许是世界上第一例重获自由的鼠王。

凌晨三点，曹家渡十字路口的高楼工地，前银行金库的地下，通过管道内窥摄像机，我看到一只巨大的鼠王。

唯一能让猫王乔丹发抖的东西。镜头稳定下来，LED灯光照亮鼠王全貌。如果你有密集恐惧症，可以直接跳过本章。我见到密密麻麻的老鼠脑袋，每个脑袋都配着两只眼睛、两个耳朵，还有两对龇开的门牙。它们彼此密不可分，就像从同一个子宫出来的连体怪胎。这些老鼠的尾巴纠缠在一起，像个辐射状的车轮，而轴心被牢牢粘住，像朵地底绽开的黑色大丽花。但它并非束手就擒的瘫痪者，比如蚁穴里肥大的蚁后，否则早被猫王乔丹擒获。

镜头又对准猫王。它开始适应LED灯光，弓腰抬臀，前爪拉着地面，尾巴下垂，乔丹即将扣篮的姿势，时不时吐出舌头。但它没有轻举妄动，因为心里清楚，对面是怎样的敌人。稍有不慎，耄耋之年的猫王，就会死在这地狱来的鼠王身上。

十二月的寒夜，我的后背心全是汗水，与"禅师"两人凑在屏幕前，看着地下传来的画面。

虽然，鼠王中的任何个体，都不能单独行动，但鼠王作为一个整体，却可以毫不费力地迅速移动。它们中间有个"带头大哥"，那是一只黑色的大老鼠，目光咄咄逼人，毫不惧怕直捣黄龙的猫王。它是整个鼠王的发动机和中枢神经，通过它的大脑来判断。我猜鼠王中的每一只个体，都通过连接的尾巴，变成神经网络的终端，而带头的大老鼠就是中央处理器。它率领鼠王前进，动作和方向整齐划一，犹如百足蜈蚣，又如圆盘形战车，上百条鼠腿共同进退，绝无半点混乱，犹如孙子四如真言"其疾如风，其徐如林，侵掠如火，不动如山"。

据说，鼠王是猫的天敌，尤其小猫，往往会被鼠王残忍地虐杀……而在曹家渡，被鼠王杀死的小猫，几乎都是乔丹的后代。

猫王决定复仇。这场隐秘的决斗，始于一个多月前。它远离所有人，包括"禅师"。虽然乔丹曾潜入我的车里，向我表达友善，因为它是小白的儿子。不过，鼠王攻击与猫相关的一切，如果发现乔丹跟我们亲近，也许我和"禅师"都会遭殃。猫王不想给我们添麻烦，所以单独行动。它躲在曹家渡的某个角落，要么是屋顶，要么是下水道，昼伏夜出。乔丹有足够的耐心，它用了一个半月，向所有的老鼠复仇，慢慢寻觅鼠王的线索。今晚，它在海底捞故意放过一群老鼠，让它们仓皇逃命到最近的鼠穴，终于发现银行的地下金库，正是鼠王的宫殿与王座。

猫王与鼠王的对峙，持续了整个后半夜，漫长得像一战与二战的总和，以及1618—1648年的三十年战争。

天快亮了。

十五

寻找猫王乔丹的这些天,我在读奥尔罕·帕慕克的《我脑袋里的怪东西》。封面有个通天塔般的旋转高塔,孤零零站着一个男人,俯瞰围绕十字路口的密密麻麻的建筑。两千多年的伊斯坦布尔是"世界的中心",被博斯普鲁斯海峡劈成两半。黄浦江把上海一分为二,从元朝建镇算起只有八百年。而在猫王乔丹与"禅师"眼中,曹家渡才是"世界的中心"。

清晨六点,空气几乎要结冰。我的眼眶熬得通红,饥肠辘辘,好在建筑工人递给我饼干和热水。谢天谢地,他们都是好人。这栋楼明年将改造完工,还会建造复杂的空中回廊,连接十字路口的四五家商场,到时候又是一番全新的景观。

曹家渡千变万化,只有一个人从未变过。我想。

那个人粒米未进,蹲在屏幕前,监视管道内窥摄像机的画面。猫王与鼠王都蓄势待发,如二次大战初期西线可怕的宁静。乔丹毕竟英雄迟暮,比不得八年前"五环寒灾"在冰冷的苏州河里游泳。哪怕篮球场上的乔丹,也有飞不动扣不进篮的日子。摄像机所拍到的鼠王,绝对是开挂级别的怪兽,个头与猫王不相上下。别说是猫,就算是只豹子,恐怕也不敢拿它奈何。

"我们把金库打开!"老头霍地一声起来,"有没有电锤?"

他从前在钢铁厂做工人,偶尔会用到这种超强破坏力的工具。对付坚固的钢筋混凝土,普通冲击钻根本没用。他说在地下室钻个洞,不会破坏承重墙,更不会让这栋楼塌了。建筑工人们经过商量,决定帮助"禅师"救猫咪。他们搬出强大的电锤,怕老头年纪大了控制不住,大家一齐帮忙。整个工地响彻突突声,地面出了裂缝。给大伙儿打下手的我,震得心脏受不了,用餐巾纸塞住耳朵。"禅师"趴在通风口,两根小手指插到嘴里打个呼哨,往里高喊:"乔丹!勿要妄动!等我来!"

他已准备好家伙,一把山东德州出厂的电锯,马力强劲,听声音就鬼哭神嚎,轻轻松松能把鼠王锯成两半。金库天花板终被打穿,我的虎口几乎被震出血。而平常使用这种电锤,打穿楼层只需二十秒。一阵烟尘扬起,我们都捂着口鼻。工人用手电往里照射,地面露出直径半米的洞口,裸露断裂的钢筋,像人死后的神经。"禅师"准备直接跳下洞口,我拽住他:"等一等!"

我看到了猫王乔丹。光线穿过氤氲的灰尘,像刺破丛林的晨曦。它趴在地下金库的中心,乌云盖雪的毛发,已被染成一团灰暗。两只前爪,牢牢扣住地面,踩着一大团灰乎乎的物体。

鼠王。

看到这个车轮般形状的怪物，无数个老鼠脑袋和身体，我再次有了呕吐的欲望。"从海中上来"的怪物，"十角七头"的恶魔，无人能比这兽，无人能与它争战——除了猫王乔丹。

就在我们用电锤打开金库的十五分钟内，地下刚发生过一场血战。也许是自大天使弥额尔屠杀巨龙撒旦以来，我们所能见到的最可怕的一场战役。猫王身上有斑斑血迹，鼻头滴落浓稠的液体。偌大的鼠王被它擒获脚下，说不定已被送入地狱。

"乔丹！"老头沙哑地吼了一声。猫王回眸望向破开的洞口，猫眼被灯光刺得急剧收缩。

然而，我有句话还没来得及蹦出嘴巴，被踩在猫王爪子下的鼠王，突然动了。上百条鼠腿摆动，瞬间挣脱猫王的控制。它蹿上金库的墙壁和管道，几乎对着我们迎面扑来。"禅师"举起电锯要消灭它，鼠王已从他的裆下穿过。所有人都被吓住，幸好大门及时关闭。鼠王狼奔豕突，只能沿着楼梯往上逃。

猫王乔丹发出凄惨的喵鸣声，也从天花板的洞口钻出来。它必在嗔怪我和"禅师"，为何在它即将胜利时，擅自打破金库，反而放走了鼠王？乔丹蹬起四条腿，冲上通往楼顶的阶梯。我第一个追上来，几个工人各自拿了铁铲和扳手跟上。我没看到"禅师"，我想他已没有力气爬上来了。

这栋楼有三十几层，施工过程四面围住，如密不透风的堡垒，鼠王无法半路跳下去。猫王紧追不舍，沿着鼠王一路洒下的鲜血，逐层往上冲刺。我一口气跑到七楼，几乎要把肺吐出来。咬牙冲到十层，小腿子抽筋，就要从楼梯滚下去，建筑工人才追上来，提醒一句："有电梯啊！"

妈的！我差点吐血！不早说！两个工人守在这一层，防范鼠王再往下窜。而我跟着另外三个工人，坐进建筑工地的临时电梯，摇摇晃晃让我刚吃完的饼干呕吐出来。额头全是冷汗，我蹲在电梯角落，半分钟才升到楼顶。

三十五楼的天台，感觉整个人要被风吹走。我承认我有恐高症，只能遥望小半个上海的高空，无数摩天楼如刺破云层的山峰，抑或大雾弥漫的海面上的孤岛。

"乔丹！"轮到我高声喊它的名字。楼顶面积并不大，堆满各种建筑垃圾。还有个巨大的塔吊设备，用来装运施工原材料，远远伸出去十几米，悬空在曹家渡十字路口的百米之上。

我听到一声悲怆的猫叫，声音被风刮到四面八方，仿佛同时有无数个乔丹飞身灌篮。

"它在那儿！"有个工人眼尖，指向塔吊方向。黑乎乎一大团鼠王，正趴在塔吊末梢。猫王尾随而至。双方回到对峙状态，但金库深入地底，这里却是天空。一场上天入地的决斗。惊天地，泣鬼神。猫王、鼠王，似乎都是不死之身。

英雄相惜，它们的阿喀琉斯之踵又在哪里？

　　背后响起刺耳的呼哨，"禅师"也乘电梯上来了。在曹家渡的制高点，他的身躯仿佛能顶破头顶的浓云。他冲到塔吊边，遥望猫王乔丹，连续吹了几个呼哨，要把它叫回来。猫王回头看他，一双绿色宝石般的眼里，充满浑浊的液体与污垢，还在流血。我想起二十多年前，死于卡车轮下的小白。它对老头无动于衷，继续站在危险的塔吊上，不杀鼠王，誓不罢休。

　　我问工人们："谁会开这个塔吊？"所有人都摇头，一旦开启塔吊，对楼下会有危险，很容易把上面的猫王和鼠王都晃下来。

　　"禅师"等不及了，手脚并用爬上塔吊。我的脑子发热，想要跟着他爬上去，却被几个工人拼命拦住。老头如走钢丝的卖艺人，双手抓着塔吊的铁格子，一点点往前去。马戏团走钢丝的都很瘦小，他则是一米九的大个子，明年要过八十岁生日。高空上狂风吹来，老头的白头发全乱了，如同断了线的蜘蛛人。

　　我从毛细孔到骨髓都冻透了，仰望塔吊上的"禅师"、猫王乔丹，还有难以名状的鼠王，眼前天旋地转。某种东西从浓云中坠落到我的眼里。一粒雪籽，冰冷的，从固体慢慢融化为液体，最后混合着泪水涌出眼角。

　　初雪来了。我的嘴里喷出大团热气，在这个高度由浓稠变得稀释。我听到三十多层楼下的警笛声。早高峰刚开始，曹家渡已被封路，车流一路堵到中山公园。上百米的高度，任何充气垫或防护网，都不可能拯救跳楼者的性命。但为防止塔吊上的人掉下来，砸到路人或产生车祸，警方必须封路。我声嘶力竭地高喊，劝"禅师"赶快从塔吊上回来。他看了看后面的距离，又对我摇头，意思是回不去了。白发苍苍的退役篮球运动员，爬到这个位置已是奇迹，再要原路返回爬回去……他又不是练体操出身。就算是一只猫，爬到那上面也会恐惧。对啊，猫不会飞，它是会摔死的。

　　鼠王已爬到塔吊的极限，那是曹家渡的天涯海角，往前一步，就是乘电梯从天堂直坠地狱。幸好对地面上的人们来说，除非用高倍望远镜，没人能看清楚它的模样，不然将成为上千人终生挥之不去的噩梦。猫王乔丹在接近鼠王，咫尺之遥，猫爪在塔吊上磨刀霍霍。"禅师"继续往前爬，几乎要摸到猫王的尾巴，但他85公斤的体重，加上高空呼啸的狂风，让整个塔吊猛烈晃动。我能听到三十五层楼下女人们的尖叫声。

　　我克服了恐高症，从空中俯瞰天主教堂，整体平面形状是个粗壮的十字架。隔壁大妈正要去做弥撒，意外发现楼顶塔吊之上，竟是她所熟悉的男人。她不停地画着十字架，祈祷天主保佑他。教堂背后的三棵樱花树犹如小小的盆景。对面是我住过四年的六层楼房，孤零零矗立在苏州河畔。三官堂桥跨越波光粼粼的水面，因为曹家渡的封路，桥面上塞满了车。花鸟市场的大屋顶，像丑陋的癞痢头。我家小区里金灿灿的银杏树，漂亮得像加勒比海盗的金山银海。悦达889广场与即将开业的长宁88中心,像两扇大门夹住眼前的塔吊。喂流浪猫的女人们赶到楼下,举起手机在微信群里直播。而我看到旁边十九层的阳台上,小鱼清汤挂面的长发被风吹乱,像站在泰坦尼克号的船头,眺望另一艘船头上的猫王与鼠王,底下是黑茫茫的大西洋。

塔吊之巅,曹家渡的制高点,流浪猫帝国的阿尔卑斯山巅。大片雪花滚滚而下,猫王虎视眈眈,向前伸出锋利爪子。鼠王急得团团转,发出恐怖的吱吱叫声。中心纠缠的尾巴,紧紧收缩,陡然变成一团圆球。领头的大老鼠,做出此生最荣耀的决定。

鼠王飞向了天空。

它无法变出翅膀,却把自己压成薄薄的圆盘,既像个巨大的蝙蝠,又像一张灌满德奥古典音乐的黑胶唱片,更像外星人的微型飞碟,仿佛借着空气升力,就能高速旋转逃逸。

整个曹家渡都在尖叫,猫王把身体弯曲成一张弓,吐出舌头,全身舒展成一条乌云盖雪的丝巾,又如一颗对空发射的黑白色导弹,向着万丈深渊的高空,把自己发射出去……

You jump, I jump!

我变成十二岁的男孩,抬头痴痴仰望,曹家渡中心最高的天空,漫天雪籽与阴霾之间,飞过一片光碟与一条丝巾,紧接着飞过一个老巨人。

尾声

你有没有在楼顶上打过篮球?35层高的楼顶,飞雪连天的一大清早。你要有强大的肌肉、肌腱和韧带,憋足了视死如归的气概,才能跳得足够高,感觉在空中翱翔。你舒展开持球的手臂,仿佛抓着一把斧头,用炮弹出膛的速度,正对篮筐直直地扣进去。传说中的战斧式扣篮,你就像砍倒一棵参天大树,或是敌军大将的脑袋,血脉贲张地爽。篮球进入篮筐,穿过篮网,向着篮球场的木地板坠落。在楼顶扣篮的坠落如此漫长,不仅是篮球,还有扣篮的你。一帧一帧慢动作,按了静音键。篮球与你同时自由落体。坠落一百五十米后,它与你无声地撞击地面,高高反弹跳跃,荡气回肠,粉身碎骨……

今年冬天的第一场雪,"禅师"摔死在曹家渡十字路口的圆心。

上万人目睹了他的死亡,包括四面八方围观的群众,13路公共电车上的乘客,堵在四条街道上的司机,天主教堂的神父和信徒们,以及方圆一公里内高楼上的所有居民。据说,老头滞空滑行了将近半分钟,盘旋围绕着曹家渡的中心,大概是高空的风力太强,减缓了坠落速度,并且导致了螺旋形轨迹。我在想他从天而降的时刻,眼前所见是怎样的画面?最后撞到柏油路面前的一秒钟,他又想要说些什么？

曹家渡的封路和拥堵，直到中午才解除，"禅师"残破的尸体被送往殡仪馆，地面的血污早被融雪化走，顺着下水管道，排入最近的苏州河。

至于鼠王，未能如光碟飞出曹家渡。它更像澳洲土著的飞去来器，旋转数周后回到原点，几乎与老头同时落地，验证了伽利略在比萨斜塔得出的定律。坠地刹那，鼠王原本盘根错节的尾巴，全被震得粉碎。它们终获解放与自由，摆脱了领头老鼠的控制，变成一团团的血肉模糊，散布在长寿路、长宁路以及万航渡路之间。人们在地面搜索三天三夜，才集齐鼠王的残骸，总共49只死老鼠。这是人类有历史记载以来最大的鼠王。

科研机构的报告说，鼠王每一部分都经过X射线检测。每一根尾巴都有厚厚的胼胝，就是俗话说的老茧，表明它们纠缠在一起后共同生存了至少数个月。49只老鼠中有28只雌性，其中14只正在怀孕，其他14只在成为鼠王的一部分后也生过小鼠。这是生物学界的重大发现，说明鼠王依然有旺盛的生殖力，尤其领头的大老鼠，可以跟鼠王中的任何雌性个体交配产下小鼠——站在整个鼠王的角度来看，形同自体分裂生殖。考虑到啮齿动物惊人的繁殖速度，拥有28只成年雌性的鼠王，每月都能生二十几窝，绝对是移动的播种机。小老鼠数周就会达到性成熟，又生出成千上万的后代。经过基因分析，鼠王不同于中国常见的老鼠种群，很可能来自战乱的西亚地区，比如约旦河两岸。随便猜想，从海外开来一艘万吨巨轮，停泊在黄浦江边的码头，一群入侵者从下水道流浪到苏州河，溯流而上到曹家渡定居。它们在狭窄的管道内纠缠，不幸尾巴打结，最终变成史上最可怕的鼠王。

我们侥幸躲过了一场大灾难——如果鼠王未被消灭，等到来年开春，不仅曹家渡，大半个上海与长三角都将陷入可怕的鼠患乃至鼠疫之中。我想，鼠王的尾巴会被人工重新粘连起来，浸泡在福尔马林溶液的玻璃柜中，成为自然博物馆的镇馆之宝，也成为来参观的小朋友们毕生的噩梦。

至于，我们的猫王乔丹，它不见了。

原以为它会死在"禅师"边上，毕竟老头是为救这只猫，而从塔吊顶上纵身一跃而送命。鼠王跳下去是走投无路，猫王为什么也跳下去？有人说，猫无法看清远方，所以猫王根本不明白下面有多高，只见一片白茫茫的空气，既然鼠王敢飞出去，为什么自己不能飞？但我不这么认为，否则天天都有猫从楼顶跳下来摔死，你见过吗？

我和喂流浪猫的女人们，103室隔壁的大妈，天主教堂的义工们，以及大批闻风而来的志愿者，在曹家渡搜索了整整三个月，每片屋顶每条阴沟都没放过，至今未能发现猫王乔丹的尸体。除非那天早上它飞进了苏州河，就像Jordan跳进了Jordan River；或者，它飞到上海的另一边，甚至苏州河上游的虎丘塔和寒山寺。是的,我固执地相信乔丹还活着,就像我相信过猫是会死而复生的动物。

"禅师"享年79岁,没有家属,我领取了他的骨灰,埋葬在天主教堂背后的三株樱花树下,并用一颗正版的耐克乔丹篮球陪葬。

(原载于《十月》2017年第2期)

作者简介:

蔡骏,中国作家协会会员。已出版《镇墓兽》《宛如昨日:生存游戏》《谋杀似水年华》《天机》等三十余部作品。《最漫长的那一夜》系列小说多次发表于《人民文学》《上海文学》《中国作家》《江南》《小说选刊》《小说月报》等文学期刊,获"茅台杯"短篇小说奖、百花文学双年奖、郁达夫小说提名奖、上海文学奖、《人民文学》青年作家年度表现奖。作品被翻译成英、法、俄、韩、泰、越等多种文字出版。多部作品被改编成电影、电视剧、舞台剧。

雄 鸡 一 唱

叶 舟

1

交接班时，也恰是他们交换情报的一刻。对，是情报，而不是异常。

几个伙伴钻进了内屋，三两下，就除掉了身上的制服，赤条条的。天太热了，太阳吐着舌头，跟狗一样。伙伴们先要把身体晾一晾，裤裆是晾不干的，只好委屈了那一块肉。昝涛打了卡，刷指纹的那种，又给对讲机充了电，调整到最佳状态。昝涛问，那辆被划伤的牧马人，车主还没回来呀？哦，对了，东门十一点钟方向的那个摄像头换了吧，那可是个死角。一个伙伴先穿了便装出来，用纸巾蘸了水，擦着鞋子。伙伴说，车主没回来，定时炸弹，车子破坏得很严重，妈蛋的，不像是小孩子干的。另一个伙伴也踅了出来，头发趴着，油光可鉴，有一条大盖帽箍过的勒痕，跟着说，摄像头没换，今下午还捡了几个足球，等着瞧，六中的小子们一准儿会来翻墙揭瓦的。言毕，两人不告而辞。昝涛从包里掏出饭盒，搁在了冰箱里。夜宵，满满一盒蛋炒饭，不能馁了。

悄静了片刻，昝涛呵呵一乐，说，你夹不住尿呀，裤裆那么难晾？三女子一手梳头，一手扶住门框，说，我故意磨蹭的，我的话不能第二个人听。其实，三女子不是女的，相反却人高马大，肌肉墩子，唯一的缺点是嘴上没毛，嗓音细成了一根丝，有点那个。昝涛说，我把你安插在白班，就等这句话了，我没看走眼。三女子环望一遭，外间值班室是白玻璃幕墙的，四周的街景一览无余，遂说，我可能知道谁偷了C栋一楼，那个女业主天天叫屈，丢了这，丢了那的，我还不确定，如果有我想抓个现行。昝涛揶揄说，别让那个女神经当枪使，咱们是负责安全的，又不是她家雇来的家奴，大天白日的她都窗帘紧闭，路上碰见了，下巴太高，傲得很。三女子兜头挨了一盆凉水，咧笑，牙花子猩红。昝涛摸出一张纸，三女子接了，一脸狐疑。昝涛说，偏方，专门治老寒腿的，你爹的寒腿，就要在这个三伏天治。这时，窗扇响了，昝涛打开一条缝，晚报的投递员塞进来一摞报纸。报纸都是烫的，这天气，的确是要惹祸的。

听说，下午地震了。

放你的屁，你不能乱咒呀，小心自己着祸。昝涛警告。

听说他们的一把手换了，下午宣布的。

三女子走了，昝涛接手了夜班的工作。保安公司派驻在这个小区的人手有八名，昼夜两班，按说每个班是四人。不巧的是，一个在当值时间偷喝了酒，被公司的抽检小组发现了，目前停岗待查。另一个，因为在电梯间发现了晕倒的老人，措施及时，抢救得当，公司奖励休假半月，工资足额发放。昝涛在这个班里算老人手了，年纪也长，所以说话办事有一定的威信。傍晚，天光大亮，这是一段平静期，一直过渡到天黑时，夜班才算真正落实。小区的广播响了。昝涛喜欢听央广新闻，尼斯的恐袭案，南方的暴雨和洪灾，土耳其的未遂政变，这世界真够一团乱麻的。窗外，业主们出入频繁，一人一卡，闸口起落有序，堪比城市地铁的安检。昝涛值守的是小区正门，又濒临主干道，自然是眼花缭乱，看久了绝对头晕。

事发突然，先是街上传来一声严重的刹车。接着，沙石飞溅，跟一梭子子弹似的，拍在了玻璃幕墙上。昝涛先缩脖子，再抬头看时，几扇玻璃已经花了，幸亏没裂。待昝涛出了门，冲到街上，那一辆巨无霸般的渣土车，已经横在了主干道上。行人湍急，但显得很空旷，因为刹车声已经变成了两条黑色的轮胎印，躺在地上，带走了危险和全部的惊叫。半车渣土被扔了下来，没三吨，至少也有一吨半。一个老妪杵在街上，离车不远，渣土淹了脚脖子，一直在晃。昝涛牵了她出来，知道她还软着，自己也哆嗦了一下。协警跑了过来。协警一开口就指责老妪没看红绿灯，没走斑马线，话也很糙。协警后来撕了一张罚款单，50元，说这是不遵守交通法规的代价，须当面缴清。昝涛说，手下留情吧，你看她一个乡下来的老妇人，身上这么累赘，耳朵也背了，罚了真没意思。协警刚一瞪眼睛，昝涛来了硬的，说，你看看我的窗玻璃，我还没找见下家呢，你来主持一下，赔给我？协警撤了，可能去问司机。司机瘫坐在路肩上，脸是煞白的，浑身湿透，差不多像刚从池子里捞出来的那样。

昝涛递了一杯凉白开。老妪接了，手一伸，掐了下昝涛的脸颊。值班室里冷气足，立式空调。业主们体恤保安人员，联名给集团上书，半月前才有了这个待遇。老妪抿了一口水，瘪了瘪腮，说，你属猪吧？昝涛苦笑说，姨娘，你说我属猪，我就属猪。这是老家的习惯，见了陌生年长的妇人，一般要喊姨娘的。老妪咧嘴笑，说，我儿子也属猪，属猪的人我一眼就能挑出来。昝涛问，你儿子呢，他太马虎了，放你一个人在街上走。老妪松开了表情，说，我家贵生就住在这里头，媳妇和孙子也在里头。

哦，贵生的学名叫？

王川，属猪的，我从狄道上来，找儿子来了。老妪说。

那么远，走了一天吧，姨娘你胆子太野。

昝涛拿出了花名册，指头按住，逐行搜索着号码。余光里，渣土车已经摆顺了姿势，司机挥锨铲土，扫把一过，门口慢慢干净了起来。昝涛不想追究玻璃的事，人金贵，玻璃算不得什么。找见了号码，昝涛用手机拨了过去，念叨说，姨娘，你看我咋收拾他，让自己的娘老子跑七八百公里，他却癞蛤蟆躲端午，不见来迎接的。占线。又拨了三遍，还是如故。老妪进门时的确累赘极了，左手揽包，右肩上拤着一只纸箱子。这时，门口的纸箱子里叽里咕噜的，声音从孔洞里传出来，带着一丝鸡屎的浊气。

姨娘，这是给贵生送的柴鸡？

老妪纠正说，属猪，贵生属猪。耳朵真的背了。

狄道的柴鸡最有名气，营养高，还紧俏。

他属猪，跟你一个属相，都忠厚实诚。老妪又说，碰上你这个好后生，我不吃亏呀。

昝涛嘘了一声，说，这下通了！

2

亲子教育，一期七个课时，一千六，不打折。

就这，还是翟芳托了关系，把名次提了提。这家教育机构如今火遍了全城，眼见着闹闹出了问题，王川和老婆一碰，当即决定了。今天是第四节课，名字很诱人，叫山水课，安排在了郊外的一座原始森林里。王川提前告了假，又借了朋友的一辆铃木，一赶早就来报到了。跟队老师说，游山玩水也是一门功课，听听鸟鸣，嗅嗅花草，也能在幼小的心田里如何如何。孩子们倒是放了风，蚂蚱一样，可苦了家长们。有一个家长搞丢了照相机，三个妈妈的高跟鞋掰了，摔了跤的人疼在身上，脸是绿的。整个队列里，只有闹闹是父母双陪，刚开始有一丝尴尬，后来混熟了，彼此跟姑舅姐妹似的。

夕光洒下时，剩下了最后一个节目：山羊胡子，兔尾巴。

山坡下，联系点的农户牵来了一只山羊，七八只白兔，圈在了一个栅栏里。高潮段落，娃娃们挣脱了大人，往山坡下滚去。也不怕摔倒，碧绿的青草像一块栽绒毯子。王川一家却盘腿坐着，谁也不吭气，泥偶一般。栅栏里闹翻了天，男孩追逐着山羊，拔着长胡子。女孩们抱着小白兔，在看红眼睛，在拍照。王川说，闹闹，你吃过手抓羊肉，但没见过活羊，你也一起去玩吧，拔一根胡子回来。翟芳不悦，讥讽说，有你这么乱讲话的吗？他怕都来不及呢，还这么恐吓。闹闹一直僵着，面无表情，两个眼珠子始终望着虚空，但天上既无云彩，也无飞鸟。王川跟着儿子的方向看了一遭，也一无所获。王川问，他今天说了几句话？翟芳答，哼，能几句呀，统共就三个字，吃，喝，尿。王川的腿麻了，站起来走了几步，愉快地说，比前几天强，至少开口说话了，这钱没白花。

太阳落山了，倦鸟归林，寒意四布。

山顶上有一座庵子，传来了清凉的钟声。老师在喊，收队了，下课了。家长们分头找见了孩子，苦刑结束了似的，纷纷撤了。翟芳说，你听，这钟声多好，无忧无虑的，简直是世外桃源一样，真不想回去。王川调侃说，此地虽好，却不可久留。翟芳又说，真的心累了，也不知造了什么孽，我要是能出家就好了，当个女尼，青灯黄卷的，不受这份罪。王川一听，突地就怒了，掰断了一根树枝，咆哮说，翟芳，注意你的感情，你这话跟刀子一样。老婆撇过身，揩了一下眼窝，回击说，我感情咋了，我撑不住了，我快垮了。王川摸了一下儿子的脸，不为所动地说，闹闹，今晚上你的梦里肯定是一片花香，记得喊我，我也闻闻哟。翟芳叹了一下，又念了一句阿弥陀佛。

这一刻，电话响了。

电话是老彭打来的，劈头就怼了王川一顿。王川环望了一眼层叠的山峦，没信号是正常的。老彭比王川小，人却老相，不用化妆，上公交车就有人让座。老彭说，小子，这等重要的会议你居然缺席，你错过了历史性的一刻。旁边，翟芳肩起了闹闹，往山坡下走去。农户拽着山羊欲走，却被翟芳拦住了。王川问，真这么干呀，集团全体干部就地免职，再竞聘上岗，这动作未免太大了吧。所以嘛，今天的这个会绝对是地震，一场八级地震，老彭回答。还是钱的面子大，翟芳塞给农户一张钞票，山羊也规矩了起来，咩咩地叫着，有一种讨好的味道。老彭说，一朝天子一朝臣，这新当家的上了台，肯定要重新洗牌，各个机构和部门重组，就是为了上市嘛。这的确是实情。集团公司酝酿了多年，一直想在上海滩敲锣上市，却只闻其声，不见其实，始终搁浅着，黄花菜都快凉了。王川回说，也对，一头狮子领着羊，羊也会变成狮子的，如果让一头羊领着一群狮子，那谁也看不起它们。山坡下，农户架住了山羊，翟芳将闹闹抱起来。儿子骑在了羊背上，脸忽地亮了。老彭说，小子，你有啥想法没？王川欣慰地说，咋的，你在试我的口风么，先讲你的。哼，我一无才学，二无靠山，我不痴心，也不妄想。翟芳催促农户，让他放开绳子，让闹闹纵羊驰骋一会儿。绳子放开了，王川的心，一下子提到了嗓子眼上。儿子危如累卵地悬着，摇晃不已。这个混账女人，王川叱骂一句。老彭问，别不耐烦，下一步你咋打算的么？闹闹稳住了，拍了一下羊颈。山羊甩了一下蹄子，蓦地发足跑了起来。王川说，走一步看一步吧，僧多粥少，还轮不到我操心，我算哪根葱呀。山羊颠出去了七八米，闹闹老练极了，西部牛仔似的。王川呵呵起来。他第一次从儿子的表情上，发现了开心。老彭又说，你小子，我早知道你，你绝不是久居人下之人。终于，山羊一个刹车，将闹闹掀翻在了草地上，打了几个滚。王川说，你就别套我的话了，你做啥，王某人一定支持，挂了啊。

刚收了线，电话又追来了，是小区的保安昝涛。

这次，王川并没有训翟芳。老婆英明。老婆出其不意的一招，竟让儿子表情璀璨，趴在草地上，死活不肯起来。王川问，咋样，高兴吧？闹闹点头，说，高。翟芳笑了，也哭了，一顿粉拳，砸在王川的胸脯上。翟芳掰着指头说，第四个字，今天说了这么多呀。王川抱起了儿子，扔在肩上，又给农户塞了一张钞票。下山时，翟芳尾在丈夫旁边，很哲学地说，我想透彻了，儿子不爱跟人说话，儿子跟人有距离，儿子跟动物亲，这就是找了好几年的病根呀。王川肩着儿子，看见明月东升。月亮长着一张俊秀的脸。月亮不错。

现在，王川踩着油门，往灯火阑珊里开去。

后排座上，翟芳搂着儿子，呼呼大睡。开心的一天，夫妻俩觉得值，闹闹破了纪录，终于从他嘴里蹦出来四个字。这话不对，不是四个字，简直是四字真言，四个金元宝，也是一连下了四天的春雨，把王川和翟芳的心都给下酥了，有一种甜。王川刚点了烟，没抽，隔窗扔了。眼窝有点湿，王川用指尖揩下来，吮在嘴里，真的不咸。他和翟芳是师大的同学，毕业后都留在了省城，一个进了中学，一个去了企业。两口子没靠山，应考却难不住，凭的就是死记硬背的功夫。结婚时，他们租住在一个筒子楼里，窗外就是铁路。一闭上眼，总感觉在出差途中，心里没踏实过。逢年过节，王川带老婆回乡探亲，母亲话里话外在试探，目光总焊在翟芳的肚皮上。王川说，先忙事业吧，等扎稳了营盘，再慢慢造人。这话很轻佻，生儿育女又不是打一捆柴、挑一担水那般简单。那以后，母亲不多嘴了，头发却花白起来。王川迈过而立之年的坎，集团公司高瞻远瞩，以经适房的名义，建了一座小区，按工龄、职称、职务打分。王川拿到了一个中套，四楼，南北通透。乔迁之日，翟芳下了一道懿旨，王川开始戒烟戒酒。那一段，王川天天去游泳，翟芳怕水，就在小区的广场上，跟大妈们跳舞。封山育林奏了效，很快，翟芳的肚皮吹了起来。翻过年，翟芳诞下了一个小子，六斤半。王川站在病房的窗口，望着满城的焰火，便说，正月十五闹元宵，干脆小名叫闹闹吧。

岂料，闹闹一点也不闹。一切都走到了愿望的反面，闹闹悄静，一尊瓷器那般悄静。

儿子长到了一岁半，坚不开口，连妈妈这样简单的音节都不会。不仅不说话，儿子的眼睛也呆滞，直尺似的，无波无澜。比如，儿子盯着墙上的一颗钉子，一盯一天。又比如，儿子爱抠墙皮，弄得墙纸七零八落的，指甲皮也快抠掉了。翟芳问了周围的妈妈们，一致的结论是，女孩一般早慧，七八个月就发声，男孩慢一点，大概在一岁左右吧。又等了一年，情况如故。这时，翟芳火力全开，对准了丈夫，责问他在造人期间，是不是破过戒，沾过脏女人，把损坏的精子播在了良田里。王川也自责过，怀疑家装之后的甲醛，疑心大理石厨台带着辐射，甚至去了几趟潛源寺，磕头、烧香、奉了供养。那几年，医院也没少去，把各个科室都拜访了N遍，化验单一米高，足够写完一套四大名著了。天气好时，楼下的草坪成了乐园，娃娃们鸡零狗碎地玩着。翟芳将儿子抱下去，去了几回，闹闹都闷声坐在一边，既不参与，也不哭笑，一根木头似的。那以后，翟芳短了精神，觉得心里结了一块疮疤，生怕被邻居们察觉。家里没雇过保姆，面积有限，起居也不方便。闹闹三岁半时，王川托了关系，将翟芳调进了一墙之隔的六中任教。课间休息时，翟芳两点一线地穿梭，开了门，眼前的景象让她喜忧参半。喜的是闹闹安全无虞，一动不动，早上搁在哪儿，现在还在哪儿。忧愁却是一团雾，让翟芳的身心一下子乏了，笑也是挤出来的。有一回，王川将闹闹的所有症状，一丝不苟地输入在了度娘里，当即吓了一跳。王川揣着这个秘密，恶毒的秘密，在肚子里发酵了几天。王川自己快爆炸时，才说给了老婆。翟芳听罢，二话不讲，当即给了王川一个耳光，挺脆的。

翟芳说，我儿子自闭？你敢这么咒？

嗯，这个症状，要么是天才，跟那个霍金一样，要么就……王川斟酌再三，给老婆打了一个预防针，说，要么就得你我一辈子当牛做马，把前世里欠下的债，慢慢还掉。

等着瞧，我偏不信邪。

出乎王川的意料，翟芳咬起牙，时刻围着儿子转，大有坐穿牢底的那份慷慨。

进了收费站，减速带一提醒，王川回到了现实中。缴了费，上了外环时，翟芳的手搭在了丈夫的肩上。这是一种罕见的亲昵，自从，唉，不提也罢。翟芳摸着他的下巴，指尖上充满柔情。翟芳说，没刮胡子呀，这么硬。王川却说，下午地震了，新当家的已经上位，开始重新洗牌了，这下真有热闹看了。王川简略讲了一通。翟芳却说，咱们小老百姓，过自己的日子，你别掺和了，闹闹今天的进步，比啥都强，我没别的奢望。环线上车流少，王川轰了油门，飙了一段。王川说，白天不懂夜的黑，我敢打赌，从今天起，小区里肯定灯火通明，谁都在谋篇布局，不敢怠慢。翟芳说，今天收获了四个字，说不定明天呀，闹闹还会有大的惊喜。王川笃定地说，呵呵，我回来了，我回来以后，一切都将与过去不同。下了立交桥，驶上了主干道，翟芳悄声问，晚上可以吗？今天高兴，我就想了。

什么呀？

翟芳忸怩，说，好久不做了，我怕我快锈死了，你讨厌。

不行，我妈来了。

奶奶来了，你咋不早说呀？翟芳这么喊，当然是随了儿子。

王川歉疚，说，母亲总是排在最后，这个吧，将来也是你和我的写照。

3

王川还掉了借来的铃木，打车返回时，被昝涛拦住了。

昝涛和小区的业主们都熟，一来性格爽直，二者，他天性肯帮人，脸上挂着一副持续的笑。快递到了，谁在外面拉不开栓，总会说，交给昝涛吧。谁订了鲜奶，也会说，让昝涛先搁冰箱里吧。昝涛另有一个特点，即便燠热难耐，身上的那一套制服却相当规整，绝不马虎。零点过了，气温居高不下，昝涛在小区里巡查了一圈，看见了王川。

昝涛说，姨娘她们都上去了，你呀，真的福气大，姨娘的身子骨还那么硬朗。王川对昝涛一向抱有好感，便停下脚步，以示尊重。王川说，我老婆来过电话，说你的一盒蛋炒饭，让我母亲给吃了，这咋行？咋了？昝涛冷下脸，我孝敬一下不行呀，我一个没娘的娃，跟着你沾光。递了一支烟，昝涛拒绝了。王川自己点上，喷着一嘴烟龙说，听说三马路的李家烤肉不错，咱们去吹几支冰啤吧？昝涛笑说，真不用，你不必变着法子谢我，进屋吧，姨娘的一个箱子落下了，你自己抱上去，不早了。

一个纸箱子，长方体，外面印着某个品牌的洗衣粉字样，两侧各挖了几个孔洞，用来透气。王川狐疑，捂住了口鼻，说，这么臭，究竟什么呀？昝涛站在空调前，拔长脖子吹冷气，说，我刚给喂了水，怕渴死了。王川打开后，沮丧地说，哎哟，我这个娘呀，真是老古董，超市里的鸡肉那么便宜，何苦她几百公里带一只活鸡上来。昝涛冷下脸，说，王科长，你这个态度我可不同意，你过分了。王川噎了噎，说，我没别的意思，还不是心疼老娘嘛。昝涛却说，别小看了这只鸡，真的。

咋说，不就一只鸡嘛。王川道。

这叫翎子鸡。

翎子鸡？

王川热极了，巴不得上楼去冲凉，但昝涛的一番热情，又不能不对付。王川拨弄了几下箱子里的活物，不觉得是一只鸡，反倒感觉是整箱子的羽毛，手感很虚无。王川说，你别给我演封神榜，说这个鸡是落架的凤凰，得罪了玉皇大帝。昝涛不语，拿出一支强光手电筒，打开试了试。灯光若一场雪崩，忽地倾泻在了墙上，将王川压成了一张相片。王川抬臂遮住眼睛，忙喊停。昝涛呵呵笑了，说，你这叫原形毕露，你心里咋想的，我能猜出个七七八八，骗不了我的。灯光灭了，那一张相片又回归到了王川的身上，浑然一体。昝涛催促说，快回家去吧，别跟我磨牙了，你们下午地震了。

雄鸡一唱　131

已经出了门，王川却不甘心，说，你话里有话，你不妨直说了。

哼，我又不是你家的张良。

王川不见怪，说，上次送你的那台旧笔记本，配置虽说低了些，但你女儿用没问题。听说，最近又要淘汰一批，我替你留心着。怀里是纸箱子，窸窣声不断，一股刺激的鸡屎味，冲鼻而来。昝涛怔了怔，便说：

我在狄道当过兵，我知道，这种鸡叫翎子鸡，罕见。

说说看！

昝涛说，你娘不简单，自己路也走不稳，居然拐着一只翎子鸡，晃悠着进了城，呵呵，我本来想责怪你几句，算了吧。王川挤对说，你也不简单，大半夜的，这么神道，你倒说说翎子鸡呀。不巧，对讲机响了，十万火急的样子，昝涛先撤了。

黑灯瞎火的，王川摸进了家。母亲和闹闹睡在了卧室。翟芳占据了儿子的房间，一张儿童床，显见没有王川的位置。王川拿了枕头，打算在沙发上将就一夜。冲完凉，鸡屎的浊气愈发激烈，夜晚的恬静被彻底颠覆了。王川有些懊恼，将纸箱子拎出了厨房，蹑手蹑脚，塞在了阳台上。这时，王川嗅见了一股潮湿的气息。几栋家属楼高可入云，切割出不规则的夜空。夜空呈粉红色，云层低垂，山雨欲来。王川怕鸡会闷死，便掀开了盒盖，敞在了夜幕之下。果然，鸡消停了下来，知道这是深夜，自己独在异乡为异客。

当初分房打分，王川排在了中下游，只能选择两头，要么顶层，要么下半截。后来图了坐北朝南，又考虑将来拉扯孩子，翟芳定夺在了四楼。小区统共三栋楼，呈三角形，便有人戏谑说在跳贴面舞，也有人说在搞三角恋。楼群中央，有一个绿化带，还建了一座微缩水景，潺潺之声总在傍晚响起。楼群外则是一条环路，左进右出，供车辆行驶。凌晨一点了，远处海关的报时钟准时敲响，声音很金属。王川抬望一遭，好家伙，每家每户都灯火通明，亮若白昼。王川猜得没错，从今天下午会议结束，谁都不肯甘拜下风，谁都将粉墨一气，呛嘟嘟一声响板，从幕后闯进前台，生旦净末丑，各归其位。

准确讲，王川倒也不急。王川有自己的步骤。如果一群人都往一个方向上挤，那这条路，一定是有麻烦的。沙发有些硌，弹簧坏了，王川入睡前这么认为。

一下雨，昝涛便觉得事情好办多了。雨是一个借口。雨会混淆一切的。

C栋地下停车口有一个死角，前面立了一面短墙，原本是消火栓的位置，后来废弃了。墙后，五个少年抱头蹲着，浑身湿塌塌的，瑟瑟发抖。昝涛说，你回东门去吧，这里有我，东门进出车，业主们万一打喇叭，明天投诉就来了。黑暗中，一个伙伴正在踢打少年们，踢累了，慢慢收住了脚，快感十足地过来，说，这帮小太保，不给点颜色，他就不信马王爷长了三只眼睛。昝涛说，你去吧，我来治他们的病，省得他们以后故意踢高球，拿窗户当球门，让咱们背黑锅。伙伴递来一个塑料袋，昝涛接了。伙伴说，你瞧，人手一部苹果，都是坑爹妈的货。雨开始大了，树木被风压了下去，跟受刑人一样。脚步声远走，昝涛这才轻松下来，宽了皮带，取下强光手电筒，开始问话。

说吧，谁把那辆牧马人划伤的？谁说了，谁先回家。

不是我，我们来找足球的。七嘴八舌的，集体辩解。

答案早料到了，但昝涛另有一份腹稿。昝涛说，你们和中国男足一样臭，不往球门射，偏偏射人家的窗户。知道吗？上次掉下来一块玻璃，刀子一样，直接插进了人家车顶上。再上次，玻璃崩碎了，把一个小丫头的脸划破，差点破了相。好吧，得寸进尺说的就是你们，半夜摸进来，共同犯罪，你们今晚的目标是？

这时，学生们一口一个叔叔，舌头是软的，狡辩是真的。

昝涛志在必得，又说，那辆牧马人值几十万，你们划伤了，光补漆就是一笔不小的数目。幸亏呀，这里不是派出所，我这人也好说话，一人一千，别跟我还价。否则的话，我立马通知警察，你们轻则被开除，走司法程序这条路，就得把课桌搬进号子里，一起难兄难弟吧。毕竟是未成年人，这下炸了群，不是哀号，便是相互攻讦。强光手电筒另带电击枪的功能，昝涛将按钮调至"电击"一挡，打开了，但见蓝光放射，蛇行上下，哔剥作响。一时间，清冽的空气有些焦味，几乎将雨滴也蒸发掉了。昝涛笑说，呵呵，不是闪电，也没打雷，这是天老爷动了怒，命令你们快交代，交代罪行。果然，两个孩子起身，求告说，这就去找钱，等一下再来。昝涛说，反正我不急，苹果手机在我手里，我随时能找见你们的。等走远了，昝涛又低声喊，我在大门口等着，别去东门，天一亮就作废，我会报警的。

走了两个，又一个待不住了，哀告说，兜里有卡，立马去门口的银行取现。另一个也站起来，坦白说，姥姥家在附近，半小时之内准定回来。昝涛问，知道手机的赎金多少吗？少年们嗫嚅着，等着跳楼价。昝涛恼了，扯着嗓子，断喝说，妈的，一人一千，滚蛋吧。

其实，真的无所谓，楼上听见了又咋样嘛。昝涛心说。

昝涛抬望了一眼楼上，灯火烁烨，今夜无人入眠。自打派驻这个小区第一天起，昝涛就腿快、手勤，一脸弥勒，广结人缘。业主们的嘉许是一回事，从各路得来的消息，林林总总，汇聚到他的手里，则是另一回事。昝涛知道，小区也是一个小社会，风也罢，雨也罢，总归不会安澜下来。昝涛一直想做一块暗礁，沉在底部。谚语不是说了嘛，杀后，杀后，锅底里才有肉，所以他一向耐得住。比如今天，业主们的集团人事地震了，先前人模狗样的那些家伙，统统被就地免职，上火是一定的，失眠是起码的，谁还顾及窗外的个把声音呀。

况且这场雨，来得真是时候。昝涛揩了一把脸，冷不防，剩下的那个小子居然豹变，一家伙搡倒了他，拔腿跑了。

地滑，挣了几次，又跌倒了。昝涛眼里金星四射，骨折的感觉。对讲机飞了，强光手电筒的镜片也碎了，滚出去老远。万幸的是，几个手机还在。这一刹那，昝涛看见环路上杀出了一个黑影，二话不讲，便将那小子收在了胳臂下，夹紧了，跨步走了过来。

三女子吗？

嗯，涛哥，这咋了，被袭击了？

趁着说话，昝涛将一包手机塞在了灌木丛里，忙掩饰说，跌了一跤，不打紧。三女子也不是吃素的，扔下那小子，抽出了他的皮带，直接捆在了栏杆上。三女子从天而降，出手相救，并没惹起昝涛的感激。相反，昝涛却觉得麻烦来了。递了烟，两个人小心地点起来，对视了几眼。三女子抱怨一番。昝涛才明白，他媳妇和婆婆吵架了，吃了夹板气，索性负谴而逃，来这里躲清闲了。昝涛给了钥匙，工具间有一张床，催他赶紧去休息。岂料，三女子没接，却一脸的诡谲。三女子问，这小子干了吗，敢袭击你？昝涛思忖一番，说，他不尊重我，倒也没袭击。见三女子太黏，昝涛敷衍说，屁大的一点孩子，居然一见面，就问我要烟抽，我替他父母亲教训一下。临走前，三女子踢了那小子一脚，慨然说，我继续去蹲坑了，有事喊我吧。哦，你说啥？昝涛着急问。三女子说，雨这么大，一楼的那个女神经刚又打了物业电话，怀疑有人要偷她，我这就去蹲坑，守着那个变态出来呗。这么一讲，昝涛觉得夜更深了，麻烦是真实的，离自己不远。

到了正门，一进值班室，昝涛就给那小子除下了皮带。昝涛拿了毛巾，让他擦一擦，对方也置之不理。昝涛又打开塑料袋，让他拿上自己的手机，赶紧滚蛋。不承想，那小子索了烟，叼在嘴上，还让昝涛给喂了火。昝涛郁闷起来，说，你究竟想咋么样？小子说，等他们都来交钱时，你得当面证明一下，我宁死不屈，我没尿。昝涛虎下脸，拿出强光手电筒，但电击头没反应，没了想象中的那一声霹雳，威慑力顿时归零。昝涛说，你没尿，你走吧，我不追究你。那小子玩着手机，态度顽劣，说，我得等他们来，看着他们一个个认尿，把钱交给你。昝涛没了辙，观察了一下周围。此时，已经后半夜了，楼上的灯光陆续熄灭。雨除了是借口，还是一种催眠吧。

小杂种，你真要是我儿子，我掐死你。昝涛一个劲抽烟，脑子里开始翻脸，已经灭了那小子好几回。昝涛开始威胁，再不走的话，真要报警了。小子却称，报警也好呀，又没犯什么罪，顶多是翻墙来找足球的，还巴不得爸妈来领人，因为很久也没见爸妈了，都在外地做生意。昝涛苦楚极了，绥靖地说，各让一步吧，你给我面子，我也给你台阶下。那小子觉得可行，停下了手机游戏，等待下文。昝涛万无一失地说，这样我给你一千，等他们都到了，你跟他们一起交完罚款，你一根毛也不损失，我也有面子不是。小子很痛快，答应了。昝涛打开钱包，数了一千整，交在了对方手里。那小子太贪玩，将钱扔在桌上，继续看手机。

来了一辆私家车，没打喇叭，闪了几下灯。

昝涛出了门，看见灯光下，地上的雨都起了泡，密密麻麻的。业主都这样，忘了带卡，一般会闪灯，喊保安来帮忙。昝涛按了遥控，放车进去，又落下了横杆。待昝涛再次进门时，妈的，却发现那小子不见了。

人不见也罢，桌上的一千元竟然也……还包括一袋子苹果手机。

这一刻起，昝涛真的炸了，揣上一根警棍，开始在小区的环路上兜圈子。心知无望，但肚子里的一团火不罢休，只好淋成了落汤鸡。十张红版的钞票，等于大半个月的薪水，谁的钱都不是用弹弓轻易打下来的。有天夜里，昝涛在地下车库里巡查，发现一辆车屁股上，扔着一台照相机，谁这么大意呀！昝涛也没客气，塞在胳肢窝里带走了。第二天去了旧货市场，当即变现。尼康单反，日本牌子，昝涛明白贱卖了，但也很知足。哼，揣了这么久的一笔钱，却被一个小杂种给顺走了，这让昝涛很牙疼。又踅到了C栋一楼拐角时，三女子从树背后蹿出来，抱怨说，涛哥，你这么闹腾，还让我咋蹲坑。昝涛问，你吃过哑巴亏吗？三女子懵懂摇头。昝涛说，妈的，哑巴亏就是吞了一肚子黄连水，又说不出苦来。

恰在此时，一束发光的鸣叫蓦地响起，照在了小区上空。

声音是从底层爆发的。三栋高层呈犄角之势，喇叭状，将声音放大了，一波波地荡漾起来，形成了海啸，惊涛拍岸。三女子愕然，说，见鬼了，这什么天外来物呀？昝涛说，几点了？三女子答，5点，天快亮了。——举目望去，楼上的灯光一扇扇地亮了，也有人趴在窗口上，探头外望，骂骂咧咧的。叫声停顿了一下，再次嘹亮，让铺天盖地的雨声也退居其次，不那么要紧了。这个清凉的夜晚，随着紧密的鸣叫声，眼睁睁地，开始塌方。

昝涛说，半夜鸡叫，这下乱套了，天下大乱。

是鸡叫吧？

嗯，这是翎子鸡，说来话长了。昝涛道。

4

翟芳鼾声轻微，睡得很香。平时，翟芳每夜都要起来三四次，掖被子，递尿壶，经营一番儿子。有几回，翟芳后半夜推门进去，见闹闹双目圆睁，像300W的灯泡一样，盯着天花板，几乎吓瘫她了。翟芳盘问儿子：究竟在想什么？闹闹却只字不语，表情深沉如谜。今天可好，闹闹在奶奶的怀里，翟芳便把自己大卸八块，睡得像一块海绵似的。迷蒙中，一场星星雨，慢慢下在了翟芳的身上，不是窗外的那种。星星们像一个个精灵，张着嘴，拱着翟芳的身体，让她很甜，很痒，魇在了睡眠中。这个梦是有来历的，翟芳上过网，说自闭症的患儿，都是星星的孩子，他们孤独地活在自己的世界里，对外界充耳不闻，视而不见。此刻，面对一群上蹿下跳的小星星，翟芳为难了，眼花了，摊开双臂，盲人般地探摸着，说，哪个是闹闹？谁是我的闹闹？

这一刹那，王川在旁边打了个喷嚏。翟芳一惊，星星的孩子们忽地没了影，全部失踪了。

翟芳的郁闷可想而知。王川夹着枕头，行迹鬼祟，忙关了窗，拒绝了外面的雨声和凉意。王川钻进被窝，身体像一枚大号的括弧，将妻子箍在了怀中。这些年，夫妻俩不愿正视现实，但闹闹的症状，愈来愈逼现眼前，让"自闭症"这个词浮出水面，礁石一般。翟芳喘不过气来，星星的孩子们走了，失踪了，刚刚尝到的一点甜、一丝痒，却被王川上下其手，粗鲁地驱散了。翟芳挣扎着，恼恨起来。王川说，傍晚回来时，你给我下的帖子吧？咋了，说话放屁呀？翟芳像一条离岸的鱼，越拒绝，王川却越侵犯。后来简直动了粗，磨盘一般覆压在妻子的身上。王川说，先是搞了封山育林，后来你又妊娠期，为了闹闹，这四年多来，我忘了我还是个男人，一次也没。翟芳拖泥带水的，还没从梦魇里脱身。王川沮丧极了，哀告不止，却怎么也打不开妻子的身体。这是闹闹的房间，儿童床，禁不住折腾。床架的榫卯间，可能藏着无数个嗓子，王川一用劲，它们便尖叫，吱吱呀呀的。王川是那种一根筋的人，愈挫愈奋，两只手刚将妻子锁住，听见翟芳气息奄奄，打算放弃抵抗时，却出现了意外。

那是一束发光的鸣叫，在阳台上爆炸了。

猝然，尖厉，悠长，爆炸声持续了三秒多，但密集的弹片分崩离析，射向四面八方，几乎快将小区里的每一扇玻璃震碎了。尾随其后的，则是一浪浪的冲击波，在楼群里翻滚、汇聚，一瞬间拧成了狂浪，喷薄向上，倾泻在了夜空里。

翟芳彻底醒了，伸手去开灯，却被王川扣住了。王川从翟芳身上滚下来，呼哧呼哧的，先前的激情覆水难收，又不甘心，慢慢酝酿着下一次情绪。翟芳怨恨地说，鬼哭狼嚎的，让人心里发毛，这什么呀？呵呵，江山易主，难免有一些异常的天象，我的好日子不远了。王川边答，边撩拨着妻子的浓发，煞是得意。翟芳嘀咕说，对，是天降异常，星星的孩子，这话真美，哪怕他不讲一句话，只要他来自星星，我也乐意，我陪他一辈子。王川不解其意，兀自说，我这个小科级熬了快五年了，也该出头了，我这次有八成的胜算，相信我。翟芳再次清醒了，脚尖找着拖鞋，自责说，闹闹该尿了，我得去。话未讲完，王川一把扑倒了妻子，用枕头捂住了翟芳的脸，低语说，别闹了，我妈可能起来了。翟芳不听劝，更不迎合，身体扭曲着，踢来蹬去的。王川更刺激了，血脉贲张，一下子使了强。妻子的身体怔了怔，冷若碑石。就在王川走向高峰的一刹那，阳台上那一束发光的鸣叫，再次爆炸了。

声音尖细、悠长，呈螺旋状上升，缭绕不绝。

翟芳趁机挣脱了，忽然干呕起来，很恶心的样子。果然，翟芳厌倦地说，我已经锈死了，我恶心，恶心这件事，千万别再逼我了。

此时，王川也已经兴趣全无，拉开窗帘，看见天色微明，一层蛋青色的光芒渗透铅云，落在了小区上空。翟芳说，对不起，我不习惯这个了，我想吐，我可能废了。王川压抑着怒火，劝慰说，不怪你，这他妈的天光大亮了，哪来的怪物呀？翟芳没呕出来，但嗓子里冒怪声，叽里咕噜的，软弱地说，半夜鸡叫，这是公鸡在打鸣，我小时候天天能听见。闻听此话，王川一骨碌坐起来，直脱脱地说，灯下黑呀，这是咱家的鸡，简直家里进贼了。

咱家的？

对，我妈带来的狄道的翎子鸡。

哦，带什么不好，这奶奶，偏偏带一只公鸡进城。翟芳怨怼道。

天亮了，两口子睡眼迷离，草草穿戴起来，踅进了客厅。眼前的一幕，让他们骇然万分，杵在地上，一时间成了哑巴。母亲蹲在地上，一手磨着刀，一手洒水，刺刺啦啦的声音恐怖极了。母亲瞥见了他们，没吱声，样子得意。磨了片刻，母亲停下来，用指肚试了试锋芒，又开始磨另一把刀。王川哀告说，妈，这大清早的，双休日，你提刀弄棒的做啥？翟芳也求情说，好我的奶奶，进了城你就歇息一下吧，闹闹在你怀里，一夜没闹，他只恋你。母亲辛劳了一辈子，虽说上了年龄，但胳膊上仍有劲，磨起刀来有板有眼，脊梁也绷成了一张弓。王川想抢活，母亲拉下脸说，一边去，去给我烧一锅开水，天然气我害怕。翟芳进了厨房，依言烧了水。王川恳切地说，妈，你没个电话来，也不让我去车站接你，老家那边？翟芳踢了一脚丈夫的屁股，接了话头说，你警察呀，审问这，审问那，奶奶想闹闹了，闹闹也想奶奶了，这就是理由。王川从妻子的语气里，听出了一种释然，那种解放区才有的晴朗的天。事情明摆着，母亲待多长，翟芳就能轻松多久。夫妻俩对视了一眼，彼此交换了意见，一对阴谋家似的。这时，母亲方说，贵生呀，今天是啥日子？

礼拜六。王川答。

母亲停下手，扶住膝盖站起来，说，今天是你的生日，你属猪。

哦，不早过完了嘛，上个月？翟芳抢了话。

脑子不好用，我只记住了你农历的生日，狄道只过农历的，所以我就来了。母亲颤巍巍的，胳臂一伸，接住了翟芳的搀扶。母亲说，去，去把阳台上的翎子鸡拿来，我杀了，今天给你过生日，给闹闹补些营养。

腿上灌了铅，王川愣怔了许久，一直盯着母亲的白发，有点鼻酸。

这个节骨眼上，阳台上的翎子鸡又爆炸了。不同的是，这一次的鸣叫不发光，也不悠长，更像是一次抗议、一声激愤的詈骂。王川思忖，万物有灵，这话真没错，这家伙恐怕也知道大限将至了，所以才登高一呼。王川去了阳台，手在纸箱子里探摸，依旧感觉到很虚无。一箱子的羽毛，怎么也捉不住肉体。翎子鸡的咯咯声，却从乱羽丛中飘上来，挑衅味十足。后来，王川干脆将箱子倒扣在地，攥住了两条细鸡腿，倒悬着，拎进了客厅。

翟芳怕血，背过身子，贴在了墙上，不忍看。王川将鸡搁在地上，防它哗变，用脚踩住了鸡腿，两只手伸进一堆羽毛中，打算攥住鸡脖子。近些年，城里人的嘴吃刁了，来自狄道一带的柴鸡成了紧俏品，价格翻番，几乎是超市里冻鸡的三四倍。王川一家也吃过柴鸡，尤其翟芳坐月子的那一段，母亲满村子打听，谁要去省城，母亲早上宰杀下，晚上就能捎给儿子。柴鸡能催奶，翟芳在那半年，体重长了30斤，双下颌都出来了，这才喊了停。虽说吃了那么多，但君子远庖厨，夫妻俩还没见过当场宰杀的。王川摸了一阵，捉住了羽毛丛中的肉体，失望极了。怎么说呢？这只虚张声势的鸡、徒有其表的鸡，除了这一堆花里胡哨的羽毛外，身体只有握拳那么大，可怜兮兮的。王川能感觉到，这小东西在痉挛，在发烫，埋下身子，做最后的抵抗，不，是抵赖。王川撇嘴，心说，按自己的饭量，这家伙去骨剥皮，也只够打个饱嗝而已，遑论还有一家人呢。母亲则面带骄矜，一个劲地夸耀自己带来的礼物，似乎比她珍藏了多年的嫁妆、腕子上的那一只银镯子还稀罕。

原来，狄道一带毗邻岷山山脉，实施了多年的退耕还林后，山林葱郁，生态修复，一些早就绝迹了的动物失而复现，大的如棕熊、雪豹和狐狼，小的像麋鹿、麂子与岩羊，这翎子鸡就是其中的一例。母亲又介绍，前一天碰见了一个进山采药的人，他捉住了一只瘸腿的翎子鸡，求爷爷，告奶奶，这才花了大价钱，好歹购了下来。这种鸡太诡了，要不是摔坏了腿，休想拿住一个活口，它自己就会气死的。母亲神道道的，王川始终忍着，没喷笑出来。又介绍说，翎子鸡不仅脾气大，还太犟，宰杀之前要先哄一哄，等它高兴时冷不防下手。否则的话，它的肉就会泛酸，排出一种不太好闻的气味，所以才活着带进了城里。这一刻，王川明白了母亲的用心，腾出一只手，将母亲的一缕额发，别在了耳后。

贵生，闹闹还不肯多说？母亲低语。

嗯，金口难开。

母亲说，这个鸡嗓门大，底气足，专治这病的。母亲又压低了声音，叮嘱说，你意思一下就行了，让闹闹吃肉喝汤，吃啥补啥，记住啦。

显然，母亲是有备而来的，手心里搁着一把松子，嘴里咕咕咕地逗引。炒熟的松子，裂了口，王川嗅见了一丝清香。王川想起小时候嗑松子的情景，没来得及回味，便瞧见从羽毛丛中，探出来了一只鸡冠，充满警觉，左右啄动。冠子呈烈焰色，峨冠博带，头顶的肉瘤像分开的五根指头，上下翻卷，傲气十足。翎子鸡埋下头，啄了一枚松子，刚要吞咽时，母亲霎时出手，一把捏住了鸡脖子。

母亲拔掉了鸡脖子上的一撮毛，将其拧成了一个问号，举起刀，打算下手。王川捧着碗，对准了鸡脖子，准备盛血水。翎子鸡伸长了脖颈，无辜地就缚，既不挣扎，也不嚎叫，杏仁似的眼睛盯着王川，眨也不眨。刀刃逼住了鸡脖子，母亲刚要下刀时，却听见客厅的地板上一声爆响，一只花瓶炸成了粉末。

闹闹站在面前。一股愤怒攫取了他，脸颊憋得紫红，嘴巴大张，挥着小拳头。

王川断喝说，闹闹，干什么？

放，放，放开它！

这一瞬，客厅里的空气像被抽光了，洪荒一片。王川看着妻子，翟芳盯着婆婆，奶奶扔下刀，丢下翎子鸡，开始抹眼泪。翟芳扑通一下，跪在了儿子的面前，揽住他，嘴巴像鸭子戏水，呱唧呱唧地乱亲一气。王川瘫坐地上，点了烟，觉得天花板上鲜花盛开，站满了菩萨。翟芳央求说，乖宝贝，再给妈妈讲一遍，好吗？放，放开，闹闹憋足劲，满足了她。翟芳又说，那给奶奶也讲一遍，奶奶最疼你了。闹闹顿了顿，很清晰地说，奶奶，放开。

这天早上，王川家仿佛被神灵摸了顶，赐下了福祉，降下了一场不大不小的奇迹。将近四年了，横亘在两口子心上的一种罪孽感，一件沉重的包袱，一道看似迈不过去的坎，居然。呵呵，它居然轻而易举，被一只翎子鸡，一个羽毛重重的怪物，这么破解了，化为了乌有。翟芳喜极而泣，泪水敷在脸面上，高兴得有些过度。母亲捏住了翎子鸡，蹒跚而来，塞在了孙子的怀里。称奇的是，握拳大小的翎子鸡，恰好被闹闹抱了个满怀，低眉顺首，似乎知道他就是救命的施主。闹闹也乐了，小脸贴在一团羽毛上，噘起嘴，慢慢吹气。一吹，斑斓的羽毛唰唰作响，起伏不定，弄得闹闹痒痒不止，于是越发乐了。

翟芳逗引说，宝贝，奶奶送你的礼物，谢谢一下。

嗯，他属啥？母亲问。

属鸡，闹闹恰巧属鸡，太有缘分了。

属猪？母亲真的耳背了，记忆也差，或者，她有一份故意。母亲怨怪说，闹闹刚说了那么多，歇缓一下吧，等一下再说也来得及。

这时，王川晴朗地说，呵呵，我有迷魂招不得，雄鸡一唱天下白，这诗人李贺能掐会算，还真的可以称得上我的千年知音啊。

5

今天高兴，翟芳订了座，请婆婆出去吃了一顿果木烤鸭。

雨没停，但也不大，半空中浮着一层雾，像透明的胶质。闹闹猴子般趴在翟芳的脊背上，小脚乱踢，催促快点，回家要和翎子鸡玩。刚到正门口，王川瞥见了昝涛，便把雨伞递给母亲，让她们先走。从凌晨开始，昝涛的心里就一直撂荒、郁闷、不甘、愤懑，算得上五味杂陈。见王川进门，昝涛堆起笑脸，说，这可能就是天伦之乐吧，王科长，你是个福气人呀。王川将一袋饭食搁在桌上，说，趁热，果木烤鸭，我妈惦记着你的那一顿蛋炒饭，亲手卷好的，别嫌弃。昝涛也不客气，一口吞一个，面酱挂在嘴唇上，像一抹黑胡子。昝涛说，谢谢姨娘，见了她老人家，我非磕头不可。王川呵欠一下，又说，你咋也是黑眼圈？你不是夜班吗，干吗还？哦，一个伙伴今早辞了职，开出租去了，我没辙，我现在24小时连轴转了。昝涛吃毕了，打着饱嗝，递来一支烟。昝涛俯身过来，边喂火，边说，等一下你一定要抗住，他们人多势大，专捡软柿子来捏呀。

哦，你把话说开，别讲不打粮食的话。

昝涛把烟拿反了，点了过滤嘴，呸呸呸地吐着。又说，半夜鸡叫嘛，姨娘带来的那只翎子鸡，后半夜就开始唱歌，他们不干了，正在开会决议，冲着你来的。

王川面带轻蔑，回说，公鸡不叫，天就不亮了吗？扯不到一块吧。

纵然辩解，但王川后来仍依了昝涛的话，冒雨去了会议室。翎子鸡半夜起事，敲锣打鼓，声震云霄地开个人演唱会，惊扰了大家的清梦，这只是问题的表象之一。按昝涛的意见，贵集团公司正在洗牌，洗牌有两重意思：一是洗掉和周围同事们的旧怨，和缓一下关系，将来在民主测评时，多在"正"字上画一笔；另一个，就是洗干净自己屁股上的屎，别留下把柄。王川很诧异。王川从这个保安员的脸上，看见了一种烂熟于心的老练，一种精明。昝涛说，你别这么看我，我瘆得慌，听姨娘说，咱俩都属猪，一个圈里的，呵呵。王川说，我想死了，也想不明白，我的仕途跟一只鸡有关系吗？这时，他们站在了会议室门前，门楣上嵌着一块铜牌，上书"业主委员会"。昝涛轻推了王川一下，低语说，他们去了三趟，敲你家的门，打算抗议来着，没找见你，这才让我通知你的，我的任务完成了，回见。

王川落了座，目光逡巡了一遭，心里便天塌地陷了。

都是熟面孔，在一个办公楼里打头碰面的，也用不着什么客套。男女代表各半，年纪跨度也大，重点部门的占了大多数。以前，王川也被抽签选中过，作为业主代表之一，曾和物业公司争过权，捍卫过权益。令王川意外的是，想象中的撕扯、谩骂和刀光剑影，现在都换了频道，一张张苦瓜脸盯着王川，表情里埋着委屈、哀怨和求情。王川含胸抱拳，先压低了姿态，忙说，让大家受惊了，太抱歉了。

又讲了一遍，但大家谁也不接他的话茬，气氛冷寂，王川被看毛了。

居然！业主们公推出来的代表，居然是老彭，彭强。王川一下子心生嫌怨，娘的，一点口风不露，临阵倒戈了。彭强捏着一份决议，清了清嗓子，照本宣科地说，本小区自入住之日起，一向邻里和睦，安谧如梦中家园。岂料，昨日晚间却发生了一桩令人遗憾的事件，个别业主为满足私欲，竟然置公德于不顾，公开豢养一只野蛮的动物，半夜打鸣，四方惊魂，破坏了和平，将整个小区和广大业主，陷于了一种深深的忧虑和不安当中。

很显然，这份决议是挨家挨户走访过的，统计数据也很详备。彭强没照顾王川的情绪，继续说，本小区有70岁以上的老人28名，大多患有高血压、冠心病和糖尿病，经不起折腾。昨夜今晨，急救中心的车子，已经来过三次了。王川埋头看微信，翟芳连发了数张图片，几乎让他失笑出来。其中一张，闹闹虚骑在翎子鸡的背上，挺胸收腹，披着一条斗篷似的花床单，右臂挥动，像极了一位少年将军；另一张，翟芳和儿子将翎子鸡搁在浴盆里，一边撩动翅膀，一边打浴液。王川熟悉儿子，但这一种前所未有的喜悦表情，仍令他很震惊，也很踏实。决议又说，本小区计有上百名中小学生，目前正值期末考试阶段，如果任由这一只野蛮动物，继续疯狂咆哮下去的话，全体家长将难以答应，势必诉诸集团公司，将采取进一步的维权措施。呵呵，王川心里冷笑，这简直是一份最后通牒，跟死刑判决没什么两样，就差说一句绑赴刑场，当众宰杀了。彭强念完，业主们开始单独发言，女性居多，大多是陈述自身的体弱、焦虑和睡眠质量，语气里带有抱怨、示弱和乞请，与决议书的强悍风格截然不同。翟芳又来微信了，母亲和闹闹各拽着翎子鸡的一只翅膀，老婆拿着吹风机，正在吹干。意外的是，翎子鸡竟然很受用，冠子殷红，引颈四顾，将一路上带来的风尘和疲惫，彻底一洗了之了，出脱成了一个蓬松鲜艳的家伙。另一张更夸张，翟芳在洗衣盆里铺了一块毛毯，临时当作鸡窝。毛毯上绣了牡丹，姹紫嫣红，是当初老婆的嫁妆之一。王川心说，为了儿子，她可真是舍了血本，败家子一个哟。彭强扔过来一支烟，王川抿了笑，点着了，喷出一口烟雾。烟雾里滑出一个圈，顺着气流跑过去，不偏不倚，端正地套在了彭强的头上，像一道紧箍。彭强吐了吐舌头，好像说了一声对不起，或者没办法。此刻发言的是人事处的闵红，女，副处长，甲亢患者，鼓着两颗发黄的眼珠子说，没错，我家里也养了两只狗，一只猫，但猫和狗不一样，它们自古而今都是人类的朋友，可谁听说过拿鸡当宠物的？鸡能干什么？闵红的话，泛起了广阔的涟漪，一些养猫养狗的人士同声附和，尽量撇清二者的不同，一再将翎子鸡推到了阶级敌人的阵营。另有一位女业主，性格泼辣，干脆扯开了上衣，露出一截白肚皮，声音哽咽。翟芳最后发来了一个短视频，是翎子鸡的特写。这家伙站在客厅的茶几上，披金挂银，抖擞万分。王川讶异地发现，翎子鸡的尾羽很长，也很俏，斑斓多彩，在一阵阵清风中，上下拂动。女业主哭诉说，她不久前才做完手术，天热，刀口感染化脓了，如果再遭遇半夜鸡叫的话，她就打算把户口迁到肇事者的家里。王川冷下脸，这一句打上门来的话，一下子惹恼了他。王川斜觑一眼，那一道伤口的确很吓人，红嫩、肿胀、突出，像一条蜈蚣拱在了皮肤里，随时会剥皮抽筋。这时，彭强咳了几声，示意王川看手机。王川输了密码，打开一瞧，是彭强发来的一则微信。彭强说：

闭嘴！赶快服软吧，小不忍则乱大谋。

这期间，仍有业主不时进门，加入到了这一场声讨中。椅子不够，便有人骑坐在窗台上，或骗腿跨在桌沿上。也不知哪一位慈悲，买来了三捆矿泉水，瓶子在空中飞，王川的面前也戳着一瓶，但他没动。在一个密闭的空间，在一个小雨淅沥的早上，控诉和哈欠一样，一般会传染的，而且症状也愈来愈深。王川独木难支，终于招架不住了。王川抱拳一揖，惭愧地说，诸位，你们教教我，我该咋办？

杀掉吃了呗，还用问嘛。闵红干脆。

王川说，想想也挺惨的，我妈从狄道上来，抱着一只鸡，奔波了几百公里。这鸡才歇了一宿，就惹了诸位，让你们大家急赤白脸的，跟一只鸡过意不去。

嘀，你咋说话呢？没这么骂人的。闵红拍桌子。

王川反击说，我不计较你的猫狗，你也别盯着我家里的鸡。又说，你可以拿猫狗当宠物，我当然也能把鸡当朋友，人家国外还有拿鳄鱼、臭虫、螳螂什么的。

蜈蚣女人整理完衣服，截住王川的话头，概括说，天下之大，当然能容得下一只鸡了，问题是它目中无人，半夜三更在唱歌，在开演唱会，吵死了，简直翻了天了。

抱歉，让诸位不舒服了，坦率讲，我早上也被它吓了一跳。它真该死，只图自己高兴，自己过瘾，周扒皮，鬼子进村，忘了它是一个畜生，说了不算。王川口舌油滑，慢慢矮下了身段，期盼着寻找一种和解。王川嗫嚅说，我家闹闹，闹闹今年快四岁了。

嘀，跑题了，说的鸡，别牵扯孩子。有人抗议。

在座的诸位都见过闹闹，像翟芳，挺漂亮的。王川左奔右突，琢磨着一种恰切的方式，不显山，不露水，又能一吐苦楚。遂说，其实，家家有本难念的经，像闹闹一旦喜欢上这只鸡，我可真没……

闵红揶揄说，瞧瞧，老大的人了，给孩子推卸责任。

不，我的意思是，有一种病。

什么病？

王川语塞。

哦，他、他他，还有他，在座的都是病人，谁都亚健康，只有你王川结实，铁人一个，还有鬼心思养鸡。闵红谈经夺席，指点江山，又说，我看你王川现在也得了病，病得不轻。

你咒我吧。王川苦笑。

哼，你的病就是自私，枉顾了诸位的好心。闵红火力全开。

王川蔫了，瘟鸡似的。

本来还想说一两句闹闹的症状，求得大家的认可，讨一点同情，转圜一下气氛，但路都被堵死了，说出去又将成了谈资，王川感觉失败极了。王川枯坐着，给昝涛写了一条短信，说，你能搞到一种哑药吗？昝涛迅即回复了，问，哑药？你干什么用的？王川回答说，把翎子鸡的嗓子弄哑，让它活着，但不能发声，更不能半夜唱歌。停了三分钟，昝涛说，哑药以前在乡下有，都是谋财害人的，城里咋会有这种东东？紧接着，昝涛又来了一条，说，我从网上搜一下，不过得需要时间，也不保证一定能买到。王川怅然地回复，来不及了，我快被逼疯了，这么办吧，你去一趟我家里，趁着闹闹不注意，用针尖把翎子鸡的嗓子给划拉了，我让我老婆配合你。

是一只野鸡，对吗？蜈蚣女人问。

嗯，翎子鸡，野生的。

那就好办了。这时，蜈蚣女人摸出了钱包，搁在桌上，说，咱们同事一场，我术后虚弱，一直恢复不过来，你开个数字，把这只野鸡卖给我，我不还价的。

王川苦笑一番。

随手，王川给翟芳去了短信，让她抓紧哄儿子去睡觉，也让母亲回避一下，并说了昝涛的使命。翟芳坚决反对，说翎子鸡是闹闹的福星，天老爷赏赐的，来了没一天，闹闹就焕发出了一种别样的神情。这是千金难买的事儿，岂能、岂能恩将仇报，挑破鸡嗓子，去讨好上下左右的邻居们？翟芳不愧是老师，引用了一句格言说，即便杀光了全天下的公鸡，天还会亮的。此刻，王川身陷重围，明白这一桩鸡叫事件的轻重，忙解释说，不是去杀掉翎子鸡，是让它哑掉，别再造次，别再多嘴。王川无奈，只好提纲挈领地说，半夜鸡叫，将小区的全部注意力吸引了过来，集中在咱家了，我现在是靶子，乱箭穿心，又正是集团大洗牌的关口，你自己掂量吧。末了，翟芳回答说，软骨头，叛徒，照你说的办吧。

咋了，还舍不得呀？

雄鸡一唱　143

王川恳切地说，那只鸡只有拳头这么大，补不了什么，我发誓。

总比一枚鸡蛋强吧？蜈蚣女人问。

未必。

唉，我不会看错人吧。闵红接过了话头，一层回忆般的情绪罩在脸上，唏嘘说，当年你王川参加集团的统一招考，你的材料是从我手里过的，你那个口吧，当初有三个人报名，我最后挑了你，就念你是狄道农村出来的，朴实，忠厚，听话。记得……

滴答一声，来了短信。王川点了烟，打开手机。昝涛的，上面说，你赶快加我的微信，顺便把我拉进你们业主的微信群，我有用。王川问说，弄啥了？回复说，王科长你可真够残仁（忍）的，连一只鸡都保护不住，看我的吧。王川没多想，便照昝涛的话办了，将他拽进了群里。王川是业主代表，他有这个权限。烟抽到了尾巴上，王川起身熄烟时，瞥了一眼窗外，烫了一下手。

雨打在玻璃上，一种叫作黄昏的东西，慢慢降了下来。

6

在王川看来，那辆车太LOW，简直了，简直配不上大姐的身份。

车停在拐角处，一点不起眼。王川知道大姐的车位，进了地下车库，便直奔过来。像前几次一样，王川开了门，坐在后排，嗅见了旁边的香水味。足有一分钟，大姐没吱声，但鼻息很重。王川从后视镜里一瞄，大姐依旧云鬓高耸，但脸颊瘦了下来，颧骨更尖了。后来，大姐歉疚似的打开包，摸出两盒烟，搁在了王川的膝盖上。大姐说，没事儿，你抽吧，我家那位的，也不知好不好。芙蓉王，无字，白盒。王川落下窗子，点了一根，嘴巴尽量往外吐。声讨会散场后，王川又被个别的业主拦下，忍辱负重地待了半小时。会议还算圆满，达成了唯一的成果，王川负责让翎子鸡闭嘴，不能半夜扰民，而业主们将静观事态发展，保留进一步申诉的权利。在热烈的掌声中，王川势单力薄，接受了这一条款。

其实，王川的信心，基本建立在对昝涛的信任上。如果说，这一信心还有空间的话，那就是王川还留有后手。呵呵，大不了法西斯一下，给翎子鸡戴个口罩，做个头套，或者马嚼子之类的，令其钳口、禁言，剥夺一切发言权。再不济，王川深入一想，在这个节骨眼上，也就只有牺牲了它，斩立决，爆炒也行，清炖亦可，反正酒肉穿肠过，佛祖随喜。

刚走到楼下，望见了家里的灯光，王川心里一热，想到了闹闹。四年来的惊怕，以及业主们一下午的围攻，就像一个天平的两边，孰轻孰重，豁然眼前。那一刻，王川悔死了，闹闹的病症才现曙光，有了向好的苗头，难道就为了一顶乌纱帽，开铡问罪，满足业主们的非分要求吗？一想到鸡头落地，闹闹将陷入更深的沉默，从此永无宁日，王川的脊椎骨里，涌过了一种触电般的战栗。王川在楼下徘徊良久，抽完了半包烟。这时，大姐的信息来了，让他老地方见。

大姐忽然哽咽，声音湿塌塌地说，我老做噩梦，最近更厉害了，我总觉得有个人一直在跟踪我，晚上就潜伏在我家的花园外，打算偷窃，我这是病么？王川一惊。和大姐私下里接触了几回，她从来很干脆，一二三，谈完交办的话，便抬屁股走人，今天这是咋了？其实，大姐不需要答案，她只是在抱怨，在自说自话。果然，谈完最近的噩梦后，大姐的情绪和缓过来，将一摞资料递给王川，说，还得麻烦你，你重新写一遍吧，拜托了。王川窘死了，手心里出了汗，打开袋子，随便翻看了两眼。王川说，有什么具体意见么，我知道，我能力有限，可能达不到你的要求。岂料，大姐松开了表情，说，你别紧张了，不是你的论文不好，而是，是太优秀了，这不符合我的初衷。

我，我没明白大姐你的意思。

王川怔忡说。

哦，尽量次一点，掐头去尾，故意弄一些自相矛盾的、有破绽的地方。大姐战略性地说，我请几个专家看了，说这都可以出书了，我不能太突出，弄个中不溜的，能过关就行了。

王川说，我刚开始就当一篇硕士论文来写的，按要求。

呵呵，我那是在职的，什么破硕士呀，我自己也没当一回事。大姐化繁就简，淡漠地说，我家那位逼我，非要让我读一个在职的，你是大才子，还是他举荐你，让你帮我的。

大才子！

这话像一道闪电，掠过了王川的心田，带来了一场酥润的春雨。一时间，王川的内心草木发芽，鹅黄浅绿，仿佛一片盛开的草原。哦，王川思忖，原先在董事长的眼中，自己被归类为大才子，又不见外，将家事相托。这一瞬，王川立马有了一种带刀侍卫的感觉，以笔为刀，全心皈依，满血效忠。王川羞赧了起来，应承说：

我尽量破坏，让它言不由衷。

大姐愕然，挤对说，也别把我弄得那么不堪，好歹也是一硕士嘛，能混一张文凭就可以了，但不能太出色，记住了。王川将这几句话摩挲一番，刻录在了脑海里。大姐忽然伸手，说，给我一支烟。

点了烟，王川也衔了一支，恳切地说，大姐，祝贺你呀。

哦，喜从何来？

王川说，老板终于主政了，君临天下，大姐你现在贵为集团公司的第一夫人。王川谨慎措辞，又说，大家都望眼欲穿的，这下终于可以更上层楼，企业有望上市了。

你报名了么?

双休日,我也没看到文件,等周一吧。王川答。

嗯,论文不着急,你抓紧报名,只有三天的时间。大姐被烟呛了一口,落下旁边的车窗,又说,中层干部全员竞聘,你也别三心二意,会很激烈的。这两天,我家里的电话线都拔掉了,幸亏我家那位去上海考察股市了。

大姐,你像一个人。王川说。

像人?

不不不,我意思是说,大姐你特像一个影星。王川快速思索着,笃定道,就那个《琅琊榜》里演霓凰郡主的,叫叫什么……

刘涛。

对,就是刘涛。王川附和。

点到为止,该说的话都说了。王川觉得,这就是一种默契吧,你承了我的情,下一步,你也该有所表示了。念想至此,王川越发对下午的软弱后悔不迭,软骨头、叛徒,活该翟芳这么骂他。忽然,地下车库的坡道上,传来了簌簌的脚步声,越来越近,越来越响。大姐骇然至极,猛地攥住了王川的胳臂,瑟瑟起来。大姐失声说,我害怕,是不是来跟踪我的?一定是,一定是,我怕极了。王川莫名无比,安慰说,有我在,大姐别怕,这是在咱的小区里。

坡道上出现了一条人影,耸动着,匍匐而来。后来,人影直接打在了对面墙上,像一个人被对折了起来,挂在上面。大姐惊悚地说,别下车,你陪着我,不许下去。少顷,王川清晰地看见了一顶大盖帽,一名保安员蹚了过去,隐没在了柱子后。与此同时,墙上的人影也消失了,仿佛这个家伙匿在了水泥中,另有打算。大姐出汗了,埋着头,云鬟纷乱,一再问,走了吗?那个坏蛋走了吗?王川笑说,大姐,小区的保安,怕是在巡逻吧。大姐递来一把钥匙,悒惶地说,开车,你把我带上去,我不能再待了,快开车。

王川依言跨进了前排,坐在驾驶座上。插了钥匙,打火,王川打开了前灯。登时,两道灯光若雪崩一般,将整个车库照得亮如白昼。光亮中,一只黑乎乎的东西,倏忽闪了下翅膀,不知是鸟,还是蝙蝠,转眼消失了。王川启动了车子,拨转方向,对准了坡道尽头的出口。不巧,意外的一幕发生了。

一个人,不,准确说是闹闹,居然站在车前,举着小鸡鸡,正在撒尿。

面对驶来的车子,闹闹既不躲闪,也不畏惧。车灯刺目,闹闹眯了一下眼睛,专注地盯着裤裆里甩出的一根尿绳。哦,王川终于看明白了,闹闹正在用尿画画,一幅湿漉漉的构图,铺在儿子的脚下。王川惊住了,忙打开车门,拔脚跑到了闹闹旁边,一丝忧心却被儿子的笑脸击垮了。闹闹指着脚下,灿烂地说:

爸爸，鸡。

王川被幸福砸中了，忙蹲下来，哀求说，你再喊一声，喊一声爸爸呀。

鸡爸爸。儿子说。

很快，地上的那一只"鸡"被尿糟蹋了，乌烟瘴气的，分不清眉眼。鸡爸爸，爸爸鸡，闹闹嘴里乱语迭出，但王川丝毫不计较，替儿子系了裤子，拦腰抱起了他。王川将闹闹安顿在车里，催他喊一声阿姨，闹闹却又哑巴了。大姐平静了许多，也没发声。王川将车子开出去，停在了C栋附近。大姐拜了一声，俯身摸了一下闹闹的脸蛋，说了声，乖。

告辞后，王川沿着外环兜了一圈，将车子停在了自己楼下。不由分说，王川肩起儿子，步下生风，放弃了电梯，直接跑上了四楼。王川踢了几下门，大喊翟芳，仿佛火灾发生了一般。门开了，母亲愣怔地站着，翟芳也跑了过来，失魂一般。王川卸下儿子，忽然站在母亲的跟前，捧住了那一张沟壑密布的脸。王川惊颤地说：

妈，我亲你一下吧。

很粗暴，很不讲道理，王川在母亲的眉心里亲了，一下不算，又亲了两下。母亲木讷着，用袖口揩了揩他的口水，看见闹闹抱住了自己的腿。王川掉头，逼上前去，夸张地说，翟老师，我也亲你一口，不，三口吧。

翟芳退到了墙角，指了指婆婆，嗔怪说，吃错药了你？不许放肆啊，姓王的。

呵呵，亲爱的翟老师。王川双臂一圈，将翟芳搂过来，又捧住老婆的脸，强行将舌头塞进了她的嘴里。翟芳又掐又打，但慢慢缓了下来，羞臊无比。王川一边亲，一边讲了儿子刚才的灵光一现，灿烂笑脸。王川强调说，喊我了，喊我爸爸了，我等得都快破产了呀。这一说，翟芳的眼泪下来了，趴在丈夫胸脯上，抽了脊梁骨一般，浑身软塌塌的。

原来，按照王川的交代，昝涛来过家里。昝涛干练，简单介绍了下午业主们的围攻，说当前矛盾的焦点，只在于半夜鸡叫，惊扰了大家。他们群情激奋，欲置翎子鸡于死地而后快。婆婆和儿子都在，翟芳怕昝涛露了馅，忙拽他到厨房里讲话。翟芳拿出一枚大号的针，针尖锐利，明晃晃的。翟芳还叮嘱昝涛，说等一下我带闹闹去楼下玩，你下手要快。翟芳给丈夫坦白，她当时也糊涂了，竟然问昝涛，带没带止血药，别大出血。但昝涛的回答更妙。昝涛问，鸡的嗓子在哪儿？我在鸡的哪一块用针？闻听此话，王川再一次将舌头伸进了妻子的嘴里，很深。蜷曲的舌尖上，有一种心花怒放的感觉。王川嘟哝说，你现在也属鸡，鸡的嗓子我知道。翟芳搡开了丈夫，夸赞说，昝涛这人真不错，后来，他带闹闹和翎子鸡去了地下车库，说那里有一间休息室，完全可以收留翎子鸡，免得把嗓子给阉了，成了太监鸡。这样，王川恍然了，知道了事情的脉络。后

雄鸡一唱　147

来，王川肃立在母亲跟前，扑腾跪下了，打算磕头。

母亲悚然，呀，我没死呢，你行啥大礼？

哦，两件事，第一是谢谢妈的养育之恩，把我拉扯这么大，还惦记着我的生日。泪花敷在脸颊上，王川又说，从明年起，我只过农历的，公历的作废。王川深磕了一个头，再说，另一件事，还得谢谢妈的英明伟大，妈就是菩萨下凡，千里路上带来了一只，一只凤凰，对，不是鸡，绝对的凤凰，让闹闹拨云见日，开始说话了。话未讲完，王川看见儿子簌簌而来，跪在自己屁股后边，有样学样，也给奶奶磕了一个头。闹闹结巴说：

奶、奶奶。

翟芳哭了出来，用老师的口吻说，奶奶咋了？宝贝快说，说出来呀。

生日快乐。儿子说。

这天晚上，幸福不请自来，来王川家里做客。幸福刚到，屁股还没坐稳，彭强居然也尾随而至。见了老彭的那一张苍老嘴脸，王川登时不悦，横在门口。彭强揶揄说，你鼠肚鸡肠呀，气量没一只鸡的大，我是来拜访你家的翎子鸡的。一只蚊子缭绕，王川挥手驱赶，念咒般地说，滚开，滚开。翟芳拽开了丈夫，邀彭强进来。后者先问候了老人，摸了摸闹闹的头，发现他在奶奶的怀里睡着了。王川和缓了态度，让烟、打火，讥讽说，黄鼠狼给鸡拜年，你是来串门的，还是来监斩的？哼，实话告诉你吧，我已经……

别，别杀呀，刀下留人。彭强急了。

你这嘴脸，呸！

哎哟，翎子鸡，乃吉祥鸟，百年不遇的一只落地凤凰，我专门来沾吉的。彭强忽然像一位对方辩友，汗漫滔滔地说，你真傻瓜呀，古人还讲，鸡有五德，首戴冠者，文也；足搏距者，武也；敌在前敢斗者，勇也；见食相呼者，仁也；守夜不失，信也。彭强斟酌着，又一针见血地说，你家的翎子鸡，那一身的好羽毛，可都是当年，当年大清王朝的文臣武将们一生的追求，你小子，岂能宰杀了它？

呵呵，你抽风了，在这给我演穿越剧呀？王川讥诮说，别一惊一乍的，歇着去。

顶戴花翎，那可是吉祥之物呀。

王川哑了。

哎哟，好我的兄弟呀，你家里的翎子鸡，不，那一根根顶戴花翎，今晚上都刷屏了，爆屏了，天下皆知。彭强掏出手机来，递给了王川看，怨怼地说，啧啧，粪土当年万户侯，那是气魄和境界，咱们达不到，但也不能脑残吧。这个节骨眼上，烧香磕头，也要供一根翎子鸡的羽毛，明白么？

果然，业主们的微信群里，翎子鸡俨然成了一个璀璨明星，赢得了无数点赞。

7

涛哥，这算几眼的？

双眼花翎。

这支呢？

哦，这个算单眼的。

昝涛攥着两个乒乓球，团在手里玩，随口敷衍着对方。三女子惊讶完，过来坐在床边，样子亲昵。三女子说，见你第一面时，我就当你是我哥，亲哥，一个妈生的。昝涛靠着墙，两腿跷在乒乓球案子上，仰看着翎子鸡，不再吱声。三女子说，涛哥，照你刚才的话，那搁在清朝年间，你可就发财了，一根翎子，呀呀，起码值一块金砖吧。昝涛轻蔑一笑，将一只球抛了出去。球在空中划过一道弧线，冷不丁，被翎子鸡啄了一嘴，又原路返回，被昝涛准确地接在了手里。昝涛跟翎子鸡对打，彼此有一种默契，看得三女子眼花缭乱。三女子说，我看过电视剧，像宰相刘罗锅、铁齿铜牙纪晓岚跟和珅他们，戴的可都是孔雀翎子，有花翎和蓝翎，你不会是在诓我吧。终于，这句话惹翻了昝涛。昝涛给三女子来了一拳，申斥说，没文化真可怕，没文化的人一张嘴，一颗粮食也打不出来。

地下车库里，有一间偌大的空房，因为里面管道密集，一直废弃着。业主委员会体恤保安们的生活，便打了报告，让出了使用权。休息室很空旷，只摆了一张床、一张乒乓球案子。平时没人敢来睡，管道里常传出一些奇怪的响声，大家说像一座古墓，越说越邪。昝涛不怵，所以钥匙就挂在他身上。晚上，从王川家出来，昝涛一手拽着闹闹，一手抱着翎子鸡，进入了地下世界。闹闹觉得很新鲜，小眼睛都亮了，几乎忘了翎子鸡，抓起一盒乒乓球就乱扔，乱踩，放肆极了。翎子鸡带了伤，很乖，乐意任人摆布。昝涛将翎子鸡搁在案子上，仔细梳理了一下羽毛，又含上一口水，噗的一声，喷在上头。羽毛遇见了水，潜伏在里面的色彩一瞬间渗了出来，赤橙黄绿青蓝紫，斑斓无限，活色生香。很快，昨晚上的失手，以及由此带来的巨大的经济损失，已经被昝涛扔在了爪哇岛上。一种强烈的恶作剧的念头，像礁石似的，盘踞在了他的脑海中。

妈的，不就是一千元，不，应该是五千元嘛，老子看不起。昝涛认为。

闹闹吞了一只球，差点噎过去，幸亏发现得早。昝涛从他嘴里抠出来，见无大碍，便给他裤兜里塞了几个，说是送给闹闹的。但前提是安静，不许闹，帮叔叔一个忙。后来，闹闹很规矩，捧着一只雪亮的强光手电筒，对准了案子上的翎子鸡。

翎子鸡羽毛蓬松，气度优雅，像一位即将出席盛装舞会的王子。

灯光是一种衬托，昝涛在手机镜头里发现，每一根羽毛都纤毫毕现、细腻入微，在一种看不见的气流中，上下拂动，布满了韵律。昝涛采取了不同的角度，仰拍、俯拍、特写、全景，不停地指挥着闹闹，让他左右布光，呈现出翎子鸡这个主角最亮丽的一面。闹闹不明所以，却很兴奋，以为自己抱着一支冲锋枪，小嘴里突突突的，冲着翎子鸡扫射。先前，昝涛也从别人那里偶然风闻，说王川太不幸了，儿子今年四岁了，却不会说话，连一声爸妈都讲不出来，难怪王川一直短了精神，蔫头耷脑的。现在一瞧，昝涛知道那都是屁话，是人看人的可笑，是诋毁。昝涛边拍边问，闹闹，爽不爽？闹闹回说，方（爽）。又说，喊我一声干爹，喊干爹。闹闹愉悦地说，干、干爹。昝涛停了下来，认真盯了一番孩子，交代说，真乖，以后见了我，一定喊干爹。

也不知什么缘故，昝涛忽然仰面，哭了一声。闹闹蹒跚过来，抱住了昝涛的腿。昝涛揩了一下眼窝，收住泪水，忙关掉强光手电筒，让闹闹去玩乒乓球了。

花了半个小时，昝涛在手机里整理完照片，挑出满意的，裁剪一番，组成了一套。这还不算，昝涛又下载了一些相关资料，大多是清朝官吏的顶戴花翎，予以佐证翎子鸡身上的璀璨羽枝。将这些工作做完后，昝涛发布在了业主们的微信群里，心里涌起一股恶毒的快意。

下午时，那一帮人攻讦翎子鸡，围剿当事人王川，现在却被打了脸，一个个哑然不语。昝涛猜想，那些人正在屏幕前面羞愧不已，为草率，为莽撞，为自己跟一只鸡过不去而心生悔意。后来，昝涛又发了一段话，大意说，狄道一带产的翎子鸡的羽枝，自康熙爷开始，就是献给朝廷的贡品。因为稀罕少有，后来翎子鸡的羽枝，一般不做配饰，而是用来供奉。这种羽枝是一种传说中的吉祥物，求风得风，求雨得雨，不是宰相加身，便是元帅在手，自然是千金难购了。这话刚发送出去，昝涛便收获了密集的点赞、鲜花和掌声，像泄洪槽中的鱼群，劈里啪啦的。昝涛互动起来，慨然问大家：

约不约？

昝涛坐在床上，忘了闹闹的存在，不停地释疑解惑，应答各方。翎子鸡站在案子上，脚下是一堆米粒，不用问，又是昝涛带来的夜宵，蛋炒饭。昝涛摸了一支烟，叼在嘴角。忽然，一根火喂了过来。昝涛抬头，见三女子站在面前。昝涛申斥说，你真像个鬼，脚上都没声音，妈的。三女子说，我在C栋那里蹲坑，腿蹲麻了，知道你在这里，便来跟哥说说话。三女子头发湿漉漉的，雨还在下。昝涛交代说，别让那个女神经给迷住，哥吃过女人的亏，女人跟你好了就好，一旦翻下脸，你身上就要着火的。三女子一笑，牙花子猩红，注意力迅速集中在了翎子鸡的身上。昝涛攥着乒乓球，团在手里玩，恼恨三女子的到来，打扰了自己，却也不愿彼此搞僵。后者问这问那，昝涛也大方，讲解了一番翎子鸡的神奇之处。昝涛挤对说，你嘴里一颗粮食也打不出来，读书少，见识更浅，电视剧那是哄人的，真正的和珅跟刘罗锅他们，戴的就是翎子鸡的羽枝，剩下的大臣们，当然是不值钱的孔雀毛了。哦，三女子沉吟着，有些被点化的感觉，知道自己补了一课，上了一个新台阶。三女子嬉笑说，哥，难怪你上知天文，下知地理，我记得你说过，你以前在狄道一带当兵，你见过大世面呀。这句话，让昝涛蓦地警觉了起来，呵斥说，谁说我在狄道当过兵？妈的，你不能乱喷，小心我拔了你的牙。三女子不服，继续说，你忘了吗？端午节那天，我刚来没多久，咱俩在一起喝酒，你说了你的过去，还有当兵什么的。

闭嘴。昝涛捏碎了一只球，掷在对方脸上，说，我那是吹牛。

嗯，怪我，我以为是真的。

昝涛和缓了语气，心里却通了电，亮起了一盏红灯。昝涛安慰说，酒是不要脸的水，男人喝上那种水，吹牛都不用打底稿，我没当过兵，我一直在打工。

三女子也说，酒真的不要脸，那天我也醉了。

哦，醉了也好，醉了什么事都忘了，可以不伤心。昝涛扔出了乒乓球，跟翎子鸡对打起来。三女子发现，翎子鸡其实是一个倔强的家伙，渐渐地被撩拨了起来，头上的冠子充了血，像一块红布。昝涛又说，不过吧，男人不喝酒，真对不起裆里的半斤肉。

这句话刺激。三女子失笑说，你说过这个，那天我送你回家时。

呀，你送我回家？

三女子诚恳地点点头，说，对呀，去了你的出租屋，后半夜时。

翎子鸡又啄过来一只球，昝涛没接，三女子却抢先抓在了手里。昝涛逼到了对方跟前，犹疑着，似乎在拿什么主意。猩红的牙花子一直暴露着，很恶心。三女子笑不拢，嘴里嵌着一颗大虎牙。昝涛顿了顿，说，改天请你去家里，你嫂子茶饭好。

那天没见嫂子，你说，你说嫂子很漂亮。三女子将球递给对方，昝涛仍没接。

我吹牛，她长得及格吧，马马虎虎。昝涛的目光开始松懈，从三女子的脖颈上解开，落了下来。昝涛发现，这个声若细丝的伙伴，胳臂上的肌肉，居然像一盘粗麻绳，绞结起来，像个肉墩子似的。昝涛说，你去干活吧，小心那个女神经吃了你。

嗯，那我撤了，吃夜宵了再找你。三女子说。

恰此时，案子上的翎子鸡，突地抖擞起来，尾羽泼喇喇乱颤。仿佛一把大扇子，慢慢打开了，将一幅奇异的画卷，呈现于眼前。翎子鸡带着一种赢了球的亢奋，脖子伸张，等着挂金牌。昝涛再次惊住了，因为每一根羽枝都那么生

雄鸡一唱 151

动,那么细腻。尤其是,羽扇上绣出的那一只只翎眼,沉静、宽阔、温润如玉。昝涛瞄了一眼三女子,便心生一计,扑通跪了下去,寻找着时机。三女子狐疑时,却见昝涛念念有词,行礼如仪,咚咚咚,连磕了三记响头。后来,三女子终于听清了,昝涛也没什么新花样,舌头一直在拌蒜,念叨说:

天灵灵,地灵灵……

此刻,三女子露出了破绽,脖子伸了过来,命门大开。

昝涛伺机,嘴里却继续念,天灵灵,地灵灵……

门开了,一股冷风打过来,昝涛的屁股一紧。昝涛弓起身子,从裆下看见,原来是业主闵红率着一群人闯了进来。这些人男女参半,并非都是下午参与围攻的,更多的是新面孔,集团公司的大小头脑,部门负责人等。昝涛觑见,闵红的脸上开了花,打了鸡血似的。但昝涛并没收起屁股,而是继续匍匐下来,接着装神弄鬼。刚刚开始下的一盘棋,被无辜惊扰了,昝涛不免郁闷。闵红喊说,昝涛,你约大家,大家立马都来了,你现在吩咐就是了。一时间,人群分散,包抄了过去,对着翎子鸡乱拍一气。

案子上,翎子鸡显然受了惊吓,一把敞开的扇子,此刻渐渐合上了,拢成了一团。三女子压根儿没走。三女子发现,翎子鸡殷红的冠子褪了色,先是粉红,最终完全失血,变成了一片煞白。三女子觉得,拍翎子鸡的确没意思,但手机另有使命,所以一直掭在手里。翎子鸡将脖颈缩了回去,那一块煞白的头巾,也掩在了羽毛之中。三女子摸了摸翎子鸡,握拳那么大,剩下的都很虚幻,像摸到了一团烟雾。比如三块半一包的红兰州,昝涛平时爱抽的那种纸烟,那种喷出来的淡雾。一念至此,三女子倦怠一笑。这个笑,大抵有两个特征。其一,牙齿上带血,似乎长年不晒日光,缺乏点什么;其二,表情松弛了下来,一松弛,便带有了厌倦感。昝涛瞥见了三女子的异常,心里了然,但在这样的场合,昝涛不便发作。突然,闵红扑通跪地,膝行了几步,趴在昝涛的屁股后边。闵红催喊:

小昝,你带大家拜一拜,快呀。

这……

闵红变色说,你瞌睡装死呀,除了升官发财,人生夫复何求。

快呀,快拜呀。业主们纷纷附和。

昝涛迟疑了一下,业主们的话,既有渴求,也带着不容置疑的口气。昝涛忙磕起头来,将脑袋撞在水泥地上,咚咚咚的。闵红是个胖人,边磕,边大喘气,呼哧呼哧的,像乡下的风箱一般。刚才拍照的那些人,此刻都规矩了,生怕漏掉了这个机会,这个千载难逢的鸿运。大家首尾相衔,密密麻麻地趴了一地,随着昝涛的动作而起伏,好像一排排人浪,波过去,又荡了回来。叩拜声不绝于耳,有几个的额头磕破了,渗出血来。三女子不为所动,倚在旁边,被眼前这滑稽的一幕吸引了，失笑着，忍着。闵红提醒说，小昝，不说点啥吗？应该说点，不然翎子鸡升了天，拿什么给玉皇大帝汇报？昝涛说，那当然。于是，昝涛又开始念叨天灵灵、地灵灵了。

桌案上，那一只翎子鸡埋着头，蓬松一团。像一尊瓷器那般，羞涩和安静。

王川杀来了。王川奔了进来，见到眼前的情景后，一个急刹车。彭强跟在后边，躲闪不及，撞在了一起。彭强手里的一瓶酒掉了，摔碎在地上，酒气四溢。幸亏抢救及时，另一瓶幸免，被彭强接住了。酒是茅台，王川存了多年，今晚上心情大悦，又听了彭强的一番鼓噪，便决定消灭了它。王川不愿吃独食，心里感激小区的保安昝涛，便连夜找了过来。不承想，却置身于一场闹剧中。昝涛抬看了一眼，慌忙起身。王川怒目金刚，冲上去就掀翻了乒乓球案子。翎子鸡扇了下翅膀，落在了角落里，毫发无损。王川斥道：

呵呵，妖魔当道，脑子进水了你们。

闵红和一群人簌簌起身，既没有甩打想象中的马蹄袖，也没喊"嘛"，一个个面红耳赤，尴尬极了。王川哀告说，诸位够狠的，你们变着法子，将王某人置于不义之地。又说，刚才的这一幕，如果被人爆料的话，绝对是一桩轰动性的丑闻，你，我，我们大家，碰了高压线，一定会吃不了兜着走。昝涛如芒刺在背，慢慢踅到了门口，打算负谴而逃。这一刹那，昝涛却不经意地发现，三女子不见了。

这个异常，让昝涛一下子慌了神。

王川继续说，诸位，今天的这个闹剧，请大家烂在肚子里吧，泄露出去，对谁也没好处的，我保证。王川蹒跚过来，拽住了昝涛的手。王川说，昝涛都认识吧，问问他，他可以做证，这翎子鸡是我妈带来的，今天是我生日，本该下酒的，没想到成了大家伙的玩具，这么折腾你们，我真的抱歉，对不住了。昝涛从昏蒙中醒转了。王川的这个介绍，让昝涛不免骄矜。昝涛作为幕后导演，明白自己暂时脱逃了，与闹剧无涉。王川从彭强手里拿来茅台，塞给了昝涛。不用问，这分明是一种奖赏。岂料，闵红带来的一干人，依然意犹未尽，执迷于翎子鸡带来的快感中，不肯舍离。闵红说：

咄咄怪事，这么大的中国，难道容不下一只翎子鸡吗？

王川说，不折腾了，散了吧。

彭强却嘶喊说，别杀，一定放生。

这时，闵红晴朗地说，王川呀，你也别多心。其实吧，下午大家开会，并非对着翎子鸡来的，主要目的还是为了给咱小区，营造出一种文化，一种宽松的氛围。闵红胖人，话却简练。又说，我是女人，女人都爱翎子鸡身上的这种羽毛，再说它那么一叫，我就知道自己的魂还在，明早还能穿上了鞋子，还活在宝贵的人世间。

在下附议。彭强道。

闵红决然地说，喏，这么宽敞的房间，足够翎子鸡撒欢了，我建议。昝涛足够机灵了。昝涛跑过去，咯咯咯一叫，揽起了翎子鸡。昝涛当众说，有我在，我会把它伺候好的。昝涛居然亲了一下翎子鸡，满嘴虚无，却牙齿很硬地说，每天早上，我会让它开唱，给你们报时，降下一声声福音的。

对对对，的确是福音。闵红和大家啧啧称是。

王川逡巡了一眼偌大的空间，蓦地想起了儿子。在王川的眼中，这里将成为一座乐园，闹闹的乐园。

8

人不留客，天留客。在昝涛看来，这谚语等于一句屁话。

彭强的舌头肿了，醉眼迷离，举止也慢慢嚣张起来，全然没了先前的拘谨。昝涛知道，这小区的业主们，大多是部门的负责人，头上压着几座山，对下面又没权，过惯了谨小慎微的日子。此刻，彭强的张牙舞爪，醉话连篇，倒也在昝涛的意料之中。让他放肆一下吧，又少不了我一两肉，昝涛安慰自己。一瓶茅台，很快见了底。彭强分完了，还眯起眼，对着瓶口瞄了瞄，控出了最后一滴。彭强咂在舌头上，埋怨说，好酒不经喝，好日子不经活，人生在世，不如意事常八九啊。昝涛举杯，跟彭强碰完，顺便揉烂了手里的纸杯。

兄弟，谢了！

昝涛见对方抱拳，忙还礼，说，瞧你，又不是我的茅台，客气啦。

哦，王川那小子，不值一提，不在咱的桌面上。彭强捏起一粒花生米，丢在嘴里，慨然说，与君一席谈，我觉得好有一比呀。

心里着急，却不能逐客。昝涛耐下性子问，说说看。

你我二人，跟当年的刘备曹操，他两个夜饮一般。彭强脸上放光，又说，天下才华共三斗，咱俩各自一斗，剩下的，让王川他们窝里斗去吧，不稀罕。兄弟，你愿当谁？

昝涛的表情，灰烬似的。昝涛说，我谁也不当。

你曹操吧，我做刘备。

昝涛也有点薄醉，拍了桌子，说，曹操是奸贼，你少扣帽子。

呵呵，彭强激动起来，啜了酒，喋喋地说，想当年，刘备不过是卖草鞋的，曹操也好不到哪去，一个太监的养子，然使君与操，一向身怀鸿鹄之志。

话匣子一打开，彭强便刹不住车了。昝涛起身，瞥见翎子鸡探了探头，脖颈像一枚问号。昝涛知道，时间不早了。昝涛弄了一杯水，搁在翎子鸡跟前，想请它润润嗓子。脚步一响，翎子鸡羞涩了，将鼻脸埋在了羽毛当中，又变成了一尊安静的瓷器。昝涛微醺，哈欠四起，觉得翎子鸡比彭强稳重多了，遂坐一旁，慢慢观察。晚间，闪红带着一群人走干净了。王川待了一支烟的工夫，也拽着彭强撤了。不承想，彭强杀了个回马枪，带了一些干果和花生米，闪身进来。彭强浑身湿透了，诒笑说，长夜漫漫，独乐乐，不如咱哥俩一块乐。昝涛打开了茅台，知道这家伙一定另有他图。

果然，彭强讲完了三国，决意自己做曹操，让昝涛出任刘备。彭强絮叨着，喝掉了最后一滴，哑巴说，酱香型的，对酒当歌，人生几何呀。昝涛过来，扶他出门。蓦地，彭强却猿臂一舒，一揖到底，喊了声，玄德贤弟。入戏太深了，不要脸的水搞的鬼，昝涛带着轻蔑，手下使了劲。彭强的脚却扎了根，从昝涛的胳臂下，滑了出去。末了，彭强才亮出了底牌。彭强说，玄德贤弟，愚兄想求一根羽毛，翎子鸡的。瞬时，目光指向了角落。妈的，昝涛强压怒火，并无二话，直接冲了过去，拔下了一根羽枝。

彭强举在手上，嘴巴吹气，见羽枝猎猎拂动，色彩烁闪。

彭强快哭了，念叨说，双眼的，居然是双眼的顶戴花翎哟。昝涛开大了门，一股冷风吹来，表情骤紧。昝涛频频做出送客的手势，但彭强顽固，不肯罢休。僵持了一段，彭强将羽枝插在脖领子内，整理了一番。不待昝涛再次逐客，彭强突然疾步趋前，立定，啪啪啪，甩打了一下左右袖口，扑腾跪地。彭强深伏下去，叩头不止，朗声说：

臣隆科多，叩见陛下。

昝涛失笑死了，但忍着，没发作。

微臣和珅，叩见吾皇陛下。又说。

无语。

顿了顿，彭强哽咽地说，儿臣胤禛，叩见父皇陛下，恭祝父皇万岁万岁，万万岁。

昝涛回说，平身吧。昝涛快憋不住了，俯下身去，款款搀住了彭强的胳臂。昝涛送他出去，到了地下车库的坡道上，叮嘱说，雨太大了，小心别淋着。彭强弓着腰，不敢抬头，一根翎子尚在头顶上战栗，小丑一般。临别前，彭强居然泪下如雨，哀告说，父皇早些安歇吧，龙体金贵，大清的江山社稷还指靠着……

走吧，彭副主任。

昝涛催喊。

嘛，彭强最后说，皇阿玛，儿臣这就告退了。

地下车库里空空荡荡，仿若一座寂灭的古墓。坡道上的一盏灯光扑过来，煞是荒凉。昝涛看见，自己如一根细长的杆子，挂在墙上，孤单极了。这一瞬，昝涛终于爆发了。昝涛摸了摸皮带，拔出来一把改锥，冲上前去，在一辆车身上乱劈。牧马人,幽深的烤漆上,映现出了昝涛的嘴脸。昝涛痛恨自己,不想看见这张脸,因为恐惧,也缘于绝望。这么多年了,昝涛一直在逃避这张脸,但它却如影随形,像一句锁定了自己的咒语。上一次,昝涛也这么干过,但这张脸安全无虞,此刻又浮现了出来,逼视着他。现在,昝涛戳破了自己的眼睛,剜了鼻子和嘴,将整个脸颊也划破了,划花了,一塌糊涂的。愤怒过后,昝涛看见牧马人已经面目皆非。但昝涛顾不了许多了,下面的事更为紧迫。

雨水淅沥。尤其在路灯下,雨丝若一张绵密的网,让夜色下沉了几分。

时间差不多了,昝涛踅出车库,走进小区的中央水景一带时,感觉怀里的翎子鸡动了动。昝涛摘下雨帽,掏出翎子鸡,两手架住了它的翅根。这一瞬,昝涛有些伤感。它那么小,那么无足轻重的,却长了一身虚张声势的羽毛、一副让人惊魂的破嗓子。昝涛思忖,自己应该属鸡,属翎子鸡,不该在城里鬼混,山乡僻壤,才是能活命的地方。昝涛立意已决,等办完这件事后,立刻消失,越快越好。

翎子鸡簌簌一番,探出了殷红的冠子,抖擞着。两粒眼珠,仿佛刚划着的火柴。

四下阒寂,业主们沉浸在酷暑之后、一场清凉的梦境里。昝涛抬望着,一股血涌上了头顶。昝涛一时激愤,心说,你就死命地喊吧,把狗日的们都喊醒来,把全天下的玻璃喊碎,把天老爷也喊破。果真,翎子鸡伸了一下脖颈子,一口啄破了夜幕。

那一声鸣叫,立时变成了一片发光的瓦,扔上了天。

昝涛抱着翎子鸡,在小区里兜来转去,更夫一般。昝涛得意极了,觉得打鸣的不是翎子鸡,却是自己。一片瓦刚刚消失,另一片又从怀里扔出,腾跃而上,飘在了铅云之下。翎子鸡像一座砖窑,一个制瓦匠,左扔一片,右扔一片。慢慢地,天空被擦亮了,一点一点地,透出了一线曙色。昝涛望了许久,脖子也酸了。昝涛开始觉得,天空其实就是一座佛龛,用瓦片砌成的。佛龛上坐着一尊神,人做什么,天老爷都能看见。

这个想法,让昝涛暗吃一惊。

但一切都为时已晚。昝涛抱着翎子鸡,刚转悠到了C栋时,三女子从拐角里闪了出来。三女子说,涛哥,你没醉吧,我看见你抱着翎子鸡,转悠了好几圈了。昝涛沉吟一下,将翎子鸡塞在对方手里,说,你一直盯着我,没蹲坑呀?三女子接住翎子鸡,下意识地低下了头。趁此时,昝涛摸出了电击枪,打开了按钮。电击头杵在三女子身上时,哔剥一下,一道蛇形的蓝光,喷了出来。昝涛忙让出一步。三女子瘫软在地后,昝涛顺势接住了翎子鸡,用袖子揩了揩羽毛,擦净了雨水。

三女子从昏迷中睁开眼,发现自己被铐在了管道上,动弹不得。

铐子是金属的，叮当作响。好似身上的电流还在，三女子挣了几下，又跌倒了。视野中，昝涛正在收拾行李包，两双鞋，几件外套，东西并不多。翎子鸡站在地上，一脸无辜，转瞬又打了一下鸣。此刻的声音，却不像发光的瓦，更多的像是一种乞食。翎子鸡瘸着腿，跳了几跳，够不着乒乓球案子上的米粒，不免灰败。也许，恰是翎子鸡的打鸣，替三女子叫了魂，他慢悠悠地醒来了。三女子凄厉一笑，说，涛哥，我胸膛上有一个蓝印，电击枪把肉都打焦了。昝涛从床下拽出一个箱子，很沉，里头都是他的存货。三女子说，小时候，我去县城的肉店买肉，老看见猪肉上有蓝印，人们说是卫生章，骗人的话，一定跟我一样，被电击枪撂倒的。东西太琐碎，收拾起来费时间，但昝涛不怕麻烦，仍旧打开了。一套工具，显得很旧，改锥、扳手、防滑手套，另有一把匕首。三女子在絮叨，昝涛并不接话。三女子咧嘴，牙花子猩红，又说，涛哥，铐子太紧了，我疼，你邮购的肯定是劣质品，求你了。昝涛攥着一把剪子，拿出几张证件，包括一张身份证，逐一铰烂了，扔在了三女子脚下。后者说，涛哥，我一直拿你当亲哥看，你罩着我，我刚到保安公司，还是你亲自点我的将，来这个小区。昝涛不听，出去了一下，回来时，手里举着一只瓶子。昝涛将液体洒在了三女子周围，这才消停下来。三女子骇然说：

汽油，这是汽油呀。

昝涛方说，我恶心你的嗓子，二尾子。插一根翎子鸡毛，你就是个太监。

哦，你要把我灭口？

昝涛摸出一支烟，衔在嘴角，手里捏着打火机。昝涛说，妈的，你有两件事犯了我的忌，我现在治治你的病。越挣扎，铐子越紧。三女子知道没了希望，索性强硬起来。昝涛说，蹲坑，你老对我说蹲坑，这是什么意思？昝涛彻底翻了脸。

呵呵，你终于怕了，魏虎子，你也有怕的时候？三女子昂扬起来，喷笑说，魏虎子，不是不报，时候未到，我蹲坑守着你，就等今天了。魏虎子这个名字，像一块烙铁，昝涛骤然紧张。其实，昝涛知道"蹲坑"二字，专业术语，电视剧上经常演，但它第一次从三女子的嘴里冒出时，他就警觉了。翎子鸡低头啄食，寸进而来，一团虚幻的羽毛，令昝涛有些发虚。真的，人的一生，跟这团羽毛没什么两样，到头来还是虚活一场。昝涛踢了鸡一脚，沮丧地说，给这禽兽磕头，当先人一样拜，这前半夜的一场闹剧，是我故意搅局的，我就想试探一下你。三女子回说，晚了，魏虎子，你的相片我已经发了出去，看见的人，都确信是你魏虎子，我追凶追了这些年，终于……啪的一声，打火机响了一下，没火苗。昝涛在膝盖上擦了擦齿轮，又打了一下，照旧。这样的异常，令昝涛很沮丧。昝涛说，那你说说看，你从哪一天认出我的？三女子说，喝酒的那天。咦，那天我没醉，我从来就不会醉，因为那天我出了老千，喝下去的是水。昝涛自负，又说，那天我也在试探你，我才诈醉的。翎子鸡开了窍，先是跳上了凳子，攒了攒力气，而后一挫身子，飞到了乒乓球案子上。三女子回说，我送你回出租屋，就想看看你的真相，结果不错：第一，你没老婆，也没家，你其实一直孤家寡人；第二，你每天吃的都是蛋炒饭，说是嫂子做的，那是骗人的话，你是在同一家饭馆订的。昝涛哼了一声，问，这能说明啥？三女子说，这说明你就是那个凶犯，潜逃了多年，隐姓埋名，过着暗无天日的苦光阴。案子上散落着一些米粒，翎子鸡得偿所愿，羽毛霎时松开了，开始饕餮。昝涛厌倦地说，今天吧，我真的有一种轻松，我解放了，心里的磨盘打碎了，不折磨我了。昝涛打了一下火机，忽地跳出来一根火苗，在指尖上摇曳着。昝涛说，你究竟是谁？警察，还是线人？三女子顿了顿，哽咽说：

魏虎子，我姐没死。

说啥？

我姐没死，但跟死了一个样，她瘫痪了，也毁容了。

昝涛怔了怔，火灭了。昝涛突然大吼一声，扑了过去，在三女子的嘴巴上来了一拳。血喷了出来，三女子的牙花子不见了。昝涛苦楚地说，妈的，我辛苦逃了这么久，心血快熬干了，就怕警察抓了我，让我吃枪子。原来，原来她根本就没死，还活着。

三女子说，我姐也看了你的相片，认出是你，昨晚上电话报了案。

那，那你是改琴的……

弟弟，亲的。

你也撒了谎，说你媳妇跟婆婆吵架。

咱俩半斤八两。

昝涛抱住了脸，知道自己面色煞白。昝涛说，我想起来了，当时你姐跟着我时，你还在乡里上学，难怪我没见过你，你跟你姐不像，尤其是说话。

三女子回说，我挑破了喉咙，我故意的，我怕被你听出九莲县的口音。

挑破的？

嗯，你毁了我姐，也毁了我。略带疲倦，三女子哀声说，我姐出事后，我也就没上学，放弃了高考。这几年，我一直在追凶，天老爷开眼，让我顺藤摸瓜来到这。

昝涛长叹一下，你说得对，报应吧。

魏虎子，你现在去自首，也还不迟。这一瞬，三女子瞥见了管道上的一个断口。废弃的管道，像一张纷乱的草稿。又说，你老婆还没改嫁，你儿子也长大了，明年上初一。

闭嘴。昝涛咆哮说，不许提他们，不许，你没资格提他们。

与此同时，打火机，着了。

9

论文的题目是《公共危机管理初探》。

电脑开着,半包烟没了,一摞资料翻遍后,竟毫无头绪。王川枯坐良久,仔细回忆大姐的要求,先前那种独自受宠的感觉,现在被冷寂代替了。阳台大开,一种浸入骨髓的夜凉,让王川像一根针那般清醒。从地下车库回来,家人都去睡了,王川余勇未消,便想抓紧修改完论文,早点交了差,善始善终。在这个节骨眼上,大姐的一句枕边话,胜过一切。什么竞聘报名、演讲、民主测评等等的,在王川的意念里,都抵不上这一篇文章。那么问题来了。王川最讨厌这句嚣张的话,但眼下,的确是问题来了。

修改,全面拉低智商,偶有破绽,埋下败笔,总之要往平庸里写,往"坏"里写。这是大姐的核心懿旨。王川的头都大了,肿了几圈。"坏",也得是一种水平,不显山,不露水,万人如海一身藏。恰好,王川想起了一个朋友。朋友搞诗歌,也写小说,定期开一些乌烟瘴气的朗诵会,还时常出现在本城报纸的文化版上,人模狗样的。朋友的粉丝也多,据说全部赶过去的话,三天之内,可以拾光新疆境内的棉花。王川不耻下问,拨了电话,将眼前的困境与诉求,一股脑地说了出来。言毕,王川释然了许多,觉得立等可取。

孰料,朋友愕然,反问说,这是一个思想无能的时代,谁都在打草稿,谁也无法定稿,千万别以为你写的那些病句如何优秀,拉倒吧。王川一头雾水,觉得迎面碰见了一条鬣狗,满口血腥。朋友又说,恭喜你,成了落地的小凤凰,终于知道了平庸,开始低于尘埃,他妈的尘埃。王川耐着性子,介绍了论文的概要。王川启发说,初探,初探就是允许犯错,允许粘贴复制,允许大而空吧?这时,朋友方说:

睁开狗眼吧,真实比虚构还离奇。

王川点了烟,又请教说,别那么哲学,我就是一个捉刀小吏,应付差事罢了。

唉,一个时代的坏掉,就是从文风开始的。

霎时,王川怒了。王川说,姓叶的,你能不能讲点人话?半夜三更的,你念什么咒呀?朋友姓叶,叶舟的叶。

呵呵一笑,朋友变兽为人,开始讲人话了。原来,朋友签了一部电视剧,仿《琅琊榜》的,剧组已经扎营在外景地了,却突然生变。王川蓦地有了快意,欲问其详。女一号是香港的,身价不菲,有夫之妇,却一枝红杏摸出墙,在半年前被逐出了豪门,绯闻持续发酵,占据了各大头条。这一瞬,楼下传来了翎子鸡的打鸣,不像前夜那么齐整,却显得东一榔头,西一棒槌的。朋友又介绍,开机在即,女一号却发难,将剧本扔在了朋友的脸上。绯闻让她炙手可热,红得像一只刚出笼的大虾,质问编剧说,我男朋友呢,他走了七年,七年之后又杀回来了,你得告诉我,因果何在?朋友回说,这是唐朝的戏,在大唐年间走丢了七年,难道不正常呀?王川兴奋了,一边耳食着长安城内的故事,一边捕捉着翎子鸡的动静。打鸣声零散,游走东西,既不发光,也不悦耳,仿佛一堵塌下去的墙,沉闷无比。女一号执拗,一问到底,说链条断了,没了这七年的铺垫,无论如何也演不下去的。朋友也不是吃素的,针尖对麦芒,整个剧组便撂荒了几天。朋友对王川抱怨说,什么鸡巴逻辑,狗屁,这个江湖乱道的自媒体时代,脸上写满了平庸两个字,不值得细究。那你咋办?王川劝慰。朋友哀叹说,从了,乖乖认屁吧,否则就要换枪手来写,老子还惦记着那一笔银子呢,钱的话,谁都能听懂。王川觉得,这才是一句打粮食的话。拎着手机,王川站在了阳台上。雨丝绵密,夜凉如水。视野中,昝涛抱着翎子鸡,正在小区里兜圈子。昝涛湿塌塌的背影,让王川想起了古代卖唱的人。今夜无人入眠,一想到跟朋友一样,都要夤夜伏案,王川便不再孤单。挂线时,王川问:

正在写呀?

没。

咋了,没灵感?

便秘一样,写不出来。

后来,王川坐在马桶上出恭,一边看报,一边咂摸着朋友的这个比喻。王川退而求其次,不敢跟朋友比,但写了那么多年的材料,一点就通。没错,写作就是便秘,而没有灵感的写作,则是长期的便秘患者,痛苦自知。报纸很旧,几年前的,上面污垢斑斑,一股鸡屎的味道。装翎子鸡的纸箱子,母亲没舍得扔,搁在卫生间里。目光过处,一篇法治类的通讯,忽然吸引住了王川。这是一份地级报纸,文章描述的是九莲县,毗邻王川的老家狄道,一山之隔。让王川失望的是,这篇短文竟是连载之五,掐头去尾,不成全貌。可即便这样,王川仍读得津津有味。故事大意说:

……由于魏虎子为人热情周到,人脉广泛,自此之后他的水泥预制板场生意兴隆,财源滚滚,魏虎子也成了九莲县家喻户晓的人物,致富能手。此时,财富的累积和轻而易举获得的声望,并没有让魏虎子百尺竿头更进一步。相反的是,他忘记了家庭的温暖、妻子的贤惠和儿子的仰望,腐化堕落将他逼上了另一条不归路。面对蔡改琴这个来自乡下的第三者的无理取闹,魏虎子一时间陷入了两难,他既不想离婚,抛家毁业,做一个九莲县城里千夫所指的当代陈世美,但又始终贪恋蔡改琴青春貌美的肉体,不肯痛下决心斩断跟她的非法私情。蔡改琴的虚荣与不劳而获的念头也一步步地害了她自己,让她陷入到了更深的情感泥潭,以至于万劫不复。

终于，一个邪恶的计划像毒蘑菇一样，在魏虎子的脑海里生根发芽了。案发那天，就在蔡改琴再一次闯进魏虎子的办公室，一番打砸和哭闹之后，魏虎子约她在一处建筑工地里见面。魏虎子是搞建筑材料的，熟悉九莲县的每一处工地。傍晚时分，夕阳张着血盆大口，一切都预示着不祥，但无辜而善良的蔡改琴仍旧如约而来，跟魏虎子站在楼顶见了面，双方再次爆发了激烈的争吵。那一刻魏虎子的内心一定后悔极了，眼前浮现出了妻儿殷切的面容，如果他天良犹在止步于此，悲惨的结局将会重新改写。但是出乎所有善良人们的愿望，气急败坏的魏虎子伸出了他罪恶的黑手，将一个青春绽放的女孩，一只迷途的羔羊，一把搡下了楼顶，推向了无底的深渊。魏虎子在他开始潜逃时最后凝望了一眼这个曾经深爱过的女孩，但事与愿违的是蔡改琴已经被楼下丛生的钢筋刺透了，好像一支快要融化了的冰糖葫芦，沾满了夕阳的味道。令魏虎子万万没有想到的是这一幕恰巧被工地的值班人员目睹了，这个双手沾满了鲜血的家伙刚一离开，九莲县公安指挥中心的110电话就响起了。欲知后事如何，且听下回分解。

找到了，痛快。王川一喊。

翟芳在叩门，不悦地问，神经呀，找见啥了？

坏的，平庸的，总之是一篇标准的范文。马桶响了，王川料理完卫生，感喟说，这狗日的说得对，文风一坏，什么都会变质的。

快把闹闹带出来，别凉着了。

王川头皮发麻，儿子咋了？闹闹怎么了呀？

翟芳哇的一声，栽倒在了王川的怀里。王川发现，家里的大门敞开着，闹闹的鞋子和衣服也不见了。母亲原本和孙子睡在一起，迷迷瞪瞪地醒来，问了她几遍，耳朵真背了。

这一刻，闹闹却像个玩具，懵懂着，走进地下车库，趴在房门上，看见昝涛说：

你戳到我的疼处了。

可你也轻松了，不再人不人，鬼不鬼的。

倒也是。

三女子说，魏虎子，你犯的事，归法律说了算，我管不了。但我再喊你一声哥，求你自首前，先去见我姐一面，道个歉，说个对不起。三女子慢慢哭了，又说，昨晚上确认是你后，我姐当场就昏厥了，可能也活不上几天了。

昝涛渐渐松开了手，打火机灭了。昝涛说，我去，我给改琴下跪，我谢罪。

天杀的，难以置信的一幕发生了。闹闹拐了进来，慢腾腾地站在乒乓球案子边。一片刺鼻的液体，汪在地上，环绕着孩子。三女子惊骇万分，出去，快出去呀，连喊了几声。尖细的嗓音吓着了闹闹，一委屈，眼泪都快出来了。昝涛大怒,骂说,他妈的闭嘴,别吓着了娃娃。三女子不肯,又催喊,快跑,快跑呀。边说,三女子边顺着管道上的断口,想解脱自己。不承想,昝涛蹲了下去,搂住了闹闹。

闹闹认识昝涛,咧嘴笑,结巴地说,翎——翎子——子鸡。

不对,跟我念。昝涛一手搂住孩子,一手将翎子鸡拽过来。先前还很虚幻的羽毛,此刻收束在了一起,乖得像一只宠物。昝涛整理了一下表情,笑颜说,小哑巴,你可把王川两口子害苦了。今天,干爹得让你好好说话,像个人那样说话。跟我念,翎子鸡。

翎——子子——翎子鸡鸡。

昝涛不悦,妈的,把舌头捋直了,说翎子鸡。

鸡——子鸡。

哎哟,昝涛一时灰败,抱怨说,你跟我儿子一样,你们都是先人转世来的,索要上一辈子欠你们的债。王川的小祖宗,跟我念,翎子鸡。

翎子——鸡翎子。闹闹面色畏惧。

昝涛登时发怒了,一把扼住了翎子鸡的脖颈,举在闹闹眼前。昝涛说,小东西,你连这个玩意都说不清楚,长大了,你能干啥?一团虚幻的羽毛忽地奓开了,羸弱的肉体瑟瑟不已。翎子鸡越挣扎,闹闹越怕,哇地哭出了声。哭声再次激怒了昝涛。昝涛二话不讲,猛地一把,掰断了翎子鸡的脖子,随手扔在了一边。三女子快解脱了。昝涛的举动,充满了极度的危险,让他不敢弄出动静来,因为打火机还在昝涛手上。

昝涛搂住闹闹,眼泪敷在面颊上,抽泣起来。昝涛哀求说,不喊翎子鸡了,那你喊一声,喊一声魏虎子吧。

魏虎子。闹闹说。

哎,我就是。昝涛欣喜了。昝涛又说,叫我的魂,再喊一声魏虎子。

魏虎子。

昝涛又换了花样,说,喊我一声爹。喊爹!

爹。

终于,昝涛绷不住了,双膝跪地,稀里哗啦地哭了出来。边哭,昝涛边举起了打火机,一根火苗喷了出来。昝涛说,我回不了家,我没资格,我也没脸见我的儿子,我交代不了。身后,三女子解脱了,但铐子仍扣在手腕上。三女子摸了过来,双臂一箍,猛地锁住了昝涛的脖子,将昝涛扳倒在地。意外发生了,火掉在地上,噗的一声,液体站了起来。

快跑呀,闹闹快跑。三女子催喊。

闹闹转身跑了,却又回过头来,抓起翎子鸡的尸体,消失在了门口。迎面,王川和一群业主冲了过来,一人带着一只灭火器。好在地下车库里,有足够的灭火器。

10

这年秋天，闹闹开始上幼儿园了，燕子班。

7点半，翟芳系完了闹闹的衣服扣子，拉住小手，准备下楼去送。王川没抬屁股，坐在沙发上眯眼笑着，一脸阴谋。翟芳催促说，王大处长，今天开学第一天，爸妈都应该去送的，你可别偷懒呀。翟芳瞥了一圈，又问，奶奶呢？奶奶也答应送的。哦，天不亮，妈就去了濬源寺，说要去供三炷香，一炷给闹闹，保佑他多多说话，另一炷给魏虎子，王川答。翟芳截住话头，替他干吗？王川却说，妈一直记得他的那一碗蛋炒饭，今天开庭审他，妈是菩萨嘛。翟芳展颜说，那第三炷呢？

王川忽地站了起来，将一只宽大的盒子，搁在了茶几上。王川神秘地说，呵呵，我送儿子一个礼物，打开看看吧。

全家人拢了过来，三两下，解开了绳带。闹闹慢慢揭开了盒盖，登时怔住了。闹闹喜悦极了，脱口说：

翎子鸡！

鲜艳，蓬松，翘首而立。几枝尾羽抽枝散叶，绽放开来，像一袭优美的晚礼服。

这第三炷嘛，我猜，一定是超度它的，王川说。闹闹用指尖碰了碰，翎子鸡既不动弹，也不跟他打招呼。王川没给儿子解释什么叫标本。儿子还小，将来长大了，一定会理解的。翟芳激动起来，亲了儿子。王川笃定地说：

闹闹，你以后喊它的小名。

儿子张看着。

嗯，就叫它静静吧，安静的静。王川悄然拉开了门。

（原载《人民文学》2017年第2期）

作者简介：

叶舟，诗人，小说家，著有《大敦煌》《边疆诗》《叶舟诗选》《叶舟小说》《敦煌诗经》《引舟如叶》《丝绸之路》《自己的心经》《我的帐篷里有平安》《秦尼巴克》《兄弟我》《西北纪》《月光照耀甘肃省》等多部，曾获得过第六届鲁迅文学奖、《人民文学》小说奖、《人民文学》年度诗人奖、《十月》文学奖、《钟山》文学奖等。甘肃省作家协会副主席。

欲望说明书

李宏伟

1

推开这扇门之前，我要再说说我的情况。

你也知道，我是个导演。半路出家的，戏剧导演。我大学读的是国际政治，这来源于一个幼稚的梦想。小时候，我有一天在电视上看见一个风度翩翩的人，所到之处，所有人都对他表示了无比的崇敬，他说的话我听不懂，翻译之后也听不明白，但是我觉得他在谈论这个世界上最重要的事。从那时候起，我就记住了他的名字——哈维尔·佩雷斯·德奎利亚尔，记住了他的头衔——联合国秘书长。管理整个地球，这是多大的权势，多大的荣耀！我下定决心，将来我也要当上联合国秘书长，等我当上的那一天，我还要把这个头衔改为联合国总统。

我父母都是普通人，他们属于那座小县城里最不起眼最老实的人群。他们不知道哈维尔·佩雷斯·德奎利亚尔是谁，他们更不关心联合国秘书长是干什么的。就算有希望，他们也只是希望我将来有一天可以成为我们那条街道上的派出所所长，这样就没有小流氓敢到他们用手推车摆设的烟摊上白拿烟不给钱了。假如他上辈子真的烧了高香，我爸说，我能够当到我们县的县长，就算不是县长也没关系，反正官大到一定程度，保证他们不会因为夏天在烟摊旁搁上两个冰柜，卖卖雪糕、饮料，因而一看见大檐帽紧张就行。

"你当了那个什么秘书长有什么用？我能够跟着你去摆烟摊吗？"我爸笑着问我。

"要去你去，我可不去，别人说话我都听不懂，怎么做生意？！"我妈听说联合国秘书长工作的地方在美国，也笑着说。

不管怎么样，我父母再不理解，也没有强迫我按照他们的想法去选择大学、填报志愿，他们只是在我的高中班主任找上门，希望我为了学校的荣誉搏一把，能够填报北京大学时，回头跟我商量："老师这么重视你，你就帮老师一下？"我父母和班主任都不知道，我早就决定要考北京大学的国际关系学院了，我还想成为我们那个县考上北京大学的第一人。

我就这样来到了北京，那个暑假享受的荣耀、满足的虚荣还没有完全退去——顺便说一句，我爸妈的梦想已经被我轻易实现：在专为我设的庆功宴上，听了他们的要求，县长当场批示，在最繁华地段给他们找了个门店，并亲自题词"状元超市"，不但租金几乎没有，税收也都全部减免——我就遭到了毁灭性的一击：第一次班会上，听说我的梦想后，大部分同学都笑了起来。同宿舍的一个男生后来告诉我，中国是联合国五大常任理事国之一，常任理事国的人不能担任联合国秘书长。他还说，联合国秘书长就算改名为总统，做的也还是秘书长的工作，是平衡、博弈的工作，真正能解决的问题，他想了想说，可能还没有国内一个省长、省委书记大，更别说和大国的总统、首相比了。

我的同学用一席话把我扔在了冰窟里，但他没有对我置之不理。同学说，你要真的想干一番大事业，想要在这个世界上留下不朽的声名，不妨踏实下来，好好学习，做一个杰出的外交官，要知道折冲樽俎、纵横捭阖是极具挑战，也极能实现国家利益与个人价值相结合的工作。同学的这番话并没有让我振作起来，至少没有让我像以前想到联合国秘书长这个目标那么亢奋，但我记住了他的名字，葛骏。大学四年，我们经常在一起玩，成了，成了好朋友吧。也许。

大三的一天，葛骏带我去看了一场话剧，那是我第一次走进剧场，那场话剧也彻底地改变了我。奇异的是，这样一次对我来说至关重要的活动，关键性的细节却如同被黑洞吞噬一样，在记忆里模糊一片。我记不得究竟是几月几号去看的，连看的是李六乙的《北京人》还是林兆华的《白鹿原》都无法确定。我只记得自己坐得很靠前，就像后来在小剧场一样，能够看清楚演员脸上的表情，看得到他们衣服上的褶皱，看得到尘埃在舞台灯光里起旋。到现在，我都有种错觉：那场戏是专为我一个人上演的。在我身后，有一束追光，我的目光看向哪里，它就指向哪里。在这束追光指引下，我看透了这狭窄的、半个人身高的舞台上，种种悲欢离合、人世沧桑。坐在台下，我能听到时间在上面流动，能看到命运在众人身体内外出没。那一场戏深深触动了我，让我发现，人能够拥有的不止一生，他可以让很多种人生，让不同的时空在自己身上会合、交融。那整场戏的演出期间，我都像灵魂出窍一样，陷入了悠然寂然的迷离迷狂状态，不用等到走出剧场，不用从出离状态中归还，我就决定了，我这一生要交给舞台，要交给戏剧。和很多人受到类似触动的人不一样，我并不想做演员，亲自承担别处的时间他人的命运，那对我来说还是太单薄了，我想要做调度者，做不同人生不同命运的调配者，做那个在幕后安排一切的人，导演。

在此之前，我对戏剧毫无了解，连校园里的戏剧社都没有参加，甚而至于对文学都谈不上熟悉，要从这种状态迅速成为一个卓越的戏剧导演，对我来说，并不算太难。因为我有足够的狂热，冷静到完全受理性安排的狂热，我无意玩弄矛盾修辞的把戏，只是想说明，那时候，我尽管对戏剧狂热到发疯，却也非常清醒，知道如何让自己成为一个真正的导演。读书自然不用多说，作品理论统统吃进去，消化成营养、记忆；还要多看，看各种各样的演出，可以说，我能够找到信息的戏剧演出，能够抽出时间的场次，我都会去看，都会细细揣摩演员的演出、舞台的安排，更重要的是导演的调度，看完之后，我都会在第一时间做复盘，斟酌细节、评估成败；还要与人接触，和这个圈子里面真正掌握资源的人熟起来，熟不到别人愿意帮你一把的程度，至少也要熟到他们不会在关键时刻给你使绊子，阻碍你向前。

就这样，我用了一年时间就上路了，大学四年级的时候，不但导演了第一部作品，参加了大学生戏剧节，还顺利考到了中戏，成了真正导演专业的在读研究生。戏剧圈太小了，小到你有一定天赋，愿意努力又知道分寸，就能够在很短的时间内站稳脚跟。戏剧圈太小了，小到你刚开始伸伸胳膊动动腿，挥舞出一点点自己的空间，准备大干一场的时候，就发现分配给你的空间，你能够争取到的空间已经到头了。读研究生期间，研究生毕业之后几年，我年年参加青戏节，作品每年都能获得赞誉，但是也仅限于此。青戏节之后，基本上很难再有固定的演出时间，最多也就是和另外几个年轻导演，作为拼盘，前去某个城市某个地区参加某个戏剧节艺术节，演上那么三两场。

我从来没有怀疑过自己的选择，也从来没有怀疑过舞台带给我的意义与快乐，但在最终谢幕那一刻，挥舞着双手从台下走到台上或者幕后来到前台，认定自己就是世界之王的强大感却在慢慢弱化，有时候，它会弱化成一个疑问：我这辈子还有没有可能导出一部戏来，让自己成为真正的世界之王？不是说戏的反响会有多大，而是当它在舞台上完成之后，当我随后走上舞台的时候，我会笃信，在过去这一两个小时内，我已经用一部戏把这个世界的本质向世人做了展示。我已经告诉了你们，这个世界的真实路径，它的终点站名，至于信不信，那纯属偶然，仅仅看世人是否足够幸运，和我本人无关。那一刻真的还会来临吗？

这种信心的减弱，也和现实压力直接相关。我说过，我出身于普通家庭，我的父母并没有支持我做一个纯粹的精神贵族的财力。当然，有了状元超市，我爸妈已经非常满足，他们认为我从经济上该给家庭做出的贡献早就完成。他们不要求我再给予财物上的回馈，他们也完全支持我做自己想做的事，但他们确确实实也没有多余的钱来支持我，就算他们真的攒出一点儿，我也绝对不可能拿过来用。从大学开始，我就通过家教、校对等工作，实现了自食其力。后来迷上了戏剧，一度经济紧张，可是我很快通过撰写剧评，零零散散做些活儿，再度解决了生计问题。毕业之后压力大一些，得当当枪手、写写电视剧本才对付得过来了。我对写电视剧倒没有偏见，哪个门类里都能出大作品，对不对？

可是作为枪手写写电视剧是另外一回事。整个运作过程，连里面一个人物的发型都不能由我决定，但是它却实实在在地掏挖着我的生活经验，尤其是那些最细微的最触动自己的永志难忘的东西。这种自己生命在白白消耗的感觉特别折损人对将来的信心。跟着朋友写了两部电视剧，自己租得起房子了，但是面临着做决断：是从此就步入电视圈，先从最基本的编剧做起，由枪手而署名，由署名而著名，同时寻找其他的机会，等到在这里攒足了钱和资源，再做自己想做的事，还是认准一条道，及时从电视圈里抽身，和戏剧耗下去？

说起来好像还有得选，实际上也就是自我安慰和不甘心，戏剧根本养活不了自己，就是那些还有机会参加的展演，能拿到的资金支持也少得可怜，根本不可能做出一部自己满意的戏来。接下来能做什么该做什么，不言自明。于是，所有的想法都变成一个念头：在完全转投电视界之前，导一部自己真正想做的、完美实现个人意图的剧，要想法有想法，要技法有技法，能够震动一下快成一潭死水的戏剧圈，让他们反省反省这个圈子是如何变得这么狼狈的。不过，你也知道，在这种时候，人总是会心生幻想、心存侥幸，这部戏真的如我所想做成了，说不定会带来新的机会呢？！说不定从此以后我的戏剧生涯就能延续了呢？！这么一想，我发现，口口声声说爱戏剧如生命，可我还没有为它搏命，还没有把手头那微薄的所有全部押上。

意识到这一点，我决定拼了，为自己，倾注全力在一部真正的我的戏剧上。推掉所有的工作，我开始全力着手。首要的问题是，导什么？之前我也写过几部戏，有的在青戏节上演，有的一直压在那里，可就是这些压箱底的东西，从《他人的证词》《情爱词典》《再会》《底线》……这些名字就知道，它们承担不起我准备给予的心血。我并不排斥改编，但是我不想重新去把《等待戈多》《浮士德》《赵氏孤儿》《老妇还乡》这样的经典再倒腾一遍，连埃斯库罗斯、莎士比亚、汤显祖的都不想。这种事，仓促总是不行。我决定去图书馆，随机翻阅，看看能发现什么。

一旦静下来，把时间扔在图书馆，各种稀奇古怪的想法纷至沓来。我想过如何把《诗经》导成一部戏，如何把《新华字典》导成一部戏，如何把《毛泽东选集》导成一部戏，如何把《赤脚医生手册》导成一部戏……我就像个迷失在戏剧里的人，如痴如醉地想要拆解迎面撞上的每一本书；每一本书都有一个戏剧点撞击我，让我欣喜若狂，在头脑里记下来，在笔记本上写下来。然而，当我晚上回到租住的房间，在吃一碗面、一份饺子的时候，又明显感到这些东西都不适合。要么是挑战难度太大，要么是其中有无法解决的环节，要么是在噱头十足的念头下并无实质的戏剧性，而我现在最不想要的就是噱头。我想要一个恰好的、能够在我饿死之前实现的，特别是，它还必须带着我的现实感，我对现实的态度、我对现实的愤怒，而不是纯粹的抽象的像艺术品一样没有烟火气的戏剧。

就这样,带着满腔的焦渴,我偶然翻到了德国浪漫派作家沙米索的小说《彼得·史勒密尔的神奇故事》。一开始,我并没有对这个小说产生多大的兴趣,这不就是一个弱化版的《浮士德》吗?浮士德的故事里那些可以视作人类史诗的元素统统被弱化或抽掉,只留下伤感的青春乃至幼稚的嗟叹。如果说这个故事有什么打动人的地方,不过是它比《浮士德》少了很多古典气息,从而更容易让人理解,更容易产生代入感。看了这个小说,所有人都会觉得:如果自己有史勒密尔那样的机会,只需要交出影子,就能够得到无穷无尽的财富,选择起来毫无困难,对不对?老实说,我放下这本书,让它回到书架上时,心里还骂来着,这个史勒密尔,真是有着浪漫派作家一贯的不识轻重缓急、只知道哭哭啼啼的毛病,完全没有个男人样。要是这样的机会降临,我才不会这么脆弱,对着影子多愁善感呢。有了那取之不尽的钱袋,可以做多少部戏,可以为人类奉献出多么伟大的作品!当天下午,走在离开图书馆的台阶上时,我还在幻想,自己将如何轻松地一手交出影子一手接过钱袋。结果,就在脚要落在最后一级台阶上时,我恍然大悟,还有一阵让人战栗的后怕:这个故事不正是我想要的吗?《彼得·史勒密尔的神奇故事》不正是我的戏剧素材吗?

说戏剧素材,是我强行压制住兴奋的结果。我要说,这个故事正是我想要做的戏剧的灵魂。把人放在一个起点很低、所有人都能感受到的处境上进行考验,随后步步推进,有人世挫折,有金钱助推,有爱情考验,有复仇诱惑,这些不正是这个时代的症候吗?如果说,每个时代有它的欲望列表,这几项在当下列表绝对名列前茅。当然,后续那些无稽的情感抒发、莫名其妙的环球旅行,已然不符合这个时代的精神气质,必须去掉。去掉它们之后留下的空当,这需要一次高潮,一次欲望的勃发、冲突,对美好的撕裂与焚毁。

回到家里,我迅速打开电脑,只花了一个半小时,就写出了四幕十三场的剧本大纲,接下来只花了几天就完成整个剧本。当然,我把它放在中国了,这个故事必须中国化才具备当下性,只有在中国,人们还在受着这样蓬勃的泥沙俱下的欲望的折磨。如果说这个故事是一面可以照出时代众生相的镜子,中国化就是擦掉蒙在上面的水汽,让它深邃透亮,周纳万物。也只有中国化,才能最为吻合地放进去我的愤怒,我对中国的愤怒,对芜杂的毫无尊严只有欲望流淌的现实的愤怒,乃至于愤怒自己欲望的毫无落脚之处。实话跟你说,剧本完成的那一刻,通读完一遍的那一刻,我感到深深的悲哀。剧本里的人,剧里必然出现的场景,那些深受欲望煎熬的灵魂,让我深感哀矜。但我不想毫无意义地抒情,以喟叹、眼泪、哭泣来进行廉价的抚慰,以简单的批驳与选边站,来维持孱弱的正确,我要撕裂这些伪装,把狂暴的阴冷的、足可以吞噬目光所及的万有的欲望展现在世人面前。

剧本完成，事情才真正开始。我不想把这部戏放在什么戏剧展上匆匆演个三五场就结束，我不想自己导演生涯的告别演出这么寒碜，虽然我也不知道它究竟有没有正式开始过。更重要的是，我不认为，小剧场能够把这部戏充分展开，更不认为，百八十个观众是它的标准配额。不完全按照理想状态来衡量，就以保证品质来说，要想把这部戏做出来，我得卖掉几十个肾才能凑得齐。我当然没有这么多肾，把手边的钱敛一块儿，把值点钱的东西都卖掉，也不够一个零头。朋友、同学那儿说不定能借上个十来万，可我这事儿连赌博都算不上，根本就是打水漂，怎么能厚着脸皮让人家拿出身家来供我玩？没的说，找钱。

我以为之前我已经见识到了理想与现实的碰撞，也知道什么是绝望了，但是找钱这七个月我才明白，我以前简直是活在幼儿园里，或者干脆就是被当作珍稀动物保护了起来，甚至可以说，我以前享受着艺术家、戏剧导演的待遇而不自知。戏剧展有各种不如意，可是没有羞辱，戏剧展钱不多，可是直接交到你手里，没有任何条件。当我自己开始去找钱，为了一部真正想做的，也绝对是这个时代需要的作品找钱，我体会到了极致的卑微，也可以说卑贱。和戏剧有关的投资者不用说了，但凡圈内有一点点影响投排过一部半部戏又能见到的，我都见过——百分之五十的人听了我以前的戏剧履历，就开始走神只剩下敷衍；百分之三十的人听了这个戏的内容简介改编自什么作家什么作品，就起身告辞或者端茶送客；百分之十五的人还有兴趣问我，这部戏预计能给他带来什么样的回报；剩下百分之五的人，有的要做联合导演并决定所有的演员人选，有的劝我放下这个戏跟着他做另一部还没影儿的新戏，有的则表示，他之所以听到最后，只是想看看我到底能够不靠谱到什么程度。圈内找钱没戏，圈外更不可能。朋友先后给我找过一卖空调的一做房产的一开饭店的，结果对方要么是听成了我是影视导演要么是就想见见搞这一行的是个什么鸟样要么就是看看我有没有什么办法给他拉去更多客源，可想而知，几句话聊下来我就完全没有再搭理他们的心情。还有朋友劝我不要先自己胆怯，直接放弃政府项目、财政支持，可事实证明我是多么自知：没有一个处长、主任能听我把这部戏的内容介绍完。

找钱找到最后，我对自己充满了愤恨：为什么非要有他妈的这个念头，还得导最后一部戏，搞个告别仪式？你以为你是谁？！我在租住的房子里喝了两箱啤酒，骂了自己一宿，可越是骂自己，越想把这部戏导出来，我承认我偏执了，在和不知道是什么就算知道是什么对方也根本不会在乎我的力量较劲，我唯一能够指望的，也就只剩下奇迹了，还是那种乱扔砖头砸着我的奇迹。奇迹还真他妈的就这么来了，砸着我了。就在我喝到已经快忘了自己是谁的时候，我接到了一个电话，那个人说冯先生约我第二天早上十点来谈一谈。冯先生？！我当然得问他是哪个冯先生了，得知就是那个冯先生时，我不记得自己是说了"好"

还是说了"滚蛋",然后挂了电话。

幸好,醉成那样,我还知道定了一个八点的闹钟。万幸,那边居然还给发了一条短信,不但提醒了十点准时过来,还告诉我了具体位置。

2

你紧握住金属把手,深吸了一口气,用力推开它。这是你今天上午在这座大厦走进的第七道门,毫无疑问,也是最后一道。你知道,用不了多久你会再从里面走出来,但你现在不知道,再走出来时,会是什么样的心情。

门推开的一瞬间,你往后退了两步,像是遭到了迎面而来的撞击。是撞击,不过是光的撞击,仿佛屋内豢养着体形庞大的光,门一打开,它就扑了上来。你定了定神,想了想方才后退两步,门又在你面前关闭时的情景,心生一点侥幸:幸好冯先生的人没有跟着,看不见你刚才那点狼狈。不管怎么样,你深吸一口气,再次握住金属把手,推开面前这座更加厚重的门。

这一次你站住了,没有被光再度推开,你也可以借助缓缓吐出一口气的工夫,打量一下自己进入的所在。这是一个全白的房间,目力所及的空间都是白的,以至于你需要再定一定睛才分得清楚哪里是天花板,哪里是墙壁,哪里又是地板。纯然的统一的白色似乎消融了事物的边界,至少,也软化了边界,让本该角度鲜明的地方圆融起来。不过这些都是瞬间感受,你不能像个傻子似的站在那里发呆,何况,还有个人在注视着你。

房间的中央,或者很遥远的地方,摆了一张极简的桌子、一把椅子,不用说,它们也都是白色的,因此,将它们从环境里辨认出来,主要是依赖于桌子后面、椅子上面那个注视你的人。那个人坐在那里,身躯直挺,双手放在桌面上,尽管他一头融于环境的白发,一身同色的白衣,但是他的脸是偏黝黑的黄,在这偏黝黑的黄上,浮现了颜色有差异、可渐次分辨的五官,还有瘦长如一截枯树的脖子。

你微微鞠了一躬,走上前去,在离桌子几米远的地方,你发现还有一把椅子。那个注视你的人也适时伸了伸手,邀请你在椅子上坐下来。你先抬头看了看头顶,看到那复眼状的白色的无影灯,总算明白了眼前这个白色世界飘浮的不真实感的来源,然后你坐下。

"你好,我是冯进马。"那个人收回邀请的手,仍旧放在桌面上,整个人呈一种凝固的静态。他过于深陷的双眼有力地注视着你,让你在白色的静态中,有着近于窒息的压力。

"冯先生,您好!"你点了点头,目光接住他的注视,然后垂下。

"我听一个朋友说到你,说你不是现在最有影响的青年戏剧导演,甚至也不是最好的那个，但你绝对是对戏剧要得最多的。"听到这里，你抬起头又看了冯先生一眼，他的目光里没有讥讽和奚落，也没有鼓励和热切，就是那样含意不明地望过来，你稍稍把目光往下放了放，"能被其他人看得见乃至羡慕与嫉妒的东西，戏剧能给的非常少，给出的那一点儿也很可怜，要得多至少也是要得明白。他还说你在准备一部新戏，也遇到了一些困难。沙米索那个小说我很有印象，看了你这部戏的说明和剧本，我有些地方不明白，想请教一下。"

冯先生的话让你放松了不少，你不相信他找你来只是随便聊聊，可是你也更加不相信他会直接告诉你，这部戏他决定出资。不管怎么样，他也需要像其他投资人一样，了解一下情况，才能做决定，而只要话题放在戏本身或与之相关的事情上，你就没什么好紧张的。此外，冯先生是你为了这部戏所见的那么多人里，唯一对沙米索有所了解的人，这也让你心生了一份亲近。

"请教不敢当——您请讲。"

"《彼得·史勒密尔的神奇故事》确实是一个老掉牙的名字，我也很喜欢你把整个故事放到中国来讲，可是为什么要叫《欲望说明书》这样的名字？不会仅仅是个噱头吧？当然，药品说明书这个形式借用得挺好的，也让这部戏像是对症之药，可为什么要加上欲望两个字？这不是当下最俗套、最廉价的两个字吗？"冯先生的目光和语气、语调都没有什么变化，可是他吐出的一连串问题却有点逼人，还有点急切。

"嗯——"你知道接下来说的话可能会决定这部戏的前景，说这次见面是这部戏最后的救命稻草也不为过。假如你知道冯先生想听什么，有什么话能投其所好地让他当场决定施以援手，你会毫不犹豫说出来。可是关于冯先生，你知道的不过是片言只语的传说、真真假假的逸事，而且它们要么相互矛盾，要么天差地别，根本就提供不了可资利用的东西，因此你决定实话实说，至少不要让冯先生这样的人抓到你在躲闪，毕竟小聪明从来都更容易坏事。

"原作题目中的人名，换到中国肯定要变化，而我们很少以人名入题目，一旦用了人名，仿佛就和其他人没了关系。'神奇故事'四个字更是落着厚厚的灰尘，没有丝毫的吸引力。名字就是精神，我想要让这部戏和每个人有关，和每个人置身其中的时代、时间有关，还有什么能比'欲望'更适合充当这个时代的关键词呢？这么一想，那个穿灰衣服的人提出，让史勒密尔把自己的影子'卖给他'，而不是把世上的万国和万国的荣耀都指给史勒密尔，简直就是为了改编而设，因为尽管欲望是这个时代的关键词，是驱动所有人与事的力量源泉，但是欲望在此时此地又完全简化到了只以金钱为衡量，欲望驱策下能够抵达的目的地，都可以换算成买与卖的双向动作。正因为这种简化、换算，欲望才可以作为时代风景，被描绘、被观察，才可以作为分析的症候。深究起来，现在还有在金钱这一时代欲望之外的人吗？一个人可以拒绝欲望，可是他没法拒绝被欲望伤害。"本来是陈述是说服，可说着说着，你被自己说的攫取，成了倾诉。当你终于意识到自己的失控，赶紧生硬地刹车，让目光在白色桌面上失神地滑动。

"明白你所说的欲望是什么意思了。你对它的使用有那么纯粹吗？"看不出来冯先生对你方才那番动了真情的话有什么反应，他只是继续问了下去。

"不纯粹。有策略性的考虑，欲望是能最大限度撩动欲望的词。我希望这部戏能够推出，被人看到，引起关注，我需要这些。"你抬起头，主动寻找冯先生的目光，回视以诚挚，策略性的诚挚。

"'欲望'是撩动，'说明书'也不纯粹。你以它为饵，进行引诱，含混的暧昧的引诱，欲迎还拒的承诺，承诺两个小时内提供操作指南、使用手册，保证观看者照章使用、药到病除。"

"是，说明书是诱饵，包裹着承诺的糖衣。"你承认。

"那么，你是在兜售秘诀了？你自身并没有掌握，甚至连其面目尚未窥见的秘诀。你对秘诀与秘诀的效用都充满了低级的想象，这个低级和你的年龄无关，由你的经历决定。没有经受欲望撞击的人，却要妄想对欲望进行说明。"

你注意到冯先生说这番话的时候目光闪动了一下，流露出了肉食动物面对猎物时不自觉的兴奋，无意控制的残忍。尽管提醒自己要控制住，你还是脸红了，尽管你试图宽慰自己，这是策略性的脸红。但是你知道不是，你感到了兜头兜脸的羞辱，这羞辱强烈透骨、无可逃遁，只好摆在你的脸上。但是你告诉自己，必须撑住，必须把自己的羞辱撕开让对面这个人看到，你知道这是让这场羞辱有所值的不多的可能。但是你又意识到这种意识和自我告诉是更深的羞辱，是自我羞辱。但是这羞辱与对羞辱的意识又是施虐与受虐的游戏，你忽然感到了其中的甜蜜，有点无法舍弃，于是你用目光更加沉迷地从冯先生那里从这间让你飘浮的白色房间里刮取羞辱的蜜汁。

"不管我这番话是否含着恶意，你都不要气恼，因为我只是说出了事实。"犹嫌羞辱不够深入似的，冯先生补充了一句，不过不知道为什么，说完这句话后，他忽然挪开了目光，注视着某个你无从确证的地方。但你没有吱声，更没有追随他的目光，你不知道这沉默的间隔是测试的延续，还是仅仅因为冯先生想到了什么，纯粹的出神。

"请你过来不是为了羞辱你，"冯先生收回目光，再次像盯猎物那样看着你，"有刚才那些事实在，并不妨碍我对你这个剧本感兴趣，但我确实想要对你有进一步的了解，想要看看你的反应。现在，我们可以谈谈具体的事情了。"

不是在刚才蒙受羞辱的那一刻，而是在通过了羞辱的测试，看到了机会的大门时，你产生了强烈的怨恨。是的，羞辱你是冯先生此刻的欲望，怨恨是你回报他的欲望，现在，它们将被并置一处，由冯先生开出条件，用金钱来进行简化后的买与卖的计算。

"这部戏显然需要大剧场才能展现你的意图，制作要跟上，演员阵容也得有号召力，这样才能吸引观众与媒体。"冯先生说的时候，并没有给你留出反应的时间，显然这些不是要与你商量，"我让人简单估算了一下，制作费上两百万这部戏就可以做了，在北京最好的剧场上演也没有问题，当然预算越往上走制作越精良，要是到了一千万，那动情的易碎的一场里，那个纯净天然的玻璃宫殿，说不定你就可以搭出实景来了。也就是这样吧，再多就属于烧钱了。对吗？"

"您说的比我预想的要多，我原来认为有一百万就能做了。实话说，我没有做过大剧场，这个预算只是根据小剧场推算出来的——不过，应该，一百万，也能做出来。当然，如您所说，一千万内制作费用越高制作越精良。我相信，即使一千万的制作费用，这部戏也完全当得起，再多就浪费了。"冯先生报出的数字超出了你的想象，你有点语无伦次，可是你还要不断提醒自己，没有那么容易，不要那么没出息。

"不用多说，我们有更专业的依据。我说的是单纯的制作费，剧场租金、演员报酬，我们会根据最终确定的制作来配置，只要是北京的剧场，只要是我们旗下的艺人，都不是问题。"冯先生还在继续抛出蜜糖，也是诱饵。

"您的条件是什么？"你暗暗攥紧双拳，无论是什么，都要接住。

"条件很简单。你新开一个微信公众号，公众号的形式、推送的内容，你完全自主，以一个月为期限，你能得到的制作费由公众号的关注人数决定——当然，购买粉丝是唯一禁止的。关注人数转换成制作费的具体计算方式，待会儿会有人跟你谈并签订合同。"冯先生说。

"我接受。"你几乎是先答应下来，然后才去想这个条件的具体意思。这个条件很奇怪，不是内容奇怪，冯先生找到你愿意投资你的剧这本身就很奇怪，再提出这样的条件，这虽然异于日常逻辑，但并没有脱离之前的轨道。你奇怪的是，这个条件的分量和其结果的不对等，毕竟看起来你除了要耗费一个月的时间，并没有什么损失，而且无论多少，一个月后你都会拿到一笔钱，就算不能够做一部大剧场的戏，小剧场也是很有可能的。蠢货！刚想到这里，你就骂了自己一句，觉得自己就是那扶不上墙的烂泥，总是想要溜边，先找到退路。不行！不行！不行！你摇了摇头，咬咬舌尖，必须在最好的剧场，用最好的演员，来完成这部戏。

"冯先生，很感激您给我这次机会。"该说的要说，该问的你还是要问，"我可以问您两个问题吗？"

"可以。"

"以您在影视界、娱乐圈的影响，以贵公司的能量，尤其是您这么多年都深居简出、行踪神秘，为什么会对我这么小的一部戏剧感兴趣，并且亲自见我，和我聊了这么长时间？无论如何，我都想不到自己能给您什么回报。"

"你仍然可以把它当成测试。对你来说，不去想它最好，你需要的，是做好那个公众号。"

"好。"冯先生说得有点冷淡，但你还是要接着问第二个问题，"您为什么会在这样完全白色的房间见我？"

冯先生愣了一下，大概没有想到你会在这样的时刻问出这样不讲道理有失礼貌的问题，他认真地看了你一会儿，确定你不是在开玩笑，才说："白色是最接近光的颜色。"

这回轮到你愣住了，你不明白冯先生的意思，但看起来他并没有要为你稍做解释的打算。于是你站起来，又微微鞠了一躬，转身踩着不久前进来时鞋底留在白色地板上的模糊的脚印，一步一步离开了这个房间。

这一串脚印让你羞愧，让你相信刚刚发生在这个房间的一切是真实的。

3

玻璃的宫殿，纯净、透明，没有沾染一粒尘埃，没有留下一点儿污渍。不是人工拂拭、擦洗而成，而是天然的，生就如此。生就以来，还没有人与事与物，在此经过，在此留驻。风没有吹过，雨没有湿过，阳光没有照晒过，甚至空气都没有侵扰过。就像是仅仅存在于人的意念中，那样孤独，那样纯粹，不衔接时间与空间。

在此之前，这玻璃的宫殿确实如此。现在，男人登场了。

男人走在前面，随着他的步子、他的手势、他的目光，所到之处所及之地，玻璃宫殿渐次打开，逐层成形，得到丰赡的实体，被赋以一座建筑的血肉。男人拾级而上，到了三楼上宽敞的被玻璃营造出无限空间感的露台。露台偏北的地方，是个吧台，两个服务生正在那里忙活着，准备各种酒水饮料。男人走过去，要了一杯加冰的威士忌，他靠在吧台上，喝了一口，眯起眼看着门口，等待着陆续走上露台的人们。

和往常一样，仍旧是部长第一个上来。部长矜持地站在门口，他看到了男人，右手举到平眉的地方，像是戏谑地敬了个礼又像是简单地挥了挥手，男人回以同样的动作，两个人遥遥地相视一笑。部长没有走过来，而是走到露台最中间的桌边坐下。男人对着服务生打了个响指，指了一下部长，其中一个服务生很熟练地用托盘托着玻璃杯和啤酒过去了。

不一会儿，进来了三十多个人，现在没有什么固定的顺序，也没有什么固定的动作。男男女女、老老少少，两个三个、三个五个地围在一起谈着正事或聊着闲天。也有人独自端着一杯酒，站在旁边品味着孤独的滋味，也可能是和谁都不认识，但又不知道怎么才能走过去，融入到谈话的圈子里，有一点怯怯的。当然也有人想过来，和这每天晚上都会进行的欢宴的主人寒暄两句，不过看到男人恹恹地喝着酒，毫无往日的欢畅劲，又都打消了这个念头。

男人在等人，等着今天晚上的女主人公。下午他还打了电话，特意邀请她和她的家人今天晚上一定来玩，女人答应了，可是她没有出现，他心里就不踏实，不过他也不能再催问，他不想吓着她。至少，他不想让她有了预感，进而降低这个夜晚的意义。

这时，教授从部长身边起身，他向男人走来，还在两米开外便伸出了手。男人也放下杯子，站直了，和教授紧紧相握。

"气色好了很多。"教授打量了男人两眼，"看来这几天休息得不错。"

"还行。按照您告诉我的方法，这两天确实睡得踏实多了。"男人笑笑，"教授，您上次说的第三期实验的经费问题，我们的评估已经完成，没有问题，下周就可以到账。"

这下教授真正开心起来了，他还握着男人的手晃了两晃，"太好了！关键时刻得到了关键的支持，我一会儿就告诉实验室……"

教授住了嘴，他感到了男人的手在微微颤抖，教授惊异地又看了看男人，男人的目光有些发痴地看着他身后。教授放下男人的手，转过身，看向男人目光落向的门口。那儿是一家四口，已经衰老但雍容气度仍在的夫妇，丈夫眉目、神态间仍见威严，妻子则是一脸的慈霭。老夫妇的女儿，那个教授见过几次的女人则拉着她的儿子，跟在后面。

男人不顾身旁的教授，径直走上前去，他先礼貌地和老夫妇打过招呼，又蹲下来和小男孩说了几句话，这才站起来，看着女人，说："来啦！"

"嗯。"女人点点头，说，"我爸临出门，非要换一条领带，就迟到了。"

"这条领带才和这件外套搭！随随便便就出门，对别人不礼貌，也不尊重自己。"老人听到了，回过头嘟囔了两句，但他的妻子止住了他，她挽着他，又叫过外孙，三个人向一棵没有人的桂花树下走去。小男孩眼尖，早早看到了树下的玻璃圆桌上摆着一碟开心果，先跑了过去。

男人和女人站在那里，互相看着，目光里有话但又不知道怎么说出口，便有点僵住。女人到底先开了口，"今天的聚会是什么主题？"

"今天的主题是你。"男人的话有点生硬，不过一说出口也就软化了僵硬的气氛，他先笑了，"今晚上的主题算是梦吧，我的梦。我一直在做一个梦，一直不敢正面去看的梦，害怕一看就醒了。"

"哦，什么梦？"女人一边问，一边随着男人来到吧台边。男人给她来了杯苏打水，给自己又来了一杯威士忌。这一次，没有加冰。

"一个得到的梦。是的，是得到的梦。但也有可能是失去的梦，不想得到就

欲望说明书　　175

不会失去。我们不就是在这样的犹豫间挣扎吗？"男人说话的时候，始终直视着女人的双眼。女人没听得太明白，她正要问，男人忽然伸出手指竖在她的唇前，并示意她听。是机械的声音，在斜下方响起。女人从站立的地方穿过层层的玻璃望下去，看到有庞大的东西在旋转。不用求证，也不必等多久，她就看到了一架直升机盘旋着从宫殿正前方升起。

直升机的声音也吸引了露台上众人的注意力，大家静了下来，等到它出现，又吸引了所有人的目光。大家看着直升机上升，看着它垂直地升到高出宫殿几十米的地方，悬在那里，不知道究竟要发生什么事，但大多猜出了和男人有关，于是目光在直升机和男人间来回。幸好，直升机离得并不算太近，虽然声音巨大，但是并没有刮过来足以影响露台上人们的风。

没有让大家久等，直升机的舱门忽然打开，一个人从里面飞了出来。说飞，是因为那动作，也是因为那人背上一对洁白的翅膀。翅膀扇动，那人在直升机下十来米的地方盘旋了一周，大家看清了是一个七八岁的男孩，他只穿了一条白色的裤衩，肉乎乎的身体赤着，很是可爱。小男孩手里拿着一把弓，弓上还搭着箭。

"丘比特！"一个女孩喊道。

她的喊声未停，丘比特张弓射箭，紧接着又张了一次弓。两团金色的光芒一先一后在众人的注视下向着露台飞来。第一支箭射在了女人身上，"啪"的一声轻响，金色的花瓣纷纷扬扬而起，笼罩着男人和女人。在金色的花瓣中，第二支箭也已经赶到，它直直地射在了男人心脏的位置。没有声响也没有花瓣，一阵金色的烟升起，烟雾散去，大家看到男人单膝跪在地上，手里捧着一个金色的盒子。

"亲爱的，在我的梦里，你一直在我身边，我们始终在一起。我用我全部的勇气，用我的性命，请求你，嫁给我。从今往后，我以你的喜爱为喜爱，以你的慈悲为慈悲，以你的幸福为幸福。我会竭尽全力，完善自己，让我的灵魂配得上你的。"男人抬头仰望着女人，颤抖着说完这几句话，然后他打开盒子，盒子里是一枚粉色的钻戒，整个玻璃宫殿也因为这枚戒指一下子完全变成了粉色。

全场寂静，众人如等待一颗针落地那样，屏住呼吸，小心翼翼等待女人的答复。

"我不同意！"忽然传来了一声反对，是桂花树下那位老人。老人的妻子拉住他的胳膊，想让他不要说话，但是老人温柔又坚决地拿开妻子的手，上前两步。

"先生，谢谢你！"老人点头致意，是对仍跪在地上的男人说话，"你是一个杰出的男人。你凭着一己之力，创下了伟大的事业，你有仁爱的心、远大的目光，你对慈善事业的支持，对前沿科研的赞助，这些人尽皆知。我们一家有幸成为你的朋友，这些年的接触，让我们相信你有着伟大的心灵、坚实的品格。在小女先夫患病期间、辞世之后，你的热心、你的磊落都让我感怀。你对小女的厚爱，我们夫妇既欣慰又骄傲，可以说，在这世上再难找到一个像你这样的人，值得我们托付女儿的终身。"

"但是，"老人的语气仍然是对着男人，但是他的目光和话语已经朝向众人了，"但是，先生，有关你的传言，相信在座诸位也有耳闻。作为朋友，我们不介意你没有影子，因为我们的来往，不需要影子做证。你在这世上所行的一切，也可以不用影子的陪伴，就能善始善终。但是作为一个父亲，我不能让自己的女儿嫁给一个没有影子的人，哪怕他是这个世界上最了不起的人。因为我不知道私下里，没有旁人的时候，一个没有影子的人是什么样的面貌，他会有什么样的人类绝对没有的举止。作为一个父亲，我绝不让我的女儿置身这样的险境，即使只是万分之一的危险，即使只是想象中的可能的危险。"

听了这番话，本来打算劝说老人的人都闭上了嘴，本来迈出步子准备为男人美言的人，也都退了回去。他们都低下了头看着自己的脚下，不管是露台上的灯光，还是头顶的月亮，在每个人脚下都映照出了深深浅浅的影子，还不止一个。影子穿过粉红色的玻璃下沉，充实了他们脚下透明的宫殿。再看向男人，他虽然跪在那里，但是他的身边空空荡荡，没有任何可以勉强指认成他的影子的东西。

在此之前，所有人都听说了男人没有影子的传说，有的人还特意验证过，但是出于对男人所展现出来的行事、为人的好感，出于事不关己的漠然，没有把它当回事。现在，听了老人的话，大家又设身处地地想，要是换作自己的女儿，只怕都会也只能和老人一个立场。于是，没有人说话解围，没有人打破现场的沉默。男人的脸色越来越苍白，他望向女人的双目中泪水也越积越多。

这时候，女人有了惊人的举动。她伸出手拿过男人举着的盒子，取出里面的戒指，直接戴在了自己右手无名指上，并举起右手，让大家看那硕大的粉红色钻戒。

"爸爸，谢谢您！"女人向她父亲，也向众人说，"我知道您纯粹是因为爱我才出言拒绝，您不是在拒绝他，您是在爱护我。我也听到了他没有影子的传言，我也亲眼证实了他没有影子，可是在我们的相处中，在我看到他对待这个世界的方式上，我看不到失去影子的丝毫影响。我接受他，我相信他的爱没有阴影。我相信不管有没有影子，他都是一个恒常如一的人。当然，我不是盲目，也不是在冒险。如果说，他和世人的差异仅仅是一个影子，那我愿意弥补。"

说着，女人拉起还呆呆地跪着的男人，和他依偎在一起。

"大家请看，现在他不是有了影子吗？爱人不就是分享一切的人，包括他们的影子！"

众人看向他们脚下，果然，尽管比起拥抱在一起的两个人，地下的影子似乎显得瘦弱了一些，可是也确实很难说，那仅仅是一个人的影子。

"我也愿意分享我的影子。"是童音，是女人的儿子。说着这话，小男孩也跑了过去，伸开手紧紧地抱着他的妈妈和男人，他的影子和女人的影子融为了一体，成了三个人的影子。那影子的一只手上，还往下掉着开心果的影子。

顿时，一阵热烈的掌声和欢呼声响起。原本劝阻的老人眼眶湿湿地站在原地，望着那拥抱在一起的三个人，他的妻子则走上前去，牢牢地挽住他。

一阵细微的但是清晰的声音响起，并且以越来越快的速度会合，进而越来越强烈，有了动摇天地的声势。是玻璃折断、破碎的声音，在这暂时圆满的场景中，整座粉红色的玻璃宫殿开始坍塌。不分上下，没有左右，玻璃宫殿雪崩一般垮塌，翻滚在地。

细碎的玻璃如同泼洒出的水银，漫在地上，承受着难分彼此的圆乎乎的影子。

欲望说明书

名称：欲望说明书或影子切割指南
主要构成：

（1）灰衣人。灰是他的标志，在黑白之间，非黑非白，可黑可白。灰，首先说的是外在。衣着永远一身灰，有的从头到脚都用灰色罩住，有的也露出双手、脸庞，但露出的地方不一定就能够看得见，多半仍旧是同样的灰。灰色决定了他游走的方便，他可以往来截然对立的地方，也可以出没含糊的所在。他的衣着必定是宽大的，有着数之不尽的衣兜乃至豁口，他的手只要伸进去，就可以取出任何当下所需的东西，物品、金钱、荣誉……可以想见的可以想象的，统统不在话下，辽阔、浩瀚之物也毫无困难，执掌世界的权柄、思虑所及的宇宙，也都能被一只手从衣兜里拿出来，放在眼前，摆在桌面上。只要合适，只要需要，灰衣人能够满足光临者、求助者的一应要求，而他的索求是那么不成比例、不值一提，以至于很少有人能够拒绝他们的提议。在历史各个转折处、关节点，在日常生活某些严重的时刻，都能看到灰衣人的身影，殷切期盼的目光，及时精准的出手，让数千年流逝的时光深处总是隐现他们的痕迹。虽然，他们的作为不乏被借力以促成超凡成就的先例，他们的辛勤却常常以徒劳告终。最失败的，莫过于橄榄园中的那次目睹；最著名的，莫过于对一位博士的协助。而这些，都只是他们的表面，是他们愿意让世人见到的。至于他们真正是谁、来自何处、究竟所为何来、他们的最终目的是什么，没有人知道。也因此，他们始终不乏纯粹的崇拜者。

（2）本尊。灰衣人的选民，欲望的奴隶。奴隶是矫饰的称谓，是嫉妒心发作下，对突出者的污名化。这些突出者，他们比其他人多走了几步，率先陷入了困境，他们的动力如此强大，必须要找到解决的方案才能暂时心满意足。在后来者的指认中，他们更易于被归类，被划分在几个已知的区域。比如爱情，他们渴求得更多或者要求得更深，数量在他们这里无法成为有效的填充，在众人身上他们看清了一人，他们需要这个人为自己燃烧，据此，他们要找到先行为这个人燃烧自己的方法。比如金钱，叮当作响的金币或者哗啦作响的纸币，他们并不关心它们什么时候成为衡量标准的，他们拥有纯粹的爱意，重心落在这些物质符号本身。他们酷爱换算的小游戏，每当目光落在人、事、物上时，心里都会启动计算器，快速换算成数字。比如权力，没有什么能比随时可以砍下别人的脑袋和随时可以摸着自己的脑袋这二者的反差更让人觉得安全的。砍下的脑袋和摸着的脑袋都是为了冲锋，向超越尘世的目标冲锋，在那里可以插上一杆旗帜，上面清清楚楚写着斗大的名字。在名字下面，又有一群刚刚长出脑袋的人在等着膜拜，等着一只手摸到他们的脖子。还可以有其他的分类，不过也仅仅是进一步的模仿。当然，这些都不过是想当然，是污名化的细化。

（3）影子。不是每一个天然的影子都值得报价，大多数影子只是略有根基，需要花费大量的心血、时间来培植。但首要的，还是认清那些天赋异禀的影子，得到它们始终至关重要。良好的判断力必不可少。当一个人走在三米开外的地方，他影子的面貌、蕴藏的能量、将来的可能性，都会层次分明地呈现出来，经验丰富的观察者将会了如指掌。即使是在漆黑一片的环境，影子与其本尊融为一体、不可分辨，经验丰富者仍旧能凭借其他的要素准确把握影子的性状。经验的养成绝非一朝一夕之功，时间是基础成本，但时间要求有效率的耐心，要求更为自觉的锻炼。功夫不到者，一旦本尊置身人群，就很难从众多影子聚集的一团模糊中分清彼此。习艺不精者无法将一个人的影子从树、桌子、楼房、火车的影子里剥离出来，这样的例子也屡见不鲜。

性状：薄、密实，同一平面。

适应证：

（1）自我怀疑与自我分裂。张三再也无法一个人待在房间里。他不是无法忍受密闭的空间，他是无法忍受密闭空间的物质，简单来说，不是"自己在房间里"这一点让他抓狂，而是看见或者想到房间四周都是密闭的墙这一点。所谓密闭也只是笼统而言，即使有面积很大的窗户，窗户是打开的，或者干脆一整面墙都是玻璃的，他仍然受不了。张三认为，墙意味着自己被关了禁闭，关禁闭是因为自己无能，完成不了任何交办的事情。因此，如果非要进入密闭空间，如果只能一个人待着，张三就会怒气冲冲地指责自己的影子："都是你们坏了事！"

（2）深度失眠。脑子里总是有响声。有时候是弹球落在地板上，不断弹起、落下，声音的间隔还不均匀。有时候是合唱的歌声，男人唱两句，女人跟着唱起来，还没结束，孩子又唱起来，然后是老人的咳嗽——张三弄不清楚，这是作为观众的老人，还是作为声部的咳嗽。每到这个时候，张三就会一咕噜坐起来，喝掉提前放在床头柜上的一玻璃杯水。如果水是温热的，张三就下床，趿拉着拖鞋从卧室走到厨房，从厨房走回客厅，站在阳台上看远处工地上的塔吊。如果水已经凉了，张三就倒下去，躺在枕头上，看着天花板上辗转反侧的影子说：你怎么也睡不着？

（3）酒精依赖。不喝酒的时候，张三的世界是混乱的，千头万绪、千丝万缕一起涌现，互相纠葛，他怎么都没有办法把它们分开。这时候就必须喝上了。这跟时间、地点没有关系，跟对面坐着谁没有关系，他仅仅是需要酒。等酒滑入喉咙，在胃里运转起来，张三慢慢地就能抓住眼前的事物，分清周遭的世界了，他一样样地把从身边经过的东西码放整齐，然后毫无顾忌地往下喝。喝到最后，喝到高兴，张三也拧开瓶盖，给自己的影子倒上一口。

（4）强迫症。张三不断地检查，不断往原点返。本来是做饭，他一遍遍掀开电饭煲，要看清楚是不是放了米，水是不是放得合适。本来是炒菜，他拿起盘子、勺子又放下，然后用筷子夹起一块，尝尝是不是熟了，味道是不是合适。本来是出门，每次到了楼下，出了电梯，他就怀疑没有锁门，又匆匆忙忙往回走。不过也有疲倦的时候，那时候张三大喝一声："好啦！"强迫自己，也强迫影子停下来。

（5）持续昏迷。再这么昏迷下去，别说家里人，影子也会不耐烦吧？然而张三不知道这些，也不管这些，张三只需要继续昏迷就行了。昏迷的张三不记得，出车祸之前那个电话究竟是谁打的，电话那头究竟是因为什么受不了而对他喊的。昏迷的张三同样不会记得，当时他正拐过一条弯，突然一条哈士奇从左前方冲了出来，他完全是下意识地往右一打盘，而右边不知道什么时候站着一个灰衣人，灰衣人即使被撞上，也始终背朝着他，没有扭头看上一眼。

规格：高，1.5～1.98米；宽，0.1～2米；厚，趋于无限薄；重：趋于无限轻。

方法：

（1）切割法。本尊随意站立，灰衣人以利器沿本尊双脚所在位置，画一弧线，精准给定本尊与影子界限，双手探入影子下部，将其揭走。利器以古玉为上等，木刀、竹刀次之，手法高妙者，也可取用单色细线，色以黑、白、灰为佳。忌金属器具，忌红色细线。

（2）挣脱法。本尊叉手叉脚站立，灰衣人拧纸成钉，一共13枚，分别固定于影子双脚、双股、双手、双臂、双乳、双耳、头顶位置。固定后，灰衣人拍手念咒，轻喝一声，本尊双脚同时起跳，相反于影子方向，跃至10厘米开外。随后，双手探入影子下部，将其揭走。

（3）水取法。寻平缓水面及稍出水面物，本尊随意立于物上，影子自然投射水中。等到水面平静、水温微凉，灰衣人从原本潜藏的水底上浮，双手扣住影子双手，双足钩住影子双脚，猛力下沉，使其与本尊分离，但要注意在沉入水底前，将影子卷好收妥。

（4）火烧法。本尊双脚并拢站立，灰衣人拿着火红炭条，不断接近本尊双脚与影子相接的地方，快要接近就迅速收回，如此反复八次，等到本尊也渐忍受不了炭条的炽热，第九次时出其不意将炭条放到地面上，影子必然会惊痛交加，惶然避让，此时即可上前，将其揭走。炭条须红亮，忌烟及焰。

（5）噪音法。本尊随意站立于密闭房间，戴上完全隔音的耳机，室内放剧烈噪音，即使影子双手捂耳也不停止，等到影子完全无法忍受，不得不自行从本尊身上挣脱开并在室内狂走的时候，静立一旁的灰衣人可迅速关掉发声器，趁影子愣神，上前将其揭走。

（6）质问法。本尊与灰衣人并肩站立，两人喝酒的同时，不停质问影子为什么总是犯错。所犯的错误可由本尊犯过的错误引申出来，也可以灰衣人所见他人的错误借代而来，质问必须声色俱厉，不给影子任何辩解的机会，也不让影子以沉默抵抗。等到影子实在愤懑难平，从本尊身边走开，打算走到可以为自己申辩的距离时，灰衣人上前将其揭走。

（7）饥饿法。少则四天，多则七日，本尊粒米不进，只适量饮水，等到肠胃洗净，月上中天的时候，来到满是果子的苹果树下。本尊抬头望月，左右徘徊，呼吸间全是纯净的果香，但并不伸手摘苹果，一刻钟后，快步离开。本尊因为好几天没有进食，约束影子的能量不足，而影子又无法抵御苹果的诱惑，将自然留在原地，并且想上树摘苹果。这时，灰衣人可上前将其揭走。

（8）冷冻法。找一个室外光滑的冰面，气温不高于零下10摄氏度，等到午时三刻，本尊来到冰面前，双手合十，高举到头顶上，影子出现于平面，灰衣人以温水泼在影子上面，即泼即冻，等到均匀泼透，影子完全被冰封住，本尊自行离开。灰衣人敲碎上面的一层薄冰，即可将影子揭走。

（9）去光法。纯色地板室内，灯光极其强烈，本尊快步走入，站在灯下，刚刚站定，就关掉灯，本尊随后在室内贴近墙面疾行，影子将失神而身形膨胀，但在其膨胀的一瞬间，灰衣人破门而入，直接将影子收入皮袋内。此法非切割术炉火纯青的灰衣人不能为，不到不得已时不能为，切记切记。

不良反应：切割后少量影子薄化与稀释过快，极少数甚至短时间内消失于无形。为此，切割的灰衣人前期必须密切关注影子变化，尤其注意前三个月与第一年内的变化。薄化与稀释过快的影子，前三个月内通常会发蔫、变黏，需要在中午将其放到阳光下曝晒，为减少影子的无所归依感，灰衣人可让其附着在自己身上，但需要调整自己的身形以适应影子。将要消失于无形的影子，在第一年内即明显地边缘模糊化、心脏部位空洞化，同样可以采用暴晒、附着的方式，但持续时间要较前一个现象更长，如持续一周仍无明显效果，则应让影子与本尊见面，以提高其抗击消散的能力。但影子和本尊必须保持一米开外的距离，以免本尊有意外举动，破坏或伤害影子，同时也能够避免影子出于本能，再度依附于本尊。

禁忌：（1）忌本尊移动。切割时本尊须保持静止状态，以便影子同样静止。对本尊可要求、可诱使，也可猝不及防让其震惊、惊惧而呆立。（2）忌非平面。切割时影子各部分必须保持在同一水平面，不可错落，不可有折角，更不可断裂。（3）忌边缘毛糙。影子揭走时的边缘毛糙主要由灰衣人技艺不娴熟所致，因此灰衣人必须勤加练习，提升技艺，尤以树木影子作为练习对象最佳。（4）忌影子模糊。除去光法外，其余影子切割方法中，影子越密实清晰越佳，除了保证光线强度外，还要求光源稳定，不跳跃闪动。（5）忌贪多。一个灰衣人同时持有一个影子、服务一个本尊为宜，最多不能超过三个。

注意事项：（1）以本尊心智迷茫为最佳时机。影子并无自我意识，但影子对本尊的依附性有强有弱，这种依附是双向的，本尊越神清智明，影子的依附性越强，切割后的处理也越麻烦。因此，需要窥准本尊的欲望所在，推波助澜使其迷失于欲望之海中，抓住最佳时机。（2）当机立断。一旦最佳时机出现，必须一次成功，将影子切割。在欲望引诱、助推下，本尊通常乐于完成交易，将影子易手，但也有犹豫不定或很快反悔的，切割者不能拖泥带水，更不能随本尊的意志起舞。（3）一个影子只切割一次。无论彻底失败还是半途而废，同一个本尊同一具影子，都只能切割一次，不能返工，不能反复，否则，后果不堪设想。

副作用：切割、保管影子，服务本尊，保管本尊的人生——这是灰衣人在时间中不多的消遣之一，也可说是唯一的消遣。灰衣人需要留意，保持自己与影子、本尊的同等距离，不能偏向任何一方，以免发生不可预料的事情，危及自身也危及影子切割这一事业的存续、发展。

曾经有一个灰衣人，与本尊达成一致，得到了本尊的影子，帮他建立不朽功业。影子收入囊中后，灰衣人马不停蹄为本尊奔波，为其平衡各方利益，为其笼络各种人心，他几乎用尽了衣兜里保存的所有东西，才逐步让事情朝着本尊的期望步入正轨。在此期间，灰衣人没有一个人陪伴，他也接受不了人类的陪伴，唯有影子和他相形相随，而本尊提出的种种要求及其标准的严苛，甚至连一个灰衣人都备感压力。因此，灰衣人养成了一个前所未见的习惯，每当压力大到快承受不住的时候，他就把影子放出来，让影子陪在一旁。开始，他还只是让影子闲坐一旁,听他说说话,讲讲面临的事情,自己准备采取什么样的应对方式;逐渐,他让影子也坐到对面,陪他喝上几杯,喝多之后,他还就正在发生的事情,咨询影子的意见。影子虽然不能开口说话,但是点头摇头总是可以的,于是影子日益参与到灰衣人的事情中来,成了灰衣人难以离开的伙伴。

一旦关系变化,关切也自然转移。最初,灰衣人只是履行职责,照看影子的基本状况,让影子不要发蔫、变黏,不要边缘模糊化、心脏部位空洞化,其目的是让影子不要薄化与稀释化过快,不要在短时间内消失于无形。自从视影子为伙伴之后,灰衣人开始操心影子的未来了,他知道,必须等到本尊承受不住失去影子的折磨,变得越来越像一具影子,并且主动为灰衣人找到替代者之后,他才能考虑将影子归还,但那时候,影子实际上已经对本尊毫无用处,唯一的结果就是本尊与影子的共同枯萎、消散。灰衣人不忍心他视为伙伴的影子也落得这样的结局,他不惜违反灰衣人的操守,与本尊谈判,试图提前终止合约,让影子回去。但本尊沉迷于万年功业的梦想中,对影子并无兴趣,更担心收回影子将失去灰衣人的协助——事实也确实如此,一旦收回影子,本尊与灰衣人的联系将自动切断。

被本尊拒绝之后,灰衣人更加执着地想要为影子求得稳妥的未来。终于,他想到了一个自以为万无一失的方法,那就是脱下自己的灰色衣服,让影子披挂起来。一开始,这看起来确实是一个完美的解决方案:穿上灰色衣服的影子越来越充实,慢慢突破了自己无限薄、无限轻的现状,获得了更为实在、稳固的实体,甚至拥有了超越影子的意识,影子的主体性也从无到有、从透明到实在。没用多久,穿上灰色衣服的影子,就可以和脱下灰色衣服的灰衣人近乎对等地往来了。

灰衣人当然面临了他的困境,没有灰色衣服的时候,他的身体开始挥发,挥发速度还在加快,只有穿上灰色衣服,他才能阻止挥发的继续。一套灰色衣服,两个需要穿着的"人",并没有出现想象中的各怀鬼胎、互相陷害的局面,他们很快达成了一致:轮流穿着衣服,以保证双方都不消失,以保持互相陪伴。他们还进一步测试,来确定什么时间段、什么气候条件下、灰色衣服穿在谁身上更合适。

看起来,他们找到了完美的平衡方案。这时候,灰衣人开始为自己前所未有的处境而得意,这份得意必须要清楚标示才行,想来想去,他和影子觉得,他们唯一缺少的就是一个共同的名字,因为灰衣人和影子历来都是没有名字的,只有一个名字才能凸显他们的独一无二。于是,商定之后,灰衣人和影子互相指着,喊出了他们共有的名字——李四。

"李四"一出口,一股烈焰平地而起,将灰衣人、影子和他们共有的灰色衣服焚烧殆尽,没有留下任何痕迹。他们不知道,灰衣人和影子没有名字是最高

欲望说明书　　183

律令，这一规定是有自身道理的。他们虽然消失于无形，但也成了空前绝后的、唯一有名字的灰衣人和影子。

包装：头生山羊的脸皮缝制的皮袋。一袋内装一个影子。

贮藏：遮光、密封、适宜温度条件（零下20摄氏度至零上38摄氏度之间）保存。

有效期：短者5年内，长者30年内，极特殊情况下，可至80年。

4

你一动不动，保持坐姿，看着他鞠躬、转身，看着他踩着自己的脚印走到门口。他伸手抓住这一侧的金属把手，拉开门的那一刻，你情不自禁地哆嗦了一下。

他当然看不见。他只是在拉开门的瞬间，停顿了一下，身体有点僵硬，犹豫是否应该再回身打个招呼，道声别。在他停顿的那一会儿，过道里的灯光将他薄薄的影子投射了一截到房间里，像是灰烬撒出的人形轮廓。随即，他做了决定，径直走了出去。即使到外面，转身带上门时，他也低垂着头，没有望过来，没有挥手。

你盯着他那一截影子撒在房间里，向外面退，然后被门挡在外面，直到他毫无疑问已经走到三道门外，仍旧不肯收回目光。失落、隐痛夹杂，在心头翻滚，进而向上攀爬，紧紧捏住你的喉咙，让你喘不过气来。和以前很多次那样，你感到体内的氧气和能力都在被慢慢抽走，马上就得像一摊稀泥，瘫软在桌子上，瓦解在地板上。和以前很多次一样，你勉力支持着，凭着游丝般意识的维系，不让自己瘫软、垮掉，你熟悉这种撕扯，除了煎熬一样地等待，别无他法。在这完全白色、寂然的房间，见不到光与影的移动，等待并不消耗时间，只是意识的逐渐模糊，缓慢清明。

终于，你感到自己如同被充气一样，一点点鼓胀起来，落在桌上的汗水，湿透衣服的汗水，用一点微咸透析了体内的瓦解因子。于是，你坐直身子，站起来，向椅子后面的空间纵深走去。随着你脚步的逼近，一阵轻微的声音响起，那白色的一面缓缓分开，露出从地板直至天花板的一整面墙的玻璃。他已经离开，没有机会发现不久前在你背后，不是墙而是窗帘和窗帘后面的玻璃。

从这里望出去，大半个北京都在脚下。正是日头高悬，明丽的阳光从澄澈蓝天抛下来，让脚下忙碌的世界条分缕析，层次分明。还有一束阳光扔了过来，扔在玻璃墙上，扔到你的身上。你看着阳光在你身上适可而止，即使是玻璃，它照射的部分也在地上投下一层薄薄的若有若无的影子，而阳光落在你身上，地上什么都没有，空空如也，仿佛你才是真正的透明之物。

一声轻微的"吱呀",你知道白色墙壁上那扇刚才离去的年轻人同样没法看出来的白色门打开了,你也知道那个人会再次走过来,你们之间会再度上演那熟悉的剧目,你甚至有点过于期待。

"冯先生,您又开始伤感了吗?不要这样,这样对您没有任何好处。"那个人走过来,仍旧是从头到脚的一身灰色,他走到离你不到两米远的地方,稍稍落后于你,同样望向窗外。"像最初那样多好!那时候,我整天都忙不过来,一件事情没有结束,就接到了您新的命令,不得不雇用越来越多的人为您服务,买下所有您看中的,甚至您只是看了一眼,没有想过买下的,我们也都把它买下了。那时候这栋大厦是全北京最忙碌的地方,成千上万的人进进出出,各种事项汇总到您的办公室,八个秘书轮番通过内线向您报告、请示。早晨被匆匆忙忙行走的人踩踏起来的灰尘,被来来往往的人带过来带过去,直到晚上整栋大厦关灯闭门,才找到机会落下来,落在原地或者落在离原地不远的地方。那时候您多么开心,尽管只有我陪在您身边,可是咱们两个人的笑声就足够把半个世界的悲伤挡在大厦几十米开外。先生,您为什么要和自己过不去呢?"

"不要再说了。可以的话,我也想让时间停在那时候,让一切都像最初那样。我掌握着周围的世界,控制着自己的心情,没有休止的买卖,不会中止的工作。我记得那时候你总会劝我,悠着点儿,罗马不是一天建起来的,再伟大的事业都需要假以时日,宽以期限。那时候,我一心一意想要在这座城市、这片土地上建立自己的事业,树立自己的标志,我要让自己的名字在所有人口中传颂。可那都是多久以前的事了?那些怎么还能让我兴奋?"你转过身去,看着落后一点点的灰衣人,他完全没有被你的目光所震慑。也许,他根本就不在意?他仍然望着窗外,望着脚下的城市。

"让我再看一次好吗?就看这一次。"你换了一副口吻,恨意已经快要撑爆了你,但你还是顺利地换上乞怜、哀怨的口吻。更何况,你满腔的恨意并不能完全落在面前这个灰衣人的身上。

"不,冯先生,这毫无意义,看了又能怎么样?不过是让您无缘由地伤心、自责。我不希望您沉沦在这样的情绪中。您说得没错,振作、奋发都是很多年前的事了,这么些年,虽然您的事业版图日益扩张,但完全是依靠惯性在运转。不,我说的是最初的惯性,是出于信誉,在咱俩签约时必然保证了的惯性。惯性毕竟是无聊的,这些年我就很无聊,有时候满足您的要求也不过是无聊中的调剂,但我必须坚守自己的职责。请您不要再提出这样的要求了!"

"我并没有提出非分的要求,不能违约我知道。我只是想看看他,我有三十五天没有看见他了,我想知道他现在怎么样。上次看了之后,我的焦虑、空虚都大大地缓解了,知道他还在,也能够暂时去做些其他事了。"你知道自己在顺着灰衣人的思路说话,也知道话里的讨好语气,但是你已经顾不上这些了。就像一个暂时戒毒成功的人，没有提到、想到毒品，虽然没精打采，也还能够挨下去。可是一旦这个念头浮现，就备受毒瘾的折磨，非得吸上一口来上一针，才能缓解百爪挠心。

"您说得也有点道理。"灰衣人说。说完手伸进上衣兜里，可是又在那里停住了，"咱们先说好，只能看不能动。您也知道动也没用，您那次不就动了嘛，没有用对不对？我是怕您动了又没有用，又是一顿大哭，哭得让别人笑话，让我心疼。我也不是心疼，我是心软，您哭个没完没了，我总有那么一时半刻要犯糊涂，觉得自己做错了什么。明明是你情我愿的事，明明只是对您有好处，我是被拴在这里，搞得我还内疚起来。您觉得这样合适吗？"

"不合适，不合适。我这次保证不动，更保证不哭。动了我是王八蛋，哭了我是三孙子。"你嬉皮笑脸地盯着灰衣人的手，用目光催促他赶紧的。

"得啦，得啦。让别人听见这样的话，也没法再叫您'冯先生'了。就算叫，只怕心里也换算成了'王八蛋、三孙子'了。"

灰衣人继续，掏出一个黑色的小小的皮袋，他打开皮袋，从里面取出一团黑色的折叠得四四方方的物品，然后他蹲下来，在地板上把那物品一层一层打开，每打开一层，他的手指都在折叠的痕迹上抚过，将折痕抚平直至消失。这样的动作重复了十来次，四四方方的物品被全部打开，躺在了地板上。那是一个瘦削的影子，身形单薄，已经快变成灰色了。

"你，你能让他上前一点吗？不，不是到我这边，是到太阳下面来，让我看得更清楚一点。"影子摊平的那一瞬间，泪水就涌上了你的眼眶，但是你记得之前和灰衣人说的话，也担心他下一次真的不再满足你，便仰了仰头，生生让眼泪退了回去。然后，颤抖着请求。

"唉！都说了您要伤心的。"灰衣人看见了你这些动作，也叹了一口气，"去吧，小心一点就是了。"

影子听了灰衣人的话，试探着往前挪了挪，他先把左脚放在了阳光下，那一下猛晒也许是疼，也许是痒，也许只是单纯的刺激，让他往回缩了缩脚，但只缩了一点点他就忍住了，让左脚像在火上烤一样在阳光下待着。过了一会儿，大概是习惯了阳光的炙烤，他的右脚也伸过去了。然后一点一点，整个身体都到了阳光下。尽管影子没有说话，但是看他在阳光下伸了伸腰，边缘也逐渐比刚才更清晰，想必还是很惬意。

你看着影子的这些动作，他每做出一个动作，你的心上都像是被碎玻璃扎了一下。要不是你，他何至于被拘囿成这样？要不是你，他又何至于连阳光都变得陌生了？

"让他回去吧，我有事情和你商量。"你咬咬牙，狠着心对灰衣人说。

灰衣人不解地看着你，但他没有说什么，只是对影子招了招手，影子有点不舍地离开阳光，走到他面前。灰衣人又蹲下来，小心翼翼地从头到脚、由左至右，将影子拾起来，折叠回刚才的方块模样，装回皮袋，系紧皮绳。

"不是不能让他听见，是不想让他听见，我不想在实现之前先给他希望，其实我也是不想先给自己希望。"你叹了口气，"刚才那个小伙子，人你也见到了，合同也签了。你觉得怎么样？"

"灰暗、困顿、沮丧。但这些都抑制不住浑身勃发的欲望，就像是奔波在树木浓密、光线全无的黑暗森林里，被枝条刮擦，被藤蔓牵绊，被荆棘刺伤，又饥又渴，疲惫不堪，但没有放弃，一股咬定了什么非要坚持下去的狠劲。他不知道，自己已经走到了森林边缘，只需要一点点天光的提醒，就能走出眼前的困局，进入敞亮、开阔的境地。当年咱们初次见面，您差不多也是这个样子。"说到这里，灰衣人轻笑了一声。

"他的影子怎么样？"你没有理会灰衣人的笑，尽管他的描述本身让你联想到了自己，提醒般的总结更是让你感伤。

"非常好。饱满、健壮，好久都没有见到这么吸附黑暗，迅速增加浓度的影子了。我特意把他送到楼下，看他走进阳光里，没有丝毫迟疑，影子就出现了，紧贴他的身体。有意思的是，他的影子似乎对我有些畏惧，发现我之后，还往他身边躲了躲。所有这些，都让我再次想起初次见到你时的情景，在那次烧烤聚会上，你拎着一瓶啤酒，从河滩上烧烤架旁走开，来到草坪上，站在阳光下，你的影子躺在青草上，黑得发绿，同样是在我站起来的瞬间，他也往你身边躲来着。"灰衣人反常地沉浸在回忆中，反应比往常慢了许多，但他还是反应过来了，"您这么问是什么意思？难道……

"对，我想交出这副重担。我让人做了全面调查，他很符合你的要求。自然，这是我的猜想，所以今天请你亲自和他接触了一番，听了你的评价我很高兴。"你无法相信灰衣人对此一无所知，还有什么是他不知道的？不过无所谓吧，真的也好，表演也好，你都要让这件事情往前推进。再说了，事情一旦启动，没有谁能够停止。即使是灰衣人，也不能。

"交出这副重担！您这是什么话，先生？这些年，我有做错什么吗？您居然要抛下我！抛下我不说，您居然这么怨恨我？这些年，我是您勤奋、忠诚的仆人，您尽职、用心的管家，我兢兢业业地保管好您的人生。先生，不是我说您，这么多年您过得不开心，我都看在眼里。可是要对此负责的人是谁？只有您！除了您，没有别人！您何必在意自己有没有影子呢？无穷无尽的财富是您的！谁不想拥有这么多的财富，谁不想凭此干出一番伟大事业？您倒好，建了点房子，搞了搞娱乐，弄了弄影视，满足了一下自己以前没能实现的那些小愿望，报复完一个女人，就没了斗志，就自怨自艾，纠结不已。先生，这么多年看您这样颓靡，我心痛啊，您不但在耗费您的生命，也在浪费我的时间。我想，哪怕您想要改造月球，想要登陆火星，这都还是咱们主仆可以努力的目标，可您除了吃饭睡觉，就把自己关在这个屋子里，发呆，除了发呆就是发呆。"

灰衣人越说越起劲，简直是唠叨个没完没了。你吃惊地转身看着他，灰衣人的表情瞬间出卖了他，虽然他的语气沉痛，可是他满脸兴奋、双目放光，对，就是他第一次见到你的那番模样。本来灰衣人正说得手舞足蹈、眉飞色舞，可是突然被你一看，像被急冻一样，瞬间僵住了。不过，也只是僵了一瞬，随后他自然地切换成了哀愁模式。灰衣人还要开口的时候，你拦住了他。

"咱们都不要再演下去了，我累了，你也烦了。接下来就做一点对双方都好的事情不行吗？"你说。

"好是好，可您怎么知道那个年轻人愿意呢？"灰衣人正色问道。

"当然不排除这个可能，真要出现这样的情况，我会非常欣慰，毕竟这证明我们是有可能抵挡住你们的诱惑的。可面临这样的选择，有几个人会不愿意？人们只有在完全隔绝或者完全绝望的情况下才会拒绝，一旦被引到道上来，一旦尝到了甜头，而且蜜度越来越浓，谁都停不下来。"你知道这么说是在出卖同类，你也知道你此刻的表情很是猥琐，包含着劝诱、谄媚、鼓动，乃至于顺服，可是你也被引到了摆脱灰衣人的道上来了，并且感到了希望在前方。

"所以那份合同完全就是诱饵？"灰衣人不想要默契的密谋，把一切抖落出来也许是想最后给你一点点难堪？

"说是诱饵也未尝不可，再准确一些，那份合同是一个开关。有了合同，他就会为了数字努力，努力到忘记每一个关注背后都是一个活生生的人，而只想让数字增加再增加。有了合同，他也就有了正当的理由，敢于使用任何手段，敢于说出任何话来，只为了取悦他人。到了约定的时间，这份合同还是一份记录、一面镜子，让他看见自己被改造的过程、改造后的样子，让他心生羞耻，让他知道这羞耻可以实现的交换。"你冰冷的语气像是宣判，宣判他，也宣判自己。

"当然，他还需要引导，在彷徨的时候得到鼓励，在被羞耻心折磨的时候，被人往上推一把。"你看着灰衣人，他一定明白你的意思。

"您说的是，往下推一把吧？"灰衣人嬉笑道，"往上或往下，就看怎么看了，怎么看都成立。好，我会协助他的，这也是为了我。"

说到这里，灰衣人严肃起来，甚至伤感起来："先生，想到咱们的合作很快就要结束了，我有点儿难过。您有什么愿望，告诉我，我保证满足您并记在我个人名下，不算合约内容。归还影子的事就不用说了，那自然按照约定交割。"

"嗯——"你没有想到灰衣人还有这样的时刻，但你并没有什么现实愿望，"我不需要任何东西，只是有点疑惑，你可以帮我解解惑吗？"

"请说。"

"像你说的，这些年，你几乎就是我全职的仆人和管家，全部为了我的琐事操劳，除了得到我的影子，没有任何好处或乐趣，你这是为了什么？何况，影子不久后就会物归原主。"

灰衣人先咳嗽了几下，一脸苦笑："您觉得，我还能做什么呢？我还要什么呢？我有漫长的没完没了的时间，陪着您，看看您究竟能干出什么来，就是我的乐趣。当然，我不指望您干出什么惊天伟业，事实上，这么多年，我只遇到过一个人，他在我们的帮助下，大费周章，出天入地，做了不少的事情，以至于我们最后都耍了无赖，骗了他才让他喊停。在此之外，你们每个人都很快就丧失了雄心壮志，只想拿回影子了事，等到你们拿回去的时候，差不多自己也成了影子，没有谁能恢复到以前的样子，甚至对待影子的态度都极其恶劣。这件事证明，你们是多么的脆弱。观察你们的脆弱，就是我的乐趣。"

"哦。我明白了。"你呆立在那里，许久才又吐出一句，"只有我们的脆弱可看，你岂不是更加脆弱？"

你本来以为这是句有杀伤力的话，但是灰衣人听后只是露出了你完全不明含义的微笑，然后，他冲你默默地也鞠了一躬，转身离去。

5

灰衣人的背影让我想起了很多往事。这些年，我见多了他的背影，等他彻底从我生活中消失后，我能够想起来的有关他的一切，可能也只是背影。这么多年，我就没有好好正面看过他，也不知道是因为厌恶，还是因为害怕。也有可能，厌恶和害怕都是冲着自己，厌恶在他脸上看见自己的脸，害怕在他脸上认出自己。再说了，光凭这一身永久不变、永远沾染不了灰尘和污渍，现在只需要露出一角就让我感到冷的灰色衣服，他也足够让人难忘了。

不过有一点他说错了，虽然我不会当面纠正——他留给我最深印象的，并不是第一见面时，而是那个晚上，那个让我决定和外部世界保持一个白色房间距离的晚上。也可以说，那个晚上，他用他那灰色的背影让我开始放任悔恨吞噬自己的人生，直到让自己也差不多变成了一个影子。不过，为了让那个晚上理解起来不那么困难，我还得往回退，退到从我们第一次见面时说起。不，还得再往回退一点儿，从我们第一次见面的两年前说起。

那天我刚来到北京。在北京西站下了火车，我狠狠地呼吸了一口北京的空气，那又硬又干、带着清晨冷意的空气。本来，在火车上我曾暗暗发誓，一旦找到她，就带她离开北京，回到我们的城市。可是，坐了四十多个小时的硬座，经受兴奋与困倦的漫长折磨，我带着通红的双眼、发飘的脚步，下了火车，踏上北京的土地的那一刻，就有了异样的预感，预感到我不会仅仅是这座城市的匆匆过客，同时预感到，我和她的关系已经终结，没有未来。

我和她来自一个地方，一个小小的干净的城市，被三条河穿过的城市。我是晚报的记者，她是剧团的当家花旦，我们恋爱了一年多，到了准备结婚的阶段，一部电视剧的播映改变了一切。开始只有一两个人说，她长得像电视里的林黛玉，行事作风又像那里面的王熙凤，她集中了两个人的优点，完全应该去演电影上电视。但这个说法很快流传开来，不管真真假假，每个人见到她都说。听得多了，她的心思也就活动了，开始想着自己变成了电视电影里那些人会是什么样，走在大街上会有多少人围过来看。仅仅想一想也没什么，问题是，别的一些人也被这个说法激动了。剧团的领导、文化局的领导，都想多见见她，吃饭的时候也希望有她陪着，尤其是和领导吃饭的时候。那些见过她的领导，也无不想着再见到她。

"就算咱俩马上结婚，他们还是会找上来。除非咱俩马上生孩子，除非我出了什么问题，很快变老变丑，可是这两样我都不想。"那个晚上，我和她沿着昌明河河堤走了两个来回，她说了她的打算，"我想去北京，去试试。我不敢想当上大明星，能够站稳脚，体体面面活下去，就可以了。不管怎么样，北京那么大，长得好看的人那么多，肯定不会像这里，总有人跟苍蝇似的围着你，打又打不着，赶又赶不走。"

"我跟你一起去，两个人在一起，有什么事互相商量，就算病了也还有人买个药、端碗水，照顾照顾。"离开从小长大的城市去陌生的北京，放下稳定的工作从一口饭一间屋奋斗起，不确定的未来让我害怕，但是比起这个，她离开我的生活、和我再没有关系更让我害怕。那时候，我没事总爱想象将来的生活是什么样，两年后的、五年后的、十年后的、二十年后的、三十年后的，有一个女儿的、有一个儿子的、儿子女儿各一个的……没有一种想象里没有她。我不知道，一旦她不在里面，这未来的场景该从哪里起笔。

"不，你留在这里。你在这里，我的根就在这里。万一我在北京待不下去，还知道回到哪里。"她想得比我周到，眼里的忧伤更是让我心碎，不管她说什么，都只能照办。"三年。看看三年我能不能做成什么吧。如果成了，你就过来，我们一起在北京生活下去。如果不成，我就回来，咱们结婚，生孩子，在这里生活下去。"

那个晚上就在这样的低语、筹划、誓言以及泪水和拥抱中决定了，并以一个缠绵得让我至今想起都心颤的吻结束，也正是那个难以忘记的绵长的吻，成了我今后对她所有恨意与报复的力量策源地。

第二天，她登上了北上的火车。此后，我们就只能通过信件联系，她告诉我北京有多大、有多干燥，天能蓝到什么程度，春天的杨絮像是有了核的雪，夏天的闪电简直就是在房顶上劈过，秋天的树叶怎么黄怎么红，冬天晚上一顿火锅一瓶二锅头能让人满足得想哭。我则告诉她,我们的小城如何保鲜一样保留着她离开时的模样。在信里,我们只写看到的景与物,只留下自己的感想,不让其他人出现,不提他们的名字他们的事情。不知道是谁定下了这样的规定,反正两个人很快识别出来,严格遵守着。我不写,是因为不想让她听到那些不该出现的名字,是想让她以为自己还在我身边,我们一起活在那些不变的场景里。她不提,也许是不想让我担心,也许是知道我也无法分忧,也有可能,她仅仅是没有提的兴致。不可避免地,通信频率在缓慢下降,信纸越来越薄,可说的东西越来越少。

那个春节,她没有回来。之前她在信里说过,我连着写了几封信,劝她哪怕时间短也应该回来,见见父母见见我,可她说太忙,等年后再说。过了年一个月又一个月,她不但没有回来,连信也没有了,我试着拨打她以前告诉我的电话号码,每次接电话的人都说不在。到了夏天,我再也忍受不下去了,就买了一张去北京的火车票,临走前,我取出了所有的存款,打算无论如何都要找到她,把她带回来。我还给她写了信、发了电报,告诉她我什么时候到,希望能一下火车就见到她。

可是她不在站台上,那一刻我就有了预感,出了站仍然见不到她,我完全相信了自己的预感——她不在我的世界里了,就算还有机会见到,我们也不会再有什么关系了。明白归明白,找还是得找。我按照以前写信的地址找上去,那是个男人的房子,他告诉我她以前确实在那里住过,不过半年前就搬走了,所有寄到那里的信,她开始还去取,后来她就告诉房主,随便他怎么处理都行。说着,房主进屋把我写的信、几天前发的电报都拿给了我,而她告诉我的那个电话号码也正是他的。

我本来想把她以前租的房间租下来,说不定她哪天还会过来。可是房主说,他所有能租的房间都租出去了,他好心地让我找到住处告诉他,如果他再碰见她或者她什么时候回去,他会告诉她。

然而什么都没有发生,我在好不容易找到的地下室里住了半个月之后,猛然发现带去的钱已经花掉了一大半,再不找事干连家都回不了了。

接下来两年,我一边找事一边找人。找事还好,开始就做一些力气活儿,慢慢还找到了一些与文字相关的活儿,不过因为不愿意工作花去我太多的时间,所以总没有固定下来,我也不想固定下来,那时候我对这座城市充满恨意。可我别说找到她,连和她有关的消息、见过她的人都越来越少。从第一个房东那里搬走后,她肯定就改了名字,而我拿着她的照片四处问碰见的人是否见过,也在得到否定回答的同时,得到了越来越多怀疑的目光。我知道她如果没离开北京,就一定还没冷却拍电影上电视的心,可我根本就不认识这方面的人。还是一个我曾经帮着校过一部书稿的编辑点拨了我,她告诉我应该稳定下来,往电视电影那个圈里混,才有可能打探到我想要的消息。她还劝我不要找了,找到也没有意义。见根本劝不住我,她又把我介绍给她的一位作者,一家报纸的副刊编辑。

就这样,我在工作之余帮那位副刊编辑跑跑腿、干些小活,并且一点点熟悉京城的报纸和媒体圈,最终,来到北京一年半之后,我勉强成了那位副刊编辑的同事,他所在报纸广告部一名合同制业务员。借各种机会,我和报纸娱乐版的记者混得越来越熟,我向他们打探她的消息,他们都说,没有见过她没有听过她的名字。他们告诉我,像她那种情况的人太多了,除非发生奇迹,否则不太可能在娱乐圈生存下去,更别提大红大紫了。他们说出口的是,她可能早就离开北京,去了其他什么地儿。他们没有说出口的是,她也有可能遭遇不测,已不在人世。他们说的其实差不多也就是我猜想的,随着离她约定的三年之期越来越近,我越来越死心,我唯一没有下定决心的就是:过了三年之期后,是不是立刻回到我们那个干净的小城市。

正好三年之期那天,也就是她留给我终生难忘的吻的那天,娱乐版的记者让我跟他去一个制片人家里玩。那是一栋大到让我惊讶的别墅,院子里有参天的古树,还有一段平缓的河湾,河滩上的沙子不知道是天然的还是运来的,很适合人们在那里烧烤、聚会。

和往常一样,那样的场合我不认识什么人,带我去的记者也没有多大的兴趣把我介绍给别人,于是我很快和忙着烧烤的大师傅为伍了,我帮他打下手,翻动架子上的食物,或者把烤好的东西送到三五个人围在一起的小桌旁。可是把奥尔良鸡翅送到离水最近的那张桌子时,我傻眼了。那张桌旁坐着三个人,两男一女,两个男的在聊着天,那个女的戴着太阳镜望着水面,水面上有一只长脚的水鸟。我不知道他们什么时候到的,更不知道他们什么时候坐到那里的,可是不管从什么角度,只需一眼,我就认出了那个女的就是她。

我不敢相信自己的眼睛,我害怕自己出现了幻觉,于是我走上前去,把鸡翅放到桌上的盘子里,我压制住狂乱跳动的心,客气地说"女士,请用鸡翅"。我的声音一定很怪异,她迅速回头看了我一眼,好在我的声音并不大,没有打扰那两位先生聊天的兴致。

"女士,您的眼镜上好像有一团脏东西。"我豁出去了,我庆幸自己豁出去的时候,也还不太笨。

她似乎瞥了正在聊天的两位先生一眼,取下了太阳镜,匆匆检视了一番,上面当然并没有什么。随后,她抬起头看了看我。就是那一眼,让我摒弃了所有的疑虑。不,她的眼神并没有流露任何相识的信息,那里面与我对质的,是一种冰凉的陌生以及陌生背后的空洞。我知道她就是她,可她已经把我忘了,是用尽了力气之后忘掉的。

"女士，您还认得我吗？"可能我应该问她是不是她，或者问她是不是从我们那个城市来的，把重点放在她身上，以让她无法逃避，逼她想起往事。然而那时候，我更关心她是不是已经把我赶出了她的世界。

她仍旧没有说话，她只是重新戴上太阳镜，继续扭头看着河面上那只水鸟。那两位先生显然已经注意到我了，他们停止聊天，看着我，可能也在判断我究竟想做什么。

可我已经不想也无法再站在那里了，我居然还说了一句"请慢用"，然后把自己挪回到了烧烤架旁。只有到了那里我才觉得到了安全的地方，可以安全地自如地瘫倒在一把椅子上，任凭汗水和泪水从脸上滑下来。

"他没事儿，没事儿，只是有点不舒服。"一个声音赶走了好奇的人们投过来的目光，也把我从遥远的地方唤了回来，是那个带我去的记者。记者一双干瘦的大手还在我眼前晃来晃去，他那一脸的担忧让我感动，那是我来北京之后，第一次有人对我流露这么深重的关切。

"你没事吧？"见我回过神来，他小声问道，"刚好今天孟大夫也在，要不让他给你看看？"

"没事，可能有点中暑。"我摆摆手，接过他递来的纸巾，在脸上抹了一把，抹去汗水和泪水。我向那张桌子看去，那两个男人继续聊了起来，她还在望着水鸟，但她的手里拿着一串鸡翅。我本来想问问记者，那两个男人是谁、她是什么身份、和他们是什么关系，但是我什么都没有说，我站起来，拿过一瓶刚刚打开的冰镇啤酒，离开河滩，向草坪走去。

到了草坪，我才发现已经有人躺在那儿了，是一个一身灰色衣服的人。那个人很奇怪，不但明显过厚的衣服把上下都包裹得严严实实的，明显过大的帽兜还翻过来，罩住了头也罩住了脸，只有嘴巴和下巴露在阳光下。我不想和人说话，因此发现他之后，便打算往旁边去，离他远一点。

"先生您好——"是在和我说话吗？是他在说话吗？我难以确定，便迟疑地站住了。这时候，他坐了起来。他坐在那里，并不抬头，只是向我这边望来。

"先生您好——"这下我确定是他，也确定他是在和我说话了，"您很难过，对吗？和我说说吧。"

"我，我不想说话。您要啤酒吗？"我上前两步，把酒递给他。

"谢谢。我从不喝酒。您的影子真好啊，我从来没有见到过这么忧伤又结实的影子。您现在很难过，很愤怒，快要疯了，您想扑过去抓住某个人，扇她两个耳光，吐她一脸口水，可是您只能站在这里，因为您怕扑到跟前时，不受控制地哭起来，您怕您会向她说出哀求的话，甚至跪在她面前。您也不是怕哭怕跪怕哀求，您是害怕您做了这些都没有用。因此，您现在想喝酒，您想把自己灌醉，等到醒来的时候，她已经从您面前消失，这样您就可以说服自己，您看花眼了，认错人了，或者干脆认为自己出现幻觉了。对吗？您现在快要认为我也是您的幻觉了。"那个穿灰色衣服的人说起话来有着很冷淡的傲慢，让人不由自主地生气，不过我还来不及生气，因为他完全说中我的心思，我呆立在那里，唯一想得起来的、做得到的就是往嘴里倒了几口啤酒。

"可是，先生，您想的这些都没用！您都认准是她了，又怎么否认得了？！不管您做什么，她都不会再想起您，除非您把她的世界砸碎，把她赖以忘掉您的东西夺走。您想想，有一天，她回来哀求时，您压根儿就不在意她了，这是多么的快意！那时候您会明白，这世界有太多东西值得您去追逐，去揽在怀里、据为己有，眼前这个女人什么都不算。"说到这里，灰衣人站了起来，他比我高不少，但帽兜仍旧遮住了他的大半张脸。

"我可以帮您。您现在所有的问题都是由一个问题造成的，那就是没钱。可是钱对我来说，根本就不是问题。"说着，他从衣兜里掏出一个灰色布口袋，然后从伸手从口袋里掏出一沓崭新的钱，青蛙皮一样的百元大钞。他把钱放在草地上，看了我一眼，但是并没有停下来的意思。他又伸手从口袋里掏出了一沓钱，同样都是百元大钞，然后一沓又一沓，每掏出一沓，他都看我一眼。钱很快在草地上堆成了让我喘不过气来的一大堆。

"先生，这些钱都是您的，这个布袋也是您的。有了它们，有了我的帮助，您将很快成为这座城市的大人物，您跺一跺脚，整个北京都会晃三晃。您会有享用不尽的财富、美色，让您醒悟前面的二十几年都白过了。"他指着地上那堆钱，又把那条口袋递过来。

我相信我遇到了疯子，可是这个疯子说的话让我心动，至少他提供的图景有效地转移了我的注意力。我其实也看不清他描述的究竟是什么样子，但是我看到了那里一团辉煌的耀眼的光，它吸引了我，它让我据以认定，我可以出离自己站立的地方、置身的时间。

"您为什么要帮我？我什么都没有。"后来很多年，我都后悔自己这么说，这句话让他知道不管他提出什么要求，我都会同意。

"哦，您有我用得着的东西。严格说起来，我只是暂时替您保管，以免您把它弄丢了。而且这东西您根本用不上，任何时候都用不上。其实我也用不上，我只是留下一个信物，以免您心里不踏实，不愿意接受我的服务。"他并没有丝毫得意的表现，他的语气甚至更加谦卑。

"先生，您看，我只需要您的影子，只需要把他交给我，咱们的协议就达成了。"他指着我的影子，我的影子正躺在毛茸茸的草坪上。

"影子？"我不明白他的意思，不过我好像确实用不上影子，我还没有听说过谁能用上影子的，"如果需要您可以把他拿走，但是您真的不是在开玩笑吗？"

灰衣人没有再说话，他从衣兜里掏出一把玉刀，上前两步走到我身边。灰衣人蹲下来，玉刀贴着我的脚割下去，在草坪上割出一条弧线，他的动作坚决而温柔，连一根草都没有割断。然后，灰衣人收起刀，双手冲上，食指、中指、无名指和尾指探到影子的下面——看到他的手指在影子下面消失后，我吃了一惊，这才明白影子是有实体的，不过灰衣人应该早料到我会有这样的反应，他低声地命令"别动"将我定在了原地——再与拇指相扣，像是揭起一层薄膜一样，小心翼翼地把我的影子从地上拾了起来。灰衣人显然是个中老手，对影子了如指掌，他的动作稳妥却又毫不迟疑，被揭起的影子边缘清晰，没有一点毛糙，也没有残留丝毫在地上。

我看着影子像一张薄薄的但是饱满、密实的画被灰衣人双手持着，看着他在灰衣人的手里不断被折叠，由一个人形变成小小的四四方方的一块，再看着灰衣人站起来，从衣兜里掏出一个小小的皮袋，把他放进去，系好皮袋的口子。再看看我的身后，空空荡荡，没有留下一点阴影。我在原地转了两圈，走了两步，再也没有影子跟随我，我也遮蔽不了任何东西，阳光就像穿过空气那样穿过我，照在我脚下的草坪上，不久前，我的影子还躺在上面。

这时，灰衣人整理了一下衣衫，他走到我面前，低头致意。他说："先生，您的仆人，为您效劳！"

接下来的事情没有太多可以说的。凭借灰衣人取之不尽的钱财，不，是我用影子换来的钱财，再利用他的无所不能，我迅速成了最为神秘、最有影响的地产老板与影视大鳄。我用最低幼最恶毒的方式报复了她：我找到国内最具影响的导演，推出一部大制作，并坚持让她来演女二号，但是等她所有戏份都拍摄完成后，我又悄悄起用了另一个人来把她的戏份重新演了一遍，而她对此一无所知。到了盛大的首映典礼，她兴奋地招呼了在北京这几年认识的朋友们来捧场——连我也认识的那个房东都被她请来了。可是从本该是她的戏份一开始时，她就不知所措起来，她吃惊地盯着银幕上那个替代她的女人，看着那个女人出现在她的位置，说着她的话，哼着她的曲，爱着本应该被她爱的男人，拥抱着本该被她拥抱的男人，而那个男人吻着的那个女人本来也应该是她，她看着这一切在银幕上发生，我看着泪水从她脸上如幽泉奔流，无法止息。

等到电影结束，她实在无法接受这个现实，跑来问工作人员、问导演和其他演员，可是这些人都在我的授意下，演起了"我不认识你，也不知道你在说什么"的戏码。之前，她的那些朋友还不明白发生了什么，现在他们"明白了"，没有人出言奚落她，可是所有人看她的眼神充满了讥讽、嘲弄以及少量的同情。直到她一声哀号，双手掩面跑出了活动现场。在那以后，我再没有见过她，也没有听到过她的消息。

首映礼最后一个环节，就是我的出场。尽管给一部电影的投资人以最高礼遇不合常规，但是考虑到我已经成为了业界最传奇与神秘的人物，没有人对此有丝毫非议。当灰衣人在幕前介绍完之后,我从幕后缓缓走出,站上一个特意为我准备的高台,发表了一番热情洋溢的讲话。但我的目的不在于一次亮相。事先,我特意嘱咐灰衣人将灯光设计成每一次都从同一个方向投射、每隔一段时间都切换一次灯光方向,我要让所有人都发现我没有影子,然后再用我的钱把他们的诧异、质疑压下去。为了确保现场效果,我还特意彩排了两次,每次灰衣人都从不同方位大声告诉我"没有",每一次他都拍下不少照片,证明我确实没有影子。

可是当我在高台上侃侃而谈的时候,没有一个人反应异常,甚至当灯光从我背后犹如穿过我的身体那样投射到他们脸上时,我也只是看到了他们对我演讲的沉醉,听到他们对这部电影成功的赞美。

等我终于失去耐心,结束台上的演讲时,听到的也只是雷鸣般的掌声。当我走下高台的时候,我看到了站在舞台一侧、背向我的灰衣人,他那通常让我感到压抑、冰冷的身影,在那一刻却异常孤独,一种充满同情的孤独。

自那以后,我的大部分时间都在这个房间里度过。除非不得已,我不想和灰衣人之外的任何人见面,我不想在任何人面前出现。我不是害怕他们发现我没有影子,我也不害怕孩子们在我身后追赶,一边朝我扔石头,一边大喊:"妖怪!妖怪!"我是怕他们发现了也装作没有发现,我更怕他们目光是朝向我这边,实质上却根本不在意我是什么样子、有没有影子。

有时候,我甚至庆幸自己把影子交给了灰衣人,因为当他把手伸到衣兜里,拿出皮袋取出那四四方方的东西时,我能够毫无疑问地相信自己,相信我是一个有影子的人。

6

老人对园子很满意。园子里的山川、河流,都是按照他的想法,由他一手所造,连高寒的山岭、不毛的荒漠,也都是出自他的手。当然,老人最满意、最喜爱的还是园子里的植物,油松、丝柏、垂柳、龙爪槐……连同在地上蔓延的草、攀上枝头的藤,所有他愿意叫出名字的、不愿意叫出名字的,都郁郁葱葱、生机勃勃。不管什么季节,不管站在哪里,一眼望过去,都有满眼的绿或者其他悦目的颜色。自然,其中也少不了奔跑的兽、飞行的鸟,虽然最初是出于点缀,让它们出现在那里,但是它们的身影和响动,也时不时让老人感到愉悦。

老人对自己也很满意。大多数时候,他都在园子里走动,从东方走到西方,从水边走到旱地,他几乎用脚步丈量了整个园子,他也用双眼完整地捕捉到了园子里一草一木、一水一石的变化。有时候,老人也会停下来,等着一团云从远处飘过来,再飘到他的身后。或者,他干脆蹲下来,注视着一粒麦子怎么从麦穗上掉落、怎么在泥土里漫长地等待，然后开始新的生长，长成一株新的麦子，再在风的吹动下、雨的浇灌下，长高、长大，抽出新的麦穗。这时候，老人会站起来，满意地拍拍身上的泥土，往下一个地方走去。极少数的时候，老人也会就地躺下，合上眼睛，美美实实地睡上一觉，直睡到忘记了他的园子和他自己。

但是这一天，老人醒来之后感觉有点异样。太阳虽然已经西垂，但毕竟还在，阳光落在身上也还挺暖和的。缓缓的风也还在吹，吹得草木高高低低地动着，也吹来远远近近响起的兽嘶鸟鸣。老人站起来，看了看四周，没有发现有什么不一样。难道没睡好？老人自问，努力回想也没有想起刚才有做过梦、有过不适。

带着点疑虑，老人转身准备上山看看去，这时候，他明白异样在什么地方了——在他的身后，拖着一条长长的影子，黑黑的实实的，哪怕地上有一块凸出的石头，影子也毫不迟疑地躺在上面。老人怀疑自己看错了，他揉揉眼睛，影子还在。老人怀疑自己想错了，他夸张地抬起腿，准备往右侧迈出一大步，影子也抬起右腿来，那腿比老人的长多了。思前想后，老人认定只有一个原因，那就是前几天走路走得太多，累着了，出现了轻微的幻觉。他决定躺下来，再好好地睡上一觉，恢复充沛的精力。

但是第二天上午醒来的时候，老人发现，影子还在他身后，而且影子也一副能量满满的样子，等着他看着他。老人看了一会儿影子，又看了一会儿太阳。影子的样貌和昨天下午有所不同，但一眼就看得出来，还是那个影子。老人这下真的生气了，不过他没有轻举妄动，而是坐了下来，在记忆里搜索以往是否有类似的情况，与此同时，他又盯着影子仔细研究，想看看能找到什么办法。

日头再次偏西的时候，老人想到了一个办法，他先站起来，一动不动，然后趁着影子也一动不动的工夫，迅速弯下腰沿着自己的双脚，在地上画了一条细线。接着，老人以矫健的身手，向后跃起，他仿佛听到了咝的一声轻响，影子被他挣脱开来，留在了原地。

影子显然没有料到会有这样的变故，他茫然失措地呆立原地，等了一会儿，发现老人不是开玩笑，更没有与他复合的意思，影子试探着向老人靠近，但是他的脚刚刚迈过地上的细线，就猛然收了回去，迈过部分的颜色也明显比其他地方浅了一些。

"走开，你以为我是一棵树、一根草、一头猪、一只喜鹊吗？需要一个影子！"老人生气地呵斥道，但是一说完他又有点儿不忍，就又降低了音量，"走吧！走吧！我不需要你。自己好好玩吧，别让我再看到你就是了。"

影子不舍地看着老人，看了一会儿，他下定了决心，微微向老人一鞠躬，转身跑了起来。影子在石头上、草地上跑过，在树林间、花丛中跑过，跑上了山，跑到了山的后面，跑得再也不见了影踪。

老人望着影子消失的方向，叹了口气，转身向山下走去，几十里外的一座湖里，那条老青鱼这会儿快要浮出水面了，老人想和它打个招呼。

"不要再出来了。"走着走着，老人忽然出了声，然后他自己都愣住了。又转头向山上望去，只有一点点余晖落在山顶。山的那边，影子想必早已经跑到阳光照不到的地方了。

但变化一旦出现，就难以随人的意志转移，即使是老人的意志，即使是在老人拥有绝对权力的园子。

上次那次事之后，老人很长一段时间都不再躺下来休息，哪怕是在太阳西沉，月亮和星辰完全被乌云遮住，地上没有火光，也没有萤火虫飞舞——这样天地漆黑浑茫的时候，他也坚持往前走。最多，他也就是在原地站一会儿，等待精力稍稍恢复便继续走下去。这一天，老人来到一棵枣树下。看着枝头沉甸甸的枣，看着每一颗深红色的枣都接过阳光，再钝钝地反射那么一点点出来，老人心里升起久违了的欢乐。他摘下一颗，放进嘴里，枣肉在咀嚼下发出湿润的响声。老人脸上绽出了笑容，他伸手接住嘴里吮得干净的枣核，弯腰把它轻轻放在地上，然后站起来，又摘了一把至少红了大半的枣，并同时扔了两颗到嘴里。

枣仍旧和刚才那颗一样润甜，老人嚼着它们，还不时让两颗枣在嘴里转动，带给他小小的游戏的乐趣。等到这两颗也快吮得只剩枣核时，老人低头想看看把它们放在哪里，却惊慌得差点儿摔倒。

在地上，他的脚边，赫然躺着一个黑黑实实的家伙。那家伙刚刚也一阵慌乱，差点儿摔倒。明知道那只是自己的影子，影子的一切行为都是对自己的模仿，老人还是恼怒地觉得，影子是在嘲笑他，嘲笑他对影子什么时候回来的、什么时候又跟他纠缠在一起毫无察觉。不过等到恼怒消去，老人稍稍留意，就发现那根本不是之前的影子去而复还，而是全新的影子。

尽管如此，老人却没有了上次的游移与不忍，他就势将两枚枣核吐在了影子的双脚处。然后一鼓作气，不断吃枣吐枣核、吃枣吐枣核，等到枣核像狂乱的钉子钉住影子时，老人拍了拍手，双脚同时起跳，向后跃起。这一次，他没有留意是否有哒的一声，更没有再和影子说什么，而仅仅是摆了摆手，就转身离去。

影子并没有就此停止出现，反而出现得更勤更不分时间、场合了。一开始，影子还趁老人不注意时出现，到后来，简直明目张胆了。

有一天老人过河，去看看河那边一座去年刚建的葡萄园情况如何，结果还没走到桥中间，就猛然发现，一个新的影子从自己身上铺到水面上。老人向前，影子也向前；老人退后，影子也退后。不过老人退回河这边，双脚落在岸上时，影子却消失了。可是老人再度走到桥上时，影子又不期而至。老人站在桥上，看着影子遮住的水面，似乎比其他地方幽深了很多，都快成绿色了。焦躁之下，老人一个猛子扎进了水底，憋着一口气游到对岸。影子没有跟他上岸，不知道是沉入了水底还是被冲走了。又有一天，老人经过一个火势渐弱的山火堆，看见一整棵青杠树都烧成了通红的炭，他对炭上若有若无跳动的火焰深感兴趣，便折了一根炭条拿在手里细看，没有想到却先看到了脚下的影子。大概是注意力原本都在炭火上，老人也被毫无征兆出现的影子吓了一跳，一下子没拿住，炭条掉在地上，落在影子的左膝盖处。更没想到的是，影子似乎也很畏惧炭条的炽热，居然猛地向旁边一跳，离开了老人。

再有一天就堪称神奇了。当时已是深夜，圆月大得让人心惊亮得让人害怕，老人经过一片林中空地，没走到一半忽然有了预感，便站住了。果然，他刚刚站住，就看到一个影子从自己的脚下铺了开去。虽然只是一眨眼的工夫，但这却是老人第一次看到影子的生成。但老人来不及有任何感想，森林里的野兽和鸟都仿佛同时受到了特定的惊吓，声嘶力竭地吼了起来、叫了起来，简直要把整座森林掀翻。接着，影子就捂住了耳朵，自行跑开了。

如果说前两次影子的出现，老人仅仅当成来由不明、具体难辨的东西对自己的依附，是偶然，后续这三次则让老人开始相信，影子是特意在自己身上出现的。影子的出现居然不受自己的控制，这让老人很愤怒，他准备逮住影子问个明白。

他没有等多久。一个暴雨天，老人实在厌倦了雨水浇在身上的感觉，走进了一个也就能容身的岩洞。雨水像夜幕浓密地倾倒而下，吞没了大部分光线，岩洞里面更是如同黑夜。不过没多久，一道闪电劈了下来，一瞬间劈亮了岩洞，也让老人看到了和他一起挤在洞里的影子。"你这么不知羞耻地跟着我干吗？""你不知道自己是从哪里来，该到哪里去吗？""你不能更孤独一点吗？非要和别人摽在一起？""你知不知道我早就厌恶了你们那面目模糊的样子？""没得到同意就闯进别人的园子，谁让你这么没教养的？"……紧接着的五道闪电劈下来的时候，老人还能看见影子，影子毫无还嘴之力或者根本就没有还嘴的打算，只是越来越羞愧地往角落里缩。到了第七道闪电，影子没有了踪影。

既然没有从影子上身上问出些什么来，老人便决定拿自己做试验。接下来两次影子出现的时候，他都采取和以往完全不一样的方法。第一次，老人不吃不喝，断绝一切饮食。本来，吃喝对老人来说只是纯粹消遣性的动作，根本不构成问题。但这一次，老人不但不吃不喝，还把这件事情放在了心上，整日去观察、引导它在身上造成的变化。结果，没过多久，老人就感觉到了饿与渴的折磨，力气和能量也像水一样，越来越快地从身上流失，身体也随着时间的推进而开始失去原本的颜色，变得蜡黄，进而开始消瘦。老人不记得这样自我折磨了多少天，他只记得到了后来，他是拖着整个身子，在大地上迟缓地挪动，最终挪进一个苹果园，在最大的那棵苹果树下，晕了过去。等他醒来之后，发现影子已经爬到了苹果树上，对着枝上的果实发呆，无论他怎么召唤，影子都不理他。

第二次，老人带着影子来到冰封的河面上，他让自己去想象、感受寒冷，结果真的很快就浑身哆嗦起来。然后，老人高举双手，脸朝下直直地趴在冰面上，把影子压进了冰里，直到感觉自己快到冻死，老人才重新站起来，挥手和他如蜕皮一般留下来的影子道别。

这两次之后，老人没有得到多少来自影子的信息，却发现自己身上发生了不可逆的变化：他产生了真实的已不受他控制的感觉，能感受饥饿与饱食，能区分寒冷与温暖。现在，老人需要时不时地吃些东西，也总是穿着衣服了。老人知道，到了了结的时候，他必须彻底和影子告别。要是再这样继续下去，整个园子和他自己将会完全失去控制。

于是老人来到园子的中央，站定。他双手举过头顶，拍了拍，太阳熄灭了；又拍了拍，月亮熄灭了；再拍了拍，星光也熄灭了。在一切熄灭的瞬间，老人感到有什么从自己身上走了出去，那像是另一个人，又像是什么无声无形无质无量的东西。那走去的什么并没有远离，而是站在不远处看着他。老人迅速地拍了三次掌，说："亮！"——月光遮住了星光，日光遮住了月光，最终能看到的，当然是烈日当头了。

在阳光下，老人看见离他不远的地方，站着一个薄薄的但是漆黑严实的影子。在影子身后，还站着另外八个影子，正是那八个之前出现又被他挣脱的影子。

老人点了点头，八个影子依次走到了离他最近的那个影子里面。这九个影子成了一个，有了人的形体，占据了人的空间，但他还是漆黑严实。老人脱下身上的灰色衣服递给他，他穿在了身上。他被衣服遮住的地方，是灰色的。他露在衣服外面的地方，也变成了灰色。他成了一个灰衣人。

"衣服送给你了，衣兜里的东西也送给你吧。"老人说。

"去吧，去外面找点事干吧。不要试图得到你的名字。"老人又说，说完挥了挥手。

灰衣人整理了一下衣服，对着老人深深鞠了一躬。转身离开之前，他说出了在这个园子里的第一句，也是最后一句话：

"后会有期！"

（原载《大家》2017 年第 3 期）

作者简介：

李宏伟，1978 年生于四川江油，现居北京。著有诗集《有关可能生活的十种想象》、长篇小说《平行蚀》《国王与抒情诗》、中篇小说集《假时间聚会》等。

双 十 一

林那北

一

亚静往镜子前凑了凑。眉画了，腮抹了，唇涂了，她非常喜欢化过妆的自己。

青兵在她背上推了推，说快点！

亚静说好，转身就出了家门。她现在要去见一个叫陈建民的人。之前已加了微信，彼此发了照片，也大致说了各自情况。陈建民生于1983年，郊县人，在出版社当司机，已在城里买了一套六十多平方米的房子，首付是家里出的，他自己每个月还按揭，还行，快熬到头了。青兵觉得六十多平方米的房子虽然小了点，但这年头有房比从前财主有地活得还踏实，算不错了，去见见吧。亚静点点头，就去了。

十一月中旬，按说天应该凉了，却一直凉不下来，太阳还是燥燥的，晃得睁不开眼。亚静套了一件黑色高领打底衫，外披粉色格子薄衬衫，扎着马尾辫，脚上是双白运动鞋。其实她本来也这么穿，清清爽爽的。

陈建民不是亚静这几天见的第一个人，前天上午、下午、晚上，还有昨天上午、下午、晚上，亚静做的都是同一件事，就是在离家一百多米外的玫瑰咖啡馆见人，往俗里说，就是相亲。算起来，陈建民是她这几天见的第七个人。日子一下子变得很不一样了，亚静想，那些当红的明星说不定还不如自己，他们只在屏幕上按剧本规规矩矩地演戏，而她则不一样，虽然青兵教她要这样这样，但临场全得靠她，她发现自己天赋挺好。

走进咖啡馆时，陈建民已经在里头了。个子不高，一米七出头，挺瘦的，但瘦得结实，脸红扑扑地泛着油光。亚静向之前约好的七号桌走去，还隔着五六米远，坐在那里的陈建民就站起来笑眯眯地看着她。有些男人坐着看上去很高大，站起来却马上显矮了，青兵其实就是这样的。刚开始亚静弄不清什么原因，细看了几次才发现原来是腿短。也就是说，长着长着，上身发育正常，腿却磨洋工不长了。亚静已经不奇怪陈建民跟青兵身材相似了,随便打量周围,没几个男人腿是长的,大概人种就是这样吧。

　　亚静走到桌旁后先把手里的包往旁边椅子上放好,再拖开椅子坐下,动作略有夸张,但毕竟成功掩饰了尴尬。陈建民说:"你比照片好看。"亚静笑笑,这也是青兵教的,青兵说对方夸奖时或者所有不好回答的问题,都笑而不答。在一些微妙的场合,女人的笑而不答是最有杀伤力的武器。亚静转转头,眼角很快就搜到青兵的身影。他紧随她走出家门,疾步快走,抢在她之前走进咖啡馆,已经坐到离他们七八张桌外,独自捧着一杯柠檬水或者可乐之类的饮料。亚静知道他不喝咖啡,说那味道像尿,也知道他脸虽然埋在吸管上,其实眼睛都在打量这边。

　　陈建民重复了一句:"你比照片上还漂亮。"

　　亚静想,没话找话真是折磨人。是青兵用手机反复拍她,然后选中一张,用手机软件P过,腰修小了,脸修圆润了,腿修长了,肩修窄了,皮肤修滋润了,就那么一眨眼的工夫,她就活脱脱像去韩国整过容。青兵把这样一个亚静自己都快认不得的美女放上网,陈建民见了面一对比,居然还不敢说真话,这就应了青兵之前的分析。青兵说,这个人可能挺厚道的。青兵一直最看重的就是厚道,他觉得现在的人都太奸了,那些一肚子是鸡贼的家伙必须远远绕开,咱们玩不转他们哩。当然他主要是指亚静玩不转,这是实情。

　　服务生过来,问需要点什么。陈建民看着亚静,问:"你要什么?"

　　亚静走神了一瞬,她觉得陈建民长得有点像一个人,像谁呢?一时没想起来。她笑起,说:"柠檬水就好。"在饮食上,她跟青兵的口味非常接近,选咖啡馆这里,不是为了喝咖啡,这一带饭馆不少,但都是巴掌大的小吃店,沙县小吃、尚干拌面之类的,又小又挤,地面上还东一块西一块扔着纸团,最像样的,只有这家咖啡馆了,虽然也不大,装修并没比外面的小吃店好多少,但挂上"咖啡馆"三个字,立即就洋派了。店外有三四十平方米的空地,空地边就是一排橡胶厂歪斜的工棚,厂倒闭了,工棚也早就废弃了,还没拆,砖瓦都破破烂烂萎在那里。再往旁走,就是十几排单层红砖房,以前应该是工人的宿舍楼吧,搭建得很随意,砖缝都没抹上,裸露着粗粝的沙石。工人们大都搬走了,空出来的房间都出租给从乡下来打工的人。幸亏有他们,这一带才热闹着。

　　柠檬水很快送上来,陈建民让她再点些主食,亚静说不必了。青兵提醒过她,一开始要克制,女人贪婪最讨人嫌。但陈建民还是帮她点了意面和几样小糕点,东西陆续端上来后,还把刀和叉子递到亚静手上,催她快吃,声音挺顺畅的,不像刚见面,倒像已经认识几十年了。

　　亚静当然就吃了,很好吃嘛,她不能再客气下去。其间她瞥了青兵几眼,青兵还在装模作样低着头,咬着吸管,吸那杯似乎永远吸不完的饮料。咖啡馆里只有他们三个人，有点怪怪的，但陈建民居然一次都没有往青兵那边看过去。亚静想起青兵曾教她如何识别男人是否对她感兴趣：话多不多和眼看不看。第一条陈建民表现不明显，甚至相反，几乎没说多少话，但一直做出想说的样子；第二条，哎呀第二条太泛滥了，她抬头低头总是撞到陈建民的眼睛，一直盯着她看，然后一碰上她的眼神，又一下闪开了，脸居然微微有点红。

他说："你真的比照片上还好看哩。"

他又说："你嘴唇最好看。"

让亚静公开征婚的主意是青兵出的，整了她资料、照片上传到征婚网的也是青兵——只能是青兵，亚静哪会想到这个？还挺神的，第一天就有五个人发站内邮件让她加微信，第二天又有两个人，第三天一个，第四天三个。亚静嘻嘻笑着，没想到，太意外了，挺刺激。青兵对这事比亚静起劲多了，他把自己的手机丢一边，整天抱着亚静的手机东拉西扯，搜索各种话题跟人家聊天。屋里灌满了叮咚叮咚的微信提醒音，一下子觉得家变大了，人来人往似的。不过有时在叮咚响过之后，他也会故意把手机往旁一扔，好半晌才再拿起，缓缓回复了过去。亚静觉得奇怪，问为什么。青兵说："分寸，分寸知道吗？"亚静撇撇嘴，她当然不知道。

在见到陈建民之前，亚静已经见过六个人了。套路都一样，微信聊，发照片，然后约在咖啡馆见面。每次去青兵也都跟着，坐在不远处，慢悠悠喝着饮料。青兵混成现在这样真是委屈了，他怎么看都像是能成大事的人，一直也不偷懒，不断生着法子去挣钱，但钱却一直躲着他。青兵总结过，说自己命不好。亚静想了想，重重地点点头。人真的有命啊，这没有办法，老天爷脾气古怪，他什么时候把福气降给谁从来都是没准的事，福气没到，就发不了财。

对青兵跟去见面，亚静其实稍稍顾虑过。她说："要是人家看到你怎么办呢？"

青兵把两手一摊说："看到也没关系呀，告诉他我是你哥哥呗，会怎么样？你们是相亲嘛，又不是偷情。"

亚静咂了咂嘴，她说不过青兵，另外她也没弄清是不是真有必要把它说清。她这样一脑糨糊的人，操心这个似乎本来就不对头，青兵怎么说就怎么做吧，听青兵的反正不会错。这辈子居然还会在咖啡馆里，以相亲的名义见男人，亚静打死都没想到。按上传到网上的资料，她生于1992年，身高一米六三，技校毕业，特长跳舞唱歌。有没虚假？除了技校并没毕业外，其他一样一样全部真实。照片虽然P过，毕竟是在她本人照片基础上，又没拿范冰冰的照片冒充。见第一个人时亚静还是慌得够呛，指尖一直抖，舌头都是麻的。到见第三个人时，她慢慢开始习惯，该笑该说都不那么慌乱。现在是第七个，她已经快接近老练了。

"我叫亚静。"没有说谎,她真的叫亚静,一出生就叫这个名字。

陈建民是不是所见的七个人中最帅的?不是。最有钱的?也不是。只是这一场见面时间最长,面食和糕点还没吃完,亚静的手机就响了两次,她接起,嗯嗯应着,然后看看陈建民,陈建民仍然没有站起来走的意思,她也就不走了。

电话是青兵打来的,青兵说:"行了,差不多了!"

二

加微信聊的人并不是都愿意见面,顾虑重重或者居高临下的,问了几句也就消失了。青兵刚开始没反应过来,连发几个微信,问:"人呢?"对话框就跳出一个加感叹号的小红圈,原来已被删除,人家溜了。聊到可以坐进咖啡馆里见面了,见过后立马又有四个删除了微信。从前的女人,甚至仅仅几年前,都活在照片没有P的日子里,现在不一样了,手机那么普及,手机P图软件那么好操作,谁肯让自己白白吃亏?所以见了面,惊讶亚静本人比照片差太远的,亚静也不意外。她问青兵:"那些明星照片肯定都是P过的,他们本人到底比照片丑多少?"青兵对这个不感兴趣,他皱着眉头琢磨的是另一件事。

那四个男的见面后为什么立即删除微信走人?

愿意见面,说明对亚静的其他条件还算认可,见了面就没有下文,说明对亚静长相无法接受。亚静眼睛不大但很细长,有点古代仕女那种类型,谈不上好看,却有特色,笑起来眼睛一眯,萌萌的,很乖巧的样子。问题也在这里,亚静已经二十四岁了,乖巧有什么可夸的?城里这一茬男孩差不多全是在计划生育政策刚开始强力推行时生下的,几千年来女人的肚子原本都可以随便大起来随便生下来,猛然间只能生一个了,很多城里人肯定吓得不轻,心理立即适应过来还是有难度的。一根独苗,几个大人心肝宝贝地围着打转,冷了不行,饿了也不行,结果长到二三十岁,一个个都成细皮嫩肉小鲜肉,即使面相体格粗得像头猪,心里头也跟豆腐似的,一碰就化成一摊滴滴答答的水。他们找老婆是找另一个妈,乖一点是可以,但不能乖成傻子,也不能真像妈一样气场强大,总之心智太成熟或者才智太出色的也都吃不消。

青兵把这些想法分析给亚静听时,亚静已经睡着了。

女人都爱吃爱逛街,亚静却不太一样,她不贪吃,也没太大兴趣买东西,她只是爱睡,别人八小时就够,她十二小时都嫌少。从电视养生节目里她知道太贪睡是一种病,具体什么病亚静没记住,大约跟脑部缺氧有关系。亚静没有紧张,因为电视里说这病不会致命。不致命瞎唠唠什么呀,明明瘫在床上烂睡是天底下最舒服的事,管他哩,睡!

青兵跟她正相反,不眠不休完全无所谓,万一困了,蜷在那里打个盹马上又像条活蹦乱跳的泥鳅,这就是人与人间的差距。按青兵的说法,一天睡八九个小时,一辈子就得睡掉三四十年。闭着眼躺在床上什么都做不了,连知觉都没有,亏不亏?死了以后,反正有的是时间睡,那为什么要把活着的有限时间白白浪费掉?三四十年啊,做什么不好?听起来好像也不是一点道理都没有,但亚静就是做不到,不让她躺到床上,她站着眼皮也往下耷拉。不可能天底下每个人都像青兵,青兵一天到晚想的事太多。脑子歇不下来的人,就跟插了制氧机的鱼似的,氧气那么足,哪需要睡哩?

亚静睡觉时谁跟她说事她都不听,反正听不进去,说也白搭,耳朵的开关全关闭掉了。等到她舒舒服服醒来,伸几个懒腰,这时候就成为一个谦虚温顺的人,尤其是青兵的话,她一五一十说全当成圣旨听进去。青兵跟她说的还是当下男人的择偶倾向,亚静揉揉眼睛,不知道青兵说这些跟她有什么关系。她问:"你要干吗?"青兵说:"你该好好化化妆。"亚静噢了一声,就起来,跟着青兵出去买了几样化妆品。每掏一次钱,青兵嘴里都嗞嗞嗞地连声吸着冷气,亚静也没想到大商场里的东西这么贵。那买不买呢?青兵手一挥:"买!"于是就买下了。把新买的化妆品抹上后,亚静才发现被大多数人流着口水喜欢的好东西确实是非常好的东西,自己以前不逛街原来并不是真的不爱,而是和睡觉相比,逛街要花钱,她只好选择不用花钱的。

青兵抓住机会强调一句:"这年头,没钱怎么能行!"

亚静点点头,没钱当然不行。

青兵用手机搜出一个传授如何化妆的节目让亚静看。这手艺其实也不太难,怎么才能让自己好看起来,差不多就是女人的本能,何况亚静以前真的在技校跳过舞,虽然她总共只上了一年就辍学了,毕竟还是参加过两次演出,而演出总要化妆。那时年纪小,都是老师帮忙描眉、上粉、涂抹胭脂,乱哄哄的没留什么印象,不过好歹是有过历史的。

现在不过是重新来过。

亚静在镜子前侍弄一番,细长的眼变大变更长,塌下去的鼻梁抹点亮粉一下提高了不少,再有就是嘴唇,她的嘴上唇比下唇厚,看上去像被蜜蜂蜇过肿起似的,但一抹上口红,很奇怪马上就不肿了,变得又饱满又丰润,一下子接近某个做口红广告的好莱坞明星了。哎呀,以前真是白白被自己糟蹋掉了!而且不是一年两年,是整整二十四年。同个时代,却不是同等竞争,一旦明白这一点,任谁也不会轻易咽下这口气。

连青兵都吓了一跳。青兵说:"妈的,还真是,女人确实靠打扮啊。"

青兵又说:"我就不信这样子还弄不成!"

后来的事实证明青兵说中了,亚静化了妆后见的第一个人就是陈建民,陈建民说亚静比照片好看,尤其是嘴唇最好看。陈建民还说:"有没人说过你嘴唇很性感？"亚静摇头，确实没有人说过。回家后她又站到镜子前，吃过一顿饭后，口红已经没了，又变回原先那种又大又宽又没血色，反正挺难看的。亚静忍了忍，最终还是掏出口红重新抹上。青兵走过来，一把将口红夺去。青兵说："神经病啊，在家里抹个鬼！你以为口红不要钱买啊？"

亚静撇撇嘴，双手用力抓住青兵的手，掰开他的手指头，把他攥在手心的口红抢回来，扭身又走到镜子前，重重抹到嘴唇上，尤其上嘴唇，面积太大，来回多抹了几下。她看到镜子中的自己像一朵花慢慢开放了，忍不住笑了起来。凡事都是这样，一直是苦的倒也就无所谓了，但一旦尝到甜头，再要无所谓就没门了。

从咖啡馆出来时陈建民要送她回家，亚静想起青兵的吩咐，就拒绝了。本来亚静只要向左转，走几十米，再拐进一条黑乎乎的小巷就到家了，但她却向右走，走到红绿灯路口，上了天桥，站在天桥上笑眯眯地向还愣愣地站在下面的陈建民摆摆手。

这也是青兵事先教她的。

青兵读中学时写过诗，是语文科代表，还是校小记者团成员，曾立志当作家，可惜最终大学没考上，作家没当成，诗也不写了，但脑子终归比别人好使。从把亚静资料放到网上的第一天起，青兵就一招一式设计好亚静相亲的全过程。青兵问："是不是有点像作家写小说？"

亚静点点头。关于这件事，她现在也觉得挺有意思的。

三

在陈建民之前见过的六个人中，仅剩下两个还有联系，一个叫王新，一个叫徐必广，前者在王子酒楼当服务生，后者是送快递的，都是到南方打工的北方人。打工能有多少钱？亚静说算了吧，别跟他们费时间了。青兵不搭理她，捧着手机给王新发了个表情，又给徐必广发了表情，然后再问："大哥下班了吗？"

亚静瞥过一眼，心里骂道："大哥个屁！"

她伸过手想拿回手机，青兵却闪开了。青兵说："别吵，忙着哩！"

亚静说："这是我的手机。"

青兵扬扬手让她走开。亚静黑下脸，走开的人应该是青兵而不是她。她说："把手机还给我！"青兵侧过脸瞪了她一眼："你干吗？"亚静说："我要看微信。"青兵说："看我的去。"亚静说："你的有什么看？我要看自己的。"话音未落，亚静已经一把将手机夺回来。

青兵盯着她脸几秒，然后猛地吼起："给我！"

又吼道："给我！"

亚静后退几步，虽然仍把手机别在后背，气毕竟没刚才壮了。她紧张地看青兵脸，又看青兵手，青兵的手果然动了——青兵正站在桌旁，桌上有只不锈钢杯，杯子很快到了青兵手里，又被举到半空，然后咚的一声响。亚静虽然脑袋猛地往旁歪去，肩膀还是被砸中。

青兵一直爱动粗，这毛病他根本就改不了。

亚静把手机递过去时，眼泪就跟下来了。青兵讨厌眼泪，看都不看一眼，他急着看的是手机。亚静想出门去，又不敢，只好在屋角坐下，背对着青兵。微信吱吱吱的声音不停地从后脑勺传来，亚静双手抱住膝盖，看着墙，墙是多年前用陈旧的红砖潦草砌出来的，连勾缝都没有上，而屋顶覆着的乌黑瓦片已经结了不少蜘蛛网。对，他们住的就是橡胶厂废弃的工人宿舍。三年前刚来城里打工时，市区这种房子还不少，夹在高楼间，像没开化的小野人，周围扔满垃圾，污水东一块西一块。没有厨房，买罐煤气架在门口对付着煮饭；没有卫生间，用痰盂接着，端到附近的公厕倒。总之还对付得下来，而且左邻右舍有不少是老乡，闲时聊聊天打打牌也很方便，没觉得有什么不好。但这两年不行了，房地产商老是看上这样的破房子，拆了，建起高楼，眨眼间就成了高档社区。只好搬，越搬越郊外，就到了橡胶厂这里。其实也保不准还能住多久，但黑得狠，租金还是每个月都在涨。

亚静突然想起一件很重要的事，她脚尖一蹬，猛地转过身来。她说："你还是去上班吧。"

青兵仍然盯住手机屏幕，呵着嘴，眉眼泛着光。

从老家出来后，青兵先是在家具店当搬运工，嫌挣得少，又去跟人学当油漆工，这挺没谱的，工程结束才能有工钱，往往还没完没了地拖欠，再去保安公司，钱倒是每月固定时间拿到，就是挣得更少了，而且上班不能玩手机，这就要了青兵的命。青兵没手机已经活不下去了，包月的流量不够，他走到哪都急吼吼蹭人家的免费 Wi-Fi。咖啡馆靠在窗外也可以蹭到信号，青兵对此就差喊万岁了。把亚静资料弄到网上后，他更需要看手机，就把保安工作给辞了。他让亚静也辞，进城后亚静给人做保洁员，说白了就是上门做卫生，每小时三十元，要是工做得勤比青兵挣得还多，但这几天青兵也不让她出去干活，就在家里候着，随时去咖啡馆相亲。总不能坐吃山空啊，亚静说："你把手机还我，要是有人喊我做卫生，我得去哩。"

青兵眼仍盯着手机，身子这时忽地往上一挺，嘴大张，笑出声来。

他说："红包！"

他把手指头往屏幕上重重一戳，怔了下，眉头又皱起来了，骂道："妈的，才十元！"

半个小时后，亚静和送快餐的徐必广在咖啡馆见了第二面，十元红包就是他送的。亚静脸沉着，她真不想来，但青兵在她屁股上蹬了一脚。青兵说："十元不是钱吗？"他的意思是十元虽少，但跟其他人比，比如在王子酒楼当服务生的那个王新，说了半天话却一分钱都舍不得给，既然徐必广给了，好歹算是慷慨的人。在钱这个问题上，最能看出男人的心性品德，那种一分钱都要铜墙铁壁死死守住的，即使不是精于算计的渣男，至少心胸狭窄得跟老鼠洞似的。

但十元就不是老鼠洞了？

亚静就从这件事下手，她垂下眼睑盯着徐必广给她点的柠檬水，嘴噘起。刚才出来时，她没重新抹口红，上面只残留一点隐约的色泽。够了，她反正也没想花心思对付这个人。她说："你给红包什么意思？"顿一下她又说："既然给了，你给十元，打发叫花子啊。"

徐必广眼睛很大，鼻梁挺挺的，要说长得还算不错，个子也有一米七五左右。虽然之前已见过一面，但几个人连着见，亚静很快也就把他们混到一起，她早就想不起徐必广的具体情况。在微信上聊来聊去的反正都是青兵，她哪记得住谁是谁。不过每次出门见面时，青兵都会把对方情况概括说一下，比如这个徐必广，已经三十五岁，离过婚，有个六岁的儿子。亚静最生气的就在这里，这么大年纪了，不过一送快递的，还离过婚有个儿子了，却只肯花十块钱跟她约会。她可没那么贱。

手机叮咚响了一声。亚静往旁瞥了瞥，以为是青兵发的微信，拿起来看，竟是徐必广。她抬头看看徐必广，徐必广也正低头捧着手机，应该是故意不看她。"大吉大利……"一看就是红包。徐必广面对面给她发红包？她正犹豫着该不该点开，手机又响了，这次不是短促的提醒音，是持续地响。亚静整个人都缩紧了，谁会想到陈建民恰恰在这时候给她打微信语音电话。之前没有过，总之是第一次。亚静无措地转动几下脑袋，她在看青兵。但她其实并没看清青兵的表情，心跳很快，没想到自己这么紧张。她把手机竖到脸前，免得坐在对面的徐必广看到，然后关掉了语音。反正这时候不能跟陈建民对话，换了青兵也许仍然可以很从容，亚静却做不到。

放下手机时，她对徐必广笑了笑，这是她今天坐下后第一次笑。

徐必广也笑起，他问："红包点开了？"

亚静才想起红包的事，连忙重新拿起手机，点下那个橘黄色的方块图标，吓一跳，居然是大包。

手机这时又叮咚了一声，陈建民发来微信，亚静不敢看，把手机放入裤袋里。

徐必广说："收到了？"

亚静点点头。

徐必广说:"收到多少钱?"

亚静眨几下眼,看着徐必广。

徐必广说:"你说吧,你收到多少钱的红包?"

亚静白了他一眼:"你发的你自己不知道多少?"

徐必广:"我想知道是不是你收到的。"

亚静更不解了,她说:"不就一百元嘛,你就这么嘚瑟?"

徐必广笑起,有种如释重负的感觉。他说:"看来误解你了,手机确实是你的。"

亚静说:"什么意思?"

徐必广又笑笑,看上去他似乎不打算回答,不过最后还是说了:"你叫亚静?对,你叫亚静。呵呵,对不起啊,我刚才一直觉得之前微信聊天和面对面见到的不像同一个人……"

亚静吸吸鼻子,抿紧嘴盯着他。

徐必广说:"微信聊时你挺热情的,见了面却……好像很不高兴哩……可能是紧张吧?"

亚静支吾着,咳了一声,还是有点后怕。这些天青兵掌管了她手机,出门跟人见面才把手机还给她,这就是青兵的聪明之处,要不这会儿就穿帮了。徐必广问:"'双十一'你买什么了吗?"亚静摇头。其实她下单买了衣服和裤子,但她并不想说。徐必广很高兴的样子,指节在桌上连叩几下,说:"居然还真有'双十一'不败东西的女人啊,难得难得。天下傻子真他妈太多了,疯了似的,以为真占了便宜,其实……唉,反正谢谢你啊,你这种人多一点,我们就少累一些。"亚静瞥了他一眼,她有点弄不清徐必广是不是在讽刺。不过讽刺也无所谓啊,她已经不想再坐下去了,徐必广反正也没点其他吃的。她欠欠屁股,扭了扭身子。她说:"我还有点事……"

徐必广看看手机上的时间,说:"我也就中午这一阵有闲空。这一阵货都快送死了,从早到晚没完没了地跑。知道我送一件货多少钱吗?一块钱!就是说今天我给你打了一百一十块钱,我得送一百多件货……你要不要跟我去哪里坐一会儿?"

亚静说:"这不就是坐吗?已经坐了这么久。"

徐必广抓抓头皮,还是笑:"不是……这样坐。呃,公园里或者哪里,没有人的地方……"

亚静脑子嗡嗡嗡响着。这时徐必广把手伸过来,握住亚静搁在桌上的手。亚静像被烫了,猛地把他手抛掉。徐必广脸一下子黑了,眼瞪得更大了,还要再去抓亚静的手时,亚静已经站起来,左手举起,在耳朵上揉了几下——这是之前青兵跟她约好的,紧张情况下她就发出这个信号。果然手机很快就响了,亚静接起:"喂,噢,好。"

然后亚静说:"我真的还有事哩,我得走了。"

徐必广却不站起,他嘴抿得紧紧的,眼里瞪出凶光。亚静不想理他,提起包就往外走。她看到青兵也站起了,就跟在身后,心里顿时踏实了下来。青兵跟来当电灯泡看来是必要的。

出门后还是右拐,到红绿灯路口还是拐上天桥。站在天桥上她掏出手机,点开刚才陈建民发来的微信。"公园里菊花展快结束了,下午我开车带你去看看吧。"亚静不知怎么办好,见青兵从后面走近来,她把手机递了过去。

四

下午四点陈建民的车停在咖啡馆外面,是一部桑塔纳。当然不是他自己的车,是出版社的。陈建民已经站在车旁等着了。亚静和青兵一起向他走去,远远看到陈建民有些怔怔的,盯着青兵直看。走到跟前,亚静把青兵介绍给陈建民:"我哥,青兵。他也想看菊花展。"青兵伸出手,问:"一起去可以吗?"陈建民好像还没回过神来,手慌乱地和青兵握了握,说:"可以可以。"其实亚静听出来,陈建民明明不愿意。

亚静坐到后座,青兵坐在副驾驶座上。车子看来已经有些年头了,一路嘎嘎响,屁股都颠疼了。

青兵不时打量着陈建民,兴致很高,说个不停。进城几年了?开车几年了?工资多少?有没有外快?家里兄弟姐妹几个?父母做什么?多大年纪……

陈建民倒是都答了,但声音短促拘谨,脸几乎不转过来看青兵。

下车后,趁着青兵上厕所的间隙,亚静连忙说:"对不起,我哥太八卦了。"

陈建民笑笑:"没关系,他是为你好。"

亚静看了陈建民一眼,还是觉得很抱歉。她哪里想让青兵跟来?但青兵不依不饶。青兵说:"怎么能单独坐他车去?赔了夫人又折兵的买卖连周瑜那么聪明的人都干过哩。不行,我一定要去。"亚静想说你去我就不去了,但她确实还是很愿意。菊花老家就有,多了去了,野的更多,只是像城里人这样集中在公园里,搞得热热闹闹的,她还从没看过。她拗不过青兵,走出家门时,心里堵着几块石头。青兵有时真的挺过分的。

好在陈建民不计较,居然认为青兵是为她好。

公园里人很多,看上去都很爱花的样子,其实不过忙着用手机拍来拍去,自拍或者拍花,然后低着头在手机屏幕上划来划去,估计马上发朋友圈了。亚静也有朋友圈,都是一起做保洁的那些人。她举起手机远远拍了几张照片,好歹也逛次公园了嘛,这是进城后的第一次,回头她也要晒一晒。花确实很美,色彩多，花朵肥大，跟亚静以前在老家屋角田间见到的完全不一样。毕竟是城市，连花命都比乡下好。

亚静站在陈建民的侧面一起看向不远处的公共厕所，那里排着长长的队，看不清青兵到底在门内还是门外。陈建民转过头问："你不也去去厕所？"亚静摇头。亚静说："对不起，他一定要跟来，我没办法。"

陈建民还是笑笑："来就来呗，迟早要见大舅子的。"

亚静不敢接话了，她用眼角横向看过去，看到陈建民向外凸起的喉结，居然这么大啊！一时间她想不起青兵的喉结有多大，再看看周围走动的男人，好像都没陈建民大。她很想问问这有什么道理，但舔了舔嘴唇，终究没敢问出来。大概跟女人乳房一样吧，有的人大有的人小。都说大乳房性感，那大喉结呢？

这时终于看到青兵了，他边拉着裤门，边从厕所内小跑出来。跑几步又折回来，在水龙头前洗了洗手。陈建民说："你哥有点怪怪的。"他脸没有转过来，声音也不大，亚静还是听清了，她正想着该怎么回答，青兵已经甩着双手到跟前。青兵说："男蹲坑太少了，偏偏我肚子痛，拉稀了。这中午也就吃了一碗面，居然就吃坏肚子，哗哗哗地直喷水哩，还好里头有卫生纸……亚静你肚子呢？你怎么好好的？"

亚静瞪了他一眼。

陈建民提议绕着湖边走，菊花观景台就是沿湖搭建起来的，走一圈，大致都看遍了。三个人正要走，青兵的肚子又痛了。他再冲去厕所时，陈建民拉了拉亚静，意思是让亚静在旁边的木椅子上坐下。亚静后来眼睛动不动就落到自己左边袖子上，陈建民并没有碰到她肉，拇指和食指只是捏住她袖子。她穿一件红色的薄毛衣，半腈纶半膨体纱的那种，没什么弹性，被拉过之后，那里现出一块锥状，很久都消不下去。

亚静坐下后，陈建民也坐下，没有贴过来，离她有半米远，坐得也很周正，双手压在双膝上，上身挺得很直。亚静把手机攥紧，这时候那几个网上相亲的男人其实都不可能来微信，吸取了中午跟徐必广见面时的教训，出门前青兵已经把他们的微信都设置成消息免打扰了。不过亚静还是担心，怕手机突然响起来。

陈建民说："你肚子真的没事吧？"亚静悄悄嘘一口气，她突然觉得胸口有点紧，以前都没这样过。她说："下午你不上班没事吧？"陈建民说："没事，下午替单位送了份文件，趁机溜了。本来……"亚静一边琢磨着他"本来"的内容，一边等着他往下说。但他没再说，默默坐着，望着厕所。亚静悄然叹口气，一下子觉得花没意思了，不想看下去，一点都不想看。青兵出来时，她站起来说："算了，回家吧。"

青兵和陈建民对看一眼，都说那好吧。

双十一　211

亚静想，原来他们也早就打算回家了。

走几步青兵忽然又改变主意，他拍拍陈建民的肩膀说："要不去你家坐坐吧。"

亚静怔住了，她看到陈建民的脸也僵着。陈建民支吾了半天，还是摇头，又连连摆手，他说："不好意思，这个……没有准备，我家里太乱了。"

"乱有什么关系？我们又不是精神文明检查团。"说着青兵就开始拉住陈建兵的胳膊往外拖了。

陈建民扭头看着亚静，眼神无助而无奈。亚静就走上前，一把推开青兵。她说："快回去吧，一会儿你肚子又痛了。"不待青兵再开口，亚静又说，"走吧走吧，你快开车送我们回去吧。"

陈建民把车开到咖啡馆门口，然后就一溜烟不见了。青兵手压在肚子上盯着车子远去，嘟噜道："这种破车！"又瞪了亚静一眼，"就应该去他家看看啊，你这个笨猪！"亚静不理他，径自快步走去。

刚回到家，微信就响了，是陈建民发来的。亚静正要点开，手机就被青兵一把夺过去。青兵看一眼骂开了，他说："妈的，花花肠子都来了啊！"亚静问："怎么啦？"青兵说："他说下次带你去爬山，让你一个人去，不要我去。妈的，爬山，他到底打算爬什么山啊？"说到这里，青兵往亚静胸前瞥了一眼。

亚静一侧身，走开了。

青兵把消息免打扰设置解开后，亚静的手机一下子进了七条微信。青兵看了看，说都是徐必广的。

没想到，居然把徐必广得罪了。不让他摸手，不跟他去没人的地方而已。徐必广让亚静把一百一十元红包还给他。徐必广说："街边的野娼搞一次只要三十元哩，你他妈的一百多元了还不知足！"

亚静气得脸通红，她说："还他，马上还他！"

青兵白了她一眼，青兵说："弄了半天，总共才挣一百多元钱哩，干吗要还？还个屁，是他自己愿意发红包来，发了还想退？做梦！"

亚静问："要是不还他，他会不会找上门来啊？"

青兵手一扬，说："他敢？——咦，你告诉他我们住哪里了？"

亚静摇头，她谁都没告诉，包括陈建民在内。青兵再三交代这个不可泄露，她当然记得。青兵手又扬了扬："那怕什么？去他妈的！"

看青兵那么淡定，亚静长嘘一口气，似乎也镇定了下来，但心里还是七上八下的。不过一百多元钱，徐必广却跟被剥了一层皮似的，渣男。

这一夜亚静没睡好，一会儿醒一下，甚至到底是否睡了都不太清楚，整个人有点恍恍惚惚。她最擅长的睡功，居然说破也就破了。

她暗暗地不免怪起青兵。真是神经病啊，干吗要出这个馊主意啊。网上是个什么地方？根本就乌七八糟的嘛。

五

　　当时其实是这样的，"双十一"前大家不都在剁手买买买吗？亚静也把看上的两件毛衣一条裤子放进了购物车。结果还没买成，青兵就发现了。青兵觉得亚静不过一做卫生的，穿那么好干吗？亚静说这里好哪里好了，大都几十元钱，最贵的一件都没超过一百五十元哩。青兵说一百五不是钱？一件一百五十元，四件就要六百元。六百元如果加到一起买手机，说不定内存卡就可以从32G直接升到64G。弄了半天原来青兵想给自己买新手机了。青兵不仅喜欢手机，他还喜欢汽车，更喜欢房子。他当搬运工一趟趟搬家具时，对人家新装修好的房子口水流了一地，做油漆工时又对别人正装修中的大房子喷喷喷地反复说道，当保安则是在一高档小区，每天眼皮底下小车进出、业主来去，这些都是刺激啊。

　　青兵说："没钱在这世上活着真是太没意思了！"

　　大概就是在这句话说过之后，青兵决定把亚静弄到网上。那个征婚网站动不动就往手机上推送广告，仿佛全国人民都急着找对象似的。还是有效果的，青兵就点击登录了，居然不需要验证什么，一注册就成功。"双十一"会员价打八折，交两百七十八元就成水晶会员，可以查看站内信件，也可以查看谁正在看你的资料等等，很顺利。如果亚静动手，肯定弄不成，青兵就一点问题都没有。青兵摸摸亚静的头说："乖啦，你只要配合就行。"亚静说："那衣服裤子让不让我买？"青兵连声说可以可以。亚静本来还很犹豫，青兵一说可以买，她心一松，就不管其他了，先同意再说。

　　但是，一切并没有预想的顺利，实在差太远了。徐必广给的一百一十元红包是仅有的现金，其余的把吃过的饭、喝过的饮料以及坐过陈建民的车都折成钱，合起来也凑不够两百七十八元吧？连本都赔进去了，青兵恼火也不是一点道理都没有。

　　"你还是上班去吧。"亚静又开始劝，她自己也要出去挣钱啊。保安一个月挣两千三，保洁员多挣点，满勤的话能挣五六千，合起来就有七八千。两人花两三千，给父母寄一两千剩下三四千一年攒下来，也有几万了。要是攒十年二十年，就有几十上百万摆在那里了。

　　但几十上百万放在老家还可以，放在城里根本不够买一套像样的房子。二十年以后，一辈子都过去大半了，仍然买不起一套房，没有房就在城里扎不下根，最终也还是得滚回去……哎呀想着确实没意思。

　　青兵又低着头在手机上划拉，然后他说："王新明天中午要请你在咖啡馆吃饭。"

亚静问:"哪个王新?"

青兵说:"王子酒楼的那个啊,三十二岁,脸颊这里有颗痣。"

有痣?亚静想了半天,没想起来,她叹了口气说:"算啦,不去了。"她确实不想去,王新,还他妈王旧哩,比徐必广还不如吧?徐必广毕竟还发过红包,他却一毛不拔。青兵马上说:"不行,说好了,必须去!"接下去青兵就开始接连不断说为什么必须去的道理,他真是怀才不遇,这种口才,这种说话的逻辑,唉,真是太浪费了。

亚静知道,她只有答应一条路。她说:"行啦行啦,去去去。"

第二天上午十一点半她果然就去了,但等到下午两点,王新都没有出现。青兵坐在不远处的桌子前不停给亚静发微信,让她催一催王新。亚静懒得催,不来才好哩。她慢慢想起来了,脸颊上那颗像停着一只苍蝇的黑痣,眼睛不大,脑袋两侧的头发剃得短短,露出青皮,头顶却留着蓬松的一大坨,正是时下最时髦的韩式发型,只是剪得不到位,哪里不到位说不上,看着就是怪。第一天见面时说了什么,这个亚静也忘了,东一句西一句没个准吧。这种人,精得跟猴似的,哪挤得出半滴油水?

手机又响了,青兵发来的,青兵说亚静再不催王新的话,他就要把她微信号切换到自己手机里了。这可不行。刚才亚静其实也一直在跟人聊微信,那人是陈建民,她跟陈建民说可以跟他一起去爬山,青兵不会跟去。陈建民很高兴的样子,说那就这两天吧,周末之前肯定安排。这些对话亚静打算在手机重新被青兵拿去前都删掉,没必要让青兵看到嘛。

既然青兵急了,亚静就给王新发去微信。马上咚了一声,她看着,回过神来,站起,举着手机走到青兵桌子旁。

王新已经把她微信删掉了。

她笑起:"走吧,回家吧。"一下子轻松了,还不等青兵站起来,她就转身先出了门。到家好一阵了,却不见青兵回来。她拨个电话去,青兵也没接。两三个小时后屋外有停放电动车的声音,然后青兵进来,脸青青的。他究竟什么时候取了电动车出去的,亚静竟然不知道。

青兵好久不吭声,过一阵才说自己去了王子酒店。亚静脑中嗡了一声,她甚至看到了打架的场面,一地都是血。"你……你把他怎么了?"她的声音都有点打战。

青兵重重吐了一口痰说:"王子酒楼根本就没有叫王新的人。妈的,骗子!"

亚静怔了片刻,扑哧一声笑起来,她觉得很好玩。"还说别人哩,我们都是骗子。哈哈哈,这年头谁不是骗子啊?"

有人敲门,亚静止住笑走过去开门。是邻居老王,手里捧着一个包裹。"你的快递,中午到的。你家没人,我帮忙签收了。"亚静一边道着谢一边接过,马上撕开看，是"双十一"败的一红一绿两件毛衣。裤子是另一家网店买的，还没到货。

亚静忙着试毛衣时，青兵又捧起手机。亚静从镜子里看着他，不免狐疑起来。王新已经删了微信，徐必广正讨钱，青兵不可能跟他们两个聊天，只剩下陈建民，青兵跟他聊？亚静收起毛衣挨着青兵坐下，斜着眼看手机。明明是她的手机，她却失去了掌控的自由，这要是在外国，不知可不可以起诉。

其实青兵并不是跟谁聊天，而是登录征婚网，把化过妆的亚静正面、全身、半身照片逐一上传。亚静捋捋头发，大声说："你还不死心啊？！"

青兵说："人没死，心怎么能死啊？就当生意来做啦，激动什么！"

亚静说："要做生意你自己做去，拿我照片干吗！"

青兵白了她一眼说："你长得漂亮嘛。现在生意多难做啊，我们又没钱，只剩你这一张脸了，不做怎么办？"

亚静不耐烦地要去抢手机，青兵身子侧开，说："别吵别吵！不能被动等着他们发邮件来，必须主动出击，撒大网！"说着他用指尖重重点了一下屏幕，虽是一闪而过，亚静还是看到了，是"统一打招呼"，也就是说青兵连问都不问一下亚静，就把亚静拿出来撩一大群男人了。在"择偶告白"一栏中，他也直接把亚静的微信号公开了。

"有意者请加微信。"青兵指着这行字得意地撅撅下巴，他说："之前没经验，早这么弄就好了。"

第二天亚静的手机果然就有十几个陌生人要求加微信，青兵忙不迭一个个通过验证，嘴咧得大大的，点一下都像捡一块金元宝。"怎么样？"青兵转过头，一脸都是得意。

亚静站起，走开，走几步又停下。她打算跟青兵谈个条件，青兵如果不同意，她就坚决不同意再与那些陌生人见面。以前没去过咖啡馆，她多少还存有好奇心，如今已经去了这么多次，她其实早腻了。

六

亚静跟青兵说的是陈建民，她甚至把数学老师以前动不动就在课堂说的那句名言也搬出来："集中火力，各个击破。"意思是她老是认不清人，这一点青兵很清楚，刚开始她也总把青兵与他哥哥青工弄混了，而且她脑子也不够用，如果一下子见太多人，她肯定搞不定，两手空空，那不是白费力气了？对了，老家不是有一句谚语：双手抓不了两条鳗鱼？

"你是说先对付陈建民？"青兵皱着眉头问。

亚静点点头，看上去又老练又乖巧，这两样当然都不是亚静一贯拥有的。

"如果这个陈建民确实不行了，我再见其他人也不迟嘛。"

青兵说："人家微信已经加进来了。这些人不会只加你一个，都是双手抓好几条鳗鱼哩。你又不是天仙，人家会非你不可，怎么等都可以？"

外面哗的一阵喊叫，是隔壁老王几个人在打牌。如果没有工做，就只剩下打牌可做了，赌个小钱，把日子打发掉。

亚静走过去把门掩上，又回过头说："加了微信也没关系啊，你不是照样可以跟他们聊？聊呗，但不要急着见面。陈建民这边也不用太长时间，一两天、两三天的，进一步接触下，看有没有戏，总得有点收成了再换下一个嘛。各个击破应该就是这样子的吧？"

青兵眉毛往上一挑，笑起："可以啊，亚静你他妈都头头是道了啊。"

亚静嘴噘了噘，她最常做的就是这个动作，那么厚的上唇不知是不是这么撅出来的。其实暗暗地她不免也有一点惊讶，一夜之间，没想到自己无缘无故竟然变聪明了。她把手机从青兵手里拿回来，给陈建民发了一条微信：现在有空爬山吗？

青兵问："现在？"

亚静说："不是不能拖太久吗？那就越快越好。今天是周六嘛。"

恰在这时陈建民微信回进来了："可以，我马上过去，半小时后我在咖啡馆门口接你。一会儿见哦！"还跟着几个笑嘻嘻的表情。

青兵说："也好，那一会儿我们就……"

亚静打断他："我自己去，你不要去。"

青兵眼球鼓起来："你什么意思？"

亚静说："我能有什么意思？人家不愿意你去就别去呗，去了只会添乱。"

青兵："可是你们一对狗男女的……"

亚静不爱听了，扭身往外走："那就不去了呗，我也打牌了。"

"等等！"青兵吼起，青兵是真生气了，嘴抿着，鼻孔张得很大。亚静停下来，扭头看着他。青兵手举起，舞了一下说："算了，还是我去打牌，你自己去吧……不过，你得保证没事啊。"

亚静笑起："能有什么事？真是的。"

半小时后亚静穿着新到货的红毛衣，站在咖啡馆门外了。出门前青兵说："别忘了，手机也能转账啊。"青兵的意思是，红包有上限，两百元毕竟太少了，转账钱数大。亚静点点头，这个她当然知道。

陈建民很快也来了，还是开着出版社的那辆旧车。网上一直说今年会是冷冬，但到现在天都没冷下来。陈建民只穿一件衬衫，脸上还冒着汗，见只有她一个人，很高兴，咧着大嘴笑起，一股口香糖的味道马上扑过来。

这次亚静坐到副驾驶座上，她以前还从来没坐过小车的副驾驶座，其实连小车也没坐过。小车与大客车的区别在于座位一个高一个低……当然不仅这个，亚静不想比了，实在没法比。青兵以前老说想买车，他瞥一眼从旁边经过的车子，就能报出车的牌子和价格。亚静以前觉得好笑，现在看来其实是她可笑。确实是好东西，真有钱了，一定得买。

陈建民侧脸看了她一眼，问："晕车吗？"

亚静一笑，摇头。她才不会晕。

陈建民就伸手往前一按，音乐响起来，是哪个男歌手在唱，过一会儿又换成女歌手，再换成男歌手。陈建民摇晃着脑袋跟着哼起来，虽不大，但就在耳边，听着很清晰。他声音居然这么好。亚静瞥过去一眼，又看到那个大喉结了，上上下下滚动。喉结大声音就好？她不清楚。

她说："你像一个人。"

陈建民侧过头问："谁？"

亚静歪着头想了想，还是没想起来，只好笑了。

陈建民也笑，身子向这边侧过来，问："你歌唱得怎样？"

亚静摇头，她以前跳过舞，但歌确实唱得一般，也不爱唱……她向外看看，觉得有异样。不是去爬山吗？山明明在西面，可是这车却是往东面走的，而且越走越远，已经出了城了。她犹豫一下，还是问了："这是去哪里啊？"

陈建民笑笑，不答。

亚静又问："去哪里啊？你不说我就不去了。"

陈建民看着前方说："去我老家，不远，再有三四公里就到了。"

亚静紧张起来："你要干吗？"

陈建民说："放心，只是去转一下，吃顿午饭马上回城。"

亚静喊起："不行，我不去！停车，我要下车！"

车子却反而加快了速度，颠得厉害，车上不知哪个部件哗哗哗地响。陈建民扭头笑着看过来，轻声说："你看你，吓成这样。我真的像个坏人吗？太冤枉了！我保证，绝对没事！你可以把手机拿出来，压好110键，有事马上拨打。行了吧？这是法治社会，别怕，乖！"

太阳很大，路上车往来密集。虽是已到郊区，但两旁都是灰蒙蒙的楼房，商店一家挨着一家，看样子被并入市区只是迟早的事。亚静慢慢有点松弛下来，应该也不至于有什么事，不过陈建民事先没说清楚，临时来这一手，她还是生气的。她沉着脸盯着前方，她得做好准备，万一车子开到荒凉无人的地方，她就真的要打110。

车子拐下大路时，亚静看到有一个蓝底白字的大路牌立在那里，上面写着"陈厝"二字。陈建民说："我老家到了。"亚静松了一口气。村子很热闹，到处是新房子，但因为盖得横七竖八，看起来村子却显不出新的样子。车停下，

双十一　217

是一幢青砖三层楼的房子，只建个毛坯，楼层处的钢筋还有几根露在半空中。陈建民下了车，绕到副驾驶座这边，拉开门，让亚静下来。

事已至此，亚静也只能下车，跟着陈建民走进屋子。

两个六十多岁的老人正坐在厅堂里编竹器，陈建民喊道："爸，妈。"

老人高兴地站起，手在身上拍几下，一下子像冒气一样冒出一层尘土，四下散开。他们都看到亚静了，一直看着她。陈建民说："认不出来了？翠玲啊。你们不是看过我和她的合影吗？"

老人立即搬来椅子说："哎呀翠玲，快坐下快坐下。"

亚静看着陈建民。她怎么改名了？她还跟陈建民合过影？陈建民却不看她。这时手机响了几声，是青兵发来微信。青兵问："开始爬山了吗？"亚静回复道："嗯。"青兵又问："还有其他人吗？"亚静回复："很多。"

至少第二条不算假话吧？

门外已经来了几个邻居，喊着建民建民。陈建民就出去，跟他们打着哈哈，又扭头招呼亚静："翠玲，来，出来见见我叔我婶！"

亚静一边往门外走去，一边想青兵上传资料，是不是把她名字写成翠玲了？再一想，没有呀，征婚网她也上去看过，写的就是亚静，没有错。这件事她没时间琢磨，那几个邻居已经笑眯眯地喊着她翠玲，她只好先礼貌地点头应付。陈建民揽过她肩膀问："怎么样，我媳妇漂亮吧？"回答很一致，都说当然漂亮。陈建民就大声笑起，高兴极了。

媳妇？亚静心里颤了几下。

午饭是长寿线面，两个蛋，一堆土鸡肉。放下碗筷，陈建民马上说："爸妈，我们得走了，下午还有急事哩。"老人很惋惜的样子，但还是点头说好。"以后多带翠玲回来，这么近，你有车，踏几脚油门就到了。"

陈建民说好好好，就爬上了车。

路上他一直不说话，亚静也不说，她不知说什么好。土鸡肉的味道好，以前在家吃过，到城里这么久，就再没碰过。手机微信提示音又响了，还是青兵，青兵问："在哪？"亚静想都没想就回道："山上。"点发送后她吸了吸鼻子，她也不知道自己为什么顺手就瞎编。

陈建民转过头看她，问："去我家怎样？"

亚静一怔，不过她很快回过神来，刚才去的是他老家，他在城里不是已经买了自己的房吗？说的是这个家。她说："不去！"

陈建民按了下喇叭："上次要去我家看看的也是你们。去吧，这次我提前做了卫生，都整理好了，请你去视察嘛。"

亚静说："不去！"

陈建民又按了几下喇叭，顿了下，又说："去了我跟你讲翠玲的故事。"

亚静没有再应他，但她还是去了。上次确实是青兵提出要去他家看看的，被拒绝，现在既然机会来了，代青兵去看一眼应该也算不得什么。

七

陈建民家在凤凰小区，一看名字就知道是上世纪的老房子。七八幢稀疏地排列着，都只有五层高，没有电梯，外墙的淡灰色涂料已经褪色，斑斑驳驳的水渍东一块西一块。爬楼梯时，陈建民在前，亚静跟在后面，跟得很紧，一抬眼就是陈建民一撅一撅扭动的屁股，不大，但看着很结实，肉硬硬地隆着。司机嘛，虽老坐着，毕竟踩油门和刹车腿得不断使劲。

突然陈建民站住了，亚静一趔趄，脸差点就撞到人家屁股上。

"对了，我买的只是二手房。"原来陈建民要解释的是这件事。

亚静想，按青兵的说法，就是类似这样不显眼的二手房，离他们也还有十万八千里远。

屋子确实很整洁，客厅的沙发布面皱巴巴的，却很干净，一看就是自己在家随便洗，没有在洗衣店高温熨过的。卧室有两间，一间摆着床，一间堆着杂物：跑步机、铝合金衣架，甚至还有一张塑胶瑜伽垫。亚静跟在陈建民背后转一圈后回到客厅，陈建民让她坐。她看看沙发，俯身用两个巴掌在上面用力抚了几下，皱褶似乎真的一下子少了。然后她又扫了一眼客厅角落的柜子和电视，再重重拉了拉沙发的四角，重新放好靠垫。这是她进城后已经做了三年的活，熟门熟道。如果这屋子让她来做卫生，电视和柜子都得再擦一遍，门旁的鞋架也得重新整理，夏天的凉鞋该收起来了，运动鞋不能那样底朝天胡乱塞进去。还有门后，雨伞和卫衣不能那样混挂，应该分开，雨伞可以插到鞋柜后，卫衣领口后那个商标可以挂到弯钩上。

青兵曾赶时髦帮她查过星座，处女座，她喜欢到处有序地干干净净，一乱就扎眼，所以很多东家都喜欢她上门，钱给多给少她都一样干活。

做保洁员其实挺好的，要是以后陈建民需要，她愿意来做。

但她还是很快回过神来，陈建民是她相亲对象嘛。

她坐下，手交叉着放在两腿间，眼珠子转来转去的却不知搁哪儿好。陈建民烧水泡茶，然后在她旁边坐下。沙发大的一个小的两个，她就坐在大的上，她觉得陈建民应该坐旁边那个小的，但她是客人，不好指挥主人坐哪里。

结果陈建民的一条胳膊就搭到她肩膀上了。中午在他老家时也搭过，那是演给邻居看的，这会儿再搭，亚静就不乐意了。她往旁挪了挪，胳膊还在。她又挪了挪，胳膊仍然在。她就想站起来，可是脚却没有力气，也可能胳膊太重了。这时候胳膊往后一拉，她就跟着向后仰去。她啊了一声，声音细细的，还要再喊，陈建民湿润润的嘴已经凑上来。

接着陈建民的手伸进衣服里，到了她胸上，又到了两腿间。

她一直觉得不行不行，这样不行，但整个人还是越来越松软，闭上眼，喘着气，额上起了一层汗。还在上楼梯时她就已经把手机声音关掉了，完全是下意识的，之前她哪有这方面的经验？陈建民上身全部压过来，下嘴很重，把她的上嘴唇全部含住，嗞嗞嗞吸着。乳房也重重捏，揉面似的转来转去，有点疼，但她也顾不上疼了。

陈建民抽空问："是处女吗？"亚静摇头。陈建民捏得就更重了，手指头还往里捅，捅得也重。但接下去却没有再发生什么，是戛然而止的，仿佛有人突然站到面前，陈建民一把放开她，收回手，仰到沙发靠背上，眼紧紧闭着。

红毛衣是外披式的，里头还有一件花衬衫。衬衫的纽扣敞着，胸罩也松到一边，有一半的乳房挤到外边，乳头都清晰可见。至于下身，她穿的是牛仔裤，裤头松着，裤门拉链开着，短裤也褪得差不多了。亚静不知道怎么办，她拉了拉短裤，又拉了拉前襟，只是象征性的，并没用上力，明显有点不甘心。然后她也靠在沙发后背上，也闭上眼。脑中嗡嗡响着，她相信还是会再发生点什么。到底是什么？

陈建民的手又伸过来了，这次不是摸她，而是帮她先系上胸罩扣子，又系好衬衫扣子，接着抓住她的裤头用力提了提，把裤子也穿好了。她又恢复到进门前那么正正经经的穿着打扮了，好像什么都没发生过。

可是明明已经发生过了啊。

陈建民倒了两杯茶，一杯递过来，一杯自己倒进嘴里。然后他点了烟，抽到一半时终于开口，他说："我答应你要说一说翠玲的故事。"

翠玲是他前女友，美容师，谈了快一年。这房子其实就是为了娶翠玲才买的，翠玲也住进来了，跑步机、衣架、瑜伽垫都是她的。两个月前翠玲却跟店里的美发师好上，死活从这里搬走了。高速路将从村里穿过，房子要拆迁，按家中人口赔偿，全村人都忙着结婚生孩子这件事，总之想尽办法添上人口多捞些钱。父母也催他结婚，但翠玲却已经走了。父母说翠玲不结婚就拉倒，赶紧找别的女孩。怎么能随便找个呢？要结婚他只能跟翠玲。

陈建民说这些时，亚静仍然靠在沙发上闭着眼听着。她突然想到一个问题，便问："我长得像翠玲？"

陈建民侧过头看她一眼，站起，走到柜子前，把扣在上面的一个相框拿起，举在胸前看了一阵，手掌抚几下，重新走回沙发。站到亚静面前，相框又藏到身子后面了。

"想看？"

亚静没有动。

陈建民又把相框举到眼前看一眼，转身走开，又把相框扣到柜子上了。再坐到沙发上时，他先长长叹了一口气："我上征婚网前其实心挺灰的，父母催得急，索性就在上面找个呗。但是看到你的照片，一下子就……你别生气，其实翠玲比你漂亮，主要是气质好，美容师嘛。但脸形，尤其是厚厚噘起的上嘴唇，都很像，越看越像……"

陈建民叹了口气，俯下身子，双手抱住头。"我完全没有想到自己会这么爱她，其实一开始就知道她不是真心，老家这么近，她一次都不肯跟我回去让父母看看，真心的哪会这样？但无论她怎样，我这心里都只能放得下她！可能我上辈子欠了她。"

眼角有点痒，亚静用手抹一下，是眼泪。她站起，揪住衣角整了整。陈建民也跟着站起，靠近来，低头看着她，又用胳膊环住她，把她揽进怀里，手还在她屁股上摸了摸，拍几下。

亚静哇地哭了，终于哭出声来，浑身抽搐。

陈建民下巴抵在她头顶。"你哭的声音也像翠玲，抱着的感觉更像，刚才一恍惚都觉得是翠玲回来了。可是你不是翠玲。她走了，可是只要她没结婚一天，我就等她一天。即使结了，也还可能离，我还是得等她。很抱歉，我利用了你。之前父母看过翠玲的照片，我要是不带个人回去让他们看看，他们会自作主张替我定亲、送彩礼、办婚礼……我真的只想跟翠玲结婚。"

亚静双手用上劲，把陈建民推开，然后不看他，套上鞋，自己开了门往外走。

陈建民追出来，说："我送你回去。"

亚静头也不回，双脚急速地踩住台阶下楼。

但陈建民还是跟来了。车就停在楼下空地上，陈建民拉她上车，硬按在副驾驶座上，然后发动了车。亚静很奇怪自己的眼泪一下子就没了，她掏出手机，看上面有十几条微信，还有六个未接电话，都是青兵。

她回拨过去，嗲声说："老公，是我啊，我是亚静。"

又说："老公放心，我马上就到家了。"

车猛地停下，陈建民踩了刹车，转过脸看了一会儿，什么也没说。过一会儿车子重新发动，开得很快。

已经临近傍晚，太阳柔软了下来，光清淡得似有似无。虽是周末，街上人却一点儿没少，每一条路都是堵的。远远看到咖啡馆时，也看到青兵了。他站在大门外，脸色铁青。

八

亚静跟青兵定亲时只有二十岁，半年后就办了酒席算嫁给他了。农村女孩出嫁早，这不算什么，然后两人就一起到这座城市了。其实青兵高中一毕业就离家打工，先去的是深圳，后来又去东莞，赚了点钱好歹够结个婚。但接下去要面临的就不单单是结婚这么简单了，孩子要生、要上学，父母越来越老得赡养。婚后第一次离家时，青兵就跟父母说了大话，就是以后要在城里买房，把他们接去住。父母摆着手说："你们自己混好了就行，多挣点钱，尽快把孩子生了。"

但是三年过去，钱既没挣多少，孩子也一直没生下来。

很奇怪，没有采取任何措施，亚静却从来没怀过孕。有一两次例假推迟了好几天，以为有了，刚准备高兴，裤底又忽地见红。要不要去查一下？亚静倒是想去，却被青兵阻止了。二十四岁在村里可能显大，在城里根本还是小屁孩，当保安时每天都听得到很多八卦，七幢那个开宝马的女人三十六岁了还是单身，五幢那个整天化着浓妆的女人三十二岁了刚和第三个男朋友分手，诸如此类，都不算什么。另外，检查不需要钱吗？谁不知道现在医院乱收费？过几年再说吧。

一直没怀孕的亚静，身材就还停留在少女阶段，瘦瘦的，薄薄的。

亚静后来一直猜翠玲的样子，有时盯着镜子看，有时盯着投到地面的影子看。

那天陈建民的车没有开到咖啡馆面前，见青兵站在那里，离着还有近百米吧，陈建民就提前踩下刹车。亚静什么话也没说，开了车门就下去了，走几步手机响了，是陈建民发来的，只有一个短句：裤子后袋有五百元。

她顺手就把这条微信删了。

回到家青兵问都做了什么。她就说上了山，山上人之多、路之挤、风之大、景色之好，又说山脚下那几家酒楼菜之贵，之难吃。这些都不难，她去人家家里做卫生时，早就听业主叨叨过。不知青兵信了没有，应该没信。青兵问："为什么车停那么远？他心里有鬼吗？"

亚静笑起："鬼个屁！"她还在青兵身上娇嗔地打了一下，"人家接到领导的电话，突然有应酬，让他赶快去接。"

青兵还是很狐疑："那也不差这几步路啊。"

亚静说："几步也是步嘛。是我说可以了，让他停下来，别耽误了事，车子本来就是偷开出来的嘛。"其实当时陈建民比亚静更早看到青兵站在那里，他踩下刹车后亚静才知道怎么回事。

青兵侧过头酸酸地看着她："咦，挺贴心的啊。"

"去你的！喂，晚上还是吃稀饭吗？"这个话题亚静觉得应该打岔掉了，说着她走到米桶前准备淘米。

但青兵仍然不放过，他跟过来，鼻子凑近来上上下下地嗅着。亚静笑着推开他:"真是的,你以为自己是狗啊!"青兵手抓住她肩头,重重晃了晃,说:"他真没把你怎么了吗?"亚静眼一翻,故作生气地说:"你自己检查看我身上哪块肉少了,如果真少了,就肯定有。"青兵说:"给你钱了吗?"亚静摇头说:"哪能一下子就给?"青兵还是不甘心:"那礼物有吗?至少得送你点什么吧?"亚静还是摇头,说:"没有。"

青兵松了手,眉头还是皱的。"你手机呢?"他把巴掌伸到亚静面前。亚静从裤袋里掏出手机递过去,青兵坐下划拉着。他问:"怎么大半天这个陈建民就没有再给你微信了?"亚静说:"不都在一起爬山吗,有什么可微?"青兵说:"他也不发几个红包给你,好歹陪了他这么久嘛。"亚静装作没听到。他们只租一间屋子,一张床就占去大半,和其他人一样,灶放到门外。烧的是小煤气罐,睡觉时搁在墙外面会安全些。

亚静把洗好的米放进锅,端出去,低着头站在灶前,长长嘘出两口气,胸口还是发闷。

中午出去前,微信刚加进来的那些人也都被设置了免打扰,这会儿解开,肯定有一堆信息涌进,够青兵忙乎一阵子的。让他去忙吧。

"亚静,亚静进来!"

亚静只好进去。

青兵说:"这个陈建民怎么把你删了?"

"呃?"亚静也很意外。

青兵很生气:"妈的,他一分钱还没出哩,竟删了……咦,这条短信你有没有看到?"

亚静凑过去。她不发短信,短信要花钱,一般也没有熟人给她发,发到手机的都是各路广告,所以她通常懒得看。但这条短信显然不是广告,写得很长,只显示号码而没有显示名字,所以肯定不是通信录里的谁。一直拨拉到最后,都没有落款,但短信中提到了一百一十元红包。

徐必广?就是送快递的那个。亚静问:"他说什么?"

青兵没有马上答,他侧着头盯着亚静,半晌才问:"你告诉他手机号了?"

亚静摇头。

青兵说:"我只在网上公开你微信号,并没有提手机号啊,他怎么知道?"

亚静这才回过神来。短信是发手机上,确实,他怎么知道号码?她去抓青兵握在手中的手机,想看看都写了什么。青兵身子一扭侧开了。亚静急起来:"到底说什么了?"青兵不理她,掏出自己的手机,嘴里一边念着发短信的手机号,一边在自己手机上按下号码,然后拨打出去。

铃声居然在门外响起来,和手机铃声一起响的还有敲门声。

亚静和青兵对看了一眼,都怔住了。

双十一　223

最后是青兵过去开的门，果然是徐必广站在门外，也不待请，就跨进来了。

"把一百一十元还给我！"他一只手抱着一个包裹，另一只手伸出来，看看亚静又看看青兵，脸色非常难看。

青兵说："别跟我玩这一套，老子不怕！"

徐必广说："那老子就怕了？老子反正婚结过，儿子也有了——一百多元可以给我儿子买一堆好吃的，我干吗要给你们？"

青兵说："去问问全天下的人，发红包有退的吗？呃，走，快出去！"

徐必广把手上的包裹往地上一摔，吼起："不把钱还我，老子今天就不走了！"

包裹并不是一下子就跌到地面，而是先撞到桌上的两个碗，碗噼里啪啦摔落，碎了，声音脆响。隔壁老王听到了，跑过来连声问："怎么啦怎么啦？"

徐必广指着青兵，又指着亚静，大声说："这两个是骗子，他们……"话还没说完，青兵已经抓起旁边的锅盖照着他的头砸过去了，徐必广跳起，扑过去。椅子倒了，桌子翻了，床也歪了。房间实在太小了，两人扭打到一起根本施展不开。

老王脸色都变了，指着亚静说："快，快打110！"

见亚静只顾着往屋角躲，老王自己取出了手机。亚静连忙冲出去，反身把门带上。她把老王已经举到耳边的手机拉下，点了关闭键。老王说："怎么回事啊你？"亚静笑了笑，回头看着不时晃动的门。门里响成一团，不过传出来的声音闷闷的，听得不太清楚。

她说："老王，能先借我十块钱吗？"

老王愣愣地掏出钱递过去。亚静推开门，她看到青兵已经躺在地上，不过没死，身子蜷着，手捂住脸长一声短一声哼着。徐必广张大腿站着，手里还握着锅铲，大口喘着气。亚静手伸进牛仔裤后袋，掏出一叠钱，共五张。她取出一张，加上老王借的十块钱一起递过去。徐必广显然有点意外，但也没客气。他就是来讨钱的，讨到了，把铲子往地上一扔。"哼，"他说，"以为老子的钱都跟你们一样是骗来的？老子挣的都是血汗钱！脚跑没皮了才能挣到一百多块！"说着他看了地上的青兵一眼，好像有点怯了，"我跟你说，是你们自己惹的啊。揭穿骗子，我算得上为民除害。有什么后果，你们自己负责！"边说他边快步往外走。

他的电动车就停在门外，上面还堆着很多包裹。见他走了，老王也要进屋，被亚静拦住了。老王指着青兵说："他怎么样了？要不要送医院？"亚静笑笑说："不用。"就关上门。

老王在门外喊："需要送医院喊一声啊。"

亚静说："谢谢。"她声音很小，不知老王有没听到。不过无所谓，没听到就没听到吧。她蹲下,摇了摇青兵的胳膊,说:"你没事吧?"青兵把手拿开,额头破了,还在流血。亚静就去推出电动车,把青兵扶上后座,她载着,去了医院。伤口清洗一下,包扎好,没大事,又回来了。加上挂号,这一趟花了五十四块钱。

青兵看来真是打累了,回到家,倒头就睡过去。亚静搬把椅子坐到门口,手机又回到她手里。她翻到那条短信,徐必广说自己原先不是送这一片的快递,特地调了片区。他已经弄清,他们是夫妻,不是兄妹,如果不把一百一十元钱还了,他就绝不客气,要在网上揭发他们,把他们搞臭。

亚静在心里骂了一句。

回过头,她看到屋里扔在地上的那个包裹,就站起,俯身捡了,撕开。原来是"双十一"买的裤子。翻过来看上面的快递单,户名是她,留的手机号也是她的。噢,她明白了,徐必广不是神,快递员嘛,只要盯上了,弄到她号码不难。

手机叮咚叮咚地响,她懒懒的,还是点开了。不过没看,只是打开通信录,把这些天加进微信的一个个都删了。删到陈建民她手在半空停了两秒,然后她写了一行字发出:

"翠玲不会回来了。"

很快发送不成功的提示音就响了,红红的小圆圈,中间感叹号精白得吓人。

真的删了,居然真的删了。

她把裤袋里的钱都掏出来,抽出一张十元放一边,准备回头还给老王,又点出两百七十八元放到床边,青兵醒过来就会看到它们的。不是在医院又花了五十四元吗?再一减去,手里就只剩下五十八元。她闭上眼靠到墙上,想起在陈建民家沙发上也差不多这么靠着。被摸了半天,才挣到五十八块钱。她叹了口气,开始看手机。摸就摸吧,又没少一块肉——对了,陈建民长得真的很像一个人,到底是谁?她歪着头想了想,还是想不起来。

那就不想了吧。她手指开始在手机屏幕上拨拉,"双十二"反正眨眼就来了,她要看一看,剩下的这五十八块钱还能在网上买件什么衣服。

(原载《上海文学》2017年第三期)

作者简介:

林那北,福建省作家协会副主席,现居福州。

老　孩　子

普　玄

一

　　坏人缩在太阳下，阳光猛烈。正在喝午后茶的面食店女老板闻到一股浓烈的衰老气息，她不明白这股衰老的气息来自哪里。坏人离她尚远，还在马路对面的街边趴着。女老板开始寻找这股衰老气息。眼前是她的面食店，阳光和红茶，干净的桌椅，干净的器皿。她嗅来嗅去，居然嗅到自己身上。她不相信这股浓烈的衰老气息来源于自己的身体。她只有三十四岁，身体还年轻，每天早上洗澡，浑身充满芬芳。但这是真的，气息来自她的身体！她对自己感到恶心。她跑出面食店，穿过场院，站在马路边呕吐。她看见了远处趴在阳光下的坏人。

　　坏人在猛烈的阳光下朝伍敏慧的面食店艰难地爬行。此前他爬了一上午，再此前他爬了一夜。他被人打断了脊梁，挑断了脚筋。求生的欲望牵引着他，一寸一寸往前蠕动，如一条蚯蚓、伍敏慧愣住了，这个男人烧成灰她都认识。

　　地上爬行的男人苍老可怜，肮脏暮气，但他曾经骄横一世威风八面。他手下曾经有几十个工人，曾经开豪华奔驰车，曾经戴着红牌牌开过人大会，曾经搞过无数个年纪不等黑白胖瘦不同的女人。这个男人今年六十八岁，他叫鲍其欢。

　　伍敏慧，救救我，老男人在暴烈的阳光下一寸一寸爬着，嘶哑着嗓子喊。

　　你怎么了鲍其欢？伍敏慧用手在额前挡住阳光。

　　有人打断了我腰，伤了我脚筋，鲍其欢说。

　　谁？谁干的？

　　还不知道。

　　为什么有人要伤你？

　　我不知道。

　　我知道，伍敏慧说。

　　你知道？鲍其欢疼得汗珠子一颗一颗往地上落。

你肯定又搞了别人的老婆，别人的女人，伍敏慧说。

老男人在地上扭动身子，疼痛得呻吟，脸上勉强挤出笑。别开玩笑，伍敏慧，鲍其欢抹着朝眼睛里渗流的汗水，说，我现在只有你了。

你只有我了？伍敏慧猛然惊醒了。她日日夜夜想杀的男人就在眼前！这个男人曾经让她流过四次产，其中一次是宫外孕；这个男人在她大出血的时候和另外一个女人在寻欢作乐！更重要的是，这个男人，把她的父亲气死了，是的，就是气死的，不是病死的，是这个男人气死的！

这个男人现在趴在她面前，如一条蚯蚓。

伍敏慧惊醒过来。她一下子明白了眼前的机遇和任务，她必须杀这个坏人！她扭头冲进面食店，在案板上摸了一把菜刀冲出来。

鲍其欢，好！伍敏慧喊，你只有我了？你只有我了！

有人抱住她。

杀这么一个人，还用刀吗？抱住她的人说。

杀这么一个人去犯法，划不来，抱住她的人又说。

伍敏慧一愣。

你是谁？她问。

抱住伍敏慧的是一个头发花白的老食客。他来买重庆小面。他每天在其他客人走后拿着大铝碗来买面。伍敏慧不知道他的名字，每次喊他老食客。

伍敏慧的菜刀掉在地上。

伍敏慧一下子明白了身上这股暮气的来源，没错，暮气来自她三十四岁的身体，她的身上鼓荡着一个六十八岁的老人的气息。暮气是她身上沉睡的野兽，这头野兽比她更早看到鲍其欢。这头野兽要从她年轻的身体里跳跃出来，去迎接老朋友。

伍敏慧在阳光下哭起来。

不杀这个坏人吗？

好不容易碰到了日夜咬牙切齿的人，不杀他吗？

怎么了怎么了？发生了什么事？买菜回来的面食店主管刘背头大声问。他飞快地骑着三轮车，他的衬衣被风吹成鼓鼓的白旗。

刘背头晒在太阳下，阳光猛烈。我正在窗前拨计算器盘账，刘背头回来了。面条、鸡蛋、芝麻、黄豆、白菜、香葱和辣酱，被刘背头一袋一捆地从三轮车上轻松地拎到库房。刘背头每天都这么搬东西。我闻到一股年轻的燥热气息，这股气息来自刘背头鼓鼓的肌腱上，来自他全身的每一个部件。这股燥热的气息令我作呕，我想呕吐，却半天吐不出来。

难道我身体里的暮气又在作怪？我搞不明白自己怎么了。我对我看起来还年轻的身体充满厌恶。

我回到厨房调小面的汤料。肉末、黄豆、芝麻、香葱，还有什么？还有我眼前的空气。专心做小面的人，真正热爱小面的人，眼前的空气是你的原料，你会相信有神灵在里面帮你。

那个躺在医院里的人是谁？刘背头搬完东西，站在背后一边看我调汤料一边给我说鲍其欢在医院里的治疗情况。鲍其欢瘫痪在病床上，永远无法站立了。

是我的仇人，我说。

你这个人真是，刘背头笑着说，有给仇人这么治病的吗？

那就是我的亲人，我说。

亲人？什么亲人？怎么没听你说过？刘背头说，既然是亲人，那天你怎么拎出一把菜刀？

对，这个鲍其欢，他是我的仇人，也是我的亲人，我要杀他。现在我要给这个仇人治病，我要把他养好。现在他瘫痪在床了，真好！那他只能乖乖由我摆布，由我慢慢去杀他。

你这个人，充满神秘，刘背头站在我后面，嗓子干干地说。

刘背头嗓子一发干，我就知道他在看我的屁股。我撅着屁股调汤料，他站在后面嗓子干干地和我说话。我知道他想冲过来抱我，我谅他不敢。

这个刘背头是我捡来的伙计。半年前的一个早上，我起来捅炉子，看见他饿晕在面食店门口。他说他讨账没讨到钱，几天没吃没喝。他干活打工的工地老板跑了，包工头也跑了，他四处找不到老板和包工头。那天早上他饿得牙齿咬不动面条，我给他灌水，喂面汤，他缓过气后，一口气吃了一大盆子小面。

你像你的小面一样神秘，刘背头望着我的调料汤盆说。

我用身子挡住汤盆，挡住二十六岁的刘背头。我闻到一股年轻的燥热气息，我想呕吐。我明明知道这股气息来自他鼓鼓的肌腱和年轻的身体，我为什么想呕吐？难道我身上的野兽不喜欢二十六岁的年轻气息，只喜欢六十八岁的暮气吗？

对，鲍其欢曾经是我的男人。现在我三十四岁，他六十八岁，十九岁时我遇到他，他五十三岁。我陪他睡觉，陪他出差。我们身体紧绷，拔步有力，欲望如三月江边的野草。二十九岁我离开他的时候，我的身体和生活都千疮百孔。我打过四次胎，子宫薄得像知了的翅膀，医生说我不能再怀孩子了。我的身子如布袋，肚子如青蛙。我用布袋一样的身体在天地间呼气吐气，树木青苗和孩子们都纷纷躲着我。

做小面当然神秘。刘背头不明白我的小面为什么如此好吃，他不明白我在汤料里面施了什么魔法，他不明白为什么每天顾客盈门我却不扩大店面，他还不明白我为什么每天坐在窗前喝茶发呆，他当然更不明白为什么我三十四岁了不找男人。

但是我不愿让刘背头看到我做汤料的过程，看到这种神秘。这个男人很好，勤劳聪明，留着一个背头。一个伙计留着一个大背头，日后必能发达。这个男人长着鼓鼓的肌腱，身上一股年轻的气息。我对他年轻的身体如此排斥，那不是他的问题，应该是我的问题。

二

鲍其欢一直在等着伍敏慧来杀他的日子。鲍其欢知道，伍敏慧花钱给他治病，出院后给他租房，花钱请人照顾他，不是为了让他享福养老，只是让他先活着。鲍其欢知道，伍敏慧不会让别的仇家杀了他，也不会让他自然死亡，她要亲自杀他。她一定会亲自杀他。

早晨的第一缕晨光打在天花板上，鲍其欢在天花板上看到了另一个自己，另一个世界的自己。他知道，伍敏慧杀他的日子要来了。

伍敏慧果真就来了。

鲍其欢住在离伍敏慧的面食店不远的一个社区单间，他现在尽量用耳朵，他能听到社区里面的说话和咳嗽、街面上的车声和人声。他的目光却只能看到天花板和窗户。这就是他目前的范围和世界。

伍敏慧端着一碗小面进来。

鲍其欢不吃。伍敏慧把鲍其欢扶起来，枕头垫在腰后，侧靠着床头，这样吃面方便。鲍其欢却不吃。他盯着面前凳子上的一碗葱花芝麻小面，肚子饿得咕咕叫，却不敢吃。

杀人是要抵命的，鲍其欢说。

你说什么？伍敏慧在观察这间屋子，窗户朝阳，空中一条铁丝线晾衣服，厕所与淋浴间合一，电视摆放高低合适，小是小一点，但是各项功能齐全。伍敏慧第一次来，鲍其欢从医院出来后，她一直忙着，今天终于来了。

你还年轻，鲍其欢说，你杀我要抵命，你划不来。

伍敏慧听清了。

你说什么？伍敏慧猛扑过去。鲍其欢头磕在床沿上。鲍其欢的头发被伍敏慧抓住，在床沿上使劲撞。鲍其欢的脸上响起耳光，左边一掌偏向右，右边一掌偏向左。

我就是要杀你，我愿意抵命，行不行？伍敏慧说。

鲍其欢的脖子被卡住，呼吸困难。他的脑壳滑落在枕头下面，如沉进深湖，一点一点下沉。他再次看见了天花板上那个影子，那个影子一步步后退在向他告别。

他最终没死，影子又飘回来了。

伍敏慧头发凌乱。

伍敏慧累得气喘吁吁。

伍敏慧盯着凳子上的那碗面发呆。

鲍其欢哭起来。

我不想死，伍敏慧，鲍其欢哭着说，我知道你恨我，你想杀我，但是我不想死。

你以为我会在面里下毒？伍敏慧说。

伍敏慧端起葱花芝麻小面自己吃起来。

我准备下毒，伍敏慧从口袋里掏出一包老鼠药说，但是我的手抖来抖去，丢不进去。

鲍其欢抢过碗，大口大口吃起来。

其实我可以自己死，鲍其欢说，伍敏慧，我自杀去死，你也不用负责，不用抵命，行不行？

不行，伍敏慧说。

也是，鲍其欢用筷子挑着小面说，我要是自杀了，你还报什么仇？

伍敏慧用手蒙住脸。怎么杀？用刀杀？用被子蒙住头？面里下毒药？让一个瘫痪在床上的人死亡好像是一件很简单的事，但是，真正做起来，却并不简单。

其实把鲍其欢扔在外面，不养他不管他，江湖上也会有人杀他，那是一定的。有人打断他脊梁挑断他脚筋就是明证。先前警察在医院做调查，问鲍其欢有什么仇家，他说不清楚。他搞了太多不该搞的女人，他都不知道谁是他仇家了。

其实我专门找到你，鲍其欢一边吸吸呼呼吃面一边说，就是想死在你手里。

怎么杀？

我今天早上在天花板上看到我的命了，我就知道你要杀我了，鲍其欢开始喝汤，说，人的命自己看得到，你相信吗？

人的命自己看得到！我当然相信。我的身子在下重庆小面，在调小面的汤料，但是我的眼前，却一直在晃动着一个影子，这个影子就是我的命。

鲍其欢现在在天花板上看到他的命了，但最初这句话却是我说的。当年我躺在医院的病床上快死的时候，我在天花板上看到了我的命。那一年我宫外孕急性发作，半夜里肚子疼，我找不到他，他到另外一个女人那里去了。我从床上想下来，却疼得下不来。我在床上慢慢挪动身子朝下滚，地上留下一摊血。

手机落在那摊血上，我的命在手机上。我够着了血淋淋的手机开始拨号，但一直联系不上鲍其欢。我知道他在哪里，知道他不会接，但我还是一直拨。我的力气在一点一点的疼痛撕扯中耗光了，在一颗一颗疼痛的冷汗中流干了。我一开始大喊大叫，后来没力气喊了，我感觉自己快死了。我在那一刻看到了我的命。

我的命飘在空中，从半夜飘到凌晨，迟迟不肯离去。我的命飘去找鲍其欢，他正睡在一个女人身边，我喊不醒他。我的命飘去喊我爸爸，他本来睡得很沉，却突然醒来。我爸爸半夜里突然跑过来看我，他撞开门背着我朝医院跑，我的命一直紧跟着我爸爸朝医院跑，我喊他快跑，我抱着他花白的脑壳喊他快跑快跑。在医院里，我的命突然回到我的身体里，因为我听到医生说，马上手术，患者再也不能怀孩子了。

我的命突然回到身体里，我说，不，我要当妈妈，我不做手术！

医生脸色很难看，对我爸爸说，时间紧张，再晚一点大人的命都保不住了！

我爸爸花白着脑壳哭，孩子，活命啊；孩子，活命啊……除了这一句，他不知道再说什么了。

我躺在病床上不做手术，我看到自己的命了，我的命就在天花板上晃动。我要见鲍其欢，我要见这个在我肚子里播下种子的男人。我为他怀过四个孩子，第一次流产，我无所谓。第二次流产，我有一点儿疼痛了，虚汗直流。第三次流产，我不想去，我想生下来，但是鲍其欢不想要孩子，他生意当时滑落得厉害，每天都在救火，他强迫我打胎。医生说，姑娘，你不能再刮了，你的子宫已经薄得像知了的翅膀了。这是第四次，第四次我看到自己的命了。第四次我没丢命，我爸爸却把命丢了。

这个鲍其欢，他现在落在我手里，他难道不该还我一条命吗？

面食店现在很安静。外面暴烈的阳光和屋里没什么关系，开餐时间已过，人群潮涌已过。只有一个顾客，他就是头发花白的老食客。我开始下重庆小面。他面前摆着两只碗，一只是面食店里的瓷碗，另一只是他从家里带来的大铝碗。

我给老食客下面，他每天都等顾客散了才来。他瘫痪在床的老伴儿是重庆人，听说快不行了，却喜欢吃重庆小面。他的重庆小面，要求单独做臊子。他老伴儿不喜欢大作料，不喜欢胡椒味精炝料，只喜欢我做的最简单的臊子。他每次要两碗面，不能一起下，要一碗一碗下。我都是先下一碗，看他慢慢吃完，把所有的汤汁一勺一勺喝完，才开始下第二碗。

但是今天我没下第二碗。我正准备下的时候，老食客说话了。

请你重新再做一次汤料，他说。

为什么？我问他。

你今天的汤料比往常差，他说。

我愣住了。今天的汤料是比往常差，我以为只有我知道。我决定重新做，但我想测他一下。

为什么差？差在哪儿？我问他。

他咂咂嘴，品味着。他说，我怎么感觉这里面有一股杀气？

我不再说话。我的心在抖动，但是我不能再说话。我端着盆子把原来的汤料往外面垃圾桶里倒。老食客给我道歉，他说所有的汤料钱他来出。他解释说他老婆嘴刁，对重庆小面的味道有天然的识别。我不能开口，一开口天机就要泄露。我今天做汤料的时候一直在想杀鲍其欢的事，我把杀气调进去了。顾客是我的上帝，我永远记得这个立身之本。

刘背头买菜回来，看到我要倒汤料。怎么了？怎么了？他拦住我。

三

伍敏慧没想到刘背头不顾阻拦，把一盆子准备倒掉的汤料吃光了。

刘背头拦住准备倒掉的一盆子汤料，他把盆子撂在桌子上尝，尝不出差别。

汤料里面有杀气？扯什么蛋？里面有刀吗？他对老食客说，有刀吗？能杀人吗？

这一盆子汤料钱我出，老食客说。

那怎么行？伍敏慧拦住刘背头，对老食客说，我重新做，顾客永远是上帝。

刘背头坚持不倒掉汤料，他把一大盆充满杀气的汤料一碗一碗吃掉，连汤水都喝光，他不相信汤料里面有什么杀气和刀子。

老食客坚持付一盆子汤料钱，他们推来推去。付完钱后的老食客沉默不语，神色严峻。伍敏慧听说他老婆得了一个重病，到晚期了，医院已经不收了。他便不再干别的事，每天陪他老婆说话，每天给他老婆买小面吃。老食客每天的脸色就是他老婆病情的晴雨表，今天他老婆情况肯定不是太好。

伍敏慧的眼前晃动着一个影子，她知道那是什么，她当年在天花板上看到的东西又来和她打招呼，她知道那是她的命。她的命提醒她不要忘了杀鲍其欢，那怎么会忘？但是她现在有顾客，顾客是她的上帝。她一次一次深呼吸。

你怎么了？老食客问伍敏慧。

伍敏慧突然有了一种强烈的交流欲望。屋子里很安静。刘背头吃完一盆子带着杀气的汤料，哼着小曲出去了。外面暴烈的阳光和屋里没什么关系。

伍敏慧问老食客，听说你老婆身体不大好？

老食客说，恐怕她时间不多了。

伍敏慧说，你为什么要天天为她花这么大代价买小面？

老食客说，她看见小面就笑，我希望她笑。她的胃口是小时候养惯的，她说她能在小面里面吃到她的童年。

伍敏慧将信将疑。

这是她亲口说的，老食客说。

伍敏慧的心稳定下来，黄豆，来；芝麻，来；香葱，来；小麻油，来。安静真好。汤料真好。

老食客也有交流的欲望。我喜欢看她吃小面，她在吃小面的时候，我能看见一个东西，远远地飘走，面带微笑和我告别，老食客说，你信吗？那是命。

伍敏慧的泪水流出来。

我要让她在我怀里离开，面带微笑离开，我只能做到这一点，老食客的泪水也出来了，遗憾地说，这么多大医院都挽救不了她，怎么办呢？怎么办呢？我不知道该怎么办。

老食客端着小面准备离开，突然问伍敏慧，你那天为什么要杀那个人？

伍敏慧不说话。

他现在在哪里？老食客问。

我把他养着呢，伍敏慧说，我养着他，免得他在外面被人杀了。

那是肯定的，他在外面有生命危险。

伍敏慧清楚地记得鲍其欢当年的两次险情。一次是他儿子带一帮人打他，打得他满地乱滚，伍敏慧吓得尖叫，但鲍其欢儿子并没有打她，只是把她拨开，说，伍敏慧，你是个老实人，你走开！另外一次是他玩弄了来厂里幼儿园实习的一个女幼师，谁知那个幼师是有男朋友的。她男朋友带了十几个兄弟，某一天早上，冲到他办公室二楼，用皮带抽他。他们正准备掏刀子刺杀鲍其欢的时候伍敏慧尖叫起来，那帮人跑掉了。

我在重庆出差考察小面的做法，接到电话说鲍其欢绝食。我根本不相信。鲍其欢绝食？那怎么可能？我跟了他十年，我不了解他吗？他是一顿饭都不能饿，每顿饭都要吃好的人啊。

我没有理睬鲍其欢，继续在重庆考察小面。我没想到鲍其欢真绝食了。

鲍其欢绝食了，他不吃不喝不睡，每天每夜在床上哭。哭完了之后，就是发呆。他一发呆一整夜，一发呆一上午，一发呆一下午。他一颗一颗吃烟，地上扔了一堆烟头。

瘫痪在床上的鲍其欢万念俱灰了。

我打电话回来向照顾他的服务人员问他的情况，他抢过电话，说，伍敏慧，我算是失败了吗？

我说，你当然失败了。

他说，我没有翻盘的希望了吗？

我说，鲍其欢，别做梦了你，一个瘫痪在床上的人，还谈什么翻盘呢？

老孩子　233

他突然像苍老的野狗一样大哭起来。

我看着手机发呆。在我和鲍其欢相处的十年里，我只见他哭过一回。他快破产的时候带着钱去赌运气，赌输以后，他站在汉江边一棵树下想故作潇洒地笑，笑着笑着却哭起来。那天晚上天很冷。他哭的时候，我看见不远的地方有一只苍老的野狗也在哭，对着汉江呜嘟呜嘟像渡船一样在哭。我感到很惊奇，狗也会哭吗？后来他也看见狗在哭，他就不哭了。他骂骂咧咧地说一定要翻盘。

我听说我离开他之后这五年，他的厂子被债主分光了，他想了很多办法一直想翻盘，但最终都失败了。

打断他脊梁挑断他脚筋的，到底是债主还是他玩过的女人背后的男人，谁也说不清。

看来他真想死。

那不行。

我立即往回赶。

我赶回武汉，他已经只剩下半口气了。

我立即找医生过来抢救他，给他输液，又把他抢救过来了。

医生和抢救的人都走后，我觉得搞笑和奇怪，不可思议。我为什么要救他？我不是要杀他吗？他要死就让他去死！一个我要杀的人，我又救他干什么？

我不明白我怎么了。

那天夜里抢救到很晚，一直到早晨，鲍其欢苏醒过来，医生和其他人困乏得不行，一个一个陆续离开了。我脑壳里各种影子晃来晃去，我不知道救这个人到底为什么。

你为什么要救我？鲍其欢问。

我不想救你，我说，我想你去死。

他叹口气。

我安排了两个人，一个白天一个晚上看管他，不能让他就这么死，每天让他吃好喝好。好酒好菜好面让鲍其欢面色红润，浑身通泰。他告诉我他不想死了要我放心的时候，我知道我要杀他了。

四

伍敏慧在刘背头第一次拉肚子的时候吃了一惊。刘背头吃了一大盆子她准备倒掉的小面汤料，晚上开始拉肚子。刘背头扯天扯地喊疼，惊动了伍敏慧。伍敏慧准备带刘背头去医院的时候，刘背头又不疼了；伍敏慧一离开，刘背头就开始拉，一直拉到早晨。

这盆汤料里面，真的有刀子吗？刘背头边呻吟边说。

刘背头此后又吃了几回这样的汤料，吃一回拉一回。

伍敏慧惦记着杀鲍其欢，几次反反复复。鲍其欢一阵子想让她杀，一阵子又不想让她杀，两个人开始拉锯。知道自己反正迟早要死在伍敏慧手里的鲍其欢开始要烟要酒、耍蛮刁钻，让伍敏慧请来照顾他的人都无法忍受，一个一个陆续辞职。伍敏慧一见鲍其欢耍刁就起杀心。每动一次念头，她的心就失衡，面前的那团空气就不听话，她调的汤料就会被老食客品出差别。现在大锅的汤料几个帮工和厨师差不多都会做了，老食客的汤料必须她亲自做。她动杀心一次，做汤料就失手一次。每次她要倒掉汤料，刘背头每次都不让倒，都会把一大盆汤料吃掉。毫无例外，每次吃完，刘背头都会拉肚子，都会像拉刀子一样，疼得大喊大叫一整夜。

我真的把杀气和刀子调进汤料里面了？伍敏慧问自己。

她看见一把把刀，各种形状的刀，在空中飞舞，在自己身边旋转跳跃。

刘背头向伍敏慧要求去照顾鲍其欢。

伍敏慧正委托家政公司帮忙找人照顾鲍其欢。她找来的女服务生和男服务生，干了几天都不干了。短短几个月，她换了七八个服务生。

你别再四处找人了，刘背头说，这个老头子，又胖又重，每天要洗澡，端屎端尿，别人搞不了，交给我。

伍敏慧没有回答。

天气越来越热了。伍敏慧又在做汤料，开面食店，汤料是魂和精神。伍敏慧撅着屁股忙，她听到刘背头嗓子发干。她知道刘背头又在盯她的屁股，也知道刘背头想冲上来抱她，她更知道刘背头不敢。

天气越来越热了，她说。

我怎么不能去照顾那个老头子？刘背头问。

天气越来越热了，伍敏慧说。

你不信任我，刘背头说，你信任谁你都不信任我。

你这个刘背头，伍敏慧说，我不信任你我提拔你当主管？我不信任你我让你分管采购？

午后的面食店照样安静，外面暴烈的阳光和屋里没什么关系。二十六岁的刘背头看着三十四岁的女老板撅着屁股做汤料，他想冲上去抱她。又没人看见，凭什么不抱？孤男寡女都没结婚，凭什么不能抱？

我可以给他端屎端尿，刘背头嗓子干干地说。

我可以抱着给他洗澡，刘背头又说。

你为什么要这么做？伍敏慧转过身子。

为什么？伍敏慧明白，刘背头对她和鲍其欢的关系感到神秘，或者说他一直对伍敏慧感到神秘，他觉得她这个人和她调出来的汤料一样，无法说清。他觉得伍敏慧是一个幽深的溶洞，现在洞口出现了一条蛇。鲍其欢就是这条蛇，刘背头想抓住这条蛇的尾巴进洞。

刘背头奇怪我和鲍其欢是什么关系，现在鲍其欢在我面前，我养着他，我准备杀他，我们是仇人关系。原来我们睡在一起，是什么关系？他有老婆孩子，他比我大三十四岁，他比我父亲都大九岁。和这么大的男人天天睡在一起，要我承认是情人，是包养的二奶，我说不是，因为我们说不上情，他也没包养我，不管外人信不信。

那年我十九岁。我跟了一个五十三岁的男人，我爸爸听说了，他从鄂东的大别山脉赶到省城武汉找我，他戴着一个叫九阳巾的冠帽，盘着长头发，在号称"火炉"的武汉显得特别扎眼，他是一个道士，刚刚出家两年。

道士站在大太阳下面，满脸汗水地劝我回家。

他比你大三十四岁，他比我都大九岁啊，道士焦灼得如一捆干柴，再晒一会儿能起火苗。

我知道，我说。

他是有老婆有儿子的人，道士说。

我知道，我又说。

你回家去，道士的汗水在额上脸上堆着，他抹着汗水说。周围来来往往的世俗之人停下脚步，看道士的装束。

哪里是我的家？我有家吗？我在烈日下面冷冷地说。

我十九岁。我三岁的时候家里起房子，房梁没架稳，掉下来砸死了我妈妈，砸坏了我爸爸的腰和肾。我和爸爸两个人生活了十几年，到了十七岁上高一的时候我不读书了，我到南方打工，我爸爸就出家去当道士。一个道士，道观就是他的家，神仙和香客就是他的家人，每逢过年过节，我都没有家回，我有家吗？

道士在太阳下面沉默，周围的几个人看着他的装束和怪模样哄笑。

道士说不服我，他赶到鲍其欢的工厂见鲍其欢。鲍其欢看到他的装束才知道我是道士的女儿。

你会"麻衣相术"吗？鲍其欢坐在宽大的办公室里，面前是金鱼玻璃缸。

不会，我爸爸说。

那你看看我哪一天发大财。鲍其欢指着办公室中间摆放风水财运的金鱼玻璃缸说。

我不会看，我爸爸说。

你不会"麻衣相术"，又不会看风水财运，你当道士，天天干什么？鲍其欢问。

我天天打扫神像，念经，我爸爸说。

你天天只搞这些，太寡味了，鲍其欢说。

你让我孩子回去，你比她大三十四岁，你比我都大九岁，我爸爸说。

我比你大九岁？鲍其欢从办公桌边站起来，伸出脑壳，他脑壳上前几天只有一根白头发，被我拔掉了。他把脑壳伸到我爸爸面前，我爸爸头发花白，白多黑少。

你让我孩子回去，我爸爸累了，气息微弱，喘息着说，你是有老婆孩子的人。

你让她回去啊，回去吧，我不管，来去自由，鲍其欢神气活现地说。

但是我不回，是我自愿不回，没有人约束我。我就是这么一个奇怪的人，就像我现在养着鲍其欢。养一个瘫痪的人容易，照顾一个瘫痪的人却是一个难题。刘背头主动要照顾鲍其欢，我一直犹豫不定。

我抽空亲自照顾了鲍其欢一天。

我照顾鲍其欢，鲍其欢很紧张。他尽量不上厕所，不喝水，吃饭也不弄出动静。屋子里一直很安静。大部分时间里，他盯着天花板发呆。我望着窗户发呆，望着厕所的门发呆，望着挂衣服的铁丝线发呆，我望来望去，也不知道该干什么。

我的口袋里装了一袋老鼠药，我把它拿出来，又放进口袋，过一会儿我又拿出来。我拿出来放在小方凳上，鲍其欢也看见了。我们俩都盯着那包老鼠药，谁都不说话。

说什么呢？

要他说对不起我吗？要他说要我原谅和宽恕他吗？

要我说我恨他吗？要我说他伤害过我的一件又一件事吗？要我说他侮辱过我的一年又一年吗？

杀他真是太容易了。

我可以不露痕迹，可以不承担责任；我也可以故意明目张胆地杀，我害怕抵命吗？

早上一碗小面，中午一碗小面，晚上一碗小面。

好吃吗？我没想到我居然这么问他。

还不错，他吃到晚上那一碗的时候，说，你的小面比街上一般的小面好吃，但是，我还是觉得缺点什么。

缺点什么？我问。

他没有回答。我们又发呆了很久，他突然盯着天花板说，我还有翻盘的机会。

别做梦吧，我说。

你不能把重庆小面的绝活传给刘背头，鲍其欢说。

我愣了一下。为什么？我问。

这个人有反骨，他说。

我这一刻决定了，这个坏家伙在挑拨离间。他不喜欢刘背头，好，我偏要让刘背头来照顾这个坏人。

我准备让刘背头照顾鲍其欢，鲍其欢坚决不同意。但是我的心意已决。他闹了几天，拗不过了。

看来你真想杀我，鲍其欢说，你让刘背头来管我，你就真想杀我了。

如果真要死，我要死在你手里，我不希望死在刘背头这个鼠辈手里，他又说。

五

谁都能看出刘背头喜欢伍敏慧。在刘背头看来，他的老板伍敏慧高贵、淡定、低调而神秘，她每天亲自调汤料，生意再好也不扩大门面。她似乎对钱和男人都不感兴趣，她唯一感兴趣的就是红茶，她每天都要坐在窗前安静地一壶又一壶地喝红茶。

刘背头曾经在堆满面粉和青葱萝卜的库房向伍敏慧表达爱情，他双臂张开，身子抖动如筛。伍敏慧用一捆青葱挡住了他。

我有什么不好？刘背头说。

你什么都好，但是我对男人不感兴趣，伍敏慧说。

一个三十四岁没有结婚的女人，她对男人不感兴趣，她必然是一个幽深的溶洞。现在，刘背头抓住一条蛇尾巴进了溶洞，这条蛇就是鲍其欢。

鲍其欢正在想办法赶刘背头走。

刘背头喜欢伍敏慧，鲍其欢就讨厌刘背头。他跟刘背头要烟吃要酒喝，他大口大口朝空中吐痰。一个人躺在床上不能动，能干的事情太多了。鲍其欢斜靠着枕头吃纸烟，烟灰长到什么程度？似乎一口气就能吃一颗烟，又似乎是睡着了，或者修炼成了神仙，但是烟灰都归刘背头打扫；鲍其欢喝酒，早上也要喝。关键是吐痰，有痰盂他不吐，他专门朝墙上和被子上飞。

他希望刘背头忍受不了，早点滚蛋。

最过分的是有一次拉屎。一般都是刘背头把他抱到厕所里拉，那一次鲍其欢明明能憋到厕所，却磨磨叽叽，等刘背头过来抱他的时候，突然拉到裤裆里。

鲍其欢没想到，刘背头一一忍受住了。每天跟他说话，陪他吃烟，喝酒，抱他大小便，替他搓背洗澡。

鲍其欢没想到刘背头耐性这么好。

一个瘫痪在床上的人说他想翻盘,他的空间只有房间那么大,只有天花板那么大。鲍其欢折磨不了刘背头,他盯着天花板看,一看一整夜,一看一整上午,一看一整下午。他在天花板上没有再看到他的命了,他的命回到他的身体里了。他看到的是他过去的失败。他曾经成功过,但最终落脚点却失败了。失败就是汉江边那只苍老的野狗,天天蹲在天花板上,像渡船一样呜嘟呜嘟地对着他哭。

不行!

想翻盘的鲍其欢必须赶走刘背头。他后悔没有和以前照顾他的那些服务人员搞好关系,他让刘背头喊来伍敏慧,他说他要换人。伍敏慧哪有心思再给他换人,他说刘背头折磨他、虐待他,伍敏慧听了反而很高兴。

一个该杀的人,折磨一下、虐待一下有什么不好?

鲍其欢完全没办法了。

除了开餐忙碌的时间,刘背头其他大部分时间都待在房间里和鲍其欢共处。大部分时间两个人都不说话。鲍其欢看天花板,刘背头抠手指头或脚指头。寂寞如同一只老鼠,一会儿在心里,一会儿在墙上,一会儿在黑暗的角落。

鲍其欢爱喝酒,这一个弱点让他露出破绽。

刘背头给他买酒,就着小面喝酒也别有滋味。酒一喝,他的话就多起来,就开始吹他辉煌的过去。

鲍其欢慢慢放松了警惕,有一回酒后说出了原来工作过的企业的名字。

刘背头跑到鲍其欢原来的企业一打听,情况清楚了。

那天省城在大风中飘着小雨,刘背头骑着摩托车从郊区朝市内飞奔。这个城市有两条江穿过,一条长江,一条汉江。刘背头在长江桥上被风雨打着脸,一路听着汽车声、自行车声和人声,心里翻江倒海。伍敏慧!什么高贵,什么淡定,什么低调,什么神秘!原来是一个破产老板过去包过的二奶!原来是一个打过几次胎、差一点丢了命的女人!

他一路风雨而归。

伍敏慧正在做汤料。

刘背头全身淋湿了,伍敏慧折身找条毛巾想递给他。

我什么都知道了!刘背头不接毛巾,说。

你知道什么了?伍敏慧莫名其妙。

哈哈,我都知道了!刘背头说。

伍敏慧不动声色地看着他。

刘背头准备再笑一声,却觉得不对劲。哪里不对劲?这个女人既不是他老婆也不是他女友,他没有任何权利说这个女人。他愣了一下,努力让自己想明白。他在风雨中穿过上千万人口的城市,心里憋着一口气。这口气怎么来的?

老孩子 239

他想了一下，没完全想明白，他觉得首先应该找鲍其欢算账。

鲍其欢的好日子过去了。

刘背头不再给他洗澡，不再抱他上厕所，任由他拉在床上。他的床上臭不可闻，苍蝇围着他的床和脸乱飞。两天以后，鲍其欢尝到刘背头给他端来的特殊小面。

什么味什么味？

再笨的鲍其欢也能闻出来，刘背头在油晃晃的小面里掺进了大便。

但是鲍其欢已经把一大碗掺有大便的小面吃进去了。他趴在床头，半天吐不出来。

伍敏慧，我要换人！鲍其欢大喊。

伍敏慧，你就这样杀我吗？鲍其欢又大喊。

伍敏慧听不到，听到的只有刘背头。刘背头开始逼问鲍其欢，把他在企业里面打听到的消息一一和鲍其欢核实。鲍其欢不说实话就挨耳光。鲍其欢和伍敏慧的事情很快被刘背头核实清楚了。

他们在一起睡了十年。鲍其欢一生搞过很多女人。伍敏慧打过四次胎，差点丢了命。这些传闻的东西都是事实。

我抽空去看了一下鲍其欢，才明白发生了什么事。

看来刘背头什么都知道了。

知道就知道吧，那我索性和他直说。过去的苦难、过去的生活，像黑色的石头天天压在心里，我也想找个人说说。看来刘背头是最佳人选。上午我没找到刘背头，中午开餐的时候也不见人，等客人都散了，我还在收拾案板和荷台，刘背头进来了。

几天没见，刘背头毛发凌乱，眼睛通红。

我什么都知道了。刘背头说。

知道了好，我说。

这是真的吗？他说。

对，是真的，我缓缓地，一字一顿地说。

为什么？他说。

我不说话。

你为什么要跟一个老头子？他哭着说。

为什么？

我爸爸也问我为什么。鲍其欢企业里的一些人也问我为什么。还有，他老婆，他儿子。还有，我和他一同出差碰到的那些南来北往的客户，他们都不明白为什么。

我没有得到鲍其欢一分钱,有人信吗?我离开鲍其欢的时候,他已经快破产了。我因为宫外孕和我爸爸的死,我去杀他。杀他没成功,我就跑了,身上只有一套衣服。我在这个面食店应聘当服务员,前面那个老板面食店快开垮了,转让给我,我一开就火了。

我为什么要跟一个老男人呢?

我读书读到高一,我们几个姐妹都不读书了,我们相约去南方的广州打工。打什么工?都到发廊和洗浴城当妓女去了。我没有去,我做不了妓女,我觉得恶心。我长这么漂亮我不去做妓女,我只好干体力活。过年回家的时候,我的姐妹们都买飞机票,只有我一个人坐红壳子汽车和一大群臭烘烘的民工一起,摇晃着回老家。

有一个和我作对的姐妹做了妓女,她看不起我坐长途汽车。她在手机微信上晒飞机票给我看,几个姐妹也都陆陆续续在手机微信上晒飞机票。每过一阵子就有人坐飞机,飞机多大,什么颜色,什么航班,代表了那个人混得好不好。特别是那个和我作对的姐妹,她一次一次向我炫耀。我坐不住了。我也要坐飞机,我也要晒飞机票。但是我天生做不了妓女。我试着从洗浴城做到发廊,从广州做到武汉,都不行。有一天,我正在武汉的一家发廊发呆,我看到鲍其欢进来。他在发廊里洗头,谈笑风生,惹得我们一群人大笑。我身体里的气息跟着他跑,我身体里这头苍老的野兽很早就活着。它一直追着鲍其欢出门,追着他拉开车门。

带上我吧,我对鲍其欢说。

鲍其欢看了我一眼,说,你长得还可以,但是,我怎么会带一个发廊女走?

我还是处女,我坚定地说。

就这样,我跟他走了。我跟着一个比我大三十四岁的老头子混世界去了。一混十年。

刘背头突然从后面抱住我。

你干什么?我一惊。

我要搞你,刘背头嗓子干干地说。

你松开,我说。

一个老头子都能搞,我怎么不能搞?他说。

你滚!我没想到刘背头说这句话。

刘背头不松手,有人来了。老食客拿着大铝碗在门口喊人。

六

在相当长一段时间内,伍敏慧、刘背头和鲍其欢,他们三个人相安无事。

刘背头强行抱了伍敏慧，被她赶走，几天后的一个早上，他又跑过来主动帮伍敏慧生炉子和打扫场院，给伍敏慧赔礼道歉。伍敏慧在刘背头离开的几天里，为照顾鲍其欢的事也伤透了脑筋。她同意刘背头再回来。鲍其欢也被迫接受了刘背头。他只是要求伍敏慧给他配了一个手机，如果刘背头再让他吃屎，他能随时投诉。

刘背头又开始照顾鲍其欢。

鲍其欢和刘背头之间的相处大部分是在沉默中度过的，鲍其欢依旧是吃面和喝酒，刘背头偶尔也陪着他喝一杯，但两人基本上不说话。鲍其欢尽量生活规律，讲卫生，减少洗澡和大小便次数。刘背头也不想再流浪，他在这里至少还是一个主管，有吃有喝，最重要的是，他小面技术还没学到。他们都回避着不提伍敏慧。两个各怀心事的男人在沉默的时候偶尔对望、发呆，他们之间有一个黑色的深沟，那就是伍敏慧。

两个男人相互敌视着又相安无事，这个局面对伍敏慧是有利的，她可以腾出时间去考察小面，她这一段时间经常朝重庆跑，偶尔也去原料市场甚至原料基地。现在刘背头知道了她的底细，知道就知道了，她又没刻意隐瞒谁。人是因为需要而在一起的，她需要刘背头，刘背头也需要她。在考察学习小面的旅途中，她常常发呆。怎么杀掉鲍其欢？她一直没想好一个办法。

伍敏慧没想到刘背头和鲍其欢会联合起来。

某一天，刘背头给鲍其欢带来一副黄色扑克。鲍其欢看完后，要求再看两天。两天里，鲍其欢把扑克压在枕头下面，一有空就抽出来看，两天之后刘背头来要，鲍其欢恋恋不舍地还给他，却少了两张——大王和小王。

刘背头发现了，说，你留着干什么？你一个瘫子。

鲍其欢说，我有想法啊。

刘背头说，你真有？我不信。

鲍其欢展示给刘背头看，刘背头就相信了。瘫痪的老男人鲍其欢有欲望，让刘背头兴奋不已。

刘背头接下来给鲍其欢找黄色录像看，黄色录像看了一段时间之后，两个男人觉得不过瘾，开始在外面找妓女。

鲍其欢和刘背头成了朋友。鲍其欢给他讲原来办企业天南海北坐飞机跑业务的故事。鲍其欢吹他的业务，他的残疾人石墨厂，吹伍敏慧最爱坐飞机，收集飞机票。嫖过娼之后，鲍其欢明白，没那么简单了。

刘老弟，鲍其欢有一天憋不住了，说，你为什么对我这么好？

刘背头说，伍敏慧要杀你，你知道吗？

鲍其欢说，我知道。

刘背头说，我在这儿，伍敏慧轻易杀不了你，我可以保护你。

鲍其欢说，那你为什么对我这么好？

我们有缘分，刘背头说。

我可不懂小面技术，鲍其欢说。

刘背头一愣，说，你要不听我的，我就把你嫖娼的事告诉伍敏慧，你的死期就到了。

鲍其欢紧张地说，你要我干什么？

刘背头愣了一下，说，先说你怎么搞伍敏慧的，用什么姿势搞，一天搞几回？

现在我的身体对人关闭，对大自然打开，但是多年前相反。我沿路考察小面技术和原料，面粉、黄豆、芝麻、榨油坊和香葱基地。所有的原料我都不随便在菜市场购买，都尽量往远处跑。黄豆、芝麻、香葱，我都要找那种不施化肥、不打农药的生产地，芝麻小磨香油困难一点，找到真正的乡间土作坊很难，市面上宣传的小磨香油，大都是机器做出来的，哪有原始的香味呢？我走在乡间，我的身体全部对大自然打开。我的芝麻、香葱、黄豆，都是自然而真实地从土地一截一截生长出来的，上面有阳光，有雨露，怎么会不好吃呢？我的鸡蛋，来自自由走动的鸡，鸡们呼吸着自然真实的空气，在阳光下散步。别看一碗面，里面可是一个世界呀！

但是多年前相反，我的身体对自然关闭，对人打开，对鲍其欢打开。我们每天只知道疯狂。鲍其欢四处买壮阳酒，里面有各种稀奇古怪的猛药！

我爸爸让我陪他去看长江边的江滩。这个道士为了劝我回家，为了劝我离开鲍其欢，干脆还俗了。他剪掉了长头发，脱掉了十方鞋，改成小平头和普通布鞋，再次来到省城。他在我和鲍其欢租房外面的小区租了一间房，看来不把我劝回去不罢休。长江边的江滩上正在搞菊展，四周成了菊花的海洋，到处是黄色和白色的菊花，上面泛着太阳光。四周弥漫着冷香。江面开阔而昏黄，太阳高悬，江风送爽，绿树和青草柔和。多美多美，你看看多美，我爸爸给我指指点点。但是我看不到眼前的开阔的长江、青草和阳光，看不到菊花的海洋和菊海里的爸爸。我觉得困倦乏味，哈欠连天，我的身体对眼前的大自然关闭。我只想回到屋里，回到床上，向鲍其欢打开。

还俗道士人还了俗，心还在神仙身上。他在他租房的屋角，设了一个神位，供着太上老君、祖师爷和观世音菩萨，每天香雾缭绕。他说，孩子，你要拜神啊，你身体里有魔啊。我不愿拜神，被他逼着拜了，也是有口无心。他只有叹气。

我的飞机票越来越多。我在手机微信上晒我的飞机票。鲍其欢全国各地跑业务，新疆、黑龙江、河南、山东，有油田的地方都是他的业务目标单位。他

老孩子 243

跑业务都带上我，让我过飞机瘾。啊，飞机。拉上皮箱，过安检，等候，傻望天空，安全带扣好，看远处的云彩如老家的柴垛、棉花垛，那个感觉真好！

我的姐妹们都惊叹，羡慕，啊，那个和我斗气的姐妹，她彻底失败了，她会跑这么多地方，坐这么多飞机吗？哈哈。

老鲍真好。床真好。身体真好。

七

鲍其欢已经讲累了。讲女人，他搞过的女人，一个一个讲。讲完就去死吧。平躺在枕头上，斜靠在床头，他的视线只能看到窗户一角。这一角可以看见太阳，看见天空白，有月亮的晚上也可以看见月亮和夜空白。噢，讲到第几个女人了？但是现在窗帘全拉着，白天变成了黑夜，听众只有一个：刘背头。

讲到哪儿了？已经讲了十几个了？鲍其欢真讲累了，为什么这么喜欢听？前三个都是幼师，对，我们那个残疾人企业，有个幼儿园，我喜欢招幼师过来实习。实习生比较幼稚，他们看我养残疾人，容易感动和崇拜。我搞了三个幼师，其中两个是处女，一个不是，她有男朋友，已经睡过了。我搞女人不戴套子，所以都怀过孕。怀了孕皮肤油脂一样，只好去打胎。唉，我只有一个儿子，但是我在外面乱搞没生下来的儿子，怕是有几十个。

再讲，刘背头说。

真没有了，鲍其欢说。

有，你还有，刘背头说。

那就一个一个讲。讲完去死吧。窗户前面怎么有两条江？我讲了几天女人了？讲女人是讲不完的，那是男人之间永恒的话题。鲍其欢看见窗户前面有两条江，一条长江一条汉江，长江和汉江在他生活的这个城市交汇。有一千多万人口，每天都在上演男人和女人的故事。

讲到哪儿了？讲到嫖娼了？男人哪个不嫖娼？最喜欢嫖娼的不是生意人，是干部和民工。几个民工不嫖娼？无非档次不一样。民工嫖那些拎着菜篮子卖鸡蛋的，二十块钱搞一回。嫖娼最怕得性病，我可不想死，不想得艾滋病、淋病。印象深的？有一个中学老师，教英语的，兼职做妓女，她租的房子里还有她改的作业本。鬼知道她为什么兼职。现在的城市复杂，面对复杂你尽量别去细想。

再讲，刘背头说。

真没有了，鲍其欢说。

有，你还有，刘背头说。

那就讲，一个一个讲。讲完去死吧。从枕头朝窗户看，还能看见什么？一条深深的隧道。女人的子宫？我们都是那个地方出来的吗？男人迷恋女人，男人就是在迷恋自己的生命和出生地吗？不，刘背头你看，有一个老人站在洞口。

讲到哪儿了？讲到搞残疾人了？残疾人不能搞啊。残疾人是不是人？他们是人，那我不是人啊。有一个哑巴女，我们这里有个残疾人强奸过她。对，是那个断一条腿的家伙强奸的。我报的案，抓去坐了四年。但是这个哑巴女我也搞过。我给钱。我搞一回给五十块。哑巴女认得钱。她知道十块比五块大，一块比五毛大。哑巴女第一回得了五十块，激动得哭了，后来就习惯了，每次搞完伸开手，我给一百块她就找五十块，她认得钱。她不多要。

再讲，刘背头说。

让我去死吧。我真的看见了隧道口的那个老人，我看清了，谁？你知道吗？刘背头，是伍敏慧的爸爸。

鲍其欢讲着，在外考察的伍敏慧电话打来。

伍敏慧问，老鲍，你还好吗？

正在讲故事的鲍其欢气若游丝，说，我好。

伍敏慧问，你在干什么？

鲍其欢说，我和刘背头，我们在讲故事啊。

讲故事有奖品。讲故事有什么奖品？奖品就是黄色扑克，黄色录像，外面招来的妓女。一天一天讲，不讲怎么行？女人这么好。黄色扑克和黄色录像这么好看。但是，一天一天讲，谁有那么多故事？讲完了啊刘背头，真讲完了。

一天一天搜肠刮肚，真讲完了。

那讲伍敏慧，讲你搞伍敏慧，刘背头说。

刘背头，鲍其欢说，刘背头，我求求你好不好，讲谁都可以，不讲伍敏慧好不好？

不行，就讲伍敏慧，刘背头说。

鲍其欢说，刘背头，我现在是伍敏慧养着的呀，你虽说是帮她干活，但是没有伍敏慧就没有你今天啊，你说不定还在流浪呢。

你讲不讲？刘背头冲过来揪住鲍其欢头发。

伍敏慧电话刚好又打来。

伍敏慧问，老鲍，你还好吗？

鲍其欢哭起来。

伍敏慧问，你怎么了？你哭什么？刘背头又欺负你了？

鲍其欢抹抹泪说，没有没有，我刚才梦到你爸爸了。

刘背头在黑暗中播放鬼片，他现在知道鲍其欢怕鬼，他专门在市面上找人淘鬼的片子。阴曹地府，尸体下油锅，身体被锯子锯开。好，你鲍其欢，你搞那么多女人，你害伍敏慧流产四次，你搞残疾女人，哑巴，你在地狱第几层？

啊，啊……

鲍其欢最怕这个，他死过去了。

刘背头不怕装死。停止播放。一碗凉水泼在鲍其欢身上。

说不说？刘背头对苏醒过来的鲍其欢说。

说。

开始吧。

鲍其欢开始哭。哭也要说。他说他和伍敏慧当年怎么搞，完全和狗一样，连体人。他不讲了。他看见刘背头身子晃荡。刘背头晃荡着咿呀乱叫。鲍其欢讲不下去了。他第一次觉得人的身体让人恶心。

快讲！刘背头说，必须讲！鲍其欢说，刘背头，我们不是人啊，我们要下地狱啊！

我站在灶台那里教刘背头做重庆小面汤料，做小面汤料有什么难呢？我没有师傅教，完全自学的，说出来谁信？如果非要说有师傅，那我有两个师傅，一个是鲍其欢，一个是我爸爸。

鲍其欢凭什么是我师傅？鲍其欢爱吃面啊，他祖上应该是北方人。他天天吃面，胃口极刁，有一阵子，我天天的任务就是给他找面食店。找到面食店我先吃，我觉得可以再喊他，吃得不顺口他就要发脾气，他会扔筷子扔碗。一个好面食店，吃几回他也烦了。这么多年，我给他找了多少种面？鸭子面、鸡汤面、财鱼面、猪肺面、刀削面、拉面、扯面、撕面，都不行。他吃几天就烦。我过不了关。我过不了关他发脾气，还打我，最后还是我爸爸帮我过了关。

我爸爸会下面，手工擀面糊汤的那种，做素臊子，最多加鸡蛋，他天天吃斋念经，不沾油荤。但是他无意中下了一碗面一下子把鲍其欢镇住了。

现在刘背头照顾鲍其欢这么好，他无非想学下小面，那就教他吧。我准备给刘背头讲两个要点。第一是味道要大，第二是如何调面前的空气和自己的心情。我出差考察小面的做工和原料，这一阵子一直是刘背头掌勺，他跟我这两年，特别是鲍其欢来了以后，他的厨艺已经不错了。他掌勺这一阵，顾客并没有减少，这就是证明。

做小面有一个诀窍，我对刘背头说。

什么诀窍？他瞪大眼睛。

味道要大，下手要重，我说。

我让刘背头操作。他一边煮汤料，一边放盐和作料，他手抖来抖去，我在旁边说话。加盐，加料，再加，再加，我说。刘背头不敢加，他说已经比家庭食用的翻倍了。我把勺子夺过来，加给他看，他一下子明白了。

你加的只和家庭食用的差不多，客人能记住你吗？

要想印象深刻，就要舍得下手，我说。

我正准备教他第二个要点，忽然心神不宁。第二个要点有点玄，该怎么给他讲呢？

就这些了吗？刘背头问。

对，我说。

我有点心神不宁。我扶在灶台上，弓着身子，撅着屁股。我没想到刘背头忽然抱住我。我挣扎着，他开始摸我，手朝屁股和下身摸。我大声喊，他肆无忌惮。他有点疯狂了，居然在大白天扯我衣服。

你给我搞一回，他说。

不行，我挣扎着说。

我下决心不让他搞，我闻不得他年轻的气息，我身体里住着一头苍老的野兽。

老鲍能搞，我为什么不能搞？他说。

他完全疯了，撕破了我的裤子，猛扯我的内裤，我觉得完了，他力气太大了，外面门还开着，虽说是午后最安静的时候，但毕竟门还开着。

有人吗？

又是老食客！

刘背头看到花白头发的老食客。气不打一处来，这个人怎么总是坏他好事？他失去理智了，他决定治一下老食客。

你滚！他说。

救命，我喊。

老食客的大铝碗朝刘背头扔过来。

八

这个坏人不杀行吗？不杀行吗？伍敏慧握着菜刀去找鲍其欢，沿路都在想怎么杀他。这个作恶多端的男人，这个逼死她爸爸的男人，现在他瘫痪在床上了居然还作恶，还在和刘背头联合。猪都能杀，牛都能杀，鱼虾、鸡鸭、蛇、狗，这些畜生都能杀，那鲍其欢这个连畜生都不如的人凭什么不能杀？

鲍其欢租房的房门被伍敏慧踢开。

听说你把刘背头赶走了？干得好！鲍其欢对拎着菜刀冲进来的伍敏慧大声说。

伍敏慧把刀举起来。

刘背头是个坏蛋，他大声说。

他比你还坏吗？伍敏慧冲到床头，举起刀。

他的目的就是想学做小面的绝招，你要防着他，他大声说。

你要下地狱了，你还操心人间的事干吗？伍敏慧说。她举着刀，不知如何下手。路上来的时候，上楼梯的时候，她心里想着，割耳朵还是割鼻子？头上砍还是手脚先砍？但是现在她却手臂发抖，不知怎么开始了。

杀人是要抵命的，鲍其欢继续大声说。

我愿意！我愿意抵命，好不好？伍敏慧喊。伍敏慧用菜刀比着鲍其欢的脸。刀刃发着白光。鲍其欢胡子拉碴，脸色黑如猪屎。

伍敏慧听到了鸟叫。

刀上有鸟的叫声？哪里有？声音分明来自刀上，来自泛着白光的刀刃上。鸟叫了一声，又叫了一声。不是幻觉。鸟一声一声叫。

伍敏慧把刀垂下，刀刃上有鸟。鸟是生命。刀刃上怎么会有鸟？她似乎看见了爸爸的影子。她看了看刀刃。她垂下刀，缓缓地朝鲍其欢床前的小椅子上坐。杀人是要抵命的，这个她当然知道。她愿意抵命。这个命，这个千疮百孔的身子，这个已经不能再生育孩子的身子留着干什么。她把刀放在地上。她用手蒙住头。她双手插进头发里。她怎么听到了鸟叫？她要分辨一下，理一理自己的听觉，自己的耳朵。

她在发着白光的刀刃上听到了鸟叫。这把刀是切白菜萝卜和葱花的，白菜萝卜和葱花种植在郊外，上面跳跃着阳光，旁边的树枝上站立着小鸟？菜刀是钢铁做的，钢铁是铁矿做成的，铁矿埋在泥土下面，上面的树枝上站着的小鸟在喊她？

一只小鸟不让她杀这个坏人，那应该听一听，听一听，这只小鸟不是在救鲍其欢，而是在救她伍敏慧。杀人是要抵命的。

不行，这个坏男人在眼前，杀坏男人怕什么？杀坏男人为民除害。这个坏男人已经瘫痪了还在干坏事，留着干什么？

伍敏慧从地上捡起刀。刀在空中闪着光芒。

鲍其欢用手挡在面前。

我不想死，我不想死……伍敏慧，我不想死……鲍其欢下体突然失禁了，发出一声浊响。他感觉到魂魄离开了，感觉到自己死了。

伍敏慧再次听到了鸟叫。

这次她听得更清楚。鸟叫就在刀上，在刀刃上。她听见了，这只鸟是她爸爸那只鸟。她爸爸租住的小屋，梁上居然有燕子巢。她爸爸说，到富贵人家筑巢的鸟儿，怎么来穷家小户了？分明是神招来的啊。这只燕子在她爸爸烧香的时候总是在那里欢唱。这只燕子在她爸爸去世以后，也飞走了。

是她爸爸派这只鸟来喊她？

刀掉在地上。

她哭起来。

伍敏慧捡起刀往回走。不杀了？不！一定要杀！

她当然不会放过鲍其欢。

伍敏慧开始给鲍其欢单独做小面汤料，既然刘背头吃了拉肚子，那鲍其欢吃了就不拉肚子？她开始下刀子，一把钢刀，一把钢刀，她嘴里念念有词。她看到面前的空气黑如团块，硬如岩石，都朝汤料里面调吧。

一大碗葱花小面鲍其欢吃了。

他居然没有事。

又一大碗葱花小面给他吃。

还是没事。

伍敏慧有点泄气了。她了解鲍其欢，他的胃是铜墙铁壁。他是个吃喝专家，走到哪个地方都吃地方特色，奇食异菜，从没见他有过什么不适。怎么办？伍敏慧决定把鲍其欢扔在外面折磨几天出出气。凭什么要养着他？凭什么做这么好的葱花小面给他吃？

伍敏慧给鲍其欢买了一个轮椅，把他放在轮椅上，推到面食店前面。她不想扔太远，她只是不想让他太舒服。她既要折磨他，又要能在左右控制着，她还要留着杀他呢。

伍敏慧把鲍其欢扔到外面，鲍其欢恐慌起来。

你不管我了吗伍敏慧？他说。

我想开了，让你的仇家过来杀你，免得我杀人抵命。伍敏慧说。

鲍其欢被伍敏慧扔到面食店门口的场坪上，不敢喊不敢动。

傍晚，伍敏慧又做了一碗小面给鲍其欢，说，你吃吧，夜里就在轮椅上露天过了，哪个仇家把你推走，与我无关。

奇事发生了。半夜里，鲍其欢开始拉肚子，拼命喊肚子疼，和刘背头那时候的喊声一样，声音由小到大，一直喊到早上。太阳出来，晨光温和，早起的伍敏慧，看到了奄奄一息、浑身恶臭的鲍其欢。

她开心地笑了。

她蹲在鲍其欢面前，给他讲拉肚子的原因，告诉他是她干的。告诉他，小面的汤料里面有刀，一把一把锋利的刀调进去了，专门杀他鲍其欢的。

我昨天在外面凉了肚子，与你无关，鲍其欢根本不相信她说的话。

你和你爸爸一样，神神鬼鬼，我不信，我生来不信鬼神，鲍其欢说。

好，你不信？伍敏慧继续给鲍其欢单独做汤料，给他吃小面，鲍其欢又开始拉肚子，肚子又疼得扯天扯地乱喊，一喊一个白天，一喊一整夜。

从此，伍敏慧门口就有了一个乞丐，浑身恶臭，成群的苍蝇追着他乱飞。为了避免影响，伍敏慧白天不再给他吃，免得他喊，天快黑时给他吃小面。每天晚上，鲍其欢都扯天扯地喊肚子疼。

再过一阵，他会死吗？

有一天早上，鲍其欢突然消失了。伍敏慧早上没看到他，一下子慌了。她以为他的仇家把他推走了。她一下子哭起来。

她想到报警，随后又发动店里的员工四处寻找，结果在附近另一个街道的一个面食店门口找到了。城管中心的人以为他是个乞丐，正准备处理他呢。

鲍其欢头发乱蓬蓬的，用手摇着轮椅，在服务人员的陪同下，兴高采烈地回来了。

这个人，命还真是大。

伍敏慧不知道。死一个人，有时候如吹灯容易，有时候千难万难。伍敏慧正想着，老食客过来，给他快断气的老婆买最后一碗面来了。

我正在下面的时候老食客家里来电话，说他老婆快不行了，他匆忙留下地址请我送面。我把面送到，见到了他和他老婆生死诀别的场面。

老食客把他老婆抱在怀里。他头发花白，他老婆一头银白。他们两个都在笑。我把面放在他老婆目光能及的小凳子上，小面冒着热气，上面漂着小磨油、芝麻、黄豆、肉末、姜末。她看着面，面带微笑。她看着四周，目力软弱。老食客在她耳边说话，给她指周围和她告别的人。儿子从外地回来了，儿子带着儿媳回来了；女儿从国外回来了，女儿带着洋女婿回来了，还有一个金发第三代。她一一都看到了。还有什么遗憾呢？没有遗憾。

最先开始哭的是我。我的泪水止不住，泪水如挂，串串如珠。世界上有这么美好的告别吗？人可以这样死吗？我想到了我爸爸，我爸爸死时不合眼，用手抹也合不住，瞪着眼望我，望这个世界。我以为死都是那样的呀！

老食客不让我哭。他托着他老婆，在耳边一直慢慢和她说话，告诉她人生没有遗憾了，儿女们都回来了，最爱吃的小面也端来了。病了上十年，几千碗小面，该吃好了吧。老婆脸色白润，慈眉善目，缓缓地渗出一点泪水，不多，他赶紧给她抹掉。

他在她耳边说，我爱你。

儿子、儿媳、女儿、女婿、金发孩子，一一伏在她耳边说，我们爱你。

我也跑过去说，我爱你。

他老婆缓缓地、幸福地把一扇门关上了。

我继续哭。

整个丧事充满了祥和、平静，亲人们友人们陆续到来，一一告别。我见证了这一切，见证了一扇门的关闭，我感觉身上有一股气流，山涧、清泉、绿树、轻风，全部贯穿其中。我自己的身体就是一座山，就是一条河、一块土地，气流涌动。

原来人可以笑着离开。

我自愿给老食客家里帮忙处理丧事，几天之后，出来朝面食店走，一辆轮椅拦住我的路。是鲍其欢。

刘背头在你对面开店了，鲍其欢大声说。

九

伍敏慧站在太阳下面，阳光猛烈。鲍其欢在太阳下面，几个店员也在太阳下面。才几天时间，才几天时间？刘背头在斜对面开业了！一模一样的小面店。天气这么燥热。伍敏慧从鲍其欢的轮椅处走到自己的门店门前，正是开餐时间，她的小面店却门前冷清。斜对面刘背头在搞开业促销，门前人如潮涌。伍敏慧若无其事地走到自己的店门前，她想笑一下。刘背头开个店也值得紧张？她没有笑出来。太阳忽然冷起来。这么多年她已经习惯了忙碌。她在冷太阳下面忽然不明白现在该干什么，她折转身走到鲍其欢面前。

你说什么？伍敏慧弓着身子问。

刘背头在你对面开小面店了，鲍其欢说。

你怎么还不死？伍敏慧说。

我要和刘背头一起死，我要炸死他！鲍其欢说。

你怎么还不死！！伍敏慧声音大起来。

太阳重新热起来，伍敏慧深呼一口气，似乎恢复了正常。她走到自己的店门口，笑了一下。

刘背头开个店，把你们吓成这样吗？她对几个店员说。

他开业一个星期打折，他能天天打折吗？

几个店员也笑起来。

一个星期过去后，刘背头还是天天打折。

关于刘背头开店的消息，陆陆续续传来。有的说刘背头店面装修好看，有的说刘背头管理规范，有的说刘背头遇到一个准备开面食连锁店的资本大鳄，先开一家做试点，将来要做连锁店。情况一天天清楚了。这个刘背头，还真有来头。

伍敏慧每天坚持做小面，顾客减少了一大半，质量却要保持不变，还要更好。店员们都偷着去看刘背头的店，她不去。刘背头有什么好看的？刘背头有几根排子骨她不清楚吗？她注意到老食客每天都来，每天在这里吃小面，她没有专门去打招呼。她不需要同情。老食客也就是一个老食客，小面下好就行。

鲍其欢却出事了。

老孩子

鲍其欢用石头砸刘背头的门店玻璃，用石头袭击去刘背头门店进餐的顾客，还扬言要炸刘背头的门店，刘背头报了警。警察抓走鲍其欢后，伍敏慧请老食客去救鲍其欢。

老食客问，你为什么要救他？

伍敏慧说，我不知道。

老食客说，你一出手去救他，警方会不会认为是你指使他去害刘背头？

伍敏慧说，所以我找你去救。

老食客说，既然你希望他去死，警察抓去，无人认领，扔到盲流站，早晚一死，多好！

伍敏慧说，我现在不想让他死。

老食客找到警察局，警察局果真准备把鲍其欢送到盲流站，老食客把鲍其欢保出来。

像一堆活动的垃圾一样的鲍其欢，臭气熏天地重新回到伍敏慧的面食店门前。拿他怎么办？继续让他露宿街头，他继续砸刘背头的门店怎么办？

老食客建议伍敏慧把鲍其欢送到福利院。

送到福利院？福利院是养老的地方。养老？送这个坏蛋去养老？

伍敏慧一口拒绝。

我这么恨他，送他去养老，可能吗？伍敏慧说。

伍敏慧不送鲍其欢去福利院养老，她把鲍其欢重新送到原来租的那间宿舍。安排好后，她拍拍鲍其欢说，我先让你活着，回头再处理你。

我和老食客给鲍其欢找福利院。老食客说服了我吗？我不知道。这一段时间太混乱了，刘背头每天都在出奇招，他在社区里面派发吃一送一的餐券，我们的面食店客人一天比一天少。我天天心急如焚应对刘背头，顾不着管鲍其欢。老食客开着车在长江和汉水交汇处的小路上前行。在一个背靠汽车产业开发区的荒山前面，在长江和汉水的冲积扇，在距主城区一个多小时车程的地方，有这么一家安静偏僻的福利院，真让人惊喜。

鲍其欢，我要杀你，鲍其欢，我先让你待在福利院吧。

外面雨刮器不停地刮着汽车玻璃。天下着小雨。我为什么要杀鲍其欢？沿路我给老食客讲我和他的故事，讲四次打胎和宫外孕，讲小面。讲我爸爸。

那几年鲍其欢生意不好，我眼睁睁地看着他的企业一天一天垮掉。他这个生产石墨垫片的残疾人厂子，曾经有过辉煌，残疾人家家有电视，家家有房，全是企业买的。他们把防漏的石墨垫片卖给各地的大小油田，用于管道密封。过去他们搞营销，主要有两个办法：一是喝酒搞关系；二是利用残疾营销员推销，利用别人的同情心。后来石油的密封技术发生了变化，他们的产品不行了，他们的营销手段也陈旧了，企业一天一天垮下来了。

鲍其欢在企业垮台那几年，吃什么面都寡淡，脾气特别大，不单骂我，还多次打我。他找一个一个女人，我知道一个斗一个，我好斗成瘾了。他企业一垮，我又天天心疼他。我为了让他高兴，四处给他找好吃的面食。我找到一种好吃的面，他情绪能舒缓几天，过几天又不行了。那一阵子他四处借高利贷，支撑着企业。我那个时候不明白他为什么明知道企业不行了还要硬撑，现在和刘背头开战我才明白了。是要硬撑，撑着才有一线希望。不管这希望多小，总归是希望。

花白头发的老食客开着车。我爸爸也有一颗花白的头。我爸爸会做面条我是逼得没办法才知道的。我给鲍其欢找不到更好吃的面了，我怕他吼我训我，我跑到我爸爸那里，在他小房里的神像面前哭泣。我吃到我爸爸下的手工面，我没想到那么好吃。

鲍其欢试着吃了一碗，他被镇住了，他也没想到我爸爸下的面那么好吃。

你面下这么好，怎么不去开面店？鲍其欢问我爸爸。

我爸爸不开面店，他只想劝我回去。可我就是不回去。他很无奈，晃着一头花白头发对着我叹气。

花白头发拿我没办法。他被房梁打坏了腰肾，说话只能轻声轻气，像个太监。他干一点重活都不行，路走多了都气喘吁吁。他打不了我，也舍不得打。他只有顶着一头花白的头发在省城住下来，住在我旁边。这样可以陪我，也可以劝我。

花白头发住在省城找工作，一开始找了一个电焊铁艺工，做不了，做几天歇一天，被辞了。第二份工作洗碗，他又太干净了，又没干多久。第三份工作干下来了，帮一个物业公司种花，拎水松土他有点吃力，但毕竟干下来了。

十

吃完这碗小面伍敏慧就要把鲍其欢送到福利院去了。上楼的时候，伍敏慧大哭了一场；再早一点，下面的时候，她就开始流泪。她这么恨得要杀的人，现在却要送到福利院给他养老，天下有这样的事吗？她口袋里面装了一包老鼠药，下面的时候她取出来，准备丢进锅里；上楼的时候，她又取出来，准备丢到碗里，最终都没有丢。最后她脸上带着泪痕端着小面进来了。

鲍其欢却不去福利院。

鲍其欢干了半辈子福利企业，他对福利院多了解？他认为去福利院就是等死，看起来不杀他，其实和杀他有什么区别？他要留下来，和刘背头战斗、拼杀。他一生都在战斗和拼杀，他习惯了这种生活。

福利院多好，吃喝有人管，不用人操心，伍敏慧说。

不去，鲍其欢说。

你不去？伍敏慧说。

不去，鲍其欢说，谁爱去谁去。

两个人说了很久，由说到吵，最后，伍敏慧把口袋里的老鼠药掏出来。

去还是不去？她又问。

不去，鲍其欢说。

伍敏慧把老鼠药倒在小面上。黄黄的老鼠药掺面炒过，泛出一股怪香。伍敏慧迅速用筷子拌了一拌。这是老鼠药！这是老鼠药！你看清了！你看清了吗？

鲍其欢身子支起来。

你以为我送你去享福、去养老吗？伍敏慧说，我送你去福利院先养着，我对付完刘背头再回头杀你，你明白吗？

杀人是要抵命的，鲍其欢说。

好，我抵命，伍敏慧把拌好老鼠药的小面端起来，挑了一筷子，准备朝自己嘴里喂。我们一起吃，你一筷子我一筷子，一起吃一起死，行不行？

鲍其欢哭起来。

伍敏慧，我留下来可以帮你啊，鲍其欢说。

我不要你帮，伍敏慧说。

伍敏慧，你知道我要翻盘的是什么事吗？鲍其欢说。

老鲍，你还做什么梦呢？伍敏慧说。

鲍其欢说，伍敏慧，我想给你找到下小面的秘方。

哈哈哈，伍敏慧说，老鲍，你真是个天才，我现在没心思杀你，好吧，你别害怕。

伍敏慧，我去福利院，还不行吗？鲍其欢看说服不了伍敏慧，叹了口气说。

伍敏慧把鲍其欢送到福利院。

这个偏僻的福利院让人安心，每个星期只有买菜的采购车进城一次。福利院的院民从进来以后，直到死亡才会离开。伍敏慧很高兴，很放心，她拍拍鲍其欢，说，老鲍，不许乱跑。听话，乖乖等着！鲍其欢闷声不语。伍敏慧望望天空和周围，说，这下你跑不了了，你又不是一只鸟。

伍敏慧没想到，鲍其欢这只残疾的苍老的鸟，飞回城里了。

伍敏慧很快接到鲍其欢的短信。

刘背头采用吃一送一的促销办法，伍敏慧也准备促销降价。鲍其欢给伍敏慧发短信劝她不要降价，靠质量取胜。他认为刘背头这么亏，长久不了。过了一阵子，伍敏慧又坚持不住了，鲍其欢发来短信，说刘背头店里的小面质量不行。

你怎么知道？伍敏慧发短信问他。

鲍其欢在短信里说，他做的小面表面上跟你一样，但是有差距，主要差在汤料味道上，他的味道爆辣，带有炝味，你的面更黏稠更正宗。

你怎么知道？你吃过吗？伍敏慧问他。

鲍其欢不回答。

果然，会吃小面的长期老客户陆陆续续回到伍敏慧的店里，她的经营慢慢稳定下来，虽说压力还大，但勉强可以支撑。包括刘背头，他偶尔也过来买面吃。

有一天，伍敏慧终于看到鲍其欢了。

那天鲍其欢坐在福利院买菜的厢式小货车副驾上，正在吃小面。他面前两个碗，一碗是刘背头店的，一碗是伍敏慧店的，伍敏慧一眼就能看出。这辆厢式小货车停在两个面食店中间靠斜坡的一棵树下。

怎么是你？伍敏慧吃惊极了。

伍敏慧……鲍其欢半天说不出话。

伍敏慧一下子明白了鲍其欢发短信的原因。她有点感动。天气有点冷了，树上有昨夜凝下的凉雨，偶尔一颗一颗朝车篷上面滴。司机正在刘背头的面食店吃面，驾驶室只有鲍其欢一个人。

这辆车停得快挨住树了，一般的过路人都从车外面走，伍敏慧无意中从车和树中间走，这样才看见鲍其欢。也是天意。

刘背头的小面表面和你的一样，味道却差些，主要在汤料上，他骗不了多久，你要相信顾客，鲍其欢吃完面抹抹嘴说。

伍敏慧跑到小卖部给鲍其欢买了一包烟。这辆车每周朝城里只跑一次，他能说动司机带他进城，能说动司机在这么大的城市绕道穿行到这个地方吃小面，肯定下了功夫。

你过得怎么样？伍敏慧问他。

过得不好，他说，我发现这个院长很坏，他把福利院院民养猪养鱼腌制的腊肉和腊鱼吊在食堂梁上都不给我们吃，他巴结上面来的领导，把腊肉腊鱼送给他们。

伍敏慧说，老鲍，你要理解他啊，当福利院院长，要向上面申请资金，他只有送这些东西了。

他们真是可笑，他说，每个月搞卫生比赛，评比第一名奖三十块，不及格罚十块，三十块，这也叫奖励？

伍敏慧笑起来。老鲍，这是福利院，人们对钱的标准不一样的啊，哪像你以前当老板？她说。

伍敏慧答应过年去看鲍其欢。

我挥手和鲍其欢告别。一颗凉雨从树上滴落。我的手举在空中,我看着凉雨顺着指尖往下流,我一下子清醒了。

我不相信这是我的手,我的胳膊。我重新举着看,右手,右胳膊。

这只手,这只胳膊,刚才在和鲍其欢告别吗?

在和一个害死我父亲的人,在和一个我一直想杀的人深情告别?

是真的?

他妈的。我不知道骂谁,后来才明白我在骂自己的右手右胳膊。

从送别鲍其欢的那棵树下面到我的面食店,我一直舞动着右手、右胳膊,我不知道该拿它们怎么办。我使劲扔来扔去都扔不掉它们。我冲进面食店,我想找一把菜刀把它们砍下来。关键的时候不争气,要它们干什么?

我看到老食客。

正是早上开餐时间,整个面食店只有一个顾客,就是老食客!老食客旁若无人,均匀地挑着面,缓慢地吃。看见我进来,他面带微笑。

几个服务员和灶台人员神色严峻。

只有一个顾客?

对,只有一个。

从开门到现在一共来了多少顾客?

只有这一个。

我看着老食客,他也看着我,他脸上一直笑着。

我不要你同情,我说。

我没同情你呀,老食客说。

这面我不卖给你了,我说,今天干脆剃光头,一个顾客也没有。

我是一个顾客,这是我的权利呀,他脸上还在笑。

我已经说得很过分了,他脸上始终带着笑。我看不得他笑。我心里的野兽往外面跳,要出来伤人。我的员工们一个个吓得变了脸色,他们在旁边赔着笑脸,试图阻拦我,却怎么都拦不住我。

老食客脸上的笑容最终消失了。

因为我把他面前的那碗面端去倒掉了。

笑容从老食客脸上消失。

太阳从天空消失了,月亮从夜空消失了,江水从河流消失了,人群从城市消失了。

一个人脸上的笑容,就是天空上的太阳,就是夜空上的月亮,就是河流里的江水,就是城市里的人群。

我一下子清醒过来。

老食客已经走出面食店,他并没有发作,稳着步子往前走。他走到我送别鲍其欢的那棵树下面,停住步,我已经追上来了。

对不起,我说。

太阳、月亮、江水、人群,一起在他的脸上出现。光芒。笑容是太阳的光芒,月亮的光芒,江水的光芒,人群的光芒。他脸上的笑容光芒。笑,笑有多光芒!

你嫁给我吧,他说。

你说什么?我的耳朵也在感受太阳月亮江水和人群的光芒,我没有听清。

你嫁给我吧,他又说。

我听清了。

一个花白脑壳的人,一个老婆刚死不久的人,一个我并不了解的老食客,在这么一个凉雨的清晨,突然说让我嫁给他,让这个清晨充满了警惕和诡异。

十一

刘背头第一个小面店开张不久,又在其他的地方开连锁店了,这可是件大事。伍敏慧很快就知道连锁的厉害了,她在刘背头的强大攻势下,节节败退,季节朝冷里走,她已经无路可走了。

刘背头开第一家店,并没有把伍敏慧打垮。伍敏慧做的小面质量和口味,紧紧地吸引着一批老顾客。这批老顾客,形成了一个核心消费圈。这个核心消费圈,在刘背头促销的时候让她不失尊严,店面人气减弱,但是仍然能勉强支撑;刘背头他们的连锁店开了以后,她马上挺不住了。

刘背头加大促销力度,除了吃一送一,还现场送礼品。天下没有这么开面食店的,但是这些手段还真管用,伍敏慧的老顾客,那个核心消费圈,也开始松动、变化,逐渐跑到刘背头那里去。不就是一碗面嘛。

那些熟悉的老顾客的面孔一个一个离开伍敏慧的面食店,到刘背头店里去,这是她最痛苦的事。这些人多年来在她店里吃小面,她只赚他们很少的钱,却尽量做最好的面、最好的汤料。这些人都是周边社区的居民,大部分和她面熟。他们见到她会点头致意,会简单地问好。一切尽在面中!这些人到刘背头店里吃,一开始看见她后会略略难为情,但很快就无所谓了,像什么事都没发生一样。

伍敏慧一向对自己的小面很自信,因为这是她的生意,也是她的生命,她和刘背头打仗,靠的就是质量。她相信刘背头做不过她。但是刘背头却把她最忠诚的老顾客一个一个拉走了。她不断地改变汤料,都没有用。她逐渐失去自信。什么才能把人抓住?什么才能把人永远抓住?她没有心思在面食店喝红茶了。她在社区里走,在大街上走,在长江边走,苦思对策。

伍敏慧也决定促销,也用吃一送一的办法,也赠送礼品。这不是你愿意不愿意的问题,而是必须干。办法都是逼出来的。

伍敏慧把这几年攒的钱都取出来,投入到门店促销,和刘背头拼。真金白银投进去,很快没有了。

一碗小面三块,一碗小面毛利润百分之五十,除去门店租金、水电、员工工资和税收,净利润百分之十五,也就是说一碗面赚四角五分,一百碗面四十五元,一千碗面四百五十元,一万碗面四千五百元,卖两万碗,伍敏慧还赚不到一万块。现在促销买一送一,毛利润没有了,每碗净亏百分之三十五的人工水电税收,每碗面亏一块零五分,卖两万碗面,要亏两万一。还要送礼品?礼品多少钱?

她这个店,每天卖上千碗,从促销开始,每月亏四五万,相当于过去五个月干活的利润扔进去。

伍敏慧从促销的第一天开始腰椎发凉,凉到头顶上,凉到脚跟上。她站在门口笑迎顾客,看着顾客端面吃面,看着人如潮涌,人越多她的腰椎越凉。晚上收摊,服务员们累瘫,几个主管和财务人员却神色严峻。卖出去上千碗面,回不了多少现金,第二天要出去采购,又要掏现金。怎么办?

伍敏慧晚上围着小区看自己的房子,一个念头不停地朝头顶上冲。把房子卖了?把房子卖了?把房子卖了!

这个房子是这些年的心血,由一百多万碗小面的利润组成。这个城市有无数个吃钱的老虎,房子就是其一。但是有了这个房子,虽然不大,伍敏慧结束了流浪,安定下来了。现在,把房子卖了?

某一个周末,鲍其欢又坐福利院的采购车进城,一家一家看完刘背头的连锁店后,找到伍敏慧。

你不能这么和他拼,你这么拼下去,你离破产不远了。

那我怎么办?伍敏慧说。

把店关了,不搞了,让给他,鲍其欢说。

不,伍敏慧说,我绝不关,我拼到底。

鲍其欢随货车带来一个孩子,黑黑壮壮,剃着一个瓦片头。这个孩子有点智障,鲍其欢却说他有特异功能。鲍其欢说这孩子能用鼻子闻到人的寿命,在福利院里特别有名。谁要死了,谁会长寿,都逃不过他的鼻子。

伍敏慧不相信。

这孩子另一个能力引起伍敏慧的注意,他特别能吃面。他一口气吃了十碗小面,这让伍敏慧很高兴。

我们的小面好吃吗?伍敏慧问。

好吃，他张开嘴，一个字一个字地往外含糊着说。

好吃的面，老顾客们为什么都不来吃？伍敏慧搞不明白这个城市的人们到底怎么回事。

有一天晚上，客人都走了，几个主管和财务人员在清点卖小面收回的现金，原来每天一个箱子堆满现金，现在每天半箱都不够，伍敏慧气得一脚踢开箱子，说，不清了，明天我们不收钱，连续几天不收钱，白送给他们吃，我们不收钱和刘背头拼！

这是要过年的样子吗？啊，吃这么好的小面，不要钱！哈，来，来来，真不要钱！真的！天哪，这么好吃！这是新开店用白吃白送做宣传？不，不不，老店老店，老店为什么不收费？谁知道为什么，这世道少问为什么。要过年了，赶上就吃，快来吃，啊，小面，好吃的小面！

门口人头攒动，电话相互邀约。老客户喊新客户，老人喊孩子，电话喊，人声喊。为什么这样？要过年了！

伍敏慧站在疯狂的人群中，像一个顾客。她甚至产生了想去抢一碗吃的冲动。好像她不是老板，好像这是别人家的店。这么好吃的小面，又不收钱，凭什么不去抢一碗吃？要过年了！

快过年了。伍敏慧让服务员去街头喊那些在外打工的民工和可怜人过来吃小面！既然是免费，凭什么给富人免费？给城里人免费？给穷人免费让她心里略微舒服一点。

鲍其欢又来了。

鲍其欢在人群外面的轮椅上吸烟，瓦片头孩子扎在人群里面。店里店外，到处都是人头，站的蹲的，到处都是免费吃小面的人，热闹非凡。

免费再搞几天你真要关门了，鲍其欢对伍敏慧说。

伍敏慧和刘背头拼红了眼，完全在赌气了。

瓦片头孩子在人群里面窜来窜去，看人们吃面。伍敏慧给孩子端了一碗小面，孩子闻了一闻，不吃。

伍敏慧问鲍其欢，他怎么啦？

鲍其欢说，这孩子在福利院，每顿一盆子面条，饭量惊人。

伍敏慧说，那他现在怎么不吃？

鲍其欢说，上次他在这儿吃了十碗面，走到路上全吐了。

伍敏慧一惊，说，怎么回事？

鲍其欢说不明白。

你的小面，汤料味道怎么越来越大？鲍其欢问。

没办法，伍敏慧说，都是刘背头逼的，刘背头和我比汤料，味道都越来越大。现在的人，舌头越来越刁了，我不得不在汤料上下功夫。

老孩子

我又在和鲍其欢挥手告别。我的右手伸在空中，它一下一下朝鲍其欢挥动。我意识到不对，我朝右胳膊和右手看，我想收回来，但是来不及了。

老食客在看着它们。

老食客坐在门外吃小面，他看见了一切。他看见我的右胳膊和右手在和鲍其欢告别。他面带微笑。他凭什么面带微笑？我的右胳膊右手收不回来了。天空未必有吸引力？地心有吸引力能吸住我的双脚，天空未必也有吸引力吸住我的右胳膊右手？

你笑什么？我走向老食客。

我没笑什么，老食客说。

你和鲍其欢是一伙的，我对老食客说。

他又笑。

不行，这个老男人一直面带微笑，我必须把他脸上的笑容赶走，我是这笑容的敌人。我说他和鲍其欢是一伙的，我说老男人和老男人是一伙的，我说我这一辈子最恨老男人。

他脸上还在笑。

一个我要杀的人，一个害死我爸爸又差点害死我的人，我却一次一次像送别朋友一样和他挥手告别，我不知道自己怎么了。

我又开始和老食客胡闹，我不让他吃面，付钱也不行，似乎他就是刘背头，他就是鲍其欢。我把他吃了一半的小面端到垃圾桶前面倒掉。我看到他脸上的笑容消失。

太阳再次从天空消失，月亮再次从夜空消失，江水再次从河流消失，人群再次从城市消失。

我再次清醒。

笑容消失的老食客朝外面走，我在后面跟着他。他一步一步稳稳地迈着步子，走到鲍其欢停车的那棵树下，回头迎住我。

嫁给我吧，他说。

今天，他又说让我嫁给他。

不，你是个坏人，我说。

坏人，我为什么是坏人？他说。

你老婆死了有一年？你怎么就找女人？你对你老婆那么好，不是假的吗？我说。

你在想这个吗？他笑起来，说，我们能不能生前对亲人好一点？死后彼此快活地生活？我们大多数人相反，生前对亲人不好，死后天天痛苦。我老婆在她生前就专门交代过我，并且要我当她的面发誓保证，只要她死后过了七七四十九天，也就是她在阎王爷那个望乡台上站着，和我们挥挥手之后，我们就不要惦记她了。她要我一定再找一个人，一定好好地快乐生活，这样她在另一个世界也心安。

他又笑起来。

自从那个凉雨的早上他说要我嫁给他之后，我一次一次看见微笑闪着光芒在他脸上升起，我又一次一次把这光芒浇熄。我喜欢光芒，我拉着这位头发花白的老食客，在江边散步，在城市散步，在夜晚散步，在天空下面行走。我要他说那句话，那句要我嫁给他的话，那句话里面，有太阳光芒、月亮光芒、江水光芒、人群光芒。

我愿意被光芒笼罩。

十二

鲍其欢带着瓦片头孩子，忽然从福利院消失了。鲍其欢告诉伍敏慧，他就在这个城市里寻找下小面的秘方。伍敏慧和头发花白的老食客四处寻找他们。天气更冷了，长江和汉江是这个城市冬天的两条风道，相当于一个家舍有穿堂风，冷风直接从外面进入城市中心。这个城市有多少家面食店？下一碗面要秘方吗？鲍其欢告诉伍敏慧，找到秘方，他这一辈子也算没输。这就是他的事业，也是他原来说的翻盘。

老食客站在寒风中，一颗花白的脑壳格外扎眼。

没有，这个面食店没有，老食客说。

伍敏慧和老食客启动车子继续往下一个面食店寻找，他们希望会在接下来的某一个面食店门前找到鲍其欢。在伍敏慧跟鲍其欢同居的十年里，他们吃过的有特色的面食店可以连成一张神秘的地图，只有她和鲍其欢知道这张地图的路线。她知道鲍其欢沿着这条线在寻找秘方，她也沿着这条线寻找鲍其欢。

消失后的鲍其欢每天给伍敏慧发一次短信，向伍敏慧通报当年那些有名的面食店的变化。他按照那张只有他们俩知道的神秘面食店地图一家一家考察，然后发短信给她，发完后，他就关机了，他不想让伍敏慧找到他。伍敏慧问他在哪里，他不回复。

没有，这个面食店也没有，老食客说。

每到一个面食店，他们都把鲍其欢的照片交给老板和服务员，问他们有没有见过，请他们帮忙留心。这些面食店伍敏慧当年都很熟悉，一晃几年过去，能坚持活下来的，都发生了很大的变化。伍敏慧看着变化的门面，恍若隔世。

天上下起了一阵一阵冻雨，各个面食店都成了寒冷冬天里热闹的一角。外面冬风刮着，江风鸣响，行人侧身，广告招牌摇晃。如果旁边有一家面食店，价格不贵，有钱人没钱人进来都不用考虑，味道还不错，热热地吃上一碗，那就不单单是吃饱肚子的问题。他们会觉得这个城市是这么好，温暖祥和。如果再佐以小酒小菜，看着眼前的黄色吊灯，你会觉得人生的价值和生活的品质，全在其中。

城市就是一碗面。至少伍敏慧觉得如此。前些年这些面食店她都来过，现在变化多大啊。南来的北往的面，鸡汤面鸭汤面财鱼面，到了这个城市都得变。这个城市夏天热得像蒸笼，冬天又刮刀子风，差距变化明显就是它的特点；这个城市过去是码头，如今有千万人口，南北东西鱼目混珠就是特点。不管是哪里的面，到这个城市来，都得加上长江的特色、汉江的特色、热的特色、冷的特色、南来北往的码头特色。那些扛不住变化的，店面都换了人。只有少数真正有特色的面食店，才坚持下来。

伍敏慧相信鲍其欢的分辨力，他是吃面的专家。凡是鲍其欢短信提醒她的，她都立即赶去学习。

从寻找鲍其欢开始，伍敏慧才知道鲍其欢的提醒是对的。这个神秘的面食店地图，这几年已经发生了很大变化。自从和鲍其欢分手，自从自己开面食店，她最大的疏忽就是忽略了身边的这些变化。他们原来吃过的那些面食店，很多已经关门，有的改换门庭，有的地方干脆不再做面食。那些坚持着仍然在做面食的老店，都有绝活，也都在变化。

鲍其欢在短信里和她一起回忆这一家家生意仍然红火的老店，分析他们原来的味道和绝活，分析他们现在的变化。伍敏慧追随着鲍其欢的足迹，一家家品味。一个小店能存在若干年，能长盛不衰，其中的绝活和变化让伍敏慧大大受益。

鲍其欢在短信里说，他考察了这么多面食店，包括那些生意一直很红火的老店，他们做的面都不如她爸爸做的面。他说他每天考察完毕夜深人静时，都在回忆她爸爸下的面。那么简单，汤料那么少，味道那么小，里面却透着韧劲，里面永远有一种说不清的东西。就像萝卜白菜，就像盐巴。他说他在冬风呜呜的寒夜里，回忆她爸爸下的面，他觉得一点也不冷，全身温暖。他说他想念她爸爸。他让她最终回忆出她爸爸下的面的味道，有那种面，比一切所谓的秘方，比一切所谓的汤料都强。如果能下那种面，在这个城市谁也打不败。

她对着手机哭起来。

在很多个夜晚，她也在想她爸爸下的面。永远有韧劲，永远可口，永远简单朴素。她听着外面呜呜的冬风，一直在想，面里面有什么？鸟跟着爸爸飞走了，阳光跟着爸爸，月光跟着爸爸，江水和人群也都跟着爸爸飞走了吗？

下面的手艺，也跟着爸爸飞走了吗？

没有，这个面食店也没有，花白头发的老食客在一家面食店门前说。

没有，这个面食店也没有，花白头发的老食客在另一家面食店门前说。

有一家财鱼面馆，当年红火，现在仍然红火。当年是街头民工和社区居民的乐园，现在一碗面很贵，照样人来人往。奥秘在哪里？他们在一碗普普通通的财鱼面里面，加上了中药，加上了保健元素。他们在财鱼面里面，加上了菊花、金银花、萱草花、石斛花、当归花、三七花。他们用这些不同的中草药花做成汤料。你想养血平肝，一勺萱草花；你想清热平肝，一勺三七花；你想养血和胃，一勺当归花；你想理气安神，一勺石斛花；你想清肝明目，一勺白菊花……这是哪些高人想出来的点子？伍敏慧大受教育。

伍敏慧现在赌上了，她和刘背头拼了。没有人比她更热爱做面。一碗面，对于伍敏慧来说，不单单是让她从一个打工者变成了一个小老板，在这个城市有了身份和尊严，更重要的是救了她的命。当年她离开鲍其欢，站在这个城市街头，她已经二十九岁了。一个二十九岁的人，带着打过四次胎的身子，身无分文，她去哪里？哪里可以容身？

伍敏慧记得那是一个大太阳的中午，她站在街头。宫外孕之后，父亲又死了，她决定和鲍其欢拼了，她趁鲍其欢睡午觉的时候杀他没有成功，逃到大街上。她知道她永远不会回去，她知道她总有一天会再杀他，但是她必须先解决生计问题。她想起她唯一的特长：下面。她走进了一家面食店，留下来了。

头发花白的人是不是都是好人？至少我爸爸是。老食客不单和我爸爸同样有花白的头发，他们还同岁，你说巧不巧。这个男人你什么都可以跟他说，他总是笑。他怎么有那么多笑？好像笑是他随身带的零食，随时可以掏出来。这个男人你对他发脾气，骂他，说他是坏人，他也一直笑。

笑是太阳月亮，笑是江水和人群，笑是一个人身上的光芒。一个人能随时笑，能随时从口袋里掏出光芒，我就喜欢和他在一起。

我和老食客开着车在这个城市里穿行，寻找鲍其欢。城市下了冻雨，我继续给老食客讲我和鲍其欢的故事。

我想起那一年鲍其欢的企业垮台，那一年他只有搏命，四处借钱。先问银行借，银行不借了，找民间借高利贷。高利贷还不上，借了后家还前家，拿企业的房子，一间一间往外抵。鲍其欢借了最后一笔高利贷，现金取出来一布袋，红砖头那样一块一块。这一布袋红砖头，可以度过这个年，可以让员工和几个债主先回去，可以撑到年后三月。年后怎么办？年后再说。

那天晚上，鲍其欢把一布袋红砖头取出来，堆在桌子上，坐在旁边发呆。能不能把厂关了？我问他。不，绝不关，鲍其欢说。这个问题我和他提过多次，他每次都这么坚决。这个厂他办了二十年，二十年的厂他费了多少心血？他舍不得，割肉卖孩子一样。

鲍其欢绝不关掉工厂，他盯着那一布袋钱盯了一个晚上后，决定去赌博。

赌一把，赢点钱回来，再坚持一段时间，应该就过去了，鲍其欢说。

那输了怎么办？我说。

输，输，输，我会输吗？鲍其欢训我。

我跟着鲍其欢去看他赌博，在汉江的一条船上，在汉口远郊的农家，一个个极隐秘的场所，一群群神秘莫测的人，一套套变化中有不变的规则。红色的钱在黑色的面孔前面挪来挪去。鲍其欢面前的红色越来越少。那些红砖头，一块一块移到别人面前去了。

我站在赌场中看。人在赌场容易入神也容易出神。我那些年跟着鲍其欢跑，看他们这一批老板，不光平时赌，做生意都是赌博式的，投入一个新项目，搞定一个大企业，有没有把握？不知道，赌上去再说！

鲍其欢赌国家政策，他认为国家对残疾人的福利企业还能保护五年，他准备用这五年再挣一笔钱，然后就开始出售企业土地洗手上岸，但是政策和形势不给他五年，一年也等不了。

他赌输了。

鲍其欢把面前的红砖头输光了。夜里到转钟的时候，他带着我垂头丧气地从赌场里出来。鲍其欢大步走，我小跑跟着。空中一个一个烟花炸起来，快过年了！早几天下过雪，地上的雪硬得像石头，我们踩着硬雪，四周只有我们踩出的坚硬的声音。

我们经过一棵棵树，汉江边冬天的树枝条坚硬，上面结着冰凌。我们站在一棵树下，鲍其欢故作轻松地笑，但是笑着笑着，他哭起来。我就在那个时候，看见不远的地方有一只苍老的野狗对着汉江在哭，呜嘟呜嘟地哭。

我听到远处汉江里传来噼噼啪啪的声音，传来呜呜的声音。

鲍其欢回房间后从床下面一个柜子里拉出一个箱子，他把箱子打开，里面露出一块块红砖头。

我要破产了，你跟了我这么多年，你拿着这些钱跑吧，鲍其欢说。

没想到鲍其欢还留了一点。

不，我说。

我要留下来，我要陪他共渡难关。我要留下来，还因为我怀孕了。这是我怀的第四胎。

我那时候还不知道我这一胎是宫外孕。我选择拿钱走人还是选择留下来？我留下来和不留下来，不是由我决定的，由我身上的气息决定的。

他让我拿了钱跑，十五万，红红的十五块砖头。我身上的气息抢在我前面，坚决而干脆地说，不。

我站在那里，我对我说的话吃惊。

后面的事实让我更吃惊。我没有要那十五万块钱不说，还抱着他的腰要和他结婚。是的，这也是我身上的气息要我说的。这个男人，这个可怜的男人，他老婆和他离婚了，企业也要破产了，这个世界都不要他了，我要他吧。

十三

刘背头找到伍敏慧，面色痛苦，说，伍姐，我恐怕活不长了。

怎么会呢？伍敏慧看着刘背头的脸色说，你有什么病吗？

如果有病，反倒好了，刘背头说，关键是我查不出什么病啊。

伍敏慧正在做汤料。

我肚子难受，胀得像石头一样，刘背头说。

按照鲍其欢的提示和伍敏慧自己的考察，伍敏慧开始变化汤料。她每天尝试着变化，老顾客们都觉得新奇不已。

刘背头说，我觉得烦躁，我怕查不出问题，反而有大问题。

伍敏慧说，刘背头，亏心事做多了。

刘背头沉默不语，半晌又开始揉肚子，他的肚子坚硬如石块。

伍敏慧的心咯噔了一下。

客人都走完了，刘背头还在揉肚子。这个人背头真正梳光溜了，老板气魄出来了。

肚子天天胀，石头一样，我吃了中药西药，都不行，刘背头说，我天天晚上睡觉翻不动身子，睡不着觉，我觉得问题大。

伍敏慧的心又咯噔了一下。

伍姐，刘背头犹豫着说，你原来调的那种……能让人拉肚子的汤料，还有吗？

伍敏慧手在案板上一按，说，刘背头，我家的汤料，什么时候让人拉过肚子？

刘背头说，伍姐，你别误会，我太难受了，我真想拉肚子。我想让自己拉，我吃泻药都不行；我自己学你调空气做汤料，我越吃肚子越硬。

隔一天刘背头又来，刘背头肚子硬得消不下去。伍敏慧动了心思，想给他做刀子汤料杀他几刀，又不敢做，心里矛盾着。事实上，刘背头的小面店也撑不住了。他背后的投资方虽然不要利润，却要营业收入和发展速度。伍敏慧这一个小店，影响了刘背头背后投资方的第一家旗舰店，把投资方所有连锁店的步伐都打乱了。投资方原打算让其他连锁店来学刘背头的第一家店，现在榜样却树不起来。投资方天天训斥刘背头无能。刘背头也撑不住耗不住了。

伍姐，别硬撑，我们联合吧，刘背头挺着大而硬的肚子说。

老孩子　265

联合？怎么联合？伍敏慧说。

很简单，你这个门面一切都不变，只把牌子换成我们的，刘背头说。

牌子一换，我的店不就是你们的了？伍敏慧说。

刘背头说，这有什么呢？只要有钱赚，到哪儿不是做小面？给谁做不是做？

不，伍敏慧说。

看了鲍其欢寻找的这么多店的绝活和变化，伍敏慧更明白该怎么做小面了。她比原先有底气了一点。

唉，刘背头捂着肚子，痛苦地说，你这个伍姐，我们店合在一起，人也合在一起，多好。

伍敏慧赶刘背头走。刘背头肚子突然动了一下，他赶紧朝厕所里跑。刘背头从厕所里出来，他仍然没有拉出来。

老食客来了。

伍敏慧开始做那种下刀子的汤料，老食客当然不让她做。

是刘背头主动要吃的，怪不得我；是刘背头主动要吃的，能怪我吗？她对老食客说。

第一盆汤料，老食客面带微笑，付钱买下，倒在垃圾桶里了。

伍敏慧开始做第二盆汤料。她动作迅捷，手脚麻利。一团黑气从她身体里面升腾起来。一把一把钢刀，锋利的刀刃在眼前晃动。刘背头得几把刀杀？刘背头现在肚子大了，不比原来，多锋利的刀刃才能杀动？老食客在窗前吃烟，喝红茶，他在替我担心？伍敏慧想，下的钢刀这么多，吃死了怎么办？

第二盆汤料，老食客又面带微笑，付钱买下，倒在垃圾桶里了。

伍敏慧开始做第三盆汤料。她动作舒缓了一点，开始和老食客说话。我知道你为我好，老食客，但不是我要给他刘背头吃的，是他刘背头自己要吃的，他的肚子硬如石头。他居然敢学我调面前的空气，谁知道他把什么硬东西调进去了？老食客，你怕刘背头端着汤料去举报我，对不对？他吃了我的面拉肚子马上去举报对不对？做食品餐饮的倒是应该注意这个，我怎么没想到？那我让刘背头自己拿盆子来，他端回去吃行不行？他在自己家里怎么拉和我没关系吧。

第三盆汤料，老食客还是面带微笑，付钱买下，倒在垃圾桶里了。

伍敏慧继续做。她自己肚子怎么有点疼了？她和老食客赌起来。她的汤料不卖给老食客了。不卖不行。老食客要买，那她涨价，十倍价。十倍价也买。买了就倒。老食客你什么意思？你怎么孩子气？你赌这么贵？我涨价五十倍！五十倍也买，你敢这样卖，我就敢买了倒掉。

伍敏慧肚子有点疼了，她累了，也不想做了。这个花白头发的老食客和她赌，他那么有钱，她怎么赌得过？她嘴上继续说赌的时候，心里已经消气了，她心里在笑，她脸上也有了太阳、月亮、江水和人群。

雨刮器继续在车窗上刷动,花白头发的老食客继续带着我在下着冻雨的城市里寻找鲍其欢。鲍其欢又发来短信,他把他考察的另一家面食店的变化发给我:门面装修变化、面食味道变化、器皿变化、服务员服装变化、汤料色泽变化。

鲍其欢让我不要找他。他说他过得很好,带着瓦片头孩子吃面,自己也吃面。他说他要一口气把全城的面吃个够。他说他恐怕只能尽情吃这一回了,他七十多了,以后再没机会吃了。他说他吃完面就回福利院,再也不出来了,就在那里看太阳看天空看长江看汉江,终老一生。

我们最终找到鲍其欢了。他就在附近一个没有店招的小面食店里面。我和老食客在对面的大面食店里吃面。我在吃面的时候突然放下筷子,跑到店外面。夜已经很深了,城市里大部分灯都熄了。天空又高又黑。灯光残亮,斑斑驳驳。冷空气从街巷里面裹裹挟挟吹来。

我感觉他就在附近。我不知道为什么会有这种感觉。我在大面食店附近的几个街巷口张望,我没有想到鲍其欢就在对面一个这么小的面食店里。

鲍其欢和瓦片头孩子坐在面食店的墙角,看外面灯光的残亮和远处天空的暗黑。瓦片头孩子刚刚呕吐了。这孩子一吃城里大味汤料的面食就呕吐,鲍其欢只好带他来一个没有作料的面食店。

你小子没福,鲍其欢对瓦片头孩子说,福利院里的白水面你一顿吃一盆子,城里的好面你吃一回吐一回。

孩子不说话。

鲍其欢从怀里掏出一瓶酒,自己喝了一口,递给孩子,孩子不喝。

你不喝酒,也不看街上漂亮的女孩子,你小子也这么大了,你小子没福!鲍其欢又说。

孩子不说话。

孩子不说话,鲍其欢却特别想说话。他找了这么长时间秘方,现在他明白找不到了。他很沮丧。外面偶尔有一辆汽车经过,已经没有行人了。屋子里传来鲍其欢一口一口吞酒的声音。门口下面的店员在玩手机,外面的世界屋子里的客人都和他没有关系。

你是对的,小子,鲍其欢说,所有大味汤料的面都不好吃,我们找了这么多家有名的面食店,生意再好,都是狗屁!没有一家好吃!

鲍其欢越喝越猛。

有一点你搞错了,你绝对搞错了,鲍其欢继续对孩子说,别人都说你的鼻子能闻到寿命,说你只和长寿的人在一起,我知道你闻不到。如果你能闻到寿命,你怎么天天和我在一起?我能长寿吗?我马上就要死了啊。鲍其欢把手撂在孩子肩上。

鲍其欢没想到我在马路边听到他说话了。

我翻不了盘了，鲍其欢把酒猛地一口喝完，说，这个城市里所有好吃的小面都是大味汤料，没有秘方。这个城市里的人已经离不开大味汤料了。就像我，离不开酒和女人。酒和女人是这个城市给我的大味汤料，我已经吃顺口了，改不了了。我翻不过来了。翻不了盘我还要长寿干什么？所以，你小子和我在一起，你这个鼻子闻得不对。我马上要死了。

我原来和你一样，小子，他说，我原来也不喝酒不沾女人，我一心只搞企业养残疾人，后来一沾女人和酒，这东西你不明白，你小子永远不明白，一沾就脱不了了，一沾我就不行了，我就垮了。我的胃口越来越刁，我已经没有救了。

鲍其欢哭起来。

我也在马路边哭起来。

我又看到了汉江边上那只苍老的野狗在哭，一声一声呜嘟呜嘟的样子。

十四

过年了。面食店里的员工都放假回家。鲍其欢给伍敏慧发短信，要伍敏慧到福利院去看他。

鲍其欢现在不需要时间了，他感觉到时间是一个需要对付的东西。早上起来，干什么？吃饭。上午，干什么？中午又是吃饭，吃了饭干什么？下午睡觉？好睡，一天一天睡，脑壳都睡扁了，下午睡了夜里睡不着，夜里干什么？

鲍其欢一生都忙过来了啊，忙什么啊，忙生意，忙吃喝，忙着在城市里开车倒车，忙搞女人。现在他不忙了。

福利院里有一个残疾胖子，拄着双拐。他进福利院前一生都在放牛。他只放一头牛。一头牛养大后拉去耕地，生产队或者家里又给他换一头牛放。这个一生只放一头牛的胖子，被送到福利院的时候，身上一分钱也没有。他一生几乎没有摸过钱，他从来没有见过一百块的钱。当然，他一生也没有搞过女人。他一生漫长的时间是怎么过来的？他每天放一头牛面对天空和草坡，面对孤孤单单的牛和自己，他怎么过？

福利院还有一个歪戴瓜皮帽的老乞丐，这个老乞丐从小父母双目失明，他讨饭养活父母，一直给父母养老送终，这么苦哈哈的人，居然去修汉丹铁路，一修十年。他修铁路的时候被飞石砸伤了腿。他也一生没有娶老婆。他这么一个人还每天唱歌哼曲，他高兴什么呢？他的时间是怎么过的？

和鲍其欢住隔壁的喂猪佬更好笑。他除了被冤枉坐了几年牢，剩余的时间喂了几十年猪，给生产队喂猪，也给私人喂猪。这个脾气大爱喝酒的喂猪佬，现在收养了那个瓦片头孩子,他每天晚上搂着孩子睡,像搂一头猪。

过年那一天,伍敏慧喊老食客开车,从城里赶到郊区福利院。春节的福利院一派祥和,张灯结彩,院子里的菜圃和廊架上面,挂满了灯笼和彩带拉花。

吃饭就在集体食堂。春节有春节餐:火锅和蒸菜。一大桌,青菜大部分是自己种的,部分肉类和原料在城里面买。整个食堂里,灯火明亮,墙上贴着一周菜单,贴着卫生标准,还按月贴着每个人的生日。伍敏慧看到了鲍其欢给她说的那几个人:一生只喂一头牛的残疾人、歪戴瓜皮帽的老乞丐和带着瓦片头孩子的喂猪佬。五六桌饭同时开席。

一生只放一头牛的胖子拄着双拐四处敬酒。伍敏慧问他,你只放一头牛,那么多空闲时间怎么过?胖子说,发呆啊。伍敏慧不甘心,说,只发呆吗?胖子说,发呆很舒服啊。伍敏慧和老乞丐碰杯,问,要饭的日子苦吗?老乞丐满脸黑红,说,谁记得啊?我只记得打死了一条狗烧着吃,快活啊。坐过牢的喂猪佬今年七十八,他说他能活一百岁。他的话语含糊,显然喝多了。

智障瓦片头孩子在整个食堂饭厅最受人欢迎,每个人都喊他,请他和他们同桌吃饭,瓦片头孩子却挑三拣四。他目光看来看去,像一个将军。饭厅四处都是白发脑壳,一桌一桌。大家都不想死,都想长寿,活着这么好谁想死?瓦片头孩子像一个将军,他会检验气息,检验一个人的寿命,检验一个人活多长。

瓦片头孩子这个能力是喂猪佬发现的。院子里先前死了一个一百零三岁的老婆婆,人们总说老人要死了要死了,说了几年,但是几年来孩子却一直和老婆婆玩,老婆婆就是不死。有几天孩子不去找老婆婆玩了,怎么拉都不去,没几天老婆婆就死了。还有一回,一个刚入院的锅炉工,刚过六十,身体强壮,他去抱这孩子,孩子挣扎着不让他抱,他怎么用糖哄都不行,结果几天后锅炉工和福利院一个七十岁的泥瓦工老头为争一个老婆婆,被泥瓦工用铲子拍了一下脑壳,没几天锅炉工就死了。

饭很快吃完了。

伍敏慧用轮椅推着鲍其欢在廊架下面散步,一滴一滴的淡阳光花瓣一样散落,场院里,老人们搬出椅子在外面喝茶吃烟。瓦片头孩子纠缠着老食客在嬉闹。一个工作人员放鞭炮,众人开始捂耳朵。包括那些聋哑人也捂着耳朵,有人指着他们说,你们躲什么呀?众人笑哈哈。

伍敏慧正在发呆,鲍其欢对她说,我喊你来,是让你来杀我。

我站在鲍其欢的轮椅后面推着他,我看着瓦片头孩子在远处场坪上和喂猪佬老食客玩耍,他们在玩我们这个地方古老的"斗鸡"游戏,一条腿架在另一条腿上。冬天的阳光像散开的菊花一样在他们身上洒落。这个孩子真有特异功能?他缠着两个白发老人游戏,那么喂猪佬和老食客会长寿?

我看着轮椅上的鲍其欢。鲍其欢带着这个瓦片头孩子进城吃小面，他们天天在一起，难道鲍其欢也会长寿？不，不会。因为我站在他身后，我正在想怎么杀他。他活不了多长，他长寿是不可能的。

我必须杀了他，为了我，更为我爸爸。

我永远记得那一刻。我爸爸在我宫外孕即将手术的时候，在我疼得快断气的时候，跑去找鲍其欢。鲍其欢却在那个幼师的宿舍里鬼混。那印证了我那飘在空中的那条命的观察。我爸爸要他去医院看我，他不答应。他不答应我爸爸就不走。

我爸爸去抱他胳膊，他告诉鲍其欢我快没命了。鲍其欢一把把他推倒在地上。地上是大太阳，太阳像粘在地上，地面发烫。我爸爸烫得不行，但是他爬不起来。他开始冒汗。他的肾病突然发作了。太阳在地面粘着，如同一只火盆，这只火盆在接着我爸爸额头上的汗水，一颗一颗，嗞嗞作响。

我爸爸哆哆嗦嗦。我爸爸说，鲍总，我孩子在医院里要死了，你快去救她，她怀的可是你的骨肉啊。

我爸爸倒在太阳下面，起不来了。

我爸爸肾病发作了，他很早的时候身上就开始肿。他的身体肿得像面包，一按一个窝，半天起不来。

这一回他被送到医院里，却坚持着不断气。他一直撑着等我，要和我说话。

我爸爸的话没说出来，人先死了。

我正在回忆这些痛苦的事，我正在想怎样杀鲍其欢，他还能长寿吗？

这个时候鲍其欢却突然说，我喊你来，是要你来杀我。

你说什么？我怀疑我是否听清了。

我活够了，鲍其欢说，你杀我吧，别让人看出来，想一个好方法。

瓦片头孩子"斗鸡"输了，倒在阳光下。

阳光碎成一地菊花，黄色白色的菊花，一大片一大片花影，一大片一大片菊花地，散发着药香，散发着太阳的香，散发着月亮的香，散发着土地的香。我看见我爸爸在菊花地里向我招手。我丢下轮椅朝菊花海里跑，我看见爸爸在笑，在向我招手。我跑进菊花海，却迷失了方向，原来是那个瓦片头孩子在一大片菊花里喊我。他向我招手。千朵万朵黄色白色的菊花都在向我招手。

（原载《钟山》2017 年第 3 期）

作者简介：

  普玄，男，原名陈闯，出生于湖北谷城县，毕业于华中师范大学，后读北师大作家班，现居武汉，中国作家协会会员。曾在《人民文学》《收获》《当代》《十月》《钟山》《花城》《小说月报·原创版》《清明》《中国作家》等刊物发表小说几十篇，作品被《小说月报》《小说选刊》《中篇小说选刊》《作品与争鸣》《中华文学选刊》《长江文艺·好小说》等刊物选载多次。获《当代》《长江文艺》《芳草》等杂志小说奖，湖北省新屈原文学奖和湖北文学奖，百花文学奖。

战 象

雷杰龙

金色的光芒刺破云层，从天空垂下，照在台北圆山公园的一个水池上。那道光纯净、细致、温暖，像无数亮闪闪的手指抚摸着世界上最后一头战象林旺眯缝着的眼帘。在那道光芒里，战象林旺再次打量世界。狭窄的水池，坚硬的水泥台阶，台阶上的几只香蕉、苹果，身形瘦弱矮小的饲养员以及他背后的假山，假山旁的房舍，房舍里面的几只非洲狮和隔着栏杆对着狮子指指点点、吵吵嚷嚷的几个游人。世界太狭窄了，了无生趣！战象林旺不愿再看这些早已看了几十年的情景。它的眼帘下垂，下垂得只剩一道若有若无，刚好能感受得到光芒，但又能把周围的情景成功阻挡在外的细线。这就好了，眼前的世界开始退后、模糊，逐渐消逝于无形。此后，另一个世界慢慢出现。那是战象林旺无比谙熟的世界、想看见的世界。在那样的世界里，它又能够在宽阔的大地上骄傲地行走。

那是一次次多么骄傲的行走啊！每一次行走都通往新奇的世界，每一次行走都那么惊心动魄！它曾走过遥远的北方大河，那条大河两旁曾经铺满和南方的大河边别无二致的莽苍森林、广阔滩涂和无边草场。那里曾是犀牛、河马、鳄鱼、老虎、狮子、麒麟、孔雀、鲲鹏以及无数种动物，当然也是自己的同类们相互角逐的广袤天地。但动物们的相互角逐和人类的相互角逐相比有何乐趣可言呢？只有人类的角逐才是值得参与的角逐，只有参与人类的角逐才能看得到真正惊心动魄的风景，只有参与人类的角逐才能领略自己内心深处勇气和恐惧最后的边界。战象林旺看到在北方大河边的平原上，它和数百头战象排列在一起，像一堵灰色的城墙，准备压向一箭之地外的战阵。那是长戈如林的战阵。厮杀前的世界那么安静，安静得只剩阳光和风的声音，安静得似乎整个世界只有自己孤零零地站在那里。它不耐烦地甩了甩长鼻子，似乎想要吸进世界最后一股空气。多么舒服的空气啊，带着北方大河古老的湿润和芳香。深呼吸让它安静下来，让它看见许多和它排列在一起的战象，它们有的也和它一样不耐烦地甩了甩长鼻子。冲锋之前，它忍不住回头张望。在大地上行走的活物中，很少有别的活物有它和同类那么宽阔高远的视野。它看见象队的背后，是大片的马队，马队的背后，是林立的人类战士的森林。密不透风的森林，没有退路，它就站在森林的第一排，是森林边缘最高大的树木。过一会儿，后面的森林就会移动上来，如果它不动，就会被推倒、践踏。它只能转过头来，面对前方的敌阵，发出一声长长的嘶吼。它的嘶吼，汇入无数雄浑尖厉的嘶吼之中，它看见对面的阵列在它们的嘶吼里微微颤动。"咚——咚——咚咚——咚咚——咚咚咚——"，第一通鼓声在后面响起，那是用象皮、马皮、麒麟皮、鳄鱼皮蒙就而成的各种皮鼓的声音。阴险狡诈的人类总是能用各种奇奇怪怪的法子弄出各种声响，压过其他任何一种活物在大地上发出的声响。它讨厌人类，但它喜欢这种人类弄出的声响。这种声响能激发它古老的怒气，三通鼓声响过，用不着背上战士的吆喝驱策，它稳稳地迈开脚步，开始前进，一步，两步，三步，步幅越来越大，它开始加速，奔跑，冲刺。酣畅淋漓的奔跑和冲刺！微小的箭矢划过皮肤，不过擦痒而已。长戈飞来，它有时歪歪脑袋，让它飞身而过，有时用鼻子一甩，把它击向侧面。转眼，它和同伴便如凶猛的洪水，冲开了一道横列的堤坝，在对方被撕开的阵列中厮杀。碰撞、践踏、席卷。它用巨大的前腿踏破一个人的脑袋，用锋利粗壮的长牙刺破一名战士的胸膛，再用长鼻子把一名马背上的骑士卷起，左晃一下，右晃一下，再用劲往上甩，然后松开，将那位骑士高高地抛向天空。那个人在空中尖叫，可周围的声音实在太多了，它听不到他的尖叫。周围的声音是无数声音会聚在一起的声音，那种声音排山倒海，混乱无序，仿佛正在撕碎整个世界。它喜欢这样的声音，这能激发它更大的怒气，让它更加凶猛酣畅地冲击、践踏、席卷。

可是，在一次次冲击、碰撞、践踏、席卷之中，北方大河边的天地越来越小。温暖的天气开始变寒，湿润的风渐渐干燥，大片的森林和草场在缩小，广袤的原野被分割成越来越小的方格子，大地慢慢失去了足够它和同类纵横驰骋的战场。它开始一路南行，越过无数的山谷、河流，来到南方广阔温暖潮湿之地。在南方的大片天地中，它继续一次次行走、冲刺和厮杀。它在古印度厮杀，它和同类在战场上的事迹，记载在《吠陀经》的圣歌里。在古印度大陆上厮杀无数次之后，它一路向西，有时从陆地，有时在港口登上大船，漂过苍茫大海，登上新的陆地，在名叫波斯的战场上厮杀。在高加米拉战场上，它面对过亚历山大大帝指挥的希腊人的楔形阵。那位年轻气盛、毫无畏惧的伟大帝王，在会战前夜为了它和其余十四头战象恐惧得彻夜难眠，不得不为了消除心中的恐惧向他心中的神灵献祭。那场会战他虽然胜利了，但却为了对付它和其余十四头战象付出了惨重的伤亡。那场会战之后，它和其余幸存的几只战象便加入了亚历山大大帝的队伍。作为一只战象，只要能填饱巨大的肚子，只要能继续在战场上驰骋、厮杀，加入哪一支队伍有什么关系呢？它继续行走，这回是一路向东，向着波斯帝国属于亚洲大陆的部分，向着印度的数十个王国进发。伟大的亚历山大帝一路连战皆捷，但在印度丛林里的一场惨烈恶战之后，他的军队止步不前了。历史记载中说，那是因为亚历山大帝的部下厌倦了建功立业，不愿再随他打到世界的尽头，实则却是因为连亚历山大帝自己，即使经过对神灵的多次献祭之后，依旧无法克服对前方摩揭陀国多达六千多头的战象的恐惧。而在摩揭陀国的后面，旃陀罗笈多王国还拥有九千多头战象，亚洲丛林那么多巨大的战象，让亚历山大帝和他的同伴们着迷，也让他们颤抖，它和同类以及支撑它们生长的亚洲大地的伟力，第一次让一位试图征服世界的伟大帝王和他的伙伴们的勃勃野心化为乌有。

从印度向西折返之后，它和同类转战北非和欧洲。在北非的大海边，它和数十头战象在迦太基王国的伟大统帅汉尼拔的指挥下率先冲锋，踏破比希腊马其顿人的楔形阵还要坚固十倍的罗马军团方阵。但在北非和罗马人战斗，汉尼拔总感到吃力，于是他决定渡过直布罗陀海峡，绕道欧洲，进攻罗马人的后方。通往欧洲战场的路途无比艰险，虽然已经过去两千多年，但在战象林旺眼里，比利牛斯山、阿尔卑斯山的道路依旧白雪皑皑，尤其是阿尔卑斯山隘口的险境，依旧让它恐惧不已。在雪山之中，缓慢蠕动的队伍前不见头，后不见尾。那是和丛林、平原完全不同的景致。世界那么单调，只剩下一片洁白。阳光下冰雪的反光，刺得它双目发疼，让它狂躁不安。为了让它平静下来，好一阵子，驯象师不得不用绿色的布匹蒙住它的眼睛，让它在带子的牵引下慢慢前行，直到它的眼睛终于能够适应眼前的一片雪白。队伍正在缓慢行进，前面突然传来一声充满恐惧和暴怒的嘶吼，以及那声嘶吼过后的一声巨大的、由下而上腾起的轰响。那是一只战象滚到了雪山下的深渊。队伍停顿下来，心惊胆战地注视着头顶的积雪，会不会因为这次震动引发一场雪崩将大家吞没。停顿半响，队伍继续小心翼翼向前蠕动。终于到了最险要的那段山崖，面对崖壁外侧恐怖的深渊，它几次忍不住停下脚步。但在驯象师的安慰、吆喝下，它只能紧贴着崖壁，缓慢地迈步前行。它明白没有退路，倘若它停下脚步，拒绝前行，那它就会被凶狠的人类弄下悬崖。虽然心惊胆战，它还是成功地通过了那道隘口。下山之后，它才知道，它是数十头战象中唯一通过那道隘口的战象，它的同伴，不是掉下悬崖，便是倒毙于路途，身躯做了人类的食物。同样掉下悬崖或者倒毙于路途做了人类食物的，还有同行的1万多匹战马。作为驱策一支10万多人、1 2000多匹战马和几十头战象的军队成功翻越阿尔卑斯山的伟大统帅，汉尼拔完成了人类战争史上的一次壮举，被载入人类的史册。可作为一头战象，林旺见识到的却是他和人类惊人的残忍。或许，从一开始，汉尼拔就清楚不可能带着1 2000多匹战马和几十头战象成功翻越阿尔卑斯山，但他偏要带上它们，不是要用它们去和罗马人作战，而是要让它们为他的军队运输装备、食物、给养。不仅如此，这1 2000多匹战马和几十头战象，自身也是重要的给养之一，当他和军队需要新鲜的肉食补充体力之时，再也没有任何比这些活动的、听话的大型动物更好的待宰之物了。据史籍记载，汉尼拔这次跨越阿尔卑斯山的远征，行程近900公里，只用了33天时间就越过了有无数艰难险阻的阿尔卑斯山，但下山之后，他的9万步兵、1 2000骑兵和几十头战象组成的庞大队伍只剩下2万步兵、6000多没有马的骑兵和唯一的战象了。那头唯一成功通过阿尔卑斯山的战象就是林旺。它还记得，下山之后，在一条小河边，汉尼拔走到它面前，抬手摸着它的长鼻子，和它互相注视了好一会儿。它在汉尼拔的眼中看到了泪水。它还在那泪水的背后，看到了汉尼拔对罗马人烈火一般的仇恨，以及那烈火般的仇恨背后如阿尔卑斯山冰雪一般的坚硬和冷漠。它还知道，汉尼拔和它的对视，似乎有一个约定：让它站在他的身边，和他一起见证它和同类的付出命有所值，他将用一系列震古烁今的辉煌战绩和无数罗马人的鲜血载入人类战争史的不朽史册。它明白汉尼拔的约定，但它又能对他说些什么呢？难道和他说，它已经看到了他在特拉西梅诺湖战役和坎尼战役中全歼罗马大军，创造了人类战争史的经典传奇？难道和他说，罗马人在数年的惊恐之后，很快找到了对付他的办法，用他对付罗马人的方式对付他的祖国迦太基；而他，将很快老去，不得不从亚平宁半岛渡海回到北非的迦太基，并在那里被年轻的罗马将军大西庇阿击败，然后遭到自己祖国的背叛，不得不流亡遥远的异国他乡，并在罗马人的追逼下不得不绝望地喝下那杯来自遥远东方的毒酒？难道和他说，作为唯一的战象，它只有孤独而没有任何战斗的勇气和兴趣，它只能选择恰当的时机离开他，再次奔赴有其他战象和它一起并肩战斗的战场？

离开汉尼拔后，它继续在亚平宁半岛上厮杀，在北非的大海边厮杀，在小亚细亚半岛上厮杀，在巴尔干半岛厮杀，在欧洲大陆厮杀，再兜了一个大圈，折返南亚大陆，在印度、斯里兰卡、孟加拉、缅甸和暹罗厮杀。在两千多年的战象生涯里，它和同伴无数次踏破对方的阵容，为自己，也为自己的军队、国王和统帅带来巨大的荣誉。在两千多年的黄金时光里，战象林旺和它的同类拥有过无数的骄傲战绩。那时，它们是陆地上最大的动物，是军队里最令人恐惧的武器。它们常被部署在战阵的中央，既是最坚固的防御核心，也是进攻时冲垮对方战阵的最强大力量。冲锋之时，它们30公里的时速、庞大如小山般的体形、强韧厚实的皮肤（有时还在全身披挂甲胄）、巨大的四足、粗壮尖利的长牙、强壮柔韧的长鼻再加上背上披甲的驭手、弓弩兵、长矛兵……数十头、上百头、上千头战象阵列一旦发起冲击，便像一列列黑压压的山峰压向敌阵。如此的阵列无坚不摧，让对方装备长矛、战斧、战刀、弓弩的步兵和骑兵方阵极难化解。而对方的阵势一旦被冲破，则会遭到象阵的无情践踏。即使那些没被象阵冲垮的敌方军阵，也会被象阵驱赶到一边，或者在象阵压迫下后退，失去原先完整的阵势，直到最后被撕裂、崩溃。除此之外，缺乏战象的敌方军队，核心机动阵列是拥有战马的骑兵，但战象恰巧是战马的天敌，无论如何训练有素的战马，都会慑于战象的威猛，胆怯恐惧，难以自制，更别说正面交锋。就算只是听到战象的嘶吼，闻到战象的气味，大批的马队便会战栗惊恐，望风披靡。在两千多年的时光里，战象林旺和它的同类享受着战场上至尊王者的尊严，一支军队只要有了数十头、上百头战象，便有了必胜的勇气和信心。而战象林旺，生生世世里常是主帅或者国王乘坐的那头战象，在一次次的血腥厮杀并赢得战斗的胜利后，它常常驮着主帅或者国王，巡视全军，在雷鸣般的欢呼声中，它常常对着天空畅快怒吼，感谢神灵和大地赐予它的属于一头骄傲的战象的生命。

但在两千多年里，它和同伴也遭受过无数次挫折和失败，为对方的军队、国王和统帅送上胜利的光荣。汉尼拔死后一百多年的塔普苏斯会战中，它和同伴便遭遇了凯撒大帝的第五军团，在它和同伴冲锋时第五军团的方阵突然闪开一个通道，在它们冲过通道时，它们巨大的腿突然遭遇了无数长柄战斧的劈砍。对于战象，这是被记载进人类史册的一次耻辱性的失败，而对于凯撒和他的第五军团则是一次彪炳史册的光荣，那场会战后，战象便成为罗马第五军团永久的标志。但这不算什么，还有比这次失败荒唐可笑得多的一次次失败。一次战役中，它和它的同伴冲锋之时突然遭遇几百头猪的尖叫，一时惊恐万分，掉头狂奔，瞬间冲乱了自己的军阵。一次战役中，它和它的同伴遭遇上千头驼峰上冒着烟火的骆驼，再次惊恐万分，四散奔逃。一次战役中，它和冲锋的同伴被诱进一条山谷，而那谷中早已挖了许多陷阱，堆了许多浇油的柴草，设立了许多栅栏机关，它们不得不在到处乱窜的烟火和四处横飞的箭雨中落荒而逃。一次战役中，它和同伴发起冲击，在距离对方阵列数百步之时，突然看到对方阵列中窜出上千只狮子，再次惊恐万分，掉头狂奔，冲乱了己方的军阵。而可笑的是，那突然出现的上千只狮子，其实都只是纸糊笔绘的狮子。战象林旺知道，一次次可笑的失败，是因为人类太狡猾，知道有效利用它们害怕猪叫、烟火和狮子的天性，更是因为它们和地球上的任何一种生命一样，内心深处都有本能的恐惧、愚痴和迷惘。而它，虽然历经轮回，战斗了千百世，却依旧无法彻底克服那种本能的恐惧、愚痴和迷惘。

但战斧的劈砍、猪的尖叫、狮子的幻影、横飞的标枪、箭矢和烟火以及大地上塌陷的陷阱这些事物都没让战象林旺遭受真正的挫败。一次次征战中的那些挫败只是军队统帅指挥调度不当而偶然造成的，那样的挫败并不能真正动摇战象林旺内心的骄傲。它真正的挫败来自于在一场场战斗中发现，火枪、火炮这样的新玩意儿越来越多了。这些带着巨大声响、爆炸和烟火的玩意儿飞来的时候实在太快，简直无影无踪，只闻其声，不见其形，防不胜防，直到它们突然撕开自己的皮肤，撕裂自己的肢体之后，才能发现它们多么恐怖！这些恐怖武器的到来宣告了战象黄昏时代的来临。幸运的是，战象林旺在自己的黄昏时代依旧留下了最后一段美好而辉煌的战斗记忆。

那是在中南半岛的丛林中，它作为暹罗国王纳黎萱的坐骑参与了和缅甸王储帕玛哈乌拔拉的战争。那场战争，也是战象参与的最后一场值得纪念的战争。那时暹罗国的大城王朝被缅甸国灭亡，暹罗国王子纳黎萱逃离王城，不甘亡国之辱，卧薪尝胆，积蓄力量，在肯城自立为王。缅甸国王闻讯大怒，派遣王储帕玛哈乌拔拉率象兵讨伐。纳黎萱挥师迎战，他们依托东南亚的山岳丛林地带层层设伏。一次战斗，缅军进入了暹罗军的埋伏圈，在纳黎萱率领的暹罗军象兵冲击下死伤遍野，四散逃跑。纳黎萱已经取得胜利，本想就此收手，可在那时，战象林旺却和他开了个玩笑，不顾他命令停下的吆喝，撒开四蹄没命地追赶奔跑中的缅军象兵。那是因为它突然春情发作，被前面一头奔逃中的战象吸引，跟着它的气味没命追赶。看到国王的战象前冲，本已接到命令停止追击的其他暹罗军只能跟在国王后面追赶。结果，纳黎萱国王和他的军队反而陷入了大批迎击上来的缅军后续部队的围困，陷入苦战之中。混乱之中，战象林旺失去了追赶的那头战象的气味，狂躁不安。正当危急之时，刚才追赶的那只战象的气味又在远处出现了，于是，它发疯一般撞开身边的几只战象，撞开周围的人马，循着那头战象气味飘来的方向冲去。那头战象的气味近了，它已经看清了那头战象的脑袋。那头战象的驾驭者见它冲来，连忙驱象奔逃。几头缅军战象向那头战象靠拢掩护，几头缅军战象则向它冲来。眼看那头战象又将远去，它心中发急，对着那头战象发出几声嘶吼。那是召唤的嘶吼。那头奔逃中的战象听到嘶吼，突然停顿，不顾驾驭者的吆喝，转过头，向它奔来。结果，那场战役中最富戏剧性的一幕出现了。因为那头正在向战象林旺奔来的的大象的骑乘者，正是那次战役中的缅军统帅——缅甸王储帕玛哈乌拔拉。于是，两支军队的对决简化了，变成了林旺和那头战象的对决。其实这么说并不对，因为林旺和那头战象并未对决。它们只是亲昵地互相打了个照面，脑袋顶着脑袋，耳朵擦着耳朵，长鼻子绕着长鼻子，身躯靠着身躯，大腿挤着大腿厮磨了一会儿。它们干着这些事儿的时候，人类看不懂它们的举止，听不懂它们的语言，还以为它们在互相对决呢。其实那个时刻，对决的是它们背上的暹罗国王纳黎萱和缅甸王储帕玛哈乌拔拉。在它们转来转去、互相亲昵的时候，背上那两人正在以命相搏，决定着两人的性命和两个王国今后近百年里的命运。结果是人们熟知的，当它们冲到面前，脑袋对着脑袋的时候，对面那头战象脑袋稍低，纳黎萱的战刀狠狠劈向帕玛哈乌拔拉，帕玛哈乌拔拉奋力举刀架住，此时的情势对帕玛哈乌拔拉不利。当林旺率先转身，横列在另外那头战象面前的时候，纳黎萱此时不得不侧着身子，情势极为不利。而帕玛哈乌拔拉乘此时机，挥刀狠狠劈向纳黎萱，纳黎萱招架不及，只能低头闪身躲过刀锋，但头盔却被帕玛哈乌拔拉的战刀砍破。之后，另外那头战象跟着林旺转身，以便和林旺的身躯靠在一起。此时，纳黎萱已经缓过劲来，在林旺的背上挺直了身子。而此时的帕玛哈乌拔拉却因刚才那一次劈砍用力太猛，身子剧烈下倾，几乎跌下了象背，刚想恢复调整姿势，又正赶上所骑战象转身，身躯又被甩到一边，要想迅速挺直身躯更加艰难，挺身立起之时，身不由己地把后背暴露给了对手。乘此时机，纳黎萱早已挥刀，凌空向他后背狠狠劈下。这一劈，帕玛哈乌拔拉避无可避，刀锋竟从他的右肩斜刺里深深劈过，几乎劈下了他的整个右肩，让他立刻毙命。帅亡兵溃，暹罗军大胜，这场纳黎萱在象战中斩杀缅甸储君帕玛哈乌拔拉的战斗就此结束，纳黎萱就此成为暹罗国历史上最著名的民族英雄。关于这场战斗，事过之后，人类演绎出各种各样神乎其神的传奇。至今，在泰国首都曼谷以北百余公里之外的著名古城素攀府当年这场战斗发生的地方，也是当年纳黎萱劈杀帕玛哈乌拔拉的地方，还矗立着古暹罗国王纳黎萱骑着战象的雕像。这里每年都要举行战象节游行，纪念那次伟大的胜利。来这里观光旅游的人们，都对那披红戴绿装饰得色彩缤纷的象兵队列赞叹不已。而那挥刀骑象器宇轩昂的古暹罗国王纳黎萱的雕塑更是让人驻足仰目，遐想不已。对此，战象林旺没什么可说的，因为如果要说，难道能说伟大的古暹罗国王纳黎萱的那次光辉战绩，不仅来自他的勇武，更来自它的一时发情，对缅甸王储帕玛哈乌拔拉骑乘的那头母象的发狠狂追？难道要说它因为那次发情，改变了一场战役的进程，以如此滑稽可笑的方式参与并悄然修改了人类世界上两个国家互相征战的大历史？

可无论如何，那次战斗，是战象林旺最后一次有尊严的战斗。那次战斗，暹罗国王纳黎萱收获了一个王国和那个王国之后一百多年里的和平，而它则收获了缅甸王储帕玛哈乌拔拉骑乘的那头母象，和它共度了数十年美好的时光。之后，它的日子就江河日下日益不堪了。一百多年后在印度大陆爆发的普拉赛战役中，它最后一次在战场上驰骋冲锋。那是一次血腥、凄凉、惨淡的冲锋。在英国人的火炮、来福枪面前，它和它的同伴犹如一群纸糊的巨兽，徒有其表，不堪一击，转眼工夫便灰飞烟灭。那次战役之后，属于战象的黄昏时代拉上了最后的幕布，战象数千年的辉煌历史彻底结束了。从此，林旺失去了作为战象的所有光荣，只能在大地上苟延残喘，沦为一头搬运圆木、石料，偶尔也会到马戏团里表演的象奴。是的，它只是一头象奴了，再也不是一头骄傲的战象。数千年神灵眷顾的光荣永远消逝了，余下的时光里，即使它偶尔还会重拾战象的身份，被军队征用，参与一场战争，但它再也不是战争中能够赢得光荣的角色了。在枪炮横行的战争时代里，它只是军队后勤运输部队里的一名普通搬运工，屈辱地躲在战线的后方，在人类的呵斥下缓慢地搬运弹药、装备、给养以及各种形形色色的玩意儿。即使它依然渴望奔跑厮杀，但早已没有任何一位将军会组织一支象队冲锋陷阵了，因为那样，那位将军就会成为人类战争史里的笑柄。

　　作为大地上活得最久的一头战象，林旺参与了人类历史迄今为止的最后一次大战。那是战火几乎遍及半个地球的一场大战。从泰国的一家运输公司里，林旺被征调，由一名运输工人再次变身一头战象。但它并未能够就此参与战争。在泰国，征调它们的那支岛国部队来自日本列岛的一个港口城市，士兵们大多是商人的儿子，他们对做生意的兴趣远远超过打仗的兴趣。在那支部队里，作为战象的林旺和它的同伴们依旧只是一群不领薪水只能勉强吃饱的运输工人，它们帮助那支部队倒运物资，大发横财。直到临近战争结束，由于战事吃紧，它们才被派往战场。它们一部分被派往印度的英帕尔地区，一部分被派往缅北地区。

　　在缅北胡康河谷地带的万塔格山上，战象林旺走到了自己生命中的最后一片战场。可这是一片什么样的战场啊?! 没有开阔的广野，只有遮天蔽日的丛林。没有足以纵横驰骋的通道，只有仅仅能够容一身通过的狭窄山道。没有堂堂的阵容，只有一路逶迤，背上压满重物的大象、马匹、水牛、山羊和猴子。是的，没错，还有猴子，连瘦小、胆怯、狡猾的猴子也背着鼓囊囊的背包，加入它们的行列来了。这真是耻辱！同样耻辱的，是队伍中那群凶残、丑陋、穿着黄色军衣、长着黄色皮肤的军人，他们的样子，并不比成群的猴子好到哪儿去。这些军人用鞭子、刺刀驱赶着它们。用枪炮战斗的年代，军人对待它们的态度再也不是对待战友的态度了，没有丝毫的尊重、同情、怜悯。而它们，也对这群叫作军人的家伙充满畏惧、蔑视、仇恨。但它们对他们不能有丝毫反抗，相比冷兵器时代，这些猥琐无耻的家伙能够更加简单轻易地结束它们的生命。在那条密林中的狭窄山路上，战象林旺每日背负着数百公斤的重物，饥一顿，饱一顿，艰难地负重而行。它一路上忍受着威胁、叫骂、鞭打，目睹着这群猴子一样的军人时不时对它的同类和其他动物的屠杀。他们最先杀害的是走不动了的水牛、山羊、马匹和大象。他们射杀它们之后便将它们肢解、食用。他们甚至把他们吃不完的肉涂抹上食盐，再捆绑在它们背上。在行军途中，他们就曾把一只吃剩的象腿捆在它的背上，让它驮了两天，才取下吃掉。他们接着杀掉的是猴子。那是他们训练过的猴子，听他们的哨音行止。十多只调皮的猴子不听号令，在经过一个山坡时背着背囊逃进森林，把他们气得嗷嗷大叫，气急败坏地举枪射杀。他们射杀了几只猴子，但其余几只猴子逃掉了。他们肢解吃掉了杀死的那几只猴子，再把剩余的数百只猴子三五只、十余只用绳子串在一起，防止它们逃跑。用绳子串在一起的猴子行动不便，常常在路上绊倒在一起，引起猴群的混乱。猴子力气小，负重行军没几天，便有许多没法行走了。于是，他们开始处决猴子，为了节省子弹，他们用刺刀捅破它们的肚子，用战刀砍下它们的脑袋。然后，他们吃了那些猴子。吃了猴子之后，他们继续吃其他动物。

战象　279

战象林旺知道，两千多年前翻越阿尔卑斯山那一幕又在重演了。这帮混蛋不仅让它们搬运军需，而且也把它们作为军需，它和上百头大象、上千匹马、几百只猴子，既是搬运工，也是行走的新鲜肉食，总有一天，它们会被这群猴子一样的人吃光的。

如果不是因为一次战斗，它们真会被这群浑蛋吃光。突然，一发炮弹爆炸，接着是暴风骤雨般的枪声、爆炸声，一支密林中冒出来的军队袭击了这支队伍，截断了这支曾经不可一世的军队通往前线的唯一补给线。这支队伍乱了，动物们四处乱跑，有的跑进密林，有的滚下山崖，有的被枪弹所伤，倒在地上痛苦挣扎。那些驱赶它们的猴子一样的军人除了被打死打伤不能跑的之外都跑了。战象林旺知道，失去了它们驮带着的给养，在莽莽原始森林中，那群人不可能跑得太远，森林中的毒蛇、猛兽、蚁群正在等待着他们的到来。

战象林旺没跑。战斗发生的时候它正饿着肚子，背上还驮负着重物，前腿膝盖附近还被一颗子弹穿透。它早已精疲力竭，跑不动，也不想跑了。它静静地俯卧在地上，等待着自己的命运。它和其余十二头战象成了发起这次攻击的那支军队的战俘。

当它和其余十二头战象作为战利品从丛林小道来到公路上的时候，战象林旺看到了人类匪夷所思的力量。崭新宽敞的道路散发着新鲜泥土的芳香，路的里侧裸露着鲜红的石头和泥土，外侧堆放着同样的土石和倒伏斩断的树木藤草。在道路的前端，林旺看到了那几头奇形怪状的巨兽。它们行动缓慢，却力大无穷，巨大的爪子，强壮的臂膀，宽大坚韧的嘴巴能够把树木一口咬断，泥土一把推开，巨石一把举起，坚硬的山冈、密布的森林在它们面前全都不堪一击。那些怪兽爬到哪里，崭新的道路就延伸到哪里，军队就开拔到哪里。随同道路一起延伸的，还有路边的钢铁管道，战象林旺不知道，那是输油管。在宽敞的道路上，除了那些开路的怪兽，还奔跑着其他几种怪兽。其中一种怪兽每侧长着五只巨大的轮子，两侧一共长着十只巨大的轮子。那种怪兽奔跑的速度极快，一点不比自己冲刺的速度慢。那种怪兽的脊背宽敞，背着一只巨大的框子，框子里能够塞满几十名士兵。那些士兵脸色黝黑，荷枪实弹，扁平宽阔的钢铁头盔在阳光下闪闪发光，他们经过的时候，战象林旺惊奇地注视着他们，他们也惊奇地睁大眼睛，向它们欢呼。那种怪兽奔跑的时候，除了背上驮人，屁股后面还拉着一种长着两个轮子、一个身子和一根圆形钢管的玩意。林旺对那种玩意似曾相识，知道它那寒光闪闪的嘴里能够喷出撕裂一切的声响。林旺出神地注视着眼前的一切，人类战争的崭新舞台正在它的眼前铺展，可在这新的舞台上，它早已被淘汰，不再拥有丝毫立锥之地。

在十轮大怪兽之间，偶尔还奔跑着长着四个轮子的小怪兽，那是长官们的座驾。那种小怪兽在一支军队里的位置，曾经是战象林旺的位置。但一切都已远去，那样的小怪兽在林旺和伙伴们身边呼啸而过的时候，常常溅起一摊泥水，泼洒在它们身上，毫不留情地扬长而去。

一只小怪兽在它们面前停下来。车上下来一位将军。战象林旺后来知道，那位将军姓孙，是眼前这支军队的统帅。

孙将军走到它们面前，注视着它们，他将决定它们的命运。几个人走到他面前，向他抬手行军礼，其中一位军官向他汇报俘获它们的经过。过了一会儿，一位俘虏，他是从泰国被日军征调跟随而来的华人驯象师，被喊到孙将军面前，和孙将军说了些什么。

孙将军知道，在他的军队里，这些战象毫无用处，他想放了这些战象，但驯象师说这些战象都是驯象，毫无野外生活经验，如果那样，它们将很难存活。

孙将军犹豫了，他再次注视那些战象，缓慢移步到战象林旺面前。他注视着林旺的眼睛，不知为何，眼前这头战象似曾相识，但又想不起在哪里见过。战象林旺也注视着他的眼睛，他的目光也似曾相识。瞬间，林旺想起来了，它好像认识这个人，即使他早已换了一副面孔，但他的目光没换，依旧是两千多年前它在成功翻越阿尔卑斯山之后在山下一条小河边见过的那两道目光。是的，那是迦太基统帅汉尼拔注视它的目光。那目光里有刀锋一般的锐利寒冷，又有火山岩浆一般的炽热温暖。战象林旺打了个响鼻，低低头，弯弯长鼻子，向老朋友表示问候。孙将军愣了愣，似乎想起了什么，却又什么都没能想起，但他的目光愈加温暖。他或许想不起那头翻越阿尔卑斯山后唯一幸存的战象，但他谙熟那个历史上著名的战例以及许多以战象为一支军队主角进行的战例，就像他谙熟如今正在进行的这场大战中许多以坦克为战场主角进行的战例。这些战象，标志着他一生里最辉煌的战绩——是他和他的军队，打败了号称"丛林之王"的日军第18师团，俘获了这些真正的"丛林之王"。孙将军喜欢这些战象，除了谙熟那些以战象为主角的战例，还有一个隐秘的原因：他想和对手进行一场赤裸的对决，一场剔除一切武器、装备等外在因素，只以身体和智慧进行的、赤裸的、真正公平的对决，一场就如他在年轻时作为中国篮球队主力右后卫在球场上和队友一起奋力击败了菲律宾队、日本队，夺得了东亚运动会篮球冠军那样的对决。在他心中，那场对决取得的光荣，丝毫不亚于他如今在战场上取得的光荣。和那样的光荣相比，战争中的光荣已经越来越值得怀疑了。比如眼前自己正在享受着的这场胜仗，这到底是自己和战友们的光荣呢，还是美制十轮大卡车、美制 C17 运输机、美制 M3A3 "斯图亚克"轻型坦克、美制 M2 型 105 毫米榴弹炮、美制 M2 型汤姆逊冲锋枪、美制 M1 型卡宾枪的光荣？孙将军知道，一名战士、一名将军在那些注定越来越厉害、越来越恐怖的杀人武器面前，已经越来越难以谈论什么真正的光荣了。孙将军知道，这次战争结束后，战争的黄昏即将降临，战士和将军的黄昏也会跟着降临。不久的将来，一个人在战争中的角色，会不会如一头战象、一匹战马一样沦落到它们今日毫不重要、毫无尊严的可怜境地呢？有谁会怜悯一个彻底无用之人呢，就像怜悯今日眼前这些无用的战象？这些昔日战场上神灵一般的斗士，被神灵抛弃之后该怎么度过自己的余生呢？只有真正的战士，才会尊重失去作战能力的战士，可能的话，还是让它们待在部队里吧，就让它们像老兵，在军营里慢慢老去。想到这些，他轻叹一声，微笑着摸了摸战象林旺的鼻子，拍了拍它的脑袋。然后，他转身吩咐身边的副官把这些战象留在军中，并且一定要善待它们。

不久，人类第二场世界大战结束了。剩下的战争虽然还在进行，但早已和战象们毫无关系。战象林旺接下来的故事早已广为人知，它和伙伴们被孙将军带回中国。1945 年，这群战象和它们的骑师跟随新一军骡马队经由滇缅公路长途跋涉回到中国。离开了野生植物繁茂的缅北和滇西，人们才意识到一头战象一顿饭需要吃掉多少东西，新一军的后勤部门为此吃尽了苦头，而战象们也不得不临时学会一些简单的表演技巧，沿途表演杂耍换点吃喝给自己赚点儿伙食补贴。尽管如此，漫长而艰难的旅途中，还是有六头大象因为照顾不周死在路上。当它们抵达广州时，战争结束了。在广州，包括战象林旺在内的七头战象在军中干着可有可无的工作。它们在 1946 年春天参与了长沙"抗战烈士纪念碑"的建造，协同工人搬运石料，它们还在马戏团进行表演，为湖南饥荒进行募捐。不久之后，新一军后勤部门实在难以维持七头战象的吃喝，不得不将其中四头战象分别送到了北京、上海、南京和长沙的动物园，而剩下包括林旺在内的三头战象，则遵照孙将军的吩咐，重新安置在广州一座公园内。

1947 年，孙将军离开东北战场，被派遣到台湾从事训练部队的工作，临行之前，他没有忘记带上包括林旺在内的三头战象。由此，战象林旺在港口登上了轮船。三头战象中只有它知道自己并非第一次登上大船渡海，在它眼里，大海并无什么不同，不同的只是大船并非木制，船上也不见了从前迎风鼓荡飘扬的风帆。渡海过程中，又有一头战象病死，登陆台湾岛来到高雄凤山军事基地的时候，只剩林旺和另外一头战象——母象阿沛——相依为命了。在高雄凤山军事基地，它和母象阿沛受到良好照顾，吃喝不缺，只是偶尔从事一些搬运原木、石料的简单工作。1951 年，母象阿沛病逝，林旺成为当初十三头战象中唯一的存活者，同时也成为世界上最后一头活着的战象。

母象阿沛病逝后，战象林旺停止进食三天。它本想一直停止进食下去，但眼前香蕉、甘蔗、苹果、芒果、荔枝、鸭梨的芳香还是最后击败了它，帮助它再次活下去，代价则是它得继续忍受作为世界上最后的、唯一活着的战象的孤独。

1954 年秋，战象林旺离开高雄凤山军事基地，被送往台北圆山市立动物园。战象林旺记得孙将军在基地举行了一个小小的仪式，向它举枪、敬礼，像送别一位历经沙场的老兵。在它登上大卡车前，孙将军凝视着它，目光湿润，再次向它行军礼，它也低低头，摇摇大耳朵，弯弯长鼻子，打了个响鼻，向孙将军回礼。它知道，孙将军即将失去兵权和自由，而它，将遵循孙将军为它安排的后路，听天由命地度过自己的余生。

来到台北圆山动物园之后，战象林旺和当时年仅3岁的雌象马兰为伴。那时，战象林旺的名字仍然是"阿美"，园方觉得这个名字太过女性化，因此取"森林之王"之义，为它改名为"林王"，但却因为一名记者报道它入园的新闻时误将"林王"错听成音调接近的"林旺"，并将这个名字在报纸上刊登出来，之后，它的名字，也就是世界上最后一头战象的名字就被定格成"林旺"。对此，战象林旺没什么可说的，生生世世里，它有时有自己的名字，有时没有自己的名字，到底有没有自己的名字，有什么样的名字，它根本不在乎。但它到台北圆山动物园并被更名"林旺"之后就声名大振，成为那座城市家喻户晓的明星却是它没想到的。无数游客慕名来到台北圆山动物园，一睹它的风采。他们前来看它，不仅是来观看世界上最后一头战象，也是来向孙将军致敬。因为那时的孙将军已经因为子虚乌有的"兵变"事件而失去自由，他的一切战功和事迹都被当局删除。而当局却无法删除战象林旺，人们来看战象林旺，便是来看孙将军，并借此对当局曲折表达他们的不满。以理性骄傲的人类有时真是不可理喻！他们一些人常常随意删除另一些人的历史和事迹，而一些人要保存对另一些人的记忆，有时却需要借助像它这样的一头动物才能实现！

以后的日子平淡无奇。1969年，52岁的战象林旺性格大变，管理员在他的粪便中发现血丝，经诊断发现它患了大肠瘤，需要手术治疗。由于当时动物园没有麻醉大象的经验和技术，只好将它五花大绑进行手术。手术虽然成功，但战象林旺在手术过程中忍受了前所未有的疼痛和恐惧。剧痛中，它的眼前出现幻觉，又看到了人类一次次对它和它的同类们进行屠杀、肢解、食用的场景，从此，它对兽医和管理员的态度变得异常恶劣，不再如以往那般温驯。

那次手术之后，剩下的日子更加难熬。自1971年起，战象林旺每年11月至次年5月间都会有一段"狂暴期"，会变得具有攻击性。基于安全与管理的考量，园方将林旺的一只脚用铁环加以固定，从此，战象林旺只能在无比局促的一隅之地转圈，这种囚徒的日子一直延续到1977年，公园扩建象栏，脚镣才得以解除。

1983年，园方为林旺举办66岁生日派对。在此之后，每年10月的最后一个星期日，园方都会为林旺举办生日派对，与众多游客一同为林旺"祝寿"。这种待遇对林旺是一种殊荣，这是人类对世界上最后一头战象赋予的殊荣。但这种殊荣对战象林旺有什么意义呢？它知道，人类永远不会真正尊重一头战象，他们永远那么虚伪，他们这么做，只不过是为了以此招徕更多游客。

1986年，台北市立动物园从圆山迁往木栅区，许多台北市民驻足街道两旁观看动物们，特别是战象林旺搬家。此时的林旺早已对人类充满怀疑，不愿挪窝，数十名工作人员和兽医折腾了一整天时间，才将它"拖"进特制的大型货柜。抵达木栅的新家后，战象林旺和母象马兰一起度过了十余年相濡以沫的时光。2002年10月，马兰因淋巴癌去世，林旺失去老伴，常常独自望着笼舍发呆。它知道，作为一头大象，它最后离去的日子不远了。

　　2003年2月中旬，平时不爱下水的林旺，却时常浸泡在水池里，有时甚至会泡上一整天。人们都以为那是它用身体泡在水里产生的浮力减轻自己关节炎的疼痛，却不知道那是它在水的浸泡里，在水光潋滟之中整理和重温自己生生世世的记忆。

　　在天晴的日子里，温暖的正午时分，它俯卧在水池里，一次次用长鼻子把水吸满，喷向自己的眼睛。它用洗净的眼，观看自己制造的彩虹。在自己制造的彩虹里，它看到自己生生世世看到的那些奇景。在自己制造的彩虹里，它看到了两千多年前的一条道路正中，迎风站立着一位僧人。那时，它的背上，驮着古印度乔萨罗国的一位国王，而那位僧人正好挡住了国王和它前行的道路。在它和国王的身后，是一支杀气腾腾的大军，而在那位僧人的背后，则是他的家乡和祖国——弱小的迦毗罗卫国。那位怒气冲天的乔萨罗国国王，正要从那个路口经过，前去摧毁那位僧人的祖国。那时，它和背上的国王，已经第二次来到那个路口，而那位僧人，也第二次来到那个路口，如一位庄严的神灵，站在那里。第一次来到这里的时候，国王被那位阻挡的僧人说服，率军折返了。但这一次，国王不愿听从他的劝告和请求，大声呵斥他让开道路。那位僧人合掌而立，垂下眼睑，如一棵风中默然而立的菩提树。国王命武士上前将他拉到一边，但武士们走到他的面前，却一个个面面相觑，犹豫着谁都不敢动手。国王恼怒，吆喝催动它上前。它走到僧人面前，那位僧人岿然不动。它想闪开那位僧人，或者把他挤到一边，但无论它怎么走，那位僧人都正好挡在它的面前，避无可避。国王发怒，命令它将那位僧人踩在脚下。它虽然是一头暴躁的战象，一头曾在刑场上把许多犯人、在战场上把许多敌人踩踏在脚下的战象，但面对那位僧人，它的心中却充满犹豫、温暖、敬畏和尊重。一种奇怪的情感，让它面对那位僧人仿佛面对自己的亲人。在国王的再次催逼下，它先是高高立起，差点把背上的国王甩到身下。接着，它的两条巨大的前腿落下来，但并没落在那位僧人的身上。那两条前腿落在距离那位僧人身前半步之地。然后，心中升起的一股奇怪的力量，逼迫着它不由自主地匍匐下来，像一只温驯的山羊，匍匐在那位僧人的面前。那位僧人睁开微闭的双眼，注视着它。那是它永世难忘的眼神，清澈、透明、温暖、充满慈悲、智慧的力量。那位僧人注视着它，对它微微颔首，伸出右掌，摸了摸它的脑袋，对它默默说了几句话。那是只有它才能知晓的几句话。那几句话中，那位僧人给予它授记，他告诉它，它心地纯良，天性强记，有大无畏，但嗔心太重，它必经历生生世世的轮回、战斗，才能消泯心中嗔恨，脱离象身，转为人身，直心向道，历经劫难，终得彻悟，终得圆满。

2003年2月26日凌晨，战象林旺被管理员发现安详地侧卧在水池边，休克死亡，享年86岁。

但对于生死，愚蠢的人类又知道些什么呢？他们只知道为纪念它而举办了长达一个月之久的纪念活动；他们只知道成群结队地涌入公园，留下大量的鲜花和卡片，然后又把这些无聊的玩意儿扫进垃圾桶；他们只知道让台北市长马英九授予林旺"台北市荣誉市民"的荣耀，连后来以贪腐闻名的"总统"陈水扁也装模作样地为它献上花圈，并在卡片上写上"给我们永远的朋友，林旺"；他们只知道把林旺制作成全世界最大的亚洲象标本，放置在园内的教育中心，供游客参观纪念。虚伪的人类，他们一边大规模消灭着大象生存的空间，一边却说什么大象是他们永远的朋友，是什么台北市的荣誉市民。就让他们把地球上所有的大型动物、珍稀动物都做成标本放在博物馆里纪念吧，就让他们把什么狗屁"荣誉市民"的荣誉都授予那些干燥僵硬的标本吧！作为一头战象，林旺根本不需要这些破玩意儿。

它只需要飞翔，乘着一道灿烂的光。它在那个水池上起飞，飞过那片巴掌大的地方，飞过那个小小的公园，飞过那座小小的城市，飞过那个小小的岛屿，飞过那片蔚蓝的海峡，飞过华东、华南的苍茫大地，飞到雄伟壮丽的云贵高原，飞到高原上一片蓝色湖泊的上方。它缓慢降落，来到这片湖泊边的一座城市上空。它继续降落，在这座城市的钢筋水泥的森林中盘旋。一栋粉红色的建筑吸引了它的目光，它从那栋楼房的窗户飞进去，飞进了昆明的一家妇产科医院。再次睁开眼睛的时候，他发现自己躺在婴儿床上，躺在母亲温暖的怀抱里。他从婴儿床和母亲的怀抱里下来，走进幼儿园，走进学前班，走进云师大附小。从云师大附小走出来，他走进云师大附中，走进建设路的一家电脑游戏厅。他在椅子上坐下来，打开电脑，打开《三国杀》的游戏界面。这时，身边一位少年注意到他胖胖的身材，对他笑了笑。他打量那位少年，觉得在哪里见过，似乎早已相识千年。他对那位少年笑了笑。那位少年说："我叫孙立人！"他奇怪，他怎么会叫孙立人？那位少年笑了笑："你知道，这是一位著名抗日将军的名字，没办法，我爹姓孙，崇拜孙立人，就把我取名孙立人。没关系，就叫孙立人吧，等我长大，办身份证时，如果不喜欢这名字，再把它改了。"他说了自己的名字，两人挥起手，"啪"的一声，击掌为交。然后，他们戴上耳机，开始各自的游戏。他瞥了一眼，看见孙立人打开的，是著名的二战游戏《荣誉勋章》。

（原载《大家》杂志2017年第5期增刊）

作者简介：

雷杰龙，男，1973年生于云南省大理州祥云县，1996年毕业于兰州大学中文系，1999年至2001年进修于北京大学历史系，当过教师，现居昆明，供职于《边疆文学》杂志社。1995年开始文学创作，在《人民文学》《花城》《钟山》《江南》《大家》《诗刊》《滇池》《当代文坛》等杂志发表过小说、散文、诗歌、文学评论多篇。

长　生　塔

郝景芳

人们不记得塔是从什么时候开始生长起来。突然之间，它就进入天空，只能仰望了。

人们仰望着塔的存在，大声疾呼，直抒胸臆，捶胸跺脚，诉说着内心不满。人们第一次发现自己的能力。

一

徐中回到家，第一眼就看到母亲突然而至的消瘦，眼泪不由得涌上来。

"妈，你怎么这么瘦了？"

徐妈的头发没有梳，稀疏着向四处飞散开，身上穿着的紫红色碎花短袖衬衫敞着领口，显得有些空空荡荡，手上端着一个水盆，因为消瘦加上用力，手背的骨头显得异常突出，皮贴在骨头上，苍老褶皱。她正端着盆子往屋后走，没注意到徐中，脸上有一种赌气的狠意，嘴角下撇，眼睛向下瞪着地面。看到徐中之后，甚至也有片刻工夫没有反应过来。

认出徐中后，一脸惊喜。"你怎么才回来！"徐妈放下手里的盆，把手在衣服上蹭了蹭，迎上前来。

"妈，你怎么了？他们打你了吗？"

徐妈闻言，面上露出委屈的神色，却不说话，似乎一言难尽。她先接过徐中肩膀上的包，放在凳子上，然后才苦着脸说："你回来就好，明天可能还得来人。"

徐中拉着母亲坐到凳子上，来不及喘气喝水，急着问事态发展的状况。母亲说得凌乱，抓住一个线索说下去，说着说着就委屈起来，眼泪夺眶而出，然后加入自己的评论和埋怨，又因为这些评论而想起其他人的事情，说着就拐到岔路上，林林总总掺杂在一起，蔓成了枝，以至于主线反倒说不下去了。徐中越听越乱，不得不一直打断母亲，重新回到前面，将跳过的情节补上，听不懂的地方反复问清楚。

最后总算是大致弄明白了。家里搭建的这间屋子要被政府强行拆掉，原因是违建和占道。而这屋里有母亲赖以为生的全部家当——小卖部招牌、细铁丝刷了白漆的货架、各式各样蒙尘的滞销的小食品——母亲拼命想维护住，可是没有办法，村支部已经来过多次了，后来触动了乡政府，乡长出动找母亲谈话，谈话之后想强行把母亲架出去，母亲以死相逼才把来人赶走。但人走的时候说明了再给几天搬迁，搬迁之后还是要拆的。"这拆了可怎么活啊！"母亲说得很凄凉，至动情处几乎要掉眼泪。

徐中知道母亲发愁的是什么。母亲本是镇上的初中教师，退休早，五十就退了，退休前又没有评上高级职称，退休金很少。徐中在上大学，还有两年毕业，学费和生活费加起来，也是一笔不小的数目。他没考上一本，上了本城一所民办的三本，因为是民办，从一入学，交的钱就比一本学生多。徐中的父亲早些年外出打工，在工地外被倒下的矮墙压了，腿被砸成骨折，却没获得什么赔偿，伤好之后走路跛了，遇到阴雨天风湿发作，更是难以下地。赋闲在家里，委屈加烦躁，脾气越发乖戾了，窝在小卖部里卖卖东西，连进货时搬东西都做不来，时间久了就变得阴郁怠惰。母亲着急也没有办法，苛责反而会引起不倦的争吵。

拆了这棚子，连徐中也不知道家里该怎么撑下去。上一次他回来的时候看见父亲头上的短发白了一半，已经难过得眼泪直流，这次见到母亲的突然消瘦，心里更是说不出的滋味。他恨不得立即退学出来工作，反正在那个破学校也学不到什么，说是铁路管理，但毕业之后又不能分配到铁路局工作。可是跟母亲说了几次，母亲无论如何也不同意，她说自己是老师，儿子不读大学，面子上实在挂不住。

徐中仰头看着铺子顶，一股让人沉郁甚至感到黏腻的气息从上到下笼罩着他。小屋中阴暗、杂乱，十来平方米的铺子四面围满货架，几乎没有辗转腾挪的空间，屋顶的金属横梁和铝制板顶棚之间结了坚固尘污的蜘蛛网，除了高处气窗的一点微末光线，就没有光亮投入了，一只昏黄色灯泡外表染了泥，散发着阴暗的光。柜台里和四周架子上的烟酒零食显得很没有档次。徐妈去给买烟的客人结账了，徐中几乎被这逼仄压得透不过气。

徐中小时候体弱多病，不喜欢和村里的男孩子出去乱跑，只喜欢在家里看看书，村子里没有书店，也没有报刊亭，邻家哥哥姐姐不要的书拾上一两本，看个没完，都翻烂了还翻。母亲就千方百计从县城的新华书店给他买书，少年名著图文版、《十万个为什么》、优秀作文选，从小学开始，他就比同学看书多很多。买书不是一笔小花销，一个馒头几分钱，一本书至少要几角钱，贵的还要一两块。小时候他不懂事，自然是见不到新书就哭，后来长大一点了，知道母亲的辛苦和拮据，心里羞赧，也就再也不要了。在他记忆中，母亲总是拼命操持家，总一边唠唠叨叨一边干活儿，停不下手。下了班，骑车十里路从镇上回到家，立刻淘米、洗菜、擦地，饭后还要跟邻家的二婶一起编竹篮竹筐，卖了贴补家用，晚上还要照顾祖母。这样也就到夜里了。徐中直到成年，才了解这生活的困窘。

自从去县城上高中，徐中回家就少了，也不大知道家里这几年的变化，上大学后，为了省时间和路费，更是只有节假日才会回家。岂知道如此短短三四年，家里就如此动荡不安了。他知道祖母去世了，父亲受伤回了家，母亲退休了，开了一个小卖部，一个人操持家，还要供给他上学。周围村子因政策倾斜，致富的不少，他家村子位置不好，一直破落着没有希望，这次终于听说长生寺扩建，要有新路修过来了，本以为终于有机会了，是件百无一害的好事，谁知道为此却要拆除家里仅有的谋生的小卖部。若不同意，就派人用强。

徐中颓然坐在阴暗角落里的小凳子上，觉得愤怒，看不到希望，觉得这世道难以成活，而又恨自己无能，既没有大才学升官发财，又没有体魄，不能替母亲抵挡来人。他心里先是一阵悲伤，又一阵愤怒。愤怒消散之后，是说不出感觉的压抑。他站起身，很想帮母亲做些什么。可又不知道能做什么，站起来在狭窄的空间转了一圈，手足无措，四周黄纸箱子陈旧软塌、沾染了油污，似乎向他压来，如即将倾塌的堡垒。他想帮助母亲结账，看一位客人在拿锅巴，就从墙上抻了一只塑料袋子，帮客人去拿。手一触到锅巴袋子，摸到了一手灰尘，第一反应是扔下锅巴，把手蹭干净，可是蹭到一半发觉了自己的不合时宜，又停下来，手在空中滞涩了一下，又低下去把锅巴捡起来，放进袋子。直起身来，木然交给顾客，心里更加闷得难受。

当晚在店里，没什么顾客，徐中和母亲头对头，相互叙着最近半年的变化。母亲问他在学校吃得好不好，徐中说很好。其实徐中在学校食堂不舍得吃小炒，只是大锅菜选一两个，同学里有一伙天天去吃小炒，徐中看那些人飞扬跋扈的样子令人讨厌。他说自己喜欢吃素，花不了几个钱。徐妈当场就湿了眼眶，说儿子懂事，还好儿子懂事。徐中于是想起小时候，父亲外出修路，祖母身体不好，带不了自己，母亲带他住在学校里，白天让他在办公室里，母亲一下课就匆匆忙忙跑来看他，带着三岁的他吃食堂，一口一口喂他，自己甚至顾不上吃几口，就去准备下午的课，晚上搂着他瑟缩在学校点煤炉的小屋里。母亲从不舍得扔任何食物，一小口馒头即使吃不掉，也会留到第二天，冷了硬了也泡在汤里吃。

话说着说着，说到动情处，又是落泪，又是愤慨。徐中问母亲那些拆房的人是不是为了索要金钱，能不能想办法筹借一些，把那些人打发了。母亲说她也拿不准。

当夜，店关得晚，回到后院自己家里，院子里灯都黑着。院子变小了，一堵墙横在中央，他心下疑惑。夜里他躺在床上看着月亮，月亮凄然惨淡，他许久无法入眠。

次日一早，徐中醒来，天已大亮，日头挂在高空。从太阳的角度看，应该已经日近中午。他听到外面有吵闹的声音，唰一下掀开被子，跳下地来，蹬上裤子趿拉着鞋就往外跑。院里无人。他的心咯噔咯噔跳得厉害，路上的吵闹一针一针刺进太阳穴。

还没转过院墙，就看见巷子口母亲拉着一个男人的臂膀，弓着身子，死拉活拽。男人的手中是一只已经扯烂了一半的黄纸箱子。徐中的血一下子冲到头上，大步奔过去。

"干什么？你们干什么？"他也跟母亲一起拉扯起来，"你们干吗拉我妈妈？放手！"

男人干脆把箱子往地上一扔，指着右臂说："看清楚了，是你妈拉着我！"

徐中抢白道："那要不是你抢我们家东西，我妈怎么会拉着你？"

从人缝背后，能看见警车停在巷口，顶端的灯还亮着。两个穿警服的人站在远处叉着腰看着，在他们身前，一群穿着浅蓝色短袖制服和深蓝色长裤的人等着，几乎就要冲上来动手。小卖部里也有人，就在他们僵持的工夫，看到另一男子搬着箱子走出来。

"徐妈，不是我说你，"被徐妈拉住的男人冷淡又嘲讽地哼道，"你就别不讲道理了。你看这村子里有像你们家这样的吗？啊，人家别人家占道的房子不是都拆了吗？我们不是没给你搬出去的时间吧？你说说我们来了几趟了，你说说，啊，我们这可在你家没少费工夫。我们够客气了吧，上一回我们来了是怎么说的？你不是答应得好好的吗？怎么就又变卦了？你说咱这都好聚好散多好呢。"

徐中一边瞥着周围搬东西的人，一边咽了咽唾沫，声音颤悠悠地说："你们，凭什么，凭什么拆我家房子？"

中年男人招呼旁边一个年轻的，年轻的从怀里掏出一张纸，中年男人给徐中挥了挥，说："我们这是合法的。这是法院令。"

他们懒得再多解释，又开始向小卖部拥过去，人多势众，又做出动手的架势，显得气势不凡，周围围观的人也已经聚拢了一堆，起初还有上来搭话劝解的，后来见到他们人多，又年轻力壮，也都不敢再多说，纷纷退让到一边。徐中冲到小卖部门口，想要拦阻，可是细瘦的胳膊连一只手臂都抓不住。蓝衣服像水冲过决口。

忽然，徐中掏出手机，噼里啪啦打了几个字，然后把手机举在头顶，向前伸直胳膊，大叫道："停下来，都停下来！我已经把你们都播上网了！"

他的喊声引起了几个人注意，几个人不由得站定了。

徐中借机继续喊道："我昨晚已经在网上发了一篇文了！你们看，看啊！到今天已经有两千多人看过了！他们都等着问结果！我刚才已经发了微博！你们再动手拆，我就再发微博！你别动！别过来！你们别想抢我手机！我……我刚才已经说了，如果更新突然断掉，那就是有人强行抢我手机，就是有人用暴力！会有记者曝光的！"他一边后退着，一边用左手护在身前，右手的拇指放在手机屏幕上，一脸要和人拼命的狠劲儿，"谁再拆！你们试试！今天你们拆了我家房子，明天你们就等着全国皆知吧！"

他左看看，右看看，也不知道能不能唬住来人，心里七上八下，全然没有底气。

他回头看看，突然看到远处正在向天空生长的塔，一瞬间想到自己忍耐成长的二十年，又想到前方晦暗不明的未来，他突然叫起来："你们听好了，待会儿我就要从塔上跳下来，我会直播！直播一个大学生跳下来，你们还没看过吧？你们乐意负责任对吧？"

二

看着公安的车开走，四周静下来，徐妈好长时间都没喘匀气。她半晌没有反应，直到车子彻底消失了，才突然松了一口气坐到石墩上。

她略微松了口气，却仍然不敢全然放松。稍微喘气喘得均匀了，就迅速爬起来，来不及掸去身上的土，手脚并用、连滚带爬地收拾地上散落的货物。儿子原本愣在当地，看到母亲开始动了，也如梦初醒，低头开始拾捡，将没有破掉的薯片、饼干和香米饼装进箱子，然后双手揪着箱子的两边往小卖部里抬。有两个亲戚过来帮忙了，三五个小孩子偷偷摸摸在一旁捡巧克力威化，捡两块就跑，徐妈只作没看见。徐妈看着儿子的脸，心里有点对不起儿子。她犹豫要不要告诉儿子，抿了抿嘴。

中午回家吃饭，两个人都没说话。不知为什么，谁都有点丧气，没有满意的心情。

当日傍晚，徐中乘车回学校了。他出村的时候，还一步三回头，叮嘱母亲一切小心。他说他要回学校借一些钱，争取打点来拆房子的人。徐妈一边阻止，一边默许。

又过了一日，徐妈趁政府没有再来人，来到院子北面的两排小隔间收房租。这两排屋子是他们去年建起来的，用了一部分自家宅基地的地，一部分宅基地外的空地。徐家在村边，刚好靠着路边。这排建起的房子也是不让建的，自成一个窄院，有单独入口，分成八间。

徐妈推开窄院门，房子里的人刚刚起床，小孩子的哭声伴随着大人的漱口声上下起伏。这些多是在附近打工的外地人，村子紧靠长生寺新区，沿小路骑车过去只要十分钟，长生寺扩建之后大规模招收了很多做卫生、做服务的外地人，多半是省内其他地方打工的，看村子离得近，就过来寻一个住处。这房子建得早，比村里其他人都有眼光。徐妈自从长生寺开始扩建那一天，就已经做好打算了。她盖房子花了十万，收拾得很干净，收的房租不高，一间屋一百五到两百块，因此基本上都租出去了。

　　她来收房租，不知道是不是最后一次。最近几个月，每次来收房租都以为是最后一次，岂料下一个月却又回来了。她不知道房客是不是欢迎她，从一方面讲，房客不会喜欢房东，但从另一方面讲，她还能来收房租，说明这房子还没拆，他们还有地方住。这部分建筑其实也属于违建，若真被追究，不仅她的投资收不回来，房客们也没有这么便宜的地方住。在这个问题上，他们是同仇敌忾的。

　　仍然是清早，房客们多半没有注意到她，只有门口的一对小夫妻看见了，点头招呼道："徐妈！"

　　徐妈点点头，说："我又来扮恶人了——"

　　年轻妻子尽量笑了一下，转身回屋拿了两百块钱出来，递给徐妈道："应该的。"

　　"徐妈，"隔壁一个二十岁的小伙子探出头来，搔着脑袋说，"这次能不能宽限一下？我们这个月工资拖欠了，一旦发了我就给你补上。"

　　"好说，好说。"徐妈说。

　　她清了清嗓子，提高了声音向所有房客道："各位，我有句话说。"

　　嗓音很清亮。里面几间屋的房客也注意到徐妈的到来，都停下了手中的活儿，凑拢过来。房客多半都很年轻，二十岁上下，甚至更年轻。单身为主，也有一两对成家的，个别有小孩。徐妈看着他们的脸，想到自己的儿子。这些孩子和自己的儿子年龄相仿，仿佛就是自己的孩子。如果儿子不念书了，也就在外面做个服务员，租住在某个类似的平房里，跟他们相似。这些孩子还没有很多烦心的事，他们只能盼望涨工资、涨工资、涨工资，除此之外生活就是单纯的。他们穷，但不用操心。她的心里矛盾，一方面觉得这样简单也是幸福的，另一方面又不希望儿子以后也这样。儿子已然太单纯了，这不是好事。她希望儿子能多见见世面，学点儿人情世故，将来才能出人头地。虽然随着时间推移，望子成龙的梦想越来越远，但是不到最后一刻，她还是不愿放弃希望。她环视着这些孩子既纳闷又茫然的脸，忽然有了一种英雄般的感觉，她觉得自己是在为他们抵抗，也为自己的儿子抵抗。

　　"今儿我过来，心里怪不好受的，"她说，"我也不知道这片房子还能不能存着了。上次也跟你们说了，这回修路就从这村东边过，紧靠着咱这房子，所以县里来人让拆房子。上次我不是说还得打听打听嘛，这回打听了，没什么变动的可能性，只能挨一天算一天了。"

房客们都很安静。

徐妈又说："阿姨我也不会多占你们的便宜。咱最近的房租按月收，但是到时候按天算，要是万一过两天就拆了，多收的钱阿姨还给你们。"房客不由得发出瑟瑟议论和赞叹之声。"而且你们放心，"徐妈接着说，"阿姨能扛一天就扛一天，不会把你们轰出去的，咱现在是一条绳上的蚂蚱，有阿姨在，就不会让他们轰人。不过你们可也得帮着点阿姨。"

"阿姨你放心！"年轻人的声音此起彼伏。那种声音，像给她力量的海洋。

从后院出来，徐妈将刚刚收到的一千多块钱揣进怀里。

她一个人来到农村信用社。在大厅遇到了二叔和对门老赵家的。她寒暄了好一阵子，钱一直紧紧地揣在内兜里，没露出边角。等到没人了，才把钱拿出来，拿到柜台存进去。她让柜员给她查查折里有多少余额，她四下里看着，又用余光注意信用社入口，声音压得很低。

"十七万八千四百二十四块六。"柜员说。

"哦，好，知道了。"徐妈像怕人听见一样小声说，可是周围并没有人。

吃午饭的时候，她低头看着盘子，一筷子一筷子不停夹着雪菜，把米饭往嘴里扒。对面是一脸阴沉的徐爸，也一言不发地吃。一盘子雪菜肉末，半盘子昨天剩的冷掉的切片火腿，放在四脚方凳上，垫一张报纸，嘴里的味道和这左右摇晃的凳子一样寒碜。徐妈食之无味，又想怪罪徐爸待在家里也不知道做点好吃的。话到嘴边，又随着米饭扒拉到肚子里。算了，她对自己说，谁也指不上，只能指着自己。

"我下午还去一趟县里。"徐妈冷冰冰地说，她的声音很低，很淡，似乎只是评论菜，不想引人注意似的。

徐爸却撂下筷子。"怎么又去？"他瞪起眼睛。

"不去能解决问题吗？"徐妈还是不抬眼。

"你去了，能解决吗？"

徐妈咽了口菜："算了，不跟你说。"

"我跟你说了几回了。你就省省吧，别给咱找这么多事儿了行吗？算我求求你。你说，万一人家把你抓进去关几天，这家里可怎么办？你说啊。"

徐妈只吃不理。

徐爸又说："咱成了一回够可以的了。你当是回回能成啊？万一这次惹了人家……"

徐妈把筷子一撂，站起身来："你还记得你上回怎么说的吗？'成了一回'？你也不想想是怎么成的。没让你跑是怕你脚不好再伤着，我够可以的吧？你不好好支持，还说这种话，你还有没有点良心了？你说要不是我，咱能有——"

她突然顿住了，不说了，赌气似的把手机、钱包、文件袋子和其他随身用品一样样用力地扔到包里，搭在肩上，大踏步走出门去。她的心里有一种不屈不挠的固执和愤怒的冷静。走得太急，门外的阳光照得她一阵晕眩。

在阳光晕眩的顶点，刚好能看见长生塔。它是那么洁白炫目，房檐翘角向八个方向延伸，勾动人的心弦。它生长的速度很慢，但徐妈恍然觉得自己能听见它生长的声音。

她突然想起儿子说的"我要从塔上跳下来"，眼前不由自主地浮现出儿子像一只鸟儿从塔顶坠落的画面，脆弱细长的身子在空中盘旋。阳光越发晕眩。她吓得一激灵。

三

王贵祥副局长带着从省城来的研究生赵朴从五楼下来。远远就从窗口看到楼下的徐妈。他走在靠窗的一侧，尽量把身子横过来，不想让赵朴看到窗外。

赵朴是名校学生、社会学博士，这两天来县里调研小学生撤点并校的事，总拿个小本子记个不停。刚刚开了个会，会场里闷热不通风，又是下午，大多数人昏昏欲睡。此时沿着老楼脏兮兮的楼道往下走，两个人都有点脚跟不稳。楼梯水泥地面，两侧刷着的绿墙漆剥落得斑斑点点，窗玻璃时常破了一半，洒气漏风。

赵朴心无旁骛地看着地面，一眼都没有往楼下瞥。他一只手支在身边，以便万一滑倒了可以及时抓住栏杆。一边走，他一边问："王局长，您刚才说，咱们县的撤点并校工作已经全都搞完了是吗？"

"啊，去年的事儿了。"

"那您觉得现在还有哪些困难的地方？"

赵朴说得很认真。王贵祥看看他，不知道他平时说话就像新闻采访一样，还是此时特别拘谨。赵朴上午才到县里，一直说话很少。他来调研的是撤点并校，写评估报告。

"嗨，小赵，"王贵祥尽可能松弛地跟他说，"实话跟你说，其实呢，这任何问题，都是钱的问题。"

"钱的问题？"赵朴推推眼镜，"建宿舍的钱不够吗？"

"那倒不是。建宿舍有专项拨款。"

"那是哪些地方缺钱呢？"赵朴不由得又把小本子掏出来。

"那多着了。你建个食堂，不得配两个宿管老师吗？要不然一年级小孩那么点小，谁给铺床叠被？还得帮着洗漱梳头。再说，住宿的多了，食堂你不得再多雇师傅吗？"

"您是说……这些人员的工资?"

王贵祥努努嘴,示意他别停下来,接着往下走:"是啊。这些人的工资谁出?现在都是学校公用经费出的,好多学校都不够,发了这些人工资,冬天都没钱买煤。"

"哦——"赵朴一边下楼梯还一边往小本子上写东西,"这是个大事。"

王贵祥一早就觉得不对劲,果然,不愿意的事情总会发生。刚走到一楼,还没出楼门,王贵祥就看见局里的两个年轻同事带着徐妈走进楼来。这下避也避不开了,撞个正着。

"王局长——"徐妈见到他就招呼道。

两个小年轻早都跟徐妈很熟了,这回一半搀着她,一半拉住她,不让她随便冲上前去。几个人在狭小的楼道入口处拥挤着无法躲闪腾挪,促狭着尴尬。王贵祥一心想带赵朴出去,无暇与徐妈和同事细说,只是支支吾吾地对徐妈应道:"欸,欸,您先上去。"他不想显得很热情,也不想显得无礼。

赵朴或许是感觉到有什么东西不寻常,一出楼,就问道:"王局长,刚才那女人是来干吗的?"

王贵祥模棱两可地说:"解决问题。"

"是上访的吗?"

王贵祥没料到赵朴问得这么直接:"嗨,怎么说呢,就算是吧。"

"那她是为什么事上访啊?"

"那可一言难尽。好多事儿呢,据说弄了个表,写了好几十件。现在这人哪,刁得很,有事没事就上访。"

王贵祥想把话题截掉,赵朴却没有止住的意思,甚至又掏出小本子:"那她为什么跑到教育局来呢?我还第一次见着跑教育局上访的。"

"嗨,那是你下基层下得少,现在多着呢。"王贵祥想了想,决定还是说说,想来赵朴也就是好奇,应该不妨事,"我跟你说吧,就刚才这大妈,你以为她是为什么上访?就想来要个高级职称!她原来是个老师,在镇上教初中,退休了还没评上高级职称,就天天跑,想让人补给她一个。这你说我们能给吗?我们问了他们学校。人家学校说了,她原来水平根本不行。早些年也没多少文化,就识字、会算术而已。人家这些年还有大专毕业的老师呢。她上班也老不上心的,尽带着孩子来上班,从学校往自己家里顺东西。备课也糊弄,学生早都反映不满意了。就这么一佛爷,你说人家学校能给高级职称吗?人家盼星星盼月亮就恨不得她早点退休呢。她那硬件什么的也都够不上。结果这就天天跑来上访,还跑到北京一回。可你再上访我们也没辙啊。国家有规定,评职称必须得在退休以前,她这退都退了,怎么可能再给评个职称呢?"

赵朴也听得呆了,似乎想不出怎么还有这样蛮不讲理的人:"她图点啥啊?

都退休了,还要这虚名干吗?"

"哎哟,你是不知道,这可不是虚名,退休金差不少呢。"王贵祥解释道。

赵朴若有所思地点点头,又往小本子上写了几个字。然后把小本子揣进包里,挥别,向院门口走去,一边走还一边回身挥手。

"慢点儿啊,"王贵祥叮嘱道,"明儿早上我还有事,就让小王陪你下去吧。"

"哎,您忙您的。打扰了!谢谢啦。"

赵朴走后,王贵祥硬着头皮走上楼梯。他不知道今天该怎么应对徐妈的事。这种蒸不烂煮不熟的牛皮膏,谁碰见都头疼。他知道徐妈并不只是在教育局上访,还在人事局、土地局和县长办公室上访。那些人比他还头疼。据说徐妈的列表上最重要的都是跟房子有关的项。她没事就跟着、贴着、等着,到哪儿都能见着她,在人家门口候着,堵门。据说上一任县长被她烦得不行了,最后给她划拨了二十万,好像算成什么搬家费,想把她打发回家。结果她更来劲了,钱没让她停住,反倒勾起她的斗志了。新县长来了,又想再来一遍。

王贵祥觉得,这帮人就是蹬鼻子上脸,知道谁也不敢拿他们怎么样,都怕媒体曝光,就怎么不讲理怎么来。两次跑到北京去,让人好吃好喝送回来,弄得上级都知道了,怪罪下来,整个县政府都没面子。可你又能拿他们怎么样呢?你要是满足了她,那让别的那些老老实实劳动挣钱的人怎么说呢?

他心里有点忐忑地推开接待室的门。他心里有点埋怨两个同事为什么把徐妈带上来。他也知道他们是不愿意看她在院门口摆状子,怕影响不好,可是带上来就又送不走了。

徐妈坐在接待室的桌子后面,面前摆着一杯热水。接待室里没别人。两个小年轻同事都适时地消失不见了。王贵祥咳了两声,也去饮水机边上接了杯水端过来,坐下。

徐妈不说话,似乎想等王贵祥先说话。她看着自己的两只手,看上去谦恭,却又有一点倨傲,有种看你能把我怎么样的劲头。王贵祥也不想说话,他跟她面对面坐着。有一瞬间,他几乎想把她扔在这儿,自己还回去上班,该干吗干吗,毕竟工作多得很,没工夫耗着。但他理智上又知道,那样是非常不明智的,徐妈等的就是下班,下了班跟着你到马路上、买菜、坐车、回家,让所有人都看见,当着大家面诉苦,再拉上周围人诉苦。而这是他最不愿面对的,那种情况下,很多决定都身不由己。他还是需要在办公室里把话谈了。

他越想越觉得气闷得慌。做个所谓的人民干部,别人以为多富贵,其实谁苦谁知道,这每天遇上的都是什么破事儿。正经工作就够难了,国家动不动一道命令下来,也不管底下人做得到做不到,立马得做,什么限期整改,什么营养加餐,什么撤点并校,好事倒是好事,但做起来有多难谁管。天天往乡下跑,看哪个村小还没搬迁冬天帮着运煤啦,镇上哪个学校的孩子又哭闹着想家啦,学校校长天天来哭穷说厨房师傅的工资又发不出来啦，小学升中学改素质教育又得让孩子换一遍教材啦。这十几个镇，几十个村子，哪个干部有自己跑得多！这还整天提心吊胆的，生怕哪个食堂吃出毛病了，哪个宿舍楼孩子摔着了，哪辆校车翻了，现在家长们可厉害得很，有脾气有门路，要是跟教育局打起官司，谁能受得了！本来这么多工作解决不了，就够烦人的了，还天天碰上不讲理上访的，动不动来扯皮，日子还怎么过！王贵祥觉得自己趁早退休算了，又没什么油水好捞，还不够受气的呢。

"徐妈啊，"王贵祥问，"你还想要什么呢？我上次不是跟你把话都说得清清楚楚了吗？"

徐妈抬头看着他，嘴一撇，有种祥林嫂的哀怨。

王贵祥也有点心虚："我不是都跟你说了吗，这评职称的事儿，没办法。这国家规定了，退休的人就不能再参评了。你哪怕说得再好听，你就算证明了当初是有人故意搞你，也没法再评了。你当初要是不满意，当初干吗不争，非要退休以后再争呢？"

"我当初就来上告了。我们学校就非让我退休不可。"

"好，好，"王贵祥连忙伸手，让她打住，"咱不说当初的事儿。反正现在这事儿是完全办不到的。你还不如有这时间好好回家歇歇，喝喝茶，和邻居们聊聊天，多好呢。"

徐妈又低头看看手，幽怨地说："其实我这次来，也不是为了职称的事。"

"那是为什么？……又是那间宿舍的事儿？"

"那间宿舍已经让人拆了。我得要赔偿。"

王贵祥这下有点生气了。他知道那是什么事。那是他在那张列表里觉得相当不对的事。"拆房子那是应该的。那是学校的房子！人家想拆就拆，关你什么事？能让你住那么多年够对得起你的了。按理说人家那都是单身职工宿舍，你带着孩子住学校那么些年，够可以了，也就是你们王校长宅心仁厚，看你困难帮你一把。那你也不能把那屋霸占成自己的啊？现在人家学校要扩建校舍，你挡人家道儿了，能不拆吗？你凭什么不让拆？那学校是你家宅基地吗？你不感恩戴德不说，还讹上人家学校了，你说有你这样的吗？"

"盖的时候，我们是花了钱的。"徐妈小声说。

"可前阵子江局长不是赔给你二十万吗？还不够？"

"那是搬家费……"徐妈的声音越来越细，越来越低，却不肯停下来。

"那你还想怎么着呢？"

"您看哪，"徐妈静了静，轻声说，"我不是有个儿子吗，现在在古城上大学，学管理的，也是一表人才，明年就要毕业了。您看……能不能让他来咱们这儿上班？王局长，我知道我之前给您和江局长添麻烦了，您只要最后再帮我这一次，我以后什么问题都不来找您了。"

王贵祥腾地站起来，又好气又好笑。他已经找不到合适的语言了。

"我告诉你，徐妈。"王贵祥指着窗户外头遥远的地方说，"你别搞这套。你每天把自己弄得可怜兮兮的，其实不就是想上塔吗？我还想上塔呢！谁帮着我上塔？你儿子需要解决，我儿子也需要。我就算要解决，也是解决我儿子。轮得着你吗？"

四

赵朴在教育局外面等了两个多小时才看见徐妈出来。

他跟上去，想和徐妈搭话，可徐妈没看见他，快步出了教育局大院门，往右拐，又拐上大路。赵朴跟了几步，想要追上去，但离得近了，他又改变了主意。他想就这样跟着看看，看这个女人接下来要做什么事情。

他对这件事很感兴趣。他不完全相信王局长的话，因为来以前他的一个师兄叮嘱过他，到了县里，当官的话得打折扣听。但也不是全不相信，而是觉得王局长说的事即便是真的，态度也肯定偏颇。他一直觉得，当一个人做了一些旁人觉得十分不合理的事，就必然有值得研究的东西。他对王局长颇有几分好奇，这个人还是有点才华，讲县里的历史和名人都脱口而出，对中国历史也有些见地，业余时间还喜欢写写书法。下午他们去寺庙里逛，还看见王局长写的一幅字，挂在县城书法名人展里。赵朴刚来县里两天，对什么都好奇。他看到寺庙觉得好奇，看到广场舞好奇，看到旧城区的通信运营商也觉得好奇。

赵朴爱看《弱者的武器》，他常说自己同情底层人，观察底层人各种各样的诉求形式。他觉得《抗争性政治》说得对，中国现在以抗争博弈为主线。底层民众仍然需要启蒙，虽然生活之困苦让很多人感受到权利受损，但还没有足够的权利意识。他想写一本《忧郁的县城》或者《忧郁的北纬四十度》。虽然后来看多了韦伯和涂尔干，也觉得各有各的道理，但先入为主的因素还是让他对列维·斯特劳斯最衷心。他觉得场域也适合描述中国，帕森斯的结构功能主义叙事虽然过于宏大，难以把握，但与中国历史也有诸多契合之处。他还没想好自己的论文要以什么理论作为结构骨架，有时候思路多了，冲撞得七上八下。

赵朴跟了约莫有二十分钟，发现徐妈在县土地管理局门口停了下来，从包里掏出条幅，铺在地上，人坐在一旁的花坛上，手里还举了一块牌子。赵朴掏出小笔记本，把这一幕和他下午所见的其他东西原原本本写在本子上。四周有人围了过来，低头看徐妈条幅上写的字，赵朴也凑在人群后面低头看。三十条控诉，密密麻麻的小字。他看清楚几条，学校不公正提拔的黑幕，强行拆迁致家中顶梁柱伤残，乡政府强行占道不予赔偿，如此等等。看了一会儿，赵朴挤到人群前方，蹲下来，捧着小本子，想采访徐妈。身后有个老头儿俯身看，有点压得他难受。

"阿姨您贵姓？"赵朴问。

"姓徐。"徐妈转头看看赵朴，反问道，"你是记者吗？"

"不是。我是来调查的研究……员。"

"哦，研究员啊。"徐妈焦虑的脸一松，立刻显得亲昵起来，眼睛里几乎掉出泪来，"你帮我研究研究吧。我有好多事想跟人说哪！"

"……好说。您是哪儿人？"

"陈家镇那边的。长生寺你知道吧？"

"知道，明儿我就打算过去呢。您是长生寺那边的人哪？"

"小伙子，我跟你说，阿姨我实在是没有办法了。我家就这一个小卖部了，现在要被人强拆了，他们就带着人来打人哪，你是不知道……我老伴腿已经残疾了，打工也打不了了，儿子学费交不起了，要退学……"

"您老伴腿残疾了？让人打的？"赵朴惊问道。

"小伙子，真的，阿姨跟你实话实说，我们也不求别的，我们老两口也没几天好活了，只求给我们儿子一条路。你跟我儿子差不多大，你明白，当妈的别的都不想，就担心儿子。他上大学呢，学费交不起了……"

"那您……"

就在这当口，徐妈眼睛越过赵朴看向他的身后，突然腾地站起来，卷起地上的条幅就往他身后奔去。赵朴没来得及站起身，徐妈就离他几步远了。赵朴疑惑地向后看去，发现徐妈凑到一辆黑色奔驰车外面，趁着车子开出大院开不快，跑到车前，用双手顶住车头，不让车往前开。汽车鸣笛，司机探出头，徐妈双手顶着车子一步不让。又借着车里人发愣的工夫，转身靠坐在车头上，又把条幅打出来，横在身前。围过来的人逐渐多了。虽然对徐妈充满同情，但这一幕让赵朴看得好笑。这样的画面以往他只在网络上看到过，今儿个第一次见了，不免有点兴奋。

最后，没什么结果。土地局两个门卫匆匆过来，把徐妈架开，徐妈也并不扭打挣扎，顺从地让他们拉着手臂，平静地被带开，或许是目的已经达到，也或许是害怕冲突。被拉走的同时还低头和车里说话，只是没说上几句，车就开走了。人散去了。徐妈梗着脖子歪着头，捋了捋头发，忘了赵朴，头也不回地走了。

赵朴见人散去，也无甚可为，便回到招待所，给老师写邮件，把白天看到的一幕讲了。他与老师商量，不知能否把乡村中的弱者反抗作为自己论文的题目。他的论文还没开始做，已经该开题了，但还没有想好要做什么。这次来调查乡村教育和撤点并校的社会影响，并不是他的题目，只是导师的课题。能不能作为自己论文的题目,还很不好说。他也不是特别想做乡村教育,虽然说是个重要的题目,但他总觉得还不核心,并不能反映出当今乡村生活的主要困窘与主要矛盾。另外一些有关乡村治理的题目不好做,一方面较为敏感,另一方面是做的人太多,不知道如何做出一些新意来。这次到县里调研,他也是想积累一些素材回去。农村的弱者作为社会保障之稀薄地带,是一个值得关心的题目。

赵朴已经博士二年级了,他希望能三年正常毕业,但据说他们学校卡得比较严,论文做两年能做完就算不错,多半要延期毕业。他有些着急,当初考研耽误了一年,考博士又耽误了一年,眼看就要三十了,毕业还没着落。毕业没着落,工作和女朋友就更没着落。他时常在两个极端之间摇摆,有时候鄙视包括结婚生子赚钱在内的一切世俗目的,准备献身清高,有时却又为自己的一无所有悲从中来。最终的结果是他对于自己的学术寄予更大厚望,期待学术上有所造诣,最好一鸣惊人,成为全国知名的青年学者,四处走穴即可盆满钵满。

邮件写完,他打开电视。二十五英寸彩电还是老式的凸面型,看惯了平板电视的,对这种二十世纪古董已经觉得十分不习惯。不过招待所里竟然有 Wi-Fi,他觉得很神奇。或许是因为这些年来此地旅游的人多了的缘故吧。他靠坐在床上,把两个软塌塌的枕头垫在腰后。遥控器转来转去,都只是电视剧,看了没几眼就进广告。旅馆的写字台上摆着一小盘方便面矿泉水饼干的组合,上面都有价签,勾人馋虫,却没有一样让人有食欲,就像厕所里的激情产品,画着猛男猛女,让人蠢动,却又勾不起真的欲望。床上的被子摸上去有点潮腻。

他拿出《浮生取义》,一边看电视一边翻。看不进去。自杀的魂灵仿佛透过密密的字,在四周飘浮。他的书单上这学期列了七八十本书,但是到目前为止只读了五六本,心里着急,但越着急越看不进去。这次出差,箱子里装了四本书,可到现在还一本也没看完,心里总是乱糟糟的,似乎有很多事值得想,又想不出什么。他翻开白天的小本子,在读书和整理笔记之间犹豫了半天,最后决定先看一会儿电视再说。

地方台有旅游宣传片,他这才想起来第二天要去长生寺参观,抱出笔记本查旅游攻略。每次出差,就旅游这部分最令人向往。他知道长生塔的传说,只是一直没有能直接参观。他看了一会儿,又想起了徐妈。晚上回忆起来,徐妈的凄凄切切就更显悲苦。他打开百度地图,查那个叫"尘烟"还是"尘凡"的村子所在的位置。

然后,他给他本科同学艾峰拨了电话。

他想让艾峰来报道一下徐妈的事。艾峰在省城一家报社工作,记者,毕了业没有读研,直接上班,到现在六七年了,也算是资深了。赵朴觉得,人做了记者,话就变多了。原先在学校时还没有那么外向,工作了几年,再一见面就滔滔不绝。话越来越多，带着点指点江山的意味。讲哪个指示下来全报社都疯了，讲哪一次出了什么新闻事故，讲哪个报道搞了乌龙、哪个高官其实有什么龃龉。再说一些对当下政治的评价，一般不留情面。不过赵朴也知道，艾峰这人热心，如果有些什么事值得报道，哪怕自己损失一些银子也不介意。

他问艾峰，有这么一件上访的事情，也许颇有点复杂，愿不愿意来看看？艾峰很痛快地答应了。

第二天上午，太阳有点淡漠，无精打采的样子。艾峰接近中午才到县城，两个人找了个小饭馆叙了旧，才姗姗上路。赵朴在路上给艾峰描述了事情的大概，也讲了他对徐妈这个人的看法，最后才说到他的关键想法。

夏利出租车在修路的坑洼处颠簸咣当了好一阵，终于驶上大路，沿着崭新的六车道高速疾驰向灵虚寺景区。窗外，新栽的杨树挺立着细细的枝子，搭成一道墙，隔开公路和广沃原野。树枝倾倒向一侧，蒙着尘灰，于荒僻之中只微微展露出一点生气。

赵朴向艾峰描述事件的时候，他几乎能想到那未来的画面：他的研究论文被网络转载，成为冉冉升起的学术新秀，受邀参加一些新媒体的直播对话，成为弱者生存斗争的代言人。他将开设自己的自媒体平台，直击弱者斗争这个网络平台目前最关注的热点。此后会有商业利益找到他，但是他不能随意选择，他可以营造一系列相互促进的事业。

"那就是长生塔了吗？"转过一个弯道，赵朴忽然看见远方那座通体洁白的高高的塔，心里被震动了一下，凝视了好一会儿。汽车颠簸中，塔尖上下忽闪。

"它果然在长高啊！"赵朴看了许久之后对艾峰说。

五

艾峰忽然很想喝啤酒。阳春四月的风暖暖和和的，从洒气漏风的夏利窗户里飘进来，让人全身痒酥酥的，心情十分惬意。如果这时候手里有一罐冰啤酒，那就完美了。

下车之后，赵朴想直奔村子里，艾峰却不着急，想先找到小卖部，买一罐啤酒，逛完了长生寺，再找找看。他不着急，就算这一天什么都采不到也无所谓。阳光明媚的下午，不在景区里好好消磨一下，就辜负了上天的美意。这两天赶上他工作热情的低谷，和主任冲突，心情很不爽。赵朴一叫他，他就觉得天赐良机。长生寺他很早就听说了，只是一直没去过。每每外地同事放假结伴造访，回来后议论纷纷，他这个正宗本地人反而无话可说。这次难得从恼人的办公室跑出来，一时半会儿不想动脑筋。

艾峰朝售票处走去，赵朴起初还想争执，艾峰一本正经地说："你别总一腔热血。做事得讲究时间效率不是吗？人家农村人白天都得干活去，你这会儿去了能见着谁？"

赵朴不说话了，似乎觉得也有道理。

"再说了，你现在去长生寺玩玩，待会儿再去找人，什么也不耽误。你现在先去村儿里找人，找不到不说，待会儿长生寺关门了，咱不是白来一趟吗？"艾峰又说。第二点理由对他来说殊为关键。

赵朴于是跟着他汇入排队买票检票的人流。

艾峰不是不明白赵朴的意思，但艾峰并不认为他能做什么。他这些年这种纠纷的事儿也采得多了，知道是怎么回事。这种事，有一半说不清谁对谁错，另一半能说得清，但又不能在报纸上说。总之是受累不讨好的事，费了半天劲采访，王家大妈说什么李家大婶说什么，最后有关部门说什么，也就没有下文了，说是等待进一步追踪，但是事件多半扯皮很久，拖个一年半载还算快的，拖个三年五载，到最后有了结果，大家早都把这件事忘了。

赵朴这人呢，艾峰想，什么都挺好，就是有点……有点什么呢？有点不开窍。赵朴总把好多东西讲得很复杂，把变种马克思理论和其他七七八八理论搅和到一起，苦大仇深的模样，总觉得谁都活得挺惨。其实谁都活得好好的，人家有人家的算盘，你未必知道而已。

赵朴此时又在说，完全无视宏伟矗立的大门，一门心思说，说话的时候侧着头看艾峰："这事吧，教育局的不愿意管我也理解，教育局是清水衙门，对付不来……"

"教育局清水衙门？"艾峰笑了，"教育局是哪门子清水衙门？你见过最近修的那些新学校吗？你知道那花多少钱吗？就古城底下一个县，建了个中学，花了两个亿！没见过吧？你能想象吗？两个亿。改天你一定得去看看，那斜坡阶梯，那大柱子，那大操场，全大理石，快赶上天安门广场了。你说为啥？工程经费越多，进口袋的越多呗。教育局，嘿，我跟你说，最肥的就是教育局，越穷越肥，因为国家给贫困县的教育经费是最多的。"

赵朴听了，好一会儿没有说话，低头走路，眼镜滑到鼻尖上，又两次推上去。艾峰看到他两次又想掏小本子写笔记，但两次又都放回去了。艾峰觉得好笑。

长生寺景区里建得十分辽阔，辽阔得连艾峰这样不喜欢讲情调的人都觉得粗俗了。几十米宽的大马路，两侧几个树坑栽种着几棵孱弱的树苗，远处看不到边际的地方是所谓的参观点，中间漫长的距离必须乘电车前往，又是一笔坑人的费用，路的两侧排列着新建的金色大佛像，电车上的导游还一直唠唠叨叨，劝他们去拜，求婚姻家庭幸福。艾峰万没想到长生寺里如此景象，他知道长生塔的奇观别具一格，但不知寺院竟是如此好大喜功。远处新修的舍利堂是个菱形，空心，相当后现代，金属外表面在太阳下反射着刺眼的光。

"我的意思呢，"赵朴又说，"也不在教育局。还是想发现社会现实。好多你觉得不合理、没道理的反抗方式，其实还是实在没有其他法子了，弱者的反抗。你想，一般人谁愿意天天没事找事还伤自己，还不是被逼得实在没法。你报道的时候能不能发掘一下……"

"到时候再说吧，"艾峰不置可否地打着哈哈，"先看看是什么情况再说。……不过你也别想得太好，'谁天天没事找事'，你上班了就知道，好多人就是天天没事找事。"

"这回我觉得不是，你没听说吗？他们那儿拆迁都上防暴警察了。"

"有什么不对吗？"

"你不觉得……"

"你不是也说了吗，那本来就是违建，村民还打执法人员，这还不上警察等什么？"

赵朴愣住了，想了想才说："我们需要从弱者的角度想问题，弱者的抵抗是泄愤的抵抗。你看过斯科特写的东亚小农吗？你回去看看。看上去小农是在偷盗欺骗，但实际上……"

艾峰一边听，一边走，一边看两旁的佛教装饰物，只听进了一半。他对赵朴有点倦怠。赵朴开口必须引用经典，一副谁不读政治学术书谁就活不下去了的架势，每天劝别人读书。艾峰对于劝人读书倒没什么不满，只是觉得赵朴拿是否读过几本书来区分一个人，未免有点太过偏颇。在读书之外，你先得睁大了眼睛看看这世界不是吗？艾峰觉得，一个人要是真有水平，无论读了多少书，遇上别人也不会显得傲气。因而每次遇到这种场合，艾峰就喜欢打哈哈，不认真回应。只是不想跟他一起板着脸说话。谁没读过些书呢？艾峰想，不就是读过些书嘛。你看得见问题，却给不出解决，屁用没有。

"哈哈，"艾峰笑道，"回头给你发几个我们的调查案例，让你认识认识小农哈。"

艾峰近来过得不太爽，两篇稿子被部门主任毙掉，选题会上，他的一个主意被部门主任评为"糟糕选题的教科书"，让他在小辈和实习生面前丢脸，异常没面子，他于是一气之下决定私自给自己放几天假，装出仍然在采稿，出门走走，最后回来说"没多少有趣的新闻点"打发过去，反正这种事也很正常，谁也不能保证所有线索都有新闻。他对报社的现状不满，什么事情不先从实情出发，反而从立场出发，先设计出一个结论，再按照结论找一些事件、找一些人说话。这种东西他不感兴趣。

刚毕业的时候他还非常有社会公德心，总希望把新闻做得有点深度，像科学研究一样，深入到社会内部挖掘。后来干了一段时间发现根本就没有这种时间。天天有报纸，天天得搞出点东西，就算是他们负责的专题，不定期出稿，也总是赶时事热点话题，差不多选题会后三天就得组稿，五天就得下厂印刷，一周之后话题就过时了，再发出来也没意义。所以在仅有的三天里，只能打电话找几个关系好的专家说说话，再去相关场所踩踩点，以保证写出来的东西是事实就行，至于客观全面发掘和深度社会分析，按总编的话说，你写了也没人看。艾峰写稿子越老练，采稿子的热情就越低。他知道不是所有记者都像他这样，也有好多记者越干感触越多，他只是一上来的期望太高，稍微一失望，就觉得人间乏味，不如随波逐流。可他的内心又不是随波逐流的，于是难免玩世不恭起来，对事情，第一反应总是嘲讽调侃，最不喜欢听豪言壮语。

他用这样的眼光看世界，就看出世界很多有趣的地方。他看到许多以前没有发现过的事，多半以尴尬为主，没什么善恶可言，都是博弈。Game Theory，游戏理论，这名字真是好得不能再好了。他觉得大师造词就是牛×。都只是游戏而已。你看着不合理的，人家都有人家的理由。游戏。小农怎么了，小农弱势，但人数还多呢。世界嘛，他想，总归都是有理由的。即便是看书，看魔障了可不行。书是围绕世界转的，又不是世界围着书在转。

两个人终于穿过了漫长而无聊的佛光大道，下了车，避开兜售高价香火的摊位，进菱形大殿里转了一圈。跟着人流，小步小步挪动。大厅光线晦暗，祭祀饰品堆积。没看到传说中的舍利，只看到一个小方玻璃盒，供在饰物烦琐的祭坛顶端，远远就用绳索拦住游人，似乎就想起到让大家看不清的作用。就像所有的豪言壮语，伸手一指，看，远处是神奇和美好，然后利用谁都看不清、谁也摸不到的优势，激情澎湃描述一番。

可是舍利本来就不存在。那就是一种想象的美好。

"快出来看！有人要跳塔啦！"外面忽然有人喊。

赵朴连忙拉着艾峰出门，向塔的方向跑。艾峰心怦怦跳，也赶着推开人群。整个下午，他俩第一次有了某种共同的目的。艾峰觉得幸运，这是他第一次赶上新闻现场。他转念一想，又觉得造化弄人，在最想放弃工作的时候，却遇到了努力工作时求不得的机会。

艾峰闻到人群的汗味。人群向塔蔓延。东张西望的人摆动着头，一边向前拥，一边窃窃私语。赵朴一直小心翼翼地说"不好意思借过一下"，艾峰嫌他慢，大声吆喝着"让让哈，让让"。他俩在人头的海浪中挤到了浪花前沿。

他们抬头张望。想跳塔的人坐在塔第五层。

阳光下，塔通体洁白。清冷如玉。仰头看不见顶。

待两个人的眼睛适应了逆光仰望的明暗，赵朴突然发出"啊"一声惊叹，狠狠捏了一下艾峰，捏得他叫出声来。"那是徐妈！哎，那是徐妈！"赵朴叫道。

"什么徐妈？"艾峰问。几秒钟之后，他突然想起赵朴唠叨了一下午的故事。

塔上的人动了动，似乎往外挪了一寸。底下一片惊呼。

逆光看去，塔身有光晕的轮廓，宛若圣洁。

"哎！徐妈！徐妈！"赵朴挥着手大喊，"你还记得我吗？我是小赵啊！"

他们又往前挤了挤，几乎挤到了最前排。赵朴拼命举手挥动着，想要引起塔上人的注意。喊了一会儿似乎有用了，塔上的女人把面孔投向他们所站的方向。艾峰心思转了转，心里对事情有了自己的判断。

"哎！我是记者！"他大叫道，"你别冲动，有事跟我说！我是记者！"

他说着，从口袋里掏出记者证举到眼前。他知道，这么遥远的距离，塔上的人看不见，但他又知道，当人想看的时候，什么都看得见。

"我真的是记者！"他喊。

把徐妈从塔上接下来，他们陪她坐了一会儿，就一起回到村里徐妈的小卖部。

村子不大，村口的小卖部人人皆知。艾峰带着点审视和批判看着村子，村里大张旗鼓地建设，好几户人家都在自家原本的房子上又盖了一层小屋，盖得又粗糙简陋，砖石里凸外进，腻子都没刮匀，但还住着人，晾着衣服。艾峰不觉得奇怪，这种事他见多了。每次有哪儿的村子风闻拆迁，就全村出动盖房子种树。他还见过那种邻村配合的。一个村的树苗被政府清点完毕，定了赔偿之后，当夜挖出来，卡车运到另一村栽下，等着政府过两天再来这村清点。夜半时分，半个村的男人扛着树苗沿村边走。

他看着屋顶高处的一间间小房，和里面偶尔走出来的面无表情的农村姑娘，避开屋顶上跌落的水珠。看到这些，他觉得一切都显得合理了。

他们来到徐妈家里听她讲。傍晚的暮色笼罩头顶。沟通交涉让艾峰把图画看清了。他从徐妈的絮叨中找到了关键的部分，之后与村民的谈话更印证了他的推测。

正如他所料：徐妈，以及这一村人最大的不满，不是为何拆迁，而是为何不拆迁：明明说好的拆迁，怎么就不拆了？

而徐妈特别不满的是，这次政府来人，为什么只拆违建部分，拿不到赔偿，而宅基地却不动，因此没什么赔款。于是乎她闹，若是能闹得全村被拆了就好了。

这下明白了。艾峰嘴角露出笑意，这倒是有得可写了。

他想了个办法把赵朴打发回去——这并不是很容易的事，赵朴仍然咋咋呼呼地希望他以"被贬损的和被忽略的"为角度写文章，但他可不想这么落入俗套。他要写，就要以更新的角度去写，写个 10 万 + 的点击率，看看部门主任还怎么说。他要写拆迁过程的利益大饼，写每人拿了多大一块儿。

"徐妈，"他晚上等赵朴走了，悄悄把徐妈拉到小卖部外边，问："您是不是想把这件事报大一点？您看政府今年财政吃紧，经济一时好不了，咱这拆迁的事说不准就黄了。您看这长生塔每天长高，说不准长到什么时候，要是不抓紧跟上，错过了时节谁也找不回来。"

他说着用手指指远处月色中朦胧的塔，又说："我很想帮你们。你帮我也多找点线索。你回头给我拿账本整个算算你们村这账。"

六

曹东教授拄着拐杖，手里还捏着那张报纸。

"就是这张，你们看看，我是不是该去。"他对参会的老朋友们说。

坐在一旁的老江把报纸接过去，但显然心思也没在这个上面。

"我跟你们讲，这可是国策，是大事，这初期要是推动不好，后面会整个扭曲制度。"曹东教授异常严肃地说，"土地政策可是立国之本。"

曹东教授自从看到报纸上长生寺的报道，就开始着手准备这个研讨会。研究所原本就有定期学术研讨会的惯例，他的老朋友又多，时间定在周末，一个电话过去，给面子来捧场的人着实不少。他思忖再三，将会议主题定为"以土地流转看乡村自治的可能性"。

会议在研究所的一个咖啡苑里。自从去年改造了研究所的一个食堂，修了这个咖啡苑，开会时的气氛就好了很多，开会之后总会留下来喝咖啡闲聊神侃，因而来的人也越来越多，但也有坏处，讨论的气氛过于放松了，形不成约束，主题尚未展开，话题就偏到郊外去了。曹东还想继续讨论土地流转的规范问题，底下几个人已经开始说起某个旅游胜地最近开发的文化商业综合体了，从旅游开发，聊到了出国见闻。玻璃咖啡桌上散落着撕开的包装纸，果盘里的水果还剩下几块，横陈着躺在空盘子里。

曹东不管台下听不听，只是一门心思说着："长生寺这个问题吧，一般都关注民众怎么找政府维权，政府给不给解决，以后上访怎么弄通道什么的。但实际上不在于县政府能不能给解决。县政府不管解决不解决，都属于临时性的，不是根本的，就像你不能指望总有青天大老爷出现。根本的还是得有体制性社会保障、制度性保障。"

曹东停下来，等着回应。

底下私聊的惬意持续了一阵才淡下去。

周一江语调轻松地说："老曹啊，据我看，中国老百姓还不太一样，有时候还真就盼着青天大老爷。"

曹东被他的语气弄得有点烦躁，装作没听见，继续说道："民众诉诸权力的方式，不管是恳求的还是反抗的，实际上仍然显示出极大的权力依附性。现在的城镇化也是权力主导的城镇化，强拆先不说，大规模不合理的冗余建设，好多地方出现鬼城，文化遗迹附近也弄得不成样子。这次之所以想推土地流转，实际上还是想推民众自治和文化自治……"

"我说老曹啊，你做了这么久还没感觉吗？"秦勤教授说，"在中国现在这环境里，想做一件事，可不在于有没有道理、该不该做。你就是得想清楚了人家为什么要这么做。现在政府卖地赚得盆满钵满，为什么要改？凡事都得有个激励相容。地方政府……"

曹东绷着脸，没有说话。他对研讨会很不满意，他坐在垂下的投影屏前，被玻璃墙投入的阳光晒得十分焦躁。他对场地不满意，对与会者的态度不满意，对自己的表达也不满意。在座的都是他相熟的人，他们常在一起讨论中国古代乡村自治政治结构，讨论城市维权行动背后的权利意识，讨论奥古斯丁和马基雅维利，他本以为他们会很支持，却没想到他们多半抱着冷眼旁观和微微讪笑的态度。他们要么认为改革只能从高层做起，要么认为目前的民众自治充满弊病，要么对现实失望、对任何变化的可能性都充满悲观。他们穿着朴素但体面的夹克和毛衣，戴着眼镜，博览群书以至于一开口就是俯瞰世界三千岁月。但是他们永远站在世外，点评世间之差错，却不认为自己应该或者可以做到点什么。

可是曹东不认为世界会自发发生变化，人需要做些什么，做了才有可能有变化。

"反正这个项目我是肯定要做的。"

曹东拄着拐站起来，感谢所有人参会，然后自行离开。

三天之后，他拖着尚未痊愈的脚踝又一次降落在古城机场。一旁陪伴他的是一个基金会的年轻项目官员。曹东带着一个三人组成的小团队，准备开始他的自治项目试验田。他已经联系了县政府发改委的工作干部，有些进展，但电话里却不足以消除疑虑。他一瘸一拐，却挺直腰背，一路不住地喝水润喉，准备在稍后的会面中展露自己的口才。

他被古城囫囵的夏风吹得眯了眼，坐在汽车后座上，又吹又揉痛苦了许久之后，才睁眼打量这个地方。高速公路两侧，黄沙轻卷，一间间低矮平房挂着彩色巨大招牌，在正在建设的高楼的骨架旁匍匐，像黑黝黝的窑洞。小汽车飞奔经过乡野。

"土地流转可不是资本家的事情。"曹东教授对随行的年轻公务员讲，"这才是切身关系到所有国民的大事。你看现在两亿多农民工为什么进不了城？为什么农村好多地荒无人烟？就是因为这些农民不能从土地的身份上解脱出来，还跟背后那块地连着。农民也有权从土地转让中获得自己一份收益，凭什么只让政府和开发商获益？我跟你讲，现在好多人想买农村土地呢。你说大城市那么多雾霾，好多文化人、艺术家想到环境好一点的农村买地呢。农村多好啊，能自己盖房子，自己种点菜吃，自己有个小院儿喝喝茶养养花。好多城里人都羡慕农村生活呢。现在土地不流转，农民进不了城，城里人也进不了乡。"

办事员随声附和着："曹教授您也想到乡下买地盖房吗？"

"那是。"曹东教授应道，"那是当然。我周围有不少朋友乐意呢。现在大城市的房地产太贵，不值得买，大家手上有点闲钱怎么办，没地方投资，不如到乡下买块地。几个文化人，坐一起喝酒论道，对乡村文化建设也有好处不是嘛。我跟你讲，土地政策可不是小事，这是推动乡村自治的第一步。乡村自治是……"

"曹教授，"办事员笑脸相迎地说，"您要是很想到乡下买地，到时候可一定来我们这边啊。我们这地儿要是能来您这样的大学者，那才是蓬荜生辉。您别看我们这地方现在挺穷，历史上也是人杰地灵的。而且我们这儿有长生塔，风水好，吉祥，人家都找大师给看过的。您去过长生塔了吗？那周边地方可好了，有一座小山，山下有条小溪，我估计您肯定喜欢。要不然下午我带您去看看？"

曹东教授犹豫了一下："下午我本来想先去拜访县发改局的……不过也好，他们今天也正好忙，明天再去也行。长生塔是在尘凡村是吧？那边现在什么地价？"

七

下楼吃饭的时候，龚旭被电梯里的人挤得异常烦闷。

人挤人的狭小空间里，正赶上前面的女生烫的卷发骚动他的鼻子，痒得令人心烦，气味也有一种他不喜欢的化学品味道。

金融公司所在的写字楼地下，总有一系列拥挤的小餐厅，被中午觅食的白领占得满满的。听上去生活在云端的金融行业高薪青年，工作时办公桌确实在云端，但午间时光总被打回到地下的人间世界。BHG超市里卖的盒饭有一排人排队，"一茶一坐"门口也有穿衬衫、挂着工牌的男女等位。龚旭和几个同事晃到大排档，看到有座，想也没想就进来。大排档是各国餐饮，龚旭买了一套肉骨茶套餐，五十八块，坐到木桌旁。

午餐短而潦草，大家都匆匆忙忙只为了填饱肚子。盯了一上午下跌的股价，局势不好，上班期间刚刚咧嘴骂娘，没人有心情大吃大喝。低头扒了好一会儿，才有人抬头说话。说话也只是闲极无聊地随便扯几句，只为了填补等待别人的时间。话题从周末刚发布的新款手机开始，讲到叙利亚局势，再讲到美国大选和新一周宏观经济数据发布，最后有人提到某省的村庄对峙事件。这个事情在早上突然到处传播。龚旭撂下筷子。他对大部分话题只敷衍两句，这件事他却有些话想说。

"那学者到底怎么回事啊?"有人问,"他是想帮那家人打官司还是怎么的?"

"那个曹东啊?他好像就是去调研的吧?结果让人给打了。"有人接茬道。

"本来没他什么事吧?"龚旭插嘴道,"他跑那儿干吗去?"

"谁知道!"一个女同事说,"一种主持人间正义的英雄感吧。"

"我看是博眼球、求出位而已。"龚旭撇撇嘴。

女同事说:"也别说得那么难听。人家不是去做公益的吗?"

"做公益!"龚旭还是冷笑道,"你问问他怎么不在北京农村做公益呢?为什么非得跑到西北去?你知道那是怎么回事吗?人家那拆的本来就是违章建筑,也说好了赔偿标准,那户人不干,非要狮子大开口。就这么厚脸皮。这个曹东还跑那儿怂恿,结果把事儿越搅越浑。他不就是为了他自己名声吗?这些公知。"

"你真够愤青的啊。"旁边的 Adam 笑道。

饭桌上没人应承他的话,倒有人讪笑。这让他有点憋屈得慌。倒不是必须要别人赞扬,只是他想说的话还没说完,既没有获得认可,又没有辩论一番并取得胜利的好胜感的释放,心里怪堵得慌。整个下午他都有点心不在焉,正赶上大盘震荡调整,看不清形势的情况下,经理让他们都暂缓操作。他无聊时就上 BBS,一边看新闻,一边灌水。

上 BBS 是龚旭在学校时就养成的习惯,也是他知晓天下事的主要来源。每天上 BBS 看看,社会热点大家争论。曹东试图建立并打造的试验园区被很多人寄予厚望,说是文化、居住、社区交往、生态环境功能全都具备,不必大拆大建,村民自行改造乡村,回归传统文化圈。这简直是打造桃花源一般的空想主义,与当地政府发生冲突,却在网上获得各种赞许。

龚旭说不清自己为何讨厌这种噱头。远在十万八千里之外养尊处优的学者,动不动跑到一个地方要去改造拯救人家,除了自负,还包含着强烈的自私自利。龚旭觉得,他不是执行过程中受到阻挠才和政府冲突,而简直是为了要和政府冲突才过去。人心阴险之处他做金融这么久也算是有见识。要不然为什么他不和政府协商推行计划?为什么要一个外国基金会给他出资?为什么到那儿就组织全体村民和政府对峙?

全都是有目的的,龚旭想。现在这些人也是全不动脑子。管他好坏,一律是体制的错,中国都是坏的,外国的月亮都是圆的。原先报纸上说得很清楚,是当地政府没钱继续开发了,村民一看没有好处捞了,才想各种办法上访,说不拆迁、让他们住危房,全是政府的错。这是多胡搅蛮缠的道理啊。

下午不知怎的英镑又反水,他早上做空的那一票本来寄予厚望,现在反而亏了。隔壁小区的房子涨到九万三一平方米了,再查查自己小区,好几个星期没动过了。他很后悔当时没跟老同学一起再出手一套昌平的房子,现在老同学净赚两百多万元了,又开始在群里嘚瑟。龚旭气得想砸屏。

  他把自己的不舒坦在 BBS 上发了出来,对曹东和长生寺事件颇有微词。不出所料,有人与他辩论,还诋毁他是"拿钱发帖""屁民总替贪官着想",如此等等。龚旭内心烦躁,却也不是愤怒。他早就料到会有这样的言论,也正是在等着与人争。上午平仓过快、置换操作节点没选好、意外遇到三连停导致的郁闷情绪,正需要一个出口释放。他攻击骂他的 ID "脑残""带路党""捧公知臭脚",骂完有种神清气爽的感觉。他批评曹东的保护村计划纯属文人的意淫,还是老一套的鸡犬相闻的理想小农世界,酸朽得不行。人家要是就愿意拆迁拿钱,到城里买房不行吗?乡村再怎么好,能有发展机会吗?他最不喜欢一些人总拿情怀说事。

  他并没有将这些愤懑情绪带到下午的讨论中。下班之前,他们有部门里的例行讨论。他仍然正好领带,扣上袖口的扣子,就着电脑屏幕的反光将头发梳整齐,捋了捋西装的下沿,挺直站好,带着打印好的分析报告出现在讨论室,郑重得好像是去做路演,为了给参加讨论的上级经理一个敬业的好印象。

  这一天的讨论并不顺利,他推荐的股票池和策略并未得到经理注意,经理一直和小组长讨论他们的一个想法,并最终根据经理个人意愿选择了第二天的投资方案。龚旭坐在后面,成功地发言三次,每次都在恰到好处的切口,但每次都被忽略了。

  整个下午的恼人情绪最终像汇入主干道的支流,不可阻止地碰面交缠在一起,相互放大,相互干扰,到了最后成为一触即发的爆竹,又像是吹得过于鼓胀以至于变得青白透明的气球,指尖的戳点就能让其爆炸。只要一点刺激。

  晓嫣承担起了这个任务。

  她迟到了三十分钟,但并未对此有何表示。在"将太无二"的高背沙发上一坐下,她就揉着被购物袋勒红的手掌娇滴滴地说,加州卷,加州卷,我要吃加州卷。她然后又瞅瞅龚旭的脸,问他这几天为什么不好好睡觉,黑眼圈丑死了。

  龚旭一下子火了,腾一下站起来,说嫌我丑,我就回去睡觉。

  晓嫣连忙拉住他的手,好说歹说让他坐下来,自己也坐到他的一侧,双手搂住他的手臂,头旖旎地靠在他的肩膀上。龚旭的肩膀仍然挺立得僵硬,晓嫣愣是强行将他拉低了三寸。他顺从也不是,抵抗也不是,心里的火气化为胸口的一起一伏,却憋着不说话,头脑乱乱的。晓嫣撒娇地说着她这一下午的经历,出来见客户,结束得早,也就不想回去了,顺道购物,人品大爆发,赶上雅诗兰黛的特价大卖场,收获颇丰,花了不少钱,但是算一算,省下来的钱更多。龚旭没好气地说,一分钱不花省得最多。

  谈到移民的时候,该爆发的终于爆发了。

晓嫣早就和龚旭说过想移民国外的计划，龚旭却不大热衷。晓嫣家里经济条件好，如果她想移民，她家出钱给她在国外买房是完全做得到的，因而晓嫣从大学时候就抱定了早晚有一天去国外定居的念头。龚旭一直推脱，本以为过一阵子在国内结了婚生了娃，她也就不会再说什么。没想到结婚前就开始逼他考虑移民。

龚旭有好多理由，例如他自己这边的事业刚刚开始腾飞，例如国内金融市场发展机会多，例如将来的文化环境和小孩教育，如此等等。但实际上他心里没有说出的理由是最讨厌晓嫣拿两人家世相比。虽然他现在工作挣钱比晓嫣多很多，也算得上是人中翘楚，但是晓嫣家世比他好得多，也总是有意无意说自己父母给自己的支援，说两家对比，说国内的房子太小，国外的别墅多棒。这些都让龚旭有一种莫名的羞辱和刺痛感，心里时常升起一种"你等着瞧，看我在国内市场怎样翻云覆雨挣大钱给你看"的愤懑志愿。

龚旭一直低头刷 BBS 以避开谈话。他看到下午的讨论在发酵，正如所有社会问题最后都会变成 BBS 上大家牙缝里的肉末谈资。有人贴出了长生塔的照片，碧蓝的天空中白得耀眼，向看不见的尽头延伸，即使在狭小的手机屏幕上都能看到塔身一寸寸茂盛生长。

晓嫣感受不到龚旭的不快，仍不住地说着国外的好和国内的问题，空气差、食物不安全、人权不受尊重，美国好，加拿大好，新西兰好。餐厅灯光飘飘忽忽，晦暗不明，声音却嘈杂烦乱。厨房的蓝色门帘不停地被服务员掀上掀下，令人烦躁。

到最后，龚旭终于受不了了，把筷子一拍，寿司往酱油里一扔，皱着眉头说："你怎么跟网上那些公知一个德行？"

八

陈晓嫣回到家，把高跟鞋一甩，钥匙往桌上一抛，噘着嘴把自己扔进沙发里。屁股碰到沙发垫子之后微微弹了起来，在空气中上升了一个微小的高度之后，又落回来，最终颠了几下之后坐稳。她的心也经历了类似的曲线。

坐稳之后，她抱着垫子鼓着嘴坐了一会儿，似乎也稳定了下来，不像最初进门之前那样生气了。她拿起手机，想看看龚旭有没有发一条道歉或者关心的微信。

微信上有七十八条未读留言，来自于三个群组和七个联系人。她从上到下速速浏览，还没看到龚旭的头像，就看到大学同学齐易的四条留言。

齐易的留言就像他这个人给晓嫣留下的印象一样，温和有礼，不温不火。当初晓嫣觉得龚旭比齐易潇洒有趣，但是今天看到齐易的温和，却突然有一种莫名的好感。他说自己搬了大房子,在洛杉矶郊外,房子后面有一个相当大的、虽未修剪打理但是自有野趣的、带秋千的花园。他贴了两张照片。晓嫣回了一条"这么大",齐易立刻回复说"嘿嘿,地广人稀嘛",晓嫣于是问"很贵吧",齐易说"不算贵,赶上跌到谷底,抄了个底,比北京房价便宜多了"。就这么聊着,晓嫣已经把最初拿出手机时的目的忘干净了。

这时,晓嫣的父亲陈贵德推开书房的门,来到客厅,手里还拿着手机,边走边说。看到晓嫣,父亲点头打个招呼,然后对电话里说了几句"就这样吧,等我明天到公司再说"之类的话,挂了。

他坐到小沙发上,隔着玻璃茶几的一角拍了拍晓嫣的后脑勺,说:"又回来这么晚?"

晓嫣仍然低着头,把最后一条消息输入,点了发送,并确定发出去之后,才抬起头,对父亲吐舌头一笑,说:"不晚啊!这还晚?我朋友们这会儿才刚开始夜生活,我都没有。"

父亲微笑着摆出教训人的样子说:"你怎么不跟好榜样学学?你看人家张叔叔家闺女,天天在家读书弹琴。"

晓嫣哼了一声:"那还不是嫁不出去?"

陈贵德哈哈一笑,说:"你嫁得出去吗你?"

"怎么嫁不出去?!我就是得好好挑挑。"晓嫣说到这里,想起龚旭,心里一阵不爽,"对了,爸,你说,我移民国外好不好呢?"

陈贵德往后一靠说:"随你便啊,你只要想好就行,别三天一个主意。"

"我就是拿不定主意啊。"晓嫣说,"我觉得现在北京交通堵、空气差、人多、素质不高,吃饭也尽是地沟油,看病也不方便,他们都说国外要舒服多了,天天都是蓝天白云。而且,国外的房子大多了,我同学他们留在美国的,用北京一个小公寓的钱能买一套大别墅。"

"这个随你便。看你想过什么样的日子吧。我是不行,要是早上下去连根油条都没有,那就难受死了。"陈贵德仰着身体,跷着二郎腿,很舒服的姿势,似乎只是在享受这难得的悠闲夜晚,让身体懒惰而放松,至于说话,不过是放松过程中的些微点缀,似乎不在意似的,"空气这东西嘛,其实无所谓,适应了就得。我小时候啊,吃东西都不讲卫生……"

"能跟你小时候比吗?"晓嫣觉得如此降低生活标准简直是一种蔑视。

"你要移民,龚旭能同意吗?"

"他?我管他做什么?他愿意处就移,不愿意移拉倒。"

"哟?"陈贵德觉得很诧异,"怎么,吵架了?"

"爸,龚旭这个人吧,我现在觉得,人品是不是有点问题啊?"晓嫣把手机放在茶几上,上身前倾,手指绕着长发发梢,"他现在有时候脾气很不好,还在网上跟人对骂。而且，他看事情越来越偏激了。这两天长生寺那边的文化村不是特别火吗？他骂人家专家……"

"什么村？"

"文化村。就是长生寺那边，一个村子……爸，你不上网吗？怎么什么都不知道？……倒也没什么特别的，就是原本村民跟政府冲突，具体是强拆还是什么事我也不太知道，但是后来有个学者要把那边弄成文化保护村，要搞传统文化自治。现在村民和政府好像正在对立。本来人家学者也是好心，但龚旭一顿骂，把人家都说得好像有阴谋似的。你说他是不是心理阴暗啊？我听人说只有心理阴暗的人才会把人都想得这么阴暗。是不是啊，爸？你说，现在好多地方搞开发，搞得特土，本来挺有文化的地方建得跟土地庙似的。这回人家保护文化，好事一件。也不知道龚旭吃错什么药了，神神道道的，把人家说得一无是处，还拿我撒气。"她说着低下头，手指在一缕头发上绕啊绕，"我现在是觉得吧，两个人能不能在一起都随缘，不能强求的。我要看他这个人人品怎么样，也不一定非要在一起。"

陈贵德沉吟不语，一直饶有兴趣地看着晓嫣，到最后看她不说话了，才等了等问："你是不是有其他喜欢的人了？"

晓嫣一下子恼了，眉头皱着，站起身来："你说哪儿的话呢！我去睡觉了。"

她拿起手机，转身嘟着嘴进了洗手间。陈贵德在她身后，一直笑吟吟地看着，看得晓嫣心里直发虚。

洗完澡上床之后，她又拿出手机，躺在床上翻看。灯已经关了，手机屏幕成为房间里的唯一光源。她确认了一遍，龚旭确实没有给她发任何消息。这让她又一次生气起来。但齐易又发来五条消息，最后一条是"？"，很明显不知道她为什么突然不理他了。晓嫣心里很有点暖意。起码还是有人会和她说话，还是有人等着她发的信息，等不到就担忧。这说明还是有人在乎自己的。

她翻身，趴在床上，盖着被子，和大洋彼岸的齐易又开始聊天。她有了一种中学时偷偷在被窝里看小说的感觉。这种偷偷摸摸更增加了心里的甜蜜。齐易处处关心她，这是她好久都没有感受到的了。

起初她还只是问问齐易加州的风土人情，但说着说着，就忍不住把自己和龚旭吵架的事说了出来。说忍不住也不对，其实她从一开始潜意识里就希望告诉齐易。这一点她想到之后有点脸红，但自己也不能否认。她讲了龚旭待她的粗暴无理，讲了他们的意见争执，更讲了龚旭观点的偏颇和自己对国内环境的失望。齐易于是恰到好处甚至是预谋一般地对她讲起在美国的种种美好。

齐易的话真是说到晓嫣心里去了，她顺势向齐易打听在美国读书、工作的事。

"你放心，全都交给我帮你办好了。"齐易的表情似乎透过微信闪闪发光。

她临睡时终于收到龚旭一条信息。她有点激动，赶紧点进去看。但不知道为什么，龚旭给她发过来一张长生塔的照片，一句留言都没有。她生气了，想把手机丢开。但不知为何，却转不开目光。照片里的塔高高耸立，缄默不言，但似乎能把人的心思全都吸收进去。

塔在屏幕里生长，一寸一寸，向虚空延伸。

九

当陈贵德站在最终封顶的会所天台上俯瞰脚下园区的时候，他内心中油然升起一种超然于世的感觉。

三层会所在半山腰位置，不仅能看到整个园区的花园亭台阁榭，也能看到更远处的乡村原野。他似乎在俯瞰世界，不仅仅是物理意义上的从上到下俯瞰，更有了一种更遥远的俯瞰：原来众生在大地上辛苦就是这个样子。这是他第一次这样想。在北京的时候，即便他到高楼顶层视察工程进度，他也只感觉到一种分秒必争的紧迫感——四周都是破土而出朝天耸立的新楼，高，都在比谁更高，快，非要加快进度不可。然而在这里，在这个四面沃野、只有低矮平房和群山环抱的偏远乡野，俯瞰更多的是一种静止而无压力。你站得高于世界，你看得到世界。他对自己的地位有了一种非常满意的愉悦感。

会所还没有完全竣工，只是完成了主体结构，室内室外都还是一片水泥初抹的粗粝，还没有安装任何琉璃和装饰，只是无色的坯胎。只有高的视野，还有无碍的氛围。

来到地面上，远远地，一眼就望见工地出口外站着的长袍的僧人。僧人年纪已大，双手合十，正对自己的两个手下讲话行礼。陈贵德连忙加快了脚步。一大早他就让两个部门经理去请圆德大师，本以为大师难出门，请不请得到还不一定，却没想到这么快就到了。大师的长袍是红褐色，外罩了一件带毛绒边的灰布坎肩，戴了一副黑框眼镜，面色平和恭敬。

陈贵德快步过去，下意识伸出右手，做欲握手状，连说："大师好，大师好。"

手伸到一半，忽然觉得不妥，记忆中从未见过僧人握手，连忙又收回胸前，也作个揖，讪讪地再添了一句："大师好。"

圆德大师也不摆架子，微微欠身道："陈施主好。"

陈贵德向左一让道："天寒地冻，大师到屋里坐。"

圆德大师却摇摇头说："我来看看禅堂。"

"坐一会儿，喝点热水，我再陪您看。"陈贵德客气道。

见圆德大师执意拒绝，他也不好再坚持，便又引路向禅堂走去。禅堂在园区另外一侧，与会所方向正相反，靠近长生寺，有小门相连。设计的初衷是为了让别墅业主能在家修行，也能随时找大师问道。这些有钱的业主信佛参禅的极多，很少有开发商能想到这方面的需求。禅堂的设计图纸和方案中，圆德大师给了很多建议，陈贵德心里感激。

其实他没想到这个小区能获得寺院人的支持。最初来到这里的时候，他已经抱定了斗争的念头，将省市国土资源厅局、景区开发有限公司、寺院、学者、乡镇政府和村民都当作了假想敌，想好了怎样忽略闲言碎语，将项目强势推进下去。谁料到过程却出奇顺利，省国土资源厅原本就规划过这片区域，但经济下滑招商也不容易。县教育局一个叫王贵祥的副局长跟寺庙住持关系好，陈贵德就送礼登门拜访，请他从中斡旋，最终顺利推进。捧着从寺院里拿来的小册子，看着上面讲因缘的小段落，他觉得也许自己当真跟这块地方有缘吧。

工程进行得很快。六月立项，八月奠基，至隔年二月就拔地而起，陈贵德自己也没想到。他最初的想法其实很简单。长生寺现在香火旺，又有学者的文化建设，前来参拜的居士极多，其中有钱人不少，两旁若有清修隐居的宅院，说不准会买下来作为居所。自从女儿告诉他，他就开始留心，出名的地方总有商机。最终还是办下来了。小区几乎占了整个村，村子拆了，公司赔了一大笔钱给村民。政府和村民基本上都很满意。

小区规划得清幽雅致，院落占地远不如院落之间的绿地花园大。他找了知名设计师，就为了在上流圈子里留个雅名。这是当前做房产生意最重要的地方。院落和花园都是中式设计，檐廊翘角，小桥亭台，曲径通幽。他弄了松树和槐树，待繁茂时，也能绿意幽然。

宅院都是中式方正，有正房、厢房、清修堂和院落，售价从六百万元到一千万元不等。

长生塔，是最好的卖点。

陈贵德扶着圆德大师颤巍巍走上电梯，用手护住大师一侧的臂膀。工地脚手架还未拆，一般人走路常会抬头提防。谁料大师却岿然不动，也不东张西望，也不仰头，只仍然眼观鼻鼻观心的模样，表情都未变过。这等气定，陈贵德心下凛然起敬。

"大师，到了。你小心脚底下。站稳，站稳。"他说。

圆德大师脚下站稳之后，调整了一下呼吸，沿四面护栏走了走，最后停留在看得到山的一面，远远眺望。日近黄昏，有落日挂在棕灰色山顶。二月的小风灌进人脖子，冷得陈贵德一个激灵，大师却无动静。禅堂在寺院边上，抬头刚好看见长生塔。

陈贵德凑近大师说："想不到这边的山色这么好看。"

圆德大师问："你知道塔的长生是何意吗？"

陈贵德愣了愣："生得高，看得远嘛。高一层，看得清楚一层。"

圆德大师却摇摇头说："高一层，看脚下花朵蝼蚁，反会模糊一层。众生平等，看得见、看不见的都平等。看得远一分，却未必更清明，能见到山，却不见下层所能见之物。"

"……呃……那您说为什么要长生呢？"

"塔乃人间之象。将人所不能见，变成人所能见。塔之长生，可知人间苦之难灭，乃为欲之难灭。"

"大师指教得是。"陈贵德也说不清自己听懂没有。

圆德大师又沿着顶层绕了一圈，在刚刚竣工的门廊看了看，又来到上行的阶梯处，问："这禅堂将来，如何管理？"

"哦，您放心，禅堂将来对修行的居士开放，对咱们寺里也全开放，对旅游的不开放，这样保证来的人都是居士，没有杂人烦扰。您看这茶室、教室，就是让寺院大师来讲课传法的。二层是图书室。"

圆德大师似乎想说什么，但最终点点头，不置异议。

陈贵德见气氛舒缓，赔笑道："大师，您看，我这是不是也算捐了个门槛了？"

圆德大师却摇头道："捐门槛一说，最是误人。"

陈贵德吓了一跳："这是怎么说？"

圆德大师道："你是有罪愆，想要赎得？"

"那倒也说不上。做生意嘛，那些都是寻常事。就是怕太贪钱，佛祖怪罪，捐点香火，想来死后也有个好去处。"

圆德大师说："凡做善业，若以捐门槛为目的，仍为一己之私，心意不正，善不长久。须知佛家最深要义为大菩提心，也就是利益众生之大悲心。非发此心，才称善业。何况，为捐门槛，仍然计较一人之我相，尚不见空。真智者须不执我相，知世事为空。有无我之心，才有真利生之事业。这点要切记。悲智二字，乃善业之要义。"

陈贵德听得云里雾里："哪两个字？"

圆德大师在手掌心比画道："悲、智二字。"他一边给陈贵德描画，一边缓而又缓地说："弘一法师曾云：'常人执着我相而利益众生者，其能力薄、范围小、时不久、不彻底。若欲能力强、范围大、时间久、最彻底者，必须学习佛法，了解悲智之义，如是所做利生事业乃能十分圆满也。'这话说得再对不过了。"

陈贵德心里琢磨，这两个字听起来不错，比他之前想的名字好多了。

下塔之后，他带圆德大师到工地旁边的售楼处，进了自己办公室。一杯暖茶之后，吩咐手下人找来钢笔和A4白纸，让圆德大师把刚才说的两个字写下来，以便悬挂，日日研习。圆德大师推辞一阵，就不推辞了。以钢笔代毛笔，写了铿锵的两个大字。

当夜，送走大师之后，陈贵德吩咐手下孙经理，迅速把大师的两个字找人扫描出来，用软件做毛笔字的效果，放大之后送去加工，做成2米×1米的牌匾送来。他说，禅堂要定名"悲智禅堂"。

"怎么不叫'长生禅堂'了？"孙经理诧异地问。

"佛门社区嘛，还是按大师走。"

"可'长生禅堂'挺好的啊，紧挨着长生塔，容易做市场，出去一准儿能打响。"

"叫你改你就改。"陈贵德摆摆手。

孙经理手里捏着那张白纸，迟疑着不肯离去。

陈贵德于是耐心解释道："今天人家大师说得对，做事不能光想自己，得想到你服务的群体。客户想要什么，咱们就得提供什么。现在谁是客户啊？居士。居士听谁的啊？大师。现在这是大师亲笔题的字，说这是佛家要义，挂出来效果多好！"

"对了，"孙经理说，"那个来闹事几次的徐妈？"

"她又来干吗？当初钱不是都给好了吗？"

"她问能不能解决她儿子的工作……"

"哦，他儿子学什么的？"

"说是什么工商管理。"

"那跟没学一样。"陈贵德说，"你问问她，愿不愿意让儿子来这儿售楼啊？也能学点儿实在的。"

"好。我问她一下。"孙经理刚想出门，又想起来，"那曹东教授的事儿……您看，九折能给吗？其他人咱们最多给过九八折。"

"给！当然给！死脑筋。人家大学者，一个人开口能带来一票人的。再说了，你给人家的是房子吗？给的是土地和老房子，人家还得自己花钱改建呢。省了咱的精装费你怎么不说？这些小事你们自己心里得有点判断。"

孙经理这才心安理得地去了。陈贵德让剩下的员工也都回去歇了，自己一个人留在售楼处。他又看了一会儿电邮，处理了总公司的两项上报，用手机和妻子女儿聊了会微信，然后把电脑关上，写字台的抽屉锁上，灯关上，从办公室出来。

经过大厅的时候，他本来没打算停留，低着头朝玻璃门走，但在低头锁门的那一刹那，忽然注意到大厅中央的楼盘沙盘仍然在幽幽亮着，四角的小灯一闪一闪。他静立了片刻，在返回和离开之间犹豫了一瞬，还是重新推开玻璃门，回到大厅。空旷无人，他的鞋跟在地面敲响。空气中仍然弥漫着淡淡的檀香味，是白天点燃之后遗留的，他不大喜欢这种味道，它轻微发甜，有种让人头晕的力量。但是在这独自一人的夜里，那若有若无的气息却侵入心，让他有种飘飘悠悠的舒适。

他在楼盘沙盘前站定，低头俯视。灰色的院落在大片绿色中星星点点，泡沫塑料制造的团团簇簇的绿色植物掩映着房檐，院落中有小桌和藤椅，院外小桥下有精细添加的红鲤鱼，鹅卵石小路通向塔。他俯瞰着，渐渐入了迷。他对这一切非常满意，几乎自己也想要留一套住在其中。他想象着将来完全竣工时的样子，外面看上去封闭幽深，小区里面却开敞自在，佛音从塔里袅袅传出，檀香弥漫，往来者都是衣着素净的知名人士，相互之间合掌行礼，在绿树掩映中坐下畅谈佛理学问。他很期待那一天。他从小上学少，这次能受到学者的支持，将来也能与文雅人士往来，他觉得自己得到了很大提升。

"如果情况好，能做到50%利润。"他想，"按现在的销售状况，春天就能卖到八成了。让曹东和其他业主在圈子里宣传一下，还能再冲一冲。这个项目做完，公司也许可以转型了，以后多做一些这种文化项目，还是有很广阔的市场空间的。以后争取在全国推上十个八个。全国乡建是大产业，一个房子一千万，卖上一千套是……"

夜色阑珊，月光清灵，沙盘上的小灯孤绝地亮着。陈贵德又一次感受到俯瞰人间的甜美意味，他对自己很满意，对财富的前景很满意。他觉得这世上的所有人都是满意的。

小区外，塔向天空节节长生，没有尽头。

（原载《花城》2017年第2期）

作者简介：

郝景芳，1984年生，小说作者，经济研究员。2006年毕业于清华大学物理系，2013年清华大学经管学院博士毕业。现任中国发展研究基金会研究一部副主任。2016年8月21日，第74届世界科幻大会，凭短篇小说《北京折叠》获最佳中短篇小说奖。曾出版长篇小说《流浪苍穹》《生于一九八四》，短篇小说集《去远方》《孤独深处》，文化散文集《时光里的欧洲》，创立儿童教育计划"童行计划"。

啊，荒野

鬼　金

一

那天晚上七点多钟，我和刘嘉明从徐山地家出来。我们边走边说，还为我们讨论过的话题兴奋不已。其实，也就是三个理想主义者的疯话，不值一提。刘嘉明提议去附近的小饭馆再喝一杯。我拒绝了。我说，家里还有几本书等着我去看完。那时，我因为对望城学院里的一些事情看不惯，甚至是厌恶，我辞职了。刘嘉明说，那么用功干什么？我说，也不是用功，是习惯。刘嘉明说，好吧。他摇晃着醉醺醺的身体，对着路边一棵柳树撒尿。可以闻到一股尿骚味。我说，那我走了。刘嘉明说，抚琴又不在家，你除了看书不会家里藏着女人吧？我说，去你的。刘嘉明说，最近学院里还在议论你辞职的事呢。我说，哦。有什么好议论的，道不同不相为谋。我只是不想误人子弟而已。我现在看看书，写一些专栏，还是勉强可以活着的。对了，我最近又写诗了。刘嘉明边提裤子边说，看不出来，你又把诗歌捡起来了啊？我说，是啊。刘嘉明说，你真不想去再喝一杯吗？我说，不了。刘嘉明说，那好吧，我打车回家。刘嘉明拦了辆出租车，上车，冲我挥了挥手，说，有时间，你再劝劝徐山地，我看他还沉浸在对小白逝去的悲恸之中，不能自拔。喝酒的时候，我看他镜片后面的眼圈是红的。我心一紧，说，好。刘嘉明说，其实，你太认真了，现在的学院和一些大学其实就是托儿所，让孩子们在走向社会之前，在这儿托管一下，至于学不学到知识，不重要。如果你肯写一封道歉信，我帮你交给院长，你还是可以回去上班的。我说，不。刘嘉明扔了句，犟驴一头，你们知识分子我搞不明白。我说，谁知识分子？你别骂我。刘嘉明摇了摇头，走了。我想醒醒酒，坐在路边的椅子上。坐在那里，我还真有些担心起徐山地来。我给徐山地打了个电话，问，你干吗呢？徐山地接了电话说，看电视。我说，哦。没事吧？徐山地说，没事。你们到家了吗？我说，喝得有些多了，坐在路边歇歇。徐山地说，好，哪天再一起喝点儿。我说，对了，你那个厂里的师傅还在温泉寺吗？那里的环境不错,哪天我们去待几天好吗?徐山地说,还在温泉寺,听说得了半身不遂,卧床不起。我说,哦。那再说吧。我撂了电话。空气里有些潮,我旧年的腿疾,又隐隐作痛。我用拳头敲打着膝盖。那还是刚分配到吊车车间的时候,跟着师傅爬到小车上检查,下来的时候,我往下蹦,这一蹦不要紧,没站住,而是跪在了走桥的铁板上,膝盖骨碎了。因为这,我在医院里待了三个月。伤筋动骨一百天呐。影响我出徒,少挣了几个月的奖金。那之后,每到阴天下雨的时候,那个地方就会疼,比天气预报都准。我要赶在下雨之前回到家里。

我站起来,看到一条白色的小狗蹲坐在距离我一米远的地方。那可是马路中央。我喊着,喂,喂,不要命啦?一会儿来车撞了你。那狗摇晃着尾巴,看着我。它好像没听到我在跟它说话。我做了一个捡东西要打它的姿势,恐吓它。它还是在对我摇晃着尾巴。我向它走去,它抬起屁股站起来,看着我。我说,回家去,是不是迷路找不到家了?还是害怕走夜路……你知道家在哪儿吗?我送你。小狗摇着尾巴,好像在说,知道知道。我说,那你在前面带路。小狗在前面走着,我在后面跟着,看上去,就好像是我养的狗似的。对于狗,我好感不多。小时候,我被狗咬过三次,至今,屁股上还遗留着被狗咬过的疤痕。屁股右边。喜欢上狗是认识抚琴之后。我们结婚的时候,那狗是抚琴的陪嫁。小狗的名字叫般若。有一天,般若突然不吃不喝,把抚琴急坏了,去了动物医院,医生说,准备后事吧,是中毒。抚琴听了眼泪唰的一下就流出来了,说,也没吃啥啊!我想起来说,前几天,小区里不是通知投放鼠药吗?般若一定是吃了死老鼠。抚琴说,不可能,我遛狗的时候看得紧紧的,没看见它吃什么。我看着情绪激动的抚琴,不知道怎么安慰她。抚琴眼泪汪汪地盯着我问,怎么办?我说,我刚刚征求兽医意见。兽医说,安乐死吧。省得人和狗都痛苦。我看着抚琴。抚琴怀抱着般若,慢慢地把般若递给我。抚琴说,我去外面,我受不了。等兽医给般若打了一针后,问我,要不要小棺椁?依我的意思,不需要。但我做不了主。我出去,看见抚琴蹲在医院的门口抽泣着。我说了医生的意思,抚琴说,要。我要厚葬般若。我说,好的。等我抱着盛装着般若尸体的小棺椁从动物医院出来,我对抚琴说,你去附近的五金店买把铁锹,埋什么地方呢?还是先拿回家?抚琴说,就埋小区后面山上吧,想的时候我可以去看看它。我说好,那我先带着般若到小区后面山上等你。那是一个长两尺,宽一尺半,厚一尺的小棺椁,上面涂了红色油漆。形状跟人的棺椁一模一样。我就抱着它,路人都好奇地看着我。我抱着小棺椁来到平时我们遛狗的山上,我把小棺椁放到地上,等着抚琴。过了一会儿,抚琴拿着一把崭新的铁锹回来。我问,埋哪儿?抚琴选了一个半山腰的地方,抚琴站在那个盛装着般若尸体的小棺椁,突然,想起什么,说,你先挖坑,我回去一趟。等抚琴抱着般若的衣服和玩具回来的时候,我已经挖了一个一米见方的坑,我问,抚琴,可以吗?我和抚琴轻轻地抬着般若的棺椁，把它放到墓坑里，还有那些般若的衣服和玩具。我说，填土吗？抚琴说，我再想想，看看还落下什么没有。我说，好。我坐在一边抽烟。抚琴说，般若吃东西的碗，还没拿来，你等着，我再回去一趟。我说，好。这次，抚琴不光拿回来般若吃东西的碗，还有它藏在角落里的玩具。我说，这次可以填土了吧？抚琴点了点头。她站在旁边，情绪失控了。我不知道怎么安慰她。

那段时间，抚琴都沉浸在失去般若的悲恸之中。我们都不敢去后山上散步，抚琴也不出屋，怕看到之前一起遛狗的人。我建议再买一条跟般若一样品种的小狗，抚琴拒绝了。再后来，抚琴忙着考研出国，般若带给她的悲伤才淡下来。

小狗在前面领着我，偶尔会对空洞的黑夜吠叫几声。我不知道它将领我去什么地方。但我不想拒绝。哪怕是地狱。我必须承认，因为小狗的突然出现，我有些想念远在加拿大的抚琴了。那种精神和肉体的想。

二

我和徐山地原来都是轧钢厂里的工人，他是钳工，我是开吊车的。后来通过自考获得了某大学的文凭，正赶上望城学院招人，经人引荐，我们去望城学院教书，也告别了倒班的艰苦生活。徐山地教机械制图。我教语文。刘嘉明是望城学院的元老，我和徐山地到望城学院后，彼此说得来，就常常一起喝酒。徐山地和他妻子小白就是在自考班上认识的。徐山地追求小白可谓辛苦，这其中，我当了很多次说客。徐山地第一次给小白的情书就是我帮忙写的。他们结婚后，有一次吃饭，我也在场，小白还埋怨徐山地说，都是因为你，我自考的文凭都没拿到。徐山地笑着说，我拿到就可以了，宝贝儿。小白鼻子里发出"哼"的一声。小白在望城一所小学当老师。徐山地连忙给小白夹菜说，媳妇，吃菜。我在一边说，你们两口子这是几个意思？是让我当灯泡吗？难道你们认为我当了这么多年灯泡还不够吗？小白连忙给我夹菜说，林泂，你吃菜。我说，这就要堵我的嘴啊？徐山地说，媳妇，你那天领家里的学妹抚琴不是还没男朋友吗？你给林泂介绍介绍。小白说，好呀，好呀。要不要我现在就给抚琴打电话？徐山地说，哪天的，郑重一点儿。徐山地看眼我问，你说呢？我说，随你们。那段时间，我刚跟轧钢厂里的女友分手。分手的原因很世俗的，我穷，不能达到对方所要彩礼的要求。我只好退出来。贫穷总是让穷人更加自卑。徐山地还安慰我说，不就是轧钢厂配电房的一个女工吗？现在，你是望城学院的老师了，什么样的找不到？我没有反驳徐山地。

跟抚琴第一次见面竟然安排在望溪公园的纪念碑下面。那天是星期天，小白很早就给我打电话说，今天安排我和抚琴见面。因为夜里看书熬到很晚，所以我还没起床。其实，我对女人真的有些心灰意冷。但我还是答应了小白，问，几点钟？为什么是纪念碑下面啊？好像我们是革命青年似的。小白说，抚琴家就在望溪公园附近，她每天早上都在公园里遛狗，就选了那个地方。我说，哦，倒是很特别的一个地方。我说，好吧。你也去吗？小白说，我和徐山地都去，你们见面后，我们就撤。我说，好。我挣扎着从被窝里起来，洗脸刷牙，穿衣下楼。在楼下的早餐店吃了一口，叫了辆车直奔望溪公园而去。一口气爬到纪念碑下，我留心了一下脚下的台阶，563个。纪念碑下面除了有两个老头在锻炼身体，没看到小白和徐山地，更没有什么年轻的女人。我点了支烟，也许是条件反射，看着那摇头扭腰的老头，我也下意识跟着动作起来。面对着纪念碑，我看到"革命烈士永垂不朽"几个大字，是朱德题写的。站在这里可以遥望到这座城市海拔最高的山——平顶山。很久没来望溪公园了，那还是和配电房女工处对象的时候，下夜班，两个人跑到公园的树林里接吻。有一次，我们两个正在树林里亲吻，身体里小小的野兽躁动着，突然，有人喊我们，我们吓了一跳，问，干什么？那人是公园的保安。他说，夜晚不要逗留在公园里，前几天这里发生了一起强奸案。被强奸的女人的男朋友也被歹徒使用暴力，导致脑部严重受伤。那一刻，我们突然觉得树林里阴风阵阵的，女友拉着我说，走吧。我们逃也似的出了望溪公园。从那以后，我们就没在望溪公园里约会过，改为太子河边。今天，又来到这里，我不禁想起之前，黯然神伤。我晃动着腰部，那里是桎梏的。开吊车这些年来，总是坐着，腰部得不到活动，肚子因此都变得臃肿了，再加上倒班熬夜，整个人都是虚胖的。刚才一口气爬到纪念碑的时候，整个人已经气喘吁吁，近乎虚脱了。山顶有风，吹冷了身上的汗，冷。我找了一个避风的地方，等着徐山地和小白。我看了看时间，八点十三分。我突然感到空落落的，才想起来，以往出门总是随身携带一个背包，包里放一本自己喜欢的书。今天因为慌忙出门，把这事给忘记了。我陷入莫名其妙的虚空之中。我又点了支烟。这时，从纪念碑的另一面，跑过来一只小狗，白色的，头部带着一些卷毛。它四处嗅着，不时抬起右后腿，对着草丛、石头，撒尿。它走向我，突然，对我吠叫起来。"汪……汪……汪……"我心里是愤怒的，但我看它渺小的体积，没有恐惧感。如果它扑上来咬我的话，我完全可以一脚踢死它。以前被狗咬，都是因为过分相信它们，才被它们从背后狠狠地把牙齿镶嵌到我的肉里。如果，我有警惕的话，也许……其实，有些狗是很会掩饰自己凶狠的一面。只听，纪念碑那边有女人的声音喊着，般若，般若，不许叫。小狗乖乖地往回跑去。我无法看到小狗的主人。我想，走过去，想想，还是算了。再等一会儿，小白和徐山地还不来，我就回去了。我看着纪念碑下面葱葱郁郁的树木，那绿色绿得过分沉重，令人生畏。再看面前的纪念碑，我处于阴影之中，不禁森然。我转到另一面，那里有阳光。从这个角度可以看到我曾经工作过的轧钢厂，烟囱林立，更远处是腾起的烟雾笼罩着城市上空。轧钢厂是望城主要的污染源。尽管经过整治，但也是敷衍，上面来检查了，就好几天，不来检查就呼呼排放。轧钢厂是望城的主要经济支柱，市里面也就睁一眼闭一眼。这时候，手机响了，是徐山地，问我，你到了吗？我说，到了。徐山地说，我和小白马上就到。我说，好的。我蹲下来，抽烟。那只小狗又跑过来，对着我吠叫。我没有愤怒，而是友好地逗它，怎么？看我不顺眼吗？那女孩走过来，喊着，般若，你干什么？小狗乖乖地回到女孩身边。我看着女孩，她对我说，对不起，也不知道怎么了？这狗。我说，没事。可能是我讨狗嫌吧？女孩扑哧笑了，说，你真逗。女孩穿着一条七分的牛仔裤，裸露着脚踝和小腿，一双粉色耐克旅游鞋，上身是一件白色T恤。她一米六五左右，短发，圆脸，眼睛不大，但整个人看上去很精神。我好奇地问，你的狗叫什么名字？我听你喊……女孩说，般若（bō rě）。我说，怎么感觉跟佛教有关似的。女孩说，我妈信佛，就起了这么一个名字，具体什么意思，我也不清楚。我说，哦。女孩问，你信吗？我说，不信。女孩说，我也不信。你说，是不是没有信仰是可怕的？你看现在的人，浑浑噩噩的，无头苍蝇似的……我没想到这丫头竟然有些愤愤的。我说，只要内心足够强大，就可以，否则，人的内心总还是要有一个依托的。女孩说，你说得对。你叫什么？你不会是小白介绍来相亲的吧？我说，是啊，我叫林沩。三滴水加个为什么的"为"字的沩。女孩说，靠。我就是那个抚琴。其实，我已经猜到了，但我没说。我看着她说，你好。抚琴问，你看我行吗？我尴尬地看着她，不知道说什么。心想，哪有这么直白的？我反问道，你看我行吗？女孩说，行啊。我妈说，只要我领回去一个公的就行。我说，靠。那还是算了吧，我可不想那样，我不想我们的未来只局限于交配。抚琴哈哈笑了，说，好，这句话说得我中意。可我妈好像就是这个意思似的。抚琴说，你是一个好玩的人。我说，是吗？其实好玩的时候不多，那要看遇见谁，更多时候我是一个沉默的人。抚琴说，哦，你是沉默的大多数吗？我说，算是吧。抚琴说，看着像。我笑了笑。抚琴问，那你也喜欢王小波喽？我说，更喜欢他的小说。抚琴说，我也是。他的小说比他的随笔或者所谓的杂文更加令我着迷。这时候，徐山地和小白从下面爬上来了。小白看我和抚琴聊得兴致盎然，说，要知道这样，我和徐山地就不上来了，累得我都喘不上气来。徐山地满头大汗，坐在旁边喘着气。小白问，怎么，不用我介绍了吧？你们已经……那就继续吧……我和徐山地歇会儿，就下去了。小白还埋怨抚琴，咋这么迫不及待了呢？抚琴说，哪的话？我在一边笑，不吭声。徐山地坐着，一边用眼睛瞟着抚琴，被小白看见了，问，咋的？你还有意思啊？徐山地笑笑说，我是替林沩把把关。小白对我说，抚琴就交给你了……我说，好，放心吧。徐山地对抚琴说，林沩就交给你了，我最好的兄弟……但我要声明一下，这家伙以前在工厂里是被人称作神经病的，不善交际，除了看书写作，都是一个人独来独往。抚琴抿嘴笑说，我喜欢特立独行的人。

我和抚琴处了一年多，结婚。那年她28岁，我31岁。

两年后，抚琴出国，去加拿大。说等她稳定下来，把我也办出去。她说，我们要移民。其中的原因，也许只有我能理解。那就是为了我们的下一代……有一个好的成长环境……这也是我们婚后一直没要孩子的重要原因。

抚琴出国那年，正好是加拿大的女作家门罗获得诺贝尔文学奖。

三

小白狗在前面跑着，偶尔还撒欢，停下来等我。我的酒劲儿已经过了，我是清醒的。我怀疑这条小狗就是抚琴的那只般若，但般若已经死了。那么，这只能是另一只。它要干什么？我问，你要带我去哪儿？小狗不吭声。在前面跑。头顶的天空上，有飞机轰隆隆飞过，可以看到一闪一闪的灯光。天已经彻底黑了。马路上不时有车辆经过，我跟小狗说，靠路边走，别被车撞了。它听懂了我的话，沿着路边走着。看上去很乖的样子。就这样走了差不多半个小时，我的眼前出现一片荒野。是的，荒野。野草疯长，连着野草的是灌木，灌木延伸到树林边缘。在一块空地上，有一把椅子栽倒在地上。我也确实走累了，扶起那把椅子坐上去。小白狗蹲坐在我的身边，从这里可以看到远处高楼大厦的灯光。一种远离人间的荒凉感侵袭了我。我颤然地坐在那里，感受着荒野的寂静。那寂静包裹着我的身体，我竟然有些冷。我问，为什么带我来这里呢？难道这荒野就是你的家吗？你是一只流浪狗吗？小狗蹲在那里看着远方，沉静得像一个哲学家。我呼吸着草木的气息，整个人都变得清爽起来。我从椅子上站起来，深深地呼吸着，一种净化的力量遍布全身。我又坐下来，像一个审判者，又像一个被荒野审判的人。这样怪诞的想法，让我吃惊。当我从椅子上站立起来的时候，我仿佛听到那些野草的哗然，它们想竖起耳朵听我演说。可是，我站在那里面对着黑暗中的野草，我不知道说什么，我是喑哑的。在它们簌簌晃动的声响中，我是它们的一分子。我灵魂出离，扑入到它们的怀抱之中，而那只小狗仍蹲在那里守护着我的肉身，等我的灵魂从野草中回来。我跟着那些野草一起欢笑、嬉闹，我感觉到在它们中间，我才是自由的。远处，更远处的高楼看上去更像是城市的墓碑，矗立在那里，威严、肃穆、冷漠。横穿荒野之上的电线铁丝发出呜呜的呻吟声。小狗汪汪地叫起来，我从野草丛中回来，看见几个黑影潜入到树林深处。我听到砍伐的声音。夜深了，野草的身上落满露珠，犹如它们哭泣的眼泪。我感受着来自它们内心深处的呜咽。就这样，在椅子上，我不知道坐了多长时间。夜凉。树林里，夜鸟泣鸣。我说，我要回去了。你跟我去吗？我背对着荒野，开始往回走。小狗跟在我的身后，我说，我命名你般若吧？你喜欢这个名字吗？跟我和抚琴以前养的一只小狗同名。小狗摇晃着尾巴。我说，那就是你同意啦。我喊着，般若，般若。小狗亲切地在我的脚踝边摩挲着，我抱它在怀里，直到我们一起回到家。刚到家，外面就下起了倾盆大雨。

我先是给新的家庭成员，也是新的般若洗澡。只是简单洗洗，第二天，我想带它去动物医院检查一下，然后，再好好洗个澡消毒一下，打个疫苗之类的。它是那么乖巧，任我给它洗。忙完了它，我自己也冲了个澡，从浴室出来，穿着睡衣，我多少有些疲惫，毕竟喝过酒后，又步行了那么长时间，去那个荒野。从望城学院辞职后，我几乎宅在家里，做一个宅男了。我坐在书房里，般若一声不吭地趴在地板上。我点了支烟，倚靠在藤椅上，拿起那本契诃夫的《萨哈林旅行记》，找到之前折页的记号，开始继续阅读。看了几页，我突然觉得该给抚琴写信了。也许因为契诃夫书中的内容影响到我的情绪，我想平复一下那种沉重的、撕裂内心的情绪，我要给抚琴写电子邮件。我看了看趴在地板上的般若，它是那么安静，好像睡着了。我打开电脑，开始写信。

亲爱的琴：

　　契诃夫的《萨哈林旅行记》再一次让我陷入悲观之中。上次的信中，我好像说过，你安慰我说，宝贝儿，不要悲观，等我申请的奖学金下来，就把你弄过来。但这种悲观是那么顽固。记得以前，我就说过我是一个悲观主义者。唉，不说悲观了，会影响到你的情绪。说说今天吧。我和刘嘉明，去徐山地家里吃饭了。今天是小白的忌日。徐山地表面上看不出悲伤，但他的心里我能感觉到他的悲恸。吃过饭，从徐山地家里出来，在路边歇着的时候，有一只小狗蹲在那里。奇怪的是那只小狗竟然领我去了城市边缘的一片荒野。我奇迹般，灵魂出窍般融入到那野草丛中，就好像我也是那欢腾的野草似的。那条小狗真的像我们以前的般若，我很喜欢，就带它回家了，给它命名般若。现在，它就趴在屋子的地板上，好像睡着了。本来，我不想把它带回家的，但想到它在大街上流浪，随时都可能被人凌辱、欺负，甚至可能被那些凶蛮的人送去狗肉馆，我就领它回来了。也好，这下，我一个人可以不那么孤单了。你还好吗？学习和申请奖学金的事情如何了？我想你了。你离开前说过，我如果有身体需要的话，可以去找女人，但我想，那不是我，我不想让我的身体沾染别的女人的气息，我只属于你。这么说是不是我有些矫情了，不是的，这是我真实的想法。如果真的需要解决的话，我自己安慰自己好了。你不要就这件事情，放心不下我。还有文字的通道可以让我找到我自己呢。既然，你如此宽容我，那么如果你有身体需要的话，我同样允许你……尽管想起来，我心痛，但……我爱你……不想……你太苦了……

……我真的很喜欢，今天小狗带我去的那片荒野，我想，以后，我会常去那里面坐一会儿……那里让我感觉到一种自由……

不说了。

爱你的沩

2015年5月29日

我又看了一遍，点击发送。

我离开电脑，去了趟卫生间，般若仍安静地趴在地板上。那安静就像死亡似的，我叫了声，般若。它睁开眼睛看着我，好像在问我，干吗？人家睡觉呢。我说，睡吧，没事。从卫生间出来，我又阅读了一会儿《萨哈林旅行记》，睡了。

四

有一天，路过旧物市场的时候，我突发奇想竟然买了一个电动轮椅。坐在上面，很多人看着我，那些目光里都是好奇。为什么我一个好端端的人要买一个轮椅呢？除了精神病，还能是什么？可我不在乎，我开动着电动轮椅，疾驰在马路上。在那些陌生人的目光中，那种同情和怜悯，我俨然就是一个残疾人了。每当我遇到那样的目光的时候，我会突然停下来，从轮椅上站起来，向他们摆摆手。他们开始变得惊愕、愤怒，甚至还有恐惧，用眼睛看着我，嘴里面嘟嘟囔囔的，就好像我戏弄了他们似的。有一个暴躁的中年男人还伸出脚来，要踢我的轮椅，我避开，逃走。"他妈的"，他骂着，还追赶了我几步。我已经驱动轮椅跑出很远。我突然很喜欢这个高度看人。一些人的中部和下半身看上去是那么清晰，哈哈。回到家的时候，般若看到我坐在轮椅上，吓坏了，吭叽吭叽地叫着，我猛地站起来，把它吓了一跳，扑过来，撒欢。我说，般若，是不好玩？我又坐到轮椅上，喊着，般若上来。般若跳到我的怀里，我搂着它，开动轮椅在屋子里转圈。

从那以后，轮椅成了我的代步工具。在轮椅上坐累了，我就会下来，推着轮椅走几步，活动活动近乎僵硬的双腿。那双腿的僵硬、麻木总是会让我想起这么多年来我开吊车时的那种感觉。那时候，一个班八小时，一天几乎在车上待六七个小时，下班的时候，从车上下来，双腿木头般，失去了知觉似的。也是从那时候起，我喜欢把双腿跷起来。在吊车上把双腿跷在栏杆上。在家里把双腿跷在桌子上。其实，那是很不雅的姿势，但已经成习惯，就很难改掉，仿佛那成了一种身体需要。

五

我虽然辞职了，但还有一些事情没有处理完。那天，刘嘉明通知我去学院里取住房公积金。我问，多少钱？你就给我带过来，我请你喝酒。刘嘉明说，人家要你本人签字，我代领不了。我说，好吧。我必须承认，有了轮椅之后，我变得懒惰很多，有时候，连出去买菜的时候，我都坐着轮椅去。

我坐着轮椅去了学院，到门口的时候，门卫看了看，是我，给我打开电子栏杆。门卫是一个五十多岁的老头，从门房里跑出来，弯着腰，问，林老师，你这是咋了？才几天没见你，怎么？我平时对门卫老头不错，有一次，因为他喝酒违反了劳动纪律，我找刘嘉明说情，才免除对他的扣款。门卫老头的声音近乎哽咽。我说，老张啊，近来怎么样？再没上班喝酒吧？再喝酒，我可说不了情了。老张点头说，没喝……没喝……我驾驶着轮椅进到学院院子里。我给刘嘉明打电话说，你跟财务说说，能不能让管住房公积金的人下来，我签个字。刘嘉明气愤地说，你怎么摆这么大的谱，连上楼都不能了吗？我说，你妈的，你下来背我上去吧？刘嘉明问，你咋了？残废了吗？我说，差不多，不信，你开窗户看看。只见刘嘉明打开窗户，探出身子看见我坐在轮椅上对着办公楼。我看见刘嘉明脸上一阵惊愕，他的身体向窗台外探了一下，好像要从楼上跳下来似的。刘嘉明问，这是啥时候的事情啊？咋没听你说啊？那天去徐山地家喝酒不还是好好的吗？这时候，刘嘉明办公室里的其他人也探出头看我。我在学院里性格耿直倔强是出了名的，他们也都认识我，再加上我辞职的事情，在学院里我是个名人了。刘嘉明说，林泗啊，你等等，我去财务给你沟通一下。我说，你他妈的就不能下来背我上去吗？你是不是怕丢你的脸啊？刘嘉明说，如果财务那边不行，我就下去背你。听了刘嘉明的话，我心里面暖暖的。我坐在轮椅上点了支烟，那一刻，我觉得我应该叼一个烟斗更适合。一个女人从我的身边经过，她回头看了我一眼，一定是轮椅上的我让她好奇。我也看了她一眼，是王伊琍，之前我们在一个语文组。王伊琍瞪大眼睛说，林泗，你怎么了？怎么坐在轮椅上了？她向我走过来。她黑丝袜，红色连衣裙，两条白皙的胳膊。她靠近的时候，我闻到她身上的香水味，是那么熟悉。之前，我问过她，她是从法国带回来的。她只用这一个牌子的香水。王伊琍看着我，竟然眼泪汪汪的。她大眼睛上下打量着我，同情的目光落在我的身上。王伊琍说，怎么会这样？怎么会这样？你才辞职几天，就……我笑了笑说，命啊！我假戏真做。王伊琍说，我听说你媳妇出国了，你这样，怎么照顾自己啊？我说，还可以。你看。我转动着轮椅表演起来。王伊琍说，你还笑。我说，难道哭吗？王伊琍问，你来干什么？我说，说让来领住房公积金。王伊琍说，哦。有什么需要帮忙的，给我打电话。我说，谢谢。王伊琍暧昧地笑了一下，说，还跟我客气了。那语气好像我们曾经男男女女过似的。王伊琍离婚多年。她丈夫因为贪污被抓进去几年了。王伊琍盯着我，说，我上午还有课，我上去了。我说，你忙。王伊琍走后，我抬头看着教学楼，又有几个窗户里探出几个脑袋，在看我。我索性就让他们看个够，等一会儿，我让你们都傻眼。我在轮椅上表演起来，尽管有些笨拙，但还算流畅。整个一个轮椅上的艺术家。有人在楼上竟然鼓起掌来。随着一个掌声，接着是一片掌声。靠。我的表演惊艳了他们，我想。如果这时候，我拿出一个礼帽，翻过来，他们一定会往里面扔钱的。哗哗的金钱雨从半空而落。但我没有乞讨的礼帽。没有。有人起哄说，再来一个。我说，去你妈的。那人听见我骂他，说，你怎么骂人呢？你个残疾。我又骂。那人说，看你是一个残疾人的分上不跟你一般见识。我说，操你妈。他只好把头缩回去。

这时候，同学们下课了，满操场都是，像一群从教室里放出来的动物。有的同学认识我，跑过来，跟我打招呼。他们同样表示惊讶。我对一个同学说，推我到操场上去走走。那同学推着我到了塑胶的操场上。有学生在玩篮球，我说，给我一个。那学生把篮球扔过来，我一下子就接住了，转动着轮椅，远远地来一个三分球，嗖的一声，只见那球飞到篮筐里，在篮框内呼呼转动，好像在气我似的，就是不落下来，直到最后，累了，才落下来了。完美。有学生说，身手不错啊，要不要再来一个？我摆摆手说，算了，见好就收。我在操场上转了一会儿，很多学生的目光都落在我身上。我终于体验到什么叫众目睽睽了。但那目光里好像除了好奇剩下的就只是空洞。是的，空洞。

我从操场回到教学楼前。

我看到财务李萍和刘嘉明站在教学楼门口，四处找我。

李萍是一个我厌恶的中年女人，四十四五岁。一头焗红的头发，像火鸡。脸上的皮肤很白，是那种经过各种化妆品的白。她个子不高，一米五左右，穿着一双细高跟鞋，跟能有一寸半。紧身的黑色打底裤，里面的肉都要胀出来似的，阴部在裤子内凸现着，就像阳文，像里面有一个张开的蚌。我为什么会厌恶这个女人呢？她原来也是下面厂矿的工人，好像是食堂的，三十多岁不知道怎么姘上了副院长陈志高。陈志高是一个大色鬼，掌管着学院里的毕业分配大权。望城学院其实不是每年毕业都有分配名额的，隔着几年会有一批。这样那些前几届毕业还在家里闲逛的学生家长就托门子，拉关系，使钱，拼命让孩子有个工作。李萍和陈志高姘上后，这些事情就都由李萍出面。至于背后的交易，只有他们两个知道。这几年，李萍明显感觉到自己老了，拼命地去美容院，但陈志高已经对她失去了肉趣。毕竟李萍手里有他们蛇鼠一窝的勾当，不好冷落李萍。李萍是有自知之明的女人。她开始通过手段控制着陈志高。她的手段就是把那些要毕业分配的女孩子送到陈志高的床上。到望城学院后，我听说了太多，也管不了。但有一天，我的一个女学生，找到我。那是一个很喜欢看书的女孩子，学习也很优秀，平时还写小说。对于有文学天赋的学生，我总是偏爱的。她来自郊区，长得一般，黑灿灿的，看上去有几分的倔强。没想到这样的一个学生也被李萍盯上了。那学生找到我说她的苦恼，问我怎么办。我当时听了，就火了。我说，我要去跟副院长理论。学生眼泪汪汪地劝我，不要，不要……老师，如果真闹翻，我的毕业分配可能就泡汤了，我家里还等着我工作养家呢。我爸几年前煤矿出事瘫痪在床……还有我弟才上中学……她抽泣着，说，其实，也没什么，不就是睡一觉吗？这个破肉身相对于未来的重要不值一提。我不知道怎么安慰她，坐在那里抽烟。那一刻，我感到我的力量是那么渺小。我没想到，这些学生拼死拼活学习，考到学院，最后还要付出身体。学生说，老师，你不要瞧不起我，现实就是这么残酷，世界就是这么烂，但你要相信，我是干净的，即使我付出身体。我闷头坐在椅子上，无言以对。后来，她站起来说，那我走了，老师。那样子就好像她临上刑场似的，是凛然的。世界本身就是一个充满了刽子手的刑场。我说，保重。等她从教研室出去，关上门的那一刹那，我好想哭，是的，哭，做这个世界的哭灵人。我坐在那里脚跷在桌子上，狠狠地抽烟。那天，回家后，我把这事跟抚琴说了，抚琴也火了。从那以后，我上课都不敢去看那个学生。直到有一天，抚琴出国，我也从学院辞职了。我曾从刘嘉明嘴里打听这个学生。刘嘉明说，好像是得了抑郁症，在家休养。我问过刘嘉明知不知道陈志高和李萍的事情。刘嘉明是聪明人，打马虎眼说，知道，全校都知道啊！李萍是陈志高的姘头。我说，不是这件事，是……刘嘉明开始摇头说，不知道。我骂了句，去你妈的。

六

刘嘉明看到我回来，目光落在我的腿上，像一个医生在"望"，说，财务的李姐我给你带下来了，你们办理吧。李萍笑着说，林老师，不好意思，要知道你这样本应该给你送到家里的。既然你来了，你签个字。我在一个收据上签字后，李萍从包里拿出两万多块钱递给我。我问，没事了吧？李萍说，好了。她还假惺惺说，你要保重。我没吭声。李萍转身进了教学楼。刘嘉明递给我一支烟问，怎么回事啊？这才几天不见……我说，靠，不怎么回事，我喜欢。刘嘉明说，有喜欢残疾的吗？我说，你才残疾呢。刘嘉明说，那你……

这时候，上课的铃声响了，很多同学从我身边经过进入到教学楼里。我突然从轮椅上站起来，把轮椅推到一边。经过的同学还有刘嘉明都目瞪口呆。我说，看看……看看……我听见刘嘉明骂了我一句，说，吓了我一跳，我还以为你他妈的真的残疾了呢。我没理他。我哈哈大笑，推着轮椅朝校门走去。我能感觉到背后那些学生还有其他的观看者的目光是愤怒的。让他们愤怒去吧。老子，走了。我坐上轮椅，来了一个旋转，再来一个旋转，出了校门。我怀里揣着两万多块钱，想，我要带着般若到荒野去，要在荒野野餐。回到家里，般若就扑上来，它在家待了半天了。我说，般若，我们去玩。我带了那本《萨哈林旅行记》，抱着般若，驾驶我的轮椅，我们先去了超市，买了它爱吃的香肠，还买了我吃的一些东西和几瓶啤酒。我们出发了。走到一半的路，前面修路，一台挖掘机在工作，尘土飞扬的。我们只好绕行，这下我迷路了。我说，般若，你还记得去荒野的路吗？你带路。般若跳到地上，开始在前面引路。差不多走了一个小时，我看见般若蹲在地上开始喘起来，我倒了水给它喝。我说，要不要上来休息一会儿。般若没理我，喝过水之后，继续在前面带路。终于到了，先是闻到荒野上草的气息，还有泥土的气味。一条草丛中的路通向荒野。我说，到了，般若，你上来，我抱你一会儿。般若倔强地扭着头，向荒野走去。轮椅刷着旁边的野草，发出哗然的声音，好像它们在欢迎我们到来。

之前的那把椅子不见了，空地上堆积很多垃圾。有的已经散发出腐烂的臭味。我们离开空地，离开那腐烂的臭味，向前又走了一段路，在荒地和树林边缘停下来。我透过树木看到树林中有几座坟冢。回头看那块空地，就像是一块荒野的癣疾。我把轮椅上的吃食拿下来，放到身边一块巨石上。般若跑到树林里拉了泡屎，它拉屎的时候，要先找一个平坦的地方，然后，开始转圈，好像要把自己转迷糊了，才开始排便。它结束排便，惊恐地跑回来。我问，怎么了？般若。它依偎在我的脚边，对着树林，好像树林里面有什么恐怖之物。我说，般若不怕，有我呢。我看见那坟冢前竖着几块墓碑。我说，不怕，人都是要死的。我抚摸着般若，它才变得安静下来。我把它爱吃的香肠掰成一小节一小节，喂给它吃。它不时冲着树林深处吠叫，我说，叫什么？树林里什么都没有。它吃饱了，趴在地上，眼睛注视着树林里的风吹草动。我用牙齿咬开啤酒瓶盖，喝了一口，这一口喝急了，呛得我咳嗽起来。般若把目光转过来盯着我看。我说，没事，喝呛了。我缓了一会儿，从口袋里，拿出香肠、鸡腿、卤蛋、花生米、面包。我躺在石头上，边喝啤酒边看着天空。几朵白云让天空显得是那么干净。但它们在移动，移动，过了一会儿，弥散开来，丝丝缕缕都看不见了，天空真的只剩下一个"空"了。

我想起以前写过这样的句子："天空是大地之碑，我无法涂抹，也无法写上我的名字，我的名字将随肉身，消失，殆尽。灰飞，烟灭。这茫茫天空，我的写碑之心，已死。"

我不知道为什么以前我就是如此绝望和悲恸。

我坐起来，继续喝酒。树影移过来，斑斑点点地落在我身上，也落在般若身上，有一种千疮百孔的幻觉。我拿着酒瓶子的手颤抖了一下，又回到现实之中。几瓶酒下肚，头有些晕，我躺在石头上（石头被太阳晒过，是热乎的），闭着眼睛，四周一片黑暗。目光深处有一条明亮的道路，我看不到尽头，就像我看不到树林的尽头一样。我使劲闭着眼睛，企图让那条道路更长地延伸开去，但总有什么东西在阻隔着那道路的延伸。后来，般若出现在那道路上，但我看到它地上的影子，看不到它的身体。我恐惧起来，嘴里突然喊了声，般若。睁开眼睛，看到般若趴在我的身边，一动不动，我又喊了一声，般若，它好像从梦中惊醒，睁着慵懒的眼睛看着我。我说，没事。我坐起来，又喝了瓶啤酒，去树林里浇了泡尿，看了眼那几座坟冢，其中有一座是新坟，还可以闻到泥土的芬芳。新坟。新死。坟上面的花圈经过风吹雨淋，已经褪色，苍白很多，但在那个环境里看，对应四周的野草来看，仍旧鲜艳刺目，透着阴森。般若对着我叫了几声，我从树林回到它身边。我问，你叫什么？看到什么了吗？般若不吭声，趴在那里。偶尔，可以听到树上枯枝凋落的声音。我从石头上爬下来，闯进树林，恍惚有什么闪过。我站在那里，解开裤子，看着那几座坟墓犹如树林的乳房，我动作着，抚摸着自己，直到……白色流淌在绿色的草叶上。再次回到石头上，我浑身有些疲惫，躺在石头上，睡着了。

七

　　荒草丛中，那些黑暗中的影子晃动着，挣扎着，向我靠拢过来。我看不清它们真实的面孔。它们是一群鬼魂吗？我站立在那石头上，像一座孤岛。它们向我靠拢过来，我没有恐惧。它们发出痛苦的呻吟声，伴着树林里的风声，来临。一只乌鸦，腾空飞起，聒噪着。黑暗中，乌鸦是明亮的，像光明中的图腾。我不能定义那些影子，干脆称呼它们是"荒野之鬼"吧。它们嘴里的呜咽声，在荒野之上回荡。它们靠近我，是的，靠近我，它们开始吞吃那些我吃剩的食物。一群饥饿的荒野之鬼。我分辨着它们，它们披散着长发，遮挡着脸孔，我看不清楚。有的还摇晃着我喝剩的酒瓶子，把仅存的几滴酒倒进嘴里。我坐下来，待在那里一动不动。突然，其中的两个为了争夺一个鸡腿打起来了。旁边的一个过来相劝，它们才分开。看着它们饥饿的样子，我后悔没有多买些东西来。这时候，树林里好像有召唤它们的声音，但它们没有回去，仍旧在那里，望了眼树林的方向，坐在地上，像一群反叛之鬼。尽管没吃饱，但它们看上去很满足了。它们开始谈论着一些莫名其妙的事情。其中一个撩起了长发，只是一瞬间，我惊恐地睁大双眼，是小白，是小白。徐山地的妻子小白。我问，是小白？那个没有回答我。我又追问着，是小白？那个终于回答我说，小白已经不存在了。现在，我是我。我说，徐山地不是在轧钢厂公墓给你选了墓地吗？

你怎么跑到这荒野中来了？那个问，徐山地是谁？我说，你丈夫啊？那个说，我丈夫吗？我怎么会有丈夫呢？树林里又有召唤的声音。那个说，我们回去吧？其他几个聚在那个的身边说，回去干吗？回去忍受树林之王的强暴吗？那个说，不回去，去哪儿？我们总要有个归宿吧？其他几个沉默地叹息着，说，是啊，去哪儿？哪儿才是我们的归宿呢？除了这荒野……像我们这种本来就生在这荒野之中的还好，像你们这几个从公墓里逃出来……要是被抓回去……你们将会受到惩罚的……你们那个公墓里等级森严的……没抓回去之前，快活一会儿是一会儿……我还没吃饱，你们看到那只小狗了吗？我们可以把它杀了，烤着吃了。我愤怒起来，说，不行。那是我的狗，不允许你们动它一根毫毛。那个说，算了，我们吃了他不少东西，就不要动他的狗了。还记得上次你们对那对在草丛中交媾的男女下手了吗？你们是那么残忍，最后连他们的骨头你们都……你们会遭到报应的……都他妈的是鬼了，还管那么多呢？那个说，总要有敬畏的。……这个烂世界，有什么敬畏的呢？你这个从公墓里逃出来的……你没有权利指责我们……有能耐回树林后，你去告我们的密好了……那个不吭声。我听到树林里召唤的声音变得愤怒起来。它们一个个都面带惧色，灰溜溜地往树林深处走去。那个回头看了看我。我又喊了声，小白。那个说，这个世界上已经没有小白了。作为小白的那个人已经被人类戕害致死……我已经不是人类，所以我不是小白了。我告别了那个丑陋的世界……你也不要再来这里了……这荒野……同样不是乌托邦……它们消失了。树林内恢复寂静。它们消失在哪里了呢？也许树林更是一种遮蔽，总有我看不到的东西存在。

  我坐在石头上，莫名地悲恸。

  我站起来，开始收拾地上那些狼藉，把垃圾装到一个塑料袋里，一会儿离开的时候带走。般若还趴在那里，看上去睡着了。好像刚才发生的一切它都不知晓的。刚才的一切是梦吗？收拾完垃圾，我的鼻子敏感地闻到一股腥臭味。但我找不到气味的来源，好像是风带过来的，来自荒野远处的城市。我躺在石头上，翻出那本《萨哈林旅行记》。我沉浸在契诃夫所描述的文字之中，犹如在梦中。那苦役犯的萨哈林。那苦难的萨哈林。那流放的萨哈林。我想到我现在的生活，这是自我的放逐吗？还是……我陷入思考之中。为什么般若当初要带我来到这荒野之地呢？这种莫名其妙的引领到底为什么呢？

  一只乌鸦从头上飞过，我望着远处的城市，已陷入末日的危机之中。那轮椅空落着，上面什么都没有，缺席者是谁？我，还是上帝？

八

  刘嘉明打来电话，我刚刚把书装起来，打算回去了。我又坐下来，石头的温度已经明显凉了很多。我把装书的背包垫在屁股下面，抵抗着那凉。我才接听刘嘉明的电话，问，什么事？我在外面呢。刘嘉明说，是不是刚领了钱，潇洒去了……我说，潇洒个屁，我在城郊的荒野呢。你到底有什么事？刘嘉明说，徐山地出事了。我说，别磨叽了，到底怎么了？刘嘉明说，徐山地离家出走了。我的头部就像遭受电击似的，嗡的一声。我说，你他妈的别骗我，到底真的假的？刘嘉明说，真的。我刚刚接到一个快递，是他给我的一封信。里面还提到了你，说他那些书都留给你，还有小白的一个雕像。至于他学校的事情让我帮忙处理，还有他和小白的房子也让我帮忙卖了，钱留给小白的父母，还让我们不要去找他。我怔在那里，出神了一会儿说，他不会自杀吧？刘嘉明说，看样子不会吧。我说，那他能去哪儿呢？刘嘉明说，我怎么知道。我问，你打他电话了吗？刘嘉明说，打了，没人接，而且说是空号。我说，哦。刘嘉明问，你什么时候回来，我陪你去处理那些书。我犹豫了一下，说，我现在还不想去处理，等我想好，再打电话给你。刘嘉明说，好的，别太长时间，我已经把那房子出卖的消息挂在网上了。我说，好。撂了电话，我抹了把脸，湿漉漉的，我何时流下的眼泪呢？我想，为什么徐山地没有把他离开后的事情交给我，而是交给了刘嘉明呢？我想不明白。此刻，我内心生长着荒寂和森凉。那身体里的血管森林，瞬间被砍伐似的，疼。我点了支烟，望着林中的那几座坟冢，手指间燃着烟，袅袅的。那几座坟冢繁殖般变得躲起来，而且繁殖的速度很快，一会儿，整个树林里就都是坟冢了，占领整座树林。那些树木都变得七扭八歪的了。徐山地到底能去哪里呢？这个世界还有他的容身之地吗？我希望有。我还记得小白出事的那些天，徐山地整个人都要疯了。小白是跟同事去歌厅唱歌。她同事的生日。没想到的是，她们被当成卖淫女给抓起来了。小白不服，遭到了拷打。她的同事们都作证说小白卖淫了。等徐山地得到消息的时候，小白已经死了。派出所说是自杀。徐山地打官司，上访都无果。后来，只好按自杀处理小白的尸体。葬礼上，没有什么人，小白的父母哭昏厥过去了。我搂着徐山地，对葬礼司仪说，你处理吧。我们站在那里看着葬礼司仪和雇来的几个人，把小白的骨灰下到一个水泥的槽子里，还在里面放了一鱼缸活蹦乱跳的鱼。那些鱼好像知道要陪葬似的，从鱼缸里蹦出来。其中一个雇来的人，连土带鱼一起抓起来放回鱼缸内，直到开始掩埋，直到隆起一个巨大的土包。看上去就像是大地的肿瘤。一晃两年了。徐山地都活在郁郁寡欢之中。整个人从一百八十多斤，一下了瘦了八十斤。

其间，小白的一个女同事找徐山地。那天，徐山地还叫了我。那女的，看见我就不想说了。那女的埋怨着说，不是让你一个人来吗？徐山地说，我哥们，我们之间没秘密的。那女的看上去一脸阴郁，头发凌乱，看上去像从精神病院里逃出来的。我们在一家咖啡馆的角落里。女人问，有烟吗？我递给她一支烟。她很贪婪地吸着,像在吃。女人开始说,我必须说出来,否则,我半生都会不安的,我会被这种不安折磨致死的。徐山地说,那你说吧。女人说,那天小白给我过生日,喝了酒后去卡拉OK唱歌。我那时候刚离婚,心情不好。没想到我们唱着唱着,闯进来两个身穿制服的男人,他们说是警察。包房里,有我、小白,还有两个单位里的。他们在别的包房里转了一圈回来,就抓我们,说我们卖淫。无论我们怎么申辩,都没用。他们说带回派出所审问。我们就被押到车上带到某街道派出所。那时候已经快零点了。我和小白被关在一个屋子里审问。小白跟审问的胖子吵起来。我们的手当时都被铐上了。小白几次从椅子上站起来,对那个胖子大骂着。胖子就把小白锁在窗户上面的暖气管子上。脚尖点地,像悬挂在那里似的。我当时确实喝多了,胖子开始用电棍电我,先是电我的大腿膝盖(那天穿着丝袜),然后隔着胸罩电我的乳头,再电我的手指甲,我熬不住,只好承认了,也摁了手印。等我摁完手印,我说可以放我走了吗?那胖子举着电棍对着我的眉心一触,我就昏过去了。等我醒来的时候,丝袜已经破烂,下面火烧火燎地疼。我大骂着那胖子畜生。但胖子已经不见了,进来的是审问另两个同事的瘦子。其实,我们几个数小白最漂亮,但小白反抗得最厉害,只好被吊起来。看瘦子的样子,他在我其他两个同事身上已经得逞了。但他看我的眼神还是那种欲壑难填的模样。他开始折磨小白,每电击一下小白,我看见小白脚尖点在地上,浑身跟着抽搐。我缓过劲来,挣扎着要跑,被抓回来,一脚踹倒在地上,又拉起来,把我锁在另一个暖气管子上。你们看过肉联厂杀猪吗?把猪挂在钩子上,我们就像。必须承认我是软弱的,我开始哀求了。但瘦子对我置之不理。他蹲在地上开始电击小白的脚指甲。小白开始还忍受着,后来叫起来。这叫声更加刺激了瘦子,他开始撕扯着小白的衣服,直到脱光……瘦子开始电击小白,小白还是不承认自己卖淫了。直到我看见,瘦子把电棍插进小白的下面……

女人泣不成声地哭起来。

徐山地说,别说了,我不想听了,当时让你们作证的时候,你们都诬蔑小白……现在,我不想听了,我不可能救赎你。如果,现在让你翻供的话,你能出庭吗?还有你那两个同事……你们都是凶手……你们都将受到审判的……你们要为小白的死亡负责……

徐山地很激动。

那女人说,我去趟卫生间。

再没回来。

徐山地多次在望城寻找这个女人。后来是在一家精神病院里找到的。那是一个冬天,我和徐山地看到那女人的时候,她正在精神病院的院子里堆着雪人。徐山地问她什么,她都不知道了,还对徐山地发出淫邪的挑逗,撩起裙子,裸露出大腿……

徐山地哭了。

拳打脚踢把女人堆的雪人打碎了。

翻供无望。

……

看来这次，徐山地是真的下定决心离开了。

我想着这些，眼泪仍在脸上默默流淌着。荒野在目光中变得模糊起来，雾蒙蒙的，透着水汽。我听见树林深处有砍伐的声音，是的，砍伐的声音。我看不到砍伐者是谁。那砍伐声每一下都像砍在骨头上似的，吭吭……我悚然地战栗着，心跟着抽搐和痉挛……

一架飞机从天空上飞过，轰隆隆的声音。目光中的飞机变成了红色，在天空的背景下，巧克力般融化了似的，流淌着，滴着血。我收拾了地上的垃圾，坐上轮椅，喊着般若，回家。般若蹿到我怀里，跟我亲昵着，我带着般若驾驶着我的轮椅迅速离开了荒野，就好像那树林里的砍伐者随时都会举着斧头从树林里冲出来似的……茫茫的荒野，那些野草在风中簌簌地战栗不已……

回到家后，我站在窗前抽烟。我的脑子里竟然蹦出这些句子：

　　这荒野，注定让发言的人失踪
　　我悬于半空
　　看到火焰升起
　　那些野草在大地上
　　它们跟随着大地一起颤抖
　　荒野，我回不去的荒野
　　之前的乌托邦幻想
　　不存在了，我拿起一根遗落在时间深处的针
　　开始缝补伤口，但缝补的只能是皮肤
　　我负重着这片土地的罪
　　开始我的流放……

九

给报纸专栏写的几篇文章都被毙了。编辑问我，怎么办？我说，没办法。最近，我的文字都是这个情绪，要不你就换人吧？编辑说，要不你再写一篇，现在的气氛你也懂的。拜托了。我没办法从电脑里翻出以前的一篇给她。在翻找文章的时候，我发现这些年我内心的成长历程。我突然很喜欢以前的那种幼稚，甚至是笨拙的，也可能是愚蠢的。但我回不去，回不去的。假如让我回头再活一次的话，我就一定能比现在活得更好吗？不一定。这篇文字被通过之后，我拒绝再写了。编辑也很无奈。我撂了编辑的电话，还是说了句，对不起。编辑说，以后有机会再合作吧。我说，好。

　　从书房走出来，般若冲上来，我才想起来，从早上，我就没带它出去拉屎撒尿了。它扑在我的腿上，焦躁的样子看上去是那么可怜。我说，走了，般若，带你出去。般若愉悦地蹦跳着。刚到楼下，般若就冲到小区的灌木丛里。我透过低矮的灌木丛看见它找了个平坦的地方，闻了闻，开始转圈，就像要咬自己尾巴似的。我知道它这是要拉屎了。我竟然无聊地数着它转的圈数。1234567……它终于停下来，身体僵硬了一下，四肢绷紧，从身体里排挤着粪便。前几天，它拉稀了。现在看看，正常。我多少放心了。

　　我点了支烟，等般若从灌木丛中出来。我想起应该给般若买些吃的，再说，我中午也没吃饭呢。般若跟着我，我们出了小区。几天前，给般若买的羊排，它很喜欢吃，我们向那家店铺走去。那里距离我居住的小区坐轮椅大概要十几分钟，我才想起，我今天没坐我的轮椅。那么步行要二十多分钟。我带般若沿着路边走。般若就像是一个侦探似的，到处嗅着气味，在一些地方留下它的尿液。我的膝盖又隐隐作痛，我抬头看了看天空，仍旧乍晴。我对般若说，快走，要下雨了。我说完没五分钟，雨点儿就从天上落下来，滴落在干燥的地面上，泛起灰土的腥味。我说，般若，要不今天不吃羊排了？改天吧。般若吭叽了一声，我听出来它的不满意，说，好吧，去吃羊排。般若摇晃着尾巴。雨滴星星点点的，始终没有形成高潮的气势，有些像男女的前戏了。但我知道，雨就在半空中。雨终将到来。

　　一辆奔驰轿车在我身边来了一个紧急刹车。我和般若都吓了一跳。般若往我怀里扑。我极力控制自己没发脾气。我看了一眼司机是个女人。我安慰着般若说别怕。我们继续走着。只听有人喊我，林沨……林沨……女人刚才在车内戴着墨镜，我没看清，这次，我看清了，是王伊琍。她已经摘下墨镜头从车窗内伸出来。王伊琍问，你干什么去？我说，带着般若去吃点儿东西。王伊琍说，上车吧，我带你去。我说，带着狗呢，不方便。王伊琍说，没事。我又说，好吗？王伊琍说，有什么不好的呢？我说，不远了，就在前面的韩国烧烤城。我说，一起吃吧？我请。王伊琍说，哦，我家就在韩国烧烤城后面的桃源小区。要不你等我，我先把车送回家，然后，烧烤城会合。我说，好的。王伊琍说，我请，要是你请的话，我就不去了。我说，靠。好吧。我不喜欢你这样威胁的口吻。王伊琍笑了笑。我走的这条路两边都停满了车。等我走到烧烤城门口的时候，发现王伊琍已经在那里等我了。我问，车停好了吗？王伊琍说，停在旁边的4S店门口了。我说，哦。王伊琍下面是白色长裙，上身是一件网眼的黑色丝织半袖。两条胳膊看上去是那么白。长裙下面裸露着的小脚盛装在一双水晶凉鞋里面，看上去犹如玉器，晶莹透剔的。脚指甲涂了红色指甲油，显得她脚上的皮肤更加白皙。但我发现了一个瑕疵，她右脚大脚趾指甲是残缺的，半个，畸形，看上去像一块红色疤痕，镶嵌在肉里。我们进到烧烤城内，找了座位。王伊琍问，吃什么？我说，先给般若来一个羊排，这家伙这几天馋坏了。我点了烤牛肉、牡蛎、蒜香烤馒头、叉烧烤虾。我说，我就点这几个，你要吃什么？你点。王伊琍看了看菜谱点了两个，一个是烤蘑菇，另一个是烤芸豆。她说，减肥，近来，我只吃素。我打量她一眼说，也不胖啊！王伊琍说，胖。去年夏天的一些衣服，现在都不能穿了。我说，哦。我觉得挺好的。王伊琍脸色羞红低着头。王伊琍问，你什么时候出国啊？我说，还不知道，等抚琴那边稳定下来的，再说。王伊琍，哦。你一个人一天吃饭也是问题啊？我说，还可以，自己简单做一口，有时候就外面吃。王伊琍说，我记得你上班的时候有胃病的，要注意哦。我说，在轧钢厂倒班时落下的病根，老病了，没事。不倒班好很多。王伊琍说，那也要注意了，前不久我高中的一个同学就因为胃，走了。我说，哦。这时候，烤羊排上来了，我一块块喂着般若。王伊琍看着，也夹了一块，般若欢喜地吃着，牙齿把骨头咬得咔咔响。一排烤羊排很快就被般若消灭掉了。它扑我的腿，我问，怎么了？渴了吗？我出去买了瓶矿泉水，给般若喂水。王伊琍看着说，你对它真好，都让人嫉妒了。我说，有时候，小狗比人通人性。王伊琍笑了笑说，我也养了一只。服务员端菜上来，我们边吃边聊，不时，我会给般若闻闻我吃的东西，要不它总是以为我吃了比羊排更好的东西。它闻闻，就没兴趣了。王伊琍问到那个轮椅是怎么回事，那天，在办公室里，她看到了我的表演。我说，无聊而已。王伊琍说，你还真能恶搞。你知道学院里很多人背后怎么议论你吗？我说，随他们议论好了。王伊琍说，你还像在学院的时候那样……脾气还那样……应该改改了，否则会……我说，怎么？你担心我碰壁吗？王伊琍说，其实这个社会就是这样……你能逆转？你不能。我说，我没想改变什么，但我想改变我自己，即使四处碰壁，头破血流。王伊琍板着脸，不说话，把烤好的牛肉夹给我，说，多吃点儿牛肉。有劲儿。我笑了笑，说，有劲儿干什么？王伊琍说，碰壁啊！我哈哈笑起来，牙齿在咀嚼着嘴里的牛肉。牛肉烤得稍微有些过火，有一点儿苦。王伊琍喊服务员换一个铁帘子。一些肉末掉进炭火里，化成一小缕黑烟。我听见排风系统呼呼响着，把黑烟吸走了。

十

从王伊琍家回来，我感到疲惫，烧了热水，在等水热起来的时候，我对着窗外抽了支烟。其实,在王伊琍家我就抽了很多,现在嘴里还是苦的。一支接着一支。我不知道除了抽烟,我还能干什么。窗外下雨了,雨滴是肥硕的,滴落在玻璃上,淌着,漫漶着。那玻璃变成了镜子,呈现出王伊琍的裸体,像一幅世界名画。但她涂着红色指甲油的大拇脚趾上那残缺的指甲,在我心里硌了一下。我是一个完美的人吗?不是。我想。尤其对于艺术和文学,我更喜欢那种不完美。完美会消解一部分力量。可我为什么对窥看到的王伊琍的脚指甲不能忘怀呢?我扔掉手里的烟头,伸手抹了一下窗玻璃,那王伊琍的裸体更加清晰了。四十多岁还能保持如此曼妙的身材,性感漂亮,不容易。尤其是一个婚姻不幸的女人。可见,王伊琍是一个在乎自己的人,除了自己身心的调节,还有护肤品的作用。那身体可谓尤物了,会让很多男人想占有她,吞噬她。是什么让我不能……我说不清楚。我还记得我带着般若逃走的时候,王伊琍说了一句,你不是一个男人,你这样是对我的瞧不起,是对我的羞辱,你真的是一个没有欲望的人吗?我心里想,那么我是什么?我拥有着男性的身体,可在她眼里我不是男人……这多少让我有一丝挫败感。这也是对一个男人最大的侮辱,像一根尖刺一样,扎在我心上。但我还是笑了笑心里说,随便她怎么说吧。难道此刻进入到她的身体里,喂饱她饥饿的身体,就是男人了吗?如果一个男人那样的话,跟动物有什么区别。靠,这么说,好像我很高尚似的。我不是一个高尚的人,这我知道。

从韩国烧烤城出来,王伊琍说,去我家坐坐吧?我说,带着狗呢?王伊琍说,正好让它跟我的小狗玩玩。想想我们人类真的很残酷,上班就把狗锁在家里……我犹豫了一下说,好吧,去坐一会儿。五分钟就到她家里,就在韩国烧烤城的后面,十五楼。在电梯里,我看了她一眼,也许是喝过酒的原因,她脸色酡红,透着几分妖冶了。我低下头,她还是发现我看她了,问,老了。我没接话。般若在电梯里有些躁动不安。我把它抱在怀里。王伊琍逗弄着般若说,就要见到你的小妹妹了。王伊琍突然尖叫着说,你的般若做了绝育手术吧?我一愣,从般若来到我身边,这还是没注意到的,可见我是一个多么马虎的人。我说,是吗?我还真没发现。王伊琍指给我看,说,你看。我看了看,果然,睾丸那个地方是萎缩的。那一刻,我的下面跟着痉挛了一下。如果般若是我从小养大的,我绝对不会给它做绝育手术。我说,怪不得,般若的性情一直都很温和。王伊琍说,我家的小妹也做了,要不太麻烦,总是要盯着,一眼看不到就可能……有一次,我跟人聊天,小妹跟别的狗跑到草丛里,一个月后,我就发现不对了,所以……唉……王伊琍叹了口气。十五楼到了。王伊琍拿出钥匙开门。开门的时候,就听到门内狗扒门的声音。门打开,那小狗就扑上来。屋子里同时也扑出来一股香味。我把般若放到地上,两条小狗先是陌生地试探着,一会儿就熟了。毕竟是女人的房间,看上去是那么整洁。我说,屋子里真干净。

不像我的，像个狗窝似的。王伊琍笑了笑说，要不要哪天我帮你收拾收拾？我说，算了。你看了，连脚都插不进去，你会被吓跑的。我还记得国外有个小说，说兄弟两人捡破烂，直到堆满了屋子，后来，在堆满破烂的屋子里死了。我跟她说这个干什么呢？我问，可以抽烟吗？王伊琍说，可以。她从卫生间拿过来一个银色的烟灰缸，是金属的。有个把手是美杜莎之盾的图案。王伊琍说，有时候，我也抽一支的。我问，要不要来一支？王伊琍说，等一会儿，刚才在烧烤店里，这头发上都是那些烤肉的味，我冲个澡儿。我坐在那里抽烟。般若和小妹趴在地板上，玩着小妹的玩具。我坐在沙发上四周看了看，那种干净令人清爽。我侧身倚靠在沙发上，被什么都东西硌了一下。我伸手把一个一尺长、灰色的海豚玩具拿出来，上面还有电线插头。我不懂这是干什么的，随手放到一边。在沙发的右侧是一排书架，凭着我的视力，可以看到我喜欢的几本书：《云图》《我的名字叫红》《罪与罚》《2666》……我想站起来，过去看看，但头重脚轻。我能感觉到酒精在身体里作祟。耳朵里听着卫生间里哗哗的水流声音。我迷糊了一会儿，听到卫生间拉门响，我醒了。王伊琍问，喝点儿什么吗？我说，随意。王伊琍说，果汁怎么样？芒果。我昨天从网上买的。我说，可以。王伊琍说，等我把头发吹干。我坐起来，又点了支烟，盯着烟灰缸上那个美杜莎之盾的图案看着。电吹风的声音停止了，我听见冰箱门打开的声音，水流冲洗的声音，榨汁机的声音。过了一会儿，王伊琍端着一杯淡黄色的芒果汁走过来。她穿了一件粉红色真丝睡衣。我看到她膝盖后面的腘，洁白，透着隐秘。她把芒果汁放在我的面前，说，你尝尝看看口味怎么样？我喝了一口，微甜，透着芒果的清香味。我说，我喜欢。王伊琍笑了笑，在我旁边坐下来，她伸手拿开那个灰色的海豚玩具。我看到她脸红了一下，是尴尬的，就好像什么秘密被窥看了似的。她的身体因为刚冲完澡，透着热腾腾的气息。两条裸露在睡衣外面的大腿……但我还是下意识瞄了眼她的脚指甲。她拿了我一支烟说，我可以抽一支吗？我说，随便。我又尝了一口芒果汁，口感润滑。她挨得我很近，我多少有些不舒服。她细长的手指夹着烟，看上去透着优雅。她问，你辞职了，在家都干什么？我说，看看书，写写字。她说，哦。不合时宜的人。我笑了笑，没搭话。她说，你媳妇出国也快三年了吧？我说，嗯。她在烟灰缸里按灭吸了一半的烟，身体依靠过来。我看到她真丝睡衣内是光的。她伸手抓我的下面，我站了起来。她说，你不想要我吗？我说，这个问题我无法回答。我僵在那里，又点了支烟。她开始坐到我身上，我嘴里叼着的烟差点儿烫到她。她伸手把我嘴里的烟拿掉，扔到烟灰缸里。我能感到她的喘息了。我说，我要回去了。她轻声，近乎哀求说，陪陪我，陪陪我。我说，不行。我还没做好准备。她说，我没要你的爱，只要你的性。我怔住了。她竟然说出这样的话。我把她抱起来，她双臂搂着我的脖子。我把她放到沙发上站起来，她还纠缠着我。我离开沙发，喊着般若。她躺在沙发上哭了。是的,哭了。她说,你是不是把我想成那种随便的女人了?我不吭声。她拿起那个灰色的海豚说,你知道吗?这些年,我就靠这个获得本来应该是男人给我的快感。我抱起般若,开门,走了。

十一

抚琴来电话的时候,我刚刚冲过澡,睡了。是电话声把我惊醒。抚琴说,这些天都忙,没给你回信,现在终于好了,我的奖学金申请下来了。你的学校我也给你联系了,蒙特利尔大学,那个学校里有个中国移民过来的作家叫薛忆沩,跟你的"沩"字是一个字。这个作家我知道,我看过他好几本书,我说。抚琴说,你准备准备,很多手续要办,三个月后,我给你发邀请函。我说,好。想你。抚琴说,我也想你。你要是熬不住就……我不介意的。我说,欲望对于我不会窒息,倒是这里的气氛让我有窒息感。徐山地离开望城,也不知道去了哪里。抚琴说,悲观是暂时的,不久你就可以离开了……不要在意……

我和抚琴说了半个小时后,抚琴撂下电话。我起来,去卫生间。回来后,躺在床上。我失眠了。我的身体就像当年在吊车上似的,有一种悬于半空的幻觉。想想不久的将来,我离开这座城市,心脏的位置不禁隐隐作痛,是别离和不舍的那种撕扯的疼,是被迫的,是逃离的那种……是那种带着恨的,恨什么?我也不清楚。突然,我听到一个喘着粗气的声音问我,你为什么恨望城?恍惚中,我说,我不恨它。我不恨它。我想,我不恨它。我只是希望它更好,更适合人类的居住。那个声音又问,那为什么逃离?我哑口无言,陷入沉默之中。为什么?我想。这个问题折磨我很长时间,直到凌晨三点多,我才迷糊了一会儿。

自从有了般若后,每天早上五点多钟它就会叫醒我,带它出去。它跳到床上,我醒了。我看了看时间说,般若让爸爸再睡一会儿。般若在那里吭叽,我只好起来,带着它下楼,去小区后面的山上遛它。它在遛它的路上,排尿或排便。从山上可以看到小区内一辆挖掘机在工作。近来,小区内的空地上要修建一座喷泉。我站在小山上,看挖掘机在工作,心想,大概我是看不到喷泉建成的那天了。遛完般若回来,我看到有刘嘉明的电话,我打过去问,有事吗?刘嘉明说,徐山地的那些书你怎么处理?有人已经看上那栋房子了。我说,好吧,今天我去处理。我从技校的时候就开始藏书,后来,竟然有一种恐惧感,那就是这些书在我死后怎么办?所以,这些年,我一直在想我的这些书的归宿。我曾跟朋友探讨过这个问题,有的人说,他要是死了,那些书就告诉亲属拉到坟前烧了,一本也不留给这个世界。这个想法相对极端一些,我还是希望我辛辛苦苦藏的书有个归宿。后来认识鬼金,他想在望城成立一个书院,就是为很多藏书的人最后那一天的时候让书有个归宿，同样也可以服务社会，但这个计划没有得到政府部门支持。他也心灰意冷，他帮我联系到望城监狱图书馆的老詹。老詹说，到时候可以捐给监狱图书馆。我从记事本上找到老詹的电话，打过去。老詹说，随时欢迎。你的，还是？我说，朋友的，我的过几个月再说。老詹说，如果需要派车的话，可以帮忙。我说，需要。我给了老詹徐山地家的地址。约在上午十点半见面。我带着般若，坐着轮椅去徐山地家。般若在我的怀里情绪低沉。我想，它也许是感觉到什么。这让我想到般若的归宿，我将怎么处理呢？我安慰自己说，先不要考虑这些，等处理完徐山地的书再说。

我到徐山地家小区门口的时候，只见一个中年男人站在车下面抽烟。车上规规矩矩坐着四个犯人。车是那种"半截美"的卡车。我开动轮椅过去跟抽烟的男人搭话，问，你就是老詹吧？那人说，我就是老詹，你……我说，我就是要捐书的那个，我叫林泈。老詹连忙掏出烟递给我一支说，感谢啊，来抽支烟。我没客气，接过老詹的烟。老詹上来给我点燃。他同情的目光落在我腿上。我说，只要你们善待这些书，我就满足了。老詹说，会的。我给刘嘉明打电话问，你到了吗？刘嘉明说，楼上呢，你上来吧。带人来搬书了吗？我说，带了。我对老詹说，走吧。我站喊着车上的四个犯人，说，下来，把东西带着，走了。那四个犯人异口同声说，是的，政府。我看了看他们的面孔，岁数都不太大，有两个，脸看上去是俊美的。但他们橘红色的囚衣还有光头，那囚衣上的编号，证明他们是有罪的人。他们拿着十几个编织袋从车上跳下来，在老詹的身后站成一排。我能感觉到他们的目光好奇地看着轮椅上的我。老詹问，要不要他们帮你，把你抬到电梯里？我说，不用。我可以。我抱着般若，从轮椅上站起来。他们的眼睛像是要从眼眶里掉出来似的，但什么也没说。刘嘉明给我开门的时候看到我身后的老詹和四个犯人，犹疑了一下，问，你带来的吗？我说，是的。我说，我把徐山地的书捐给望城监狱图书馆了。还有我的，将来也要捐过去。刘嘉明厌恶地看着老詹他们，说，既然徐山地把书留给你，我也不好说什么，好吧，进来吧。其实，徐山地家里除了一些日常的家电，再就是书了。他更喜欢一些哲学理论的书籍，还有民主启蒙的。看上去能有四千多册。从老詹的目光里，我看出来他是一个喜欢书的人。他的目光看到书的时候是黏的，是甜的。我多少放心这些书和我的那些书的归宿了。那四个犯人仍旧站成一排在那里。刘嘉明把我叫到一边说，你怎么能捐给监狱呢？我说，怎么？刘嘉明说，捐给学院不好吗？我说，不。我捐给谁是我的权利。刘嘉明说，好。我不干涉。我回来，对老詹说，我开始挑，放在地上的你们就开始装袋子里。老詹说，好。我为什么要挑？我怕书里面夹一些徐山地的其他私人物品。刘嘉明站在一边抽烟，我看到窗台上不知道什么时候摆了一个白钢的雕像，看上去像小白，但是一个受难的形象。我说，这个我要了，留作纪念。从工艺上看是徐山地的手笔，是他这个钳工辛苦做出来的。刘嘉明说，随你。那你们收拾你们的书，我学院里还有些事，收拾完，把门锁好就行。我说，好的。

在收拾书的时候，我没在书里面发现什么徐山地的私人物品。他的书看得很精心，书保存得都很好。我发现，徐山地的每一本书都有他的个人印章。看着一本本书被装进编织袋内，我多少有些不舍。但能怎么样？总比卖废品强吧。一个多小时，那四个犯人就把书装好了，十一个编织袋。老詹吩咐他们把书搬到电梯里，运下去装车。我悄声问老詹，他们不会逃走吗？老詹说，不会，这几个都是我选出来的，罪不大，要是跑了抓回来再加刑，不合算，他们不傻。我说，哦。送走了老詹他们，我独自待在徐山地的房间里。没了那些书，屋子一下空了很多。般若缠着我，情绪很不好。它竟然有一种莫名的落寞似的。我点了支烟，站在窗前，看着那尊小白的雕像，手工是那么细腻，可谓精雕细刻。徐山地在技校的时候可是班上的钳工状元，在全厂技术比武的时候拿过钳工冠军的。小白就像是一个受难的天使，端坐在窗台上。那时候，我、徐山地、小白、抚琴，在这个屋子里的一切又浮现在眼前。我的眼睛不禁模糊了。我怀抱着小白的雕像，喊着般若，下楼。看着街上的人群，我陷入茫然和彷徨之中。坐在轮椅上，我犹豫了一下，对般若说，走，去荒野。般若热情不高，透着颓丧，好像末日即将来临似的。

十二

日光温暖，我躺在草地上，淹没在野草之中。般若追赶着一只蝴蝶跑到树林里去了。小白的雕像在我身边竖立着。我想，我要把这个受难般的小白雕像带出国。我躺在那里，感受着来自草的柔软。我听不远处有喧嚣的声音，我以为我又遭遇了上次的鬼魂。我竖起耳朵分辨了一会儿，我确定那是人。听上去是好几个人。他们在喝酒，还放着音乐。我倾听着，是罗大佑的《亚细亚的孤儿》：

......
亲爱的孩子你为何哭泣
多少人在追寻那解不开的问题
多少人在深夜里无奈地叹息
多少人的眼泪在无言中抹去
亲爱的母亲这是什么道理
亚细亚的孤儿在风中哭泣
黄色的脸孔有红色的污泥

黑色的眼珠有白色的恐惧
　　西风在东方唱着悲伤的歌曲
　　……

　　我在心里跟着哼唱起来。
　　那边变成了合唱。歌声飘荡在树梢、草尖儿之上……
　　令人心酸的歌声让我内心变得沉重、感伤,我躺在草地上,整个人是那么孤独。泪流满面。我,我渴望身体荒芜,在那一刻,成为野草的一部分。但我的肉身,还在那里。我失望、怅然地躺着,看着天空。
　　我呼喊着般若,般若……但般若悄无声息。
　　一会儿它会回来的,我想。也许是昨晚没睡好,我躺在草地上睡着了,我听见那些野草恐惧的簌簌战栗的声音,在耳边回荡。炙热烘烤着我,我从睡眠中醒来,我看到火,是的,火,它们呼啸着马上就要扑到我身上了,我慌张地从草地上爬起来,向火海外面跑去……那火焰呼啸着在我的身后追赶着我。等我仓皇地逃出来之后,突然想起般若……我呼喊着,般若……般若……你在哪儿……你在哪儿……般若……除了火焰的呼啸声,我听不到任何声音。之前,那些喝酒、唱歌的人也不见了。我不知道他们什么时候离开的。荒野变成了火海,火浪在涌动着。我听到那些野草凄惨的嚎叫声……哭泣声……它们挣扎着,但它们的根部紧紧地抓着它们,让它们无处可逃……火焰蔓延到树林边缘,我看到几座坟冢在火焰的烘烤下,随时都可能爆裂开来……树林开始燃烧起来……火焰迅速蹿上树梢,在张望着什么……之前我躺着的草地残留着一片草木的灰烬……
　　我焦急地呼唤着般若,但没有回应。火焰开始吞噬着树林……烟雾犹如魔鬼升上天空的一角……我呼喊的声音变得喑哑。我预感般若不会回来了。它神秘地来,又神秘地去……但我还是感到失落和孤独。我看到我的轮椅在火焰中,上面的缺席者是谁?我没有去管它,任它在火焰的吞噬中,只剩下钢管骨架,上面的镀铬已经剥落,黑漆漆的。火焰涂抹过的荒野,很快变成了黑色……那还在燃烧着的树林,在红色中沸腾起来……
　　这时候,我听到消防车的声音,我悚然,最后看了一眼被火焰入侵的荒野……
　　我朝着城市的方向跑去……
　　那些草木的哀嚎和哭泣声追赶着我,我奔跑……奔跑……想把它们甩在身后……直到我跑得筋疲力尽……停下来,回望那荒野的时候,我发现,除了偶尔的烟雾缭绕着……其他什么都没有了……那几个坟冢还在……但看上去显得是那么空茫……

我突然想起小白的雕像还在焚烧过的荒地之中,我又折回去,但没有找到,没有……是火赋予了它灵魂,它重生了吗?

也许。

2016 年 5 月 25 日—6 月 16 日上午本溪

(原载《作品》杂志 2017 年 3 期)

作者简介:

鬼金,1974 年冬月出生。2008 年开始中短篇小说写作。小说在《花城》《十月》《上海文学》《小说界》《山花》《青年文学》《大家》《红岩》《长城》《创作与评论》《天涯》《青年作家》等杂志发表,多篇小说入选《小说选刊》《中篇小说选刊》《中华文学选刊》。短篇小说《金色的麦子》获第九届《上海文学》奖。小说集《用眼泪,做成狮子的纵发》、长篇小说《我的乌托邦》。现吊车司机。